LION
FEUCHTWANGER

GESAMMELTE WERKE
IN EINZELBÄNDEN
9

LION FEUCHTWANGER

DER FALSCHE NERO

Roman

Aufbau-Verlag
Berlin und Weimar

Mit einer Nachbemerkung von Gisela Lüttig

Was gewesen ist, das gleiche wird sein, und was geschehen ist, das gleiche wird geschehen, und es geschieht nichts Neues unter der Sonne. Und geschieht auch etwas, von dem man sagt: Siehe, das ist neu, ist's doch zuvor auch geschehen in den Zeiten, die vor uns gewesen sind. Man gedenkt nicht derer, die zuvor gewesen sind; also auch der Späteren wird man nicht gedenken.

Prediger 1, 9–11

ERSTES BUCH

ANSTIEG

1
ZWEI POLITIKER

Als sich Senator Varro an diesem sechsten März nach dem Regierungsgebäude der kaiserlich römischen Provinz Syrien begab, schauten die Passanten seiner Sänfte lange nach. Vor zwei Tagen hatte der neue Gouverneur Cejon die Insignien seines Amtes feierlich übernommen, Beile und Rutenbündel, und es war aufgefallen, daß Senator Varro, der mächtigste Mann der Provinz, der Zeremonie ferngeblieben war. Als er jetzt, verspätet, seine Aufwartung machte, fragte sich die ganze Stadt Antiochien, wie er und der neue Mann sich wohl zueinander stellen würden.

Es war heller Frühling, ziemlich kühl, von den Bergen her kam ein frischer Wind. Man bog in die lange, prächtige Hauptstraße ein. Senator Varro, ein kleines Lächeln um die starken Lippen, nahm mit geübtem Aug wahr, daß schon vor vielen öffentlichen Gebäuden und großen Geschäftshäusern Büsten des neuen Gouverneurs zu sehen waren, von beflissenen Beamten und Bürgern aufgestellt. Aus der schnell vorübergleitenden Sänfte beschaute er die Büsten. Auf krampfig zurückgedrehten Schultern saß da ein kleiner, harter, knochiger Kopf. Wie lange war es her, daß er diesen Kopf zuletzt in Fleisch und Blut gesehen hatte? Zwölf, nein, dreizehn Jahre. Damals war er voll von wohlwollender Verachtung für dieses Gesicht gewesen. Damals hatte er selber, Varro, den Platz an der Sonne gehabt, Kaiser Nero hatte ihn verhätschelt, der andere aber, dieser Cejon, der sich den Kaiser nicht hatte zum Freund machen können, war trotz seiner hohen Geburt und seiner großen Titel ein Mann ohne Einfluß gewesen, in steter Furcht, eine Laune des Kaisers könnte ihn wegfegen. Heute war der geniale Nero vermodert. An seiner Stelle saß auf dem Palatin Kaiser Titus, Beamte und Militärs von enger Denkart regierten das Reich, und der kleine, mickerige, verachtete Cejon hatte brav die Karriere gemacht, zu der er von Geburt vorbestimmt war. Jetzt also herrschte er als kaiserlicher Gouverneur in dieser reichen, mächtigen Provinz Syrien, in der er selber, Varro, als Privatmann lebte. Als Privatmann; denn man hatte ihn längst von der Liste des Senats gestrichen, und wenn die Leute ringsum schrien: »Es lebe der Senator Varro, der Erlauchte«, so war das schiere Höflichkeit.

Trotzdem spürte Varro auch jetzt, als er die Büsten des neuen Gouverneurs musterte, dieselbe leise, mit Wohlwollen gemischte Geringschätzung, die er, der Gleichaltrige, schon für den Knaben empfunden hatte. Lucius Cejon war aus reicher, uradeliger Familie und nicht unintelligent. Doch eine alte, dumme Geschichte schmälerte das Ansehen der Familie: ein Cejon, Urgroßvater dieses Lucius, hatte vor einundsiebzig Jahren in einer Schlacht gegen einen gewissen Armin als einer der ersten die Waffen weggeworfen, und Lucius hatte von frühester Jugend an das Gefühl, an ihm liege es, diesen Fleck vom Namen seiner Familie zu tilgen. Er hatte sich, der dürre, blutlose Junge, schon als Zehn- oder Zwölfjähriger angestrengt, Gesicht und Haltung groß und würdig erscheinen zu lassen, hatte sich, obwohl ein wenig schwächlich, krampfig stolz unter den andern gereckt. Allein diese erzwungene Forschheit hatte die Kameraden nur gereizt, sich mit doppelter Freude über ihn lustig zu machen. Was für einen Spitznamen hatten sie doch in der Schule für ihn gehabt? Senator Varro zog die Brauen zusammen, dachte angestrengt nach; aber er konnte nicht mehr auf den Namen kommen.

Es wird nicht ganz einfach sein, dem guten Cejon nach so langen Jahren unter so veränderten Umständen gegenüberzustehen. Die Beziehungen Varros zur Regierung der Provinz Syrien waren recht kompliziert. Im Regierungsgebäude hielt man ihn, den Römer Varro, von jeher für den gefährlichsten Gegner des heutigen römischen Regimes in Syrien. Wie wird das erst unter Cejon werden, der die mitleidige, feindselige Verachtung des Varro von damals bestimmt nicht vergessen hat.

»Heil dem Senator Varro, dem Erlauchten«, rief es von allen Seiten. Varro ließ die Vorhänge der Sänfte weiter zurückschlagen und richtete sich höher, daß sein fleischiges, gebräuntes Gesicht mit der mächtigen Stirn, der starken, gebogenen Nase und den vollen Lippen den Massen besser sichtbar werde. Befriedigt genoß er die Verehrung ringsum. Er fühlte sich dem neuen Vertreter des Reichs überlegen. Sich hier in Antiochien durchzusetzen, wog schwerer, als in Rom auf dem Palatin beliebt zu sein. Im Rom von heute, im Rom der Flavier, des Titus, brauchte man Geburt und Geld, nichts sonst. Hier in Antiochien, inmitten dieses mißtrauischen, sensiblen Mischvolks von Griechen, Syrern, Juden, mußte man sich ständig durch Leistung und Persönlichkeit bewähren, das Zutrauen der beweglichen Hunderttausende täglich neu erwerben. Dieser Osten war gefährlich, gerade darum liebte ihn Varro. Er hat es geschafft, hat sich in Syrien durchgesetzt. Er kann heute dem Vertreter des römischen Kaisers als eine Macht gegenübertreten, die überaus real ist, obwohl sie sich auf keine Verträge und Privilegien stützen kann.

Man war am Palais des Gouverneurs angelangt. Schon waren in der Vorhalle zwischen den Konsularabzeichen und den Rutenbündeln des neuen Herrn die Schreine mit den Wachsbildern seiner Ahnen aufgestellt, ein verhüllter unter ihnen, der jenes Urgroßvaters, der das Geschlecht geschändet hatte. Gouverneur Cejon wagte offensichtlich nicht, es den Varro entgelten zu lassen, daß der an der Zeremonie der Amtsübergabe nicht teilgenommen hatte. Er kam selber in die menschengefüllte Halle. Vor aller Augen umarmte und küßte er ihn, der kleine, magere Herr hing bei dieser Umarmung ein wenig grotesk an dem stattlichen Senator, und vor aller Ohren, mit seiner dünnen, scharfen Stimme, bezeigte er seine Freude, den Jugendgefährten so blühend wiederzusehen. Dann, mit Herzlichkeit, führte er ihn in sein Privatkabinett.

Dort also saßen die beiden Herren einander gegenüber. Gouverneur Cejon hielt sich dürr, klein und sehr aufrecht in dem breiten, orientalischen Sessel, nur die Hälfte der Sitzfläche einnehmend, rieb sich mit den Nägeln der einen Hand die Fläche der andern und schaute Varro höflich spähend ins Gesicht. In diesem lausigen Antiochien, dachte er, scheinen sie ihn noch für jemanden zu halten, unsern alten Varro. Aber was ist er? Ein Degradierter, ein Deklassierter. In Rom kräht kein Hahn mehr nach ihm. Wenn man ihn nennt, erinnern sie sich dunkel: Ach, Varro, ist das nicht der, den Kaiser Vespasian wegen irgendeines Skandals von der Liste des Senats gestrichen hat? Er soll jetzt in Syrien viel Geld gemacht haben. Das hat er wohl, und wenn man die Akten studiert, dann sieht man, daß er auch bei den Machthabern jenseits der Grenze Einfluß hat. Aber was ist das schon? Was für ein Abstieg für einen Römer, der einmal im Senat gesessen war, an den lächerlichen Höfen dieser eingeborenen Häuptlinge herumzulungern, dieser Priester und Scheichs mit ihren armseligen Königstiteln. Und auch dort werden wir es ihm besorgen. Mein Vorgänger war zu schlapp. Sonst hockte dieser Abenteurer Varro mir nicht so frech gegenüber.

Denn Varro saß auf seinem Sofa, die Waden übereinandergeschlagen, auf östliche Art, lässig, und seine Miene war gutmütig, geradezu herzlich. Er kannte genau die Gedanken des andern. Er wußte, daß der ihn geringschätzte und doch heimliche Furcht vor ihm hatte. Das schuf ihm bösartige Befriedigung. Ja, da saß er und leistete es sich, die Politik der Verständigung mit dem Osten, wie Kaiser Nero sie begonnen, gegen den Willen der heutigen Machthaber, der Flavier, weiterzuführen. Sie hatten ihn abgesägt; Vespasian hatte ihn unter einem schmählichen, ironischen Vorwand von der Liste des Senats gestrichen. Aber erreicht hatten sie nichts. Er hatte einfach von seinen syrischen Besitzungen statt von Rom aus seine alte Verständigungspolitik weiterbetrieben, und die neuen Herren mit ihren schneidigen, römisch-militaristischen Methoden waren gegen ihn nicht aufgekommen. Die kleinen Könige, die regierenden Bürgermeister und Priesterfürsten der Staaten zwischen der Grenze des römischen und parthischen Reichs sahen den Repräsentanten Roms nicht in dem Gouverneur in Antiochien, sondern in ihm. Auf ihn übertrugen sie die Verehrung und Liebe, deren der beseitigte Kaiser Nero sich hier im Osten erfreut hatte. Es war eine unsichtbare Herrschaft, die Varro da aufgerichtet hatte, aber sie war fest und zäh. Die Regierung der römischen Provinz Syrien hätte sich seiner gerne entledigt, aber sie brauchte, so lästig und anspruchsvoll er war, seine Hilfe und Vermittlung, wenn sie nicht mit den Grenzstaaten ständigen Kleinkrieg haben wollte.

Varro also lächelte in seinem Innern, wie er den andern steif und gereckt dasitzen sah mit dem auszeichnenden Purpurstreifen. Für seine neuen Untertanen mochte dieser Vertreter Roms gebieterisch und machtvoll aussehen: er, Varro, las ihm von dem bleichen, da und dort mit hektischer Röte gefleckten Gesicht die Unsicherheit ab. Er nahm wahr, mit welcher Mühe dieser Cejon seine Haltung erkämpfte, nahm wahr, daß er mit seinen knapp fünfzig Jahren ein alter Mann war, verbraucht durch die ewige Anstrengung, zu repräsentieren, die Schmach des unseligen Ahns zu tilgen. Ein fast fröhliches Mitleid überkam den Varro bei diesem Anblick. Armer Cejon, dachte er, armer Schulkamerad. Mir imponierst du nicht, mit mir wirst du nicht so leicht fertig. Cejon aber dachte: Der hat es leicht, der Varro. Das lebt, das genießt in diesem verrotteten Osten, während unsereiner sich abschindet, das Reich zusammenzuhalten.

Während sie so dachten, hatte Varro längst eine geläufige Konversation angefangen. Er gönne, führte er vielwortig aus, dem Cejon die Ehre und das Glück eines so fetten Postens. Schade nur, daß man ihn gerade in diese verdammt schwierige Provinz gesetzt habe. Syrien könne auch die Kraft eines sehr starken Mannes aufreiben. »Im Grunde«, schloß er und lachte ein kleines, vertrauliches Lachen, es war, als klopfe er dem andern die Schulter, »im Grunde bin ich froh, daß ich der Privatmann bin und Sie der Gouverneur.«

Er hat es also nicht verwunden, dachte Cejon gutgelaunt, daß man ihn aus dem Senat hinausgeschmissen hat. »Ich höre«, sagte er munter, »daß Sie hier immerhin nicht gerade müßig gewesen sind.« – »Natürlich nicht«, meinte gemütlich Varro. »So alt, daß wir ganz still sollten sitzen können, sind wir doch noch nicht. Wenn man nicht wenigstens sein bißchen Kulturpolitik hätte, dann wüßte man nicht, was man mit seiner Zeit anfangen soll. Auch ist es ja kein Geheimnis, daß mein Herz dem Osten gehört.« Und nachdenklich, geradezu besorgt, fügte er hinzu: »Ihnen freilich, mein Cejon, Schal- und Kernrömer, der Sie sind, muß dieser verworrene, verfilzte Osten recht unbehaglich sein. Wenn man zu ihm kein inneres Verhältnis hat–.« Er zuckte die Achseln, vollendete nicht.

Der andere, aufrecht, starr sitzend, strich wieder mit den Nägeln der einen Hand die Fläche der andern. Die roten Flecken auf seinen blassen, knochigen Wangen hatten sich verstärkt, er sandte dem Varro einen schiefen Blick, seine trockene Stimme knarrte. »Scharfe Grenzen ziehen«, sagte er, »römisches Wesen bis zum Euphrat durchsetzen und nichts Fremdes von jenseits hereinlassen. Wenn einer diese Aufgabe so klar vor Augen sieht wie ich, dann hat er vielleicht doch gerade dadurch ein inneres Verhältnis zu den Menschen und Dingen hier.« Und bemüht, seinem Ton die Schärfe zu nehmen, fast beiläufig, fügte er hinzu: »Es tut mir so leid, mein Varro, daß ich bei der Romanisierung unseres Ostens auf Ihre Unterstützung werde verzichten müssen.« – »Wieso?« wunderte sich Varro. »Habe ich nicht für einen Mann, hinter dem keine Armee steht, auf diesem Gebiet allerhand geleistet?« – »Wird nicht bestritten«, gab höflich der Gouverneur zu. »Sie haben viel dazu beigetragen, in dieser Provinz römisch-griechisches Wesen durchzusetzen. Aber Sie haben leider auch mehr Östliches eingeschleppt als irgendein Römer vor Ihnen.« – »Das habe ich«, räumte befriedigt Varro ein. »Und sehen Sie, mein Lieber«, fuhr Cejon fort, »da sind wir bedenklich, das haben wir nicht gern. Auch kämen Sie«, setzte er nicht ohne Bosheit hinzu, »sicher in Gewissenskonflikt, wenn ich Sie in bestimmten Fällen um Rat anginge. Denn wie könnte in unsern ewigen Streitigkeiten mit dem Osten ein Mann gut römisch raten, der nicht nur römischer Bürger, sondern gleichzeitig Untertan des parthischen Großkönigs und Bürger des Staates von Edessa ist.« Er hat sich gut vorbereitet, anerkannte in seinem Innern Varro, er hat meine Akten gut studiert. Er ist noch mein guter, alter Feind. Wahrscheinlich hat er dieses Syrien und keine andere Provinz gerade deshalb erstrebt, weil ich hier sitze.

Cejon hatte sich während seiner letzten Worte noch höher aufgereckt. Varro beschaute ihn. Ich werde leicht mit ihm fertig werden, freute er sich. Er ist und bleibt ein Schwächling. Freilich lassen sich gerade solche Schwächlinge manchmal in ihrer künstlichen Forschheit zu plötzlichen Gewalttaten von unübersehbaren Folgen hinreißen. Und da fiel ihm auf einmal der Spitzname wieder ein, auf den er sich die ganze Zeit vergeblich besonnen hatte: Streckmännchen. Natürlich, Streckmännchen. So hatten sie in der Schule den Cejon geheißen nach jenen Holzpuppen, die man während der Saturnalien zu benutzen pflegte, Holzpuppen mit beweglichen Gliedmaßen, die man spaßhafterweise mittels eines kleinen Hebels aus ihrer kauernden Stellung sich recken und wieder zusammenfallen lassen konnte. Und zwar hatten sie ihn so genannt, um seine Anstrengungen zu verhöhnen, sich größer zu machen, als er war.

Varro wurde vergnügt, als ihm Cejons Spitzname wieder einfiel. Er glitt von der Politik fort. Erkundigte sich beflissen nach dem Privatleben des Gouverneurs, nach seiner Stimmung. Es stellte sich heraus, daß Cejon fürchtete, es werde ihm nicht gerade leichtfallen, sich in die zuchtlose Welt dieser östlichen Stadt einzuleben. Daphne, der Vorort Antiochiens, in dem die meisten Aristokraten und reichen Herren ihre Villen hatten, eine Stätte, berüchtigt in der ganzen Welt um ihrer schamlosen Üppigkeit willen, war nicht eben die angenehmste Nachbarschaft für einen römischen Beamten, der sich zu den Anschauungen der Stoiker bekannte.

Eigentlich hatte der Antrittsbesuch des ehemaligen Senators bei dem Gouverneur lange genug gedauert. Doch Cejon hielt Varro zurück und begann von neuem, von politischen Geschäften zu sprechen. »Sagen Sie, mein Varro«, fragte er, »wollen Sie auch jetzt noch, wo im Regierungsgebäude kein Fremder sitzt, sondern ich, Schwierigkeiten machen wegen Ihrer Steuer für die Inspektion der Truppen von Edessa?« Für die Kosten der römischen Garnison in der Stadt Edessa, der Hauptstadt des gleichnamigen, nominell unabhängigen Königreichs jenseits des Euphrat, hatte nämlich laut Vertrag dieses Königreich Edessa aufzukommen. Der römische Gouverneur aber erhob außerdem in Syrien eine Sondersteuer für seine alljährliche »Inspektion der Truppen jenseits der Grenze«. Der Fiskus von Antiochien vertrat nun den Standpunkt, Varro, als Bürger der kaiserlich römischen Provinz Syrien, sei verpflichtet, diese »Inspektionsteuer« zu entrichten; Varro aber hielt dafür, da er schon als Bürger von Edessa seine Steuer für die Truppen zahle, wäre das Doppelbesteuerung. Es ging nicht um die sechstausend Sesterzien, die weder für Varro noch für die Regierungskasse von Bedeutung waren, es ging um Prinzipielles. Es ärgerte die Regierung in Antiochien, daß dieser große Herr Varro, von Rom degradiert und gerade noch im Besitz des römischen Bürgerrechts, ihr gegenüber nach Willkür den römischen oder den Untertan eines der mesopotamischen Fürstentümer herauskehrte. Deshalb ging um diese Steuer zwischen der Regierung von Syrien und Varro ein langer, höflicher und erbitterter Streit.

Auch jetzt wieder brachte Varro die alten Gesichtspunkte vor, die dem Gouverneur schon aus den Akten vertraut waren. Es sei eine solche Doppelbesteuerung nicht nur juristisch unzulässig, sie sei auch politisch gefährlich; denn es werde durch sie der zweideutige, Edessa feindliche Charakter der dortigen Garnison unterstrichen.

Der Gouverneur hörte sich die langatmigen Ausführungen geduldig an. »Alles schön und gut«, meinte er schließlich, kameradschaftlich zuredend. »Aber ich an Ihrer Stelle würde mir jetzt, da ein Freund in diesem Hause sitzt, trotzdem ernstlich überlegen, ob Sie nicht Ihre mesopotamischen und parthischen Staatsangehörigkeiten aufgeben sollten. Sie hätten dann vielleicht Aussicht, Ihre frühere römische Stellung wiederzuerlangen.«

Varro horchte hoch. Wie der Mann gleich bei der ersten Begegnung ins Zeug ging, das war allerhand. »Wie meinen Sie das?« fragte er geradezu. »Heißt das, daß man daran denkt, mich wieder in den Senat aufzunehmen?«

Cejon fand, er sei dem andern etwas zu schnell entgegengekommen, und flüchtete hinter einen amtlich trockenen Ton zurück. »Ich habe allerdings«, erwiderte er, »dergleichen auf dem Palatin angeregt, und ich hatte den Eindruck, meine Anregung habe kein ungeneigtes Ohr gefunden. Bindende Zusagen freilich«, beeilte er sich hinzuzufügen, »kann man nicht machen. Aber ich stelle anheim, meine Worte ernstlich zu erwägen.«

Varro verbarg mit Mühe seinen Jubel. Sie haben es also gemerkt, die flavischen Kaiser, die Parvenüs, die Verhaßten, daß sie ohne ihn in ihrem Osten nicht weiterkommen. In die Liste des Senats wollen sie ihn wieder aufnehmen. Freundlich von ihnen. Aber auf ein so plumpes Manöver fällt ihnen ein Varro nicht herein. Wenn sie ihn dann glücklich in Rom haben, werden sie ihn nach einem Vierteljahr ein zweites Mal aus dem Senat hinaussetzen, und diesmal werden sie gewitzt sein und ihn endgültig kaputtmachen. Senator in Rom. Was für ein billiger Köder. Und dafür soll er alles aufgeben, was er mühsam hier aufgebaut hat, seine Bestrebungen, Ost und West zu verschmelzen, und soll mithelfen an der phantasielosen Politik der neuen Herren, die das Schwergewicht des Reichs nach dem Westen legen wollen und eine Mauer aufrichten gegen den Osten? Danke, meine Herren. Ich ziehe es vor, »Vetter des Königs von Edessa« zu bleiben. Ich bin lieber »Freund des Großkönigs der Parther« als »Erlauchter Herr« in Rom.

Er dankte dem Gouverneur für die Mühe, die dieser sich in Rom um seine Sache gemacht habe. »Ich hoffe«, erwiderte Cejon und gab den beamtenhaft kalten Ton auf, »daß wir auf diesem Weg bald zu einer Verständigung kommen.« – »Ich hoffe es auch«, sagte Varro, doch jetzt sprach er so trocken, daß es wie eine Absage klang.

Cejon hielt es denn auch für angebracht, die andere Seite des Problems herauszukehren. »Wir müssen einfach«, erklärte er, »unsern Zwiespalt aus der Welt schaffen. Denken Sie, mein Varro, wie unangenehm, wenn ich einmal gezwungen sein sollte, Maßnahmen gegen Sie zu ergreifen.« – »Ja, mein Cejon«, antwortete Varro und verbarg hinter besonderer Höflichkeit den Hohn über eine so leere Drohung, »das wäre unangenehm für uns beide. Denn bei dem Gewicht, das man in den mesopotamischen Staaten zu Recht oder Unrecht auf meine geringe Person legt, dürften sich solche Maßnahmen ohne eine kostspielige militärische Expedition kaum in die Praxis umsetzen lassen. Und was wäre im besten Fall dabei zu gewinnen? Prestige. Wie ich aber die Herren auf dem Palatin kenne, sind sie nicht gerade geneigt, für Prestige Geld auszugeben.« Er stand auf, trat ganz nahe an den Gouverneur heran, legte ihm vertraulich den Arm auf die Schulter. »Oder soll ich Ihre Worte als ein Ultimatum auffassen?« fragte er mit einem so herausfordernden Lächeln, daß der andere spüren mußte, was er sich dabei dachte, nämlich: Streckmännchen. Denn nachdem Cejon mit soviel Intensität um ihn geworben hatte, glaubte Varro, er könne es sich leisten, in ihm nicht mehr den Vertreter Roms und einer Idee zu sehen, sondern nur mehr Streckmännchen, den Schulkameraden.

Es wird sich zeigen, daß das ein Irrtum war und daß er es sich nicht leisten konnte. Vorläufig aber begnügte sich Gouverneur Cejon, die Schulter vor soviel Intimität um ein Unmerkliches zurückzuziehen, und erwiderte höflich, seine Worte seien nur als freundschaftliche Anregung aufzufassen, keineswegs als Ultimatum. Dann, nachdem man noch ein paar belanglos liebenswürdige Sätze ausgetauscht hatte, konnte sich Varro endlich verabschieden.

Er verließ das Regierungsgebäude leichten, starken Schrittes, schickte Sänfte und Begleitung fort, ging zu Fuß nach Haus durch die schönen Straßen Antiochiens. In den letzten Jahren hatte er manchmal gespürt, daß er nicht mehr in der ersten Jugend war; jetzt fühlte er sich knabenhaft frisch. Seine Feinde, diese Flavier, hatten ihm einen großen Dienst erwiesen, indem sie ihm den Cejon auf den Hals schickten. Es freute ihn, daß das nüchterne, militaristische, patriotisch enge

Rom von heut, das er so sehr haßte, ihm nun gerade in Gestalt dieses Cejon gegenübertrat. Das wird ein fröhlicher Kampf werden, dachte er. Das gute, alte Streckmännchen. Und er fühlte sich im vorhinein als Sieger.

2

DIE STADT EDESSA

Weiß und prunkvoll lag auf ihren Hügeln die Stadt Edessa, die Hauptstadt des gleichnamigen Königreichs, unter den großen Siedlungen Mesopotamiens die nördlichste. Wenn man sie von ferne betrachtete, dann schaute sie durchaus griechisch her mit ihren Tempeln und Säulenhallen, mit ihrem Zirkus, ihren Theatern, Bädern, Sportschulen. Innerhalb ihrer Mauern aber sah man nur wenig griechische Inschriften und hörte selten ein griechisches Wort. Vielmehr waren ihre Bewohner ein krauses Gemisch von Syrern, Babyloniern, Armeniern, Juden, Persern, Arabern, und griechisch-römisch waren nur ihre Häuser.

Südlich von Edessa dehnte sich die Steppe. Die Stadt selber aber lag wasserreich und fruchtbar an ihrem Flusse Skirtos, »dem Springer«, und die Winde von den Bergen her, die das Zwischenstromland gegen Armenien abgrenzten, machten ihre Luft frisch und rein.

Edessa lag am Kreuzpunkt vieler Straßen. Es war eine reiche Stadt. Der Gewürz- und Parfümhandel Arabiens und Indiens ging über sie, auch ein großer Teil des Handels mit Perlen und kostbaren Seidenstoffen. Weithin berühmt war sie um ihrer schönen Bauten willen. Fernher kamen Fremde, um den uralten Tempel der Tarate zu besichtigen, mit dem schwärzlichen Bronzebild der Göttin und ihren seltsamen priapischen Symbolen, den Tempel des Mithras, die Universität, vor allem aber das Labyrinth, eine gewaltige Grotte im Fels am linken Ufer des Flusses Skirtos mit Hunderten von engen, verschlungenen, endlos verzweigten Gängen, Stollen, Kammern und Treppen.

Die Gründung der Stadt Edessa verlor sich in grauer Vorzeit. Osroëne hatte sie ursprünglich geheißen, die Löwenstadt. Hettiter, Assyrer, Babylonier, Armenier, Makedonier hatten hier geherrscht. Zuletzt, vor dreihundert Jahren, waren Araber eingedrungen, und sie hatten sich bis jetzt behauptet. Heute, als einer der kleinen Pufferstaaten zwischen dem römischen und dem Partherreich, war Edessa ständig bedroht. Die Stadt zog aber auch großen Vorteil aus ihrer Neutralität; sie verkaufte sie in den ständigen Kriegen zwischen den beiden Großstaaten mit Gewinn jeweils an den einen oder andern.

Die arabischen Fürsten Edessas, wiewohl sie in ihrem Herzen immer Araber blieben, förderten nach Kräften die aramäische Kultur, die diesem Erdteil als die höchste galt. Die Universität von Edessa war unbestritten die beste des Zwischenstromlandes und konnte zeitweise auch mit der Hochschule von Antiochien rivalisieren.

Die Stadt barg viele Heiligtümer, und viele Götter wurden in ihr verehrt. An ihrer Spitze stand die Göttin Tarate, auch wohl »die Göttin Syrien« genannt; ihr war der städtische Quellteich geweiht und seine roten Fische. Verehrt wurden neben ihr der Stier- und Beilgott Labyr, der Gott des Labyrinths, und andere uralte Götter Assurs, ein Löwengott auf der Höhe, sowie der große Beel und Nebu. Ferner der persische Gott Mithras, die arabischen Sterngötter Aumu, Aziz und Dusaris sowie die griechischen und römischen Gottheiten. Auch Jahve, der Judengott, hatte manche Anhänger in Edessa; selbst sein eingeborener Sohn, Christus genannt, »der Gesalbte«, hatte hier schon Bekenner gefunden.

Viele zehntausend Menschen wohnten in der schönen Stadt, weiße und braune: arabische Fürsten und ihre Ratgeber, griechische und syrische Kaufleute und Grundherren, persische Astrologen, jüdische Handwerker und Gelehrte, dazu die Offiziere und Soldaten der römischen Garnison; fast immer auch waren Wanderzüge von Beduinen in der Stadt, und zwischen diesen Völkerschaften flitzte noch das krause Gemengsel der zahllosen Leibeigenen. Sie alle, Weiße, Schwarze und Braune, mit ihren Rindern, Kamelen, Schafen, Ziegen und Hunden, lebten, atmeten, wimmelten durcheinander, sprachen vielerlei Sprachen, verehrten auf vielerlei Arten vielerlei Götter, aßen, tranken, schliefen miteinander, machten Geschäfte, heirateten, zerstritten und versöhnten sich; keiner hätte ohne den andern leben können, jeder war im Grunde froh, daß jeder andere da war, und alle waren sie stolz auf ihre Stadt Edessa, die liebste, schönste der Welt.

Herrscher Edessas war König Mallukh, der Fünfte seines Namens, sein Kanzler war Scharbil, der Erzpriester der Tarate; Kommandant der römischen Garnison war Oberst Fronto. Wirklicher Machthaber in Edessa aber war Senator Varro.

3

DER TÖPFER TERENZ

Unter den vielen Unternehmungen, die Varro in Edessa gegründet hatte, war auch eine keramische Fabrik, die er einem seiner »Schutzbefohlenen«, dem Töpfer Terenz, an der Roten Gasse eingerichtet hatte. Daß sich dieser Terenz noch immer als »Schutzbefohlener« des Varro bezeichnete, geschah freilich aus purer Anhänglichkeit; denn er war längst ein gemachter Mann, der keines andern Schutz bedurfte. Ja, er hatte es zum Zunftmeister der Töpferinnung von Edessa gebracht.

Dabei war seine Fabrik keineswegs die größte der Stadt, und Terenz zeichnete sich auch nicht etwa durch besonderen Sachverstand aus. Die Arbeit in den Werkstätten leitete vielmehr seine Frau, und das Kaufmännische besorgte ein kilikischer Leibeigener namens Knops. Den Terenz selber sah man selten in seiner Fabrik. Oft aber konnte man ihm auf der Straße begegnen oder in den Schenken. Als Zunftmeister der Töpferinnung hatte er viel herumzulaufen und mit vielen Menschen zu sprechen. Bald wurde er im Interesse seines Gewerbes beim Magistrat oder bei den Räten König Mallukhs vorstellig, bald hatte er die Innung bei einer städtischen Zeremonie zu vertreten oder eines ihrer Feste zu organisieren.

Er war ein Mann anfang der Vierzig, rötlichblond, von rosig fahler Haut, mit breitem Gesicht, starker Unterlippe, kurzsichtigen, grauen Augen, ein bißchen dicklich, stattlich alles in allem und sehr römisch von Aussehen. Die Innung der Töpfer war stolz auf ihren Zunftmeister. Nicht nur weil er geborener Stadtrömer war, sondern besonders, weil er vornehm und bedeutend aussah und, als ein Mann von mancherlei geistigen Interessen, gut reden konnte. Das Lateinische sprach er mit schönem, stadtrömischem Akzent, auch das Griechische und das Aramäische waren ihm geläufig, obwohl ihm die Aussprache des Buchstabens Th, der in beiden Sprachen eine große

Rolle spielt, Schwierigkeiten bereitete. Einige fanden allerdings, er höre sich zu gerne reden, und richtig war, daß es, wenn man einmal den gewaltigen Strom seiner Rede entfesselt hatte, nicht leicht hielt, ihn wieder zum Stehen zu bringen. Aber er machte Eindruck, das war keine Frage. Er wußte sich Air zu geben und unbefangen mit großen Herren umzugehen; ja, sein Gesicht konnte einen Ausdruck von Hochmut und Unzufriedenheit annehmen, der seine Partner einschüchterte. Auch auf Repräsentation verstand er sich. Es war sein Verdienst, daß bei den Festen der Handwerker, vor allem bei dem großen Fest im März, die Zunft der Töpfer besonders gut abschnitt. Dabei kam ihm zustatten, daß er ein gebildeter Mann war. Weite Stellen aus den griechischen und römischen Klassikern wußte er auswendig, er konnte mit Zitaten um sich werfen, interessierte sich fürs Theater, und die Aufführung des alljährlichen Festspiels der Töpfer, dessen Organisation ihm oblag, zog viele Leute an. Alles, was in Edessa zum Töpferhandwerk Beziehungen hatte, war stolz auf diesen repräsentativen Vorstand. Sogar die Lehrlinge, obwohl sie in den Werkstätten des Terenz viel Prügel bekamen, zogen es vor, dort zu arbeiten statt bei milderen Herren.

Es erhöhte die Wirkung des Terenz, daß um ihn und um sein Schicksal etwas Dunkles war, ein Geheimnis. Er war vor elf Jahren nach Edessa gekommen, abgerissen, kümmerlich, mit einem verwilderten, rötlichblonden Bart. Damals hätte man ihm zutrauen mögen, daß er, wie es das griechische Sprichwort von den Handwerkern behauptete, sich ins Armgelenk schneuzte. Niemand hätte in jenem Terenz den späteren Zunftmeister vorausahnen können. Leute, die sich in Rom auskannten, erzählten, die Werkstätten des Terenz hätten dort guten Ruf gehabt, selbst der kaiserliche Hof habe bei ihm gekauft, ja, es verlautete, Terenz habe zum Hof des Nero geheimnisvolle, persönliche Beziehungen gehabt.

Terenz selber und seine Leute, seine Frau Caja und der Leibeigene Knops, schwiegen sich über seine römische Vergangenheit aus. Höchstens wenn Terenz in gehobener Stimmung war, nach einer geglückten Rede etwa oder nach einer wohlgelungenen Darbietung der Zunft, deutete er an, wie geringfügig ihm ein solcher Erfolg vorkomme, wenn er zurückdenke an jene Zeit, da er noch in der kaiserlichen Residenz ein und aus gegangen sei; doch mehr als eine solche vage Andeutung war nicht aus ihm herauszuholen.

Was sich aber mit dem Töpfer Terenz in Rom ereignet hatte, war dies:

Sein Vater war noch Leibeigener gewesen in der Familie des Varro. Der alte Varro hatte den anstelligen Mann freigelassen und ihm eine Töpferwerkstatt eingerichtet. Der Sohn Terenz aber hatte am Töpfergewerbe wenig Spaß, er interessierte sich für höhere Dinge, für Theater und Politik. Wenn er über öffentliche Angelegenheiten oder über Kunst sprach, dann rühmten seine Freunde sein Verständnis und seinen tiefen Blick und fanden, er sei zu gut zum Töpfermeister. Terenz kümmerte sich also schon zu Lebzeiten des Vaters wenig und nach dessen Tode gar nicht um die Werkstatt. Die ging denn auch schnell zurück. Sowie sein Vermögen sich verflüchtigte, verloren seine Freunde ihren früheren Enthusiasmus, und niemand mehr wollte ihm für seine gewandten Reden und langen Zitate Ehre oder gar Geld geben. Kein Wunder, daß er, der mit zweiundzwanzig Jahren satt, robust und nicht eben bedeutend ausgesehen hatte, jetzt, nah an den Dreißig, ein schwammiges, mißmutiges, durch Bitterkeit geradezu vergeistigtes Gesicht bekam.

Und da stellte sich etwas Merkwürdiges heraus. Kaiser Neros Antlitz nämlich hatte lange Zeit hager aus der Umrahmung eines rötlichen Bartes herausgestochen; allmählich aber war er verfettet, und als er sich mit Achtundzwanzig den Bart abnehmen ließ, erschien sein nacktes Gesicht verändert: schwammig, blasiert und fast immer verdrießlich. Eines Tages nun, wie Terenz dem Senator Varro seine allmorgendliche Aufwartung als »Schutzbefohlener« machte, nahm Varro verblüfft wahr, daß der vergrämte Töpfer auf einmal dem verfetteten, mißmutigen Kaiser zum Verwechseln ähnlich sah. Genau so zog Nero die Brauen über den kurzsichtigen Augen zusammen, genau so schob er die starke Unterlippe vor. Dem Senator Varro kam eine Idee. Man mußte für den anspruchsvollen Nero immer neue Zerstreuungen ersinnen: er beschied den Töpfer auf den Palatin, um ihn dem Kaiser vorzuführen.

Diese Vorführung war für Terenz eine gefährliche Sache. Wenn der Kaiser schlecht aufgelegt war, dann konnte er den Doppelgänger das merkwürdige Naturspiel recht bitter entgelten lassen.

Allein das Experiment glückte. Zwar wünschte Nero nicht, daß andere wahrnähmen, daß das kaiserliche Antlitz zweimal in der Welt sei, und er ordnete an, daß Terenz die Frisur zu ändern und, niemandem sichtbar, auf dem Palatin zu bleiben habe, bis ihm ein Bart gewachsen sei. Doch im übrigen fand er Spaß an der seltsamen Ähnlichkeit. Ja, er begnügte sich nicht mit der einen Vorführung. Er beschied den Töpfer ein zweites Mal und dann oft und abermals auf den Palatin. Dort wurde ihm der Bart wieder abrasiert, Neros Friseur machte ihn zurecht, und der Kaiser ergötzte sich daran, wie Terenz seinen Gang, seine Gesten, seinen Tonfall nachmachte. Er korrigierte, wenn ihm etwas nicht zu stimmen schien. Mehrmals auch ließ er seinen Lieblingsaffen herbeibringen, daß der an dem Spiel teilnehme, und wenn der Töpfer und der Affe ihn imitierten, hallte der Saal vom Lachen des Kaisers wider.

Den Terenz rührten diese Begegnungen mit Nero tief auf. Oft jetzt lächelte er verschmitzt, beglückt. Er hatte immer gewußt, daß die bösartige Laune des Schicksals, die ihn trotz seiner Begabung nicht hochsteigen ließ, vorübergehen mußte. Er dachte häufig an einen Traum, den seine Mutter geträumt hatte, als sie ihn in ihrem Schoß trug. In diesem Traum hatte sie einen hohen Berg zu ersteigen. Es war ein harter Weg, sie spürte die Wehen kommen und wollte sich hinlegen. Aber eine Stimme befahl: »Steig höher!« Sie gehorchte, doch dann erlahmte sie abermals und wollte sich ausruhen, aber da war wieder die Stimme, und erst unmittelbar unterm Gipfel durfte sie ihn gebären. Der Wahrsager aber deutete den Traum, das Kind, das sie trage, werde sehr hoch hinaufgelangen. Deshalb auch hatte man ihm den prätentiösen Namen Maximus gegeben.

Auf dem Palatin hatte man ihm eingeschärft, er habe über seine Zusammenkünfte mit dem Kaiser bei Strafe des Todes Stillschweigen zu bewahren. Es war trotzdem wahrscheinlich, daß der Leibeigene Knops etwas ahnte oder wußte; nicht nur mußten ihm die mehrwöchigen, geheimnisvollen Abwesenheiten seines Herrn auffallen, sondern auch die Aufträge, die der Palatin plötzlich der kleinen, heruntergekommenen Fabrik erteilte. Vor seiner resoluten, intelligenten Frau Caja gar das Geheimnis zu wahren, war dem Terenz einfach unmöglich. Ihr eröffnete er denn auch auf ihr Drängen, was auf dem Palatin mit ihm geschah. Doch sogar mit ihr sprach er nur selten darüber, ungern, geheimnisvoll und nie ganz offen. Niemals gestand er ihr, und selten nur sich selber, daß ihm die Berufung in die Residenz des Kaisers gelegen kam; vielmehr stimmte er ihr durch dunkles Schweigen zu, wenn sie bitter auf die Verletzung seiner Menschenwürde durch das Gesindel dort oben schimpfte. In Wahrheit aber wurde ihm das Spiel auf dem Palatin mehr und mehr zum Bedürfnis. Seine Ähnlichkeit mit dem Kaiser beglückte ihn, er verwuchs in seinem Innern immer tiefer mit seiner Rolle.

Bis dann ein jäher Umschwung kam. An jenem trüben Tag, da die Garde meuterte, war der Kaiser in eine gefährliche Lethargie versunken, und seine Vertrauten hatten, um ihn aufzumuntern, den Töpfer Terenz auf den Palatin berufen. Den hatte der Friseur rasiert und auf die übliche Art hergerichtet, als sich der Kaiser plötzlich entschloß, das Palais zu verlassen und in den Servilianischen Park zu übersiedeln. An den Töpfer Terenz, der in einem Dienerzimmer wartete, dachte kein Mensch; man vergaß ihn in dem verödeten Palast. Spät in der Nacht, da niemand sich um ihn kümmerte, drückte sich der verängstigte Mann aus der Residenz fort, um sich nach Hause zu schleichen. Die Straßen waren leer, niemand wagte sich aus Furcht vor bösen Ereignissen heraus. Plötzlich klirrte es in der Nähe. Terenz drückte sich in den Schatten, doch es war zu spät, schon hatten Bewaffnete ihn gepackt, Truppen des Senats, eine Streifschar, die auf den flüchtigen Nero fahndete. Jämmerlich beteuerte er, er sei nicht der Kaiser Nero, sondern der Töpfer Terenz. Aber die Soldaten wollten es nicht glauben; ergrimmt über die feige Haltung des Mannes, dem sie so lange göttliche Verehrung bezeigt, machten sie sich über ihn her und hätten ihn um ein Haar totgeschlagen. Nur mit Mühe brachte er sie dahin, daß sie ihn in sein Haus führten. Dort identifizierte Caja den Schlotternden, Halbtoten.

Ihr waren die Audienzen auf dem Palatin immer unheimlich gewesen. Jetzt, voll Angst vor den Maßnahmen, die der Senat gegen die Günstlinge des Nero treffen würde, bewog sie ihren Terenz, der noch bis in die Knochen erschreckt war von den Ereignissen, sogleich zu fliehen. Im grauenden Morgen stahlen sie sich zum Haus des Varro, ihres Gönners. Der Senator war noch in der Nacht aus der Stadt geflohen, nach dem Osten, sagte man ihnen. Gehetzt eilten sie ihm nach, gelangten mit ihm über die östliche Grenze.

Jetzt lag dies alles weit zurück, und man lebte gesichert, in einem gewissen Wohlstand, in dieser weißen und bunten Stadt

Edessa. Frau Caja war stolz darauf, daß sie damals ihren Terenz so energisch zusammengepackt und aus dem gefährlichen Rom wegbefördert hatte. Sie selber freilich fühlte sich hier unter den Barbaren nicht gerade wohl. Die Burnusse und schmutzigweißen Kleider dieses äffischen und zu einem guten Teil tiefbraunen Volkes mißfielen ihr, das Essen schmeckte ihr nicht, sie fand die Syrer und die Griechen betrügerisch, die Araber und die Juden stinkend und abergläubisch, die Perser verrückt. Nie wird sie das Gewelsch dieser Barbaren, das hurtige Gelispel der Syrer, das gaumig gutturale Gelalle der Araber erlernen, nie sich an diese ganze barbarische Umwelt gewöhnen, an die Farbigen, die heiligen Fische, den Altar der Tarate und seine unanständigen Symbole, nie an die Affen und an die Kamele, nie an die Steppe, die sich unheimlich im Süden dehnt.

Terenz hingegen schien sich im Osten schnell und gut einzuleben. Um das Geschäft kümmerte er sich noch weniger als in Rom, das besorgten Caja und der Leibeigene Knops. Er selber ging bedeutend und geheimnisvoll herum, organisierte die Veranstaltungen der Zunft, hielt politische Reden. Man legte hier wenig Gewicht auf seine unsichere Aussprache des Buchstabens Th, er hatte ein dankbares, aufmerksames Publikum. Zwar schimpfte er vor Caja gern über den verfluchten Osten, aber wenn sie sah, wie er stattlich durch die hügeligen Straßen von Edessa schritt, von vielen Leuten begrüßt, dann hatte sie trotz seines hochmütig unbefriedigten Aussehens den Eindruck, er fühle sich wohl wie ein Fisch im Heiligen Teich der Göttin Tarate, und sie vergaß über seinem Wohlbefinden das Unbehagen, das der Osten ihr selber verursachte.

Es stak aber hinter seinem mürrischen Wesen mehr echter Verdruß, als sie ahnte. Terenz fühlte sich alt werden, ohne daß seine großen Gaben nach Verdienst gewürdigt worden wären. Was war das schon, hier unter den Barbaren vor ein paar schmutzigen, ungebildeten Handwerkern der große Mann zu sein? Ach, seine Blütezeit war damals in Rom gewesen. Mit heißer Sehnsucht dachte er zurück an die Stunden auf dem Palatin. Vor allem *ein* Erlebnis aus jener Zeit verklärte sich ihm immer mehr. Eines Tages nämlich hatte sich Nero den Spaß gemacht, an seiner Statt den Töpfer Terenz eine Botschaft an den Senat verlesen zu lassen. Da war also dieser Töpfer Terenz vor den »Berufenen Vätern« gestanden im kaiserlichen Purpur und hatte den Lautlosen, in Demut und Unterwerfung Erstarrten die kaiserliche Botschaft verkündet. Jetzt in Edessa schien ihm sein damaliges Auftreten vor dem Senat die Krönung seines Lebens. Er vergaß, daß er, zuerst wenigstens, jämmerliche Angst gehabt hatte, weiche Knie, hohlen Magen und Bauchgrimmen. Er wußte nur mehr, wie im Verlauf der Rede immer stärkere Zuversicht in ihm hochgestiegen war. Er sah vor sich die ehrfurchtsvollen Gesichter der Senatoren, alle hatten sie ihn für den wahren Nero genommen, und mit Recht: er war wirklich Nero gewesen.

Es war ihm schwergefallen, das ungeheure Erlebnis für sich allein zu bewahren, aber er hatte sich überwunden, er hatte es nicht einmal Caja anvertraut. Nicht nur deshalb, weil solche Redseligkeit den Tod hätte zur Folge haben können, sondern vor allem, weil er fürchtete, die große Stunde könnte, wenn er einem so banalen Menschen wie seiner Frau davon mitteilte, ihren Glanz verlieren und besudelt werden. Caja hätte sicher in seinem Erlebnis nichts anderes erblickt als einen frechen Spaß, den der Kaiser sich mit seinem Senat erlaubte, und die Gefahr für ihn, das armselige Werkzeug dieses Spaßes. Sie hätte nur den Affen des Nero in ihm gesehen und niemals begriffen, daß in dieser Stunde vor dem Senat er der wirkliche Nero gewesen war. Er gab also der Lockung nicht nach, er erzählte Caja nichts, er schwieg standhaft.

Auch in Edessa schwieg er. Manchmal aber bedrängte ihn die Sehnsucht nach dem Verlorenen allzu schmerzlich. Dann zog es ihn in die Einsamkeit, und er spielte sich selber sein Auftreten vor dem Senat noch einmal vor. Am meisten liebte er das Labyrinth, jene gewaltige Grotte im Fels am Ufer des Skirtos mit den zahllosen verschlungenen Gängen, mit dem Wirrsal von Treppen, Stollen und Kammern. Dreitausend solcher Kammern, sagte man, zähle das Labyrinth, und in seiner letzten, heimlichsten habe in der Urzeit der mißgestaltete Sohn des Stiergottes Labyr gehaust, halb Gott, halb Stier auch er, sich nährend von den Knaben und Mädchen, die er dem Volk abzwang. Später hatten die gewaltigen Gewölbe den alten Königen als Grabstätte gedient, und ihre Schatten hausten noch dort. Geheimnis und Schauer war um das Labyrinth, und wer sich unvorsichtig, ohne sein verwickeltes System zu kennen, zu tief hineinwagte, mochte wohl wirklich nicht mehr herausfinden und dort umkommen. Terenz liebte den Ort, er stieg immer tiefer hinab, es wehte Größe und Geheimnis in dieser Tiefe, und allmählich fand er sich in der Wirrnis besser zurecht als die meisten andern. Hier, wo die Schatten der alten, großen Könige umgingen, wagte er es, wieder Nero zu sein, hielt Reden an einen unsichtbaren Senat, und wenn seine Worte dumpf und hohl zurückkamen, spürte er die Nähe der Götter.

Einmal hatten spielende Knaben sich weiter als sonst in die Höhle vorgewagt. Sie hörten die dumpfe Stimme tief aus dem Innern und flohen entsetzt zurück. Am Eingang warteten sie voll Furcht und Spannung. Aber als sie den Töpfer Terenz aus der Höhle kommen sahen, löste sich ihre ängstliche Erwartung in Gelächter, sie machten ihn nach, seine großspurige Haltung, seinen majestätischen Gang, liefen ihm voran, verspotteten ihn mit künstlich tiefen Stimmen. Da packten den Terenz Scham, Ekel und das Gefühl der Leere und Aussichtslosigkeit seines jetzigen Lebens derart, daß er am liebsten in die Höhle zurückgeflohen und dort gestorben wäre.

Diese Erfahrung hinter sich, beschloß er, den Palatin für immer zu vergessen. Er lernte mit doppelter Beflissenheit Klassiker auswendig, betrieb mit verbissener Energie die Geschäfte der Zunft und brachte es so weit, daß die Erinnerung an Rom nur selten mehr in ihm hochstieg.

4
STRECKMÄNNCHEN STRECKT SICH

Ende April, bei seiner üblichen Inspektionsreise, sagte sich Gouverneur Cejon in Edessa an, um die römische Garnison zu besichtigen, die die Stadt gemäß ihrem »Freundschaftsvertrag« mit dem römischen Kaiser hatte aufnehmen müssen.

Cejons Ansichten über den Osten hatten sich in der kurzen Zeit seiner Amtsführung noch versteift. Mit diesem Osten, hatte man ihm gesagt, könne man nicht fertig werden, wenn man auf die traditionelle Art hart und römisch vorgehe; durch seine Weichheit und aalige Glätte entziehe sich das Land jedem Zugriff. Es stimmte, daß gute Römer, Pompejus, Crassus und mancher andere, sich an diesem weichen Osten die Zähne ausgebissen hatten. Aber wenn damals jene Methoden zu direkt gewesen waren, heute, die befriedete Provinz Syrien und sieben

Legionen im Rücken, durfte man es sich leisten, dem verdammten orientalischen Pack die römische Faust zu zeigen. »Ich bin neugierig, mein Cejon«, hatte bei der Abschiedsaudienz auf dem Palatin, skeptisch lächelnd, Kaiser Titus zu ihm gesagt, »wie jetzt Sie mit unserm lieben Osten fertig werden.« Cejon straffte sich. Beim Jupiter, Majestät: Cejon wird fertig werden.

Die Stadt Edessa empfing den Stellvertreter des Kaisers korrekt und ehrerbietig. König Mallukh sandte Geschenke, Teppiche, Perlen, erlesene männliche und weibliche Leibeigene. Klein, aufrecht, nahm Cejon die Höflichkeitsbezeigungen der Behörden entgegen. In seinem harten Griechisch knarrte er die vorgeschriebenen höflichen Antworten.

Varro, der sich bald nach seinem Antrittsbesuch bei dem Gouverneur wieder auf seine Besitzung bei Edessa zurückgezogen hatte, wartete voll angenehmer Spannung, wie sein alter Freundfeind ihm jetzt begegnen werde; doch weder bei den offiziellen Empfängen noch bei der Truppenrevue hatte sich Gelegenheit zu einer erneuten Aussprache ergeben. Erst am dritten Tag, spätabends, nach einem Bankett, das Cejon für die Notabeln von Edessa veranstaltete, hatten die beiden eine Stunde für sich allein.

Da saß man also in dem Flügel des Palastes, den König Mallukh dem Gouverneur zur Verfügung gestellt hatte, in einem kleinen, arabisch eingerichteten Raum mit kunstvollen Teppichen, mit Statuen seltsamer Sterngötter, mit fremdländischen Inschriften und Ornamenten; der Duft schweren Weihrauchs füllte das Zimmer. Varro paßte gut hier herein, doch der kleine, starr gereckte Gouverneur mit seinem betonten Römertum wirkte fremd, fast ein wenig lächerlich, und fühlte sich sichtlich unbehaglich. Varro meinte tröstlich, zu Anfang falle es jedem schwer, sich in Antiochien einzugewöhnen, allmählich aber gewinne jeder den Osten lieb. Er rühmte die Vorzüge des Ostens, seines Ostens: die Leichtigkeit des Lebens, seine Üppigkeit. Er erinnerte sich des heftigen Ausfalls des Gouverneurs gegen Daphne, den Villenvorort Antiochiens. »Zugegeben«, verteidigte er seine Stadt, »unser Daphne ist schamlos. Aber ist nicht gerade die souveräne Schamlosigkeit großartig, mit der man hier seine natürlichen Triebe zeigt und sich ihrer rühmt?«

Cejon erwiderte nicht. Er litt sichtlich unter den schweren Parfüms, die den Raum füllten, und gab Auftrag, die Teppiche zurückzuschlagen, freie Luft hereinzulassen. Jetzt fröstelte Varro ein wenig, während Cejon sich wohler fühlte.

»Es wäre vielleicht trotzdem angebracht, mein Varro«, sagte er endlich in eine Stille hinein, »wenn Sie, zumindest auf eine Weile, sich von Ihrem Daphne losrissen und nach Rom zurückkehrten.« – »Ich werde mir Ihren Vorschlag lange und ernsthaft überlegen«, erwiderte lächelnd Varro. »Das ist übrigens eine Antwort«, fügte er gutgelaunt hinzu, »wie Sie sie hier im Osten noch oft zu hören kriegen werden.«

Die roten Flecken auf dem Gesicht des Gouverneurs verstärkten sich, der Spaß schien ihn zu ärgern. Er reckte sich ein wenig, man sah geradezu, wie er einen inneren Anlauf nahm, und sagte trocken: »Sie wissen, mein Varro, daß ich morgen zurück nach Antiochien reise. Ich wäre Ihnen verbunden, wenn wir die Frage Ihres Beitrags zur Inspektionsteuer noch während meiner Anwesenheit in Edessa regeln könnten.« – »Das heißt, heute abend?« lächelte Varro zurück. »Ja«, sagte sachlich der Gouverneur. Varro, der auf seine leidige orientalische Art dasaß, kreuzte noch lässiger die Waden. »Diese Frage«, meinte er behaglich, »wird nun seit so vielen Jahren hin und her diskutiert, und die Kasse der kaiserlichen Provinz Syrien ist auch nicht gerade auf meine strittigen Sechstausend angewiesen.« – »Ich wäre Ihnen trotzdem verbunden«, beharrte steif Cejon, »wenn Sie sich jetzt entscheiden wollten.« Varro wiegte den großen, fleischigen Kopf, schaute aus seinen langen braunen Augen langsam, prüfend den Cejon auf und ab. Wer war das, der da vor ihm saß? Streckmännchen, sein Schulkamerad, oder der kaiserliche Gouverneur, der Repräsentant des jetzigen eng nationalistischen Regimes, der Feind des Ostens? Im Ton leichter Konversation erwiderte er: »Auf die Gefahr hin, Sie, meinen Gönner und Freund, zu verärgern, muß ich es ablehnen, sogleich Bescheid zu geben. Ich bin«, fügte er begütigend, spaßhaft hinzu, »in diesem Osten ein halber Orientale, das heißt ein ganzer Zauderer geworden.«

Doch Cejon, hölzern, hartnäckig, bestand: »Trotzdem muß ich Sie bitten, mir römisch klar und unverzüglich zu antworten. Ich habe mir den Fall nochmals vortragen lassen, ich habe selber die Akten geprüft. Alles, was dazu zu sagen ist, ist zehnmal gesagt. Ich habe meinen Herren erklärt, ich würde nicht ohne einen unmißverständlichen Bescheid von Ihnen nach Antiochien zurückkommen.«

Ein wenig jetzt war Varro erbleicht. Das war nicht Streckmännchen, das war das neue Rom, was da sprach. Noch saßen beide; Cejon hielt sich klein und aufrecht auf dem niedrigen arabischen Polstersitz. »Und was, mein Cejon«, fragte Varro, immer freundlich, fast lächelnd, »würden Sie tun, wenn ich nein sagte?« Der Gouverneur verpreßte den Mund. Dann, gehackt, militärisch, doch nicht laut, erwiderte er: »Ich müßte Sie dann leider vor Gericht laden.«

Den Varro füllte für den Bruchteil einer Sekunde mehr noch als Ärger eine fast betäubende Verwunderung. Aber sogleich riß er sich zusammen und befahl sich, vernünftig zu sein, logisch zu denken. Da haben wir es, dachte er. Es ist also doch nicht Rom, was da sprach, es ist Streckmännchen. Und es ist wirklich so gekommen, wie ich es in Antiochien befürchtete. Streckmännchen, der Schwächling, hat sich zu einer Dummheit hinreißen lassen. Er ist weiter gegangen, als er gewollt hat. Jetzt kann er schwer zurück. Er wird mich sicher wirklich vor Gericht laden, und wenn ich nicht komme, läßt er marschieren. Das wäre Tollheit, aber Streckmännchen wird es tun. So schlittert einer hinein in die verrücktesten Abenteuer. Aber ich folge ihm nicht auf diesem Weg. Ich denke. Ich bleibe vernünftig. Vernunft will, daß ich nachgebe. Ich gebe nach. Diesmal. »Da Ihnen, mein Freund und Gönner«, sagte er mit ironischer Ergebenheit, »daran liegt, werde ich Ihnen die Sechstausend schicken. Lassen Sie, bitte, die Quittung vorbereiten.«

Die beiden Herren redeten noch ein paar Minuten über Gleichgültiges, dann wünschte man sich gute Nacht und trennte sich. Die Sechstausend werden dich Zinsen kosten, Streckmännchen, oder wer immer du bist, beschloß Varro, während er sich durch die hügeligen Straßen Edessas nach Hause tragen ließ.

5

VARRO SICHTET EINEN PLAN

Am andern Morgen, in frühester Frühe, schickte er dem Gouverneur die sechstausend Sesterzien. Mit Spannung erwartete er die Rückkehr des Boten. Cejon hatte die Sechstausend wirklich genommen, der Mann brachte die Quittung. Varro beschaute das Dokument, gierig, mit einer sonderbaren Befriedigung. Mit lauter Stimme, bösartig schmunzelnd, las er sich den Text vor: »L. Cejon, Gouverneur der kaiserlichen Provinz Syrien, bestätigt, von L. T. Varro sechstausend Sesterzien Inspektionsteuer erhalten zu haben.« Dann, noch im Bett, sehr angeregt, diktierte er dem Sekretär ein Schriftstück, durch welches er beim römischen Senat gegen die ungerechte Doppelbesteuerung Beschwerde einlegte. Noch ehe seine Unterschrift recht trocken war, schickte er, durch Sonderkurier, diesen Protest nach Rom.

Dies getan, ließ er die große Schar der »Schutzbefohlenen« vor, die darauf warteten, seinem Lever beizuwohnen. Vor ihnen herum schwenkte er die Quittung des Cejon, gab sie dem und jenem zu lesen, las sie selber vor, schallend. »Der neue Gouverneur«, lachte er, »das ist euch einer. Der hätte mich wirklich mit Militär holen lassen, wenn ich nicht gezahlt hätte.« Er beschaute die Gesichter seiner Leute, prüfend, wie sie reagierten. Sie standen verlegen, wußten nicht, was man von ihnen erwartete. Einige lachten gezwungen, andere zeigten Empörung, alle waren betreten. Varro ging unter ihnen herum, klopfte dem einen oder andern die Schulter, sagte ihm ins Gesicht hinein: »Der neue Gouverneur, das ist ein Scharfer.« Prüfte die Gesichter.

Als er die Leute schon entlassen wollte, fiel sein Blick auf einen Mann, den er bisher übersehen hatte. Der Mann stand verschlossen da, hochmütig, die Brauen über den kurzsichtigen, grauen Augen nach oben gezogen, verwundert eher als empört, den Mund leicht gerümpft. Wieder, wie an jenem Morgen vor vierzehn Jahren, verblüffte den Varro dieses stolz verdrießliche Gesicht mit der rosigfahlen Haut und den rötlichblonden Haaren. Ja, genau so hatte der Kaiser ausgesehen, Nero, sein Kaiser, wenn er etwas nicht an sich heranlassen wollte. Genau so hätte er die Beleidigung aufgenommen, wenn er noch auf der Welt gewesen wäre, daß Varro sie ihm hätte erzählen können. So, schmollend und herausfordernd, schob er die starke Unterlippe vor: Macht ihr, was ihr wollt; an mich könnt ihr doch nicht heran.

Varro erinnerte sich, wie Nero sich an der äffischen Kunst des Burschen erlustiert, wie er ihn und den Affen hatte springen lassen, und er schmunzelte in seinem Innern. Doch bevor noch dieses innere Schmunzeln auf sein Gesicht trat, wischte er es weg, und für Bruchteile einer Sekunde erstarrte sein lebendiges Antlitz beinahe zu einer Maske.

Er sah vielerlei in dieser Sekunde.

Dann wandte er sich wieder den »Schutzbefohlenen« zu. Jetzt, unauffällig, zog er auch den Mann mit den kurzsichtigen, grauen Augen ins Gespräch. Begann, Interesse für ihn zu zeigen. Stärkeres Interesse. Entfaltete schließlich vor diesem kleinen Töpfermeister, der von seinen Gnaden lebte, den ganzen, kunstvollen Reiz, den er sonst nur vor orientalischen Königen und Erzpriestern spielen ließ oder höchstens vor Frauen.

Listig holte er allerlei Heimliches aus ihm heraus. Lockerte den geschmeichelten Terenz dermaßen auf, daß der mit ihm sprach wie mit seinesgleichen, ihm seine Ansichten darlegte über Leben, Politik, Kunst. Das Herz des Terenz gehörte dem Theater. Er kam zu sprechen auf den Schauspieler Joannes von Patmos, der sich seit langem von der Bühne zurückgezogen hatte und still als Privatmann in Edessa lebte. Terenz hatte den Joannes vor Jahren in Antiochien spielen sehen, den Ödipus. Er, Terenz, erklärte er offen, sei enttäuscht gewesen von der vielgepriesenen Kunst des Mannes. Er beschäftige sich selber mit Literatur und Theater, wie sein Gönner, der Senator, vielleicht wisse, er könne weite Partien aus den Klassikern auswendig, er habe über den Ödipus viel nachgedacht, und er habe eine ganz bestimmte Vorstellung, wie zum Beispiel die große Rede des Ödipus gebracht werden müsse, die mit den Worten beginnt: »Was da geschah, geschah mit höchstem Recht, / Und nie wirst du des Gegenteils mich überzeugen.« Während er so schwatzte, überkam ihn Scheu ob seiner Kühnheit, er fürchtete, der Senator möchte lachen oder doch vielleicht lächeln. Doch nichts dergleichen ereignete sich. Varro hörte ihm mit vollkommen ernstem Gesicht zu und lud ihn ein, nächster Tage einmal mit ihm zu essen und ihm seine Ideen ausführlicher darzulegen, vor allem seine Meinung über den richtigen Vortrag jener Verse des Ödipus.

Terenz, fast benommen von soviel Glück, spürte gleichwohl ein kleines Bangen. Nicht etwa, als ob es ihn wundergenommen hätte, daß man sich für ihn interessierte, er war ein gebildeter Mann von eigenem Wuchs und mit interessanten Ideen. Doch wenn ein Herr vom Range des Senators zu ihm sprach, dann spürte er immer wieder, gegen seinen Willen, Respekt, Untertänigkeit, ein wenig Angst; schließlich war sein Vater noch Leibeigener in des Varro Familie gewesen. Und als jetzt gar Varro ihn aufforderte, nächstens einmal mit ihm zu essen und ihm seine Ansichten ausführlicher auseinanderzusetzen, mischte sich in sein Hochgefühl atembeklemmende Furcht, fast wie seinerzeit, wenn Nero ihn zu sich befahl.

Varro, nachdem er die »Schutzbefohlenen« entlassen hatte, holte die Quittung über die sechstausend Sesterzien Inspektionsteuer noch einmal hervor, hielt sie in der richtigen Entfernung von seinen Augen, ziemlich weit, denn er begann weitsichtig zu werden, prägte sie sich gut ein, Buchstaben um Buchstaben. Er legte auf der Rückseite zwei Rubriken an, in sehr kleiner Schrift: »Gewinn«, »Verlust«, und buchte auf der Gewinnseite: »Eine Idee.« Dann öffnete er eine gut verborgene kleine Tür in der Wand und entnahm der Höhlung einen Schrein. Der Schrein war nicht groß, doch sehr kostbar, eine Arbeit des Myrrhon, es waren auf ihm dargestellt Taten der Argonauten. Varro führte ihn mit sich, wo immer er war. Er schloß den Schrein auf, holte die Papiere heraus, die er enthielt, strich mit zärtlicher Hand über die Dokumente. Es war da ein ungewöhnlich vertraulicher Brief des Nero an ihn und Verse, die der Kaiser ihm gewidmet hatte, es war da ein Schreiben des verstorbenen Großkönigs der Parther, Vologäs, in dem der Herrscher dem Varro seine Bewunderung und seinen Dank aussprach für die Klugheit, mit der er dazu beigetragen, den Krieg zwischen Rom und den Parthern zu beenden. Auch ein paar vertraulich hingeworfene Zeilen des Feldmarschalls Corbulo waren da, der jenen Krieg für die Römer geführt und, obwohl er gesiegt, ein jämmerliches Ende gefunden hatte, und manches andere. Zu diesen Schriftstücken, ihm sehr teuer, legte Varro jetzt die Quittung Streckmännchens, lächelnd; dann verschloß er den Schrein und verwahrte ihn wieder.

Terenz unterdes kehrte zurück in sein Haus an der Roten Gasse. Er bemühte sich, sein Hochgefühl sowohl wie seine Beklemmung vor Caja und dem Leibeigenen Knops zu verbergen. Er begnügte sich, den beiden voll gutgespielter, stolzer Gleichgültigkeit zu erzählen, wie erstaunt Varro gewesen sei über seine politische und literarische Beschlagenheit; auch zur Tafel habe er ihn eingeladen, um sich eingehender mit ihm auszusprechen. Caja, derb und skeptisch, wie sie war, meinte, er möge sich nur in acht nehmen, daß er sich da nicht hineinreite. Sie höre, es sei zwischen Varro und dem Gouverneur

Streit entstanden, da tue ein kleiner Mann wie ihr Terenz gut, sich so weit abseits wie möglich zu halten. Terenz hörte mit Unmut, wie seine eigene Frau ihn einen kleinen Mann nannte.

Sie hatte denn auch unrecht. Die Mahlzeit bei Varro verlief sehr angenehm. Der Senator hörte mit Teilnahme die politischen Ansichten seines »Schutzbefohlenen«, ließ sich von ihm die Verse des geblendeten Ödipus vordeklamieren, lobte sachverständig, und Terenz schied von ihm sehr befriedigt.

6

TERENZ VERWANDELT SICH

Es wurden aber in der Stadt Edessa immer mehr Gerüchte laut, vom römischen Regierungsgebäude in Antiochien her wehe jetzt ein neuer, böser Wind. Es erregte Sorge und Ärgernis, daß Varro, dieser angesehenste Bürger des Staates Edessa, genötigt worden war, doppelte Steuern zu zahlen. Was sollte aus dem Handel Edessas mit der Provinz Syrien werden, wenn man solche Doppelbesteuerung zum Prinzip machte? Auch erzählte man sich, der neue Gouverneur wolle die römischen Garnisonen in Edessa, Samosata, Carrhä, Palmyra verstärken und so die Souveränität der kleinen Staaten Mesopotamiens, um die es ohnehin nicht gut bestellt war, weiter verringern.

Unter diesen Umständen brauchten die »Schutzbefohlenen« und sonstigen Agenten Varros sich nicht sehr anzustrengen, um die Bevölkerung des Zwischenstromlandes zu bitteren Vergleichen anzuregen zwischen den jetzigen Herren, dem Kaiser Titus und seinen Beamten, und dem guten, noch immer betrauerten Kaiser Nero. Wie hatte dieser selige Kaiser den Osten begünstigt, wie hatte er durch Stiftungen und Privilegien die kulturellen und die Handelsbeziehungen zwischen Mesopotamien und Syrien gefördert. Er war ein wirklicher Kaiser gewesen, und schon um des Prunkes willen, den er, seine Minister, Generale, Gouverneure entfalteten, hatte man ihn geliebt. Der Luxus seiner Spiele, die Tatsache, daß er persönlich vor allem Volk auf der Bühne auftrat, hatte ihm auch im Zwischenstromland ungeheure Sympathien erworben, und bis ins Partherreich hinein war man entzückt gewesen, als er versprach, daß er einmal auch dem Osten seine Kunst zeigen wolle. In ihm hatte man in Wahrheit einen zweiten Alexander gesehen, der nicht kam, um den Osten zu unterjochen, sondern um Morgen- und Abendland zu verschmelzen. Die neuen Herren hingegen, die flavischen Kaiser, hatten von Anfang an nicht verborgen, daß die Orientalen für sie Barbaren waren, gerade gut genug, um auf jede Art ausgebeutet zu werden. Daß Rom jetzt diesen widerwärtigen Cejon nach Syrien schickte, bewies abermals den bösen Willen der Regierung. Von neuem lebte die Sehnsucht nach dem verschwundenen Kaiser auf. »Ja, Nero, wenn er noch lebte«, seufzten träumerisch diejenigen, die sich abends um die Brunnen und in der frühen Nacht in den Schenken versammelten.

Während sich solches Gerede zwischen Euphrat und Tigris immer mehr verbreitete, lud Senator Varro den Terenz ein zweites Mal zu Tisch. Diesmal waren sie allein. Varro war schweigsam, in Gedanken, beschäftigt. Behandelte den Terenz mit großer Auszeichnung, fast wie einen Höhergestellten. Ließ im Gespräch lange, bedrückende Pausen entstehen. Obwohl Terenz Sinn für Feierlichkeit hatte und sich geschmeichelt fühlte, konnte er sich nachgerade der Betretenheit nicht erwehren.

Nach der Mahlzeit, beim Wein, sagte Varro unvermittelt, mit scheuem, schlau vertraulichem Lächeln: »Ich sehe, daß Sie noch immer Ihre Mischung jedem andern Wein vorziehen.« Er hatte aber den Wein in jener Weise mischen lassen, die Kaiser Nero erfunden hatte; diese Mischung und ihr Name war eines der wenigen Überbleibsel des Kaisers, das seine Nachfolger nach seinem Sturz nicht angetastet hatten, und jedermann, auch Terenz natürlich, kannte das Getränk und seinen Namen. Er sah hoch, verständnislos. Die sonderbaren Worte des mächtigen Herrn und der unterwürfig freundschaftliche Ton, in dem sie vorgebracht wurden, machten ihn verlegen, ja blöde. Varro aber fuhr im gleichen ergebenen Ton fort: »Vielleicht nehme ich mir eine zu große Intimität heraus, aber ich muß endlich aussprechen, was mich seit Wochen drückt und erhebt, und was mir jetzt Sicherheit geworden ist: daß ich nämlich weiß, wer sich damals nach dem angeblichen Tod des Kaisers Nero zu mir und in meinen Schutz geflüchtet hat.«

Es bedurfte, um den Hintersinn dieses unvermuteten Satzes zu begreifen, eines Mannes von rascher, scharfer Intelligenz, und ein solcher Mann war der Töpfer Terenz nicht. Allein die

Worte Varros rührten an das Tiefste, Heimlichste in seiner Seele, an seinen brennenden Ehrgeiz, an seine Sehnsucht zurück nach seiner großen Zeit auf dem Palatin. Es stieg also, während Varro sprach, in Terenz sogleich die gewaltsam hinuntergedrückte Erinnerung hoch an sein erhabenes Auftreten vor dem Senat, und es schwoll in ihm die irrsinnige Hoffnung, jene große Zeit könnte wiederkehren. Er begriff deshalb die dunkeln Sätze des Senators viel schneller, als der erwartet hatte, er nahm sie mit allen Fasern seiner Seele auf, kostete bis zur Neige ihren beglückenden Sinn. Einer hatte ihn erkannt, einer begriff: wer soviel von Neros Fleisch und Blut hatte, mußte wirklich Nero sein.

Während er aber noch geschwellt war von der ungeheuern Seligkeit der Sekunde, war in ihm schon seine ganze eingeborene Schlauheit erwacht und sagte ihm, es sei besser, wenn er sich verstellte und sein rechtes Ich erst sehr spät zu erkennen gäbe. Er tat also ferner blöde, meinte, er begreife nicht, worauf sein großer Gönner hinauswolle, und trieb es schließlich so weit, daß Varro schon fürchtete, er werde nicht zum Ziel kommen. Einen letzten Versuch noch machte der Senator. Er bitte demütig um Entschuldigung, sagte er, wenn er seinem Gast zu nahe getreten sei. Falls der glaube, es sei noch verfrüht, den Römern seinen ganzen Glanz zu zeigen, oder wenn er gar die Welt, die ihn verkannt, wegen dieses Frevels für immer im Stich lassen wolle, so bitte er, Varro, um Verzeihung für die Kühnheit, mit der er an seiner Verhüllung gezerrt habe.

Jetzt aber fürchtete Terenz, wenn er nicht endlich zupacke, könnte es zu spät werden, und es könnte ihm diese einzige Gelegenheit für immer entschwinden. Er war also mit einemmal nicht mehr blöde, sondern lächelte jungenhaft, gutmütig, listig, wie er es manchmal am Kaiser Nero gesehen hatte, er schritt mit dem Schritt Neros auf den Senator zu, er klopfte ihm mit der Geste Neros die Schulter und sagte in dem einmaligen, unverkennbaren, lässig hochmütigen Tonfall Neros: »Warum, mein Varro, sollte ich dir nicht verzeihen?«

Nun hätte, das wußte Varro, der echte Nero in dieser Situation niemals so gesprochen. Der hätte eher ein griechisches Zitat gebraucht und dazu eine bestimmte, wegwerfende, wegwischende Handbewegung gemacht. Es kam aber die Äußerung des Mannes so überraschend, und der tote Nero, seine Stimme, sein Tonfall, sein Schritt war plötzlich so überwältigend leibhaft im Zimmer, daß Varro erschrak und daß ihm bangte, seine Idee sei vielleicht eine zu gute Idee und von unabsehbaren Folgen. Er riß sich zusammen und sagte, jählings ernüchtert, abschließend: »Ja, lieber Terenz, das also wäre das.« Für den ganzen Rest des Abends dann war er der große Herr von früher und sprach zu ihm als zu seinem »Schutzbefohlenen«, leutselig, sachlich.

Der Töpfer Terenz aber hatte gesehen, was er gesehen, und gehört, was er gehört hatte. Er war seiner Sache so sicher, daß die plötzliche Rückwandlung des Varro seinem Glück nichts mehr anhaben konnte.

7

VARRO LEISTET SICH DEN SPASS

Als Senator Varro die Sache so weit vorgetrieben hatte, fand er es an der Zeit, ernstlich zu prüfen, ob er denn wirklich seinen Plan ausführen solle. Es galt zunächst zu überdenken, wie weit sein Nero Aussichten hatte, sich durchzusetzen.

Er hatte Aussichten. Das Volk hatte nie geglaubt, daß Nero wirklich umgekommen sei. Es hielt den Kaiser für zu klug, als daß es ihm nicht geglückt sein sollte, seinen Gegnern zu entkommen. Vor allem im Osten war man überzeugt, Nero halte sich nur verborgen, um eines Tages glorreich von neuem zu erscheinen. Wenn jetzt, in dieser günstigen Situation, ein Mann sich zeigt, vom Fleisch des Nero, gelenkt von einem andern, der den Geist des Nero so genau kennt wie er selber, wenn dieser Mann auf unabhängigem Boden erscheint, dem Zugriff Roms schwer faßbar, dann wird ein solcher Nero sich bestimmt lange halten können und dem Gouverneur der Grenzprovinz, vielleicht sogar dem Palatin selber, schwer zu schaffen machen.

Es war gegen Morgen, als Varro dies bedachte, er lag im Bett, räkelte sich, lächelte, schloß wieder die Augen.

Wenn sein Nero jenseits des Euphrat sichtbar wird, was dann kann Streckmännchen gegen ihn unternehmen? Selbstverständlich wird Nero gescheit genug sein, sich möglichst selten innerhalb der syrischen Grenzen blicken zu lassen. Er wird Unruhe in die Provinz hineintragen, aber rechtzeitig wieder ins unabhängige Gebiet zurückkehren, wo man ihn heimlich oder wahrscheinlich sogar offen unterstützen wird. Was kann Antiochien gegen ihn ausrichten? Wird man Militär ins fremde Gebiet vorschicken? Das wird sich selbst Streckmännchen zweimal überlegen. Man hat seinerzeit hart gefeilscht um jeden einzelnen römischen und parthischen Soldaten, der das Recht haben soll, sich auf dem Gebiet dieser Pufferstaaten zu zeigen. Vom Euphrat zum Tigris ist es nicht weit. Wenn Rom Truppen über den Euphrat schickt, dann laufen sie Gefahr, Truppen zu begegnen, die von jenseits des Tigris kommen.

Varro stand auf. Mit bloßen Füßen ging er zur Wand, holte den Schrein hervor, den er dort verwahrt hielt. Entnahm ihm jenes Schriftstück. Las mit zärtlicher Stimme, zum hundertstenmal: »L. Cejon, Gouverneur der kaiserlichen Provinz Syrien, bestätigt, von L. T. Varro sechstausend Sesterzien Inspektionsteuer erhalten zu haben.« Streichelte das Schriftstück, lächelte, verschloß es wieder, verwahrte den Schrein, ging zurück in sein Bett.

Soll er sich den Spaß leisten? Es ist ein guter, tiefer, aussichtsvoller Spaß, aber verdammt gefährlich. Es ist kein Spaß. Geht es denn um diese Quittung? Geht es denn um Streckmännchen? Es geht nicht einmal um ihn selber. Worum es geht, das ist der Osten, dieser großartige, zuchtlose, weisheitsvolle, verworrene Osten, den die brutalen, engstirnigen Feldwebel auf dem Palatin nicht unter ihre Stiefel kriegen sollen.

Varro dachte zurück an die Zeit, da er zum erstenmal nach Syrien gekommen war, als junger Offizier, in der Armee des Feldmarschalls Corbulo. Er war damals ständig in der unmittelbaren Umgebung des berühmten Feldherrn gewesen. Corbulo war ein Flachkopf, alles in allem, er hatte weder den rechten Instinkt noch scharfen Verstand; aber er war tief überzeugt von seiner Begabung, er konnte befehlen wie kein zweiter, besaß die Technik des selbstverständlich herrenhaften Auftretens. Varro hatte viel von ihm gelernt. Im übrigen hatte er diesen Corbulo rasch durchschaut. Hatte erkannt, daß er durch schrankenlose Bewunderung am schnellsten zu gewinnen war. Hatte ihn gewonnen. Bald war es so weit gekommen, daß er, der blutjunge Anfänger, dem berühmten, erfahrenen Feldmarschall seine Ideen suggerierte, daß in Wahrheit er die syrische Politik machte. In jenen Jahren war seine Passion für den Osten entstanden, sein Durst, hier zu herrschen. Es war ihm ein ungeheurer Genuß, mit diesen orientalischen Königen, Priestern, Handelsherren auf ihre blumige, langwierige Art zu verhandeln, ihre krummen Wege durch noch krümmere zu überlisten, so daß sie schließlich in sein Ziel einmündeten. Eigentlich hat seit Corbulo immer er in diesen Ländern geherrscht.

Varro dehnte sich in seinem Bett, zog sich wieder zusammen. Dachte daran, wie vor elf Jahren diese Flavier versucht hatten, ihn zu beseitigen. Weil er einmal im Pfauen-Bordell hinter dem Großen Zirkus in besoffener Laune eine Hure mit dem Purpur und dem hohen Schuh des Senators ausstaffiert hatte, darum, hatte Kaiser Vespasian dekretiert, sei er nicht würdig, länger dem Senat anzugehören. Der läppisch ironische Vorwand war ein Spaß des zu plumpen Scherzen immer aufgelegten bäurischen Vespasian. Nun, die Flavier, der tote Vespasian und sein Sohn Titus, haben für diesen Spaß allerhand zahlen müssen. Sie haben es zu spüren gekriegt, mittlerweile, die Herren, daß ein findiger Mann manchmal von Edessa aus mehr ausrichten kann als von Rom. Jetzt also haben sie ihm diesen Trottel hergeschickt, Streckmännchen, daß der das feine Gefüge seiner östlichen Politik störe. Nun, Streckmännchen kann sich auf allerhand gefaßt machen. Wenn erst sein Nero in Mesopotamien anerkannt ist, wird Streckmännchen merken, daß es vielleicht doch klüger gewesen wäre, dem alten Varro die Sechstausend nicht abzupressen. Streckmännchen wird zugeben müssen, daß in diesem Osten mit »durchgreifen« und »römischer Disziplin« nichts zu machen ist, daß man besser dem alten Varro auf dem Weg der Verständigung folgt.

Wohin verirrt er sich? Geht es denn um Streckmännchen? Nicht ihn, das ganze, freche, neue, dumme Rom will er treffen, wenn er ihm den alten Nero zurückzaubert, dessen Andenken es so gar nicht vertragen kann.

Hier kam ihm plötzlich das Gesicht des Terenz in den Sinn. An den hatte er seltsamerweise die ganze Zeit über nicht gedacht. Er erinnerte sich, wie der Bursche auf ihn zugeschritten war, verwandelt, mit dem Schritte des Nero, und wie er mit dem unverkennbaren, lässig hochmütigen Tonfall des Nero zu ihm gesagt hatte: »Warum, mein Varro, sollte ich dir nicht verzeihen?« Von neuem beschlich ihn jenes Unbehagen, das er damals verspürt hatte, als in diesem armseligen Kleinbürger auf einmal Nero im Zimmer war. Doch es fiel ihm ein, daß

Nero sicher selber seinen Spaß hätte an dem Streich, den er seinem Feind, dem Titus, mit dem unterschobenen Nero spielen will, und sein Unbehagen zerschmolz.

Er räkelte sich ein letztes Mal, befriedigt. Befahl seinen Sekretär zu sich. Gab Weisung, man solle eine Zusammenkunft zwischen ihm, König Mallukh und Erzpriester Scharbil vereinbaren.

8
EIN ÖSTLICHER KÖNIG

König Mallukh hatte Varro und den Erzpriester Scharbil in dem weiten, arabisch eingerichteten Gemach empfangen, in dem er am liebsten Rats pflog. Teppiche waren an den Wänden, ein Springbrunn plätscherte, man saß auf niedrigen Polsterkissen. Sowohl den schnellen Varro wie den beweglichen alten Erzpriester Scharbil kostete es Überwindung, würdig und ruhevoll zu bleiben. Aber sie wußten, König Mallukh wäre am liebsten auf der Erde gehockt, mit gekreuzten Beinen, nach der Sitte seines Volkes, dem langsamen Springbrunn lauschend, zwischen Rede und Gegenrede noch viel größere, beschauliche Pausen einlegend. Schon zum drittenmal hatte der Ansager den Teppich zurückgerafft und die Stunde ausgerufen, und noch immer nicht war man beim Thema.

»Es ist schade«, hatte soeben der Erzpriester Scharbil ausgeführt, »daß das Partherreich durch seine Thronstreitigkeiten geschwächt ist. Solange ein Teil der Truppen König Artabans durch den Kampf gegen den Prätendenten gebunden ist, solange wird Rom uns spüren lassen, daß keine Großmacht mehr hinter uns steht, uns zu stützen.«

Varro sah aufmerksam auf König Mallukh. Der schöne Mann mit den braunen, sanften Augen, der gekrümmten fleischigen Nase und dem sorgfältig gekräuselten und geknüpften Bart saß vollkommen still wie ein Bild, groß, ein wenig dicklich, und man wußte nicht, ob er die Sätze des Erzpriesters aufgenommen hatte. Vielleicht träumte er wie so oft. Seit drei Jahrhunderten herrschten diese arabischen Fürsten über die Stadt Edessa, sie waren vertraut mit griechisch-römischer und mit parthischer Kultur, aber das Herz des Königs Mallukh, das wußten alle, war arabisch geblieben. Er liebte nicht die Regierungsgeschäfte, mehr schon seine Armee, noch mehr seine Frauen, noch mehr seine Pferde, aber am meisten liebte er die ferne Wüste. Manchmal ritt er mit wenigen Begleitern hinaus, weithin in die südliche Ödnis. In seinem Heimlichsten war er wahrscheinlich ein Mann aus jenen Reiterstämmen, denen es als schimpflich galt, zu säen oder zu pflanzen, sich eine Hütte zu bauen oder sich sonst häuslich niederzulassen; denn wer sich solchen Bequemlichkeiten unterwirft, muß, wenn er ihrer nicht wieder beraubt werden will, einen Herrn über sich dulden und verliert somit seine Freiheit. Die Freiheit aber ist das höchste Gut des Arabers, und da Freiheit nur in der Einsamkeit ist, ist die Wüste seine Heimat.

Wer also mochte wissen, ob nicht König Mallukh, wie er so unbeweglich dasaß mit dem königlichen Stirnreif, der matt aus seinem Haar leuchtete, an seine Wüste dachte oder an seine Frauen und Pferde, statt an die politischen Fragen, für die Varro und Erzpriester Scharbil ihn zu interessieren suchten. Es zeigte sich aber, daß er gut zugehört hatte. Nach einer angemessenen Weile nämlich tat er den Mund auf, der sehr rot war inmitten seines kunstvollen, schwarzen Bartes, und mit seiner schönen, tiefen Stimme sagte er: »Es ist der Sterngott Dusaris, der Pfeile der Zwietracht gegen den Osten ausschickt. Darum ist Hader im Hause der Parther, und darum ist Prinz Pakor hoffärtig und anerkennt nicht seinen König Artaban.«

Froh, daß Mallukh zuhörte, wagte Varro sich weiter vor. »Mancher Mann«, sagte er, »findet es vielleicht betrüblich, daß nicht auch die westlichen Sterne im Zeichen der Zwietracht stehen. Mancher Mann fände es vielleicht klug, wenn auch im römischen Reich einer aufstünde und sagte, er anerkenne nicht den Anspruch des Mannes Titus, der heut auf dem Palatin sitzt.«

Nichts regte sich auf dem gebräunten Gesicht unter dem königlichen Stirnreif. Der Erzpriester Scharbil hingegen stieß mit rascher Bewegung seinen uralten, entfleischten, schlauen Vogelkopf gegen Varro vor, doch auch er schwieg. Trotz dieses Schweigens wußte Varro genau Bescheid in den Köpfen der beiden Männer. Beide hassen die Römer, beide werden es mit Freuden begrüßen, wenn dem Kaiser Schwierigkeiten erwachsen. Mallukh, der Araber, der leidenschaftliche Freund der Freiheit, leidet trotz seines maskenhaften Gleichmuts bitter unter der Abhängigkeit, in die Rom ihn immer mehr hineinzieht. Scharbil, der verschlagene, spottlustige Syrer, Priester eines uralten Kulturvolks, verachtet die jungen, barbarischen Menschen aus dem Westen, die ihre frechen, groben Hände nach seinem Land ausstrecken. Varro darf es sich erlauben, weiter zu gehen; die beiden müssen seinen Vorschlag aufnehmen wie ausgedörrte Steppe den Regen.

»Vielleicht«, sagte er also, »ist sogar wirklich einer da, der den Anspruch hat. Vielleicht auch fügen es die Sterne, daß der, welcher den Anspruch hat, bald hervortritt.«

Erwartungsvoll schaute er auf Scharbil, sicher, daß der kluge Erzpriester ihn genau verstehen werde, auch ohne daß er mehr sagte. Scharbil, Syrer, Aramäer von ganzem Herzen, muß sich heiß zurücksehnen nach jenem Nero, der die uralte, einheimische syrische Kultur, die älteste der Welt, mit soviel Achtung gefördert hat. Zudem ist Scharbil habgierig, und die dreisten Zugriffe, mit denen die Römer in die Schätze seines Tempels langen, zerreißen ihm das Innere.

Allein Scharbil traf keine Anstalten, zu erwidern. Der spitze Priesterhut schien wie verwachsen mit der gelben, pergamenttrockenen, zerknitterten Stirn, der schwarzgefärbte, dreieckige Bart hing wie leblos um die dürren Lippen und die vergoldeten Zähne. Er klappte mit den zerfältelten Lidern. Endlich, nach einem quälenden Schweigen, begann er mit dem Kopf zu wackeln, stieß ihn vor und keifte mit seiner hohen, bösartigen Greisenstimme: »Und wenn der Mann, der den Anspruch haben will, ein Betrüger ist?«

Bevor Varro antworten konnte, befahl, als jetzt der Ansager zum viertenmal die Stunden meldete, König Mallukh Wein und Konfekt; es schien ihm wohl unziemlich, ununterbrochen von Politik zu reden, und während man zeremoniös nippte und naschte, begann er von der Jagd zu sprechen. Dies erledigt, nahm er ebenso plötzlich das politische Gespräch wieder auf. »Kann mein Vetter und Herr Varro mir sagen«, fragte er, »was es für Folgen hätte, wenn der Mann, der den Anspruch haben will, kein Betrüger ist?« – »Darüber«, erwiderte der Senator, »kann der Majestät Ihr ergebener Diener Varro ebenso genau wie demütig Auskunft geben. Es wären dann alle Edikte, die Rom seit dem angeblichen Tod des Kaisers Nero erlassen hat, ungültig und gültig nur jene Verträge, die bestanden, als Kaiser Nero untertauchte und verschwand.« Jetzt schauten der östliche König und der östliche Erzpriester den Römer so lange wortlos und unverwandt an, bis dieser, obwohl gewöhnt an östliche Sitten, anfing, sich unbehaglich zu fühlen. »Der kleine Herr«, sagte endlich Scharbil mit seiner hellen Greisenstimme, »den Rom nach Antiochien geschickt hat, ist hartnäckig wie ein Bock der Berge. Er wird einen Nebenbuhler des Palatin wahrscheinlich nicht dulden, sei dieser echt oder ein Betrüger.«

Mehr sagte er nicht, auch König Mallukh hatte nichts mehr zu sagen. Aber Varro wußte, daß er den beiden nicht erst auseinanderzusetzen brauchte, wieviel Vorteile sich für Edessa aus dem Auftreten eines römischen Prätendenten ergaben, mochte dieser sein wer immer, wenn er sich nur eine Zeitlang zu halten verstand. Man konnte von einem solchen Prätendenten als Preis für seine Anerkennung allerlei Privilegien verlangen; man konnte einen hohen Preis von Rom dafür fordern, daß man ihn nicht anerkannte. Da diese angenehmen Möglichkeiten zutage lagen, war es überflüssig, darüber zu reden.

Vielmehr kehrte das Gespräch zurück zu den Thronstreitigkeiten im Partherreich. Von den beiden Prätendenten ist Artaban der stärkere, begabtere, und er hat sich im Westen des Partherreiches, da, wo es an Mesopotamien angrenzt, gegen jeden Widerstand durchgesetzt. Es wäre Wahnsinn, den andern, den fernen Pakor, zu unterstützen, obwohl der vielleicht etwas mehr Legitimität, mehr »Fran«, mehr »eingeborene Majestät« besitzt.

Sehr wichtig für Edessa ist, welchen der beiden parthischen Prätendenten die römische Regierung anerkennen wird. Die Handelsverträge Roms mit dem Partherreich laufen ab, und der Gouverneur in Antiochien wird sich rasch entschließen müssen, mit wem er über die Erneuerung verhandeln will, mit Pakor oder mit Artaban. Es wird nicht angenehm für Edessa sein, wenn Rom den Pakor anerkennt und nicht den Artaban, Edessas mächtigen und beliebten östlichen Nachbarn. Über diese Fragen sprach man in gemessenen, blumigen Sätzen, bis der Ansager die fünfte Stunde meldete. Dann gab König Mallukh das Zeichen, daß er die Audienz für beendet ansah.

Bevor Varro ging, resümierte der Erzpriester Scharbil seine Ansicht, die sicher auch die des Königs war: »Wenn Rom unsern Artaban anerkennt, dann haben wir keine Ursache, an der Legitimität seines Titus zu zweifeln. Wenn sich indes Rom für Pakor und gegen unsern Artaban einsetzt, dann wäre es für Edessa eine große Freude, falls Kaiser Nero wieder auftauchte.« Er äußerte sich aber in einer für den Osten so ungewöhnlich kurzen, klaren und bündigen Weise nur deshalb, weil er sehr alt war und nicht mehr viel Zeit hatte.

9

EIN SCHIEDSPRUCH

Unmittelbar nach dieser Unterredung verließ Varro die Stadt Edessa. Den Terenz hatte er kein zweites Mal zu sich geladen.

Er kehrte zurück nach Antiochien. Er führte mit sich den Schrein mit den Schriftstücken, die ihm teuer waren. Aber wenn er jenseits des Euphrat aller Welt die Quittung über die bezahlte Inspektionsteuer gezeigt hatte, so schien er in Antiochien die Demütigung völlig vergessen zu haben, die Streckmännchen ihm zugefügt. Er gab sich mit keinerlei Geschäften oder Politik ab, sondern tauchte unter in den Ausschweifungen der großen, zuchtlosen Stadt. Verbrachte seine Zeit in dem eleganten Vorort Daphne, wo in luxuriösen Villen die kostbarsten Huren Asiens sich angesiedelt hatten, jener Stätte, nach der die Kleinbürger der ganzen Welt sich in ihren lasterhaften Träumen sehnten.

Varros Tochter, die weiße, strenge Marcia, schämte sich ihres Vaters, den sie liebte und bewunderte.

Die seltenen Male, da der Senator mit Cejon zusammentraf, gab er sich harmlos, als der alte Schulkamerad, der seinen Freund bedauerte, weil er die fixe Idee hatte, sich mit einem lästigen Amt abzuschinden, während er selber noch einmal, bevor er endgültig alterte, aus voller Kraft genoß. Die Angelegenheit mit der Inspektionsteuer schien er dem Cejon nicht nachzutragen. Er brachte selber die Rede darauf, daß er sich in Rom beschwert habe. Er habe das deshalb getan, erklärte er unbefangen, weil er sonst bei seinen Orientalen um alle Autorität gekommen wäre. Aber damit sei für ihn die Angelegenheit erledigt. Der Kampf um sechstausend Sesterzien sei eines Mannes nicht würdig, der einundfünfzig Jahre hinter sich, vieles versäumt und noch mancherlei vor sich habe.

Cejon traute dieser Naivität nicht recht. Er selber bereute

zuweilen, daß er so weit gegangen war; aber er sagte sich, wenn nicht jetzt, dann hätte er eben später einmal diesem orientalisch verkommenen Varro den römischen Gouverneur zeigen müssen. Doch er wurde das Gefühl des Unbehagens vor dem andern nicht los. Man berichtete ihm, Varro finde trotz seines Luderlebens Zeit, große geschäftliche Transaktionen durchzuführen und, die Konjunktur ausnützend, weite Teile seines syrischen Grundbesitzes vorteilhaft abzustoßen. Cejon konnte dem Manne eine heimliche Bewunderung nicht versagen, der seine Kraft in sinnlos leeren Genuß steckte und gleichzeitig mit Umsicht seine verwickelten Geschäfte betrieb. Der Mann war gefährlich.

Es schien ihm geraten, ihn zu versöhnen. Einen solchen labilen Menschen behandelte man am besten mit Zuckerbrot und Peitsche. Er beschloß, seine Härte in der Steuerangelegenheit durch einen besonderen Vertrauensbeweis wiedergutzumachen. Bat Varro um eine Unterredung.

Varro kam. Cejon überwand sich. Setzte dem andern die Gründe seines Vorgehens in der Steuerangelegenheit auseinander. Wäre es nur um sie beide gegangen, um ihn und um Varro, erklärte er ihm, und man sah ihm an, wie schwer es ihm fiel, das zu sagen, dann hätte er natürlich nachgegeben. So aber sei das Prestige Roms im Spiel gewesen, und dem stehe das Prestige eines einzelnen nach. »Das müssen Sie begreifen, mein Varro«, meinte er. »Trotzdem Sie ›Freund des Großkönigs der Parther‹ sind«, schloß er mit einem säuerlichen Versuch, zu scherzen.

Varro dachte nicht daran, es zu begreifen. Er schaute Cejon freundlich an, erwartungsvoll. Ja, da er ihm sehr nahe saß, rückte er, weitsichtig wie er war, den schweren Sessel etwas zurück, um das Gesicht des andern deutlicher sehen zu können. Im stillen hoffte er, Cejon werde ihm ein Angebot machen, ihm sagen, er habe sich eines Besseren besonnen, er wolle ihm die Sechstausend zurückzahlen. Varro wußte genau, wie phantastisch das Unternehmen war, das er eingeleitet, und wenn der andere ihm die Hand hingestreckt hätte, dann hätte er sie genommen und von seinem Plan abgelassen. Er wartete also. Aber Cejon fand, er sei weit genug gegangen. Im Grunde war, was er gesagt hatte, eine Entschuldigung gewesen, und es mußte genügen, wenn der Generalgouverneur des Kaisers sich vor dem zweideutigen, abenteuerlichen Varro entschuldigte. Auch er wartete. Noch eine Sekunde, und noch eine. Und da Varro schwieg, und da er selber schwieg, entschied sich in diesen Sekunden das Schicksal der beiden Männer, und nicht nur der beiden.

Cejon, mit der Pedanterie des Bürokraten, führte gleichwohl durch, was er sich einmal vorgenommen, und machte sich daran, Varro den »Vertrauensbeweis« zu geben, durch den er ihn gewinnen wollte. »Sie haben mir, mein Varro«, setzte er also an, »als guter Freund Ihren sachverständigen Rat in den Angelegenheiten des Ostens angeboten. Darf ich jetzt von diesem Angebot Gebrauch machen?« Varro, angenehm erstaunt, erwiderte: »Ich stehe mit ganzem Herzen zu Ihrer Verfügung.«

»Der Vertrag mit den Parthern«, legte der Gouverneur seine Sorgen dar, »läuft ab. Mit wem von den beiden Prätendenten soll ich verhandeln? Wen soll ich anerkennen? Pakor oder Artaban? Unser Interesse ist es offenbar, dahin zu wirken, daß die Parther so lange wie möglich durch ihre Thronstreitigkeiten geschwächt bleiben. Aber ich kann die Erneuerung des Vertrags nicht weiter hinauszögern. Für wen soll ich mich entscheiden?« Und er machte von neuem den Versuch, alles ins Leichte zu ziehen, und fügte, angestrengt scherzend, hinzu: »Wer ist der Großkönig, dessen ›Freund‹ Sie sind, mein Varro?«

Varro war in seinem Innern tief erfreut. Genau an diesem Punkt wollte er den andern haben. Daß der andere diese Frage an ihn richte, dazu war er nach Antiochien gekommen, und wenn Cejon noch acht Tage gezögert hätte, dann hätte er, Varro, gegen seinen Willen anfangen müssen, mit ihm über Politik zu sprechen. Besser hätten sich die Dinge nicht fügen können.

In aller Eile ließ er nochmals die Erwägungen in sich ablaufen, die er angestellt. Wenn Cejon sich für Artaban erklärte, dann, darin hatten die Männer in Edessa recht, hatte man jenseits des Euphrat kein Interesse mehr daran, den Mann zu unterstützen, der sich Nero nannte. Dann wurde der Töpfer wieder zum Töpfer, und Cejon blieb der kaiserliche Generalgouverneur, Herr über sieben Armeekorps und die wichtigste Provinz des Reichs und wandelte sich niemals mehr zurück in Streckmännchen. Varro mußte also den Gouverneur dahin bringen, daß er den Pakor anerkannte und nicht den Artaban. Oftmals und säuberlich hatte er sich die Argumente zurechtgelegt, die er dem Cejon zu solchem Zwecke anführen könnte.

Aber jetzt verzichtete er mit kühnem Entschluß auf diese ganzen sorglich zurechtgelegten Argumente. Während der zwei Sekunden Wartens und Schweigens hatte er seinen alten Jugendkameraden Cejon schärfer erkannt als je. Er sah, wie sehr der ihn haßte, er sah, wie tief der ihm mißtraute. Cejon wird das Gegenteil von dem tun, was er rät. Er wird ihm raten, den Artaban anzuerkennen und den Pakor zu verwerfen.

So tat er.

Bis jetzt hatte Cejon geschwankt, ob er sich für Artaban entscheiden solle oder für Pakor. Viele Gründe sprachen für den einen, viele für den andern. Er sah das massige Gesicht des Varro, den vollen, sinnlichen Mund, die freche, mächtige Stirn, die saloppe Haltung. Er haßte den Mann, und, beim Jupiter, der Mann haßte ihn. Pakor? Artaban? Der Mann hat geraten: den Artaban. Der Mann hat erklärt, sein »Freund« sei Artaban, Cejon wird sich für Pakor entscheiden.

10

GEDULD TUT NOT

Es kitzelte den Töpfer Terenz sehr, seiner Frau Caja von seinem Gespräch mit Varro zu erzählen, ihr, die ihn einen kleinen Mann genannt hatte, zu beweisen, daß andere ihn für alles eher hielten. Doch er wußte, daß er seinen Triumph gefährde, wenn er ihn zu früh zeigte. Er beherrschte sich also und lebte weiter wie bisher, beschäftigt nur mit den Dingen der Zunft.

Doch Caja kannte ihren Terenz bis in die letzte Falte. Er mochte würdig und betriebsam herumgehen, mochte so tun, als sei er ganz ausgefüllt von den Geschäften seines Alltags. Sie merkte an Unwägbarem, daß da ein anderes war, ein großes Nebenher, das ihn abzog. Es mußte sich etwas ereignet haben. Wie er in sich versank, wenn er sich allein glaubte, wie er zuweilen verträumt und wollüstig seufzte, wie er sich im Schlaf abarbeitete, wie da sein Gesicht strahlte und sich verfinsterte, das alles erinnerte sie an sein Gehabe zu jener Zeit, da er auf den Palatin berufen worden war.

Übrigens hielt das Hochgefühl des Terenz nicht lange vor. Zwar sprach man in Edessa und auch sonst im Zwischenstromland immer mehr von den glücklichen Zeiten des Kaisers Nero. Man seufzte und stöhnte über die gewaltigen Lasten, die der neue Gouverneur der Bevölkerung Mesopotamiens auflege, und immer mehr Leute raunten wichtig und immer öfter, das könne so nicht weitergehen, es werde auch bald ein Ende haben, Kaiser Nero lebe noch und werde bald wieder in großem Glanz erscheinen und dem Volk des Zwischenstromlands von neuem Freiheit und Brot schaffen. Terenz sog auch gierig dieses Gerede ein, aber es linderte nur wenig die Qual seiner Erwartung. Denn nun waren es schon Wochen und Monate, daß Varro nichts mehr von sich hören ließ. Dem Senator nämlich schien es angebracht, den Terenz hinzuhalten. Nachdem der Mann einmal angebissen hatte, war es gut, ihn zappeln zu lassen, auf daß er nicht zu selbstbewußt werde. Varro also hielt sich weit ab, in Antiochien, ein großer Herr, sehr entfernt dem Töpfer Terenz, ihm unerreichbar. Keine Botschaft kam von dem Senator Varro an den Töpfer Terenz.

Das war keine leichte Zeit für Terenz. Oft zweifelte er, ob das denn damals Wirklichkeit gewesen sei, ob wirklich einmal der große Senator Varro wie ein Gleicher zum Gleichen, ja unterwürfig zu ihm gesprochen habe wie eben zu dem Kaiser Nero. Er hätte ums Leben gern das Ereignis mit Caja beredet. Aber er wußte, sie werde ihm höchstens sagen, er bilde sich das alles ein, oder, im besten Fall, Varro habe ein neues, grausames und erniedrigendes Spiel mit ihm vor. Und gerade das wollte Terenz nicht hören; denn er hätte nicht mehr leben können, wenn es so gewesen wäre.

Er verbarg also, so gut es ging, seine Wirrnis vor den klaren, spähenden Augen seiner Frau. Immer gieriger schaute er aus nach Zeichen, ob denn Varro der einzige sei, der erkannt habe, daß er in Wirklichkeit der Kaiser Nero war. Aber er sah keine Zeichen, und es kostete ihn immer mehr Mühe, der stattliche, bedeutend geschäftige, seiner selbst sichere Zunftmeister Terenz zu bleiben, der er vor wenigen Wochen gewesen war.

Ein einziges äußeres Zugeständnis machte er seinen Träumen. Kaiser Nero hatte zuweilen, um schärfer zu sehen, einen Smaragd vor seine kurzsichtigen Augen geführt, gewöhnlich vor das linke. Terenz kaufte sich einen Smaragd. Es war nicht einfach, den Eingriff in die Kasse des Geschäfts, den dieser Kauf erforderte, vor Caja zu bemänteln, und es gelang ihm auch nicht recht. Den Smaragd selber ließ er natürlich niemanden sehen. In der Einsamkeit probierte er ihn aus, führte ihn vor das linke, vor das rechte Auge, freute sich seines grünen Glanzes.

Wenn ihm auch das nicht mehr half, flüchtete er mit seinen Zweifeln in das Labyrinth. Dort in der Dunkelheit einer versteckten Kammer lauschte er in sich hinein, bis seine innere Stimme, sein Dämonium, zu ihm sprach und ihm versicherte, er sei Nero, und alle würden das erkennen.

Vorläufig aber erkannten sie es nicht, und Varro schwieg weiter. Schließlich hielt Terenz es nicht mehr aus und schrieb ihm einen Brief nach Antiochien. Dieser Brief war demütig, wie eben ein Schutzbefohlener an seinen Gönner schreibt. Terenz berichtete über Fragen seiner keramischen Fabrik, über kleine Ereignisse der Stadt Edessa, über die Geschäfte der Zunft. Gegen Schluß aber, und dies war der einzige Hinweis auf jene Unterredung, den er sich gestattete, flocht er dunkel den Satz ein, vielleicht fügten es die Götter, daß er bald seinen Gönner nicht mehr mit derartigen Fragen zu behelligen brauche, indem sie ihn nämlich so zurückverwandelten, wie er manchmal träume. Er überlas diesen Brief und fand ihn nicht schlecht. Jetzt mußte Varro sich äußern. Wollte Varro fortsetzen, was er damals begonnen, dann gab er Antwort auf den dunkeln Satz; wollte er es aber nicht, dann nahm er die Wendung für eine der vieldeutigen, blumigen Phrasen, wie der Osten sie liebte, und ging darüber weg. Tat er das, dann mußte eben Terenz zurücktauchen in den Alltag von Edessa. Aber das war unmöglich. Varro wird verstehen, wird antworten.

Ungeheuer langsam verstrichen die nächsten Tage. Viele Briefe kamen aus Antiochien, einige auch an Terenz, aber keiner von Varro. Terenz setzte sich eine Frist, bis zu welcher Varro geantwortet haben müsse. Erst sechs Tage, dann zehn, dann zwanzig. Immer wieder sagte er sich, Geduld tue not. Er zitierte, um sich aufrechtzuerhalten, viele Verse der Klassiker dieses Sinnes. Er zitierte sie vor Knops, seinem Leibeigenen, vor dem er sich mehr gehenlassen konnte als vor seiner Frau. Einmal auch sagte er zu Knops, jetzt stehe die Wende bald bevor – dergleichen hatte er oft zu ihm gesagt –, und grimmig, inbrünstig an seine Hoffnung sich klammernd, die kurzsichtigen Augen scharf und finster zusammengezogen, sprach er, mehr für sich selber als für Knops, den Beginn des homerischen Verses: »Kommen wird er, der Tag.« Und da Knops ihn anstarrte, konnte er sich nicht mehr beherrschen, sondern zog den Smaragd aus seiner verborgenen Falte, faßte den Knops noch schärfer ins Auge und wiederholte bedeutend: »Kommen wird er, der Tag.«

Der Leibeigene Knops wich zurück vor dem grünen Funkeln, aber er war klug und fragte nichts; doch er nahm die seltsame Geste seines Herrn und seine Worte begierig auf und dachte lange darüber nach.

Knops – der Name bedeutete »wildes Tier« oder auch »Wildling«, und Knops legte Gewicht darauf, daß man seinen Namen ordentlich mit dem langen griechischen O aussprach – war ein schlanker Mensch, der viel jünger aussah als seine Jahre. Er war schon als Kind in die Familie des Terenz geraten; ein fauler Schuldner hatte ihn dem alten Terenz in Zahlung gegeben. Knops war in Kilikien geboren und fühlte sich wohl in seinem Osten. Er war ein schlauer, serviler Bursche mit hurtigen Augen. Für Terenz, dessen untergebener, jüngerer Spielkamerad er gewesen war, zeigte er neidvolle Bewunderung. Er bewunderte das Herrenhaft-Gewalttätige an ihm und das blinde Zutrauen, das Terenz zu sich selber hatte; aber er haßte ihn auch um dieser westlichen Eigenschaften willen. Er, Knops, leitete den ganzen Betrieb in der Roten Gasse, und wenn die Fabrik des Terenz in Edessa so rasch hochgekommen war, dann war das ihm zu danken. Wahrscheinlich legte er trotz der spähenden Augen Cajas ein gutes Stück Geld für sich selber zurück; aber seine Tätigkeit war mit Geld nicht zu lohnen. Eigentlich hätte ihm, dem Brauch zufolge, Terenz längst die Freiheit schenken müssen; mancher fragte sich, warum Knops, da sein Herr ihm die verdiente Freiheit vorenthielt, die sich nicht längst selber genommen habe. Damals zum Beispiel, als Terenz nach dem Untergang des Nero zur Flucht gezwungen war, hätte der geschmeidige, intelligente Knops leicht durchgehen können, ohne von seinem Herrn Verfolgung fürchten zu müssen, da der selber alle Ursache hatte, im verborgenen zu bleiben. Wenn Knops damals und später bei ihm aushielt, dann war es, weil er ein abergläubisches Zutrauen hatte, daß sein Herr hoch hinaufgelangen und daß dann seine Treue sich lohnen werde.

Als jetzt Terenz voll stiller, grimmiger Zuversicht den Homervers zitierte: »Kommen wird er, der Tag«, da nahm also der Leibeigene diese Worte keineswegs für leeres Gerede. Vielmehr brachte er sie sogleich in Zusammenhang mit den Gerüchten, der Kaiser Nero lebe noch. Von der Wende, die bevorstehe, hatte ihm Terenz schon während der Zeit seiner geheimnisvollen Abwesenheiten in Rom erzählt, und er hatte das Versprechen hinzugefügt, sobald diese Wende eingetreten sei, werde er ihm die Freiheit schenken. Solange Knops auf den Tag dieser Wende hatte warten müssen, er war des Wartens noch immer nicht müde, und jetzt wärmte sein Herz sich an dem Gedanken, daß nun endlich die Wende wirklich bald eintreten werde, und dann wird sein Lieblingstraum in Erfüllung gehen: er wird sich als selbständiger Geschäftsmann hier irgendwo im Osten niederlassen, wird seine Freunde übers Ohr hauen, bösartigen Klatsch verbreiten und freche Witze über sie reißen.

Am Abend dieses Tages ging Knops zu einem dieser Freunde, dem vertrautesten, dem Töpfermeister Gorion. Bei ihm pflegte er den größten Teil seiner freien Zeit zu verbringen. Dieser Gorion war ein Mann aus der Urbevölkerung, fett, mit rundem Kopf und kleinen, schlauen Augen, gern mit beweglichen Händen schwatzend wie Knops selber. Doch im Gegensatz zu Knops verwandte er seine Betriebsamkeit nicht auf die Arbeit, sondern füllte seinen Tag damit an, neugierig jedem Gerücht nachzulaufen, behaglich geschäftig bei seinen vielen Bekannten herumzusitzen, zu schimpfen und zu klatschen, schlau, leichtgläubig, voll Interesse an den vielen politischen Veränderungen seiner Stadt. Er hatte jeden Wechsel mit neuem Entzücken begrüßt, um sich dann um so enttäuschter nach der Vergangenheit zurückzusehnen.

Die Väter und Urväter dieses Gorion waren von Beginn der Zeiten an im Lande gewesen, hatten babylonische Herren kommen und gehen sehen, assyrische, griechische, römische, persische, arabische, hatten die neuen Herren hingenommen wie Sonne oder Hagel oder Überschwemmung. Hatten geseufzt und geduldet. Hatten sich an ihren Boden geklammert, sich genährt, Kinder gezeugt, die Göttin Tarate und ihre Fische verehrt und so viel gearbeitet, als nötig war, um sich zu erhalten und den Eroberern das zu geben, was diese durch Schläge und Foltern ihnen abpreßten. Die fremden Fürsten und Herren waren verschwunden, die Väter des Gorion waren geblieben bis herunter zu ihm. Jetzt schimpfte und duldete er selber, wie sie geschimpft und geduldet hatten.

Mit diesem Gorion also war Knops ehrlich befreundet, teils weil er sich geehrt fühlte dadurch, daß Gorion, ein freier Mann, sich so gern mit ihm unterhielt, teils weil er sicher war, ihm an Sachverstand, Weltkenntnis und Intelligenz überlegen zu sein. Mit Interesse und Kennerschaft betrachtete Knops die zwölfjährige Tochter des Gorion, die kleine Jalta, und er hatte sich von Gorion versprechen lassen, daß der ihm diese Jalta zur Frau geben werde, wenn erst die große Wende eingetreten und er kein Leibeigener mehr sei. Heute, da er überzeugt war, daß er bald kommen werde, der Tag, erging er sich in lauten, saftigen und genießerischen Träumereien, was alles er mit der kleinen Jalta in der ersten Nacht anstellen werde. Gorion aber, der Vater der Jalta, hob schalkhaft drohend den Finger gegen Knops, den Leibeigenen aus Kilikien, und zitierte, immer einmal wieder, das alte Sprichwort: »Kar-, Kilik- und Kappadozien / Sind, beim Zeus, drei K zum Kotzien.« Worauf Knops, in seinem Heimatstolz gekränkt, ungewohnt hitzig erwiderte, er werde, ob Gorion wolle oder nicht, mit seiner Jalta schlafen. Das konnte sich Gorion nicht gefallen lassen, und höhnend sagte er: »Seht ihn an, den Knops aus Kilikien, das K zum Kotzien«, wobei er überdies den Namen Knops mit scharfem, kurzem O aussprach. Knops aber, im Vertrauen auf die Äußerung seines Herrn, wurde noch saftiger und gab zurück, nicht nur mit des Gorion Tochter, der Jalta, sondern mit des Gorion Göttin, der Tarate, werde er schlafen. Dieser letzte ungeheure Schimpf aber, den der Leibeigene seiner Lieblingsgottheit antun wollte, brachte den Gorion dermaßen auf, daß er dem Knops seinen vollen Becher Wein an den Kopf warf; viel ging daran übrigens nicht verloren, da der Wein schon ein wenig sauer war.

Gorion nahm an, Knops werde die Kränkung mit einer Flut von gewaltigen Schimpfworten erwidern. Doch nichts dergleichen geschah. Vielmehr wischte sich der Leibeigene den Wein lediglich mit ruhiger Gebärde vom Gesicht und sagte still: »Nimm dich in acht, Gorion! Es könnte sein, daß dieses K zum Kotzien sich einmal als der genaue Freund eines sehr mächtigen Herrn entpuppt.« Er brachte aber diesen Satz mit solchem Ernst und solcher Gelassenheit vor, daß der Töpfer Gorion verstummte.

Und als Knops im Laufe des Abends wiederholte, vielleicht komme sie bald, die Wende, hörte Gorion nicht mehr über diese Worte hin als über einen nichtssagenden Gesprächsfetzen, sondern er bewegte sie noch lange in seinem Herzen hin und her.

11
MANCHMAL IST DER KRÜMMSTE WEG DER GRADESTE

Wenn Varro den Terenz zappeln ließ, so mußte er selber sich in Geduld üben. Während er sein heftiges Leben in dem Villenvorort Daphne weiterführte, wartete er mit immer unbehaglicherer Spannung darauf, wann nun endlich Cejon sich für Pakor erklären werde. Allein Cejon zögerte seine Entscheidung hinaus.

Varro entschloß sich, ihn zu stimulieren. Überall erzählte er herum, wie wichtig es für Rom sei, geordnete Beziehungen zu den Parthern herzustellen und den Artaban anzuerkennen; er wußte, daß man dem Cejon diese Reden hinterbringen werde. Auch holte er jetzt aus seinem Schrein von neuem die Quittung über die Inspektionsteuer hervor und zeigte sie in Antiochien herum, über die Rechthaberei und den Größenwahn des Gouverneurs bösartig witzelnd.

Vor allem aber bemühte er sich, von der Villenstadt Daphne aus einen neuen Namen für Cejon in Umlauf zu setzen, den hübschen Spitznamen seines alten Schulkameraden: Streckmännchen. Der Name gefiel dem spottlustigen Volk der Syrer, rasch erhielt er einen obszönen Nebensinn, verbreitete sich mit Windeseile über den ganzen Osten, und der Name Cejon wurde vergessen über dem Namen Streckmännchen. Als gar die Regierung die Anwendung dieses Spitznamens durch einen plumpen Erlaß verbot, ersetzte ihn der Volkswitz durch geschickte Synonyme, und in den Kneipen sowie auf der Straße sang man Couplets, deren Pointen Pausen waren, die durch nichts anderes als durch den Namen Streckmännchen ausgefüllt werden konnten. Auch wurden jetzt überall zu Zehntausenden jene Holzpuppen mit beweglichen Gliedmaßen feilgeboten, die man mittels eines kleinen Hebels aus ihrer kauernden Stellung sich recken und wieder zusammenfallen lassen konnte, und sie fanden reißenden Absatz. Varro scheute sich nicht, bei einem seiner Feste solche Holzpuppen unter seine Gäste verteilen zu lassen. Cejon mußte sich für Pakor erklären.

Den Gouverneur reizte es bis aufs Blut, daß jener Spitzname aus seiner Knabenzeit, der in Rom längst verstummt war, ihn jetzt im Osten von neuem stach und peinigte. Auch ärgerte es ihn tief, daß er das Übel durch sein Edikt nur schlimmer gemacht hatte. Seine Herren hatten ihm abgeraten, hatten ihm vorgestellt, der wendige, spitzbübische Osten werde tausend Wege finden, den Erlaß zu umgehen. Er hatte es nicht glauben wollen. Nun sah er den Erfolg: er hatte seine Niederlage nur verschärft.

Als er mit Varro zusammentraf, war es sein erstes, den Erlaß zu rechtfertigen, dem andern klarzumachen, daß er nicht aus leerer Eitelkeit gehandelt habe. Wenn die Leute, setzte er ihm auseinander, mit dem albernen Spitznamen nur ihn persönlich hätten kränken wollen, dann hätte er sie ruhig gewähren lassen. Aber das freche, aufrührerische orientalische Pack wolle mit dem Schimpfwort das ganze Reich verhöhnen. Es gehe um das Prestige Roms, darum müsse er mit allen Mitteln das Gesindel kleinkriegen.

Varro hörte ihn höflich, teilnehmend an. Er gestehe, erwiderte er, er sehe da schwarz; mit solchen Maßnahmen wie dem Edikt werde Cejon hier im Osten nie durchdringen. Die Leute von Antiochien hätten nun einmal jeden ihrer Herrscher, Schauspieler, Rennfahrer und Athleten mit Spitznamen gerufen, sie betrachteten das als ihr Privileg, niemand bisher habe es angetastet. Es sei klüger, Hunde bellen zu lassen, als sie beißen zu machen. Wenn er dem Cejon raten dürfe, dann solle er doch das Volk hier so behandeln, daß langsam der Spitzname seine bösartige Bedeutung verliere und einen zärtlichen Sinn annehme. Und er trat ein wenig zurück, um mit seinen weitsichtigen Augen das Gesicht des andern besser sehen zu können, nahm das Wort in den Mund, schmeckerisch, sprach es aus, zwei-, dreimal, ließ es freundlich auf der Zunge zergehen: »Streckmännchen, Streckmännchen.«

Cejon saß verdrießlich da, strich mit den Fingerspitzen der einen die Innenfläche der andern Hand, schaute aus seinen harten Augen den Varro für den Bruchteil eines Augenblicks bösartig an. Er wußte natürlich, daß der den Spitznamen aufgebracht hatte. Es war töricht von ihm gewesen, sich dem Menschen verständlich machen zu wollen, dessen letztes Ziel kein anderes war als eben ein so hohler Spaß. Varro sah, was in Cejon vorging. Er triumphierte. Streckmännchen wird den Artaban nicht anerkennen. Streckmännchen wird selber sein Schicksal, den alten Nero, heraufbeschwören.

Kühn stieß er vor. Fragte besorgt, ob Cejon sich denn noch

immer nicht entschlossen habe, welchen der beiden parthischen Prätendenten er anerkennen solle. Wiederholte dringlich seinen Rat, sich für Artaban zu entscheiden.

Er habe ja schon einmal, antwortete kühl Cejon, dem Varro Gelegenheit gegeben, seine Meinung zu äußern, und er, Cejon, habe sich die Argumente des Freundes reiflich überlegt. Er schätze die Sachkenntnis des Varro, aber es gebe auch Sachverständige, und recht bewährte, die der entgegengesetzten Meinung seien. Er zweifle nicht an dem guten Willen des Varro; aber vielleicht rate da, gegen seinen Willen, eben doch nicht nur der Römer, sondern der »Freund des Großkönigs«; des Großkönigs Artaban, setzte er mit leisem Hohn hinzu. Es sei eine folgenschwere Entscheidung, die er zu treffen habe, und er handle nicht für sich, sondern sei dem Kaiser verantwortlich, schloß er wichtig.

Varro gab sich erstaunt, bedrückt. Verließ triumphierend das Palais.

Drei Tage später teilte der Gouverneur offiziell mit, daß er mit Pakor als mit dem Großkönig der Parther wegen Erneuerung der Verträge verhandle.

12

TERENZ VERWANDELT SICH EIN ZWEITES MAL

Die Frist, die Terenz sich gesetzt hatte, ehe er seine Hoffnung aufgeben wollte, war vorbei. Er gab seine Hoffnung nicht auf. Eine Woche verstrich, noch eine Woche. Endlich kam Bescheid von Varro.

Es war ein langes Schreiben. Ängstlich und gespannt durchflog es Terenz. Varro schrieb nicht selber, er ließ durch seinen Sekretär erwidern. Ausführlich, nüchtern ging der auf jedes geschäftliche Detail ein, das Terenz erwähnt hatte, und dem Terenz sank das Herz. Aber siehe, als der Brief schon zu Ende war, kam noch eine Nachschrift, und die hatte Varro selber geschrieben. Er hoffe, lautete diese Nachschrift, die Götter möchten bald jene Verwandlung vornehmen, von der Terenz schreibe.

Ein großer, seliger Stolz hob den Terenz. Aber er hatte sich in der Geduld geübt, hatte gelernt, sich zu beherrschen. Diesmal ließ er sich vor keinem mehr gehen, nicht einmal vor dem Leibeigenen Knops. Von dem Brief des Varro aber trennte er sich nicht, er trug ihn immer bei sich. Manchmal, wenn er allein war, zog er ihn heraus und las den Schlußsatz, nochmals und nochmals, viele Male. Zuweilen auch flüchtete er sein Glück in die Einsamkeit des Labyrinths. Dort, in einer der verborgenen, dunklen Kammern, von niemandem gesehen, nur von den Fledermäusen, reckte er sich, streckte die Arme, lächelte töricht, selig und nahm wohl, wie er es seinerzeit vor dem Senator Varro getan hatte, bis ins kleinste Gang, Geste und Stimme des Kaisers an.

Im ganzen Gebiet des römischen Reichs waren seinerzeit auf Weisung des Senats die Denkmäler und Büsten des geächteten und schmählich umgekommenen Kaisers Nero getilgt und bis auf die letzte Spur zerstört worden. Außerhalb der Grenzen aber, vor allem im Zwischenstromland, hatten sich viele dieser Büsten und Standbilder erhalten. Senator Varro hatte eine ganze Menge davon nach Edessa schaffen lassen. Da standen und lagen sie nun auf einer seiner Besitzungen in der Nähe der Stadt, in einem großen Schuppen und in dem vernachlässigten Hof davor, manche schon verwitternd, unter der Obhut eines sehr jungen, halbidiotischen, zu sonst nichts brauchbaren Leibeigenen.

Eines Tages nun fand sich Terenz auf dieser Besitzung des Varro ein, ein Privatmann, ein unbekannter, bummelnder Spaziergänger. Der leibeigene Knabe, der die Aufsicht führte, ließ den stattlich und sicher auftretenden römischen Herrn ohne weiteres ein. Terenz ging herum zwischen den Steinen und Blöcken, die Gesicht und Wesen des Nero festhielten. Da lag, stand und saß der tote Kaiser in hundert Stellungen. Das breite Antlitz mit den kurzsichtigen Augen und der starken, vorgestreckten Unterlippe schaute bald hochmütig gelangweilt über einem liegenden, stattlichen, etwas dicklichen Körper, bald starrte es majestätisch über dem Panzer mit der Meduse, bald war es umrahmt von einem wohlgekräuselten Bart. Manchmal auch hatten die Bildner dem Kopf Augen eingesetzt, graue, schillernde Augen, aus edlem oder minder edlem Stein. Einzelne Büsten aber waren farbig, sie zeigten die rosig fahle Haut des Kaisers, sein rötlichblondes Haar und die sehr roten Lippen. Terenz also ging herum zwischen diesen Standbildern. Alle beschaute er, vor vielen verweilte er, er nahm sie in sich auf, sog sie in sich ein, speiste sie aus seinem lebendigen Erinnern, fühlte sich so verknüpft mit ihnen, daß er am Ende selber nicht mehr wußte, stellten diese Bilder ihn dar oder einen andern. Vor einer Wachsbüste insbesondere verweilte er lange. Er holte seinen Smaragd hervor. Ja, dies war er, Nero-Terenz, wie er vor vierzehn Jahren gewesen war. Er stand vor der Büste, nahm ihren Ausdruck an bis ins kleinste, starrte auf sie aus kurzsichtigen Augen, Brauen und Stirn zusammenziehend, den Kopf hochmütig und etwas schräg nach vorn, Unterlippe und Kinn vorstrekkend, den Mund verpreßt, unmutig, ungeduldig, sehr stolz. So stand er eine lange Zeit.

Der junge Wächter unterdessen hatte sich in einen Winkel des Hofs zurückgezogen. Von dort betrachtete er scheu, neugierig den fremden Herrn und sein merkwürdiges Gehabe. Während aber Terenz vor der Wachsbüste stand, änderte sich auf einmal das Gesicht des Knaben, und er drückte sich verängstigt noch enger in seinen Winkel. Und als sich der Fremde endlich von der Büste losriß und fortging, etwas taumeligen Schrittes nach der langen Versunkenheit, eilte der Knabe plötzlich auf ihn zu und stürzte vor ihm nieder, die Stirn am Boden, wie diese orientalischen Menschen es vor Göttern oder dem Großkönig zu tun pflegten.

Terenz entfernte sich hastig, im tiefsten Herzen erschreckt und beglückt. Jetzt also war es soweit. Schon erkannten sogar die Unmündigen, die geistig Gehemmten, wer er war und wozu der Himmel ihn berufen. Ein ungeheures Entzücken preßte ihm den Atem, würgte ihn fast. Es trieb ihn wie betrunken durch die Landschaft, weithin, bis da, wo sie in die Steppe überging. Einmal, auf einer kleinen Erhöhung, hielt er an. Die Schultern zog er hoch, mit der lässigen, überstolzen Gebärde des Nero ließ er den Arm fallen, und, höhnisch fast, zitierte er das Wort des griechischen Tragikers: »Jetzt steh mir fest, Erde! Wann je hast du unter Sterblichen einen Größeren getragen?«

Es war ihm unmöglich, jetzt das Alltagsgesicht der Caja zu sehen oder des Knops. Er tauchte unter in seinem Labyrinth. Lauschte auf sein Dämonium. Und die Stimme erhob sich und sprach zu ihm: »Sei gegrüßt, Cäsar! Hinauf! Immer höher! Zu den Sternen, Cäsar!«

13
EIN VERKLEIDETER FÜRST

In Edessa mittlerweile hatte man immer öfter von Nero gesprochen und wie gut es unter seiner Regierung gewesen sei, und ob er sich nicht wirklich doch gerettet habe und bald wieder ans Licht treten werde. Als gar bekannt wurde, daß Streckmännchen nicht den Artaban, sondern den Pakor als Großkönig der Parther anerkannt habe, wurde die Sehnsucht nach dem toten Kaiser und die Empörung über Titus und seine Stellvertreter immer heftiger. Der von Rom anerkannte Pakor herrschte im fernen Osten des Partherreichs, die an Edessa grenzenden Gebiete unterstanden dem Artaban. Wenn zwischen Rom und Artaban Feindseligkeiten ausbrachen, mußten sie zunächst im Gebiet von Edessa ausgetragen werden. Die Leute von Edessa wollten keinen Krieg. War es nicht genug, daß Rom durch seine ungeheuren Steuern und Tribute ihren Gewinn schmälerte? Für wen erntete man mit solcher Mühe Öl, Wein, Brotfrucht? Für den Fremden, für den frechen Eroberer aus dem Westen, für Rom. Ach, wäre der gute Kaiser Nero wieder da! Unter ihm war gut mit Rom auszukommen, man handelte mit Rom, und jeder zog Gewinn daraus, Rom und Edessa. Auch ließ Nero die alten Götter des Ostens gelten, Tarate, den Berittenen Mithras, die arabischen Sterngötter. Warum sollen jetzt der Capitolinische Jupiter und die »Göttin Rom« mehr sein als Mithras und die Göttin Tarate, die »Göttin Syrien«? Was ist das für ein Gott, der von den geplagten Menschen nur immer mehr Arbeit verlangt und immer mehr Steuern? Die Fische der Göttin Tarate sind viel weniger habgierig als der Adler des Jupiter. Die Soldaten der römischen Garnison sahen immer mehr finstere Blicke auf sich. »Streckmännchens Knechte«, schimpfte und höhnte es hinter ihnen her, und es bekam ihnen nicht gut, wenn des Nachts einer allein durch die Straßen von Edessa ging. Die beweglichen, spaßhaften Holzpuppen wurden, ungeheuer vergrößert, unter Gejohl auf den öffentlichen Plätzen verbrannt. Und immer lauter hieß es überall, Streckmännchens Herrlichkeit werde nicht mehr lange dauern, Kaiser Nero sei da, er sei in Edessa, bald werde er hervortreten und Streckmännchen auf den Kopf hauen.

Viele hätten jetzt sehr gewünscht, daß Senator Varro zugegen sei; von ihm hätte man sicher manches kluge Wort über Rom und die politische Situation zu hören bekommen. Doch Varro blieb ärgerlicherweise in Antiochien, unerreichbar, untertauchend in den Genüssen der Villenstadt Daphne. Wenn in dieser Zeit in Mesopotamien allerlei seltsame Gerüchte entstanden, so mußte man schon eine feine Nase haben, um hinter solchem Gerede den Atem des Senators Varro zu spüren.

Blieb aber Varro unsichtbar, so zeigte sich ein anderer Römer, ein geheimnisvoller Mann. Es wurde nämlich dem Tempel der Göttin Tarate durch einen Kurier, der jede weitere Auskunft verweigerte, eine Anweisung auf einen sehr hohen Betrag zugestellt, als Weihegeschenk des Kaisers Nero für seine Errettung aus großer Gefahr. Dem für weibliche Schönheit sehr empfänglichen König Mallukh aber überbrachte der gleiche dunkle Kurier als Ehrengeschenk desselben unsichtbaren Nero zwei erlesene jungfräuliche Leibeigene. Der König und der Erzpriester zögerten, die Spenden anzunehmen. Da aber der Geldbetrag sehr hoch und die beiden Mädchen sehr schön waren, nahmen sie schließlich an.

König Mallukh und Erzpriester Scharbil gebrauchten im politischen Gespräch, selbst wenn sie unter sich waren, nur blumige, behutsame Wendungen. In solcher umwegigen Form beredeten sie das Auftauchen des verschollenen Kaisers. »Es wäre gut, zu wissen«, meinte der König, »was ein gewisser Römer in seinem Herzen jetzt über diesen Kaiser denkt, und wie fest der Grund ist, auf dem seine Gedanken stehen.« – »Dieser gewisse Römer«, erwiderte der Erzpriester, »verströmt die Kraft seines Herzens und seiner Lenden in den Freudenhäusern einer westlichen Stadt.« – »Die Götter haben ihm einen weiten Blick gegeben«, entgegnete der König, »und sicher kann er auch aus dem Freudenhaus des Westens herüber in unseren Osten schauen.« – »Möglich«, gab der Erzpriester zurück. »Aber wenn man ihm einen Kurier schickt, könnte der abgefangen oder sonst zum Plaudern gebracht werden. Verschwiegen ist nur die Erde.« – »Edessa ist alt«, beschied sich der König, »und wird noch manches Reich überleben, und Geduld ist eine gute Sache.« – »Ich selber bin alt«, maulte unzufrieden aus seinem vergoldeten Mund der Erzpriester zurück, »und bin nicht aus Stein und Erde wie Edessa.«

Ob die geheimnisvollen Geschenke des Kaisers Nero oder

ob andere Anzeichen die Phantasie des Volkes anregten, die Gerüchte, Nero sei nicht tot, wurden immer bestimmter, und immer bestimmter hieß es, er halte sich in Edessa auf.

Der Töpfer Terenz sog begierig diese Gerüchte in sich ein. Aber er ließ von seiner Gier nichts merken. Er war jetzt seiner Sache sicher, und es fiel ihm nicht schwer, geduldig zu sein. Er spürte mit gutem Instinkt, es sei besser, wenn er sich still verhalte und alles ohne sein Zutun reifen lasse.

Es geschah aber wirklich viel ohne sein Zutun, um seine Erhöhung vorzubereiten. Schon wurde der Kreis immer kleiner, innerhalb dessen der Kaiser zu finden sein sollte, und zog sich deutlicher um die Rote Gasse zusammen. Immer bestimmter hieß es, der Töpfer Terenz sei nicht, der er sei.

Die Bekannten des Terenz zeigten jetzt eine gewisse Scheu, wenn sie ihn grüßten, Fremde wiesen sich ihn auf den Straßen, hinter seinem Rücken begann es zu flüstern, und sah er unvermutet einem Begegnenden ins Gesicht, dann mochte er wohl Verlegenheit und Ehrfurcht darauf wahrnehmen. Er sah das mit tiefer Befriedigung, aber er tat weiter, als merke er nichts, und gab sich unbefangen inmitten des Nimbus, der sich um ihn wob. Versuchte man ihn auszufragen, dann zog er erstaunt die Brauen zusammen und blinzelte den Frager aus kurzsichtigen Augen an.

Auch der Leibeigene Knops bekam sein Teil ab von der Scheu und heimlichen Verehrung, mit der man seinem Herrn begegnete. Sein Freund wagte nur mehr mit einer gewissen Unterwürfigkeit ihn aufzuziehen, und wenn einmal seinen Lippen der Name des Knops mit dem kurzen O des Dialekts von Edessa entwischte statt mit dem gewünschten langen O, dann korrigierte er sich sehr schnell. Knops war selig, daß der Tag, auf den er so lange gewartet, ja auf den er sein Leben gesetzt hatte, nun endlich sichtbar herandämmerte. Intelligent, wie er war, sah er voraus, welche Taktik man einschlagen, daß man behaupten werde, Kaiser Nero habe anläßlich der letzten geheimnisvollen Zusammenkunft mit dem Töpfer Terenz auf dem Palatin umsichtig mit diesem die Rolle getauscht. Aber gerade daß Knops das erkannte, befähigte ihn, seinem Herrn genau das Gesicht zu zeigen, das dieser sehen wollte. Er änderte nicht etwa seine Haltung. Er gab sich, der verschlagene Knops, vor dem heimlichen Kaiser weiter wie bisher, vertraulich, ergeben, unterwürfig, frech, als der unentbehrliche

Leiter der Fabrik; nur daß er vielleicht um ein Gran mehr unterwürfig und um ein Gran weniger frech war.

Übrigens änderte sich allmählich infolge des Benehmens der andern auch das Benehmen des Terenz, im Grunde gegen seine Absicht und gegen seinen Willen. Er bemühte sich, auch weiter nichts merken zu lassen von dem Besonderen, das um ihn war, doch er stellte das so an, daß alle sehen mußten, er wolle sich nichts merken lassen. Er war jetzt nicht mehr der Töpfer Terenz, sondern ein geheimnisvoller Mann, dem es gefiel, den Töpfer Terenz zu spielen.

Wenn alle auf dieses Spiel des Töpfers Terenz eingingen, eine tat es nicht: Caja. Sie beschloß, ihn zu stellen, ihm seine läppische Großmannssucht auszureden.

Noch vor wenigen Wochen war es für ihren Terenz ein Vergnügen gewesen, lang und ausführlich in einer der öffentlichen Anstalten zu baden. Dort pflegte er sich mit seinen Bekannten zu treffen und ihnen in gewichtigen Reden seine Ansichten über die politischen und literarischen Dinge auseinanderzusetzen. In letzter Zeit war er davon abgekommen, er zog es jetzt vor, sein Bad in der engen, unbequemen Badestube des Hauses in der Roten Gasse zu nehmen, ohne fremde Hilfe. Dort, allein, in dem angenehm warmen Wasser, überließ er sich seinen Träumen, sprach wohl auch vor sich hin, sang, rezitierte, und dann, nackt oder im Bademantel, übte er sich in der Majestät, die die Zukunft von ihm verlangte. So also, im Bademantel, den Smaragd vorm Auge, Kinn und Unterlippe überstolz vorgewölbt, fand ihn Frau Caja, als sie einmal in die von Wasserdunst erfüllte Stube eintrat, entschlossen, ihren Vorsatz durchzuführen. Derb, sehr leibhaft, stand sie vor ihm, die beiden Menschen füllten die enge Stube ganz aus. Sie sagte ihm auf den Kopf zu, was gespielt wurde, daß die Leute, die dieses Spiel trieben, es bestimmt nicht um seiner blonden Haare und grauen Augen willen täten, sondern zu dunkeln, gefährlichen Zwecken, daß er wieder und auf sehr unwürdige Art für andere arbeiten solle, die ihn bestimmt im Stich lassen würden, wenn es schiefginge. Und wie sollte es anders als schiefgehen, wenn ein Töpfer aus Edessa gegen das römische Reich aufstand?

Terenz hatte sich abgekehrt, hatte den Bademantel fallen lassen. Nackt, ihr den Rücken zuwendend, saß er am Rand der Wanne, mit den Beinen im Wasser pendelnd. Schwieg. Sie sprach auf den Mann ein. Erinnerte ihn an jene unheimliche Nacht, da ihn seine Bereitwilligkeit, auf die Pläne anderer einzugehen, beinahe das Leben gekostet hätte. Erinnerte ihn, wie er schweißgebadet, elend von jenen Ausflügen auf den Palatin zurückgekehrt war. Er schwieg. Da sie nicht aufhörte, begann er, sich anzuziehen, vor sich hin zu pfeifen.

14

ZWEI SCHAUSPIELER

In einer kahlen Stube eines verfallenen Hauses in der Südvorstadt von Edessa saß über einem Manuskript Joannes von Patmos, der Mann, mit dessen Darstellung des Ödipus der Töpfer Terenz nicht einverstanden gewesen war. Es war tiefe Nacht, die ganze Gasse lag längst in Finsternis, nur in der Stube des Joannes brannte blakend die Lampe.

Joannes hatte das Manuskript am Nachmittag überflogen. Sein halbwüchsiger Sohn Alexai hatte es mitgebracht; einer der christlichen Glaubensgenossen hatte es ihm zugesteckt. Es war die griechische Übersetzung einer Tragödie, die vor einigen Jahren viel von sich reden gemacht hatte; ihr Autor war angeblich der große Dichterphilosoph Seneca, und zum Gegenstand hatte sie das unsägliche, viel bemitleidete Geschick der Octavia, jener ersten Gemahlin des Nero, die von dem Tyrannen verbannt und getötet worden war. Joannes hatte das Stück seinerzeit im lateinischen Original gelesen, und es hatte ihn mächtig angerührt. Jetzt, seit langem, seitdem er sich den Christen beigesellt hatte, hielt er es für sündhaft, sich mit profanen Büchern zu befassen. Aber als ihm heute der Junge die griechische Version der Tragödie ins Haus brachte, hatte er der Versuchung nicht widerstehen können, einen Blick hineinzuwerfen. Er hatte das Manuskript nur überfliegen wollen, nicht eigentlich lesen, und hatte es auch bald wieder, mit Überwindung, zur Seite gelegt. Des Abends dann, um seine Gedanken auf Heiliges zurückzulenken, hatte er zu einem jener prophetischen Bücher der Sibylle gegriffen, die ihm und seinen Glaubensbrüdern als göttlich galten. Aber das Buch der Sibylle wies in dunklen Andeutungen an vielen Stellen auf Nero hin, auf den Antichrist, dessen Herrschaft den Weltuntergang und das

Jüngste Gericht einzuleiten bestimmt war, und diese finstern Weissagungen hatten seine Gedanken nicht von der »Octavia« ab-, sondern zu ihr zurückgelenkt. Er hatte also die »Octavia« von neuem hervorgeholt, obwohl das nicht recht war, und jetzt war es tief in der Nacht, und er las, gegen seinen Willen, noch immer an den schönen, heftigen Versen.

Wer nicht um sein Schicksal Bescheid wußte, hätte wohl den berühmten Schauspieler Joannes in jeder andern Umgebung eher vermutet als hier in der Stadt Edessa und in dieser kahlen Stube. Es war so, daß dem großen Künstler Joannes seine Kunst nicht genügte. Er hatte in den Städten Kleinasiens viel Elend gesehen, und die Frage: »Woher kommt das Leid, und wie kann man es aus der Welt schaffen?« hatte begonnen, ihn nicht weniger zu erregen als seine Kunst. Er war Jude von Geburt, doch die Antworten, die die jüdischen Doktoren auf diese Frage gaben, genügten ihm ebensowenig wie die der griechischen Philosophen und der Lehrer der Stoa. Er sympathisierte mehr und mehr mit den Glaubenssätzen der eben aufkommenden Sekte der sogenannten Christen. Ihre Lehren von der Seligkeit der Armut und der Opferung des diesseitigen Lebens zugunsten eines jenseitigen, ihre dunkeln Voraussagungen vom bevorstehenden Weltuntergang, vom Jenseits und vom Jüngsten Gericht, die finstere Glut ihrer sibyllinischen und apokalyptischen Bücher füllten ihn mit einer Erregung, die süß und beängstigend zugleich war. Er begann zu glauben, prüfte, zweifelte, glaubte stärker, verwarf, glaubte. Nach langen Kämpfen hatte er auf die Ehren und Reichtümer verzichtet, die ihm seine Kunst einbrachte, und seit einigen Jahren lebte er jetzt in dieser Stadt Edessa, am Rand der Zivilisation, in gewollter Armut und Niedrigkeit.

Sein neuer Glaube hatte ein noch größeres Opfer von ihm verlangt: daß er nämlich seine Kunst aufgebe. Die griechischen Dramen zeigten den Menschen im Kampf gegen die Gottheit und das Schicksal, sie verherrlichten diesen Kampf, ihre Helden brüsteten sich: »Nichts Gewaltigeres lebt als der Mensch.« Konnte sich ein Mann zu der Heilsbotschaft von der Demut bekennen und gleichzeitig in den Dienst dieser überheblichen griechischen Dichter stellen? Joannes mußte knirschend zugeben, daß das unmöglich war, und daß seine Glaubensbrüder recht hatten, die ihm bei all ihrer Toleranz seine Profession verargten. Er verzichtete also nicht nur auf den Glanz und das

Geld, die das Theater ihm brachten, sondern auch auf seine Kunst selber. Aber die Dramen der Griechen, die des Sophokles vor allem, waren ihm zu tief ins Blut gegangen, als daß er sich ganz von ihnen hätte trennen können. Er hatte die liebsten seiner Bücher mit in die Armut geschleppt. Da standen sie nun, die kostbaren Rollen, in ihren prunkenden Hüllen, sonderbar inmitten des dürftigen Gelasses. Und immer wieder, unter heftigen Selbstvorwürfen, holte Joannes sie hervor, weidete sein Aug, sein Ohr, sein Herz an der Herrlichkeit ihrer Verse.

Jetzt also hockte er in der Nacht in seiner kahlen Stube über dem Manuskript der »Octavia«. Die schlechte, rußende Ölfunzel riß flackernd Teile seines Gesichts aus dem Schatten. Er hatte sich vernachlässigt; doch sein großes zerklüftetes Antlitz mit der schweren Stirn, den finstern Augen, der starken Nase, dem Gekraus des verwilderten Bartes, den er sich in diesen Jahren der Zurückgezogenheit hatte stehen lassen, wäre inmitten von tausend Gesichtern aufgefallen. Brennenden Auges las er bei dem spärlichen Licht.

Und plötzlich geschah etwas. Plötzlich sandte ihm sein Gott einen Gedanken, der ihn von dem Manuskript aufjagte und ihn in der kahlen Stube hin und her trieb. Daß sein Junge Alexai ihm dieses Werk ins Haus brachte, daß die Prophezeiungen der sibyllinischen Bücher ihn wieder zur Lektüre der »Octavia« zurückzwangen, das alles war ein Zeichen. Niemals hatte er eine so wilde Anklage gegen Nero gelesen wie in dieser »Octavia«. Es war kein Zufall, daß ihm das Buch gerade jetzt ins Haus fiel, da der Glaube aufkam, dieser Antichrist Nero, das große, wüste Untier, sei noch in der Welt und werde sich bald wiederum zeigen und den Erdkreis von neuem mit Blut und Scheußlichkeit erfüllen. Gott wollte, daß er, Joannes, Zeugnis ablege. Wenn er dieses Stück spielte oder es rezitierte, dann war das nicht nur kein eitles Tun, keine Sünde, sondern wohlgefällig vor Gottes Aug.

Er lief auf und ab in der düstern, kahlen Stube. Sein Sohn Alexai erwachte und starrte aus ängstlichen, schlaftrunkenen Augen auf den Vater. Der bewegte die Lippen. In sich entstehen ließ er und mit erstem, leisem Versuch hinaus in den Raum sandte er die Verse der »Octavia«. Wie von selber fügte sich ihm Schall und Wort. Die Verse trugen ihn, die weisen, maßvollen, besonnenen des Seneca, die wilden, überstolzen, grausamen des Nero, die entsetzten der Poppäa, die grimmigen der Agrippina, die mitleidigen des Chors. Sein Wille, für seinen Gott Zeugnis abzulegen, sein Haß gegen den Tyrannen Nero, seine unwiderstehliche Sehnsucht, endlich, endlich einmal wieder sich an seiner Kunst zu berauschen, das alles schmolz ihm in *eines*, floß ihm in die Verse. Ja, dieses Stück »Octavia« durfte er ohne Gewissensbisse öffentlich vorlesen. Gott wollte es.

Er kündigte an, er werde im Odeon von Edessa die »Octavia« des Seneca rezitieren, in griechischer Fassung.

Die Ankündigung erregte die Stadt. Der große Schauspieler Joannes, den man seit Jahren nicht mehr gehört hat, wird rezitieren, hier in Edessa, und etwas so Aufpeitschendes wie die »Octavia«.

Der schöne Bau des Odeons war, als Joannes das Podium betrat, gefüllt von einer gespannten Menge. Die Offiziere der römischen Garnison waren da und alle Römerfreunde Edessas. Doch die loyalen Anhänger des Kaisers Titus bemerkten mit Unruhe und Mißbilligung, daß unter den Zuhörern auch viele bekannte Feinde der Flavier waren. Freigelassene und »Schutzbefohlene« des Varro, an der Spitze sein Verwalter Lenäus, ja selbst der gewisse Terenz und eine Anzahl seiner Freunde aus der Zunft der Töpfer.

Joannes hatte sich den Bart abnehmen lassen und sich festlich zurechtgemacht, wie der Brauch es vorschrieb. Fremdartig hob sich sein olivfarbener Kopf mit der mächtigen Stirn und den düstern Mandelaugen über dem lang niederwallenden, weißen Kleid. Er sprach auswendig. Mit seiner dunkeln, erfüllten, geübten Stimme rezitierte er die wilden, empörten Verse, mit denen die Tragödie »Octavia« die Greueltaten des Kaisers Nero darstellt. Seine Stimme konnte von vergehender Weichheit sein und von kristallener Härte, konnte jede kleinste Schwingung des Hasses, des Mitleids, des Stolzes, der Grausamkeit, der Furcht wiedergeben. Die Leute jenseits des Euphrat, an große Kunst nicht gewöhnt, waren ein empfängliches Publikum. Joannes von Patmos zwang auch den Feinden des Stückes Bewunderung ab. Schweigen war über dem großen Bau, solange er sprach. Ab und zu nur hörte man gepreßtes, gespanntes Atmen; die Menschen sahen dem Sprecher erregt auf den Mund, oder sie senkten, hingegeben lauschend, den Kopf gegen den Schoß. Als Joannes zu Ende war, zu früh für die meisten, rissen sie sich aus ihrer Versunkenheit, atmeten tief. Dann prasselte ungeheuer der Beifall. »Sei gegrüßt, Joannes von Patmos, du sehr guter, sehr großer Künstler«, rief es von allen Bänken.

Unversehens aber zerschnitten diesen Chor andere Rufe, immer lauter, immer deutlicher. Diejenigen, die dem Schauspieler zujubelten, wurden unruhig. Zuerst glaubten sie, sie verhörten sich. Allmählich aber erkannten sie, daß sie gut hörten. Ja, wirklich, hier, inmitten dieser loyalen, Rom und seinem Kaiser Titus ergebenen Politiker, Militärs, Grundbesitzer und Kaufleute von Edessa, erdreisteten sich einige hundert und schließlich mehr als tausend Menschen, der Meinung der Straße Stimme zu geben, zu rufen: »Sei gegrüßt, du sehr guter, sehr großer Kaiser Nero!«

Niemand wußte später zu sagen, wie es eigentlich zu dieser Demonstration kam, die sicherlich dem größeren Teil des Publikums unlieb war. Vielleicht kam es so: Die Menge war aufgerührt durch die Kunst des großen Schauspielers, ihre Empfindungen wollten sich Bahn brechen, wollten Stimme werden, die Leute wollten schreien. Und da die Rufe für den Schauspieler allmählich verstummten, die Rufe: »Sei gegrüßt, du sehr guter, sehr großer Kaiser Nero« aber zunehmend stürmischer, fanatischer wurden, ließen sich immer mehr Menschen mitreißen, einzustimmen.

Niemand sah noch nach dem Podium. Alle starrten, die einen begeistert, den Mund mächtig aufreißend, die andern verwundert, wieder andere zögernd und offenbar ratlos, und noch andere verängstigt und unwillig, den Mann an, dem offenbar diese Rufe galten, dem schlichtgekleideten, der unscheinbar auf einem der geringsten Plätze saß. Und alle Menschen in dem großen Bau sahen jetzt plötzlich, klarer, als die beste Rede es ihnen hätte machen können, daß hier in Wahrheit einer unter ihnen saß mit dem Gesicht und der Haltung des Kaisers Nero. Denn der da saß, war auch wirklich nicht mehr der Töpfer Terenz, sondern eben jener Mensch, der sich in den Nöten und Übungen seiner Einsamkeit mit dem Wesen des verschwundenen Kaisers angefüllt, sich von neuem in ihn verwandelt hatte. Ruhig saß er da, lächelnd, zerstreut, fast kindlich, ein bißchen blasiert, dabei sehr stolz und kaiserlich. Und während immer lauter, immer stürmischer die Rufe erklangen, die den Kaiser grüßten, stand er langsam von seinem Platz auf, unberührt, als ginge das Geschrei irgendeinen andern an. Es bildete sich aber vor ihm wie von selber leerer Raum, er schritt durch zwei Reihen ehrfürchtig Zurückweichender, hoch, stolz, unbeteiligt lächelnd. Unter den römischen Offizieren waren einige, die den Gruß an Kaiser Nero gehört und gerufen hatten, als er noch dem wirklichen Nero galt, die den wirklichen Nero mit Augen gesehen hatten. Es fuhr ihnen in die Glieder, als sie jetzt diesen Nero sahen, und wenig hätte gefehlt, sie hätten ihm die Ehrenbezeigung erwiesen, die dem Kaiser vorbehalten war.

In einiger Entfernung hinter dem Terenz gingen ein paar seiner Freunde. Er wandte ihnen den Kopf zu, offenbar um ihnen etwas zu sagen. Es wurde in dem großen Bau vollkommen still. Terenz aber, als hätte er vorher die Rufe nicht gehört und als hörte er jetzt nicht die Stille, sagte beiläufig über die Schulter zu seinen Freunden, immer mit einem ganz kleinen Lächeln: »Eigentlich müßte Nero sich den Spaß machen, selber diese ›Octavia‹ zu rezitieren.« Und ganz leise, nebensächlich, fügte er hinzu: »Welch ein Künstler wäre da wieder in der Welt!«

Es wußte aber der Erdkreis, daß dem Kaiser Nero mehr daran gelegen war, als großer Schauspieler zu gelten denn als großer Regent, und es wußte weiter der Erdkreis, daß der Kaiser Nero gestorben sein sollte mit den Worten: »Welch ein Künstler geht in mir zugrunde!« Als jetzt dieser Mann, schreitend mit dem Gang des Kaisers, den Kopf drehend mit der Geste des Kaisers, sagte: »Welch ein Künstler wäre da wieder in der Welt«, und dies mit der Stimme des Kaisers, ging ein Schauer durch die dreitausend Menschen, und selbst diejenigen, die die Demonstration begonnen hatten, glaubten, es sei Kaiser Nero selber, der das Theater verließ.

15

EIN SOLDAT UND BRAV

Oberst Fronto, der Kommandant der römischen Garnison in Edessa, hatte sich, vorsichtig wie er war, wegen Unpäßlichkeit entschuldigt und war der Rezitation der »Octavia« ferngeblieben. Seine Offiziere erstatteten ihm unmittelbar nach der Rezitation Bericht von der Akklamation des Nero-Terenz, gespannt, was er dazu äußern, welche Weisungen er geben werde. Doch Fronto enttäuschte sie. Er stellte einige Fragen, dann dankte er ihnen höflich, entließ sie.

Allein geblieben, setzte er sich an seinen Schreibtisch, überlegte. Reglos saß er, der elegante, achtundvierzigjährige Herr, den Kopf mit der breiten Stirn unter dem kurzgeschnittenen, eisengrauen Haar leicht in die Hand gestützt. Was soll er tun? Man könnte etwa schneidig, ohne erst Weisung aus Antiochien abzuwarten, gegen diesen »Nero« vorgehen und sich als eine Art Retter des Vaterlands aufspielen. Man könnte sich auf die Seite dieses Nero schlagen und ein kleiner Cäsar werden. Wenn zum Beispiel ein Varro an seiner Stelle säße, dann geschähe jetzt allerhand. Fronto sieht die Möglichkeiten nicht weniger klar als Varro. Aber da er eben Fronto ist, wird nichts geschehen. Er wird sich darauf beschränken, an die Idioten in Antiochien einen korrekten Bericht zu erstatten, Weisungen einzuholen, abzuwarten.

Abwarten. Das war leider die Devise seines Lebens geworden. Oberst Fronto galt als einer der begabtesten Offiziere der Armee. Die Abschnitte des »Lehrbuchs der Kriegskunst«, die er veröffentlicht hatte, waren unter den Fachleuten berühmt. Aber trotzdem er am parthischen und am jüdischen Krieg teilgenommen hatte, war es ihm nie vergönnt gewesen, seine Theorie in die Praxis umzusetzen. Gab es eine reizvolle taktische oder strategische Aufgabe, dann waren immer Flachköpfe am Zug, brave Durchschnittsoffiziere, ihn hatte böser Wille der Armeeleitung oder ein tückischer Zufall ferngehalten. Den »Schreibtischoffizier« nannten ihn seine Kameraden. Den flavischen Kaisern, die selber nichts waren als brave Durchschnittsoffiziere, waren seine Theorien zu kühn und zu modern gewesen. Sie hatten ihn nicht nach dem Westen oder nach dem Norden berufen, wo es für einen Militär allerhand zu tun gab, sondern hierher abgeschoben, an die Peripherie, in eine Sackgasse des Ostens.

Nicht als ob der Aufenthalt im Osten dem Fronto unangenehm gewesen wäre. Er war als sehr junger Mensch in diese Länder gekommen; die Verworrenheit, Tiefe, Zügellosigkeit, Unberechenbarkeit des Erdteils, seine uralte Kultur hatten ihn von Anbeginn an gefesselt. Mit ganzer Seele hatte er sich an den Ideen der neronischen Politik begeistert, hatte sich entflammt für die organische Verschmelzung des Ostens mit dem römischen Reich. Doch als Nero unterging und die neuen Herren das Steuer der römischen Politik herumwarfen, hatte er. sich nicht entschließen können, sich zu seiner politischen Überzeugung zu bekennen und den Dienst zu quittieren. Er liebte den Osten, er war überzeugt, daß einzig durch die neronische Politik Rom wirksam vergrößert und gemehrt werden könne, und die nüchterne, phantasielose Westpolitik der neuen Herren war ihm ein Greuel. Aber andernteils hatte er damals schon einen großen Teil seiner Dienstzeit hinter sich gehabt und hatte es nicht über sich gebracht, auf die dadurch erworbenen Rechte zu verzichten, auf seine Karriere und auf den Anspruch, nach weiteren achtzehn Dienstjahren ein gutes Stück Land und eine hohe Pension zu erhalten. Er begrub also seine Träume von einem farbigen Leben und von der Verschmelzung des Ostens mit dem Westen, mauerte seine Ideen tief in seinem Innern ein, fügte sich den neuen Herren.

Die liebten ihn nicht und dankten ihm karg. Er hatte sich darum bemüht, das Kommando der Garnison in Samosata zu erhalten, einen fetten Posten in einer angenehmen, hochkultivierten Großstadt. Aber dorthin hatte man den vulgären Hauptmann Trebon berufen, und ihn hatte man hierher nach Edessa geschickt, in diese halbwilde Stadt an der Peripherie, freilich unter dem ehrenvollen Vorwand, man benötige hier ungewöhnliche diplomatische Fähigkeiten. Das war richtig. Aber richtig war auch, daß das Amt hier dornig war, verantwortungsvoll, undankbar und aussichtslos. Von Edessa führte kein Weg weiter.

Fronto hatte, der sehr kluge Mann, den fressenden Ärger über die Flavier, die ihn hier versauern ließen, hinuntergeschluckt. Doch heute, hier, in der Einsamkeit seines Arbeitszimmers, nach der Meldung, daß »Nero« wieder aufgetaucht sei, zerbiß er sich trotz aller Klugheit, Resignation und guten Manieren die Zunge und knirschte leise mit den Zähnen.

Nein, es hat keinen Sinn mehr, aufzubegehren. Das Erscheinen dieses »Nero« nützt ihm nichts mehr. Alles ist längst entschieden. Damals, als die neuen Herren kamen, hat er die Freiheit der Wahl gehabt. Aber indem er damals dem Vespasian den Treueid schwur, hat er auch ein für allemal gewählt: das Vernünftige, die Resignation, die Pensionsberechtigung. Er hat richtig gewählt. Nur selten kommt ihn Bedauern und fast niemals Reue an. Heute indes, infolge der albernen Vorfälle im Odeon, spürt er Reue. Vielleicht ist trotz allem Varro der Klügere gewesen. Der hat damals den Schnitt gemacht zwischen sich und den neuen Herren, die Ungnade des Palatin auf sich genommen, und seither treibt er seine eigene Politik.

Trotzdem Fronto nicht die leiseste Spur eines Beweises hat, ist er sicher, daß auch hinter diesem Nero-Terenz Varro steckt. Vom Augenblick an, da er zum erstenmal vom Auftauchen eines Nero hörte, hat er den Varro dahinter vermutet. Er kennt den Senator von Jugend an. Sie sind zusammen nach dem Osten gekommen, haben zusammen von den neuen großen Erlebnissen geschwärmt, die der Osten ihnen vermittelt hat. Jetzt stehen sie auf feindlichen Posten. Er, Fronto, vertritt hier in Edessa die nüchternen, militaristischen Methoden der Flavier, Varro treibt auf tausend heimlichen Wegen die kühne, verpönte Politik des Nero weiter. Fronto beneidet und bewundert ihn um seinen Schmiß, seine Leidenschaft, seine Intensität, obwohl seine Vernunft ihm unrecht gibt. In seinem offiziellen Verkehr mit Varro zeigt er die Zurückhaltung, deren sich ein Offizier der Flavier einem so zweideutigen Herrn gegenüber befleißigen muß. Aber wo immer er kann, läßt er den andern merken, daß er nach wie vor zutiefst an ihm Anteil nimmt. Auch läßt er es sich nicht nehmen, der Tochter des Varro, der strengen, weißgesichtigen Marcia, auf reservierte, manierliche, doch unmißverständliche Art den Hof zu machen. Er weiß nicht und will es nicht wissen, wie weit diese seine Teilnahme Marcia allein gilt, wie weit sie ein Vorwand ist, den Varro aus größerer Nähe zu sehen. Darüber ist er sich klar, daß Varro der Mann ist, der ihn, den Fronto, unter diesem Himmel am meisten angeht. Er ist ein Besessener, dieser Varro, und Fronto ist überzeugt, daß er kein gutes Ende nehmen wird. Ginge dem Varro seine Kühnheit gut hinaus, dann wäre das eine Widerlegung des Fronto, ein ewiger Vorwurf, eine Vergiftung seines Alters. Trotzdem ist er dem Varro insgeheim freund. Er wartet auf den Ausgang des Mannes, auf sein sicheres schlechtes Ende, mit einer Spannung, in der sich Sehnsucht und Angst sonderbar mischen.

Ob das Auftauchen des »Nero« dieses Ende bringen wird? Er, Fronto, könnte einiges dazu beitragen, es zu beschleunigen oder es zu verzögern. Es wäre reizvoll, es dem einen oder dem andern zu zeigen, Streckmännchen oder Varro. Aber nein, er wird nichts gegen Varro unternehmen, Varro ist ein guter

Mann, er kann den Varro gut leiden. Er wird es dem Schicksal überlassen, zu beweisen, daß zuletzt doch er, Fronto, recht gehabt hat und der andere unrecht.

Er wird also nichts gegen »Nero« unternehmen.

Gefährdet er sich, wenn er nichts unternimmt? Wird man ihm in Antiochien oder in Rom einen Vorwurf daraus machen können? Nein. Eine strafbare Handlung hat der Töpfer Terenz nicht begangen. Konnte er dafür, wenn andere in ihm den toten Kaiser Nero erkannt zu haben glaubten? Überdies ist er, wie sein Herr, nicht nur römischer Untertan, sondern auch Bürger von Edessa. Es müßten strikte, unwiderlegbare Beweise einer strafbaren Handlung vorliegen, ehe Fronto gegen ihn vorgehen kann. Mit einem kleinen, bösartigen Grinsen ruft er sich die »Elementar-Anweisungen« ins Gedächtnis zurück, die die flavischen Kaiser ihren Offizieren mit auf den Weg geben: »Im Zweifelsfall ist es besser, nichts zu tun, als etwas Falsches.«

Er wird also nichts tun. Wird Bericht nach Antiochien erstatten und von dort Weisung erbitten. Er ist neugierig, was für Weisung die Idioten ihm geben werden. Er wüßte schon, wie man diesen Nero und diejenigen, die hinter ihm stehen, kleinkriegen könnte. Mit Gewalt darf man unter keinen Umständen vorgehen. Nachdem die Leute in Edessa einmal von ihrem Nero überzeugt sind, müßte man versuchen, die Wurzel dieser Überzeugung sanft und behutsam auszugraben; sonst wächst sie immer von neuem nach. Doch nachdem man in Antiochien bei mehrfachen Anlässen seine leisen Ratschläge überhört hat, fühlt er sich nicht bemüßigt, Streckmännchen in dieser Angelegenheit Fingerzeige zu geben. Er wird sich vielmehr auf einen Rapport beschränken und nicht ohne Schadenfreude zusehen, wie der gescheite, listige Varro dem plumpen, starr militärischen Cejon weiter Knüppel in den Weg wirft.

Fronto ist mit seinen Erwägungen zu Ende. Er befiehlt seinen Sekretär, macht sich daran, den Bericht für Antiochien zu diktieren.

Kaum hatte er begonnen, als man ihm ein eiliges Schreiben des Erzpriesters Scharbil überbrachte. Scharbil bat dringlich um eine sofortige Unterredung.

Angeregt begab sich Fronto in das Haus des Erzpriesters. Der Uralte sprach in blumigen Wendungen von der unangenehmen Situation, in welche die Vorfälle im Odeon die Stadt Edessa gebracht hätten. Die Stadt sei jetzt wie ein Maultier, das auf einem Gebirgspfad in Nebel und Wolken seinen Weg suche; ein falscher Tritt, und es sei verloren. Gesetzt den Fall, dieser Mann sei wirklich der Kaiser Nero, wie dürfte dann die Stadt einem so hohen Gast die gebührende Ehrfurcht verweigern? Sei der Mann aber ein Narr oder ein Schwindler, müßte dann König Mallukh ihn nicht sogleich als gemeinen Verbrecher festnehmen?

Fronto saß höflich und geduldig da. Seine gescheiten Augen unter der breiten Stirn mit dem eisengrauen Haar schauten auf den vergoldeten Mund des Scharbil. Fronto war gewöhnt an die Methoden des Ostens, er hatte seit Jahren mit fachmännischer Neugier die Drehungen, Windungen, Listen König Mallukhs und des Erzpriesters beobachtet, er war sicher, daß Varro sich mit ihnen ins Benehmen gesetzt und daß die Akklamation im Odeon nicht ohne ihr geheimes Einverständnis stattgefunden hatte. Er wartete also mit Spannung, worauf der Alte hinauswollte. Zunächst erwiderte er in ebenso weitschweifigen Ausführungen wie Scharbil, es zieme ihm, dem unbedeutenden römischen Offizier, nicht, in einer so heiklen Situation eine Meinung oder gar einen Rat abzugeben.

Sein großer Freund sei allzu bescheiden, meinte Scharbil. Etwas müsse geschehen. Zögern sei gut, aber durch allzu langes Zögern würden die Dinge schlecht wie überreife Früchte. König Mallukh fürchte, wenn er nicht eingreife, werde er durch solche Lässigkeit die Mißbilligung seines mächtigen Verbündeten, des Gouverneurs in Antiochien, erregen. Er denke also daran, sich des Mannes zu versichern, den so viele für den Kaiser hielten. Natürlich auf behutsame Art. Er wolle ihm Bewaffnete vors Haus stellen; später dann, wenn die Dinge sich geklärt hätten, könne man diese Bewaffneten je nachdem als Ehrengarde oder als Gefängniswache ausdeuten. König Mallukh wolle, mit andern Worten, den Mann vorläufig in eine Art ehrenvolle Schutzhaft nehmen. Er wolle das aber nicht tun ohne die Zustimmung des Fronto, damit man ja nicht, wenn sich der Mann wirklich als der Kaiser Nero erweise, hinterher in Antiochien oder in Rom ein solches Vorgehen als Majestätsbeleidigung deute.

Fronto war tief erstaunt. Was Scharbil da vorschlug, klang vollkommen aufrichtig, es war überraschend loyal und korrekt. Sollte sich Fronto getäuscht haben? Sollte kein Varro und kein König Mallukh hinter diesem Terenz stehen? Sollte das Ganze einfach der Streich eines Narren, eines Größenwahnsinnigen sein? Aber dagegen sprach, daß die Ereignisse so langsam angerollt waren, so plan- und zweckvoll. Fronto, so listig er war, vermochte nicht zu erkennen, was der Erzpriester nun wirklich im Sinn hatte. Wie immer, das Vorgehen Mallukhs überhob ihn selber jeder Verantwortung. Er pries die Weisheit und die Bündnistreue des großen Königs von Edessa, ging nachdenklich, kopfschüttelnd nach Hause und machte sich daran, seinen Bericht zu Ende zu diktieren.

Allein er war kaum ein paar Zeilen weitergekommen, als ein neues, dringliches Schreiben des Erzpriesters eintraf. Bestürzt, mit vielen Worten größter Verlegenheit und Bekümmerung, teilte Scharbil ihm mit, die Leute, die sich jenes Mannes versichern sollten, hätten ihn nicht mehr vorgefunden; vielmehr habe sich der Mann in den Tempel der Göttin Tarate begeben und nehme das Asylrecht der Göttin in Anspruch.

Fronto pfiff durch die Zähne. Der Tempel der Tarate war anerkanntes Asyl. Die Behörden von Edessa konnten nicht in dieses Asyl einbrechen, auch die Römer konnten es nicht, wollten sie nicht den ganzen Orient gegen sich aufbringen. Jetzt wurde ihm klar, warum Scharbil ihn so dringlich um jene Unterredung gebeten hatte. Der Erzpriester hatte verhindern wollen, daß etwa er, Fronto, sich des Mannes bemächtige, hatte ihn rechtzeitig im Asyl der Göttin unterbringen, ihn vor dem Zugriff der Römer sichern wollen. Aber all das so, daß man ihm, dem Scharbil, von Rom aus nichts anhaben konnte. Die Unterredung mit Fronto hatte ihm ein Alibi schaffen sollen. König Mallukh hatte die Absicht bekundet, den Mann, über seine Pflicht hinaus, festzunehmen und zur Verfügung des römischen Gouverneurs zu halten. Wenn dieser Terenz, oder wer immer er war, sich in den Schutz der Göttin Tarate flüchtete, dann waren er, Scharbil, und sein Herr, König Mallukh, unschuldig.

Fronto lächelte in Anerkennung der östlichen Schlauheit. Jetzt wird es in Mesopotamien ein hübsches Hin und Her geben. Streckmännchen wird sich noch oft strecken müssen, dachte er in gutem Latein.

Das gleiche hatte, in gutem Aramäisch, kurz vorher der Erzpriester Scharbil gedacht.

16
DER GAST DER GÖTTIN TARATE

Da war also Terenz im Tempel der Tarate, in seinem innersten Raum, in der »Zelle«, wo das uralte Bild der Göttin stand, ihr Altar und ihre unzüchtigen Symbole. Seit der Akklamation im Theater war ihm unheimlich zumute, und er hatte sich mit dem Gedanken getragen, in seinem Labyrinth zu verschwinden, bis Vario erscheinen und die Lage klären werde. Als aber dann ein Mann bei ihm erschienen war, dessen Kaufmannstracht den Priester der Tarate gewollt schlecht verbarg, und ihn aufgefordert hatte, sich schleunigst in das Asyl der Göttin zu begeben, war er ihm ohne Zögern gefolgt, aufatmend, blindlings; er hatte das Gefühl, er sei in mächtigen und guten Händen.

Er erwartete, der Erzpriester werde ihn als Gast der Göttin begrüßen, ihm ihren Schutz zusichern, ihn würdig empfangen. Aber nichts ereignete sich. Man ließ ihn allein in dem engen, unbehaglichen Raum, im ungewissen. Scharbil, genau wie Varro, hielt es für angebracht, ihn hinzuhalten, um ihn geschmeidig zu machen.

Die Nacht kam, für Terenz keine angenehme Nacht.

Der Tempel der Tarate war groß. Die Nacht in seinem Vorhof zu verbringen, hätte ihn nicht verdrossen; dort war es lebendig, ein kleiner Teich war da mit Fischen der Göttin und zahllose weiße Tauben, die ihr heilig waren. Auch im Tempel selbst war es auszuhalten, obgleich man sich einen behaglicheren Aufenthalt hätte vorstellen können als den riesigen Raum mit seinen uralten, schwarzgrünen, sich verjüngenden Säulen. Doch Terenz wußte nicht, ob sich das Asylrecht der Göttin auf den ganzen Tempel erstrecke oder nur auf die Zelle mit dem Altar und ihrem Bild. Diese Zelle aber, in die nur durch eine schmale Luke spärliches Flimmern des Monds und der Sterne drang, war eng und unheimlich, und es suchten dort den Terenz bedrückende Gesichte heim. Er streckte sich auf der obersten Stufe des Altars aus, ängstlich bemüht, mit der einen Hand den Altar selber zu berühren; er hatte die undeutliche Vorstellung, wer den Schutz der Göttin in Anspruch nehme, müsse sich an ihren Altar oder an ihr Bild klammern. Zu beiden Seiten des Altars reckten sich in dem unsichern Mondlicht die Symbole der Göttin, riesige Steinbilder des Phallus. Zu Häupten des Terenz aber, in einer Nische über dem Altar, hob sich bronzenschwärzlich die uralte, seltsame Statue der Tarate. Eine Mauerkrone trug sie, spitz starrten ihre nackten Brüste, der Leib lief in einen Fischschwanz aus. In der einen Hand hielt sie eine Spindel, eine Handpauke in der andern. Aus schmalem, uraltem und doch jungem Gesicht mit geschlossenen Augen lächelte sie auf ihren Gast herunter, sanft, zweideutig und grausam.

Den Terenz, mit fortschreitender Nacht, begann zu frösteln. Das Gefühl der Geborgenheit, das er bei der Ankunft des Sendlings der Tarate gespürt hatte, verlor sich. Wie lange wollte man ihn hier noch unwürdig warten lassen? Warum kam nicht der Erzpriester, ihn endlich zu begrüßen? Und wo blieb Varro? Und warum ließ man ihn so im ungewissen und allein, wenn man doch wollte, daß er der Kaiser sei? Und war er hier überhaupt sicher? Vielleicht hat man ihn in eine Falle gelockt. Zunehmende Furcht füllte ihn, Grimm gegen die Leute, die ihn verleitet hatten, sich in dieses Abenteuer und hierher zu begeben, und er wünschte sehr, es wäre wenigstens Caja da oder der Leibeigene Knops.

Er flüchtete sich in seinen Glauben an sich selber. Nahm die Gestalt des Nero an, war der Kaiser, allein und hoch über allen andern. So ziemte es sich. Niemand konnte ihm an, er war der Herr der Welt. Von außen kam das Gurren der heiligen, weißen Tauben, die durch irgend etwas aufgestört sein mochten, durch die Luke flirrte das Mondlicht, und die Göttin lächelte geheimnisvoll und böse auf ihn herunter. Es war eine Schande für alle westlichen Menschen, daß er, der Kaiser, sich in die Obhut dieser zweideutigen Göttin und ihrer unanständigen Symbole hatte flüchten müssen. Sogleich aber bereute er diesen Gedanken, der von der Tarate als Schmähung hätte ausgelegt werden können, und er war jetzt in ihrer Hand.

Tief ergrimmt war er gegen den Schauspieler Joannes von Patmos. Der hat ihn in diese Lage gebracht mit seiner albernen Rezitation der »Octavia«, und dabei wäre er selber, Terenz, wenn er nur wollte, ein viel größerer Künstler als der schäbige Christ. Der Ödipus dieses Joannes: alles falsch und ohne den rechten Schwung. Auch würde Joannes, wenn er wirklich was von Kunst verstünde, merken, daß sich hinter ihm, dem Terenz, Größeres verbirgt. Die Menge mit ihrem gesunden Instinkt hat es sogleich gemerkt. Nur die Snobs, die paar Söldlinge des Titus und die von ihnen bezahlten Kreaturen wollen es nicht wahrhaben. Ihrethalb muß er sich hier verbergen.

Aber lange wird es nicht mehr dauern, dann wird er sie zerschmettern können, alle seine Gegner. Er notierte sie im Geist, die Führer der Anhänger des Titus in Edessa, und er mischte natürlich auch die Leute darunter, die er persönlich aus irgendwelchen Gründen nicht leiden konnte, Leute, mit denen er persönliche Differenzen gehabt hatte, Konkurrenten, Kollegen aus der Zunft, von denen er glaubte, sie ließen ihm zu wenig Geltung. Es wurde zuletzt eine ziemlich stattliche Reihe. Er fragte sich, ob er auch Caja unter sie aufnehmen solle, die freche Zweiflerin. Aber er dachte diesen Gedanken nicht zu Ende und entschied sich nicht. Statt dessen malte er sich aus, auf welch langwierige, genußreiche Art er sich an denen rächen wird, die er für seine erklärten Feinde hält.

Es fröstelte ihn stärker. Er erhob sich, ging auf und ab, immer auf der obersten Stufe, den Altar entlang, daß er ihn gleich berühren könne, falls die Soldaten des Fronto eindringen sollten, um ihn zu packen. Ein leiser, süß- und widerlicher Geruch stieg aus der Rinne des Altars, die dazu bestimmt war, das Blut der Schlachtopfer abfließen zu lassen. An diese Nacht wird er lange denken. Jene Nacht, da er vom Palatin kam, als die Soldaten des Senats dort eindrangen, und die Nacht heute, das sind die beiden bösesten Stationen auf seinem Weg.

Aber sie wird ein Ende nehmen, diese Nacht. Es wird Tag werden. Kommen wird er, der Tag. Es hat sich bereits erwiesen, daß der Traum seiner Mutter richtig gedeutet ist, er ist schon das größte Stück des Weges hinaufgelangt, dieser Anfang war der steilste und schwierigste Teil; und wenn es erst Tag sein, wenn man dieses verdammte flirrende Licht los sein wird, dann werden alle erkennen, wer er ist. Er stand da, die Unterlippe unzufrieden vorgestreckt, kaiserlich. Er holte den Smaragd vors Auge, betrachtete kritisch, herausfordernd das Bild der Tarate. Es imponiert ihm nicht, ihr ganzer Tempel imponiert ihm nicht. Er wird anders bauen, wenn er erst soweit ist. Riesige Monumentalbauten wird er aufführen, seine Kolossalstatue, der sie in Rom den Kopf abgehauen haben, wird er noch viel kolossaler von neuem errichten. Sein Bild wird er gewaltig in den Berg einhauen, wie die alten Könige es getan haben. Und das Labyrinth vor allem, sein Labyrinth, wird er zu einer Grabstätte ausbauen, zu seinem Mausoleum, und es soll das achte Wunder der Welt werden.

Aber die Göttin lächelte sanft und böse auf ihn herunter, und Furcht überkam ihn vor seiner eigenen Größe.

Auch spürte er jetzt das Bedürfnis, sein Wasser abzuschlagen. Das in der Zelle selber zu tun, wagte er nicht. Wer weiß, vielleicht fassen sie es als eine Beleidigung der Göttin auf, und er geht, wenn er den Tempel entweiht, seines Asylrechts verlustig. Doch das Bedürfnis quälte ihn immer mehr. Schließlich drückte er sich hinter den Altar und verrichtete seine Notdurft, befreit und gleichzeitig voll ungeheurer Angst.

Gegen Morgen, sehr erschöpft, hüllte er sich tiefer in seinen Mantel und streckte sich, fest gewillt, nun zu schlafen, auf der obersten Stufe aus, sich ganz nahe an den Altar pressend. Er schnupperte noch einmal, ob der Geruch seiner Notdurft noch im Raume sei, sprach im Geist, um sich einzuschläfern, den Text des Ödipus vor sich hin und schlief wirklich ein.

Als er erwachte, waren seine Glieder noch steif, aber jetzt war es warm. Es waren Menschen in der Zelle: er erschrak. Aber es waren keine Römer, sondern junge Priester der Tarate, die das Morgenopfer darbrachten, ein Zicklein. Er schaute ihnen zu, in einen Winkel gedrückt, bange, sie möchten die Spuren seiner Notdurft entdecken: aber sie verrichteten ihren Dienst, ohne ihn zu beachten. Nachdem sie die Opferung vollendet hatten, gossen sie Ströme Wassers über den Altar, ihn zu reinigen, und jetzt war alle Gefahr für ihn beseitigt.

Der Tag rückte vor. Es kamen mehr Priester in die Zelle. Sie betrachteten neugierig den Mann, der sich an den Altar der Göttin geflüchtet hatte. Niemand richtete das Wort an ihn, Terenz hatte wieder jene gleichmütige Miene angenommen, die er stets trug.

Er atmete auf, als endlich der Erzpriester Scharbil kam. Irgendeine Entscheidung mußte der ihm bringen, sei es eine gute oder eine böse.

Scharbil nahm an, der andere werde jetzt weich genug sein. Er hatte, um dem Gast seiner Göttin den Willkomm zu bieten, den vollen Ornat angelegt; spitz krönte die goldene Priestermütze sein uraltes Vogelgesicht. Ehrerbietig grüßte er den Schutzbefohlenen der Tarate, die Unterarme mit den beiden flachen Händen gegen ihn hochstreckend. Ebenso ehrerbietig erwiderte Terenz den Gruß.

Dann versicherte der Erzpriester den Kömmling des göttlichen Schutzes. Terenz ließ nicht merken, wie befreit er war, dankte höflich, gleichmütig. Scharbil, nach vielen blumigen Wendungen, fragte: »Darf ich dich bitten, Gast der Göttin Tarate, ihrem Priester deinen Namen zu nennen?« Er sprach aber aramäisch, und Terenz war froh darüber; die fremde Sprache gab ihm den Vorwand, zögernd, ausweichend zu antworten. »Die Göttin weiß meinen Namen«, sagte er. »Bist du, o Herr, der Kaiser Nero?« fragte da der Erzpriester geradezu. Das war unhöflich und vielleicht auch nicht diplomatisch. Aber der Erzpriester Scharbil war sehr alt und hatte wenig Zeit mehr, und er war neugierig. Allein Terenz hütete sich, eine unkluge Antwort zu geben. »Ich bin der Mann«, sagte er, »zu dem die Götter mich gemacht haben.«

In seinem Innern war er tief befriedigt, daß nicht er behaupten mußte, er sei Nero, sondern daß die andern ihn zum Nero machten. Scharbil aber dachte: Das ist ein kluger Mann. Er verdiente, Nero zu sein.

17

STRECKMÄNNCHEN UND DER ORIENT

Als man dem Gouverneur Cejon berichtet hatte, viele Leute in Mesopotamien hielten einen gewissen Töpfer Terenz für den toten Kaiser Nero, hatte er, verwundert über soviel Unverstand, den Kopf geschüttelt und gelacht. Wie konnte man auf einen so plumpen Schwindel hereinfallen? Da sah man wieder, was für Barbaren die Menschen jenseits des Euphrat waren.

Als dann Oberst Fronto meldete, der Töpfer Terenz habe sich in den Tempel der Tarate geflüchtet, von wo ihn die Römer ohne Bruch der Verträge und ohne ernstliche Gefahr nicht herausholen könnten, war er immer noch eher belustigt als beunruhigt, und es überraschte ihn, daß seine Räte dem lächerlichen Zwischenfall Gewicht beilegten. Höflich, ein bißchen ironisch und ziemlich hochfahrend schrieb er an die Regierung des Königs Mallukh, er ersuche, seinem Stellvertreter Fronto gemäß den Verträgen bei der von ihm angeordneten Verhaftung des römischen Untertanen Terentius Maximus nach Möglichkeit Hilfe zu leisten. Er höre, besagter Terenz habe das Asylrecht der Göttin Tarate in Anspruch genommen. Wenn auf seinem Gebiet ein Mann, den die Behörden von Edessa verfolgten, ins Asyl eines römischen Tempels flüchtete, dann würde er, Cejon, versuchen, den Burschen auszuhungern oder auszuräuchern; er zweifle nicht am Erfolg. Er wäre den Herren von Edessa verbunden, wenn sie also die Angelegenheit möglichst bald bereinigten.

Von den Räten des Königs Mallukh waren die meisten Araber, sie verehrten die arabischen Sterngötter Aumu, Aziz und Dusaris und nicht die syrische Göttin Tarate. Trotzdem runzelten sie, als sie das Schreiben des Gouverneurs lasen, die Stirn über den unehrerbietigen Ton, in dem der Römer von der Lieblingsgöttin der Syrer sprach.

Mallukh und Scharbil saßen in dem stillen, mit Teppichen verhängten Arbeitszimmer. Lange Pausen waren zwischen ihren Sätzen. Der Springbrunn plätscherte. »Der Herr im Westen«, meinte mit seiner tiefen, ruhigen Stimme der König, »scheint nicht viel Furcht vor deiner Göttin Tarate zu haben, Priester Scharbil.« – »Es sind«, erwiderte Scharbil, »viele Reiche im Westen gekommen und gegangen, aber die Göttin Tarate hält seit dreitausend Jahren ihre Hand über ihren Teich, und ihre Fische schwimmen wie vor dreitausend Jahren.« – »Du willst also den Mann in dem Tempel nicht aushungern?« fragte der König, ein ganz kleiner Hohn über den Römer war in seiner gleichmütigen Stimme. »Ferne sei es von mir«, erwiderte mit edler Entrüstung der Priester, »die Göttin Tarate so zu kränken. Sie ist reich genug, den zu speisen, der an ihren Altar flüchtet.«

Im Osten hatte man viel Zeit. König Mallukh ließ zwei Wochen verstreichen, ehe er das Schreiben des römischen Gouverneurs beantwortete. Sein Brief erging sich in langen, poetischen Sätzen darüber, wie groß das römische Reich sei und wie groß die Göttin Tarate. Glühend sei sein, des Königs Mallukh, Wunsch, seinen römischen Freunden dienlich zu sein, aber fest wie der Fels des Gebirgs sei auch seine Treue zum beschworenen Wort, und er habe, als er durch die Gnade des Himmels die Krone übernahm, geschworen, alle Götter des Landes zu achten. Es sei ihm also nichts übriggeblieben, als das Schreiben des Gouverneurs dem Erzpriester der Tarate zu übergeben, und er füge die Antwort dieses Erzpriesters bei. Scharbil seinesteils legte in umständlichen Sätzen dar, tief wie das Meer sei die

Verehrung des Landes Edessa für die Göttin Tarate. So groß sein, des Scharbil, Verlangen sei, seinem mächtigen Freunde im Westen zu helfen, so könne er doch unmöglich einen Gast der Göttin antasten, der sich in ihren Schutz geflüchtet habe. Eine solche Schändung ihres Heiligtums würde die Göttin gräßlich ahnden, durch Feuer und Wasser, durch Blitz, Schwert und Seuche, nicht nur an Edessa, sondern an ganz Syrien. Das müsse er einem so weisen Manne wie dem römischen Statthalter nicht erst auseinandersetzen.

Als Cejon die blumigen Briefe des Barbarenkönigs und des Barbarenpriesters erhielt, schmiß er sie unmutig auf seinen Tisch. Hatten die östlichen Herren vierzehn Tage gebraucht, ehe sie ihre Schreiben zustande brachten, so brauchte er keine Stunde, um zu erwidern. Herrisch ersuchte er, der Erzpriester Scharbil, Herr des Tempels der Tarate, möge zur Beilegung des Konfliktes sogleich nach Antiochien kommen.

»Diese Römer«, konstatierte in dem Springbrunnzimmer des Palastes der Erzpriester Scharbil im Gespräch mit König Mallukh, »wissen wenig von der Natur der lebendigen Wesen. Warum sollte der Fuchs sich in die Höhle des Löwen begeben, und noch dazu sogleich?« Nach Ablauf von zwei Wochen schrieb er nach Antiochien, sosehr die Einladung des westlichen Herrn den unwürdigen Scharbil ehre, könne er ihr gleichwohl leider nicht folgen. Es sei die Zeit, da die heiligen Fische im Teich der Göttin Tarate laichten. Unmöglich könne der Erzpriester während eines so bedeutungsvollen Vorgangs den Bezirk der Göttin verlassen, ohne sie zu erzürnen und Unheil auf das Land herabzubeschwören.

Bisher hatte Cejon über die billige Vorstadtposse gelacht, die der kleine römische Schwindler, dieser freigelassene Töpfer, dort drüben spielte. Jetzt ergrimmte er über den spöttischen und hartnäckigen Widerstand der Bettelfürsten von Edessa. Durchgreifen, knarrte es in seinem Innern, als er die Absage des Scharbil erhielt. Soldaten nach Edessa schicken, sechstausend Mann, achttausend. Dann wollen wir einmal sehen, wo diese Göttin Tarate mit ihren Fischen und dem ganzen Gesindel bleibt.

Immerhin hatte er während seines Aufenthaltes im Osten genug gelernt, um diese Anwandlung rasch vorbeigehen zu lassen. Man konnte nicht die Möglichkeit riskieren, Mesopotamien besetzen und mit Artaban Krieg führen zu müssen, nur um dieses lächerlichen Terenz habhaft zu werden. Gegen die aalige Glätte und blumige List des östlichen Packs kam man nur mit krummen diplomatischen Mitteln auf. Ihm dämmerte, das Auftreten des Terenz könnte mehr sein als der persönliche Trick eines Hochstaplers, es könnten Mächtigere hinter ihm stehen, gewisse parthische Würdenträger. Vielleicht hatte Varro doch nicht unrecht gehabt mit seinem Rat, den Artaban anzuerkennen. Es tat ihm leid, daß er bei der letzten Unterredung mit Varro etwas schroff gewesen war. So schwer erträglich das Gehabe des Mannes war, er hätte ihn jetzt gerne um seine Meinung gefragt. Er war froh, als der Senator sich endlich wieder einmal im Regierungspalais zeigte; denn Varro hatte lange nichts mehr von sich hören lassen, offenbar gekränkt, weil man gegen seinen Rat den Pakor anerkannt hatte.

»Schöne Geschichten macht ihr mir in euerm Edessa«, begann der Gouverneur munter und gab sich weltmännisch leicht. »Sie sind im Bilde, mein Varro?« – »Ja«, erwiderte Varro, »mein Verwalter Lenäus hat mir einen ausführlichen Bericht geschickt.« – »Da haben Sie Ihren Orient«, schimpfte mit gespielter Gutmütigkeit Cejon. »Ich habe es Ihnen gleich gesagt«, entgegnete friedlich, doch nicht unernst Varro. »Sie hätten sich auf Seite des Artaban stellen sollen.« – »Sie glauben wirklich«, fragte der Gouverneur zurück, und jetzt verzichtete er auf sein beiläufiges Gewese und saß steif und gespannt da, »daß zwischen dem Prätendenten Artaban und diesem Schwindler Zusammenhänge bestehen?« – »Es ist doch selbstverständlich«, zuckte Varro die Achseln, »daß die Herren von Edessa und Sie nicht gerade Hand und Handschuh sind nach dem schweren Schlag, den Sie ihnen durch die Anerkennung des Pakor versetzt haben. Ohne die Duldung der Behörden von Edessa hätte die Sache mit dem falschen Nero nie so weit kommen können.« – »Welches Interesse«, fragte Cejon zurück, »sollten die Behörden von Edessa an diesem kleinen Lumpen haben?« – »Die Behörden von Edessa«, klärte ihn Varro gelassen auf, »haben an dem Prätendenten Terenz genau soviel und sowenig Interesse wie Sie an dem Prätendenten Pakor. Man will Sie in eine unbequeme Situation bringen. Das scheint gelungen.«

Cejon hatte sich vorgenommen, ihn ruhig anzuhören, ihn um Rat zu bitten, ein Römer den andern, und diesmal seinen Rat ohne Ressentiment zu bedenken und wenn möglich zu befolgen. Aber er konnte nicht verhindern, daß ein immer wachsender Verdruß in ihm hochstieg, wie er den andern so behaglich und überlegen dasitzen sah, die Waden übereinandergeschlagen, Dinge äußernd, die leider ebenso richtig wie ärgerlich waren. Natürlich hätte ich mich auf seiten Artabans stellen müssen, dachte Cejon. In diesem verfluchten Osten muß man ja immer das Krümmste tun, das Umwegigste. Ein gerader, anständiger Mensch wie ich kommt hier nicht vorwärts. Überall ist verfilzter Urwald, und wenn man sich mit seinem guten römischen Schwert einen Weg frei gemacht hat, steht man gleich wieder vor neuem Dickicht, und der Wald hinter einem ist zugewachsen. Es ist klar, daß auf einem solchen Terrain ein Varro besser vorankommt, der Lump, der alternde Nichtsnutz. Und obendrein hat er Zeit gehabt, sich zu akklimatisieren.

»Übrigens«, hörte er den Varro sagen, »hätten es König Mallukh und Erzpriester Scharbil wirklich nicht leicht, gegen den Mann im Tempel der Tarate vorzugehen, auch wenn sie den guten Willen hätten. Die ganze Bevölkerung jenseits des Euphrat ist überzeugt, der Mann sei der Kaiser Nero.«

»Das berichtet man mir auch«, gab unmutig Cejon zu. »Aber ich kann es mir nicht vorstellen. Gewiß, diese Orientalen sind abergläubisch. Hinter ihrer äußeren Schläue und Verschlagenheit sind sie unsäglich dumm und lassen sich das Albernste einreden. Sie nähren sich von Märchen und Fabeln. Kein Wunder, daß ein so beschaffenes Volk, auch wenn es noch so zahlreich ist, sich von einer vernünftigen Minorität wie uns Römern leicht im Zaum halten läßt. Aber«, entrüstete er sich, »einen solchen Unsinn wie den vom Weiterleben des Nero können sie doch nicht schlucken. Die meisten Leute von Edessa können lesen und schreiben. Glauben Sie wirklich, daß sie auf einen so groben Schwindel hereinfallen?«

Varro wiegte nachdenklich den fleischigen Kopf. »Dieser Terenz«, meinte er, »übrigens einer meiner »Schutzbefohlenen«, hat sich seine Geschichte recht schlau ausgeheckt. Daß damals an Stelle des Kaisers mein Terenz umgekommen sein soll, von dem man weiß, wie ähnlich er dem Kaiser sah, und daß der Mann, der später als Terenz auftrat, der echte Nero sein soll, das alles hört sich gar nicht so ungereimt an. Hier im Osten, meine ich, fünftausend Kilometer von Rom entfernt.«

Allein Cejon entrüstete sich weiter: »Sind diese Menschen

denn ganz vernagelt? Welche Ursache, beim Herkules, sollte denn dieser Töpfer Terenz gehabt haben, sich vor den Truppen des Senats für den Kaiser auszugeben und sich für ihn umbringen zu lassen?« – »Hier im Osten«, klärte freundlich Varro ihn auf, »hat es sich noch nicht herumgesprochen, daß die römische Treue nicht mehr existiert. Sie haben doch selber soeben konstatiert, mein Cejon, daß wir es hier mit Barbaren zu tun haben. Diese Barbaren glauben noch ganz ernsthaft, daß gegebenenfalls ein römischer Mann für seinen Kaiser stirbt.«

Cejon bezwang seinen Unmut und widerstand der Versuchung, sich zu strecken und den andern etwas schroff zurechtzuweisen. »Ihre Aphorismen sind hübsch, mein Varro«, anerkannte er vielmehr und gewann sich sogar ein Lächeln ab. »Aber sagen Sie mir in schlichtem Latein: hat dieser Schwindler Aussichten? Kann ich damit rechnen, daß die Geschichte von selber zusammenbricht? Oder soll ich eingreifen?«

Varro beschaute ernsthaft den Gouverneur, langsam ging seine Zunge von einem Winkel seines Mundes zum andern. »Ob mein Terenz Aussichten hat?« wiederholte er nachdenklich. »Sehen Sie, mein lieber Cejon«, belehrte er den andern, »den Leuten in Edessa geht es nicht gut. Sie haben hohe Tribute zu zahlen, sie können bei einem Umschwung nur gewinnen. Wenn einer kommt und erklärt, er werde die Tribute abschaffen, dann findet er überall jenseits des Euphrat gläubige Ohren. Und wenn dann geschickte Leute hinter ihm stehen und ihn unterstützen, dann kann er sich lange halten.«

»Sie sind also der Meinung«, fragte gespannt Cejon, »daß Artaban hinter dem Schwindler steht?« Varro hob die Schultern, ließ sie ausdrucksvoll wieder fallen. »Ich weiß es nicht«, erwiderte er und schaute dem andern still und voll ins Gesicht. Jetzt zum erstenmal kam diesem eine leise Ahnung, es könnte zwischen jenem frechen Terenz und dem Varro eine Verknüpfung bestehen, und ihm klärten sich gewisse sehr dunkle und behutsame Andeutungen seiner Leute. Aber er scheuchte diese Ahnung sogleich wieder fort. Wußte er doch, er hatte es ja selber mit angesehen, daß Varro die ganze Zeit über hier in Antiochien gewesen war, hinabgetaucht in sein zuchtloses Leben in Daphne. Unmöglich konnte man ein so kompliziertes Unternehmen von hier aus leiten. Und schließlich war Varro ein Römer. Auf was für Hirngespinste kam schon er selber in diesem verrückten Osten. Nein, er durfte sich von seiner Antipathie gegen Varro nicht zu weit fortreißen lassen.

»Nehmen Sie die Sache nicht zu leicht, mein Cejon«, riet jetzt sanft Varro. »Unterschätzen Sie nicht die Kraft des Gerüchts und der Legende. Legenden haben ihrer Natur nach einen höheren Kurs als die Wahrheit. Mit einiger Propaganda kann man jede Legende in Kurs setzen. Und gar eine so rührende Geschichte wie die von der Treue und Aufopferung des Töpfers Terenz für seinen Kaiser Nero. Erinnern Sie sich, mein Cejon«, fügte er ernst hinzu, »ich habe Sie von Anfang an gewarnt. Ich wiederhole meine Warnung. Sie kennen den Osten nicht. Sie werden da noch manches erleben.«

Cejon konnte sich nicht länger ruhig in seinem Sessel halten. Er stand auf, ging auf und ab. Immer mehr verdroß ihn diese Sache mit dem falschen Nero. Varro war ein Römer. Er wird sich, wenn es um gewichtige römische Interessen geht, nicht versagen. »Sie, mein Varro«, schlug er vor, »waren ein genauer Freund des Nero und sind natürlich ein genauer Kenner des Töpfers Terenz, Ihres ›Schutzbefohlenen‹. Sie sind der gegebene Mann, diese unangenehme Sache zu bereinigen. Wenn Sie nach Edessa gehen, den Kerl beaugenscheinigen und dann deutlich und vor aller Welt erklären, was ist, dann wird das doch, beim Herkules, dem Schwindel ein Ende machen.« Varro, in seinem Innern, freute sich. Jetzt also war Streckmännchen soweit, jetzt konnte er kommen und bitten. Laut vor sich hin erwog er: »So einfach wird das nicht gehen. Je klarer eine Sache zutage liegt, so feiner und verschlungener müssen hier im Osten die Methoden sein, um sie glaubwürdig zu machen.« Cejon fragte, ein wenig ungeduldig: »Wollen Sie also diese feinen und verschlungenen Methoden anwenden? Ich gebe Ihnen Vollmacht!« – »Das ist freundlich von Ihnen«, erwiderte Varro. »Aber Sie stellen sich die Geschichte leichter vor, als sie ist. Halten Sie mich, bitte, nicht für ungefällig, mein Cejon. Wenn Sie zu mir gekommen wären, als diese Affäre noch im Ei stak, dann hätte ich Ihnen dafür einstehen können, daß ich sie rasch würde in Ordnung bringen können. Jetzt haben Sie durch Ihr Vorgehen alles kompliziert. Davon abgesehen, fällt es, nachdem die Behörden von Edessa einmal Stellung genommen haben, gerade mir nicht ganz leicht, einzugreifen. Erinnern Sie sich, bitte, daß Sie selber mir vor nicht langer Zeit von den Gewissenskonflikten gesprochen haben, die einen Mann bedrohen, der gleichzeitig römischer Bürger, Untertan des parthischen Großkönigs und Bürger von Edessa ist.« Ich hätte ihn nicht bitten sollen, dachte Cejon. Er kostet es aus, daß ich ihn bitte. Aber er brauste nicht auf, er bezwang sich, bat weiter. »Seien Sie nicht rechthaberisch. Ich gebe zu, daß Ihre Ansicht die bessere war und daß ich Ihnen hätte folgen sollen. Aber tragen Sie mir das nicht nach. Wir sind beide Römer, mein Varro. Wir stehen hier, um das Reich diesseits des Euphrat zu verteidigen.«

»Hören Sie, mein Cejon«, sagte da schlicht und geradezu Varro. »Ich biete Ihnen einen Vergleich an. Sie gestehen mir zu, daß man mir die Inspektionsteuer zu Unrecht abverlangt hat. Sie geben mir die Sechstausend zurück. Und ich bringe Ihnen die Sache mit diesem angeblichen Nero, obgleich Sie sie arg verwirrt haben, wieder ins Lot. Was meinen Sie dazu?«

Er saß bequem in seinem Sessel, er sprach freundschaftlich, gelassen, doch in seinem Innern war er ungeheuer gespannt. Er war ein leidenschaftlicher Spieler, sein Herz hing an dem Spiel, das er da unternommen hatte. Aber er hatte das Bewußtsein der Wirklichkeit nicht eingebüßt, und er verhehlte sich nicht, daß hinter dem kleinen Mann da Rom stand, das ganze Reich mit seiner gewaltigen Organisation, seiner geübten Staatskunst, seiner Armee, und daß er, Varro, der gegen dies alles nichts einzusetzen hatte als seinen läppischen Terenz, verloren war, wenn er sich ernstlich auf den Kampf einließ. Er hatte erreicht, was er wollte, er hatte dem Cejon seine Lektion erteilt. Im Grund wünschte er, Cejon möge ihm Gelegenheit zum Rückzug geben. Er war, falls nur Cejon ihm die Sechstausend zurückerstattete, ehrlich entschlossen, die Sache zu liquidieren und seinen Terenz in das Nichts zurückzustoßen, aus dem er ihn hervorgeholt.

Der Gouverneur war, als Varro ihm seinen Vorschlag machte, jählings auf seinem Gang durchs Zimmer stehengeblieben. Leise und bitter jetzt sagte er durch die Zähne: »Sie sind ein Erpresser.« – »Sie belieben harte Worte, mein Cejon«, erwiderte, immer freundschaftlich, Varro. »Glauben Sie, ich hätte Ihnen damals in Edessa die Sechstausend geschickt, wenn Sie mich nicht, sagen wir, unter Druck gesetzt hätten? Jetzt sind Sie unter Druck, mein Cejon.«

Was Varro sagte, klang, als ginge es um nichts anderes als um einen persönlichen Konflikt zwischen ihnen beiden. Und doch kam dem Gouverneur gerade während dieser Rede des Varro die Ahnung, daß hier ganz andere Kräfte gegeneinanderstanden als er und sein Schulkamerad. Es dämmerte ihm, daß die Politik des toten Nero die Fortsetzung eines uralten Prozesses war, der nicht durch das Machtwort eines Gouverneurs oder auch eines Kaisers oder einer Armee beendet werden konnte. Er ahnte, daß hier wirklich alles ineinander verstrickt war, undurchsichtig, unabsehbar, daß die Anerkennung des Pakor, die Eintreibung der sechstausend Sesterzien, das Auftreten des falschen Nero und wahrscheinlich vieles andere noch, von dem er nichts wußte, daß alle diese scheinbar voneinander unabhängigen Dinge tief und unauflöslich verfilzt waren und daß er und Varro, die sich scheinbar so entschlußfrei gegenüberstanden, selber in diesem Netz zappelten, von Kräften hin und her getrieben, die sie nicht kannten.

Er sah auf einmal sonderbar hilflos aus, ein Beamter, der unversehens vor ein unlösbar schwieriges Problem gestellt ist und der keinen Präzedenzfall findet. Was soll er tun, er, der nur gelernt hat, sich an bewährte Muster zu halten und an Instruktionen? »Ich kann doch keine Maßnahmen zurücknehmen«, meinte er achselzuckend, »die ich in amtlicher Eigenschaft getroffen habe. Das mindert das Ansehen des Reichs.« Und sowie er dieses Wort gefunden hatte: »das Ansehen des Reichs«, stand es schon besser um ihn. Das war etwas, woran er sich halten konnte.

»Das Ansehen des Reichs«, wiederholte nachdenklich Varro. »Glauben Sie nicht, daß das Ansehen des Reichs vielleicht durch die Sache mit dem falschen Nero noch empfindlicher geschädigt wird als durch die Zurückgabe der Sechstausend? In diesem Osten kann man schwer voraussehen, wem und wessen Ansehen eine Maßnahme am Ende förderlich ist.« Leider hatte Varro mit diesen Einwänden recht. Cejon ging also schweigend darüber weg und konstatierte lediglich: »Sie wollen mir also nicht helfen?« – »Doch«, erwiderte Varro, »wenn Sie mir helfen.« Er meinte das ohne Arg. Er spürte keine Freude, daß er Streckmännchen gezwungen hatte, seine Hilflosigkeit so deutlich zu zeigen. Es stiegen vielmehr immer bedrohlicher alle Gefahren seines Unternehmens vor ihm auf, und riesengroß sah er hinter dem kleinen Cejon das ganze, gewaltige römische Reich. Er machte einen letzten Versuch und redete dem trüb Dasitzenden gut zu: »Überlegen Sie es sich noch einmal, mein Cejon. Sagen Sie nicht ohne weiteres nein. Bitte, überlegen Sie es sich.«

Für den Bruchteil eines Augenblicks fragte sich Cejon, ob es nicht wirklich klüger wäre, auf den Vorschlag des Varro einzugehen. Er sah voraus, daß ihm ohne die Hilfe des Mannes der falsche Nero viele Verwicklungen und Sorgen bereiten werde. Aber gleichzeitig sah er vor sich den verhüllten Schrein mit dem Wachsbild seines mit Schmach bedeckten Urgroßvaters. Jeder andere hätte paktieren dürfen: er, Cejon, nicht. Daß das so war, erbitterte ihn; doch nicht sich selber zürnte er, sondern dem Varro. Seine trübe Resignation wich. An ihrer Stelle stieg eine maßlose Wut in ihm hoch gegen den Mann, der bequem und frech vor ihm saß und noch seine Freude zu haben schien an diesem zuchtlosen, scheußlichen, östlichen Wirrwarr. Er streckte sich, wurde Römer, der Statthalter des Kaisers. »Ich kann Sie natürlich nicht zwingen«, entgegnete er in seinem trockensten, rostigsten Beamtenton. Und unvermittelt, heftig, mit überkippender Stimme, schlug er um sich: »Ich stehe hier für den Kaiser. Ich paktiere nicht mit seinen Untertanen.«

Varro genoß den Zorn des andern sowenig wie vorher seine Hilflosigkeit. Er sagte abschließend, und es war eher Verzicht in seiner Stimme als Ironie: »Sie haben leider recht gehabt, mein Cejon, als wir uns hier das erstemal wiederbegegneten. Wir können wirklich nicht zusammenarbeiten.« Und er ging.

Gegen Abend des gleichen Tages erkannte Cejon, einen wie schweren Fehler er begangen hatte. Er rief sich die Worte des Varro zurück, sein Gesicht, seine Haltung, seinen Tonfall, und plötzlich, so klar, daß ihm die Augen brannten, sah er, daß Varro, niemand anders als dieser sein Erzfeind, hinter dem falschen Nero stand. Wieder hatte er alles falsch gemacht: entweder hätte er die Bedingungen des Varro erfüllen oder Hand an ihn legen müssen.

Er gab sogleich Order, den Varro zu verhaften. Allein der war bereits auf dem Weg nach Edessa.

18
VARROS SPIEL ZIEHT KREISE

Seine Tochter Marcia führte er mit sich. Die weiße, strenge Marcia liebte ihren Vater, aber sie ging nicht gern nach Edessa. In Antiochien war noch eine Spur von Rom, in Edessa war nurmehr der Osten. Aber da ihr Vater befahl, gehorchte sie.

Varro reiste mit großem Troß. Er hatte in dieser letzten Zeit, soweit es möglich war, seinen Besitz auf römisch-syrischem Boden veräußert und, was er konnte, über die Grenze geschickt. Jetzt führte er den Rest seiner beweglichen Habe mit sich. Er selber mit Marcia und wenigen Begleitern ritt in größerer Eile voraus. Bald war man in Apamea, dem letzten römischen Ort, man überschritt die Brücke des Euphrat, ritt den niedrigen Hügel hinan, dessen Kamm die Grenze bildete, hielt oben auf dem Hügel, auf nichtrömischem Boden.

Hier oben also, an der Grenze, erwartete Varro seinen Troß. Er hielt zu Pferde, als der Zug über die Brücke kam, zu seinen Füßen wälzte sich der gelbe Fluß, langsam kam der mächtige Troß herüber, Menschen, Tiere, Wagenladungen.

Diese kleine Höhe also, sagte sich Varro nachdenklich, war einer der Gipfel seines Lebens. Er ließ viel zurück auf römischem Gebiet, Villen, Landgüter, Menschen, Pferde, Sachen, Geld. Es mochten gut und gern Werte für fünfzehn Millionen Sesterzien sein, zweieinhalbtausendmal größer als der Betrag jener Inspektionsteuer. Und es war nicht dies allein, was am andern Ufer zurückblieb. Es war die ganze westliche Welt, sein Römertum, römische Zivilisation und griechische Bildung. Doch Varro war es nicht leid darum. Sein Vorschlag an Cejon, seine nochmalige, dringliche Aufforderung, das war die letzte Konzession, die er seinem Verstand gemacht hatte. Daß Cejon nicht nachgab, war ein Wink des Schicksals gewesen. Jetzt hat Varro die Brücke überschritten, jetzt stürzt er sich mit seinem ganzen Wesen in das Spiel.

Auf der kleinen Höhe bei Apamea hielt er, schaute herunter, wie seine Leute und seine Sachen das römische Gebiet verließen. Der Schrein mit den Dokumenten wurde herangebracht. Er ließ den Träger halten, nahm die Quittung heraus. Auf der Rückseite unter der Rubrik »Verlust« buchte er: »Fünfzehn Millionen Sesterzien. Eine Zivilisation.«

Er legte den kurzen Weg nach Edessa zurück, gutgestimmt, tatenlustig. Wohin er kam, liefen die Leute zusammen, begrüßten ihn stürmisch. Daß da im Tempel der Tarate ein Mann war, den die meisten für den Kaiser Nero hielten, versetzte das ganze Gebiet in eine wilde, dunkle Erwartung von kommenden großen Dingen. Als er in Edessa einritt, war es die Ankunft eines mit Sehnsucht erharrten Fürsten. Auf den Straßen standen sie in dichten Scharen, Syrer, Perser, Araber, Juden, Griechen, und jubelten ihm zu, als wäre er selber der Kaiser Nero, gekommen, seine liebe Stadt Edessa zu besuchen.

Varro kannte die Wandelbarkeit des Ostens gut und überschätzte nicht die Bedeutung dieses Empfangs. Er wußte, daß noch ein langer, schwerer Weg vor ihm lag. Zunächst galt es, König Mallukh und Scharbil zu gewinnen. Er kannte die beiden; sie waren schlau und zäh und würden sich ihre Hilfe sicher sehr teuer bezahlen lassen. Er war überzeugt, daß der König und der Erzpriester eine Aussprache ebenso dringend wünschten wie er selber. Trotzdem ließ König Mallukh drei Tage verstreichen, ehe er ihn in sein Palais beschied.

Dort fand eines jener ruhigen, endlosen Gespräche statt, wie der König sie liebte, und wie sie die Nerven westlicher Männer aufrieben. Eintönig plätscherte der Springbrunn, und zweimal schon hatte der Stundenansager den Eingangsteppich gehoben und die Stunde verkündet, ehe man auf das zu reden kam, wovon allen das Herz voll war. Endlich jetzt konnte Varro beginnen: »Als ich das letztemal gewürdigt wurde, vor dem Angesicht des Königs von Edessa zu erscheinen, sprachen wir von einem Manne, der einen großen Anspruch erhob. Damals sagtest du, Erzpriester Scharbil: ›Wenn sich Rom für Pakor und gegen unsern Artaban einsetzt, dann wäre es für Edessa eine Herzensfreude, falls der Kaiser Nero noch lebte.‹ Jetzt hat sich Rom für Pakor eingesetzt.« Da beide schwiegen, fuhr er fort: »In Antiochien hat man den Eindruck, daß auch ihr mittlerweile sehr weit gegangen seid.« Er wollte den beiden andeuten, sie hätten sich bereits festgelegt.

König Mallukh aber wandte still das gebräunte Gesicht mit den gewölbten Augen dem westlichen Manne zu. »Dann hat man«, erwiderte er, »unsere Worte in Antiochien mit flüchtigem Sinn gelesen. Es ist eine gute Tagesreise von Edessa nach Antiochien auf einer guten Straße und für einen guten Boten. Es kann also sein, daß die Dinge sich verändern, während sie von Edessa nach Antiochien reisen.« Und Scharbil erläuterte scharf die Worte des Königs: »Es lag uns ferne, und wir haben uns wohl gehütet, etwas Entscheidendes zu tun. Wer die Götter des Ostens kennt, muß verstehen, daß der Erzpriester der Göttin Tarate ihren Teich nicht verlassen kann, während ihre heiligen Fische laichen.« Und voll würdiger Mißbilligung erklärte er: »Die Göttin Tarate macht keinen Unterschied, wer immer sich in ihren Tempel flüchtet. Sie hält ihre Hand über ihn, ob es der Töpfer Terenz ist oder der Kaiser Nero. Wir haben nicht gefragt, wer der Mann ist. Wir wissen es nicht. Höchstens du, o Varro, der du ein genauer Freund des Kaisers Nero warst, kannst es uns sagen.«

»Ist es euer ernstlicher Wille«, forschte Varro, »zu wissen, wer der Mann ist?« – »Es ist unser Wille«, entgegnete Scharbil, »zu wissen, was du, o Varro, von dem Manne hältst.« Varro sagte: »Wenn ihr wollt, habe ich ein Zeichen. Es gibt Geheimnisse zwischen dem Kaiser Nero und mir, die niemand kennen kann als der Kaiser und ich. Kennt sie der Mann, dann ist er der Kaiser. Wollt ihr diesen Beweis gelten lassen?«

Der Erzpriester schaute zum König, er überließ diesem die Antwort: »Manches beweist das Wort«, sagte der König, »aber es beweist nicht das letztlich Schlüssige. Das letztlich Schlüssige wird nur durch die Tat bewiesen.«

Varro begriff natürlich sogleich, worauf die beiden hinauswollten. Nicht den angeblichen Nero, ihn wollten sie zwingen, daß er sich durch mehr als Worte für alle Zeiten festlegte. Aber er tat mit gespielter Naivität, als verstehe er den König nicht, und wartete ab, mit fragender Miene. Der ungeduldige Scharbil erläuterte denn auch alsbald: »Es geht darum, daß du, o Varro, deinen Glauben an den Mann durch mehr beweisest als durch Worte.«

Varro war darauf vorbereitet, daß man viel von ihm fordern werde; dennoch hatte er Furcht, nun er diese Forderungen hören sollte, und er versuchte, den peinlichen Augenblick hinauszuschieben. »Varro weiß«, entgegnete er empfindlich, »daß ein östlicher Mann von einem westlichen viele Proben verlangt, ehe er ihm traut. Allein Varro glaubt, erwiesen zu haben, daß er seinen Ehrennamen ›Vetter des Königs von Edessa‹ verdient.«

Weder Mallukh noch Scharbil erwiderte. Ein endloses Schweigen war, und Varro bereute, daß er sich selber zum Warten verurteilt hatte. Denn diese östlichen Menschen konnten besser, länger und ruhiger warten, und das Schweigen war für ihn drückender als für sie. »Wenn ich diesen Mann als meinen Kaiser Nero anerkenne«, sagte er schließlich, ziemlich erschöpft, »dann werden Titus und sein Gouverneur alle meine Güter auf römischem Gebiet konfiszieren. Genügt das nicht als Beweis?« Scharbil gab mit ganz kleinem Hohn zu: »Vielleicht wird man deine Güter konfiszieren. Aber man liebt dich nicht in Antiochien, und man hätte vielleicht auch ohne diesen neuen Nero Vorwände gefunden, deine Habe zu mindern. Du müßtest, um uns zu überzeugen, deinen Glauben stärker beweisen.« Und jetzt sprach endlich auch der König wieder. Mit seiner tiefen, gelassenen Stimme sagte er: »Ja, du mußt es stärker beweisen.«

Varro erblaßte; er hatte immer geahnt, wohin sie steuerten, daher sein Zögern und Gerede. »Wie soll ich es denn stärker beweisen?« fragte er, hilflos.

Der Stundenansager raffte den Teppich, meldete die Stunde. Der König ließ Konfekt servieren, befragte höflich den Varro nach seinem Leben in Antiochien, nach seiner Reise. Qualvoll eintönig plätscherte das Wasser.

Endlich sagte Scharbil: »Du könntest es zum Beispiel erweisen, indem du deinem Nero deine Tochter Marcia zur Frau gibst.«

Als der Erzpriester diese Worte dem vergoldeten Gehege seiner Zähne entließ, erbebte Varro tief in seinem Herzen. Was die beiden da ausgeklügelt hatten, war ein Meisterstreich östlicher List und zeigte, wie gut sie ihn kannten. Genau dorthin hatten sie getroffen, wo er am verwundbarsten war. Er hing mit ganzer Seele an seiner weißen, schönen, strengen Tochter Marcia. Alles, was römisch in ihm war, verkörperte sich ihm in diesem seinem Kind. Es mochte Augenblicke geben, da sie ihn verachtete, aber selbst da noch liebte und bewunderte sie ihn. Marcia zog sich hochmütig auf ihr Römertum zurück und vermied den Verkehr mit östlichen Menschen. Es war also, was die beiden von ihm verlangten, in Wahrheit ein »Beweis«. Denn wenn dieser sein Nero ein Schwindler war, hatten der König und der Priester ihn durch die erzwungene Heirat seiner Tochter nicht nur fester gebunden als durch die Verpfändung irgendwelchen Gutes, sondern sie hatten zudem seine stolze, römische Marcia gedemütigt, sie nötigend, mit einem Schwindler und Leibeigenen zu schlafen.

Wird Marcia, wenn er ihr das zumutet, sich fügen? Und wenn, wird sie nicht alles aus ihrem Herzen reißen, was sie an Liebe für ihn spürt?

Er erkannte, daß sein Spaß anfing, sehr kostspielig zu werden.

Noch einmal bedachte er die Möglichkeit, das ganze Unternehmen aufzugeben. Wie, wenn er jetzt nach Antiochien zurückkehrte und dem Cejon sagte: Ich habe mir den Kerl angeschaut. Er ist wirklich der Narr und Betrüger, für den wir ihn von Anfang an hielten, und wenn Sie wollen, mein Cejon, werde ich das öffentlich erklären. Cejon wird ihn mit offenen Armen aufnehmen, auch auf dem Palatin wird man ihm danken. Streckmännchen wird begriffen haben, wer er ist, und wird sich hüten, ein zweites Mal eine Inspektionsteuer oder dergleichen von ihm zu verlangen.

Aber ging es denn um Streckmännchen oder um ihn selber? Es ging um die Idee des Nero, um ein Werk, um die Fortsetzung des Werkes des großen Alexander, es ging um den Osten und seine Verschmelzung mit Griechenland und Rom. Soll er im Stich lassen, was er kaum angefangen hat?

Er neigte sich vor König Mallukh, vor dem Erzpriester, sagte: »Wenn Kaiser Nero die Tochter des Varro würdigen sollte, seine Gattin zu sein, dann wird niemand sich mehr freuen als Varro.«

19
ROMANTIK UND PENSIONSBERECHTIGUNG

Der nächste, den Varro wegen seines Nero sondieren mußte, war der Kommandant der römischen Garnison, Oberst Fronto. Wenn sein Unternehmen nicht scheitern sollte, mußte er sich der Neutralität des Fronto versichern, an dessen geheimem Wohlwollen er im übrigen nicht zweifelte. Er schätzte den Fronto. Er hielt ihn für den weitaus fähigsten Militär und den besten Politiker Mesopotamiens und fühlte sich ihm durch Erziehung und Gesinnung verbunden. Er suchte also durch einen gut arrangierten Zufall mit ihm zusammenzutreffen.

Nun kamen an zwei Tagen jeder Woche mehrere Herren aus der führenden Schicht Edessas in der Villa des Teppichfabrikanten Nittai zusammen, um dort das Ballspiel zu pflegen, das sehr in Mode war. Varro wußte, daß auch Oberst Fronto häufig daran teilnahm. Er freute sich, als er ihn schon beim zweiten Male traf. Varro war kein schlechter, Fronto ein sehr guter Spieler. Im Ankleideraum – man spielte in der kurzen Tunika – fragte er den Obersten, ob er sich erlauben dürfe, ihn zu einem Einzelspiel einzuladen. Fronto stimmte sichtlich mit Vergnügen zu. »Den Luftball oder den gestopften?« fragte er. »Den schwersten«, schlug Varro vor. »Wenn Sie wünschen«, lächelte Fronto zurück.

Sie beschlossen, die üblichen elf Sätze zu spielen. Nach jedem Satz legten sie eine längere Pause ein, in der sie sich von den kappadozischen Leibeigenen abtrocknen ließen, und würfelten, wer beim nächsten Satz zu geben habe.

»Der Mann im Tempel der Tarate«, begann in der ersten Pause Varro mit selbstverständlicher Vertraulichkeit, »gibt uns beiden einige Nüsse zu knacken, mein Fronto.« Sie saßen auf der Steinbank in der Sonne, die kappadozischen Leibeigenen, die bestimmt kein Latein verstanden, trockneten und salbten an ihnen herum, der schwere Ball lag vor ihnen. »Mir nicht«, entgegnete gutgelaunt Fronto und schob den Ball mit den Füßen zwischen sich und Varro hin und her, »mir gibt der Mann im Tempel keine Nuß zu knacken. Ich erhalte meine Weisungen aus Antiochien und brauche nicht nachzudenken. Das ist der Vorteil des Soldaten.« Varro, ebenso munter, erwiderte: »Ein Vorteil, der manchmal teuer bezahlt werden muß. Setzen Sie einmal den Fall, unser würdiger König Mallukh entschiede sich für den Mann im Tempel und holte ihn aus seinem Asyl heraus. Dann müßten Sie wohl versuchen, sich seiner zu bemächtigen. Ich glaube schwerlich, daß unser Mallukh da ruhig zusähe.« – »Glauben Sie wirklich?« fragte Fronto zurück, die Lider halb geschlossen, immer den Ball mit den Füßen mechanisch hin und her schiebend. »Glauben Sie nicht, daß dann ein energisches Wort Roms genügte, unsern Mallukh zur Vernunft zurückzubringen?« – »Ich denke«, meinte Varro, »wenn unser Mallukh, der ein ruhiger Herr ist, sich wirklich entschließen sollte, den Mann im Tempel anzuerkennen, dann dürfte er sich vorher vergewissert haben, welche Kräfte hinter diesem Mann stehen. Vielleicht stehen einige Kräfte hinter ihm.« – »Parthische?« fragte Fronto. Varro zuckte die Achseln. »Kräfte«, begnügte er sich zu erwidern.

Sie spielten den zweiten Satz. In der nächsten Pause sagte Fronto: »Ich kann mir nicht denken, daß ein Mensch, der seine fünf Sinne beisammen hat, sich hinter den Töpfer stellen kann, auch wenn ›Kräfte‹ diesen Töpfer unterstützen sollten. Kann wirklich ein Mann mit gemeinem Menschenverstand annehmen, er habe auch nur die leiseste Aussicht, den Töpfer Terenz auf die Dauer gegen das römische Reich durchzusetzen? Wäre ein solcher Versuch, von welchen ›Kräften‹ immer unternommen, nicht einfach Tollheit?« Er schaute den Varro von der Seite an, freundschaftlich besorgt, mit gescheiten, wissenden Augen. Sie saßen nebeneinander in der Sonne, die Bälle zu ihren Füßen, nach der Anstrengung des Spiels angenehm entspannt, wohlig atmend unter den knetenden Griffen der Kappadozier. Die schöne Sphäristerie, der Spielhof der Villa, kunstvoll in Spielfelder und in Darstellungen trainierender Jünglinge eingeteilt, lag in der Sonne. Dumpf zu ihnen herüber klang das Aufschlagen der Bälle der andern Spieler und die leisen Zurufe, mit denen sie einander Weisungen gaben.

»Wo hört die Vorsicht auf«, erwiderte nachdenklich Varro, »und wo beginnt die Feigheit? Wo endet die Tapferkeit, und wo fängt die Tollheit an? Das ist ein interessantes Thema und wohl wert, daß zwei Männer wie Sie und ich sich darüber unterhalten. Sie haben mir erlaubt, mein Fronto, manchmal Einblick in Ihre Gedanken zu tun. Ich weiß also, daß Sie auf ein vernünftiges, behagliches Alter am Schreibtisch rechnen mit einem großen Stück Land und hohen Ruhebezügen; ich weiß aber auch, daß Sie Sinn haben für den Reiz des Unberechenbaren, des Farbigen, des Abenteuerlichen, oder wie immer Sie es nennen wollen. So werden Sie begreifen, daß es vielleicht trotz allem denkbar ist, König Mallukh oder die ›Kräfte‹ hinter dem Töpfer Terenz ließen sich einmal gegen die Logik vom Reiz des ›Abenteuerlichen‹ verführen und anerkennten in dem Mann im Tempel den Kaiser Nero. Darf ich den Versuch machen, mein Fronto, mich in Sie hineinzudenken und, als Fronto, zu erwägen, was wohl der Kommandant der römischen Garnison in einem solchen Falle billig tun sollte?« – »Ich höre«, erwiderte lächelnd Fronto; sein Fuß in der weißgelblichen Sandale spielte mit dem Ball.

Varro aber rechnete ihm vor: »Sie könnten zunächst einmal als braver Soldat vorgehen, auf eigenes Nachdenken verzichten und sich einfach des Terenz zu bemächtigen suchen. Was würde dann geschehen? König Mallukh könnte das, nachdem er sich einmal für ›Nero‹ erklärt hat, nicht dulden. Sie könnten bei all Ihren militärischen Gaben mit Ihren fünfhundert Mann gegen seine zehntausend nicht aufkommen. Sie würden demonstrativ und heroisch untergehen, ein Held für die Schullesebücher. Streckmännchen seinesteils könnte den Untergang der Garnison von Edessa nicht auf sich sitzen lassen, er müßte ›durchgreifen‹. Der Partherkönig Artaban wiederum könnte nicht ruhig zusehen, wie römische Truppen über den Euphrat vorgehen, es würde ihm vermutlich glücken, unter der Losung eines großen Verteidigungskrieges seinen Rivalen Pakor loszuwerden und die Parther zu einigen. Die Folge wäre also: wir hätten wieder Krieg mit den Parthern.« – »Mag sein«, gab Fronto zu. »Aber sind das nicht Erwägungen, die die Minister in Rom anstellen müßten oder der regierende Statthalter in Antiochien? Ich, mein Varro, bin Soldat. Mir bliebe in dem von Ihnen erörterten Fall nichts übrig als, wie Sie sagen, heroisch zu sterben. Aber vorläufig wollen wir weiterspielen.« Er schüttelte den Würfelbecher, kippte ihn. »Sie geben, mein Varro«, konstatierte er.

»Diesmal haben Sie mir hart zugesetzt«, anerkannte er nach dem siebenten Satz. Varro lächelte dankend. Fronto hatte fünf Sätze gewonnen, er nur zwei. »Erlauben Sie mir«, sagte er, nachdem er veratmet hatte, »daß ich mich jetzt einmal in den König Mallukh hineinversetze. Edessa hat offenbar mindestens ebensoviel Interesse wie Rom, einen offenen, bewaffneten Konflikt zu vermeiden. König Mallukh würde also wohl alles tun, um dem Kommandanten der römischen Garnison die Möglichkeit zu geben, nicht gegen die Disziplin zu verstoßen, streng korrekt zu bleiben und dennoch nicht einzugreifen.« – »Fester, fester«, ermunterte Fronto den Kappadozier, der an ihm herumrieb. Und – »Sie sprechen immer von Hypothesen?« wandte er sich an Varro. »Selbstverständlich«, beeilte sich dieser zu versichern. »Ich stelle mir, theoretisch, die Frage, was soll der Kommandant der römischen Garnison tun in dem Fall, daß König Mallukh oder sonstwer einen letzten Versuch machte, die Politik Neros hier im Osten zu erneuern? Soll er sich selber opfern und diesen Versuch von vornherein zum Scheitern bringen, soll er seine ›Pflicht‹ tun, heroisch sterben und das Reich gefährden? Oder soll er«, und jetzt lächelte Varro ein wenig, »sich an die ›Elementar-Anweisungen‹ halten, die er sich als Offizier der flavischen Kaiser einprägen mußte, soll er ›besser nichts tun als etwas Falsches‹ und das Reich vor einem Partherkrieg bewahren?«

Fronto betrachtete freundlich den erregten Mann. »Sie ereifern sich mächtig«, meinte er, »um eine theoretische Frage.« – »Wundert das einen Theoretiker wie Sie?« antwortete Varro. »Ich finde das Problem interessant. Wer ist der bessere Mann? Derjenige, der in einem solchen Fall heroisch und schädlich stirbt, oder derjenige, der sich unheroisch, aber korrekt mit sanfter Gewalt zur Neutralität zwingen läßt?«

Fronto legte dem andern mit einer leichten, freundschaftlichen Geste die Hand auf die Schulter. »Sie sollten sich wirklich um derartige hypothetische Fragen nicht soviel Sorgen machen, mein Varro«, antwortete er nicht ohne Wärme. »Da Sie aber, wie Sie sagen, schon Einblick in mein Wesen getan haben, lassen Sie mich Ihnen noch mehr verraten: es war immer mein Ziel, ein Leben zu führen, farbig, interessant und dennoch mit einundfünfzig Prozent Sicherheit und Pensionsberechtigung. Die Pensionsberechtigung habe ich. Falls die Götter mir das Farbige, das Unberechenbare, das ›Abenteuerliche‹ noch hinzulieferten, ohne daß ich die einundfünfzig Prozent Sicherheit verlöre, dann betrachtete ich das als einen unverdienten Glücksfall.«

Varro mühte sich, seine Bewegung zu verbergen. »Genug«, befahl er dem Leibeigenen, der sich schnell und leise zurückzog. Dann nahm er die Hand des Fronto. »Ich danke ihnen für Ihr Vertrauen, mein Fronto«, sagte er herzlich. »Das ist ein Gespräch, wie wir es in Gedanken schon seit zwölf Jahren führen. Ich freue mich, daß die Gedanken endlich Worte wurden.«

Fronto löste seine Hand aus der des andern. Liebenswürdig hob er den Finger, mahnte: »Vergessen Sie nicht, mein Varro: alles hypothetisch.« Er würfelte. »Schon wieder geben Sie«, konstatierte er. »Aber passen Sie auf, diesen Satz werde ich trotzdem gewinnen.«

20
VARRO PRÜFT SEINE PUPPE

Terenz wohnte jetzt, nachdem Scharbil ihm versichert hatte, der Schutz der Göttin erstrecke sich auf den ganzen Tempelbezirk, im Hause des Erzpriesters. Er hatte zwei schöne Räume zur Verfügung, bessere, als sie dem Töpfer Terenz, doch sehr viel schlechtere, als sie dem Kaiser Nero zukamen. Dort also lebte der Mann, auf den sich allmählich das Augenmerk des ganzen Zwischenstromlandes richtete. Er bestrebte sich nach wie vor, gleichmütig und dennoch voll heimlicher Bedeutung zu erscheinen. Leicht war das nicht; denn er fühlte sich, obwohl die meiste Zeit allein, immer beobachtet.

Manchmal kam Knops zu ihm und erstattete ihm Bericht über das, was außerhalb des Tempelbezirks vorging. Der anstellige Knops machte das sehr geschickt. Er ließ den andern nicht merken, daß er wisse, er leiste ihm damit einen großen Dienst; er brachte seine Nachrichten im Plauderton vor, als setzte er voraus, es gehe um Dinge, die sein Herr bereits wisse.

Durch Knops auch erfuhr Terenz von der Ankunft des Varro. Er erwartete, der Senator werde ihn sogleich aufsuchen. Allein dem Varro schien es auch diesmal angebracht, den Burschen durch möglichst langes Hinhalten mürb zu machen, auf daß er nicht übermütig werde und ihm aus der Hand gleite. Er hatte die Betretenheit nicht vergessen, in die ihn die jähe, erstaunliche Verwandlung des Terenz in den Nero versetzt hatte; auch die behutsame Intelligenz, die Terenz in diesen langen Wochen des Wartens gezeigt hatte, mahnte zur Vorsicht. Varro also ließ ihn zappeln und erreichte auch, daß er unruhig und unsicher wurde.

Aber als Varro endlich kam, fand er trotzdem einen gelassenen, gleichmütigen Mann. Der Senator gab sich nicht wie ein Patron vor seinem Schutzbefohlenen, aber er behandelte den Terenz auch keineswegs als den Kaiser. Übrigens argwöhnte er, im Hause des Scharbil hätten die Wände Ohren, und hütete sich vor einem unvorsichtigen Wort.

»Die Göttin Tarate«, begann er, die Räume beschauend, »bringt ihre Gäste nicht schlecht unter. In unserm Goldenen Haus gab es mehr Komfort; doch wohl fühlen kann sich einer auch hier, selbst wenn er allerhand Bequemlichkeit gewohnt ist.« – »›Keinen besseren Weg‹«, zitierte zur Antwort Terenz einen griechischen Tragiker, »›gaben die Götter dem Menschen, seine Würde zu zeigen, als den der Geduld‹.« Varro lächelte anerkennend über den aalglatten Mann und seine Kunst, vieldeutig zu antworten. »Geduld?« gab er zurück. »Es sind jetzt bereits viele, die glauben, was einmal in meinem Haus angedeutet wurde, daß Sie nämlich ein anderer seien als der Töpfer Terenz.« Terenz schaute ihm voll ins Gesicht. »Vielleicht bin ich ein anderer geworden«, erwiderte er gelassen, nicht ohne Bedeutung. Varro stellte fest: »Früher also waren Sie der Töpfer Terenz?« – »Eine Zeitlang«, entgegnete das Geschöpf, »gefiel es mir, der Töpfer Terenz zu sein.« Varro, mit kleiner Ironie, meinte: »Sie hatten sich nicht schlecht eingelebt.« – »Es gibt Fürsten«, erwiderte Terenz, »denen es Spaß macht, Schauspieler zu sein. Ist es übrigens nicht wichtiger, daß die andern glauben, man sei ein bestimmter Jemand, als daß man dieser Jemand ist? Was meinen Sie dazu, mein Varro?«, und zum erstenmal nannte er ihn beim Namen wie ein Gleicher den Gleichen und gab ihm nicht seinen Titel. Varro aber lächelte in seinem Innern: Diese Vertraulichkeit wird nicht lange vorhalten, mein Terenz.

Laut sagte er: »Sehr viele glauben jetzt, daß der Kaiser Nero noch lebe, und zwar hier in Edessa. Einige allerdings bestreiten es. Einige höhnen. Da ist etwa unser Joannes von Patmos, der Schauspieler, ein Fachmann, wie Sie zugeben werden. Der meint, wenn er in der Tragödie ›Octavia‹ den Nero so gespielt hätte wie ein gewisser Jemand den Nero in der Stadt Edessa, dann hätte keiner ihm geglaubt.« Der Töpfer Terenz, als Varro dies sagte, konnte nicht verhindern, daß sein Gesicht ein bißchen zuckte. Der Tag wird kommen, an dem er diesem Joannes zeigen wird, wer der bessere Nero ist. Vorläufig flüchtete er sich vor Varro ins Metaphysische. »Die Gottheit«, sagte er, »stellt die Kreatur in vielen Myriaden von Exemplaren her, aber es gefällt ihr, vom menschlichen Antlitz jeweils nur ein einziges, unverkennbares Exemplar zu schaffen.« – »Täuschen Sie sich da nicht?« entgegnete Varro. »Ist diese Behauptung nicht ein wenig kühn? Wenn es etwa einen Mann gibt mit dem unverkennbaren Gesicht des Kaisers Nero, gibt es nicht auch Mittel, an denen man untrüglich erkennen kann, ob dieser Mann nicht vielleicht doch ein anderer ist als der Kaiser Nero?« Und da

Terenz unruhig wurde, fuhr er fort: »Oder gibt es keine solchen Mittel?« – »Vielleicht gibt es solche Mittel«, gab zögernd das Geschöpf zu. »Die Behörden von Edessa jedenfalls«, sprach Varro weiter, »glauben, daß es solche Mittel gibt. Wenn ein gewisser Jemand der Kaiser Nero sein will – glauben die Behörden von Edessa –, dann muß er vertraut sein mit Geheimnissen, die nur dem Kaiser Nero und dem Senator Varro bekannt sein können.« Terenz schwieg unbehaglich. »Scheint Ihnen diese Ansicht nicht richtig?« ermunterte ihn spöttisch Varro. »Sie scheint mir richtig«, räumte das Geschöpf ein. »Nun also«, sagte jovial Varro.

»Warum setzen wir uns eigentlich nicht?« forderte er den andern auf, da sie noch immer ein bißchen feierlich herumstanden. Sie setzten sich.

»Erinnern Sie sich zum Beispiel«, begann er gemütlich das peinliche Examen, »daß Kaiser Nero einmal im Mai, es mag im Jahr 818 nach Gründung der Stadt gewesen sein, das Pfauen-Bordell hinter dem Großen Zirkus besuchte? Er hatte eine Reihe Freunde mit, unter andern auch den Senator Varro.« Das rosigfahle Antlitz des Terenz färbte sich ein wenig. Es war niederträchtig, daß Varro ihm gerade mit dieser Episode kam. Bei jenem Bordellbesuch nämlich war Lucia, eine angesehene Dame, zu Schaden gekommen, es hatte Skandal gesetzt, und es hatte dem Kaiser plötzlich nicht mehr gepaßt, an dieser Affäre teilzuhaben. Man hatte erklärt, jenes Individuum, in dem einige den Kaiser erkannt haben wollten, sei ein beliebiger Mann von der Straße gewesen, den die anderen zum Spaß aufgegabelt und mitgeführt hätten. Man hatte diesen Mann in dem Töpfer Terenz wiedererkannt, ihn vor den Prätor zitiert und zu einer Geldstrafe verurteilt, die ihm von unbekannter Seite reichlich ersetzt wurde. Vor Gericht war der Töpfer Terenz in den Besitz von Kenntnissen über Einzelheiten der Affäre gekommen, die andere schwerlich wissen konnten. Es war also gewissermaßen ein großer Dienst, den Varro dem Terenz leistete, daß er seine Identität gerade durch die Kenntnis dieser Details prüfen wollte. Doch Terenz sah an der Frage des Senators nicht die Großmut, sondern nur die Ironie. Er selber erinnerte sich jener Episode selten und nur mit Mißbehagen. Er sah sich gerne vor dem Senat, die kaiserliche Botschaft verlesend, nicht aber vor dem Prätor, als Freigelassenen, niedrige Handlungen auf sich nehmend, für die der sonst nicht eben prüde Kaiser aus irgendeiner Laune heraus nicht einstehen wollte. »Ich erinnere mich jener Geschichte im Pfauen-Bordell«, sagte er also mit Widerstreben. »Und erinnern Sie sich«, fragte Varro weiter, immer im gleichen, leichten Gesprächston, »was Kaiser Nero sagte, als die Dame Lucia nackt im Fenster stand und Aelius im Begriff war, sie hinunterzuschmeißen?« Davon wußte nun Terenz nichts, davon war vor Gericht nicht die Rede gewesen. Wahrscheinlich wußten das wirklich nur die paar Herren, in deren Gesellschaft sich Nero damals im Pfauen-Bordell verlustiert hatte, wenn sie noch lebten und wenn sie es noch wußten. Und Terenz fühlte sich jetzt doppelt befangen, weil sich die Frage des Varro nicht als Tücke erwies, sondern als ehrliche Prüfung.

Wie immer, antworten mußte er. Er riß sich zusammen, nahm die Haltung des Nero an, füllte sich, wie er glaubte, mit seinem Geist, holte den Smaragd hervor, wurde Nero und erwiderte mit des Nero Stimme: »›Laß das, mein Aelius. Man schmeißt vielleicht einen Feldmarschall aus dem Fenster oder einen König, aber keine nackte Dame.‹ So oder ähnlich mag damals Nero erwidert haben.«

Varro lächelte. Er sah jetzt zum erstenmal den Smaragd des Terenz. Der Smaragd des Nero war eher kleiner gewesen, aber viel sorgfältiger und kunstvoller zurechtgeschliffen. Und der echte Nero hatte im Bordell keineswegs den Versuch gemacht, geistreich zu sein. Er war vielmehr, als Aelius die Dame Lucia aus dem Fenster werfen wollte, ziemlich besoffen gewesen wie die meisten andern, und er hatte gähnend und lallend und ziemlich sinnlos gesagt: »Nur zu, mein Aelius, ganz wie es Ihnen beliebt. Bedienen Sie sich, mein Guter.« Es amüsierte und befriedigte den Varro, daß sich Terenz den Nero in keiner Situation alltäglich vorstellen konnte, sondern daß er glaubte, der Kaiser müsse sich auch im Bordell kaiserlich haben, nur an Feldmarschälle denkend und an Könige.

Terenz hatte dem Senator noch mit einiger Sicherheit Rede stehen können. Kaum aber hatte er zu Ende gesprochen, so ließ er gegen seinen Willen die Geste des Nero fahren, nahm den Smaragd vom Aug, wurde zum Töpfer Terenz und blinzelte gespannt auf den Varro, ob er wohl und wieweit die rechte Antwort erraten habe. Allein Varro lächelte nur und ließ das Geschöpf nie erfahren, wie nah oder wie fern vom Ziel es getroffen hatte. Er erhob sich vielmehr und sagte, es war eher ein Befehl als eine Bitte: »Wenn Kaiser Nero daran denkt, die Herrschaft wieder zu übernehmen, dann tue er das jetzt!«

Terenz, als Varro gegangen war, atmete hoch. Unbekümmert, ob er beobachtet wurde oder nicht, nahm er Haltung und Stimme des Nero an, holte den Smaragd wieder hervor, ging mit dem Gang des Nero auf und nieder, sprach mit sich selber, taumelig vor Glück.

ZWEITES BUCH

HÖHE

1
VON DER MACHT

Seit seiner Audienz bei König Mallukh war es Varro klar, daß er sein Unternehmen nicht ernstlich werde fördern können, solange er nicht Marcia dazu vermocht hatte, das Geschöpf zu ehelichen. Tagelang, eine Woche lang, schob er das peinvolle Gespräch hinaus. Dann entschloß er sich und nahm es auf sich.

Weiß, schmal, streng saß Marcia vor ihm. Er redete dies, jenes, drückte herum. Riß sich endlich zusammen. »Es ist hier ein Mann aufgetaucht«, begann er, »den das ganze Zwischenstromland für den Kaiser Nero hält. Du wirst von ihm gehört haben. Dieser Mann bittet um deine Hand.«

Marcia sah ihm aufmerksam auf den Mund. Zunächst begriff sie nicht. Dann begriff sie. Begriff, daß der Vater ihr gleichmütig, als handle es sich um die Einladung zu einem Abendessen, zumutete, in die letzte Erniedrigung hinunterzusteigen. Schreck und Ekel packten sie dermaßen, daß ihr das Herz aussetzte. Aber sie fiel nicht um. Sie hielt sich aufrecht; nur sehr fahl wurde sie, und die Lehnen des Sessels packte sie fester. Varro war längst zu Ende, und sie sprach noch immer nicht. Sie sah weiter auf seinen Mund, als ob noch mehr Worte daraus kommen müßten. Varro schaute zu ihr hinüber, seine peinvolle Spannung nur mit Mühe verbergend.

»Ist der Mann der Kaiser Nero?« fragte endlich Marcia, mit sonderbar trockener Stimme. »Du kennst ihn unter dem Namen eines Töpfers Terenz«, erwiderte, nicht ohne Anstrengung, Varro. Marcia verpreßte den Mund, daß er ganz dünn und scharf wurde. »Wenn ich nicht irre«, sagte sie, »ist das einer deiner Freigelassenen. War nicht sein Vater der Leibeigene, der in unserm Haus in Rom die Wasserleitungen und Latrinenrohre repariert hat?«

Sie dachte: Warum haben sie mich nicht zur Vestalin gemacht, wie die Mutter es gewollt hat? Jetzt lebte ich still und groß in dem schönen Haus an der Heiligen Straße. Bei den Spielen säße ich auf dem Ehrenplatz in der Loge des Kaisers. Beim Fest am Neunten Juni stiege ich zum Capitol hinauf, verehrt von allem Volk, an der Seite des Kaisers. Aber er hat es nicht gewollt, dieser, mein Vater. Er hat mich aufgespart, um mich zu verschachern in seinen dunkeln, schmutzigen Geschäften.

Varro dachte: Ihre Mutter hat mich nie leiden können, weil ich sie aus Vernunft geheiratet habe und weil sie mir gleichgültig blieb. Aus Ressentiment hat sie das Mädchen zur Vestalin machen wollen und es mit lauter Unsinn angefüllt. Damals, als sie ein Kind war, hätte ich mich um sie kümmern müssen. Aber ich hatte zu wenig Zeit. Einem Mädchen mit ihren Begriffen fällt es sicher furchtbar schwer, sich zu dem Geschöpf ins Bett zu legen. Ihre Augen sind ganz starr. Die Gefühle, die sie hat, sind albern, aber sie sind eine Realität, und man muß damit rechnen.

Laut sagte er: »Ich weiß, du findest es unrömisch, unwürdig, daß ich dir das zumute. Allein man kann nicht in Syrien leben, als wäre man in Rom. Du wirst erwidern: ›Dann soll man eben nicht in Syrien leben.‹ Aber erstens bin ich dazu gezwungen, und zweitens täte ich es auch, wenn mir Rom offenstünde. Ich sage dir, meine Marcia, es lohnt, etwas ›Würde‹ aufzugeben und dafür das einzutauschen, was einem nur der Osten geben kann. Es wäre mir einfach unmöglich, ohne den Osten zu leben. Ich langweile mich im Westen. Und, ich will ehrlich sein, ich möchte auch auf den Einfluß und die Macht nicht verzichten, die ich nun einmal nur im Osten haben kann.«

Marcia saß da, reglos, schmal. Wie er mich betrügen will! dachte sie voll Haß. Ehrlich will er sein. Mich verschachert er an den Abschaum, und seine gemeinen Gründe wickelt er in lauter großartiges Gerede. »Du sagtest, ich soll die Frau des Töpfers Terenz werden«, erwiderte sie mit höhnisch kalter Sachlichkeit.

Die feindselige Ruhe seiner Tochter erbitterte Varro mehr, als Tränen, Beschwörungen, Verzweiflungsausbrüche es hätten tun können. Schön, dachte er, der Kerl stammt von unten. Aber ich hab an ihrer Mutter nicht viel Spaß gehabt, obwohl sie Senatorentochter war. Sie sollte sich freuen, daß sie ihre verdammte Jungfräulichkeit los wird. Wenn sie erst mit einem Mann im Bett liegt und er sich halbwegs bewährt, kann es ihr dann nicht gleich sein, wessen Sohn er ist?

Laut sagte er: »Wir haben, Nero und ich, in dieses Mesopotamien ein gutes Teil Rom hineingesteckt, Soldaten, Geld, Zeit, Nerven, Leben. Ich will nicht das alles wieder aufgeben, bloß weil die Flachköpfe auf dem Palatin keinen Blick haben über die strategischen Grenzen hinaus und nichts sehen von den wirtschaftlichen und kulturellen Möglichkeiten, die diesseits des Euphrat liegen. Weil sie keine Phantasie haben, sagen sie, es sei unmöglich, Rom und den Osten zu verschmelzen. Dabei braucht man nur die Augen aufzumachen, und man erkennt heute schon, daß die Menschen und die Städte, die dabei herauskommen, einfach großartig sind. Ich jedenfalls, ich gebe meinen Osten nicht auf. Ich habe mein Geld und meine Zeit hineingesteckt, und ich darf auch von andern Opfer dafür verlangen.«

Marcia hatte all die Jahre hindurch gehofft, ihr Vater werde rehabilitiert werden, sie werde nach Rom zurückkehren und dort ein großes, würdiges Leben führen können. Erst vor wenigen Tagen, als Varro das Gebiet des Reichs fluchtartig hatte verlassen müssen, war ihr diese Hoffnung zusammengebrochen. Sie hatte ihre Träume aufgegeben, sie durch ein viel dürftigeres Ziel ersetzt. Oberst Fronto hatte ihr auf seine zurückhaltende Art gezeigt, daß er sie verehrte. Er war an Rang und Ansehen zu gering für eine Senatorentochter. Aber er sah gut aus mit seiner eleganten Haltung, seiner breiten, gescheiten Stirn und seinen kurzen, eisengrauen Haaren; auch war er ein Römer, römisch erzogen und kultiviert, unter diesen orientalischen Halbtieren ein Mensch. Sie hatte sich entschlossen, ihn zu einer Werbung zu ermuntern, ihn zu heiraten. Es ist ein kümmerliches Leben, das sie da an seiner Seite führen wird, doch ein anständiges Leben. Und jetzt gönnt ihr der eigene Vater nicht einmal das, sondern mutet ihr eine solche letzte Gemeinheit zu. Ihre ganze Strenge, Hoheit, Keuschheit will er diesem Abschaum hinwerfen, dem Leibeigenen, dem Sohn des Latrinenreinigers. Sie schwieg, das weiße Gesicht eine Maske des Ekels.

»Sei es, wie es sei«, fuhr Varro fort, achselzuckend, »für mich ist dieser Mann der wahre Nero. Er muß es sein. Ich kann aus vielen Gründen nicht mehr zurück. Er ist aber Nero nur dann, wenn ich an ihn glaube. Und daß ich an ihn glaube, muß ich beweisen.«

»Und du beweist es«, ergänzte steif und höhnisch Marcia, »durch mich. Ich soll für deine Politik zahlen.«

Varro dachte: Manche gehen wirklich daran kaputt. Als ich mit dieser – wie hieß sie doch? sie war vierzehn Jahre alt, eine Thrakerin – zum erstenmal schlief, wurde sie so verstört, daß sie es dann fürs ganze Leben blieb. Dabei war ich eigentlich zart zu ihr gewesen. Viertausend hatte ich für sie bezahlt, und dann war sie nur mehr zum Geschirrwaschen zu gebrauchen. Bin ich zynisch? Ich liebe doch meine Marcia. Sie ist sehr empfindlich, und ich muß mit ihr Geduld haben. Ich glaube, es ist am besten, ich gebe ihr Wahrheit. Sie wird mich verstehen. Es ist das Einfachste und Sicherste, wenn ich ihr sage, was ist.

Er sagte: »Die Menschen wollen es nicht, daß ein Begabter an der Macht bleibt. Sie dulden es nicht. Sie dulden nur die Unbegabten. Sie haben den Nero in den Tod getrieben, weil er begabt war, und mich aus der Macht. Und jetzt, da ich mir ein zweites Mal Macht aufgebaut habe, wollen sie sie mir ein zweites Mal nehmen. Aber ich gebe sie nicht her. Ein zweites Mal ertrag ich es nicht. Ehe ich es ertrage, setze ich alles ein, mich und dich und alles.«

Varro hatte richtig gerechnet. Marcia erwachte aus ihrer feindseligen Starrheit. Sie hörte den ehrlichen Ton aus seinen Worten. Ihr Gefühl für den Vater war immer eine Mischung gewesen aus Bewunderung und Widerstand; jetzt von neuem verspürte sie seine Lockung.

Er saß, die Beine auf die verpönte, orientalische Art gekreuzt, als wollte er durch diese lässige Haltung seinen Worten ihr Pathos nehmen. »Rom heißt Kraft«, sagte er, »Rom heißt Macht. Was ist denn Macht? Der fleißige Beamte Titus, der sich Kaiser nennen läßt, bildet sich ein, er habe Macht, weil er eine riesige Militär- und Verwaltungsorganisation zur Verfügung hat. Ich beneide ihn nicht. Was hat er schon? Den Stock des Feldwebels. Die Faszes, Rutenbündel und Beile. Ist das Macht?« Er sprach nicht mehr für seine Tochter, er sprach für sich selber. Man sah, wie die Gedanken in ihm entstanden, Worte wurden. Er sprach leise, doch beschwingt; die klaren, harten, logischen, lateinischen Sätze kamen aus seinem Mund wie griechische Verse. »Macht«, träumte er, »das ist etwas viel Listigeres. Macht, das ist die Idee, wie sie aus dem Kopf herausspringt, Tat wird, die plumpe Wirklichkeit überwältigt. Die weitaus meisten Menschen finden sich mit den vollzogenen Tatsachen ab. Sie sagen sich: weil es so ist, muß es so sein. Das ist die große Trägheit, das große Laster der Menschen. Ich finde mich nicht damit ab. Warum muß es so sein, wie es ist? Nero ist tot? Dieses Faktum ist dumm, widersinnig, stört die vernünftige Ordnung. Es paßt nicht in mein Konzept der Welt. Ich anerkenne es nicht. Ich gehe gegen diese alberne Wirklichkeit vor, ich sage ihr den Krieg an. Ich mache Nero von neuem lebendig. Der Osten ist so, sagen sie, und Rom ist anders, und beide gehen nicht zusammen, und darum muß man entweder auf den Osten oder auf Rom verzichten. Ich verzichte nicht. Ich denke nicht daran. Ich füge mich nicht einer so platten Logik. Sich der dummen, seelenlosen Wirklichkeit nicht fügen, sich nicht damit bescheiden, sich selber einsetzen gegen die Wirklichkeit und gegen das Schicksal, das ist römisch. Das, was sein sollte, ausspielen gegen das, was ist, und in diesem Spiel gewinnen: das ist die einzige Form von Macht, die der Mühe wert ist.«

Marcia schaute auf seinen Mund, eine ganz leise Röte war ihr in die Wangen gestiegen. Sie hatte vergessen, daß sie noch vor mehreren Minuten seine großen Worte für nichts anderes gehalten hatte als für eine Verbrämung seiner kleinen Interessen.

Er verstummte, hob den Kopf, tauchte aus seiner Versunkenheit auf. Sah sie. Ging auf sie zu, legte der Sitzenden ganz leicht die Hand auf die Schulter. »Glaub mir, meine Marcia«, sagte er, »ich weiß, was es heißt, einer Frau wie dir anzusinnen, daß du mit dem Geschöpf schlafen sollst.« Er sagte »Geschöpf«, er brauchte dieses zweideutige wegwerfende Wort, und Marcia verstand, daß er es offenließ, ob er den Terenz für ein Geschöpf der Götter hielt oder ein von ihm selbst erzeugtes, und sie war mit ihm stolz auf diesen Doppelsinn. »Aber ich weiß auch«, fuhr er fort, »du verstehst, warum ich es dir zumute.«

Marcia schaute den Vater an, ihre Augen waren die des Vaters, braun, lang, kühl und leidenschaftlich zugleich. Sie war vernünftig genug, zu erkennen, daß ein so gefährliches Spiel, wie das um den falschen Nero, nicht lange dauern konnte, und daß es wahrscheinlich ein grauenvolles Ende nehmen werde. Aber schon war ein wenig von der Leidenschaft des Vaters auf sie übergesprungen, schon sah sie mit kühner Phantasie sich selber auf dem Palatin, schon war es nicht mehr der Leibeigene, sondern der Kaiser, mit dem sie schlafen sollte, und schon kostete es sie Anstrengung und Bedauern, sich aus diesen ihren dreisten Träumen in die Vernunft zurückzuretten.

»Rom«, wandte sie ein, »ist groß geworden dadurch, daß es immer klar erkannte, was ist.« Aber Varro ließ das nicht gelten. »Das ist eine Teilwahrheit«, sagte er, stürmisch. »Erkennen, was ist, aber es nicht anerkennen: dadurch ist Rom groß geworden. Rom, das waren zehntausend Menschen, und die Welt, das waren fünfzig Millionen. So war die Wirklichkeit. Rom aber anerkannte diese Wirklichkeit nicht. Rom wollte, daß die Welt römisch werde, und die Welt wurde römisch.«

Marcia stand auf. »Darf ich jetzt gehen, mein Vater?« fragte sie. Varro trat ganz nah an sie heran, nahm ihren weißen Kopf in seine fleischigen Hände, bog ihn sacht zurück und bog seinen eigenen Kopf zurück, damit er sie gut sehen könne. »Wenn du es willst, Marcia, wirst du auf dem Palatin einziehen«, versprach er ihr. Marcia schaute ihn an, es war in ihren Augen viel Wissen und wenig Glauben. Ihr ganzes Wesen bäumte sich auf gegen das Spiel, das ihr Vater ihr anbot. Aber schon sah sie nicht mehr nur das Scheußliche dieses Spiels, sondern auch das, was daran großartig war. Und war nicht alles besser als das Vegetieren in einer orientalischen Provinzstadt?

Varro spürte genau, was in ihr vorging. Noch immer hielt er ihren Kopf. So standen sie eine kleine Weile, einer den andern beschauend, einer den andern genau kennend, und Marcia spürte in dieser Sekunde schmerzhaft deutlich, was alles an Gefühlen für ihren Vater sich in ihr gestaut hatte: Liebe, Haß, Lockung, Verachtung und Bewunderung.

Varro war nach dieser Unterredung erschöpft, als hätte er eine anstrengende körperliche Leistung hinter sich. Er wußte, er war auf gutem Weg. Aber heiße Mühe wird es noch kosten, ehe er Marcia endgültig besiegt hat. Noch dreimal in dieser Woche sprach er mit ihr.

Dann endlich konnte er dem Erzpriester Scharbil mitteilen, er habe sich durch sichere Beweise überzeugt, daß der Gast der Göttin Tarate in Wahrheit der totgeglaubte Kaiser Nero sei. Er bitte den König Mallukh und den Erzpriester, am nächsten Neumond der Hochzeit seiner Tochter Marcia mit dem Kaiser beizuwohnen.

2
RÖMISCHE TREUE

Die erste Folge dieser Mitteilung war, daß Erzpriester Scharbil sich bei dem Obersten Fronto einstellte.

Vertraulich berichtete er dem römischen Kommandanten, glaubwürdige Zeugnisse erwiesen den Mann, der sich in den Tempel der Tarate geflüchtet, wirklich als den totgeglaubten Kaiser Nero. Fronto erwiderte höflich und umschweifig, die Anerkennung oder Nichtanerkennung eines Kaisers sei ein Problem, dessen Lösung Königen und Erzpriestern, Gouverneuren und Senatoren obliege, nicht aber einem geringen und unwürdigen Offizier. Daraufhin beteuerte Scharbil, es liege ihm fern, ihn durch zudringliche Ratschläge zu behelligen. Lediglich aus Freundschaft und aus Loyalität mache er ihn darauf aufmerksam, daß König Mallukh sich durch sein Gewissen gezwungen sehe, jenem Manne, der durch die erwähnten Zeugnisse als Kaiser Nero ausgewiesen sei, die Treue zu halten, die er ihm geschworen habe.

Oberst Fronto richtete seine gescheiten Augen auf Scharbil. König Mallukh, erwiderte er langsam und gewichtig, habe sich auch dem regierenden Kaiser Titus in Rom durch Eid und Vertrag verpflichtet. Scharbil, nach einigem Nachdenken, entgegnete, er begreife, daß ein Mann, wenn er lange Zeit unbestritten die Kaiserkrone getragen habe, für die Augen vieler noch den »Fran« besitze, den göttlichen Glanz der Majestät. Aber hebe nicht der frühere Eid den späteren, irrigen, auf? Wie immer, fügte er träumerisch hinzu, es sei ein schmaler Grat, auf dem sie beide wandelten, sein König Mallukh und sein Freund Fronto.

Fronto sagte nichts. Er kannte die Methoden des Ostens, und wenn er auch in der Kunst des würdigen, zermürbenden Schweigens kein Meister war wie etwa König Mallukh, so konstatierte er doch mit Freude, daß er bereits wenigstens den alten Scharbil darin übertraf. Der nämlich, alt, neugierig und ungeduldig, gab schon nach zehn Minuten den Kampf auf und sagte: »Da mein Freund aus dem Westen so gut zu schweigen versteht, will ich also reden. Ich habe aber dieses zu sagen: König Mallukh ist ein Freund des Titus, der in den Augen vieler den ›Fran‹ besitzt. König Mallukh wird den Titus nicht angreifen, solange der ihn nicht angreift. Wer freilich den Kaiser Nero antastet, der greift auch König Mallukh an, und gegen den muß König Mallukh sich wehren.«

Insgeheim lächelte Fronto. Da spürte er sie also an seinem Hals, die Hand jener sanften Gewalt, von der Varro gesprochen hatte. Es war eine geschickte Hand, er hatte auf ihren Griff gewartet, ihr Griff war ihm nicht unwillkommen. In der gewünschten blumigen Art erwiderte er, er hoffe zuversichtlich, die Weisheit König Mallukhs werde es ihnen beiden leicht machen, den schmalen Grat ungefährdet zu überschreiten.

Am Tag darauf holte König Mallukh den Kaiser Nero feierlich aus dem Tempel der Tarate und geleitete ihn in sein Palais. Dies getan, entsandte er drei Kuriere, einen an den Senat in Rom, einen an den Gouverneur in Antiochien, einen an den parthischen König Artaban in Seleukia, und meldete, daß der große Kaiser Nero infolge einer glücklichen Fügung der Götter noch lebe. Er weile als sein Gast in der Stadt Edessa, von wo aus er demnächst die Reise nach Rom antreten werde, um das Regiment des Reichs wieder zu übernehmen.

Für diesen Tag, an dem der Mann in das königliche Palais übersiedelte, hatte Oberst Fronto keinem von seinen Offizieren und keinem von seinen Leuten Urlaub erteilt. Strenge Weisung war ergangen, jede Reibung mit der Bevölkerung zu vermeiden und sich unter keinem Vorwand dem Manne Terenz zu nähern. Scharfes Exerzieren war für diesen und auch für die beiden folgenden Tage angesetzt, Offiziere und Mannschaften wurden in Atem gehalten.

Oberst Fronto war wenig beliebt, doch sehr geachtet. Er war römischer Aristokrat, sein Detachement, fünf Kompanien aus der Vierzehnten Legion, bestand zumeist aus grobschlächtigen Dalmatinern; er war ein »Herr«, und sie waren »Leute«. Der Dienst war streng, aber sie nahmen ihn auf sich. Wenn sie dreißig Jahre gedient hatten, bekamen sie ein Stück Land und ein Stück Geld, hartverdientes Land, hartverdientes Geld, aber gutes Land, gutes Geld. Das Band, an dem Rom seine Soldaten hielt, war Disziplin am einen, Pensionsanspruch am andern Ende. Ohne Disziplin gab es kein Land und kein Geld. Das wußten die Soldaten.

Frontos Leute also hielten gute Disziplin. Aber natürlich gab es Diskussionen unter ihnen über den neuen Kaiser Nero. Die soldatische Tradition verlangte, daß man jeweils dem die Treue hielt, von dem man am sichersten annehmen durfte, er werde den berechtigten Anspruch auf Altersversorgung erfüllen. So faßte die ganze Armee, so faßten auch Frontos Leute das auf, was sie dem Senat und Volk von Rom als römische Treue geschworen hatten. Andernteils war ein Thronwechsel eine große Chance. Der neue Kaiser pflegte sich den Gehorsam der Soldaten durch hohe Gratifikationen zu erkaufen. In bezug auf die Altersversorgung hatten sich die flavischen Kaiser bis jetzt bewährt, aber ihre Gratifikationen beim Thronwechsel waren recht knauserig gewesen. Kaiser Nero galt als freigebig. Wenn König Mallukhs Gast sich durch Freigebigkeit als Kaiser Nero erwies und wenn er weiter in bezug auf die Pension hinlängliche Garantien bieten konnte, dann waren die Soldaten an sich gerne bereit, nicht so genau hinzuschauen. Sie warteten also ab, und abwartend hielten sie Disziplin.

Freilich gab es auch einige Schwärmer. Da meldete sich zum Beispiel bei Fronto ein junger Offizier, ein gewisser Testimus. In strammer Haltung, trotzig und dennoch schüchtern, erklärte er dem Obersten, wenn der erlaube, sei er bereit, dem Skandal mit dem Betrüger Terenz ein Ende zu machen. Er habe es in der Handhabung des kurzen syrischen Dolches zu ungewöhnlicher Geschicklichkeit gebracht. Er wolle, wenn, wie angesagt, der Leibeigene Terenz sich übermorgen zum Tempel des Apollo begebe, den Mann an der Schwelle des Tempels niederstechen.

Leutnant Testimus war erst vor wenigen Wochen zur Truppe gestoßen. Er hatte keinen rechten Verkehr; es dauerte immer seine Zeit, bis die Kameraden oder gar die Honoratioren von Edessa einen neu Zugereisten berochen hatten und in ihren Kreis zuließen. Dem Fronto war der Junge vom ersten Anblick an unangenehm gewesen. Jetzt zeigte sich also, daß sein Gefühl ihn nicht betrogen hatte: der Bursch gehörte zu jenen primitiven Patrioten der Tat, die sich von je für den Bestand des Reichs und der Gesellschaft als gefährlich erwiesen hatten. Ein Attentat auf Terenz, das war so recht das, was einem solchen primitiven Patrioten als beste Lösung des Problems einfallen mochte. Mit der Person des Terenz ginge das ganze aufrührerische Unternehmen unter, der ganze Plan des Varro, und damit der Versuch einer Rückkehr zur Ostpolitik. Eine radikale Lösung, gewiß. Aber nicht nur, daß es schade wäre, die Rückkehr zur Ostpolitik von vornherein zu vereiteln, eine solche radikale Lösung müßte auch hinterher verdammt teuer bezahlt werden. Denn ob die Bevölkerung von Edessa den Tod ihres Nero ruhig hinnehmen würde, das war überaus zweifelhaft. Wahrscheinlich war, daß man die römische Garnison den Tod des Kaisers entgelten und sie über die Klinge springen lassen wird. Die Folgen waren nicht abzusehen. Eine Strafexpedition gegen Edessa, die Möglichkeit eines neuen Partherkriegs, das alles rückte durch ein solches Attentat in bedrohliche Nähe.

Das einfachste für Fronto wäre natürlich, dem Patrioten Testimus die Ausführung eines solchen Planes dienstlich zu verbieten. Aber wenn dem Cejon ein solches Verbot zu Ohren kommt, muß er nicht daraus gegen ihn, den Fronto, Mißtrauen schöpfen? Nein, er muß es klüger anstellen, um den Leutnant und seine Idee unschädlich zu machen.

Er fragte also zunächst den Patrioten Testimus, ob der sich darüber klar sei, daß er bei seinem Attentatsversuch menschlicher Voraussicht nach umkommen werde. Testimus war sich klar darüber. Fronto fragte weiter, ob er auch bedacht habe, daß er anonym umkommen werde, ohne Ehre für seinen Namen und für sein Geschlecht; denn unter keinen Umständen dürfe die römische Armee mit dem Makel eines solchen Meuchelmords befleckt werden; das zöge gefährliche Konsequenzen nach sich. Allein der unentwegte Patriot Testimus hatte auch das bedacht. Er meinte, es sei süß und ehrenvoll, fürs Vaterland zu sterben, auch anonym.

Es blieb somit dem Obersten Fronto, wenn er die Zivilisation vor den Gefahren eines neuen Partherkriegs bewahren wollte, kein anderer Ausweg als der listige und unsentimentale, den er durch seine Fragen hatte vermeiden wollen. Trocken erklärte er dem Patrioten Testimus, er lehne jede Verantwortung ab; andernteils habe der Leutnant volle Handlungsfreiheit, unter der Voraussetzung natürlich, daß niemand von seinem Vorhaben erfahre, und daß er dafür einstehe, als Leiche nicht erkannt zu werden. Testimus erwiderte mit der dienstlichen Formel: »Ich gehorche«, dankte dem Obersten für die Erlaubnis eines so schönen und erhabenen Todes, zog ab.

Noch am gleichen Tag aber erhielt Senator Varro einen Brief ohne Unterschrift mit der Mitteilung, es werde übermorgen an der Schwelle des Apollo-Tempels ein Attentat auf Kaiser Nero verübt werden.

Seine Geschicklichkeit in der Handhabung des kurzen syrischen Dolches nutzte also dem Patrioten Testimus nicht viel. Er wurde, bevor er recht zustoßen konnte, zurückgerissen, niedergeschlagen, von der wütenden Menge zertrampelt. Ein guter Stern fügte es überdies, daß Kaiser Nero auf ungeklärte Art eine Ritzwunde davontrug. Er wurde stürmisch bejubelt, und nach dem Attentat war alle Welt in Edessa zwiefach überzeugt, daß der Mann wirklich Nero sei; denn warum sonst sollte man ein Interesse daran haben, ihn zu beseitigen?

In der Zitadelle der römischen Soldaten wußte natürlich jedermann, daß der unbekannte Attentäter der Patriot Testimus gewesen war, der Narr, und die meisten waren überzeugt, daß das auch den Behörden von Edessa bekannt war. Sie erwarteten, König Mallukh werde Truppen vorschicken oder, noch wahrscheinlicher, die erregte Bevölkerung von Edessa gegen sie loslassen. Die Kaserne war voll von Angst, Wut, Verbissenheit, Verzweiflung. Offiziere und Soldaten rechneten damit, ein schmähliches Ende zu finden, ehe Entsatz aus dem römischen Syrien zur Stelle sein konnte, und lange vor ihrer Pensionierung.

Doch weder Truppen König Mallukhs zeigten sich noch der Mob. Statt dessen erschien in der Kaserne ein Kurier in der weißen Livree des kaiserlichen Hauses. Der Mann überbrachte einen hohen Geldbetrag und ein Schreiben. Darin hieß es, dies sei eine Anzahlung auf die Gratifikation, die Kaiser Nero, nun er sich anschicke, die Herrschaft wieder zu übernehmen, seinen Truppen in Edessa zugedacht habe. Fern liege es der Majestät, die Tat eines Verrückten der ganzen Garnison zuzuschreiben. Aufatmeten die Soldaten, jubelten. Fronto erkannte die kluge Taktik seines Freundes Varro. Allein er handelte weiter streng korrekt. Erklärte, er könne das Geld nicht verteilen, er müsse Weisung aus Antiochien einholen.

Nach der ausgestandenen Angst machte die Generosität des neuen Kaisers auf die Truppe doppelten Eindruck. Wer war der rechte Kaiser, dem sie Treue schuldete, der strenge, sehr rechenhafte Titus in Rom oder der milde Herr mit dem vielen Geld in Edessa? Die Frage stellen, hieß sie beantworten.

Den Tag darauf erschien ein Offizier des Nero vor der Kaserne. Die Wache, nach kurzem Zaudern, ließ ihn ein. Der Offizier hielt eine Ansprache, verteilte Geld. Fronto kam hinzu, anscheinend sehr erregt. Befahl, die Wache festzunehmen, die den Mann eingelassen hatte. Die Soldaten zögerten. Fronto legte selber Hand an die Wache. Der fremde Offizier forderte die Truppen im Namen des Kaisers auf, ihm zu folgen, kommandierte: »Ins Glied! Tritt gefaßt! Marsch!« Die Mehrzahl der Soldaten formierte sich, folgte ihm. Fronto stellte sich ihnen unterm Tor mit gezücktem Säbel in den Weg. Sie drängten ihn mit sanfter Gewalt beiseite. Die ihm ganz nahe kamen, wollten gehört haben, wie er, während sie die Kaserne verließen, warnend und väterlich sagte: »Kinder, Kinder!«

Oberst Fronto erstattete wie über alles so auch darüber Rapport nach Antiochien. Er arbeitete lang und mit Liebe an seinen Berichten, die so plastisch wurden, knapp, klar, ganz leicht ironisch, unangreifbar korrekt. Mit stichhaltigen Gründen setzte er auseinander, warum er jeweils so gehandelt habe und nicht anders. Sprach sachlich von dem Problem, ob er sich nach der Meuterei seiner Soldaten habe ins Schwert stürzen sollen oder fürs Vaterland leben bleiben. Schilderte unpathetisch die Versuchung, einzugreifen, heroisch zu sterben, und die Überwindung, die es ihn gekostet habe, gemäß den »Elementar-Anweisungen« der Flavier lieber nichts zu tun als etwas Falsches.

3

FRONTOS ZWEIFEL UND CHANCEN

Die Ereignisse, die zur sanften und gewaltsamen Entmachtung der römischen Truppen führten, hatten sich sehr schnell vollzogen. Sie waren schon vorbei, als Oberst Fronto erst den Schlüssel erhielt, der ihm ihr Verständnis ganz öffnete, die Nachricht vom Verlöbnis der Marcia mit dem Leibeigenen Terenz. Jetzt freilich durchschaute er die Zusammenhänge bis ins letzte. Erkannte, daß Mallukh und Scharbil die Sache des Nero erst dann zu ihrer eigenen gemacht, als sie den Varro durch dieses unzerreißbare Band mit ihm und sich verknüpft hatten.

Es mußte den Senator viel Überwindung gekostet haben, die Demütigung auf sich zu nehmen, Marcia viel Überwindung, sich zu fügen. Fronto wurde nachdenklich. Daß Varro nicht nur Stellung und Vermögen, sondern seine Tochter und sich selber in diesem Spiel einsetzte, bewies, wie sehr er an seine Chance glaubte. Sollte sein Nero es vielleicht doch schaffen?

In Fronto wurden die Worte lebendig, die Varro vor kurzem in der Sphäristerie, im Spielhof der Villa des Teppichfabrikanten Nittai, zu ihm gesprochen hatte. Gegen alle Vernunft und gegen alle Erfahrung wurde in ihm wieder die längst begrabene Hoffnung wach, er werde vielleicht dennoch durch das Auftreten dieses Nero in die Lage kommen, seine militärischen Konzeptionen in die Wirklichkeit zu übersetzen.

Hatte sein erster Gedanke sich auf die Folgen gerichtet, die die bevorstehende Ehe der Marcia für sein Lebenswerk und für seine Karriere haben konnte, so richtete sich sein zweiter auf Marcia selber.

Oberst Fronto liebte es, zu analysieren. Er war ein ichbesessener Herr und ein kühler Rechner. Sein erstes, höchstes Ziel war, in gesicherten Altersjahren, die Dienstzeit hinter sich, sein »Lehrbuch der Kriegskunst« in ruhiger Arbeit abzuschließen. Sein zweiter Wunsch war, die Theorien dieses Lehrbuchs in der Praxis zu erproben. An dritter Stelle erst, jenseits seines Werks, gönnte er sich Gefühle des Privatlebens.

Unter diesen Gefühlen wieder, die den Genüssen des Bettes und der Tafel, den wechselvollen Erregungen interessanter Reisen, den Freuden der Kunst und der Literatur galten, stand ihm am höchsten seine Neigung für Marcia. Er war von den Frauen verwöhnt, und die Frauen des Ostens sagten ihm zu. Doch von seinem eigentlichen Wesen investierte er in den Beziehungen zu diesen Frauen nicht viel. Er nahm die Frauen des Ostens mit Vergnügen hin, aber ohne sich hinzugeben. Mit Marcia ging es ihm anders. Wenn er nicht Scheu vor pathetischen Worten gehabt hätte, dann hätte er angenommen, er liebe sie. Er sagte sich, was ihn an Marcia anziehe, sei wahrscheinlich nur ihr Gegensatz zu den östlichen Frauen ringsum. Sie war im Umkreis von mehreren hundert Kilometern die einzige wirkliche römische Dame, und wenn er sie etwa in Rom oder sonstwo in römischer Umgebung sähe, dann dürfte ihr Zauber rasch verfliegen. Aber diese rationalistischen Einwände halfen ihm wenig. Ihre Gegenwart erregte ihn. Die Beschäftigung mit kleinen, erlesenen, sehr persönlichen Aufmerksamkeiten, die er ihr erweisen könnte, nahm ihn ebenso in Anspruch wie das Nachdenken über strategische Probleme. Er kannte Marcia und war entschlossen, nichts zu überstürzen; er war geduldig von Natur und hatte seine Geduld im Osten geübt. Er war sicher, daß sie, römisch wie sie war, da das Schicksal ihres Vaters sie zwang, unter lauter Orientalen zu leben, ihm, dem Römer Fronto, einmal werde zufallen müssen. Aber wie das zustande kommen werde, darüber war er sich nicht im klaren. Er hatte große Scheu vor der Ehe; der Gedanke, an einen andern Menschen gebunden zu sein, war ihm unbehaglich. Trotzdem hätte er, wenn sich kein andres Mittel finden sollte, Marcia zu kriegen, schließlich selbst eine Heirat in Kauf genommen.

Daß Marcia jetzt von ihrem Vater diesem Terenz ins Bett gelegt wurde, änderte die Situation. Zu Frontos Gunsten oder Ungunsten? Sicher trug das Strenge, Vestalinnenhafte an Marcia dazu bei, Fronto an sie zu fesseln, und der Gedanke, ein anderer werde ihre Jungfräulichkeit kosten, peinigte ihn. Wurde aber die mangelnde Jungfräulichkeit nicht dadurch aufgewogen, daß nun die Gefahr einer Ehe fortfiel? Und wurden nicht seine inneren Chancen bei Marcia durch die Heirat mit diesem Nero gefördert? Fronto war hochmütig, und er wußte, daß Marcia hochmütig war. Er war ein »Herr«, und dieser Terenz gehörte bestenfalls zu den »Leuten«. Doch selbst wenn das Unwahrscheinliche geschehen und Marcia den Kerl für ein paar Tage oder Nächte für den Kaiser nehmen sollte, er zweifelte trotzdem nicht daran, daß zuletzt ein Fronto über einen Terenz den Sieg davontragen müsse.

Die Stellung des Obersten in Edessa war mittlerweile immer eigenartiger geworden. Es waren noch mehr von seinen Leuten zu Nero übergegangen, er lebte jetzt allein mit zwanzig Mann in der riesigen Kaserne. So, an der Spitze von zwanzig Mann, erhaben und lächerlich zugleich, vertrat er inmitten des aufrührerischen Mesopotamien das römische Reich der Flavier. Er lebte weiter wie bisher, zeigte sich bei Hofe, ging aus, machte Spaziergänge, ritt, jagte in der Umgebung. Er sowohl wie die Behörden von Edessa hielten die Fiktion aufrecht, es sei Friede und es herrschten zwischen Rom und Edessa freundnachbarliche Beziehungen. Aber die Situation war äußerst unbehaglich, er fühlte sich peinlich isoliert und sehnte sich nach Aussprache.

Er freute sich sehr, als er auf dem Ballspielplatz des Teppichfabrikanten Nittai ein zweites Mal »zufällig« mit Varro zusammentraf.

»Finden Sie die Vorgänge ringsum nicht sehr interessant, mein Fronto?« begann Varro. »Interessant, mag sein«, gab

Fronto zu. »Es ist heute ehrenvoll, in Ihrem Edessa die flavische Macht zu verkörpern, aber angenehm ist es nicht. Meine zwanzig Mann, die, als die letzten, sehr tapfer und römisch sind, bestürmen mich, ich solle versuchen, mich mit ihnen bis zur römischen Grenze durchzuschlagen.«

Varro saß lässig auf der Ruhebank; nachdenklich zog er mit der Spitze der gelblichweißen Sandale die Linie nach, die das Spielfeld begrenzte. »Ich fühle mich in Ihrer Schuld, mein Fronto«, sagte er. »Wenn Sie auf einem solchen Rückzug bestehen, dann sollen Sie ihn haben, und zwar groß und glänzend. Wir werden Ihnen auf diesem Rückzug fast unübersteigliche Schwierigkeiten bereiten. Es werden, bevor Sie die Grenzen erreicht haben, von Ihren zwanzig Mann drei oder fünf oder acht, soviel Sie wünschen, gefallen und Sie selber werden leicht verwundet sein. Ihr heroischer Rückzug durch das feindliche Gebiet wird dem ›Rückzug der Zehntausend‹ nicht nachstehen. Sie werden als ein zweiter Xenophon in Antiochien einziehen, ungeheuer gefeiert, und werden äußerst interessante und wirkungsvolle ›Erinnerungen‹ schreiben können.«

»Ich zweifle nicht«, erwiderte Fronto, »daß Sie das großartig würden arrangieren können. Ich zweifle auch nicht, daß ich mich selber und meinen Pensionsanspruch wohlbehalten nach Antiochien retten könnte. Aber warum überhaupt säße ich hier, wenn ich auf nichts Wert legte als auf meine einundfünfzig Prozent Sicherheit?«

»Bedeutet das, daß Sie hierbleiben wollen?« fragte Varro, und es gelang ihm nur schlecht, seine Freude zu verbergen. Und da Fronto schwieg, fügte er hinzu, ein klein wenig ironisch, doch ehrlich besorgt: »Wenn Sie sich nach ›Abenteuerlichem‹ sehnen, das werden wir Ihnen hier liefern können. Trotzdem muß ich Sie warnen, so gern ich Sie hier halten möchte. Was sich hier ereignen wird, läßt sich schwer übersehen. Auf alle Fälle wird viel einstürzen und viel mit fortgeschwemmt werden. Ich kann nicht dafür einstehen, daß nicht Ihre Pensionsberechtigung mit hinunterschwimmt. Ich fürchte, wenn Sie noch lange hierbleiben, wird Streckmännchen zuletzt doch die Ohren spitzen, und dann sind Ihre einundfünfzig Prozent hin.«

Daß Varro so offen und ehrlich zu ihm sprach, hob dem Fronto das Herz. »Unterschätzen Sie nicht meine literarische Begabung«, entgegnete er vergnügt. »Ich gelte für einen guten

Stilisten, und meine Haltung hier zu rechtfertigen, erfordert nichts als eine geschickte Stilisierung meiner Rapporte. Bisher hat Streckmännchen aus meinen Berichten das herausgehört, was ich herausgehört haben wollte, und sich meinen Argumenten nicht verschlossen. Er ist sehr weit gegangen, er hat mir dienstlich Order gegeben, mich nicht wie sein Urahn ins Schwert zu stürzen, sondern mich zu überwinden und auf meinem tragikomischen Posten auszuharren.«

Varro ergriff Frontos Hand, drückte sie. »Es ist mir schwergefallen«, sagte er, und in seiner Stimme war jene Liebenswürdigkeit, die schon so viele fasziniert hatte, »Ihnen die Rückkehr anzuraten. Daß Sie sich entschlossen haben, zu bleiben, ist mir wertvoller als ein Sieg. Ich bin froh, Sie zum Freund zu haben. Die Chancen, daß ich hier durchkomme, sind nicht groß. Aber wenn das Unwahrscheinliche eintrifft, und ab und zu trifft es ein, dann hoffe ich, Ihnen zu beweisen, daß ich kein schlechter Freund bin.«

An diesem Abend holte Varro aus seinem Schrein die Quittung über die sechstausend Sesterzien hervor und buchte auf der Rückseite unter der Rubrik Gewinn: »Ein Freund.«

4

TERENZ LEBT SICH EIN

Varro brachte es nicht über sich, das Geschöpf, das ihm seit seinem Gespräch mit Marcia höchst widerwärtig geworden war, von dem Glück zu unterrichten, das er ihm hatte bereiten müssen. Während also schon mancher andere von der geplanten Hochzeit wußte, überließ es Varro dem Zufall, wie und durch wen Terenz davon erfahren werde.

Es war natürlich der Leibeigene Knops, der ihm seine bevorstehende Erhöhung mitteilte.

Es geschah dies auf folgende Art. Terenz lebte vorläufig zwar im Palais des Königs Mallukh, doch ohne Namen; denn Mallukh wollte sich nicht dazu verstehen, ihn vor seinen Untertanen öffentlich anzuerkennen, bevor die Heirat mit der Tochter des Varro Tatsache wurde, und Terenz hütete sich weislich, Hast zu bezeigen. Auf diese doppelte Verkleidung seines Herrn war Knops bisher augenzwinkernd eingegangen. Er hatte, da

Terenz es zu wünschen schien, ihn noch nicht für den Mann genommen, der sich Nero nannte, sondern für den Töpfermeister von früher, der zwar Nero war, dem es aber gefiel, die Maske des Terenz festzuhalten. Jetzt schien es dem Knops an der Zeit, von der zwiefachen Verhüllung die äußere nicht mehr zur Kenntnis zu nehmen. »Ich bin in großer Verlegenheit«, sagte er also auf seine demütig freche Art, »wie ich Sie anreden soll, Patron. Die Leute von Edessa behaupten, der Töpfermeister Terenz, Herr des Leibeigenen Knops, existiere nicht mehr. Vielmehr sei es der große Kaiser Nero gewesen, der eine Zeitlang geruht habe, in die Hülle dieses Terenz hineinzuschlüpfen, so wie Zeus sich manchmal in einen Stier verwandelte. Unter uns: ich, Ihr ergebener Leibeigener, habe schon an dem Mangel von Sachkenntnis, den Sie in Ihrer keramischen Fabrik gezeigt haben, erkannt, daß Sie der Kaiser Nero sein müssen. Aber wie lange es der Majestät belieben wird, den Töpfer zu spielen, konnte niemand mir sagen, und erst seitdem ich weiß, daß Sie sich entschlossen haben, die Tochter des Senators Varro zur Frau zu nehmen, erdreiste ich mich, zu glauben, daß Sie wirklich im Begriff sind, die Hülle abzuwerfen.«

Es kostete den Terenz Anstrengung, die Bewegung zu verbergen, in die ihn diese Aufklärung hineinriß. Ein wirres, wildes Meer von Gefühlen hob ihn hoch und warf ihn wieder herunter. Rausch der eigenen Größe beseligte ihn. Dazu füllte ihn Empörung gegen den Varro, der ihn nicht einmal würdigte, ihm mitzuteilen, was er mit ihm vorhatte. Gleichzeitig aber war in ihm ein Gefühl der Verbundenheit mit Knops, der sich als der vom Schicksal bestimmte Träger der großen Botschaft erwies, und er spürte Befriedigung, daß er an diesem Menschen festgehalten hatte.

Knops unterdessen sprach weiter. Sprach von seinen eigenen Angelegenheiten. Wie zweideutig seine Situation sei. Solange der Töpfermeister existiert habe, solange sei er selber klärlich der Leibeigene Knops gewesen. Nun aber Terenz aufhöre zu existieren und sich in den Kaiser rückverwandle, was jetzt werde aus ihm? Er schwebe gewissermaßen in der Luft. Sicherlich sei er kein Leibeigener mehr, da er ja infolge der Nichtexistenz des Terenz keinen Herrn mehr habe. Was aber sei er in Wirklichkeit? Er erdreiste sich, anzunehmen, daß gewisse Äußerungen über eine bevorstehende Wende, die auch für ihn glückhaft sein werde, Äußerungen, die in der keramischen Fabrik in der Roten Gasse gefallen seien, nicht von dem Töpfer Terenz stammten, sondern von der Majestät des Kaisers Nero.

Terenz hörte nur mit halbem Ohr auf die hurtigen, geschwätzigen Sätze des Knops. Natürlich verdiente der Bursche die Freiheit, schon für seine heutige Mitteilung. Dableiben freilich muß Knops, von ihm fort darf er nicht, das würde Unglück bedeuten, und er braucht ihn. Beiläufig also und großartig warf er dem Knops hin: »Natürlich bist du frei von dem Tag an, an dem ich Marcia heirate.« Er ließ sich aber gehen und sprach diese Worte nicht etwa im Tonfall des Kaisers Nero, sondern in der großspurigen Art des Töpfers Terenz.

Als Knops fort war, überließ sich Terenz ganz dem Entzükken, mit dem seine Erhöhung ihn erfüllte. Er malte sich aus, wie er Hochzeit feiern wird mit Marcia Terentia, einer der großen Damen des Reichs. Stellte sich die Zeremonie vor auf dem Hauptplatz von Edessa, wo der Altar der Tarate stand, ihr uraltes Erzbild und ihre Symbole, die steinernen Bilder des Phallus. Varro, der große Varro, der Senator, dessen Sache er gewesen war, dem er gehört hatte wie ein Hund oder eine Kuh, gab ihm seine Tochter, überließ sie ihm, mehr als das, forderte ihn auf, sie zu beschlafen. Er malte sich die Nacht aus, die er mit der Tochter des Varro verbringen wird. Und jetzt kroch in seine Freude ein leises Unbehagen. Nero hieß »Mann«, Nero bedeutete »Mann«. Er selber aber, Terenz, war, wenn er mit einer Frau im Bett lag, niemals sehr stark gewesen: die Wechselfälle seines Schicksals, die Anforderungen, die die Phantasiebilder seiner Größe an ihn stellten, hatten seine Kraft verhältnismäßig früh aufgezehrt. Er versuchte sich zu erregen an der Vorstellung, wie die Tochter des Varro ihm anheimgegeben sein wird, nackt. Doch nur die Überlegung, daß es diese große Dame war, reizte ihn, nichts sonst. Er fühlte sich unsicher, wenn er an die bevorstehende Nacht dachte. Ihm blieb nur die Hoffnung, das Gefühl seiner Größe werde ihn in der entscheidenden Stunde wieder aufrichten.

Im übrigen ließ er sich durch die frohe Botschaft nicht zu Torheiten verlocken. Bezeigte auch jetzt keine Hast. Lebte zurückgezogen. Arbeitete. Vorsichtig holte er aus Büchern, aus den Menschen, mit denen er zusammenkam, zahllose Einzelheiten über Neros Vorleben heraus, übte sich, die Schrift, vor allem die Unterschrift des Nero getreu nachzumachen. Man hatte ihm einen griechischen und einen lateinischen Sekretär gestellt, einen griechischen und einen lateinischen Vorleser. Mit ihnen lernte er die Klassiker auswendig, die Nero bevorzugt hatte, vor ihnen bemühte er sich, Dichtungen Neros im Stil Neros zu rezitieren. Das füllte seine Zeit aus.

Er war behutsam und hielt sich streng zurück von allen öffentlichen Dingen. Nur am Arrangement der bevorstehenden Hochzeitsfeier hätte er gerne mitgearbeitet; in dieser Materie wie in allen Fragen der Repräsentation fühlte er sich Fachmann. Aber als er seiner Umgebung Andeutungen machte und für den Festzug einen bestimmten Weg vorschlug, wurden seine Leute verlegen, und es ergab sich, daß das ganze Zeremoniell bereits ausgearbeitet und festgelegt war. Erschreckt ließ er ab. Er war schon froh, als die Schneider, die sich bei ihm meldeten, um die notwendige Galakleidung herzustellen, seine zaghaften Anregungen berücksichtigten.

Besucher ließ er nur selten zu. Doch als Frau Caja ihn zu sprechen verlangte, empfing er sie.

Er lag auf dem Sofa, ganz Nero, ließ sich vorlesen. »Was willst du, gute Frau?« fragte er gnädig, sichtlich belustigt. »Schick den Mann hinaus«, verlangte Caja. Sie stand füllig da, resolut, stark atmend, den Mund mit den schönen, großen Zähnen leicht geöffnet. Nero sagte zum Vorleser: »Fahr fort, mein Lieber.« Der Mann nahm die Rolle hoch, las weiter. »Schick den Mann hinaus!« beharrte Caja. »Ach, unsere Caja ist noch da«, sagte, immer halb amüsiert, halb gelangweilt, Nero. »Willst du nicht endlich sagen, was du wünschest, liebe Frau?« – »Nimm Vernunft an, Mann«, bat dringlich Caja. »Du richtest uns alle zugrunde, und zuerst dich selber. Bist du denn ganz blind? Hör doch um Himmels willen auf mit der Komödie und mach dich nicht zum Gespött vor den Barbaren.« Der Vorleser hatte sich in einen Winkel zurückgezogen; ängstlich, gespannt schaute er auf die Frau, die dastand, im Innersten ergriffen, verzweifelt, kämpfend, beschwörend. »Ich habe ja mit der Komödie aufgehört«, sagte gähnend Nero. »Warum spielst du sie weiter, meine Gute? Wenn das Stück zu Ende ist, nimmt man die Maske ab. Aber gespielt hast du brav, du hast dich wacker gehalten. Du sollst auch eine Rente haben. Fünfzehnhundert im Monat. Schreib es auf, mein Lieber«, befahl er dem Vorleser. »Mann, Terenz«, beschwor ihn Caja, »besinne dich! Wo bist du? Diesmal wird es dir nicht so billig hinausgehen wie damals in jener schrecklichen Nacht, da du vom Palatin kamst. Und war es dir damals nicht schon schrecklich genug? Willst du es ein zweites Mal erleben? Aber du wirst es nicht überstehen. Zweimal verzeihen die Götter einen solchen Übermut nicht.« Sie trat ganz nahe an ihn heran, rührte ihn, schüttelte ihn: »Komm nach Haus jetzt, Terenz! Dort überlegen wir, was weiter geschehen soll.«

Das Gerede der Frau drang gegen seinen Willen in ihn ein. Er wehrte sich, ärgerte sich über sie, ärgerte sich über sich selber, daß er sie vorgelassen, hatte Lust, sie zu schlagen. Aber er blieb der Kaiser. Lässig schüttelte er sie ab, hielt den Smaragd vors Auge, beschaute sie interessiert wie ein exotisches Tier. »Sie ist verrückt geworden über ihrer Rolle«, stellte er fest. »Man hat mir davon erzählt, daß gelegentlich ein Schauspieler verrückt wird, weil er sich in den Ödipus oder in den Ajax zu tief einlebt. Geh jetzt, meine Gute«, sagte er sänftlich zu der Frau. »Beruhige dich. Man wird für dich sorgen«, und er tätschelte ihr die Schultern. Caja aber begann unter seiner Berührung zu zittern, heulte auf, sagte nichts mehr, ging fort.

Am folgenden Tag suchte endlich Varro das Geschöpf auf. Terenz war ein wenig ängstlich, natürlich ohne es sich merken zu lassen. Zunächst ging alles gut. Varro war ganz der Hofmann vor der Majestät. Dankte dem Kaiser untertänig, daß der seine Tochter Marcia gewürdigt habe, sie zu sich emporzuheben, unterbreitete ihm das Programm der Hochzeitsfeierlichkeiten, holte ehrerbietig die Zustimmung ein zu dem Zeremoniell, das zu entwerfen er den Terenz verhindert hatte.

Dabei gab er ihm Winke, wie er sich zu verhalten habe, um dem echten Kaiser so ähnlich wie möglich zu erscheinen. Er war bestrebt, ihm diese Winke unaufdringlich zu geben, aber manchmal konnte er sich dennoch nicht enthalten, ein wenig Ironie und Verachtung in seine Weisungen zu legen. Und da geschah es, daß er den Terenz durch seine Maske hindurch traf. Varro sagte nämlich: »Ich sehe zu meinem Bedauern, daß Eure Majestät den Smaragd viel öfter gebrauchen als früher. Ihre Kurzsichtigkeit hat also mit den Jahren zugenommen, während doch gewöhnlich mit zunehmendem Alter die Kurzsichtigkeit nachläßt. Freilich hat die Kurzsichtigkeit ihre Vorteile, man sieht die kleinen Dinge in der Nähe um so schärfer. Die Frage ist nur«, setzte er nachdenklich hinzu, »ob nicht trotzdem der Blick in die Weite, wie wir gemeinen Sterblichen ihn haben, auf die Dauer vorzuziehen ist.«

Der hochmütige Varro nahm nicht an, daß sein früherer Leibeigener den Hohn seiner Worte spüren werde. Aber Verachtung dringt selbst durch den Panzer einer Schildkröte, und Terenz hatte keinerlei Panzer, sondern eine überaus empfindliche Haut. Er ließ also den Stein vom Auge sinken, der ihm viel Spaß gemacht und dessen Gebrauch ihm über manche Verlegenheit weggeholfen hatte. Böse und hilflos verkniff er die Brauen und benützte während der ganzen Unterredung mit Varro den schönen Smaragd nicht mehr.

5

NEROS HOCHZEIT

Nachdem Marcia sich entschlossen hatte, das Gewürm, wie sie in ihren Gedanken den Terenz nannte, zu heiraten, verkrustete sie sich doppelt, um niemanden ihre Angst, ihre Zweifel, ihren Ekel und ihre heimliche Lust merken zu lassen.

Ach, wie gern hätte sie mit Oberst Fronto gesprochen. Seitdem sie mit ihrem Vater Antiochien fluchtartig hatte verlassen, auf ihre Träume verzichten und sich hatte entschließen müssen, Fronto zu einer Werbung zu ermuntern, waren ihre Gedanken oft um den eleganten, sehr römischen Herrn gekreist, der ihr auf seine zurückhaltende Art seine Verehrung bezeigte. Des Nachts in ihrem Bett hatte sie sich vorgestellt, wie das sein wird, wenn sie ihren Leib, den so lange bewahrten, diesem Manne darbringen wird, ein ungeheures Geschenk. Mit geschlossenen Augen wird sie liegen, widerstrebend und sich bezwingend, kalt und glühend, voll Lust und voll Strenge. Aber gerade weil sie sich soviel mit ihm befaßt hatte, gerade weil sich ihre Lust auf ihn gerichtet hatte, brachte sie es jetzt nicht über sich, über das Grauenvolle, das ihr bevorstand, offen mit ihm zu sprechen wie mit einem Freund; denn jetzt war er weniger und mehr als ein Freund.

Sie trug also Begierden und Ängste allein mit sich herum. Ihre Mutter hatte sie mit Scheu und Widerwillen vor allem Fleischlichen erfüllt. Sie war bestimmt gewesen, das heilige Feuer der Vesta zu hüten, in dem reinen, strengen Haus der Vestalinnen an der Heiligen Straße zu leben, hoch wie der Adler in der Luft über dem gemeinen Volk und den gemeinen

Lüsten. Varro hatte das verhindert. Die Mutter haßte ihn deshalb um so mehr, und sie hatte Marcia Abscheu beigebracht vor dem zügellosen Leben dieses ihres Vaters. Die Mutter hatte es vorausgesagt und Marcia es geglaubt, daß Varros Leben ihn ins Unglück führen werde, und als der Vater wirklich schmachvoll von der Liste des Senats gestrichen wurde, hatte Marcia sich vorgenommen, um so strenger den geraden Weg der Mutter zu gehen; jetzt, fand sie, sei es an ihr, die Ehre ihres großen, hochberühmten Geschlechts zu wahren.

Nun also war sie trotz allem auf den Weg ihres Vaters gestoßen worden. Vor ihr lag ein Schicksal, zweideutig wie das seine; sie sollte die Frau eines Menschen sein, der gleichzeitig Kaiser und Leibeigener war. Was sie aber am meisten verwirrte, war, daß sie vor diesem Schicksal keineswegs nur Ekel empfand. Nein, wie sie den Vater um seiner Hemmungslosigkeit willen nicht nur gehaßt, sondern auch beneidet und bewundert hatte, so zog trotz allen Widerwillens das Leben, das vor ihr lag, sie wild und geheimnisvoll an.

Es war gegen die Sitte, daß ihr Verlobter sie oder sie ihn aufsuchte. Sie mühte sich, aus ihrem Gedächtnis das Gesicht und die Gestalt des Terenz hervorzuholen, dem sie wohl ab und zu begegnet war; es gelang ihr nicht. Aber nie vergessen hatte sie das massige, unbeherrschte Antlitz des Kaisers Nero; sie hatte ihn, als er noch in Fleisch und Blut einherging, in ihrer Kindheit oft gesehen. Lange stand sie vor den Statuen des Kaisers, die jetzt zu neuen Ehren gekommen waren, und malte sich aus, wie dieser steinerne Kaiser lebendig werden, den Arm um sie schlingen, wie er die Toga fallen lassen, wie sie Leib an Leib mit ihm im Bett liegen, wie er seine Schenkel an die ihren pressen wird, und sie war erfüllt von einem Entsetzen, das ihr das Herz stocken machte, und von einer Begierde, die sie bis ins Innerste erhitzte.

Es war ja aber nicht der Kaiser Nero, es war der Töpfer Terenz, der Leibeigene, ein Mann gemeinen, schmutzigen Blutes, ein Stück Wegwurf, mit dem sie sich mischen sollte. Sie fand sich in ihren Gefühlen nicht mehr zurecht.

Doch sie war geübt in Selbstdisziplin, und nach außen hin war sie, nachdem sie sich einmal entschieden hatte, die Kaiserbraut, nichts sonst. Beflissen erfüllte sie die vielen Bräuche, welche die römische Tradition der Verlobten auferlegte.

Als der Abend vor dem Hochzeitstag dämmerte, ließ sie sich

geduldig die gelbrot flammende Tracht der Braut anziehen und weihte, wie die Sitte es vorschrieb, ihr jungfräuliches Gewand und ihre Spielsachen den Göttern des Vaterhauses.

Sie schlief nicht gut in dieser Nacht. Ihre Träume von Fronto mischten sich mit den scheuen, gierigen Vorstellungen, die vor den Standbildern des Kaisers über sie gekommen waren. Sie sehnte sich nach dem Anblick des Mannes, der sich Nero nannte, mit einer Gier, die ihr die Haut brennen machte.

Als er aber früh am Morgen erschien, prächtig, im Purpur, mit Wagen und großem Gefolge, um sie zu der Zeremonie abzuholen, war sie enttäuscht. Er strahlte, er war kaiserlich in Rede und Bewegung. Doch der Zauber, der sie vor den Statuen gepackt hatte, blieb aus. Weder spürte sie die Ehrfurcht, die sie vor dem Zeichen der höchsten Macht, noch die Überlegenheit, die sie vor dem Leibeigenen hätte spüren müssen, noch die Gier nach dem Mann. Nichts war in ihr als Leere. Der ihr da die Hand reichte, war ein Irgendwer, nicht hoch, nicht niedrig, eine Hülle ohne Inhalt, ein Vertauschbarer. Sie wird die kostbarste Minute ihres Lebens mit einem Gleichgültigen, einem Niemand, zu teilen haben.

Großartig fuhren sie nach dem Hauptplatz von Edessa. Atemlos standen die Zehntausende, als der Kaiser und Marcia vor dem Altar der Tarate erschienen. Es trug aber Marcia das traditionelle Brautkleid, die weiße, sehr lange Tunika mit dem schafwollenen Gürtel, der kunstvoll im Herkulesknoten geschürzt war, daß der Bräutigam ihn löse, und darüber den Brautmantel in der hochzeitlichen Farbe der gelbroten Flamme. Gelbrot geflammt waren auch die hohen Schuhe und der Brautschleier. Auf den Haaren, die gemäß der Vorschrift in sechs Rollen geteilt waren, trug sie die Mauerkrone, die, schwer und würdig, ihr schmales, weißes Gesicht doppelt zart und streng erscheinen ließ.

Die Priester, die das Tieropfer dargebracht und die Eingeweide beschaut hatten, meldeten, der Gottheit sei die Ehe wohlgefällig. Der Ehekontrakt wurde unterzeichnet. Dann sprach die Braut die Formel: »Da du dich Claudius Nero nennst, so will ich Claudia heißen.« Terenz erwiderte: »Ich, Claudius Nero, stimme zu, daß du Claudia heißest«, und die Brautführerin legte die rechten Hände des Paares ineinander. Dann, während das Opfer von Feldfrüchten dargebracht wurde, saßen die Brautleute verhüllten Hauptes auf zwei Stühlen, über die, sie verbindend, das Fell des am frühen Morgen geopferten Schafes gebreitet war. Sodann umwandelten sie, Gebete sprechend, den Altar, so daß dieser ihnen zur Rechten blieb; ihnen voraus schritt ein Knabe und streute Weihrauch in die Flamme des Altars.

Nach dem Bankett im Hause des Varro ging der Hochzeitszug zum Palais König Mallukhs als zum Hause des Bräutigams. Ringsum alles Volk schrie: »Talasse, Talasse«; von Urzeiten an hatte niemals jemand recht gewußt, was das bedeutete, auch heute wußte es niemand, aber heute wie zu Urzeiten dachte sich jedermann etwas sehr Handgreifliches, Obszönes darunter. Die Begleiter des Kaisers aber streuten unter das Volk Nüsse aus, und da es der Kaiser war, waren es vergoldete Nüsse. Der Marcia voran trug ein Knabe eine Fackel aus Weißdornholz. Die Menge, als der Zug angelangt war, stürzte sich auf diese Fackel, zerteilte sie in unzählige Stücke, raufte sich um die Splitter; denn wer die Splitter einer Brautfackel erbeutete, dem schenkten die Götter langes Leben, und wie langes erst, wenn es die Fackel einer Kaiserbraut war!

Die Brautführer hoben Marcia über die Schwelle. In der Halle war das breite Ehebett aufgeschlagen. Zu seiner Seite hockte spaßhaft in Stein der priapische Gott Mutunus Tutunus, der Schutzgott der Hochzeitsleute. Die Brautführer setzten Marcia ihm auf den Schoß, so daß sie an seinem mächtigen Phallus lehnte.

Da also saß sie auf dem unzüchtigen Stein. Das Hochzeitsgeleite zog sich endlich zurück, und sie war allein mit dem Mann, und was wird jetzt sein? Den Tag über war er immer der gleiche geblieben, gelassen, nicht unwürdig, keineswegs zu den Gefühlen erhebend, die eine solche Nähe der höchsten Person hervorrufen müßte, doch auch keineswegs Spott oder Verachtung herausfordernd. Jetzt also stand er vor ihr, »Nero, der Mann«, ihr Nero, ihr Mann. Er schaute wirklich aus wie jene Steinbilder. Und wird also der Stein Fleisch werden und tun, was sie geträumt hat?

Für den Töpfer Terenz war es ein großer, aber sehr anstrengender Tag gewesen. Senator Varro hatte ihm rechtzeitig eine Liste überreicht, auf der verzeichnet stand, was alles er zu tun hatte. Terenz, geübt durch das Auswendiglernen klassischer Tragödien, hatte sich die Liste mühelos eingeprägt und hatte sich auch den ganzen Tag über höchst kaiserlich bewährt. Zum

Genuß seiner Größe freilich war er vor lauter Mühe und Arbeit nicht gekommen. Jetzt also saß er da, allein mit dieser blassen, hochmütigen Senatorentochter, die Anspruch darauf hatte und erwartete, daß er sich über sie hermache.

Es war nun gewiß eine große Ehre, daß sie und alle das von ihm erwarteten. Auch war ihm, obwohl er eigentlich etwas Fülligeres, Fetteres vorgezogen hätte, des Morgens diese seine Braut sehr lecker vorgekommen, geradezu schön. Doch jetzt, nach den endlosen Zeremonien war er verdammt müde, richtig erschöpft, und hätte am liebsten allein geschlafen. Außerdem waren auf der Liste des Varro alle möglichen Verhaltungsmaßregeln verzeichnet gewesen, doch alle für den Tag und keine für die Nacht. Was soll er tun? Soll er den kunstvollen Herkulesknoten aufknüpfen, mit dem ihr Gürtel gebunden ist, oder soll er vorher sich ausziehen?

Los. Vorwärts. Wer so Großes zustande gebracht hat wie er, wird schließlich noch ein Mädchen bedienen können. Er rief, um sich zu entzünden, alle möglichen wollüstigen Vorstellungen vor sein inneres Auge. Sie brachten ihn nicht in Wallung. Marcia saß reglos. Er betrachtete seine Hände. Er hatte sie sehr gepflegt, sie waren weiß und rochen gut. Schon war einige Zeit in vollständigem Schweigen vergangen. Etwas mußte geschehen. »Ja, meine Marcia«, sagte er und ging auf sie zu, jetzt nicht mehr im Schritte des Nero; denn wozu das? Er mußte seine Kraft für anderes aufsparen. Behutsam nahm er ihr den Brautmantel ab. Er warf ihn nicht zu Boden, sondern breitete das kostbare Tuch säuberlich über einen Stuhl, haushälterisch. Dann, zaghaft, hob er ihr die Brautkrone vom Haar und versuchte, leicht seufzend, den umständlich geknüpften Knoten des Gürtels zu lösen. Marcia, noch immer reglos, ließ alles geschehen. Berührte er gelegentlich ihre Stirn oder ihren Arm, dann spürte er, daß sie eiskalt war.

Nun war nur noch die Tunika da. Er fand, bis jetzt habe er sich nicht eben sieghaft benommen, und beschloß, den Mann zu zeigen. Er nestelte an dem Band der Tunika, riß sie, da es nicht sogleich nachgab, gewalttätig entzwei. Marcia saß nackt da, kalt, dünn, weiß, mit spitzen Brüsten. Er packte sie, sie war nicht schwer, trug sie ohne Mühe aufs Bett. Sie lag, gepreßt atmend. »Lösch das Licht«, bat sie.

Er entkleidete sich, legte sich zu ihr. Sie fühlte sich immer noch sehr kalt an, das ärgerte ihn. Er faßte sie brutal um den

Leib. Sie schauderte, seufzte leise. Wenn eine Frau so kalt ist, dachte er, darf sie nicht erwarten, daß der Mann sich erhitzt. Er hoffte, wenn er in Wut komme, werde es leichter gehn. Er kam also in Wut, weil sie schwieg, weil sie ihm nicht half. Faßte sie um den Leib. »Sag ›Rotbärtchen‹ zu mir«, verlangte er; so aber hatte seine erste Freundin Acte und das Volk den Kaiser genannt, und so, hatte man ihm gesagt, hatte er sich gerne nennen lassen. Sie schwieg. Er preßte sie schmerzhaft. Sie stieß einen ganz kleinen Schrei aus. Wehleidig ist sie, das Püppchen, dachte er ergrimmt, packte sie fester, kniff sie. »Nicht«, sagte sie, »nicht.«

Als wäre das ein Stichwort für ihn, ließ er von ihr ab. Wenn sie nicht will, dachte er beleidigt, Nero drängt sich nicht auf. Er kehrte sich ab von ihr, mit sich zufrieden. Er hat sich den ganzen Tag über höchst kaiserlich bewährt, hat Schlaf und Ruhe verdient. Er rückte sich das Polster zurecht, fragte sich, ob er ihr eine gute Nacht wünschen oder beleidigt sein soll. Gutmütig, wie er im Grunde war, brummelte er: »Gute Nacht«, auf griechisch, weil ihm das feiner vorkam; auch war in diesen Worten kein Th. Dann schlief er ein. Nach einer kleinen Weile begann er leise zu schnarchen.

Marcia lag steif, leer, enttäuscht. Sie war ergrimmt, daß der Mann sich an sie herangemacht, noch ergrimmter, daß er von ihr abgelassen hatte. Hochmütig sagte sie sich, daß es ihre Überlegenheit gewesen war, die den Leibeigenen in seine Schranken zurückgewiesen. Sie durfte stolz darauf sein, daß sie das Tier verhindert hatte, an ihr seinen Willen zu tun. Doch dieser Stolz verflüchtigte sich schnell. Sie roch seinen Geruch, hörte seinen Atem. »Rotbärtchen«, sagte sie vor sich hin, leise, zornig auf sich selber, weil sie ihm nicht sogleich zu Willen gewesen war. Sie drückte die Stellen, an denen er gekniffen hatte. Sie taten weh. Morgen wird sie blaue Flecken haben; das ist alles, was ihr von ihrer Hochzeitsnacht bleiben wird. Fast körperlich, sie erhitzend und auskältend, schmerzte sie die Enttäuschung.

Er lag, schlief, schnarchte leise.

Sie wurde die ganze Nacht nicht warm. Als das erste Tageslicht kam, stand sie auf. Bloßfüßig, mit ihrem engen, jüngferlichen Schritt, ging sie durch das Zimmer. Sie sah den Brautmantel säuberlich über den Stuhl gebreitet. Und das will Nero sein, dachte sie.

6
LIST

Als Cejon die Meldungen Frontos über die Vorgänge in Edessa erhielt, war sein Schreck fast noch größer als sein Grimm. So leidenschaftlich also haßte ihn Varro, daß er die eigene, geliebte Tochter von einem Leibeigenen und Schwindler beschlafen ließ, um ihn zu schädigen. Er sah jetzt deutlich, was er immer gespürt hatte: nicht der äußere Feind, kein Pakor oder Artaban war der wirkliche Gegner, Roms wahrer Feind saß im Innern und hieß Lucius Terentius Varro. Der war schuld daran, daß der Osten nicht zur Ruhe kam. Sein tiefer Widerwille gegen den Mann war guter Instinkt gewesen.

Wieder jetzt und tiefer erkannte er, daß es bei dem, was zwischen Varro und ihm war, um mehr ging als um einen persönlichen Konflikt: er selber, Cejon, war das neue Rom, voll Verantwortung und nüchtern rechnender Vernunft, Varro aber, der war die leibgewordene Zügellosigkeit von früher, ein Mann von Leidenschaft, vielleicht von Genie, aber sicher auch von jener Hemmungslosigkeit, jener Verantwortungslosigkeit, die unter Nero eine zielbewußte Verwaltung unmöglich gemacht und das Reich aufs äußerste gefährdet hatte.

Er las die klaren, korrekten Rapporte des Obersten Fronto. Ein sinnloser Zorn stieg in ihm hoch. Marschieren, wütete es in ihm. Zehntausend Mann über den Euphrat. Die beiden Schufte herausholen, diesen jämmerlichen Schwindler Terenz und vor allem den Varro, den Gleisner, den Hochverräter. Den Bettelkönig Mallukh absetzen, den Erzpriester Scharbil züchtigen. Dem Varro den Kopf abhauen und seinen Lumpen von Leibeigenen kreuzigen. Fast bedauerte er, daß Fronto sich so ruhig und besonnen verhalten hatte. Fast wäre es ihm lieber gewesen, die Garnison in Edessa wäre zusammengehauen worden und er hätte Grund zum Eingreifen gehabt.

Es kostete seine Herren Mühe, ihn vor übereilten Schritten zurückzuhalten. Aber er mußte einsehen, daß eine militärische Expedition gegen Edessa unmöglich war. Durch eine solche Expedition hätte man nur dem Artaban willkommenen Vorwand geliefert, unter der Parole eines Verteidigungskrieges gegen Rom den inneren Wirren im Partherreich ein Ende zu machen, den Tigris zu überschreiten und gegen die Römer vorzugehen. Der Palatin buchte es als sein höchstes Verdienst, daß er den Frieden wiederhergestellt hatte und ihn wahrte. Kaiser Titus ließ sich mit Vorliebe den Friedenskaiser nennen. Ein Gouverneur, der einen Krieg mit den Parthern nicht vermied oder gar ihn provozierte, konnte der kaiserlichen Ungnade sicher sein. Nein, Cejon mußte sich darauf beschränken, einige wirkungslose Noten an Edessa zu richten. Mußte mit gebundenen Händen zusehen, wie Varro seine Intrigen weiterspann und sich über ihn lustig machte. Er atmete schwer vor Wut, die roten Flecken auf seinen Wangen vertieften sich. Im Regierungspalast von Antiochien ging man gedrückt einher.

Täglich wurde Kriegsrat gehalten. Der Gouverneur bat, beschwor, beschimpfte seine Herren. So konnte das nicht weitergehen. Man zermarterte sich den Kopf. Man mußte einen Ausweg finden. Die Herren im Regierungspalais waren geschulte Diplomaten. Sie fanden ihn.

Gewiß, Rom selber kann keine militärische Expedition unternehmen. Aber wie wäre es, wenn man, an alte Verträge erinnernd, einen der Vasallenstaaten aufforderte, eine polizeiliche Aktion zur Ergreifung der Verbrecher durchzuführen. Wenn man zum Beispiel den Nachbarn Edessas, den König Philipp von Commagene, nachdrücklich einlüde, mit allen Mitteln die Herausgabe des Varro und des Terenz durchzusetzen? Wenn Commagene die Aktion unternimmt – und man hat Mittel, König Philipp zu zwingen –, dann ist man hinreichend gedeckt. Den Parthern gegenüber läßt man einfach König Philipp fallen; man erklärt, er habe, lediglich mit einer Polizeimaßnahme beauftragt, seine Vollmacht mißverständlich überschritten.

Cejon, der gierig nach jeder Möglichkeit ausspähte, irgend etwas zu unternehmen, atmete auf. Noch am gleichen Tag ging das Schreiben an König Philipp von Commagene ab.

7

VERNUNFT UND LEIDENSCHAFT

Als Varro von diesem Schreiben hörte, überfielen ihn Müdigkeit und Depression. Es verdroß ihn, daß er, der Fünfzigjährige, der Alternde, sich von seiner Leidenschaft zu diesem öden, kostspieligen Spaß hatte hinreißen lassen. Natürlich war es mehr als ein Spaß, es ging um die große Alexander-Idee von der Verschmelzung Asiens mit Europa. Aber bekannte er, Varro, sich zu dieser Idee vielleicht nicht nur deshalb, weil sie ihm einen Vorwand gab, seine Spielerleidenschaft, seine Gier nach Macht und Lust austoben zu lassen?

Eine große Weile saß er so und fühlte sich alt und vertan. Langsam nur kehrte sein klares Denken und seine Energie zurück. Ja, der Plan, den man in Antiochien ausgeheckt hatte, keine eigenen Truppen zu entsenden, sondern an Commagene zu appellieren, war sehr geschickt. Der Partherkönig Artaban wird vielleicht gegen römische, nie aber gegen einheimische syrische Truppen losschlagen. Wenn es zu einem bewaffneten Konflikt zwischen Commagene und Edessa kommt, dann hat er, Varro, und sein Nero von keiner Seite Hilfe zu erwarten, dann ist ihre Sache verloren.

Wenn es zu einem bewaffneten Konflikt kommt. Es hing also alles von König Philipp von Commagene ab. Wird der, muß der das Verlangen Cejons erfüllen?

Varro versetzte sich in die Lage dieses Philipp. Der war ein Herr von etwas über Dreißig, ein Abkömmling griechischer und persischer Könige, hochgebildet, der Mann, der unter diesem Himmel Künste und Wissenschaften am eifrigsten förderte. Nero hatte die Fürsten von Commagene geliebt und bevorzugt. Die heutigen Regenten Roms schikanierten sie. Schon der alte, derbe Vespasian hatte den überkultivierten, ästhetisierenden König Philipp nicht riechen können, und Titus fand ihn penetrant östlich. Philipp war viel zu klug, sich dagegen zu wehren, er erwiderte jede neue Schikane mit Höflichkeitsbezeigungen. Doch in seinem Innern, des war Varro gewiß, haßte er die rohen, brutalen Soldaten, als welche die Römer sich ihm zeigten. Sicher gehört sein Herz dem Manne, der sich Nero nennt, sei der wer immer. Doch Commagene liegt am andern, am römischen Ufer des Euphrat, in seiner Hauptstadt Samosata steht eine starke römische Garnison, die Römer können, wenn König Philipp Schwierigkeiten macht, ohne weiteres zugreifen und sein Land annektieren. Wird er sich also nicht trotz allem den Wünschen des Cejon fügen, einfach weil er muß?

Die Freunde des jungen Königs sagten von ihm, er vereinige in sich alle guten Eigenschaften der Perser, der Griechen und der Syrer: persische Religiosität, griechische Bildung, syrische List. Seine Feinde erklärten, er vereinige in sich alle üblen Eigenschaften der drei Stämme: persische Verschwommenheit, griechische Weichlichkeit, syrische Tücke. Varro selber war nur zweimal mit König Philipp zusammengekommen. Er und der junge Herr hatten sichtlich Gefallen aneinander gefunden. Jetzt lag sein Schicksal in der Hand dieses Philipp. Varro beschloß, nach Samosata zu reisen, der Hauptstadt von Commagene.

Noch am gleichen Tag fuhr er.

König Philipp war freudig und peinlich überrascht. Varro mußte von dem Auslieferungsbegehren Antiochiens gehört haben: warum gab er sich ihm selber in die Hand? Was stak dahinter? Aber man war gut erzogen. Solange man bei Tische lag, ließen weder Varro noch der König etwas merken von dem, was sie bewegte. Man unterhielt sich vielmehr angeregt über Kunst und Literatur, und nur im stillen fragte sich Philipp, ob er nicht, sosehr er mit Varro sympathisierte, ihm trotzdem einfach Wachen vor die Tür stellen und ihn morgen nach Antiochien sollte abtransportieren lassen.

Nach Tisch aber begann Varro ohne weiteres: »Finden Sie es nicht sehr freundlich von mir, König Philipp, daß ich Ihnen die Mühe eines Feldzugs spare und mich glattwegs in Ihre Hände liefere?« König Philipp bemühte sich nicht mehr, seine Erregung zu meistern. Er stand auf. Er war ein langer Herr von zarten Gliedern und schwachem Kinn, er ging auf und ab mit schlaksigen, unregelmäßigen Schritten, blieb schließlich vor Varro stehen, durchspähte mit seinen großen, kurzsichtigen Augen sein Gesicht und sagte: »Ich wundere mich allerdings, mein Varro. Ich brauche Ihnen nicht zu sagen, wie peinlich mir der Auftrag des Gouverneurs ist. Aber ein so guter Kenner des Ostens wie Sie weiß besser als jeder andere, daß ich ihn ausführen muß.« – »Natürlich müssen Sie ihn ausführen«, pflichtete Varro ihm bei. »Wir, mein Nero und ich, haben wenig Chancen, uns zu halten. Selbst wenn uns Artaban zwanzig- bis dreißigtausend Mann zur Verfügung stellen sollte, was noch keineswegs gewiß ist, wird menschlicher Voraussicht nach Rom zuletzt Sieger bleiben. Die Vernunft, König Philipp, gebietet, daß Sie den Auftrag des Gouverneurs ausführen. Überdies werden Sie allerlei Vorteile davon haben. Man wird Edessa züchtigen, wird sein Gebiet aufteilen und vermutlich, wenn Sie die Strafexpedition erfolgreich durchgeführt haben, Ihnen einen großen Teil dieses Gebietes überlassen.«

Der lange, schmächtige König Philipp schaute hilflos auf den ruhig redenden Varro hinunter. Genauso war es. Er selber hätte die Gründe, die dafür sprachen, daß er gegen seinen Willen Rom gehorchte, nicht besser darlegen können. Er war verwirrt und enttäuscht. Insgeheim hatte er gehofft, Varro würde ihn nicht in seinen Gründen, sondern in seinen Einwänden bestärken.

Doch Varro war nicht zu Ende. Sachte, nach langem Schweigen, begann er von neuem: »In Edessa freilich, in ganz Mesopotamien und wohl auch am Hofe des Großkönigs Artaban wird man sich wundern, daß König Philipp den Kaiser Nero und mich dem römischen Usurpator ausgeliefert hat. Man wird sich sagen: wenn das kleine Edessa die Zuversicht aufbrachte, sich für Nero einzusetzen, dann hätte wohl auch das größere Commagene es wagen dürfen. Artaban wartet vielleicht nur darauf, daß noch ein zweiter der mesopotamischen Staaten diesen Nero anerkennt, um sich selber auf seine Seite zu schlagen. Aber was braucht sich schließlich König Philipp von Commagene um ein paar Millionen entrüsteter syrischer Patrioten zu kümmern, wenn er seinem Land ein gutes Stück Edessa zuschlagen kann?«

König Philipp hörte es merkwürdigerweise nicht ungern, wie Varro seine Abhängigkeit und Zagheit verhöhnte. Philipp liebte Prunk und Reichtum, er war ein passionierter Bauherr, die Aussicht, mit den Schätzen aus der Beute von Edessa neue Paläste, Bäder, Theater, eine neue Stadt zu errichten, erfreute sein Herz. Aber andernteils war es ihm eine ungeheure Verlockung, die Gelegenheit zu benutzen, endlich gegen diese überheblichen, brutalen Kraftprotzen aus dem Westen zu rebellieren, die ihn ihre Übermacht bei jedem Anlaß so roh und dumm schmecken ließen. Es war kein Spaß, gegen das befreundete Edessa vorzugehen. Es war kein Spaß, daß gerade er, der syrische König, den Mann, auf den das ganze syrische Zwischenstromland seine Hoffnung setzte, dem Henker ausliefern sollte.

Varro sprach weiter: »Ich glaube, ich habe Ihnen gezeigt, König Philipp, daß ich Ihre Gründe zu würdigen weiß und es Ihnen nicht nachtrage, wenn Sie der Vernunft gehorchen. Aber da es nun einmal beschlossene Sache ist, daß Sie mich, wie ich anzunehmen wage, betrübten Herzens, an Streckmännchen ausliefern, und da ich keinen Groll gegen Sie hege, erlauben Sie mir, Ihnen eine kühne Frage vorzulegen.« – »Bitte, fragen Sie«, sagte König Philipp. Er saß lang und dünn unter einer großen Minervastatue, die selber, wie die Mode es wollte, lang und dünn war. »Sie werden sich also Rom fügen«, sagte Varro, »und Rom wird Sie belohnen und Ihr Gebiet vergrößern. Aber es wird nicht mehr lange dauern, dann wird Rom von neuem ein Ansinnen an Sie richten, das Ihnen nicht gerade gelegen kommt, Sie werden aus den gleichen Gründen wie heute wiederum nachgeben, und dann wird Rom ein drittes Mal noch mehr verlangen, und am Ende wird der Tag kommen, an dem Sie sich werden weigern müssen, ein letztes Mal nachzugeben. Oder aber Sie werden dann gezwungen sein, so viel zu geben, daß Ihnen zu geben nichts mehr übrigbleibt. Glauben Sie nicht, König Philipp, daß, mit andern Worten, Rom einmal trotz Ihres Wohlverhaltens einen Vorwand finden wird, Commagene zu annektieren?«

König Philipp hielt den Mund in seinem blassen, großen Intellektuellengesicht ein wenig offen. Er schaute dem Varro ernsthaft ins Antlitz, gescheit, traurig, ein später, müder Nachfahr großer Könige. Er schwieg, und sein ganzes Wesen war ein trübes, bitteres Ja.

Varro genoß sein Schweigen. Dann sagte er: »Ich danke Ihnen für Ihre Antwort. Edessa ist kleiner als Commagene. König Mallukh ist nicht sehr kultiviert, und Scharbil ist ein Pfaffe voll fanatischer Vorurteile. Aber beide haben in ihren syrischen Köpfen einen gesunden Sinn für die Wirklichkeit und haben, als der Gouverneur von Syrien sein Auslieferungsbegehren an sie richtete, wahrscheinlich nicht weniger gut als Sie und ich erkannt, was die Vernunft gebot. Ich weiß nicht, was diese beiden bewog, das Verlangen Roms trotzdem abzulehnen. Vielleicht stellten sie folgende Erwägung an: Wenn wir immer nachgeben, dann wird uns am Ende Rom schlucken mit einer Sicherheit von hundert Prozent. Wenn wir uns aber jetzt bei diesem großartigen, mitreißenden Anlaß wehren, dann stehen nur neunzig Prozent Wahrscheinlichkeit gegen uns. Besser jetzt ein Zehntel Chancen als später überhaupt keine.

Sie freilich sind jung, König Philipp. Auch wenn man einmal Ihr Reich annektiert, wird man Ihnen Ihren Königstitel und einen Teil Ihrer Revenuen belassen, Sie werden in Rom leben, werden Ihren Sitz im Senat einnehmen, sich einen Hof von Dichtern, Künstlern, Frauen halten, Sie werden viele Unannehmlichkeiten los sein, mit denen Ihre Regierung Sie belastet, und Rom ist so weit weg von Samosata, daß die Verfluchungen der östlichen Götter und Menschen nur wie ferne Meeresbrandung an Ihr Ohr klingen werden. Ein solches Privatleben eines großen Herrn in Rom hat seine Reize. Niemand weiß das besser als ich; denn, wie Ihnen sicher nicht unbekannt ist, König Philipp, hatte auch ich bis vor wenigen Wochen noch die Möglichkeit, in Rom ein Leben zu führen, wie ich es eben schilderte. Sie wundern sich, daß ich mich trotzdem zu diesem meinem Nero bekannte. Bis ins Letzte verständlich ist es mir selber nicht. Wir von der älteren Generation schätzen die Vernunft nicht ganz so hoch ein wie ihr Jüngeren. Vielleicht auch haben wir eine andere Art Vernunft, so daß uns sogar das üppigste Leben nicht mehr lebenswert erscheint, wenn wir auf gewisse Abstrakta verzichten müssen.«

König Philipp saß noch immer unbeweglich unter seiner Minervastatue. Sein blasses, großes Gesicht war fast töricht, so aufmerksam hörte er zu. »Bitte, sprechen Sie weiter, mein Varro«, bat er schließlich, als der Senator verstummt war. »Ich bin zu Ende«, erwiderte Varro. »Höchstens noch dies. Ist es nicht eine läppische Ironie des Schicksals, daß die Herrschaft unseres Nero nur davon abhängt, ob wir über diese paar ersten Wochen hinwegkommen, ohne daß Rom über uns herfällt? Wenn es gelingt, den Kaiser vier Wochen lang zu halten, drei Wochen lang, bis eben König Artaban sich für ihn erklärt, dann ist der Anspruch unseres Nero auf Jahre hinaus gesichert. Wenn er einmal einen wirklichen Erfolg gehabt, wenn sich zum Beispiel Artaban hinter ihn gestellt hat, wenn der Osten einmal deutlich sieht und weiß: Nero lebt, Nero ist da, Nero regiert, dann bedeutet allein sein Name und seine Existenz eine ständige Bedrohung Roms, auch wenn er zeitweise keine starke Truppenmacht hinter sich hat. Er darf es sich dann ruhig leisten, einige Monate in der Steppe zu verschwinden und erst bei besserer Gelegenheit wieder hervorzutauchen. Rom hat eine große Armee, aber so viel Soldaten hat es nicht, daß es den ganzen Osten nach ihm durchsuchen könnte. Es müßte denn von neuem Krieg mit den Parthern beginnen, und das wird es, wie die Dinge heute liegen, unter keinen Umständen. Edessa allein, das ist zuwenig. Aber wenn Edessa und Commagene zusammen ihm helfen, dann sitzt Nero im Sattel, dann kann er reiten.«

König Philipp sah dem andern auf den Mund. Ja, dieser Mann hatte für sich die Entscheidung getroffen, die zu treffen er selber Lust, aber nicht den Mut hatte. Dieser Varro, die Hemmungen genau kennend, die ihn selber hinderten, war tiefer in sein Ich hinuntergestiegen als er und hatte aus Schächten, wo nicht mehr die Vernunft regiert, die Kraft hervorgeholt, die Vernunft zu besiegen. Er spürte Neigung und Bewunderung für den Mann. War es nicht auf weite Sicht hinaus vielleicht sogar klüger, anständig zu sein? Darin hatte der Mann recht: wenn er, Philipp, fortfuhr, den Römern zu gehorchen, dann war es bestimmt auch mit seiner Scheinsouveränität in Commagene bald zu Ende; wenn er sich aber gegen sie stellte, dann hatte er eine, wenn auch nur geringe, Aussicht, dieses Ende zu verhüten.

»Ich werde mit meinem Hauptmann Trebon sprechen, lieber Varro«, sagte König Philipp, jetzt, da er den Entschluß gefaßt hatte, fast heiter. »Und nehmen Sie es mir nicht übel«, beendigte er die Audienz, und nun lächelte er unverhohlen über das ganze Gesicht, »wenn ich für einige Zeit noch Wachen vor Ihre Tür stelle.«

8

NOCH EIN RÖMISCHER OFFIZIER

Hauptmann Trebon hatte vom Rekruten auf gedient. Jetzt war er Adler- und Standartenoffizier der Vierzehnten Legion. Er war unter den Soldaten des Ostens der volkstümlichste. Freund und Feind wußten von den Taten, die er während des armenischen und während des jüdischen Krieges verrichtet hatte. Im Dienst von äußerster Strenge und Brutalität, machte sich der fleischige Mann mit dem runden Kopf auf dem mächtigen Nacken und dem graubraunen Haarschopf außer Dienst mit seinen Soldaten gemein und soff und hurte in ihrer Gesellschaft herum. Seine derben Späße waren weithin berühmt. Er war der Liebling der Armee, und die Bevölkerung bewunderte und akklamierte ihn, wohin er kam.

Im Regierungspalais von Antiochien und im Militärkabinett von Rom wußte man natürlich um diese seine Popularität. Kaiser Vespasian, der Sinn für volkstümlichen Humor gehabt, hatte daran gedacht, ihn in den Adel zu erheben; doch da gewisse feine Herren, denen Hauptmann Trebon zu vulgär war, Bedenken geäußert, hatte er es unterlassen. Der Hauptmann, niedrig geboren und nicht zum Ritter erhöht, konnte also nicht über den Rang hinaus avancieren, den er innehatte. Sosehr er sich über die aristokratischen Herrlein lustig machte und sooft er betonte, wieviel wertvoller ihm die Zuneigung der Armee sei als ein Obersten- oder Generalstreif, so wurmte es ihn doch, daß die feinen Herren ihn aus ihrem Kreis ausschlossen.

Er war ehrgeizig und hatte sich viele Auszeichnungen geholt. Er war Inhaber des Purpurfähnchens und der Armspangen für heldenhafte Leistungen, und er hatte sich und seinem Pferde Victor das Brustgehäng Erster Klasse erkämpft. Aber nicht besaß er den »Mauerkranz«, die Goldene Krone, die dem zukommt, der als erster die Mauern einer belagerten Stadt erstiegen hat. Hauptmann Trebon war der Meinung, er habe diese Auszeichnung in zwei Fällen verdient. Er hatte nur ein verächtliches Achselzucken oder ein helles, fettes Gelächter für die gemeinen Schieber, die sie ihm verweigert und andern zugeschanzt hatten. Trotzdem stak ihm der Dorn tief im Fleisch.

Ihrem Titel und ihrem äußern Rang nach waren die Funktionen des Obersten Fronto in Edessa und die des Hauptmanns Trebon in Samosata die gleichen. Doch die Behörden in Antiochien wußten genau, warum sie an die Spitze der fünfhundert Mann von Edessa den feinen Aristokraten Fronto berufen und die zweitausend Mann, die in den vier Städten des Landes Commagene garnisonierten, dem Hauptmann Trebon unterstellt hatten. In Edessa bedurfte es diplomatischer Fähigkeiten, das Amt des römischen Kommandanten dort war äußerst delikat. Durch die Berufung des Trebon nach Samosata aber demütigte man einesteils den unbeliebten König Philipp, indem man ihm nur einen Plebejer als Repräsentanten Roms in seine Hauptstadt schickte, andernteils schob man den beliebten Hauptmann Trebon, dem man besondere Gaben nicht zutraute, auf einen fetten Posten ab, der sich aber so gut wie von selber verwaltete. Erreicht hatten die Militärbehörden nur eine Verärgerung der beiden Offiziere; denn genauso wie Fronto nach der hochkultivierten Großstadt Samosata, sehnte sich der ehrgeizige Trebon nach dem kitzligen, verantwortungsvollen Posten in Edessa.

Er entschädigte sich für die Verwundung seines Ehrgeizes dadurch, daß er die Bevölkerung von Commagene unverschämt ausbeutete. Zeigte offen, daß er nicht den Philipp, sondern sich für den Herrn von Commagene hielt. Bereicherte sich, wo er konnte. Stolzierte, der fette Mann mit dem vulgären, brutalen Gesicht, prächtig durch die schöne Stadt Samosata, behängt mit seinen hundert Auszeichnungen, die Uniform aus kostbarem Stoff, die Waffen so glänzend, wie es das Reglement erlaubte. Hielt sich einen Hofstaat wie ein Fürst, einen großen Marstall, jagte wüst unter den Frauen und unter dem Wild des Landes.

Dem König Philipp war es im Grunde recht, daß die Römer ihm unter ihren vielen Offizieren diesen hergeschickt hatten. Zwar ekelte ihn, den Abkömmling persischer und griechischer Götter und Könige, vor der Berührung des Menschen. Aber wenn der ihm mit der fetten Hand vertraulich das Gewand zupfte oder ihn mit dem behaarten Arm umfaßte, dann zuckte er nicht zurück. Er durchschaute seinen Trebon. Der war ein Spieler, ein Abenteurer, preisgegeben seinen gemeinen Süchten, dazu gekränkt in seinem Ehrgeiz. Man konnte sich Fälle vorstellen, in denen solche Leute verwendbar wurden.

Jetzt also war ein solcher Fall da. Unmittelbar nach der Unterredung mit Varro beschied König Philipp den Hauptmann zu sich.

Trebon erschien, gutgelaunt. Breit, wuchtig saß er inmitten der edeln Möbel. »Also, König Philipp«, begann er mit seiner hellen, nackten Stimme, »was meiner Mutter Sohn ist, der freut sich auf den Spaziergang nach Edessa. Jetzt werden Sie einmal den alten Trebon in großer Fahrt erleben. Im Harem dieses Königs Mallukh finden Sie die schönsten Weiber zwischen Korinth und Susa. Da werden wir Spaß haben auf unsere alten Tage. Immer Sie zwei und eine ich. Aber Sie machen ja ein Gesicht wie saure Milch, junger König. Ich sage Ihnen, diesen Nero mitsamt seinem Mallukh und Scharbil, den erledigen wir im Handumdrehen. Und den Varro haben wir ja schon.« Und er schlug seine fette Lache an.

Philipp ließ sich nicht anmerken, wie sehr die plumpen Vertraulichkeiten des Menschen und der dalmatinische Dialekt, in dem sie vorgebracht wurden, sein Ohr beleidigten. »Natürlich ehrt es mich«, erwiderte er gelassen in seinem reinen, farblosen Latein, über dessen Feinheit sich Trebon immer ärgerte,

»daß Rom gerade mich mit der Aufgabe betraut hat. Aber es sind in diesem Ehrenbecher verschiedene bittere Tropfen. Der erste ist: gern gehe ich gegen meinen Freund Mallukh nicht vor.« Trebon grinste breit. »Das begreife ich, junger König«, erwiderte er. »Sie fürchten wohl, nächstens kommen Sie selber an die Reihe, und wir schlucken Sie und Ihr Königreich. Nichts da. Wenn Sie sich brav halten, legt der Hauptmann Trebon ein gutes Wort für Sie ein. Darauf hört man, auch auf dem Palatin.«

»Ich danke Ihnen für Ihre gute Meinung«, lächelte Philipp. »Jetzt Tropfen zwei«, fuhr er fort. »Ich habe juristische Bedenken. Mein Staatsvertrag mit Rom verpflichtet mich, dem Kaiser und seinen Stellvertretern bei jedem Rechtsverfahren Hilfe zu leisten, das er gegen einen seiner Untertanen auf meinem Gebiet führt. Seit wann aber gehört Edessa zu meinem Gebiet?« – »Mit solchen Spitzfindigkeiten plagen Sie sich ab, junger König?« fragte der Hauptmann zurück. »Ich bin kein Jurist. Aber unsere Juristen finden da bestimmt einen Dreh, um Ihnen aus der Patsche zu helfen. Wir schenken zum Beispiel einfach Ihnen einen Teil von Edessa. Dann ist es Ihr Gebiet. Ich werde das befürworten.« Er faßte den König am Gewand, lachte, die Gehänge und die Ketten auf seiner Brust und an seinen Armen klirrten.

Philipp erhob sich; lang und dünn stand er vor seiner Minervastatue. »Und jetzt der dritte Tropfen, der bitterste«, sagte er mit seiner gleichmütigen Stimme. »Kaiser Nero ist der letzte Abkömmling aus dem Haus des Julius Cäsar, ich der letzte aus dem Haus des Alexander. Vielleicht finden Sie solche Erwägungen sentimental: aber wenn der Mann in Edessa wirklich Nero sein sollte, dann scheint es mir degoutant, daß gerade der Enkel des Alexander den Enkel des Cäsar ans Kreuz liefert. Und sind Sie gewiß, daß der Mann nicht am Ende doch Nero ist? Sehen Sie, Senator Varro ist hergekommen, mir zu versichern, daß er es ist. Nur zu diesem Zweck hat er sich mir freiwillig gestellt.«

Benehmen kann er sich, dieser Bursche Philipp, dachte Trebon. Wie elegant er mir das hingerieben hat, wer er ist. Es ist natürlich leicht, sich königlich zu benehmen, wenn man von Jugend an auf nichts anderes einexerziert worden ist. Wenn ich ihm kommandierte: Ausfall rechts, Lanze links überm Kopf, dann stünde er da. Laut sagte er: »Ob ich sicher bin? Was ist schon sicher auf dieser beschissenen Welt? Aber wenn Titus als der Höchstkommandierende der römischen Armee befiehlt, daß der Mann in Edessa nicht Nero ist, dann ist er es eben nicht.« König Philipp betrachtete träumerisch seine langen Hände und meditierte laut vor sich hin: »Mag sein, daß dieser Höchstkommandierende ein guter Soldat ist, und Nero, sagt man, war das nicht. Aber Nero war auch kein Knauser, und die neuen guten Soldaten ihrerseits sind nicht freigebig. Die Truppen lieben nun einmal den Nero. Wenn die Legionen den Kaiser Nero sehen, werden sie vielleicht lieber für ihn kämpfen wollen als gegen ihn. Ich selber war ein Kind, als ich ihn sah. Aber noch jetzt, wenn ich nur sein Bild erblicke, zittern mir die Knie vor Ehrfurcht. Mir ist, als zöge ich den Fluch der Götter auf mich und mein Land herab, wenn ich die Hand aufhöbe gegen den großen Kaiser Nero, den Freund des Ostens.«

Hauptmann Trebon hatte aufmerksam zugehört, den breiten Mund kein einziges Mal zum Lachen verziehend. Jetzt erwiderte er ausweichend, wie Fronto dem Scharbil erwidert hatte: »Das sind Erwägungen, die einem König anstehen mögen, aber nicht einem Hauptmann.« – »Ich wundere mich«, erwiderte höflich der König, »daß mein Trebon sich auf seinen Titel zurückzieht. Hauptmann Trebon hat doch in anderen Fällen nicht gerade wie ein Hauptmann gedacht und gehandelt, sondern wie einer der Fürsten Commagenes. Ist es nicht übrigens ein schlagender Beweis für die Undankbarkeit gewisser Leute, daß mein Trebon keinen besseren Titel hat als den eines Hauptmanns? Ein guter Soldat hat Anspruch auf seinen guten Sold. Daher sein Name. Vielleicht wäre es im besten Sinne soldatisch, für Nero zu kämpfen, der dankbar und großzügig ist, und nicht für gewisse andere Leute.«

Dem Trebon wurde ungemütlich. Was wollte der Mensch? Was bedeutete es, daß der sonst so fügsame Philipp auf einmal frech und störrisch wurde? Philipp war ein Mann ohne Kinn, ein Schwächling, aber ein Fuchs. Auch Varro war ein Fuchs. Daß die beiden Füchse es für aussichtsreich hielten, sich dem Befehl des Cejon zu widersetzen, machte nachdenklich. Die Weisung des Gouverneurs auszuführen, war für Philipp nicht eben ehrenvoll, aber es brachte ihm großen Gewinn. Lockte vielleicht von seiten des Nero noch größerer? Hatte dieser Philipp Zusicherungen von den Parthern?

Trebon liebte keine Unklarheiten. Grob und geradezu fragte er: »Was bedeutet das eigentlich, junger König? Bedeutet es, daß Sie sich weigern, dem Befehl Roms zu gehorchen?« Philipp lächelte. Mit seinen langen Beinen, schlaksig, kam er auf Trebon zu. Ihm ins Gesicht, immer lächelnd, sagte er: »Aber was denken Sie, mein Trebon? König Philipp sich weigern? Natürlich füge ich mich. Den Varro haben wir schon. Und in zwei Wochen, falls Mallukh den andern bis dahin nicht herausgegeben hat, schicken wir unsere Armee gegen Edessa.« – »Na also«, quäkte Trebon, aber er konnte seine Verwirrung nur schwer verbergen; er war sich im unklaren, ob der König sich einen Spaß mit ihm erlaubt hatte, oder was eigentlich er wollte, und ob er selber jetzt zufrieden sein sollte, daß alles glatt ging, oder unzufrieden.

Er sollte in seinen Zweifeln noch bestärkt werden. Als er sich nämlich verabschiedete, kam der freche, junge König auf seine früheren zweideutigen Reden zurück und sagte: »Zwei Wochen also haben wir noch. Zwei Wochen sind eine lange Zeit. Überlegen Sie sich, bitte, in diesen zwei Wochen genau, ob der Mann in Edessa nicht vielleicht doch der dankbare Nero ist, unter dem ein Trebon schwerlich Hauptmann bliebe.«

9

EIN KRIEG IM ORIENT

Trebon hielt sich an diese Worte und überlegte.

Er sah verschiedene lockende Möglichkeiten vor sich. Er konnte zum Beispiel über seine zweideutige Unterredung mit König Philipp nach Antiochien berichten. Man sammelte dort belastendes Material gegen den König von Commagene für den Fall, daß man einmal sein Land annektieren wollte. Trebon erwürbe sich also Verdienst, wenn er dieses Material mehrte. Aber was hatte er von diesem Verdienst? Den Adel wird ihm die jetzige römische Regierung doch nicht geben, und was sie ihm sonst geben konnte, das hatte er schon.

Wenn er sich hingegen für diesen Nero erklärte, er, der beliebte Hauptmann Trebon, so wäre das eine Hilfeleistung, für die er jeden Preis fordern könnte; darin hatte dieser schlaue eingeborene König recht. Man wird ihm den Senatorenrang zubilligen, ihn zum General, vielleicht zum Oberkommandanten ernennen. Geht dann die Sache schief und kann Nero sich nicht halten, dann bleibt ihm, dem Trebon, noch immer der Ausweg, rechtzeitig mit seinen Leuten über den Tigris zu den Parthern zu verschwinden. Die werden für den berühmten Hauptmann jederzeit Verwendung haben, vor allem, wenn er ihnen ein paar tausend gutgedrillte römische Soldaten mitbringt.

Trebon pflegte die Achseln zu zucken, wenn von Oberst Fronto die Rede war. Aber das Verhalten dieses Fronto, der jetzt allein in der großen Zitadelle von Edessa saß, hatte ihn die ganze Zeit über beschäftigt. Er hatte es sonderbar gefunden, unsoldatisch. Jetzt fragte er sich, ob nicht vielleicht Fronto hinter diesem Nero Möglichkeiten für seine eigene Karriere witterte.

Er schnaubte ungeduldig durch die Nase. Was sollte er tun? Der Dienst in der Armee des Titus war langweilig geworden. An einen richtigen, frisch-fröhlichen Krieg war unter diesen nüchternen, spießigen Herren nicht zu denken. Da war der Dienst unter einem Nero schon eine andere Sache. Da standen Kämpfe in Aussicht, die für das Herz eines alten Soldaten Labsal waren. Riskant war es, sich zu diesem Nero zu schlagen. Aber gefährlich leben, ist das nicht der Sinn des Soldatenberufs? Er grinste immer, wenn er seinen Rekruten die vielen Vorschriften einprägte über die Pflicht zur Sicherung, die in den »Elementar-Anweisungen« der Flavier einen besonders breiten Raum einnahmen.

Als er zuerst von dem Erscheinen dieses Nero gehört, hatte er ein paar saftige Witze gerissen. Das war vorschnell gewesen. Jetzt schaute die Geschichte anders her. Varro, Philipp und er, das waren drei Füchse. Warum sollen drei Füchse, wenn es um eine so fette Beute geht wie die wichtigsten Stellen unter einem Nero, nicht mit der Wölfin Rom fertig werden, die alt und verbraucht ist und nur mehr wenig Zähne hat? Und was für ein Spaß, wenn dann der feine Oberst Fronto angetanzt kommt. Zu spät, lieber Oberst. Man kann nicht mit *einem* Hintern bei Nero und bei Titus sitzen.

Nicht erst nach zwei Wochen, schon am dritten Tag stellte sich Trebon wieder bei König Philipp ein. Gouverneur Cejon hatte ihm genaue Instruktionen gegeben. Hatte ihn darüber aufgeklärt, daß unter allen Umständen die Fiktion aufrechterhalten werden müsse, der König von Commagene sei lediglich mit einer Polizeiaktion beauftragt. Rom wolle den Parthern gegenüber von jeder Verantwortung frei bleiben; komme es zu Differenzen, dann wolle er, Gouverneur Cejon, unter Beweis stellen können, König Philipp habe über seinen Auftrag hinaus eigenmächtig gehandelt. Hauptmann Trebon solle also veranlassen, daß König Philipp gegen Edessa mit den schärfsten Mitteln vorgehe, doch so, daß dem König gegebenenfalls alle Verantwortung zugeschoben werden könne. Das lange Schreiben, in welchem Cejon ihm diesen bösartigen Plan auseinandersetzte, hatte Hauptmann Trebon bei sich. Er zeigte es nicht eben dem König, doch er zog es mehrmals heraus, las darin, grinste, zitierte einzelne Sätze, ließ König Philipp den zweideutigen Inhalt deutlich merken. Der König hatte nie angenommen, daß die Politik der Römer sehr moralisch sei. Trotzdem war ihm die Perfidie Cejons willkommen als eine weitere Rechtfertigung seines eigenen Vorhabens.

Man redete einiges hin und her. Dann, unvermittelt, ging Hauptmann Trebon schweren Schrittes auf König Philipp zu, zupfte ihn am Gewand und quäkte, ihm tief ins Auge schauend, treuherzig los: »Und jetzt, junger König, wollen wir einmal herzhaft miteinander reden, Mann zu Mann. Sagen Sie mir im Vertrauen: ist der Mensch in Edessa, ja oder nein, der große, generöse, dankbare Kaiser Nero?« König Philipp ließ sich reglos den unangenehmen Atem des Hauptmanns ins Gesicht blasen, hielt seine braunen Augen unverwandt auf den blaugrauen des andern und sagte mit heiterer Ruhe: »Mein Gefühl und das Zeugnis des Varro sprechen dafür.« Trebon trat einen Schritt zurück, und, ähnlich wie seinerzeit Fronto, erklärte er würdevoll: »Ich bin nur ein simpler Hauptmann. In einer so dunklen Sache sehen ein König und ein Senator sicher klarer als ein bescheidener Offizier.« Sogleich aber gab er das würdige Gehabe wieder auf, begann breit zu grinsen, lachte schallend, schlug sich die Schenkel, brach aus: »Ein kapitaler Spaß. Wir jagen Streckmännchen mit unserm Nero. Großartig.« Er kehrte zurück ins Amtliche: »Also, junger König, die Weisung des Generalgouverneurs wird natürlich ausgeführt. Von mir und von Ihnen. Die Expedition gegen Edessa findet statt. Ich achte darauf, daß sie mit einer genügend starken Streitmacht unternommen wird. Ich stelle Ihnen zur moralischen Unterstützung dreihundert Mann. Das übrige ist Ihre Sache. Die Verantwortung tragen Sie.« Er blinzelte mit seinen hellen, fast wimperlosen Augen.

Varro also wurde weiter in ehrenvoller Haft gehalten, und es ging ein Schreiben ab an König Mallukh von Edessa, in welchem Philipp von Commagene höflich, doch bestimmt die Auslieferung des Mannes verlangte, der sich Kaiser Nero nenne. Mit ernsten Worten riet er seinem Freund und Bruder Mallukh, sich dem berechtigten Verlangen des römischen Gouverneurs zu fügen, solange es noch Zeit sei. Ausklang der Brief in die Mitteilung, wenn die Auslieferung des Mannes nicht binnen zwei Wochen erfolge, dann sehe er, Philipp von Commagene, sich zu seinem Bedauern durch seinen Vertrag mit dem römischen Kaiser verpflichtet, dem Wunsch des Gouverneurs durch Entsendung von Truppen Nachdruck zu verleihen.

Eine Abschrift dieses Briefes ging nach Antiochien. Beigefügt war die Mitteilung, Senator Varro sei bereits in der Hand des Königs von Commagene. Dieser hoffe, bald auch des andern Verbrechers habhaft zu werden. Dann werde er die beiden dem Gouverneur wunschgemäß überstellen.

Den Brief selber sandte König Philipp, um seine Bedeutung zu erhöhen, durch seinen eigenen Vetter nach Edessa, den jungen Prinzen Seleukus. Dieser Prinz hatte mit König Mallukh und Erzpriester Scharbil eine lange Unterredung, in der er das Schreiben mündlich kommentierte. Er sprach als ein orientalischer Fürst zu anderen, beim plätschernden Springbrunn, würdig und vertraulich. Erzählte, wie ehrenvoll die Haft sei, in der König Philipp den Senator Varro halte. Wie interessant die Gespräche, die er täglich mit ihm führe. Wie wenig Römer an der geplanten Expedition gegen Edessa teilnehmen würden, nämlich nur dreihundert Mann. Verhehlte auch nicht seine Befürchtung, die einheimischen Truppen von Commagene, daran gewöhnt, daß die Römer den größeren Teil der kriegerischen Arbeit leisteten, würden gegen Edessa und den Kaiser Nero nicht eben mit Begeisterung kämpfen. Er persönlich war der Ansicht, daß diese Truppen, wenn sie bald nach Überschreiten der Euphratgrenze, beim neunten Meilenstein zum Beispiel, da, wo der Weg nach Batnä abzweige, einem starken und kampffreudigen Feind begegneten, ziemlich schnell umkehren und die dreihundert Römer ihre Sache allein ausfechten lassen würden. Übrigens, meinte er, sei Hauptmann Trebon selber nicht eben überzeugt, daß der angebliche Nero ein Betrüger sei, und wenn der Kaiser sich durch eine kaiserliche Gratifikation als echt erweise, dann dürfte sich Trebon solchen Argumenten kaum verschließen. In diesem Sinn also grüße der König von Commagene seinen Gegner und Freund, den König von Edessa, und fordere ihn, wenn er sich wirklich dem Verlangen des römischen Gouverneurs nicht fügen wolle, zu ehrlichem, ritterlichem Kampf heraus.

Einige Tage später begegneten beim neunten Meilenstein der Straße von Samosata nach Edessa, da, wo der Weg nach Batnä abzweigte, mehrere persische Kaufleute mehreren arabischen. Sowohl die persischen wie die arabischen Kaufleute verstanden sich auffallend gut auf militärische Dinge. Sie unterhielten sich lange darüber, was wohl geschähe, wenn in diesem Gelände eine Schlacht zwischen einer Armee von Commagene und einer von Edessa stattfände. Sie sprachen ausführlich über die Möglichkeit jeder einzelnen Phase einer solchen Schlacht, und sie kamen zum Schluß, daß sie voraussichtlich mit einer Niederlage Commagenes enden müßte.

Diese sachverständigen Kaufleute erwiesen sich als gute Propheten. Als drei Wochen später die Schlacht, die sie befürchteten, stattfand, endete sie wirklich mit der Niederlage der Commagener.

Die dreihundert Römer, die an diesem Gefecht teilnahmen, begriffen zuerst durchaus nicht, was eigentlich vor sich ging. Hauptmann Trebon war der Ansicht, der Soldat müsse gegebenenfalls für seinen Vorgesetzten anständig zu sterben wissen, und hatte es infolgedessen für richtig gehalten, seine Leute nicht weiter ins Bild zu setzen. Die römischen Soldaten verstanden also durchaus nicht, warum ihre Kameraden von Commagene so merkwürdige Evolutionen ausführten, sie hatten nie eine so unbegreifliche Schlacht erlebt, und es wurden denn auch von ihnen beinahe hundert erschlagen, ehe die übrigen begriffen und sich gefangennehmen ließen.

Unter ungeheurem Triumph zog die siegreiche Armee von Edessa in Samosata ein. Entwaffnete die dortige römische Garnison, befreite den Varro, setzte an seiner Statt den König Philipp in ehrenvolle Haft.

Gefallen waren in der Schlacht beim neunten Meilenstein von den römischen Soldaten siebenundneunzig, von denen von Commagene sechzehn, von denen von Edessa zwölf.

Es galt aber dieser Sieg Neros über den ersten Angriff seiner Gegner im ganzen Grenzgebiet als glückliches Zeichen. Die römischen Garnisonen in Carrhä, Batnä, sogar in Palmyra ließen sich entwaffnen oder gingen zu Nero über. Mehrere dem Namen nach selbständige, doch in Wahrheit von Rom abhängige Städte bekannten sich jetzt zu dem wiedererstandenen Nero und beglückwünschten den Senat in Rom zur wunderbaren Rettung und Erhaltung des großen Kaisers.

10

LOHN DER GEDULD

Oberst Fronto hatte bald und befriedigt erkennen dürfen, daß die Hoffnungen, die er an Marcias Heirat geknüpft hatte, berechtigt waren. Aus der früheren Umgebung des Töpfers Terenz waren gewisse sehr bestimmte Gerüchte zu ihm gedrungen, die ihn mit einer an Sicherheit grenzenden Wahrscheinlichkeit annehmen ließen, Terenz sei in einem für Marcia und ihn wichtigen Punkt keineswegs ein »Nero«. Wenn Fronto nur die Dinge nicht überstürzte und den rechten Augenblick abwartete, dann, glaubte er, werde solche Geduld bestimmt ihren Lohn finden.

Er war also mit Marcia zwar so oft wie möglich zusammen, wurde aber niemals aufdringlich, sondern blieb wohlerzogen, römisch, reserviert und zeigte ihr seine Neigung nur durch kleine, erlesene Aufmerksamkeiten, ohne sie jemals Wort werden zu lassen.

Marcia war zerfressen von den Enttäuschungen ihrer Hochzeitsnacht. Sie vermied die Aussprache, die ihr Vater herbeizuführen suchte; die Reste ihres Glaubens an ihn waren erloschen. Es war Wahnsinn, zu hoffen, ein Mensch wie der Leibeigene Terenz könne auf dem Palatin einziehen. Sowenig der Mensch seinen Namen »Nero« auszufüllen fähig war, sowenig konnte er dem Kaisertitel Sinn geben, mit dem man ihn behängt hatte. Macht und Ruhm werden ihr so fern bleiben wie die Liebe. Sie war preisgegeben, sie war dazu bestimmt, zeitlebens in diesem Osten zu vegetieren.

Immer enger und beharrlicher kreisten ihre Gedanken und Träume um den einzigen Römer in ihrer Nähe, um Fronto. Daß er dem Titus den Treueschwur hielt und dennoch in Edessa blieb, erfüllte sie mit Stolz; sie nahm an, es geschehe ihrethalb, sie fühlte sich ihm verwandt. Wesen und Schicksal verbanden sie. Wie er einsam in seiner großen, leeren Zitadelle, so lebte sie einsam auf dem weiten Besitz Varros. Sie sah in dem eleganten Herrn mit dem schönen, eisengrauen Haar, der allein inmitten von fünf Millionen feindlichen Menschen die römische Armee repräsentierte, mehr das Erhabene als die Komik.

Sie kämpfte mit sich, ob sie sich ihm anvertrauen solle. Er sah, daß sie kämpfte, beobachtete, fragte nicht, wartete. Endlich konnte sie nicht länger an sich halten. »Ertragen Sie das denn, mein Fronto«, brach es aus ihr heraus, »diese Unechtheit der Dinge und Menschen ringsum, diesen frechen, hohlen Glanz? Sie sind unter uns der einzige, der Haltung bewahrt und sich nicht ganz diesem zuchtlosen Osten verschrieben hat. Warum gehen Sie nicht zurück nach Antiochien oder nach Rom, um nach all dem Unsinn und Unrat wieder reine Luft zu atmen?«

Fronto sah sie an. Sah ihren schmalen, dünnen Leib unter dem Gewand der Kaiserin nervös frösteln. Sah die langen, heftigen, braunen Augen, die Augen des Varro, in ihrem weißen Gesicht. Ihr strenges, römisches Wesen reizte ihn, das Vestalinnenhafte an ihr, und auch, daß sie die Tochter dieses Vaters war, und ihr seltsames Schicksal. Er begehrte sie sehr. Nur Geduld zu haben galt es, den rechten Augenblick abzuwarten. Ich muß warten, dachte er, bis sie von ihrem Nero zu reden anfängt. So lange muß ich mich beherrschen. Erst wenn sie von ihrem Nero anfängt, kann ich weitergehen. Dann aber kann ich sehr viel weitergehen.

»Ich finde nicht, meine Marcia«, erwiderte er, »daß hier alles Flitter ist. Die Idee, für die Ihr Vater Varro kämpft, war noch vor kurzem, vor vierzehn Jahren noch, sehr real, keineswegs utopisch. Wenn heute Humanität und Weltbürgertum nicht mehr zeitgemäß sind, wenn man sich heute auf dem Palatin zu einem engen Nationalismus und zu einem abscheulichen Puritanertum bekennt, zur Anbetung der nackten, militärischen Macht, so wird dieser beschränkte Nationalismus nicht dadurch gültiger, daß man ihn auf dem Palatin verkündet, und es beweist nichts gegen unser Weltbürgertum, daß man sich dafür nur in Samosata erklären darf. Ich weiß nicht, ob Ihr Vater auf seinem gefährlichen Weg seine Idee wird durchsetzen können; offen gestanden, ich glaube es nicht. Aber wenn Sie ihm die unsaubern Mittel, die er für seine Idee braucht, zum Vorwurf machen, dann, meine Marcia, tun Sie ihm unrecht. Einmal wird sein Glaube triumphieren, das ist gewiß; doch ebenso gewiß ist, daß diejenigen, die diesem Glauben dann zum Sieg verhelfen, genauso alberne und schmutzige Mittel werden gebrauchen müssen wie jetzt Ihr Vater.«

Die Ruhe, mit der Fronto sprach, der Edelmut, mit dem er ihren Vater verteidigte, sein gutes, ruhiges, stadtrömisches Latein, sein gescheites, männliches Gesicht mit dem kurzen, eisengrauen Haar, das alles tat Marcia wohl. Sie spürte die starke Bindung zwischen sich und diesem Mann. Sie zweifelte nicht, daß er nur ihrethalb hier in Edessa aushielt. Aber sie wollte es aus seinem eigenen Munde bestätigt hören. »Was Sie sagen«, erwiderte sie, »ist schön und großmütig. Aber es ist keine Antwort auf meine Frage. Warum bleiben Sie hier? Warum gehen Sie nicht nach Rom?«

Fronto wußte, was sie hören wollte. Er wußte, daß er ihr gefiel, und sie gefiel ihm sehr. Nur jetzt nicht zuviel sagen, nahm er sich vor, nicht zuviel und nicht zuwenig. Übrigens lüge ich nicht einmal, wenn ich ihr versichere, daß ich ihrethalb hier in Edessa bin. In dieser Minute ist es ganz bestimmt wahr. »Warum ich nicht nach Rom gehe?« wiederholte er, geschickt zögernd, ihre Frage. »Das will ich Ihnen ehrlich sagen, meine Marcia. Das Schicksal hat Ihren Vater und mich auf feindliche Posten gestellt. Aber ich verehre Ihren Vater und bin ihm freund. Vielleicht kann ich ihm helfen, wenn seine Sache zusammenbricht.« Und mit Wärme, doch ohne Übertriebenheit, fuhr er fort: »Vielleicht kann ich dann Ihnen helfen. Ich sehe keinen Sinn darin, hier im Zwischenstromland zum Märtyrer zu werden, weder für Sie noch für mich. Ich habe mir die Möglichkeit offengelassen, wenn es zum Äußerstem kommt, auf römisches Gebiet zurückzukehren. Werden Sie dann mit mir gehen, meine Marcia? Jetzt wissen Sie, warum ich noch hier bin«, schloß er mit einem ganz kleinen Lächeln, es klang fast wie eine Entschuldigung.

Er dachte gespannt: Jetzt muß sie endlich anfangen, von ihrem Nero zu sprechen, und wie unglücklich sie sei. Wenn sie es tut, dann werde ich noch heute nacht mit ihr schlafen.

Marcia sagte: »Es ist ein großer Trost, daß Sie hier sind, mein Fronto. Es ist vielleicht unwürdig, daß ich es Ihnen gestehe, aber es ist unerträglich, allein zu sein unter lauter redenden

Tieren. Denken Sie nicht schlecht von mir, wenn ich nicht länger schweige. Es ist nicht römisch, ich weiß, aber lassen Sie mich sprechen. Sie können sich nicht vorstellen, was es heißt, mit einem so niedrigen Menschen leben zu müssen. Dieser Nero…«, und sie sprach von seinem Th und von der Art, wie er das Hochzeitskleid über den Stuhl gebreitet hatte.

Als sie aus der ersten Umarmung auftauchte, mußte sie mit Erstaunen wahrnehmen, daß der vornehme, würdige, römische Fronto, nun er mit ihr geschlafen hatte, über Dinge der Liebe und des Geschlechts mit äußerstem Zynismus sprach, sehr vulgäre Worte nicht scheuend. Noch mehr erstaunt war sie, daß sie, die zur Vestalin Bestimmte, ihm das nicht sonderlich übelnahm.

Er aber dachte: Es war klug von mir, daß ich Geduld hatte. Und es war tapfer und anständig von mir, daß ich zu meinem Gefühl stand und hierblieb. Eine merkwürdige Welt, dieser Osten! Hier macht sich Tapferkeit und Anstand noch bezahlt.

11

DIE VERSUCHUNG DES FRONTO

Befriedet durch ihre Liebe zu Fronto, verlernte Marcia ihre Empörung gegen ihr Schicksal. Sie begann, mit ihrem Vater freundschaftlich zu sprechen, erwog mit ihm die Aussichten seines, ihres Unternehmens; eine gewisse Scham freilich verhinderte sie, vor ihm den Namen Fronto zu nennen, und wenn er von Fronto sprach, schwieg sie. Auch ihr Haß gegen Terenz legte sich. Er wurde ihr zu einem Fremden, einem Gleichgültigen, und es fiel ihr nicht schwer, ihm, wenn er zu ihr sprach, mit lässig höflicher Freundlichkeit zu erwidern.

Ja, es kam ein Tag, an dem sie Anteil an ihm nahm. Er bat, ihr seine Lieblingsstätte zeigen zu dürfen, das Labyrinth. Sie stieg mit ihm hinab, begleitet von ein paar Fackelträgern. Er führte sie in eine sehr entlegene Kammer, hieß die Leute draußen warten, so daß vom Schein ihrer Fackeln nur wenig hereinkam. Da war er allein mit ihr in dem kellerigen, düsteren Gelaß, aufgestörte Fledermäuse flatterten, und sie sah von seinem Gesicht nur mehr dämmernde Umrisse; aus dem Halbdunkel aber kam die Stimme des Nero und erzählte ihr von dem Plan, dieses Labyrinth zu seiner und ihrer Grabstätte auszubauen. Das Düster-Prächtige der Idee machte ihr Eindruck; sie spürte, zum erstenmal, in ihrem Gatten einen Menschen, der Beziehungen hatte zu dem Namen, den er jetzt trug.

Von diesem Tag an war in ihr kein Widerwille mehr gegen ihn. Hatte es sie früher gekränkt, daß er nicht versuchte, sich ihr als Mann zu nähern, so war sie ihm jetzt dafür dankbar. Vor allem aber dankbar war sie ihm, weil er der Anlaß gewesen war, sie und Fronto zu verbinden.

Fronto seinesteils liebte Marcia und fand, er sei glücklich; aber sein Glück füllte ihn nicht aus. Er war ein passionierter Politiker und Militär, ein leidenschaftlicher Beobachter der sonderbaren, ergreifenden und possierlichen Handlungen der Menschen, und die Schlacht beim neunten Meilenstein der Straße von Samosata und ihre Folgen erregten aufs äußerste sein fachmännisches Interesse. Obwohl Marcia, voll Angst vor der Gefahr, in die er sich unnötig begab, ihn zu halten suchte, ging er nach Samosata.

Varro hatte natürlich von den Beziehungen Frontos zu seiner Tochter gehört und war zufrieden, daß Marcia den rechten Freund gefunden hatte. Daß es gerade sein Freund Fronto war, freute ihn doppelt. Er begrüßte ihn mit aufrichtiger Herzlichkeit in Samosata.

»Sind Sie nicht erstaunt, mein Fronto«, begann er das eigentliche Gespräch, »wie schnell unser Nero die alte Macht wiedererobert? Der Himmel ist sichtlich mit ihm. Er gewinnt die Herzen im Flug.« – »Das tut er«, gab Fronto zu. »Und ich bin gespannt, wie lange das so weitergeht, auf wie lange Zeit es genügt, der Kaiser nur zu scheinen, um der Kaiser zu sein.« – »Für alle Zeit genügt es«, entgegnete überzeugt Varro. »Wo hört, wenn es um Macht geht, der Schein auf, und wo beginnt das Sein? Es ist vollkommen gleichgültig, woher ein Machthaber das Licht bezieht, das er für die Massen ausstrahlt. Es ist gar nicht immer gut, wenn dieses Licht aus ihm selber kommt. Es ist manchmal besser, wenn er sich von der richtigen Seite her anstrahlen läßt. Und das versteht Nero, wie vor zwanzig Jahren so auch jetzt.« – »Sie wollen sagen«, kommentierte Fronto, »er ist gelehrig und also brauchbar.« – »Er war immer gelehrig«, erwiderte doppeldeutig Varro.

Fronto aber anerkannte: »Auf alle Fälle sind diejenigen, die hinter ihm stehen, mutig und geschickt. Sie verdienen das

Glück, das sie bisher hatten.« Varro freute sich innig des Lobes aus sachverständigem Mund. Er trat auf Fronto zu, streckte ihm die Hand hin und sagte nicht ohne Herzlichkeit: »Warum also gehen nicht auch Sie unter diejenigen, die zu diesem Nero halten?«

Fronto hatte, als er sich nach Samosata aufmachte, gehofft, man werde ihn auffordern, zu Nero überzugehen, es hatte ihn gekitzelt, ein solches Angebot herauszufordern, er hatte es mit freudiger und ein wenig ängstlicher Spannung erwartet, fest entschlossen, es abzulehnen. Nun dieses Angebot aber wirklich kam, traf es ihn gleichwohl wie etwas Unerwartetes. Sein Entschluß verwehte; er stand, der sonst so überlegene und seiner sichere Mann, zögernd und in Verwirrung.

Da bot sich ihm also dar, wonach er sich sein ganzes Leben lang gesehnt hatte: Material, seine Theorien in die Wirklichkeit umzusetzen. Was er brauchte, das waren römische Soldaten und ein Gegner, was er brauchte, war ein Krieg oder wenigstens eine Schlacht. Hier war das alles. Der Mann da, ein gescheiter, mutiger, sympathischer Mensch, sein Freund und der Vater seiner Freundin, bot es ihm an. Es waren zwar keine römischen Soldaten, die er ihm geben konnte, es war das, was man in der Armee ein wenig verächtlich »Hilfstruppen« nannte, Kontingente von Barbaren, untermischt mit kleinen römischen Formationen. Doch auch mit diesem Material zu arbeiten, war eine große Versuchung.

Oberst Fronto war alles eher als feig. Aber er war römischer Soldat, und gewisse Prinzipien des römischen Soldaten staken ihm tief in den Knochen. Als römischer Offizier war er hochmütig. Er liebte den Osten, aber Barbar blieb Barbar, und es war unwürdig, auf seiten der Barbaren gegen Römer zu fechten, selbst wenn die Barbaren eine dem Reich nützliche und die Römer selber schlechte Politik machten. Als römischer Soldat hatte er weiter gelernt, überflüssige Gefahr zu vermeiden. Der Soldat auf dem Marsche schlug, auch wenn kein Überfall zu befürchten war, sein befestigtes Lager auf und zog sich hinter den Wall zurück. Der Soldat brauchte seine Sicherung; sein Anspruch auf Pension und sicheres Alter war ihm nötig wie die Luft zum Atmen.

Da also stand dieser Oberst Fronto, zauderte, kämpfte mit sich selber. Es war eine ungeheure Lockung, eine Armee zu organisieren, umzuformen, neu zu formen, einen Krieg mit ihr zu führen, und es war bestimmt das letztemal in seinem Leben, daß sich ihm eine solche Gelegenheit bot. Andernteils mußte er, wollte er diese Armee haben, die Sicherung fahrenlassen, die er sich durch die Arbeit eines Lebens errichtet. Vorwärts riß ihn die Sehnsucht, endlich seine Theorien auszuprobieren und vor der Welt zu bewähren, zurück riß ihn der elementare Trieb, erworbene Ansprüche festzuhalten.

Varro sah, wie aufgewühlt der andere war. Daß er so kämpfte, ließ ihm seine Freundschaft doppelt wertvoll erscheinen. Dringlich redete er auf ihn ein: »Sie kennen genau unsere Chancen und unser Risiko. Wir haben jetzt fünfunddreißigtausend Mann, darunter fünftausend Römer. Sie wissen Bescheid über dieses Material. Das allerbeste ist es nicht, es sind Kontingente zumeist aus Ihrer Vierzehnten und aus der Fünften, aber schlecht ist es auch nicht. Die dreitausend Mann Kavallerie unseres Philipp sind Elitetruppen. Übernehmen Sie das Oberkommando dieser Armee, mein Fronto! Viel bessere Chancen hat auch Vespasian nicht gehabt, als er gegen Vitell losging. Und der Name Vespasian hatte weniger Zugkraft als der Name Nero.«

Fronto wich aus. »Was wollen Sie von mir?« wandte er ein. »Ich bin der ›Schreibtischoffizier‹, ich bin alles eher als beliebt.« – »Natürlich sind Sie zu gescheit«, erwiderte Varro, »um beliebt zu sein. Aber mir genügt es, wenn mein Kaiser populär ist. Feldherrn brauche ich keinen beliebten, sondern einen, der seine Sache versteht. Übernehmen Sie die Armee, mein Fronto! Wir lieben beide unsern Osten, Sie nicht weniger als ich. Machen Sie mit, Oberst Fronto! Sagen Sie ja!«

Fronto sah in dem Gesicht des Varro die Augen der Marcia. Wenn jetzt nicht er das Oberkommando übernimmt, dann bleibt Varro nichts übrig, als es dem Trebon zu übertragen, dem beliebten Hauptmann. Soll er durch seine Weigerung dem Kerl, den er nicht ausstehen kann, das Amt in die Hände spielen, nach dem er selber sich von ganzem Herzen sehnt? Die Lockung zerrte an ihm. Um ein winziges hätte er dem Varro die Hände hingestreckt und ja, ja, ja gesagt. Aber wie ein Strick hielt ihn die anerzogene Scheu vor der Preisgabe seiner Sicherungen, der überwache Sinn des Soldaten für die Gefahr. Er zog sich hinter seinen Wall zurück.

»Ich danke Ihnen, mein Varro«, erwiderte er. »Es sind keine leeren Worte, wenn ich Ihnen sage, daß Ihr Vertrauen mir eine gewaltige Anerkennung ist, und daß es mir furchtbar schwerfällt, Ihr Angebot zurückzuweisen. Aber sehen Sie, ich bin nun einmal Soldat. Ich brauche meine einundfünfzig Prozent Sicherheit. Ich liebe und verehre Sie, Ihre Politik und Ihr Mut ziehen mich an. Aber meine Sicherheit opfere ich Ihnen nicht. Mehr als wohlwollende Neutralität gebe ich Ihnen nicht.«

»Es ist schade, mein Fronto«, sagte Varro, und seine Stimme war erloschen, »daß Sie nicht mitmachen.« – »Ja, es ist schade«, erwiderte Fronto. Sie saßen in einem der schönen Räume des Königspalais von Samosata, sie saßen beide ein wenig schlaff und erschöpft da und schauten vor sich hin. »Werden Sie König Philipp Ihre Aufwartung machen?« fragte nach einer Weile Varro, gewaltsam bemüht, ein anderes Thema anzuschlagen. »Wie könnte ich das?« entgegnete Fronto. »Ich bin römischer Offizier, ich kann dem Anführer nur als Feind entgegentreten. Ich bin hier, um mich mit Hauptmann Trebon zu verständigen. Sie darf ich nicht gesehen haben, mein Varro.« – »Ich fürchte«, meinte Varro trüb, »nun Sie sich entschlossen haben, nicht zu uns zu stoßen, werden Sie trotz all Ihrer Geschicklichkeit bald nach Antiochien zurück müssen.« Doch Fronto belebte sich. »Ich denke nicht daran«, erklärte er. »Meine Liebe zu Ihrer Sache wird mich inspirieren, so daß ich Argumente für mein weiteres Bleiben finden werde. Solange Ihre Sache noch ein Fünkchen Aussicht hat, werde ich in Ihrer Nähe bleiben. Ich bin Ihr Freund, Varro. Bitte, glauben Sie mir!«

»Ich danke Ihnen«, erwiderte Varro. Sie hatten beide viele Menschen und viele Schicksale gesehen und waren gewohnt, Worten zu mißtrauen, denen der andern, ja sogar ihren eigenen; doch diesmal spürten sie, daß sie beide aufrichtig waren.

»Wem soll ich nun das Kommando geben, da Sie es ablehnen?« sann Varro vor sich hin. »Dem Trebon natürlich«, überwand sich Fronto, ihm zu raten. »Der Kerl ist mir wahrscheinlich noch tiefer zuwider als Ihnen. Außerdem kann er mich nicht ausstehen und wird mir, wenn er an der Macht ist, lästig werden, aber wie die Dinge hier nun einmal liegen, ist er der gegebene Mann. Als Offizier, als Politiker und als Freund rate ich Ihnen, nehmen Sie den Trebon.«

12
SEELEN FINDEN SICH

Wenige Tage nach dieser Unterredung übersiedelte Nero großartig von Edessa nach Samosata. Er befreite König Philipp aus seiner ehrenvollen Haft, umarmte ihn, nannte ihn Bruder. Dann, nach einer langen Unterredung mit Varro, befahl er als ersten den Trebon zur Audienz.

Der beliebte Hauptmann hatte ein paar unangenehme Tage hinter sich. Daß Fronto in Samosata auftauchte, war ihm in die Quer gekommen. Was suchte der feine Hengst hier? Er, Trebon, hat den Kaiser Nero gemacht: soll jetzt der andere, nur weil er als Angehöriger des Zweiten Adels geboren ist und den Oberstentitel führt, ihm den fetten Bissen vor der Nase wegschnappen? Diese paar Tage mit ihrer Spannung auf eine neue, wilde Zeit haben ihm den trockenen Garnisondienst endgültig verleidet. Er verspürt von neuem den unbändigen Durst seiner ersten Jugend nach großen, wüsten Abenteuern. Er träumt davon, mit den Adlern des Nero nach dem fernen Osten zu ziehen, oder auch nach dem Westen, wenn Nero, ein umgekehrter Alexander, es so befiehlt. Aber nicht als Subalternoffizier will er in dieses abenteuerliche Unternehmen hineingehen, sondern so gestellt, wie es ihm zukommt, als der Erste, als der Führer. Er weiß, daß das keine Hirngespinste sind, daß höchstens ein einziger Rivale ihm gefährlich werden kann, eben Fronto. Zwar hat es ihn ein wenig beruhigt, daß Fronto ihm einen Besuch abgestattet hat und sich offenbar noch als Offizier des Titus fühlt und als nichts sonst. Doch vielleicht ist das nur eine Finte, er selber, Trebon, hat sich ja auch noch nicht erklärt. Eine Minute lang denkt er sogar daran, sich gerade nach diesem Besuch offen auf die Seite des Nero zu schlagen und den andern, den Feinen, den Obersten, als Staatsfeind, als Spion des Usurpators Titus schlankweg verhaften zu lassen. Aber gleich wieder siegt die Disziplin, der Respekt des Hauptmanns vor dem gebildeten, befehlssicheren Vorgesetzten; er wagt es nicht, so plump und geradezu gegen ihn vorzugehen.

Daß jetzt Nero ihn, den Trebon, als ersten vor sich berief, verschaffte ihm nach all diesen Zweifeln und Skrupeln Genugtuung. Er fühlte, daß man bereit war, ihm zu geben, was ihm zustand. Unvermittelt schlug sein Unbehagen wieder in Stolz und Dreistigkeit um. Gut, er ist bereit, sich mit dem Mann von Edessa zu vertragen. Aber er weiß auch, was er wert ist, und er wird es diesem Nero zu spüren geben, daß er selber ein großer Soldat ist, der berühmte Hauptmann Trebon, der andere aber trotz seines Purpurs nichts als der Leibeigene Terenz.

Er erschien also großartig, im Gepränge seiner vielen Auszeichnungen, laut und prunkvoll. Nero saß in seinem Sessel, als er hereinklirrte. Es war ein Sessel wie jeder andere, und Nero trug zwar den sehr breiten Purpurstreif der Majestät, war aber sonst betont schlicht angezogen. Trotzdem wirkte er, wie er lässig, hochmütig und ein wenig gelangweilt dem Hereinklirrenden entgegensah, höchst kaiserlich. So gewöhnlich sein Sessel war, er saß nicht auf ihm, er thronte, und Trebon war tief betroffen von dem Aussehen und der Haltung des Mannes. Die kaiserliche Ehrenbezeigung, die er ihm erwies, war mehr als eine leere Geste. Der in der Kaserne und im Feldlager groß gewordene Hauptmann spürte hingerissen, mit welcher Sicherheit der auf dem Sessel die Attribute der Macht handhabte, und er reagierte, ein Soldat, automatisch auf eine solche Handhabung der Befehlsgewalt. Dabei war ihm natürlich bewußt, daß der Mensch nicht der echte Kaiser war; doch gerade daß er es nicht war und dennoch so kaiserlich dasaß, imponierte ihm. Er spürte für den vor ihm Thronenden soldatische Unterwürfigkeit, Bewunderung und spitzbübisches Einverständnis, Spießgesellenschaft, die freiwillige Unterwerfung des Räubers unter seinen Hauptmann.

Der Sitzende, Thronende witterte sogleich, daß da ein wahrer Freund und Bewunderer kam. Der Töpfer Terenz hatte die Sehnsucht des kleinen Mannes nach dem Höheren, doch wahrhaft heimelig fühlte er sich nur im Kreis von Gleichen. So fühlte er sich denn sofort zu dem Hauptmann Trebon hingezogen, der Gemeine zu dem Gemeinen. Dieser Nero, der Kaiser, dem der Pöbel im weiten Umkreis zujauchzte, fühlte sich verwandt dem Liebling der Armee, dem populären Hauptmann Trebon. Er war dem Varro dankbar, daß der ihm gerade diesen Mann zum Oberkommandanten seines Heeres ausgesucht hatte.

Trebon hatte sich vorgenommen, den Terenz jovial zu behandeln, es als eine Gunst hinzustellen, wenn er ihm seine Unterstützung lieh. Doch der Mann, der ihm da gegenübersaß und ihn ab und zu herablassend, gelangweilt durch seinen Smaragd betrachtete, war eben nicht der Töpfer Terenz. Und als dieser Mann ihm verkündete, er ernenne ihn zum General und übertrage ihm den Befehl über seine Truppen, fühlte sich Trebon so erhoben und unverdient beglückt, als ob der wirkliche Nero im vollen Besitz seiner Herrschgewalt ihm das Kommando verliehen hätte. Es erfüllte ihn mit einer tiefen, unterwürfigen Seligkeit, daß er auserwählt war, für diesen Mann die Macht zu erobern, sie ihm zu Füßen zu legen. Der Herrscher im Sessel, ihn hochmütig, etwas gelangweilt durch den Smaragd musternd, prägte sich ihm tief ins Gemüt, so nachhaltig wie nur die eindrucksvollsten Gesichte und Erlebnisse seiner Jugend.

Es wurde für ihn zum hehrsten Moment seines Lebens, als er seine Soldaten auf diesen Nero vereidigte und sie die Bilder des Titus auf den Feldzeichen und unter den Adlern gegen die des Nero vertauschen hieß. In seinem Innern gelobte er den Göttern, er werde, obwohl er das als Oberkommandant nicht nötig hatte, für diesen Mann mit Einsatz seines Lebens als erster die Mauer der nächsten zu erobernden Stadt ersteigen und das Feldzeichen mit dem Bild des Mannes dort aufpflanzen, sich so die »Mauerkrone« erwerbend.

13

GROSSE POLITIK

Die Wachen am Eingang des Bibliothekssaals, der dem Kaiser Nero als Beratungszimmer diente, machten die Ehrenbezeigung, ließen Knops eintreten. Knops, der frühere Leibeigene, jetzt Staatssekretär, sah zu seinem Ärger, daß er der erste war. Diese verdammte Beflissenheit stak ihm noch von seiner Leibeigenenzeit her in den Knochen. Die andern, die feinen Herren, hatten keine Eile.

Der hurtige, bewegliche Mensch konnte nicht stillsitzen. Er ging die Schreine entlang, in denen die Bücher und Rollen verwahrt waren, betastete das edle Holz, betastete das Metall der Statuen. Schätzte mechanisch ihren Wert ab. Langsam verflog seine schlechte Laune. Darf er nicht zufrieden sein, daß er sich hier im Palais König Philipps so zu Hause fühlt?

Er hat es weit gebracht, der Leibeigene Knops. Er spendete sich gewaltiges Lob, weil er so beharrlich an den Aufstieg des Terenz geglaubt und bei ihm ausgehalten hat. Er wird auch weiter bei ihm aushalten. Er liebt seinen Nero ehrlich, schon deshalb, weil er ihm, dem Knops, Gelegenheit gegeben hat, sich zu bewähren. Außerdem hält er ihn im Grunde für töricht und liebt ihn aus dem Gefühl seiner eigenen Überlegenheit heraus.

Er, Knops, ist ein Köpfchen und mit vielen Wassern gewaschen. Ein weniger Schlauer, wenn er so genau Bescheid wüßte wie er, würde jetzt wohl nach Antiochien gehen und als Zeuge gegen Nero-Terenz auftreten. Wenn Knops das täte, dann würde vermutlich Gouverneur Cejon seine Freilassung anerkennen und ihm eine beträchtliche Gratifikation zubilligen. Ein weniger Schlauer würde sich sagen, es sei besser, unter Titus der freigelassene Privatmann als unter Nero der Staatssekretär Knops zu sein. In seinem tiefsten Innern ist Knops auch überzeugt, daß ein so tollkühnes Abenteuer wie das des Töpfermeisters, der sich zum römischen Kaiser aufwarf, kein gutes Ende nehmen kann. Allein weil Knops ein Köpfchen ist, denkt er noch ein Stockwerk höher. Die gleiche innere Stimme, die ihn geheißen hat, den Terenz, selbst als es um ihn sehr übel stand, nicht zu verlassen, sagt ihm jetzt, daß sein Nero noch sehr viel höher hinaufgelangen und daß noch sehr viel mehr aus ihm herauszuholen sein wird. Knops spielt also sein Spiel weiter, und das so gut, daß er manchmal selber zweifelt, ob der Mann Nero oder Terenz ist. In seinem tiefsten Innern aber lauert und wittert er beständig. Er hat eine gute Witterung, er wird es rechtzeitig wittern, wenn das Ende kommt, und wird dann noch im rechten Augenblick abzuspringen wissen.

Er geht herum in dem schönen Saal, nimmt eine Rolle heraus, ein Buch, fühlt sich wohl. Er denkt an seinen Freund Gorion, mit wohlwollend überlegenem Grinsen. Dem hat er es gezeigt. Den Spruch von den drei K zum Kotzen hat er gründlich widerlegt. Er ist dem Gorion nach wie vor zugetan. Er hat ihm gegen ein hohes Entgelt die Fabrik in der Roten Gasse in Edessa überschrieben und andere Vermögensvorteile zukommen lassen. Die kleine Jalta, Gorions Tochter, ist jetzt vierzehn, in ihren besten Jahren. Vielleicht wird er sie sogar wirklich heiraten, wie er dem Gorion versprochen hat; er ist so vornehm, daß er sich jetzt auch das leisten kann. Auf alle Fälle wird er, wenn er einmal dazu Zeit findet, mit dem Mädchen schlafen. Der alte Gorion muß ihm auch dafür dankbar sein.

In seinen angenehmen Phantasien wurde er durch den Eintritt des Hauptmanns Trebon unterbrochen. Trebon trug den Purpurstreif und den roten, hochgesohlten, schwarzgeriemten Schuh des Senators. Er fühlte sich in der neuen Tracht offensichtlich noch nicht in seiner Haut, Knops nannte ihn im stillen ein Schwein in einem Hirschfell. Trebon spürte die innere Respektlosigkeit des Knops. Der Frechling war ihm vom ersten Augenblick an widerwärtig und sympathisch zugleich gewesen. Er hatte, da der Mensch offenbar von Einfluß auf den Kaiser war, beschlossen, gute Kameradschaft mit ihm zu halten, doch dabei stets auf der Hut zu bleiben.

Trebon saß breit und prunkvoll im Sessel, Knops lief schmal und hurtig auf und ab. Vorgestern abend hatten sie in der Kneipe »Zum großen Kranich« gewaltig gesoffen und gezotet und sich ausgezeichnet miteinander verstanden. Jetzt, während sie auf die andern warteten, malte Knops aus, wie er und Trebon den Villenvorort Daphne auf den Kopf stellen werden, wenn sie erst Antiochien erobert haben. Trebon erging sich in liebevollen Betrachtungen, was für spaßhafte Dinge sie dann mit Cejon und seinen gefangenen Anhängern treiben würden, und Knops wußte auf seine unflätigen Phantasien geschickt den Punkt zu setzen. »Sie sind wirklich ein Köpfchen, mein Knops«, anerkannte Trebon und schlug seine helle, fette Lache auf. Doch er sprach das 0 kurz, und dem Knops war das Kompliment verdorben.

Als aber jetzt König Philipp und Senator Varro eintraten, verflüchtigte sich schnell der kleine Verdruß des Knops, und er fühlte sich eins mit Trebon gegen die beiden andern. Schon in diesen wenigen Tagen hatten sich die vier Männer, die die engere Umgebung des Nero bildeten, deutlich in zwei Parteien geschieden. Auf der einen Seite standen die beiden großen Herren, Senator Varro und König Philipp; sie waren die Repräsentanten jener liberalen kosmopolitischen Aristokratie, die immer zu Nero gehalten hatte. Trebon aber und Knops fühlten sich als die Vertreter des Volkes, jener vielen Millionen, die dem Kaiser wie früher so auch jetzt zujubelten, weil er so glänzend und so kaiserlich war und sich dennoch mit ihnen gemein machte, und weil er so schamlos war, so verbrecherisch, so prunkvoll, so komödiantisch, so rührend und so großartig, und weil er sich nicht entblödete, zum Volk hinunterzusteigen und ihm seine Kunst zu zeigen, und weil er so gewalttätig Tausende hinrichten ließ, Leute aus dem Hochadel lieber als Leute aus dem Volk, und weil er der letzte war aus dem Haus des großen Julius Cäsar.

König Philipp und Varro waren schlicht angezogen und fügten sich dadurch gut in den edlen Saal der Bibliothek. Knops selber zeigte Zurückhaltung in der Kleidung. Es ärgerte ihn, daß Trebon sich parvenühaft aufgeputzt hatte; doch mit einem gewissen Trotz fühlte er sich ihm grade deshalb verbunden.

Herein kam Terenz. Er ging mit dem schlaksigen, etwas gelangweilten Schritt des Nero, umarmte formlos flüchtig die vier Männer, eröffnete die Sitzung, bat die Herren, ohne Umstände zur Sache zu reden. Er hatte es schnell und großartig gelernt, sich überall als der Erste zu geben mit der höflichen Blasiertheit eines Mannes, der von Jugend an gewohnt ist, der Erste zu sein. Dabei wußten doch Varro und Knops genau, daß ihr Nero nach Geltung durstete wie dürres Feld nach Regen. Es amüsierte den Varro, wie Nero ihn freundschaftlich höflich und doch mit einem ganz kleinen Unterton der Befehlsgewalt ersuchte, Bericht über die Lage zu erstatten. Aber er mußte es ihm lassen, er traf den rechten Ton.

Varro berichtete also. Vorläufig ging alles gut. Die Kassen waren voll. Die kaiserlichen Domänen lieferten reichliche Mittel, die mesopotamischen Fürsten zeigten sich generös. Der Handel freilich hatte zu leiden; die römischen Zollbeamten begannen zu schikanieren. Schon dachten einige der großen Kaufleute daran, ihre Transporte umzuleiten.

Nero hatte höflich zugehört, nicht sehr beteiligt, so, wie nach seinen Informationen Nero Berichte seiner Minister entgegengenommen hatte. Jetzt stützte er den Kopf in die Hand und sagte leichthin: »Ich danke Ihnen, mein Varro. Und welche Richtlinien empfehlen Sie also für die Politik unserer nächsten Wochen?« Varro erwiderte: »Solange uns nicht Großkönig Artaban mit Truppen und Geld zu Hilfe kommt, scheint es mir geboten, nach außen und nach innen jede Provokation zu vermeiden. Solange wir nicht provozieren, wird Gouverneur Cejon nicht wagen, gegen uns vorzugehen. Ich empfehle also dringend, daß unsere Armee sich darauf beschränke, das Erworbene zu halten, und sich durch die erzielten Erfolge zu keiner Attacke verführen lasse. Was unsere Innenpolitik anlangt, so rate ich, keine Unruhe weiter unter die Bevölkerung zu tragen. Es sind, als Kaiser Nero die Macht wieder übernahm, Übergriffe vorgekommen. Man hat Gegner des Kaisers mißhandelt, getötet, ihren Besitz geplündert. Wir wollen das Vergangene vergangen sein lassen, doch in Zukunft wollen wir Verbrecher gegen den Kaiser nicht willkürlich abtun, sondern vor Gericht stellen. Nero war immer mild und gerecht, er will es auch weiter bleiben.«

Diese Worte des Varro richteten sich offenbar vor allem gegen Knops. Der war in der ersten Siegesfreude gegen persönliche Feinde und Konkurrenten wüst vorgegangen, hatte einige foltern, einige töten und vieler Vermögen konfiszieren lassen. Intelligent, wie er war, hatte er von alleine eingesehen, daß er zu weit gegangen war, und beschlossen, sich in Zukunft zu mäßigen. Doch diese Mäßigung wollte er sich nicht von Varro aufzwingen lassen, er wollte sie freiwillig üben. Er erwiderte also dem Senator ziemlich scharf. Erging sich zunächst in prinzipiellen Reflexionen über Macht, ihre Ergreifung und Behauptung. Das sicherste Mittel, führte er aus, sich in der Macht zu halten, bestehe darin, daß man den gutgesinnten Teil der Bevölkerung gegen den schlechtgesinnten ausspiele. Man müsse die Anhänger des Kaisers mit allen Mitteln unterstützen, die Gegner rücksichtslos bekämpfen. »Ja«, erklärte er, »ich habe einige dieser Gegner zerschmettert, und darauf bin ich stolz, trotz der Bedenken des erlauchten Senators Varro. Ich würde gegebenenfalls auch später vor Terrormaßnahmen nicht zurückschrecken. Wenn man die ganze Machtfülle des Kaisers in Erscheinung treten läßt, so lenkt das die Massen ab von jenen niedrigen, wirtschaftlichen Erwägungen, von denen der erlauchte Senator sprach.«

König Philipp hatte das Gesicht verzogen, als ob die Worte des Knops ihm körperlich weh täten. Er sagte: »Es gibt hier im Osten nicht viele Gegner des Kaisers, und sie sind so schwach, daß man sie nicht erst durch Terror schrecken muß. Mir scheint, die Macht des Kaisers wird in diesem Erdteil am besten dadurch gefördert, daß man seine große Idee weiterträgt und verbreitet, die Idee der Verschmelzung des Ostens mit dem Westen.« König Philipp hatte aber, während er sprach, keinen Blick für Knops, er schaute vielmehr unter hohen Augenbrauen gerade vor sich hin, ungeheuer hochmütig.

Trebon, den die Worte des Varro über die einzuschlagende

Militärpolitik sehr gekränkt hatten, richtete seine frechen, fast wimperlosen Augen auf König Philipp. »Ich denke wie Staatssekretär Knops«, sagte er mit seiner quäkenden Stimme. »Ich halte Zuwarten nicht für die glücklichste Methode, um die Macht des Kaisers zu festigen. Macht heißt Angriff. Macht heißt Städte nehmen, totschlagen, plündern. Die Faszes, Beile und Ruten, das heißt Macht. Brechen wir ein in Römisch-Syrien, nehmen wir Antiochien! Wenn wir nicht zögern, wenn wir vorstoßen, wenn wir morgen aufbrechen, können wir es vermutlich. Sie werden sehen, meine Herren, wie schnell sich dann der gute, alte Großkönig Artaban entschließen wird, uns zu unterstützen.« Er hatte mit jener Stimme gesprochen, die erfahrungsgemäß auf seine Soldaten Eindruck machte. Seine Gehänge und Auszeichnungen klirrten, sein Gesicht strahlte Kraft und Zuversicht. Antlitz und Haltung des Knops drückten denn auch enthusiastische Zustimmung aus, und Nero selber hörte mit sichtbarem Wohlgefallen zu. Die beiden feinen Herren aber, Varro und König Philipp, saßen unbeteiligt da; Varro kramte in seinen Papieren, Philipp beschaute seine langen Hände. Ein unbehagliches Schweigen war.

Nero merkte, daß es jetzt an ihm war, einzugreifen. Die Sache selber interessierte ihn nicht. Die ganze Regiererei interessierte ihn nicht, ihn interessierte nur die Repräsentation. Doch mit gutem Instinkt spürte er, was er zu tun hatte. Er mußte etwas Eindrucksvolles vorbringen, das aber weder der einen Partei noch der andern recht gab. Langsam also, trotz der Anwesenheit des Varro, führte er den Smaragd vors Auge und beschaute die vier Herren, einen nach dem andern. »Ihr habt alle recht, Liebe und Getreue«, entschied er schließlich und zitierte den Euripides: »Stärke zur rechten Zeit und Gerechtigkeit zur rechten Zeit, das macht den guten Herrscher.« Freilich tat es ihm, noch während er dieses Zitat sprach, schon leid, daß gerade diese Verse ihm in den Sinn gekommen waren; denn es standen in ihnen vier Th. Anderntteils waren diese Verse eine gute Basis für seine weiteren Sätze. »Sie, mein Trebon«, erklärte er, »und Sie, mein Knops, haben Stärke zur rechten Zeit bewiesen. Wenn aber Senator Varro und König Philipp ihrerseits behaupten, daß jetzt vor allem Milde und Gerechtigkeit an der Zeit seien, so sind auch sie im Recht. Ich danke Ihnen allen.«

Ähnlich hätte es auch der echte Nero gehalten. Der hatte, nachdem er sich einmal für eine politische Grundlinie ausgesprochen, seine Räte wirtschaften lassen und sich damit begnügt, sie gegeneinander auszuspielen und einen gegen den andern zu halten; immer hatten alle recht gehabt. So also machte es auch dieser, und mit imponierender Selbstverständlichkeit.

Varro, ermuntert durch König Philipp, legte dar, was seiner Meinung nach jetzt im einzelnen zu geschehen habe. Der Kaiser, riet er, solle vorläufig in Samosata residieren, als Gast König Philipps. Trebon dürfe sich unter keinen Umständen zu einem Einfall in Römisch-Syrien verleiten lassen; seine Aufgabe sei, die Armee zu organisieren und die Grenzen zu halten. Er selber, Varro, wolle von Edessa aus die Verhandlungen mit dem Großkönig so rasch wie möglich zu Ende führen. Knops solle in Edessa im Einvernehmen mit ihm und dem Erzpriester Scharbil die Finanzen leiten.

Mißvergnügt sahen Knops und Trebon die unverhohlenen Bestrebungen der feinen Leute, sie beiseite zu drängen. Nero machte sein gelangweiltes Gesicht, er hatte offenbar nicht recht zugehört. »Sehr gut, mein Varro«, begnügte er sich zu sagen, »ausgezeichnet. Lassen Sie mir die Dokumente zur Unterschrift vorlegen. Wir sind«, schloß er, »in dieser Sitzung ein gutes Stück vorangekommen: wir haben die Generallinie festgelegt.« Er belebte sich. »Halten Sie sich, Liebe und Getreue, diese Generallinie immer vor Augen. Wir wollen, wenn möglich, gleichzeitig Stärke und Gerechtigkeit zeigen. Wenn das aber nicht möglich ist, bald Gerechtigkeit, bald Stärke. Ich hoffe, daß Meinungsverschiedenheiten darüber, was jeweils an der Zeit ist, nicht entstehen. Sollten sie aber entstehen, dann werden die Götter mir mit gutem Rat helfen, zu entscheiden, welche Methode jeweils die rechte ist.

Damit entließ er die Herren. Alle vier waren verblüfft und beunruhigt durch die Kunst, mit der dieser Nero jedem recht gegeben hatte und keinem.

14
FABRIKATION EINES KAISERS

Der kluge Partherkönig Artaban zögerte, den Nero anzuerkennen. Geschickt bediente er sich in seinen Briefen der blumigen östlichen Umschreibungen, um jede Festlegung zu vermeiden. Die Agenten Mallukhs und Varros saßen herum in den Vorzimmern der parthischen Minister. Allein das Äußerste, wozu Artaban sich verstehen wollte, war die Entsendung einer Karawane mit Ehrengeschenken, Teppichen und Gewürzen, mit der zweideutigen Bestimmung: »Für den Mann, der sich Kaiser Nero nennt.« Das konnte man als Anerkennung ausdeuten oder als Nichtanerkennung. Für die Sache des Nero aber war es ungeheuer wichtig, daß der Großkönig sich endlich entschied. Wenn er nicht bald zugunsten Neros eingreift, wird man sich weder militärisch noch finanziell halten können. Sicher hat der ganze Osten aufgeatmet, als die Adler des Kaisers wieder sichtbar wurden: aber steigen, fliegen können diese Adler nur, wenn Artaban sie füttert.

Varros Agenten, von ihm angetrieben, arbeiteten fieberhaft. Allein die parthischen Minister blieben schwierig, umständlich, zum Verzweifeln langsam. Endlich, nach zwei Monaten, erhielt Varro faßbaren Bescheid.

Der König der Könige, teilte ihm der Großkanzler und Marschall Artabans mit, sei bereit, seinem Freunde, dem Kaiser der Römer, dreißigtausend Mann Hilfstruppen zu stellen, darunter sechstausend Panzerreiter, Elitetruppen. Auch eine Anleihe von zweihundert Millionen Sesterzien wolle er ihm gewähren. Voraussetzung aber sei, daß Kaiser Nero von der Bevölkerung nicht nur des Zwischenstromlandes, sondern auch Römisch-Syriens anerkannt werde. Wenn eine genügende Anzahl befestigter Städte des römischen Reichsterritoriums, Städte jenseits des Euphrat, zu Nero übergegangen seien, so daß er sie fest in der Hand habe, dann wolle Artaban ihm das Geld und die Truppen schicken.

Als Varro diese Bedingungen des Großkönigs das erstemal überlas, strahlte er; er fand sie maßvoll, vernünftig. Doch je länger er über sie nachdachte, um so schwieriger schien es ihm, sie zu erfüllen. Natürlich konnte man, wie der tollkühne Trebon vorschlug, in Römisch-Syrien einfallen und ein paar

Grenzstädte nehmen. Aber das wäre Wahnsinn. Auf eine solche Provokation hin kann Cejon mit Billigung des Palatin und mit gutem Grund über den Euphrat vorrücken, mit zwei Legionen oder auch mit drei, und den Nero zerschmettern, ohne die Gefahr eines Partherkrieges heraufzubeschwören; wenn nämlich die Römer provoziert sind und nicht als Angreifer, sondern als Verteidiger vorgehen, kann Artaban seine Parther nicht zum Krieg gegen sie einigen. Nein, so einfach, wie sich ein Trebon das vorstellt, ist das nicht zu machen. Die römischen Städte müssen schon von selber zu Nero übergehen, freiwillig. Das ist offenbar auch der Sinn der Bedingung, die der schlaue Artaban gestellt hat.

Nun waren zwar mehrere der römischen Grenzstädte mit Geld bearbeitet und gut vorbereitet. Aber alle zögerten. Es fehlte der rechte Anlaß, von der Regierung von Antiochien abzufallen, und Cejon hütete sich, einen solchen Anlaß zu geben. Varro suchte, arbeitete sich ab. Wie konnte man diese Städte stimulieren? Wie konnte man sie zum Losschlagen bringen, zur Meuterei gegen den römischen Gouverneur? Das ganze Land zwischen Euphrat und Tigris und die Commagene dazu hat Varro seinem Nero zubringen können. Soll das großartige Unternehmen an der lächerlich geringfügigen Aufgabe scheitern, ein paar römische Grenzstädte zum Übertritt zu bewegen? Er suchte, schlief nicht, zerquälte sich. Kostbare Zeit verstrich. Er fand nichts.

Knops stellte sich ein. Seine hurtigen Augen glitten über die etwas zerknitterten Züge des Senators. Weidete er sich an seiner Hilflosigkeit? Anmerken ließ er sich nichts. »Die parthischen Bedingungen scheinen maßvoll und sind hart«, meinte er sachlich. »Sehr richtig, mein Junge«, höhnte Varro. »Man muß nachdenken«, konstatierte Knops. »Tun Sie das, lieber Knops!« erwiderte Varro. »Ich habe es getan«, entgegnete Knops. »Ich habe eine Idee.« – »Ich höre«, sagte höflich der zermürbte Varro und lächelte skeptisch, ohne Hoffnung.

Er konnte sein skeptisches Lächeln nicht lange festhalten. Was dieser tolle Bursche Knops ausgeheckt hatte, war niederträchtig frech, doch bei aller Phantastik logisch und versprach Erfolg. Das Volk hat eine fruchtbare Phantasie, stellte Varro in seinem Innern fest, während er dem munter schwatzenden Knops mit Abscheu und Bewunderung zuhörte.

Der Plan des Knops ging so: Um die Grenzbevölkerung Römisch-Syriens zu bewegen, von der Regierung des Cejon abzufallen und zu dem rechtmäßigen Kaiser Nero überzugehen, bedurfte es nur eines äußeren, jedermann eingängigen Anlasses; denn innerlich war die Bevölkerung dazu bereit. Es ging also darum, einen der Anlässe, die faktisch vorhanden waren, für alle deutlich sichtbar zu machen, ihn ins Licht zu heben. Das war nicht schwer. Zählte nicht zum Beispiel an der syrischen Grenze der Gott, der sich Christus nannte, zahlreiche Anhänger, sogenannte Christen, die den rechtmäßigen Kaiser Nero fanatisch haßten? Hatten nicht diese Christen aus purem, verbrecherischem Haß und Fanatismus vor sechzehn Jahren die Stadt Rom in Brand gesteckt? Es war wahrscheinlich, mehr als das, es war gewiß, daß sie sich jetzt mit ähnlichen frevelhaften Plänen trugen, unterstützt von der Regierung des Cejon, welche die nerotreue Bevölkerung Syriens züchtigen wollte. Wer die Mentalität dieser Christen, wer die Haß- und Rachsucht des Usurpators Titus und seiner Beamten kannte, der konnte sich leicht vorstellen, in welcher Richtung die verbrecherischen Pläne dieser Christen und ihrer Anstifter gingen. Naheliegend zum Beispiel war es, daß diese Fanatiker eine der Sperren oder Schleusen des Euphratstroms oder eines Euphratkanals verbrecherisch öffneten oder sonstwie beschädigten, um eine der insgeheim dem Nero anhangenden syrisch-römischen Grenzstädte unter Wasser zu setzen und zu zerstören. Wäre es aber nicht so gut wie gewiß, daß, wenn wirklich ein solches Verbrechen zur Ausführung käme, die ganze Grenzbevölkerung wie *ein* Mann gegen die Regierung in Antiochien aufstünde? Nero könnte sich dann, gestützt auf die eingeborene Bevölkerung, zumindest ein paar Monate lang in den zu ihm übergegangenen Grenzstädten behaupten, die Bedingung des Artaban wäre erfüllt, und wir erhielten die versprochenen Truppen und das versprochene Geld.

Varro starrte reglos auf Knops, der hurtig daherschwatzte, als ginge es um die Vorbereitung eines Picknicks. Der Bursche hatte recht. Was er da auseinandersetzte, das war wirklich eine Idee, ein Fund. Ja, der Plan war in seiner verblüffenden Simplizität ebenso großartig wie niederträchtig. Er mußte glücken. Er mußte in den Massen die gewünschten Assoziationen auslösen. Knops brauchte das dem Varro nicht erst auseinanderzusetzen.

Wer seinerzeit, vor sechzehn Jahren, Rom wirklich angezündet hatte, war niemals ermittelt worden. Varro nahm mit gutem Grund an, es hätten damals gewisse Terrainspekulanten den Brand legen lassen. Die dem Nero feindliche republikanische Adelspartei hatte behauptet, der Kaiser selbst habe den Brand gestiftet, aus schierer Lust am Bösen und um sich des großartigen Schauspiels zu erfreuen. Die Meinung der breiten Massen war geteilt. Viele hielten den Kaiser für den Urheber des Brandes; doch sogar bei ihnen hatte das Verbrechen um seiner Großartigkeit willen dem Nero mehr Bewunderung als Haß geschaffen. Die meisten aber waren der Überzeugung, es hätten wirklich jene Christen den Brand gestiftet, die Nero vor Gericht gestellt hatte, weil er irgendwelche Schuldigen finden mußte. Wie immer, wenn jetzt wirklich eine römisch-syrische Stadt durch eine von Verbrechern herbeigeführte Flut zugrunde geht, dann werden, damit hat dieser Knops bestimmt recht, die Massen zunächst mit der Assoziation Nero reagieren. Sie werden die Tat für neronisch halten; der Glaube, Nero lebe, Nero sei da, wird zur Überzeugung werden. Ohne viel Mühe wird man dann dem Volk, das ja jeder Logik bar ist, einreden können, die fanatischen Christen, angestiftet von den Beamten des Titus, hätten, wie damals den Brand, so jetzt die Flut verbrecherisch entfesselt. Daß die Leute des Cejon lediglich aus Haß gegen die Syrer eine Stadt ihres eigenen Gebietes zerstören lassen sollten, das war freilich eine absurde Vorstellung. Aber gerade weil sie so absurd war, hatte sie Aussicht, den Massen einzuleuchten. Und diese Massen werden jubeln, wenn Nero dann ein zweites Mal die Christen des Verbrechens überführt und sie zerschmettert.

Ein verruchter Plan, anerkannte in seinem Innern Varro, ein Plan, ungeheuer sachverständig auf die Seele des Pöbels berechnet. Was für eine fruchtbare Phantasie das Volk hat, dachte er. Laut sagte er: »Tragen Sie nicht ein bißchen sehr dick auf, lieber Knops?« – »Natürlich trage ich dick auf, mein Varro«, entgegnete Knops, und Varro zuckte ein wenig zusammen, daß nun auch dieser sich erlaubte, die vertrauliche Anrede »mein Varro« zu gebrauchen. Knops aber fuhr fort: »Das ist doch gerade der Witz an der Sache, daß wir dick auftragen. Je dicker eine Lüge ist, um so sicherer wird sie geglaubt«, schloß er, tief überzeugt.

Varro pflichtete ihm insgeheim bei. »Und wo, mein Knops«, fragte er, und dies »mein Knops« erfüllte den Knops mit ungeheurem Stolz, »könnte Ihrer Meinung nach eine solche Flut am folgenreichsten steigen?« – »Wo immer Sie wollen«, erwiderte mit Überzeugung Knops. »Überall am Euphrat gibt es Kanäle, Schleusen und Sperren, überall gibt es Freunde des Nero, überall Beamte des Titus, Christen, Kontingente der Vierzehnten Legion, überall syrische Heiligtümer, deren Untergang die Bevölkerung besonders erbittern müßte, überall Räder und Hebel, den Euphrat und seine Kanäle zu regulieren, überall Enthusiasmus, überall mangelnde Urteilskraft und überall Arme und Hände, die Räder und Hebel der Sperren beliebig zu bedienen. Nehmen Sie Byrtha oder Apamea oder Europos oder Dagusa. Jede dieser Städte wird sich, wenn ein Teil von ihr in einer verbrecherisch entfesselten Flut versinkt, gegen die Verbrecher erheben. Und wer nach einer solchen Flut erscheint, wer ihr im rechten Augenblick entsteigt, wird als Erlöser begrüßt werden. Wenn gar dieser Erlöser sich Kaiser Nero nennt« – er vollendete nicht, begnügte sich mit einem kleinen, überzeugten, pfiffigen Lächeln.

Wie dem Varro, so leuchtete auch den andern Räten des Kaisers das Projekt des Knops sogleich ein. Vor allem dem Trebon schwellte die bevorstehende Flut des Euphrat das Herz. König Philipp freilich, als er von dem Plan hörte, bekam ein trübes Gesicht. Und König Mallukh fand, er habe jetzt wieder einmal lange genug regiert, um sich eine seiner Exkursionen in die ferne Wüste erlauben zu dürfen; still und unscheinbar brach er mit wenigen Begleitern zu einem Ritt in die Einsamkeit auf. Am meisten Bedenken hatte Erzpriester Scharbil. Er hegte den nicht unberechtigten Verdacht, die Christen möchten sich für ihre verbrecherischen Zwecke einen Tempel der Göttin Tarate aussuchen; wie es schien, hatten sie es auf das uralte Heiligtum der Stadt Apamea abgesehen. Sein Gewissen regte sich. Der Tarate-Tempel von Apamea war am ältesten Fischteich der Göttin errichtet worden, an einem großen, früh vom Strom abgespaltenen Tümpel, und lag infolgedessen sehr tief, einer allenfallsigen Flut hoffnungslos preisgegeben. Durfte man ein so teures Haus ungewarnt seinem Schicksal überlassen? Allein Scharbil sagte sich, wenn man auf weite Sicht dachte, konnten die Folgen für die Göttin nur vorteilhaft sein; denn unter Nero wird sie von ihren Gläubigen ganz anders geehrt werden können als unter Titus. Auch war Scharbil neugierig und sehr alt und hatte die Überschwemmung eines Tarate-

Tempels noch nie erlebt. Zudem – und das vielleicht gab den Ausschlag – flüsterte ihm eine Stimme, die er freilich kaum ins Bewußtsein dringen ließ, zu, es werde wohl, wenn das beliebte Heiligtum in Apamea auf längere Zeit ausgeschaltet sei, der Pilgerstrom nach seinem eigenen Tempel in Edessa anschwellen. Von jeher hatte man dem Erzpriester Scharbil prophetische Gaben zugeschrieben. Jetzt begann er aus den Bewegungen der heiligen Fische und aus den Eingeweiden der Opfertiere böse, dunkle Ereignisse vorauszusagen, finster flutendes Geschehen, geeignet, seine Göttin tief zu kränken.

Trebon und Knops machten sich mittlerweile beflissen an die Ausführung des Planes. Trebon bereitete das Technische vor, Knops das Psychologische, die Stimme des Volkes. Trebon war fast so stolz wie Knops selber, daß, als die feinen Herrn versagten und nicht mehr ein noch aus wußten, Knops die rettende Idee gefunden hatte. Der Hauptmann träumte Tag und Nacht davon, wie er als erster die Mauern der im Euphratstrom ersaufenden Stadt Apamea ersteigen und sich die »Mauerkrone« holen werde, die Auszeichnung, die ihm noch fehlte.

Dem Kaiser machte man nur vage Andeutungen, daß seine Popularität reißend ansteige, und daß eine große und glückliche Wendung in nächster Zukunft bevorstehe. Es genügte, wenn man ihn veranlaßte, sich im rechten Augenblick in der versinkenden Stadt zu zeigen. Wenn er ahnungslos ist, wird er seiner Empörung über die Gemeinheit des Verbrechens um so wirkungsvoller Ausdruck geben.

15

DAS GROSSE VERBRECHEN

Das Gebiet der Stadt Apamea erstreckte sich über beide Ufer des Euphrat. Am rechten Ufer stieg langsam der neuere Stadtteil Seleukia einen Hügel hinauf, der von der Zitadelle gekrönt wurde. Am linken Ufer auf ebenem Terrain lag die ursprüngliche Stadt. Hier befand sich jener älteste Fischteich der Tarate, der in den Erwägungen Scharbils eine Rolle gespielt hatte, ein vom Euphrat abgespaltenes Brackwasser, und an ihm der uralte, kleine und hochheilige Tempel der Göttin. Die beiden Stadtteile waren durch eine Schiffsbrücke verbunden. Die Bevölkerung der Altstadt am linken Ufer war rein syrisch, die des neueren Stadtteils Seleukia zum größeren Teil; die Stadt war durch eine starke römische Garnison gesichert.

Etwas oberhalb Apameas zweigte vom Euphrat der große »Kanal des Gorbates« ab, der die ganze Gegend mit Wasser versorgte. Kanal und Strom wurden von Urzeiten her durch Sperren und Schleusen reguliert, die von der sagenhaften Königin Semiramis angelegt sein sollten, jetzt den Namen »Die Sperren des Gorbates« trugen und als technisches Wunderwerk angestaunt wurden. Geübte Wärter bedienten den raffinierten und doch sehr einfachen Mechanismus dieser Sperren; seit Menschengedenken erinnerte man sich nicht, daß hier ein ernsthafter Unfall vorgekommen wäre.

Um so mehr entsetzt waren die Bewohner der Altstadt von Apamea, als in einer Aprilnacht unversehens der Euphrat in ihre Straßen und Häuser einbrach und sie jäh und gewaltig überschwemmte. Bevor man es recht glauben konnte, war das ganze Gebiet der Altstadt ein einziger, gelber, sanft plätschernder See. Das seit Urzeiten getrennte Brackwasser der Fische der Tarate vereinigte sich mit dem Strom, von dem es abgespalten war, fortschwammen die heiligen Fische, der ganze untere Teil des Tempels verschwand in der gurgelnden Flut. Auf dem See, der früher die Altstadt Apamea war, schwammen zwischen eilig gerüsteten Booten Hausrat, Vieh, schon trieben die ersten Leichen den Strom hinunter. Schauerlich kam aus der sanften Flut das Geschrei der überraschten Menschen, das Brüllen und Blöken des Viehs. Flöße, zusammengestückt aus Hammelhäuten, besetzt mit nackten und halbbekleideten Menschen, ruderten jetzt durch die Straßen, die gestern von Sänften, Fahrzeugen, Reitern bevölkert gewesen waren.

Niemand begriff, wie das Unheil so jäh hatte hereinbrechen können. Nach mehreren Stunden erst fand man irgendwo stromabwärts am Euphratufer, gebunden und geknebelt, einen Wärter der »Sperren des Gorbates«. Befreit, halbtot noch vor Erschöpfung und Entsetzen, erzählte der Mann, einer seiner Angestellten sei mit mehreren Unbekannten unversehens über ihn hergefallen; sie hätten ihn überwältigt, gefesselt, in den Fluß geworfen; was weiter geschah, wisse er nicht, es sei ein Wunder und eine ungeheure Gnade der Götter, daß er lebendig ans Land getrieben und gerettet worden sei. Der Angestellte, der über ihn hergefallen und dann offenbar aus Narrheit oder böser Tücke den Strom über Apamea habe hereinbrechen lassen, sei ein gewisser Simlai, ein Christ.

Ebenso schnell, wie sich vor wenigen Stunden in der tief gelegenen Altstadt die Flut verbreitet hatte, verbreitete sich im rechten, hochgelegenen Stadtteil Seleukia die Kunde, verbrecherische Hände hätten diese Flut entfesselt. Schon hatte der Christ Simlai eingestanden, er sei zu solchem Zweck von dem Regierungsschreiber Ariston gedungen worden. Eine ungeheure Wut bemächtigte sich der ganzen Einwohnerschaft. Noch vor dem Mittag war es Gewißheit, daß die Christen, der Abschaum der Menschheit, sich von der Verbrecherregierung des Usurpators Titus hatten bezahlen lassen, um das Heiligtum der »Göttin Syrien« und ihre schöne Stadt zu zerstören, weil die Syrer entschlossen waren, dem Titus den Gehorsam aufzusagen und zu ihrem rechtmäßigen Kaiser Nero zurückzukehren.

Daß die Christen Umstürzler waren, wußte alle Welt. Sie feindeten das Eigentum und die Familie an, jede Schandtat war ihnen zuzutrauen. Die Leute von Apamea stürzten sich auf sie, drangen in ihre Häuser, erschlugen, wen sie fanden, zerstörten das dürftige Mobiliar.

Die römischen Soldaten sympathisierten offensichtlich mit der Bevölkerung. Mühten sich tatkräftig, den Bedrohten zu helfen. Schafften auf Booten und Flößen Gefährdete ans sichere rechte Ufer, retteten, was zu retten war, arbeiteten sich ab, die Schiffsbrücke, die sogleich gerissen war, wiederherzustellen. Diejenigen, die in der Zitadelle hatten zurückbleiben müssen – sie sicherte das rechte Ufer des Stromes –, standen auf den Wachtürmen und Bastionen und starrten neugierig hinaus auf die Flut. Gestern noch war ihre Zitadelle am Ufer eines Flusses gestanden, heute stand sie am Ufer eines weiten Sees. Sonderbar lag dieser gelbliche See unter dem blauen Himmel und den weißen, dicken Frühlingswolken. Grotesk ragte der höhere Teil der Häuser aus dem Wasser. Reiher standen einbeinig, würdevoll und komisch auf den Dächern, und zwischen dem gelben Gewässer und dem hellen Himmel flogen in Scharen schreiende Wasservögel. Auf dem See, in dem die Altstadt Apamea versunken war, zwischen den Dächern der Häuser stakten immer mehr Boote und aus Hammelhäuten zusammengestückte Flöße, geschäftig, besetzt mit Rettenden, Plündernden, Verzweifelten und Gesindel. Seltsam aber sah es in dem Tempel der Tarate aus. Die Soldaten konnten in seine ungedeckte »Zelle« hineinsehen. Die unzüchtigen Symbole der Göttin, die hohen Steinmale, die den Phallus darstellten, ragten gerade noch mit der Spitze aus der Flut. Ihr riesiges, uraltes, häßliches Bronzebild selber aber, das in einer Halbnische über dem Altar stand, war bis über die nackten Brüste hinauf überschwemmt; aus dem Wasser schaute ihr Kopf mit der Mauerkrone und hob sich die eine Hand mit der Spindel, und dazwischen schwamm Holz und allerlei heiliges Gerät. Merkwürdig stand so die Göttin und bedrohlich, und als einer der Soldaten einen Witz riß über ihren Fischschwanz, den sie jetzt gut brauchen könne, wagten die andern nicht zu lachen.

Was aber schwimmt dort heran, in den großen Booten, vom Norden kommend? Das sind römische Waffen und Uniformen, das sind Kameraden. Ja, das sind endlich die Kameraden von den andern Detachements ihrer Vierzehnten, die von Edessa und Samosata. Das ist er selber, der große, beliebte Hauptmann Trebon mit seinen Leuten. Tausendmal hat man sich die Frage vorgelegt, neugierig hoffnungsvoll, ängstlich: wird er nicht kommen? Wird er nicht bald kommen? Wird er es wagen? Und was wird man tun, wenn er kommt? Wird man gegen ihn kämpfen? Wird man ihm das Tor aufmachen?

Und jetzt also ist er da. Mit der großen Flut ist er gekommen. In welch kurzer Zeit sie die Riesenstrecke gemacht haben. Seine Pioniere gesellen sich ohne weiteres zu den Pionieren der Garnison, legen mit Hand an, die Schiffsbrücke zu reparieren. Gerüste tauchen in die Flut, schwimmen, Stricke, Säcke verbinden sich, Taue gleiten ins Wasser, strecken sich, ziehen, heben. Lachend, gestikulierend steht Trebon dabei, ruft, flucht, schreit, treibt an. Die Schiffsbrücke ist der einzige Zugang zur Zitadelle.

Sie scheinen fertig mit ihrer Arbeit. Die Brücke ist länger geworden, sie krümmt sich, sie schwimmt, schwankt, aber sie hält. Und jetzt, als erster, frech, dick und kühn, macht er sich daran, der Hauptmann Trebon, der Liebling der Armee, der Held, sie zu überschreiten, groß, schwer, in Waffen, auf seinem Pferde Victor.

Ungedeckt reitet er, allen voran. Er braucht keinerlei Vorsicht; lässig an der Seite hängt ihm der Schild. Mit den Geschützen könnte man mühelos ihn und seinen Trupp zerschmeißen. Hilflos müßte er im Wasser ersaufen. Schon braucht man kein

Geschütz mehr, schon kann man ihn mit Pfeilen, bald wird man ihn mit dem Wurfspeer erledigen können. Ruhig reitet er auf den dröhnenden Planken über das gelbe Wasser; auf seinem Panzer, am Gehäng seines Pferdes, unter dem hellen Frühlingshimmel flirren seine Auszeichnungen.

Da sind sie am diesseitigen Brückenende, unmittelbar vor dem großen Festungstor, das hier den Weg versperrt. Was soll man tun? Noch hat man, eine Minute noch, die letzte, den Entschluß frei. Soll man der Vorschrift gemäß auf den »Feind« die Steine hinunterwerfen, die gewaltigen, immer zur Hand liegenden, um ihn zu zerschmettern? Soll man das Pech, das siedende Öl, das immer bereitgehaltene, auf ihn hinabgießen? Der Befehlshabende, hilflos, unschlüssig, statt klare Weisung zu geben, wendet sich an seine Leute. Die verlangen stürmisch, man solle das Tor öffnen, den großen Hauptmann einlassen.

So aber liegt es nicht im Plane des Trebon. Er will nicht einfach durchs Tor. Er will die Stadt erobern, ihre Mauer ersteigen. Die auf der Bastion machen große Augen. Er läßt seine Mannschaften die Schilde über den Köpfen zusammenschuppen, läßt sie die »Schildkröte« bilden. Das ist verdammt schwer auf der schwankenden Schiffsbrücke, das ist ein Kunststück, meine Lieben. Und jetzt, Hölle und Herkules, schwingt er sich, wer hätte ihm das zugetraut, auf die Schilde des letzten Gliedes, der schwere Mann in der schweren Rüstung. Ächzend, ungeschlacht über die krachenden, schwankenden Schilde, breitbeinig, tappt er vor. Die Leiter hinauf reicht man ihm. Er legt sie an. Beginnt, die Mauer zu ersteigen.

Oben stehen sie in heller Ratlosigkeit um ihren jungen Befehlshaber. Ein paar haben Hand an den schweren Steinblock gelegt, ihn hinabzuwerfen. Doch sie wagen es nicht im Angesicht der andern, die dem großen Hauptmann winken, rufen, zujauchzen. Es ist aber auch ein überwältigender Anblick, wie er heraufsteigt. Sprosse um Sprosse. Alles schwankt, die Schiffsbrücke, die Mannschaften auf ihr mit ihren Schilden, die ganze Schildkröte, die Leiter schwankt, aber er fällt nicht, er wahrt das Gleichgewicht. Lachend, ächzend steigt er herauf. Schreit den alten Schlachtruf der Vierzehnten: »Mars und die Vierzehnte.« Steigt. Legt die Hand auf den obern Rand der Mauer. Schwingt sich herauf. Steht. »Da wären wir, Kinder«, sagt er in dem guten, heimatlichen, dalmatinischen Dialekt, und hell schallt seine berühmte, fette Lache.

Kein Mensch denkt daran, daß das ganze Bravourstück eigentlich überflüssig war, daß Trebon, wie die Dinge nun einmal lagen, viel sicherer, gänzlich ungefährdet durch das große Tor hätte einziehen können. Jubelnd vielmehr begrüßen die Soldaten, jubelnd die ganze Stadt Apamea den Repräsentanten des Kaisers Nero, den großen Soldaten und General Trebon, wie er so dem Strom entsteigt, sie vor weiterem Unglück zu erretten. Ohne erst den Befehl abzuwarten, riß die Garnison die Bilder des Titus von den Feldzeichen und ersetzte sie durch die des Nero, die die Kameraden mitgebracht hatten. Der Kommandant der Festung beglückwünschte den Trebon, daß dem, der sich die Anwartschaft schon früher erworben, jetzt, nach dieser vor aller Augen vollbrachten gewaltigen Leistung, die »Mauerkrone« endgültig sicher sei. Es war eine große Minute. In ihr prägte sich allen und für immer das Bild des Trebon ein, wie er, aus der Flut herauf, über die Schilde, die Leiter hinauf die Mauer der Zitadelle von Apamea ersteigt, ein Symbol des Soldatenspruches: »Lebe gefährlich.«

Drei Stunden später erschien auch Staatssekretär Knops in Apamea. Auf dem Marktplatz des unversehrten Stadtteils Seleukia hielt er eine Ansprache. »Die große Wende ist angebrochen«, verkündete er. »Die Zeit der Verbrechen ist vorbei. Kaiser Nero wird seine treuen Untertanen vor den Schandtaten der Kreaturen des Usurpators Titus zu schirmen wissen.«

16

DER SÄNGER DER GROSSEN FLUT

Der Kaiser selber traf gegen Abend ein, von den Truppen und der Bevölkerung stürmisch akklamiert. Nachdem er sich flüchtig gesäubert hatte, erstieg er mit Varro, Trebon, Knops und einigen andern den Turm der Zitadelle. Der Turm stieg in acht sich verjüngenden Stockwerken hinan, jedes Stockwerk hatte seinen Mauerumgang. Vom höchsten Stockwerk aus beschaute der Kaiser die in der Flut versinkende Altstadt von Apamea. Die Herren erklärten ihm den ganzen Umfang des Unheils und Verbrechens, bezeichneten ihm die wichtigsten Gebäude, beschrieben die getroffenen Rettungsmaßnahmen.

Nach einer Weile schickte der Kaiser seinen Hof fort. Die

Herren sammelten sich auf dem Mauerumgang des nächstniedrigen Stockwerks. Auf der Spitze des Turmes wollte er allein bleiben. Er hoffe, erklärte er, der Anblick der untergehenden Stadt werde ihn inspirieren, so daß er vielleicht in seinem Versroman von den »Vier Zeitaltern« den Gesang von der Großen Flut, der Flut des Deukalion, erweitern könne.

Einsam also stand er oben auf dem Turm. Auf den Mauerumgängen der Stockwerke unter ihm drängten sich seine Hofleute und seine Soldaten; am Fuß des Turmes drückte sich scheu und neugierig die Menge, und von den Booten und Flößen her, die über das gelbe Gewässer, die ehemalige Altstadt, hinzogen, schauten viele tausend Augen ehrfürchtig und gespannt zu ihm herauf. Er aber genoß den schaurigen und erhebender Anblick der versinkenden Stadt.

Niemand hatte ihn unterrichtet, wie in Wirklichkeit die Flut zustande gekommen war; doch seine innere Stimme, sein Daimonion, sagte ihm untrüglich, daß dieses gewaltige Wasser nicht durch Zufall entfesselt war, sondern zu seinen Ehren. Hoch hob sich sein Herz. Jener Tag vor dem Senat in Rom, bisher der Gipfel seines Lebens, wurde jetzt von einem größeren übergipfelt. Für ihn ging diese Stadt Apamea unter, und ringsum die Welt, scheu, ehrerbietig, zu seinen Füßen, begrüßte ihn als den Erretter und Erlöser. Über alle Erwartung hat der Traum seiner Mutter sich erfüllt und seine eigenen Träume.

Er begann vor sich hinzusprechen, Verse aus dem Epos von der Großen Flut. Er hat diese Verse des Nero gut studiert, es sind seine eigenen geworden. Im Angesicht des untergehenden Apamea spricht und singt er sie, diese Verse von dem Ehernen Zeitalter, das auf das Geheiß des Zeus in den Wassern versinkt. Hinein in die helle Weite spricht er sie, in den abendlich verdämmernden Himmel, vor ihm die schreienden Wasservögel; dazu schlägt er eine unsichtbare Zither.

Das Volk am Fuß des Turmes, auf den Flößen und Booten starrt zu ihm hinauf. Immer haben die Leute des Ostens erhofft, daß der Kaiser nicht nur den Römern, Korinthern, Athenern seine Kunst zeige, sondern auch ihnen. Und nun also ist es soweit. Nun steht ihr Kaiser groß vor der untergehenden Stadt, der Sänger, der Erretter, und hört auf die Stimme seines Genius und läßt sein Antlitz über sie leuchten. Verzaubert und in Ehrfurcht starren sie zu ihm empor.

Er aber, im Abendwind und vor der Flut, sprach und sang zu seiner imaginären Zither. Während die vertrauten Verse Neros von seinen Lippen wehten, träumte er. Er wird diese versinkende Stadt herrlich wieder aufrichten; Neronias soll sie heißen. Hat er nicht seinerzeit Rom zauberhaft schnell und höchst prächtig wieder aufgebaut? Mit herrlichen Bauten und Kunstwerken wird er dieses Land überdecken. Großartig, wie es ihm in jener Nacht im Tempel der Tarate vorschwebte, wird er sein Bild in die Felsen von Edessa hauen lassen, nach Art der alten östlichen Könige, auf daß sein, des Nero, Antlitz den Bergen eingemeißelt bleibe für die Ewigkeit. Während er so träumte, konnte er aus alter Gewohnheit nicht unterlassen, in den Einzelheiten zu berechnen, was wohl die Einmeißelung eines solchen Kolossalbildes in den Fels kosten könne, und in seinem geheimsten Innern bedauerte er, daß er den Knops nicht da hatte, der ihm einen genauen Kostenvoranschlag hätte liefern können. Gegen seinen Willen stieg ihm die Erinnerung hoch an jene kostspielige Mithrasstatue, deren Abnahme der Teppichhändler Nittai dann abgelehnt hatte, weil der Voranschlag so sehr überschritten worden war.

Seinem Antlitz aber konnte man von diesen unwürdigen Gedanken nichts anmerken. Vielmehr sang und sprach er weiter vor dem abendlichen Himmel, hoch auf seinem Turm, den Massen ein begeisterndes Schauspiel bietend. Und der Geist kehrte zurück in ihn selber, und er wurde selber zu dem gottgesegneten Deukalion, der als einziger die Große Flut überlebt, berufen, aus Steinen Menschen zu machen und die öde Welt neu zu bevölkern.

Auf der Plattform unter ihm sagte Varro zu König Philipp: »Ich habe den echten Nero gesehen, wie er auf dem Turm des Maecen stand und den Anblick des brennenden Roms einsog.« König Philipp sagte: »Er ist ungeheuer echt. Oft glaube ich selber, er ist es.« Varro sagte: »Der echte Nero ist übrigens nicht aus ästhetischen Gründen auf den Turm des Maecen gestiegen, sondern um Übersicht über den Brand zu gewinnen, damit er die rechten Rettungsmaßnahmen treffen könne. Der echte Nero hat auch nie daran gedacht, Rom anzuzünden. Es ist sonderbar. Weil man fälschlicherweise glaubt, der echte Nero habe Rom angezündet, muß jetzt zu Ehren dieses falschen Nero die Stadt Apamea ersaufen. Denn sonst hält die Welt unsern falschen Nero nicht für den echten.« – »Ja«, stimmte König Philipp zu, »so krumme, aberwitzige Wege muß ein vernünftiger, gutwilliger Mensch gehen, wenn er Vernunft durchsetzen will. Humanität läßt sich diesem Erdkreis offenbar nur durch die dümmsten, niederträchtigsten Mittel beibringen.« Und fast körperlich schmerzhaft spürten sie beide Ekel und Unmut über das Wahnhafte der menschlichen Natur, über die Gebrechlichkeit er menschlichen Vernunft.

Droben auf dem Turm der Mann fröstelte. Die Reise war anstrengend gewesen, und nun stand er schon lange hier oben und starrte auf die gelbe Flut, und die Augen taten ihm weh. Längst war er nicht mehr Deukalion, ja, es fiel ihm schwer, auch nur die Geste des Nero festzuhalten: in seinem Innern wurde er zum Töpfer Terenz. Ein kleiner Schauer flog ihn an, ihm bangte vor seiner eigenen Größe. Während er auf die versinkende Stadt Apamea schaute, überlegte er: Welch ungeheure Werte gehen da unter, zehn Millionen, zwanzig Millionen. Wieviel Brot und Käse und Wein könnte man dafür kaufen, wieviel Ton und Bronze für Statuen. Und alles das für mich. Mein Vater hat recht gehabt, daß er mir diesen stolzen und lächerlichen Namen Maximus gab. Aber wenn er das vorausgesehen hätte, hätte er sicher Angst bekommen und mich anders genannt. Denn das kann nicht gut ausgehen.

17

DIE WOCHE DER MESSER UND DOLCHE

Das schauerliche Verbrechen, das die von Kaiser Titus angestifteten Christen begangen hatten, erregte Empörung überall in Syrien. In mehreren Garnisonen rissen die Soldaten die Bilder des Titus von den Feldzeichen und ersetzten sie durch die des Nero. Der größte Teil der Vierzehnten Legion und erhebliche Kontingente der Fünften, Sechsten, Zwölften gingen zu Nero über. Die einheimische Bevölkerung schäumte Wut gegen Titus, Streckmännchen, das übrige Verbrechergeschmeiß. Die Regierung hatte Mühe, Unruhen zu bekämpfen, die in verschiedenen Städten, selbst in einzelnen Vierteln der Stadt Antiochien, ausbrachen, und sie durfte vorläufig nicht daran denken, mit den unsichern Truppen gegen die Festungen am

Euphrat vorzugehen, die dem Terenz in die Hand gefallen waren.

Varro konnte dem Großkönig Artaban mit Recht melden, daß fast der vierte Teil der kaiserlichen Provinz Syrien mit mehreren großen Städten und Forts fest in der Hand des Nero sei. Seinem Versprechen gemäß schickte Artaban Truppen und Geld für seinen Freund, den römischen Kaiser.

Knops war stolz darauf, daß die Idee, die diesen ungeheuern Erfolg bewirkt hatte, in seinem Kopf gewachsen war. Er glaubte, Anspruch darauf zu haben, daß auch in andern Dingen sein Rat befolgt werde und nicht der der feinen Herren, des Varro und des Philipp. In der nächsten Kabinettsitzung schlug er vor, der Kaiser möge, um den erreichten Erfolg richtig zu untermauern, die Zeit der Milde wieder einmal unterbrechen und ihm und dem Trebon eine Woche der schnellen und harten Gerechtigkeit bewilligen. »Es muß«, führte er aus, »denjenigen Anhängern des Kaisers, deren Treue über jeden Zweifel erhaben ist, gestattet werden, mit seinen übelsten Gegnern kurzen Prozeß zu machen. Ich schlage vor, daß dem General Trebon und mir Vollmacht eingeräumt werde, zu diesem Zweck eine Art freiwilliger Polizei zu organisieren. Vorbereitungen dazu sind getroffen, wir sind im Besitz zuverlässiger Listen. Mit Hilfe dieser unserer Polizeitrupps wollen wir, wenn der Kaiser es gestattet, die gefährlichsten seiner Feinde schlagartig erledigen.«

Varro und König Philipp schauten unzufrieden vor sich hin. »Warum«, meinte flüsternd König Philipp zu Varro, »sagt der Mensch ›schlagartig‹ und nicht ›mit einem Schlag‹?« – »Weil er«, erwiderte Varro, »mit sicherem Instinkt immer das häßlichere Wort wählt und das mehr vulgäre.« Trebon mittlerweile pflichtete den Plänen des Knops stürmisch bei. Der Kaiser lächelte huldvoll und zerstreut; ihm gefiel die finstere, tapfere und bedrohliche Wendung: »Die Woche der Messer und Dolche.« Auch war er dem Knops dankbar für jene stolze Nacht auf dem Turm von Apamea. »Eine Woche der Messer und Dolche«, sagte er träumerisch vor sich hin. Varro und König Philipp aber schwiegen; es war keine Aussicht, gegen das Pack durchzudringen. Wer den Pöbel zu Hilfe ruft, muß ihm Konzessionen machen.

Der Kaiser unterzeichnete die Dokumente, die Knops und Trebon vorlegten, und sie bildeten also, Knops in Edessa, Trebon in Samosata, kleine Trupps, die sie »Rächer Neros« nannten und mit denen sie über ihre Feinde herfielen. Es war nicht schwer, jeden, dem man übel wollte, als einen Gegner des Kaisers zu brandmarken, als einen Anhänger des Titus oder gar des Christus, des Gottes jener verruchten, umstürzlerischen Sekte. Überall in den Städten am Euphrat, in der Commagene und im Gebiet von Edessa brachen die »Rächer Neros« in die Häuser der Mißliebigen ein, schlugen tot, zerstörten, verhafteten, mißhandelten, vergewaltigten, machten Beute und Leibeigene.

Von den Christen des Zwischenstromlandes ließ Knops nicht viele erschlagen. Die Mehrzahl sparte er aus Gründen der Propaganda auf. Er wollte gegen sie vor den Augen der ganzen Welt einen großen, wirkungsvollen Prozeß führen. Es sollte sich erweisen, daß der Usurpator Titus und seine Beamten gegen die guten, ehrlichen Syrer ein Komplott von äußerster Niedertracht geschmiedet hatten, um sich an ihnen für ihre Treue zu dem legitimen Herrn, dem großen Kaiser Nero, zu rächen.

Eine überhebliche Laune verleitete ihn, auch den Joannes von Patmos für diesen Prozeß aufzusparen. Der Schauspieler war ihm tief zuwider. Es hätte nicht erst seiner verächtlichen Äußerungen über den Terenz bedurft, um Knops gegen ihn aufzubringen. Sein bloßes Wesen verdroß ihn, seine Stimme, sein Gesicht, sein Christentum. Er wollte ihn in der Hand haben, mit ihm spielen, ihn verhöhnen. Er gab einer Abteilung der »Rächer Neros« Auftrag, ihm diesen Menschen unter allen Umständen unversehrt zu übermitteln.

Nächtlicherweise also machten sich die Sendlinge des Knops über das Haus des Joannes her. Das Haus und alles darin war ihrer Willkür überlassen, nur den Joannes selber mußten sie lebendig abliefern. Sie rissen ihn und seinen jungen Sohn Alexai aus den Betten und gingen stumm, geschäftig und sachverständig daran, alles, was da war, zu zertrümmern.

Joannes schaute mit einer Art hochmütigen Interesses zu. Jetzt waren sie über seinen Büchern und Manuskripten. Es war Sünde, daß er sich von diesen weltlich eitlen Dingen nicht hatte trennen können, daß er sein Herz an die heidnischen Klassiker gehängt hatte statt allein an das Wort Gottes, und es war verdiente Strafe, daß er nun wehrlos dabeistehen mußte, wie die Tiere die Bücher vernichteten, die ihm teuer waren. Mit verpreßten Lippen also schaute er zu, wie sie die kostbaren

Rollen und Pergamente zerfetzten. Was sie jetzt in ihren plumpen Fäusten hielten, das waren die Rollen mit den Dramen des Sophokles, ihm die liebsten unter allen seinen Büchern. Das gute Pergament leistete Widerstand, ließ sich nicht so zerreißen, wie sie wollten. Sie trampelten darauf herum, verrichteten darüber ihre Notdurft. Bisher war Joannes völlig ruhig gestanden; jetzt aber, da er mit ansehen mußte, wie sie diese Rollen schändeten, die über die Zeiten hin tönenden, sinnvollen, konnte er nicht verhindern, daß ein stöhnendes Seufzen aus ihm herausbrach. Der junge Alexai, trotz aller Demut und Ergebung in Gottes Schickung, die der Vater ihn gelehrt, hielt, als er dieses Stöhnen vernahm, nicht mehr an sich. Er stürzte sich auf die Räuber und Barbaren und schlug stumm, verbissen mit seinen schwachen Fäusten auf sie ein. Die »Rächer Neros« aber, froh, daß sie wenigstens mit dem da keine Umstände machen mußten, schlugen ihn nieder. Da lag er bei den zerfetzten Büchern. Joannes selber schrie jetzt furchtbar los, heulend, gewalttätig. Sie aber hielten sich an ihre Weisung und taten ihm nichts. Nicht einmal schweigen hießen sie ihn, und sie knebelten ihn auch nicht. Sie hielten ihn nur fest, daß er sie nicht störe, und freuten sich daran, wie er heulend und untätig zuschaute, während sie schweigsam und beflissen ihre Arbeit zu Ende taten. Dann überstellten sie den Joannes unversehrt, wie ihr Auftrag lautete, dem Knops.

So geschah es in Edessa, in der »Woche der Messer und Dolche«. König Mallukh war während dieser Zeit immer noch fern von seiner Hauptstadt. Tief atmend, in seiner Wüste, genoß er die Freiheit, die die Männer aus dem Westen ihm in seinem Edessa nicht ließen. Mit andern, Unbekannten, lagerte er unter den hellen, hohen Sternen, selber unbekannt, und während man ruhevoll um die Zisterne hockte, erzählte er würdig, langsam ein buntes, besinnliches Märchen von einem Manne, der ein Töpfer war, und den die Fügung der Sterngötter Aumu, Aziz und Dusaris für eine Weile zum Herrn der Welt machte.

18
DEMUT UND STOLZ

Als die verbrecherischen Christen vor dem Prätor erschienen, waren sie ein beträchtlicher Haufe, kleine mickerige, einfältige Leute zumeist. Man hatte sie für die Verhandlung präpariert, sie mißhandelt, auf jede Weise eingeschüchtert. Sie zitterten denn auch; doch nur im Fleische, im Herzen waren sie voll Vertrauen auf ihren Gott. Ihre Priester und Ältesten hatten sie überzeugt, es sei eine Auszeichnung, daß Gott gerade sie zu seinen Blutzeugen auserwählt habe. Vielen gelang es auch, vor dem Prätor festzubleiben und voll Demut und Gottvertrauen ihre Unschuld zu behaupten. Einige freilich schrien um Gnade und waren bereit, alles einzugestehen, was man von ihnen wollte. Übrigens war das überflüssig. Gewisse Beamte des Gouverneurs, der Schreiber Ariston an der Spitze und andere, auf frischer Tat Ertappte, ihren Lohn im Beutel und wissend, daß man glimpflich mit ihnen verfahren werde, hatten bereits nach Wunsch gestanden. Das Komplott war bis in seine letzten Verästelungen aufgedeckt.

Knops hatte sich darauf gefreut, in diesem Prozeß aufzutreten. Die Sekte der Christen, die an Stelle eines mächtigen Wesens einen armen Gekreuzigten zu ihrem Gott erwählt hatte, war ihm von jeher höchst lächerlich erschienen, er verachtete sie aus tiefstem Herzen. Als Leibeigener geboren, war er erfüllt von einer ungeheuren Verehrung für alles Mächtige, Herrenhafte, und es erschien ihm idiotisch, einen Armen und Unterdrückten selig zu preisen und zum Gott zu erheben. Sein scharfer, bösartig ironischer Mutterwitz hatte von jeher, gerade wenn er sich die Christen vornahm, große Erfolge erzielt. Er verstand sich ausgezeichnet auf die Seele des Pöbels. Es konnte nicht schwer sein, den Massen die Christen als sanfte, heuchlerische, verbrecherische Brüder erscheinen zu lassen, die am liebsten den ganzen Erdkreis in der Flut ersäuft hätten. Vor allem freute sich Knops darauf, es dem Joannes zu geben. Er wollte, bevor er den Verhaßten zerschmetterte, noch gründlich seinen Spaß an ihm haben und den Burschen erst nach einer possierlichen Katz- und Mausjagd abtun lassen.

Er sorgte also dafür, daß die Vernehmung des Joannes in seinem Beisein stattfand. Weit offen standen an diesem Tag die

Tore der Gerichtshalle, und der Platz davor war schwarz von Volk, das mit anhören wollte, wie der Schauspieler sich vor Knops und dem Prätor wegen seines ungeheuern Verbrechens verantwortete.

Es begann aber Knops mit seiner berühmten, scharfen Höflichkeit: »So, mein Joannes, und jetzt sagen Sie mir, warum eigentlich haben Sie und Ihre Leute den Tempel der Tarate durch Ihr großes Wasser vernichtet?« – »Genau das möchte ich Sie fragen, Knops«, erwiderte mit finsterm Behagen Joannes. »Warum wirklich sollte ich oder irgendeiner von uns eine so ungeheure Eselei begangen haben, die nur dir und deinesgleichen und deinem sogenannten Nero nützen kann?« – »Nun, mein lieber Joannes«, entgegnete sanft, ja lustig Knops, »es ließen sich da eine ganze Menge Motive denken. Ihr könntet es zum Beispiel getan haben, um die Göttin Tarate ihres Hauses zu berauben, sie außer Landes zu treiben und so ihr syrisches Volk schutzlos zu machen. Ihr könntet auch angenommen haben, eine solche Zerstörung und verbrecherische Haßtat werde wie ein Signal auf alle schlechten Elemente des Landes wirken, so daß sie wie eure Flut gegen den legitimen Kaiser Nero losbrächen. Vielleicht auch habt ihr es einfach aus Haß gegen die Zivilisation getan, aus Haß gegen alles Hohe und Schöne, aus Haß gegen Eigentum, Ordnung, Familie, aus Haß gegen alle Götter außer gegen euern eigenen, den gekreuzigten.«

Die Worte des Knops machten Eindruck. Joannes hatte sich vorgenommen, vor diesem Gericht wenig zu sprechen. Allein er sah, daß seine mitangeklagten Glaubensbrüder auf seine Antwort warteten, er sah die Menge der Zuhörer, die an seinen Lippen hingen. Er mußte erwidern. »Wir eifern nicht gegen fremde Meinung«, belehrte er also ruhig und mit Würde seinen Widersacher und sein Auditorium, »auch wenn wir sie für falsch halten. Unser Gott rottet die irrigen Glaubenslehren ohne unser Zutun aus, wenn die Zeit gekommen ist. Auch sind wir keine Gegner der Zivilisation. Was wir hassen, ist nur die Üppigkeit, die Gefräßigkeit, das Maßlose. Wir glauben, Zivilisation ist Maß, Zivilisation ist Fügsamkeit in die göttliche Ordnung. Wir wollen niemandem seinen Gott wegnehmen. Behalte ein jeder seinen Gott, und uns lasse man den unsern.«

»Sieh einmal an, mein lieber Joannes«, erwiderte mit liebenswürdiger Tücke Knops, »ihr seid also keine Gegner des Eigentums. Und doch hat ein gewisser Joannes auf sein Eigentum verzichtet, hat es abgetan, weggeworfen.« – »Das werde ich dir nicht erklären, Knops«, sagte verächtlich Joannes. »Das verstehst du nicht mit deinem Knechtsverstand.« Knops verlor nicht seine Ruhe. »Ich denke«, sagte er mit freundlicher Verwunderung, »ihr seid für die Armen und Unterdrückten?« – »Wir sind es«, entgegnete Joannes. »Aber es gibt Arme und Knechte, die wir verachten, das sind jene Armen, die reich werden wollen, und jene Knechte, die nach Herrentum gieren. Auf solches Geziefer wie dich zielte unser Meister und Gott, als er lehrte: ›Knecht soll Knecht bleiben.‹« Und er schaute so verächtlich auf Knops, daß dieser trotz seiner Dreistigkeit Mühe hatte, den Blick nicht niederzuschlagen.

Doch er schlug ihn nicht nieder, sondern erwiderte schon nach einem ganz kleinen Augenblick mit einer höflich tückischen, sanften Stimme, die dennoch allen vernehmbar war: »Ich an deiner Stelle, Joannes, würde nicht mit solchem Übermut darauf hinweisen, daß der Himmel durch seine Einordnung in Hoch und Niedrig, in Herren und Knechte seinen Willen bezeige und die Berufung des einzelnen. Denn wenn es das äußere Wohlergehen ist, wodurch er andeutet, wer gesegnet ist und wer verflucht, dann gehörst du, Joannes, bestimmt nicht zu den Berufenen. Wo ist dein Sohn Alexai, Joannes? Und wie stehst du selber da?« Es war alles Gift und aller Triumph der Welt in seiner leisen Frage.

Die Zuhörer standen und lauschten atemlos. In Joannes arbeitete es. Den mächtigen, olivfarbenen Kopf mit dem verwilderten Bart stieß er gegen Knops vor, mit den finsteren Mandelaugen glühte er ihn an, seine gewaltige Brust hob und senkte sich. Aber er bezwang sich. »Armer Mensch«, sagte er. »Das sind deine Triumphe. Ja, du hast ihn umgebracht, meinen Sohn, den Unschuldigen. Das ist also dein Beweis dafür, daß wir die Flut entfesselt haben? Armer Mensch. Es war einmal ein Brand in Rom. Da wußte ein gewisser Nero auch nichts Besseres, als unsere Brüder zu bezichtigen, sie hätten ihn angestiftet. Und der einzige Beweis, daß sie es getan hätten, war, daß er sie hinrichten ließ. Wo ist er jetzt, dieser Nero? Jämmerlich umgekommen ist er.« Er hatte sich vorgenommen, nicht zu reden. Aber nun war er in Glut, und es riß ihn fort. Er verzichtete auf alle Logik, ungeordnet mußte er es ihnen sagen, diesen Richtern und diesem Knops und diesen Zuhörern, was ihm durch den Kopf und durchs Herz ging. »Gebt gut acht«, wandte er sich an die Richter, »ihr, die ihr dasitzt im Namen dessen, der nur ein trauriges Abbild ist jenes Nero, der wenigstens der echte Kaiser war. Richtet nicht, auf daß ihr nicht gerichtet werdet! Denn das große Gericht steht bevor. Eine Welt«, und er wandte sich wieder an Knops, »in der Wesen zu Gerichte sitzen wie du und dein Herr, das armselige Abbild des großen Untiers, eine solche Welt muß untergehen. Es wird heraufkommen, es wird sehr bald dasein, das Letzte Gericht, das Jüngste. Dann werden die vor dem Richter stehen, die in Wahrheit die böse Flut entfesselt haben, und die heute klein und niedrig sind, werden Zeugnis ablegen. Du aber, Knops, und deinesgleichen, ihr werdet arm und schlotterig dastehen in der Nacktheit, in der ihr geboren seid. Arme, Arme, Getriebene und Verurteilte, du und dein Terenz und dein Trebon.« Er sprach, ohne die Stimme zu heben. Er schimpfte nicht, doch seine Verachtung, sein mit Ekel gemischtes Mitleid war so leibhaft in seiner geübten Stimme, malte sich so deutlich auf seinem zerklüfteten Gesicht, daß alle, Richter, Angeklagte, Zuhörer, voll spürbaren Grauens und Widerwillens auf den Knops schauten.

Knops, da er vor all diesen in seiner ganzen Jämmerlichkeit nackt stand, konnte sich nicht halten; seine Würde, sein ganzer, erborgter Prunk fiel von ihm ab. Rot angelaufen, mit überkippender Stimme, begann er zu keifen und zu fluchen wie in der Kneipe: »Du Hund, du Aas, du Bettelprophet, du Hurensohn! Glaubst du, wir haben Angst vor deinem traurigen Gott, dem gekreuzigten? Du wirst bald vor ihm stehen, du Verbrecher und Lügenhund, und vor seinem famosen Jüngsten Gericht. Du glaubst wohl, dir sei das Paradies der Seligen bestimmt? Sehr bald wirst du sehen und riechen und schmecken, wie dein Paradies ausschaut. Sehr genau wirst du es ausmessen können. Groß wird es nicht sein. Eine Elle breit wird es sein und drei Ellen lang, genauso lang und so breit wie der Platz, den dein verdammtes Aas auf dem Schindanger einnehmen wird, und weithin riechen wird man es können.« Es dauerte eine gute Zeit, bis er zu schimpfen aufhörte und sich wieder in der Gewalt hatte.

Die Menge ging ihm ehrfürchtig aus dem Weg, als er sich entfernte, kein böses Wort wurde gegen ihn laut, ja einige riefen ihm zu: »Sei gegrüßt, Knops, du sehr guter, sehr großer Richter.« Dennoch fühlte er, voll ohnmächtiger Wut, daß sein Abgang kein rühmlicher war.

19
RIVALEN

Selbstverständlich wurde Joannes genau wie alle andern Angeklagten zum Tod verurteilt.

Knops, erbittert über seinen Mißerfolg, überlegte, wie er die Exekution des Verhaßten zu einer letzten Erniedrigung machen könnte. Er war ein Köpfchen und fand rasch das Rechte. Bei den Zirkusspielen, durch die Knops den Triumph des Kaisers über seine Gegner verherrlichen wollte, sollte Joannes seinem Beruf gemäß den Festgästen ein letztes, großes Schauspiel bieten. Es sollte die Flut dargestellt werden, durch welche Zeus die Generation des Ehernen Zeitalters vernichtete. Die verbrecherischen Christen sollten das verdammte Geschlecht jenes Zeitalters darstellen, die Arena sollte langsam überschwemmt werden und die Christen höchst wirklich ersaufen, an ihrer Spitze Joannes, an einen Felsen gebunden, wehrlos, so, daß man ihn sich bäumen und ersticken sah.

Leider stellten sich der Ausführung dieses Planes Hindernisse entgegen. In der Sitzung, in der unter dem Präsidium des Kaisers über das Schicksal der Verurteilten verhandelt wurde, widersetzten sich die feinen Herren, Varro und König Philipp, der schimpflichen Tötung des Schauspielers. Sie erklärten, es werde Unwillen erregen, wenn man einen Künstler vom Rang des Joannes auf solche Art zum Tod befördere. »Ich finde den Vorschlag weder gut noch geschmackvoll«, meinte bündig Varro. »Joannes hat auf die Massen schon während des Prozesses Eindruck gemacht. Wenn wir ihn gar auf so plumpe Art exekutieren, werden wir nur erreichen, daß das Volk ihm auch in Zukunft bewundernd nachtrauert und uns für Barbaren hält.« Und König Philipp, in seiner ruhigen Art, wandte sich geradezu an Knops und belehrte ihn: »Sie nützen dem Kaiser nicht, Sie schaden ihm, wenn Sie Ihren Haß gegen Joannes zu offen zeigen.« Den Knops, wenn es um diesen Joannes ging, verließ die gewohnte Klugheit. Zornig, beleidigt, erklärte er, man dürfe den Erfolg von Apamea nicht durch törichte Humanitätsduselei verhunzen. Trebon stimmte ihm lärmend bei. Varro meinte kühl, die »Woche der Messer und Dolche« sei zu Ende, und es sei geraten, deutlich zu manifestieren, daß nun wieder die Zeit der Milde und Gerechtigkeit anbreche. Knops entgegnete scharf, hier liege ein Fall vor, in dem Stärke zeigen und Gerechtigkeit zeigen identisch sei; den Schauspieler schonen heiße nicht, mild sein, sondern schwach und ungerecht zugleich. Vielwortig und immer von neuem wiederholten alle ihre Argumente, und sie schauten auf Nero.

Der war unschlüssig. Er haßte den Joannes und war geneigt, Knops und Trebon zuzustimmen. Andernteils hatte er Sinn fürs Höhere, und die Einwände der feinen Leute machten ihm Eindruck. Wie Varro und Philipp hielt er es für eine Barbarei, einen großen Künstler schimpflich hinzurichten; wie sie fand er, der Künstler stehe über dem Gesetz, das für die gemeinen Menschen gelte. Er wollte den Verhaßten auf schimpfliche Art aus der Welt schaffen, aber gleichwohl vor sich selber und vor Varro und vor Philipp als ein Mann dastehen, der auch im Feinde den Künstler achtet.

Aber war denn Joannes wirklich ein großer Künstler? Das war die Frage. Und dieser Zweifel war das Argument, mit dem er den Einwand der feinen Leute widerlegen konnte. Er begann, an der Kunst des Joannes zu mäkeln, sprach wieder von der Schwunglosigkeit, mit der Joannes die große Rede des Ödipus gebracht habe, die mit den Worten anfängt: »Was hier geschah, geschah mit höchstem Recht / Und nie wirst du des Gegenteils mich überzeugen«, und tadelte ausführlich, auch andere Darbietungen des Joannes heranziehend, dessen Unfähigkeit zum wahren Pathos. Allein König Philipp ließ in ästhetischen Fragen nicht mit sich spaßen. Er sah in Joannes den größten Künstler des Ostens, vielleicht des ganzen Erdkreises. Er widersprach also und verteidigte beharrlich seine Meinung. Der Kabinettsrat drohte zum Ärger Trebons und des Knops auf eine ästhetische Auseinandersetzung hinauszulaufen.

Doch Varro, der seinen Terenz gut kannte, kam mit einem neuen Gesichtspunkt. Wenn der Kaiser, erklärte er, wirklich den Joannes auf so schmähliche Art ersäufen ließe, dann würden Cejon und die Leute auf dem Palatin bestimmt behaupten, er tue das lediglich aus Neid und Künstlereifersucht. Terenz erwiderte zwar sogleich hochfahrend, die Menschen auf dem Palatin seien Barbaren, und ihre Urteile ließen ihn kalt; doch man sah ihm an, wie sehr die Worte des Varro ihn beschäftigten, und Knops wurde unruhig. Die ganze Idee mit dem Ertränken des Joannes war nicht glücklich gewesen; notwendig mußte der Kaiser und wohl auch alle andern an den mißglückten Versuch des echten Nero denken, seine Mutter durch einen künstlichen Schiffbruch aus der Welt zu schaffen. Ach, Knops hatte in der ganzen Angelegenheit dieses verdammten Joannes keine glückliche Hand. Aber zunächst galt es, den Vorstoß des Varro zu parieren, und er holte, um der Sache ein Ende zu machen, seine giftigste Waffe hervor: er erinnerte an das Majestätsverbrechen des Joannes.

Er selber, Knops, meinte er, bescheiden in die Diskussion über das Künstlertum des Joannes eingreifend, verstehe wenig von Kunstdingen. Trotzdem erdreiste er sich zu behaupten, wirkliche, innere Beziehungen zur Schauspielkunst könne Joannes nicht haben. Habe doch der Verfluchte gehöhnt, und, wie es scheine, mit Überzeugung, der Töpfer Terenz sei als Schauspieler ebenso jämmerlich wie als Kaiser; sein Nero sei miserabel.

Joannes hatte zu Unrecht so gehöhnt. Es zeigte sich sogleich, daß der Nero des Terenz keineswegs miserabel war, sondern echt bis in die Nieren. Es gelang dem Terenz eine wegwischende Handbewegung und ein mildes, gutmütiges Lächeln aus großer Höhe, auch ein leises, amüsiertes Kopfschütteln. Dann erklärte er gelassen, die Herren möchten sich gedulden. Er wolle sich über das Schicksal des Joannes erst dann entscheiden, wenn durch sein Daimonion, durch seine innere Stimme, die Götter zu ihm gesprochen und ihm ihren Rat erteilt hätten.

Varro und Philipp freilich waren sicher, daß der Pfeil des Knops dennoch saß und daß der Rat der Götter sich mit seinem Vorschlag decken werde.

20

DIE OFFENBARUNG DES JOANNES

Joannes selber hockte mittlerweile in seiner Zelle, abgesondert von den andern Verurteilten, erfüllt von Finsternis und Verzweiflung.

Er prüfte sich und sein Benehmen in der Gerichtshalle, und er verwarf sich. Wie er sich vor dem Prätor gehalten, wie er diesen lächerlichen Knops abgetan hatte, das war nicht gottgefällig gewesen. Er war nicht gewesen wie einer der großen Propheten, die aus ihrem Gott heraus zürnten und zur Buße aufriefen, sondern er war »aufgetreten«, er hatte einen Propheten gespielt, er war ein Schauspieler gewesen, ein Schauspieler Gottes vielleicht, aber doch im Grunde nichts anderes als dieser Töpfer. Wie der den Kaiser, so hatte er den Propheten gespielt. Wo war der Unterschied? Komödianten alle. Jeder »trat auf«, jeder stellte sich selber dar, statt einfach der zu sein, zu dem Gott ihn gemacht hatte, ein Nichts, dem Demut ziemte, nicht Aufgeblasenheit.

Eitelkeit der Eitelkeiten. Der Antichrist regiert. Er hat eine äußerst gefährliche Gestalt angenommen, die eines Schauspielers, der auf die Dummheit der Welt spekuliert. Was für ein Geschlecht! Ein Leibeigener macht einen Kaiser nach, ein schlechter Schauspieler einen andern schlechten Schauspieler, und die Welt fällt auf diesen traurigen Komödianten eines Komödianten herein, jubelt ihm zu, entfesselt zu seinen Ehren eine Flut, die Tempel, Städte und schließlich die Menschheit selber vernichten muß. Was für ein Triumvirat des Ekels: dieser Töpfer, der den Kaiser nachäfft, zu seiner Rechten der feiste, größenwahnsinnige Feldwebel, zu seiner Linken der kleine, gerissene, ehrgeizzerfressene Betrüger, der alle Kraft aus der Überzeugung schöpft, die Menschen seien immer noch dümmer, als selbst der abgebrühteste Skeptiker es wahrhaben will. Und das Scheußlichste: vor diesem dreiköpfigen Höllenhund wälzt sich wirklich in Staub und Ekstase die Welt.

Warum hat sie Gott so erbärmlich geschaffen, die Welt? Wahrscheinlich hat er sich einen Spaß gemacht, so wie dieser Senator Varro sich einen Spaß macht mit seinem falschen Nero. Aber wir sind das traurige, ohnmächtige Werkzeug dieses Spaßes. Ein Stückchen Spielplunder, ich, Joannes, und Alexai, mein Sohn. Ach, Alexai, mein junger, zärtlicher, scheuer und doch starker Alexai, zertrampelt, auf den Kehricht geschmissen wie Aas, sein Blut hingeschüttet wie sauer gewordenes Bier. Was ist der Mensch?

Joannes hockte da, geschüttelt von den Qualen des Hiob und den Zweifeln des Kohelet. Aber er war nicht stolz darauf, Hiob oder Kohelet zu sein, und flickte sich nicht aus den Lumpen dieser beiden ein neues prahlerisches Kleid zurecht. Er dünkte sich nicht besser als die andern, weil er mehr litt und tiefer um sein Leiden wußte. Ist man denn unterschieden von den andern? Nichts hat man vor ihnen voraus, nichts hat man für sich allein, nicht sein Leid und seine Zweifel, nicht seine Eitelkeit, nicht einmal sein Gesicht, wie es das Beispiel dieses verruchten Kaisers zeigt und seines Affen, des Töpfers.

Wie Ameisen sind wir oder wie die Bienen, keiner unterschieden vom andern, wie diese verurteilt, unser Werk zu tun, ohne zu wissen, wozu. Sie schleppen, die Bienen oder die Ameisen, mit Emsigkeit vielerlei herbei, Stückchen Abfall oder auch Honig aus Blüten, sie wissen nicht, wozu; ein geheimnisvolles Gesetz treibt sie, jagt sie herum, spielt mit ihnen, legt ihnen unendliche Mühe auf. Keines dieser Tierchen ist etwas für sich allein, jedes nur lächerlicher Teil eines Ganzen, verurteilt, umzukommen, wenn es abgesprengt wird von den andern, verurteilt zu einer Tätigkeit, deren Sinn es nicht kennt, wenn es mit den andern zusammenbleibt. »Geh zur Ameise, Fauler«, befiehlt der Prediger. Wozu? Wenn du ihr folgst, was hast du gewonnen? Nur das Gute verdirbt und geht unter. Das Schlechte aber besteht ewig fort. Nero ist unsterblich.

Joannes grübelte tiefer. Er fragte seinen Gott: »Weshalb ist die Welt den Heiden und Narren zum Opfer gefallen?« Und er erschrak, denn er hatte eine Offenbarung. Er hörte die Stimme seines Gottes, geheimnisvoll gab sein Gott ihm Antwort. »Die Schöpfung«, sagte er zu ihm, »wird alt und ist über ihre Jugend hinaus. Ich habe beschlossen, sie zu erneuern. Die Scheidung der Zeiten steht bevor.«

Joannes aber versank in dem Geheimnis dieser Antwort. Wüste Träume suchten ihn heim, Gesichte vom Untergang der altgewordenen Welt und von der Scheidung der Zeiten. Ach, die Wege in seinem Zeitalter waren schmal geworden, traurig und mühselig. Das schlimmste aber war wohl der Übergang von diesem seinem Weltzeitalter ins nächste; denn der Übergang, das eben war das Jüngste Gericht.

Immer tiefer tauchte er unter in den schauerlichen Gesichten dieses Jüngsten Gerichts, und er weidete sich bis zur Unerträglichkeit an ihrer Pein. Keiner, sagte er sich, könnte mehr eine Sekunde ruhig atmen, wenn er wüßte, was ihm bevorsteht. Nur das Vieh und das Wild kann frohlocken; denn sie haben kein Gericht zu erwarten. Selbst wenn ich zur Seligkeit begnadet würde, was nützte es mir, da ich vorher die Martern dieses unsäglich qualvollen Gerichts überstehen muß? Armes Geschlecht, wir alle, verworfenes Geschlecht, das regiert wird vom Antichrist und seinem Affen.

21
EITELKEIT DER EITELKEITEN

In diese seine Träume hinein trat etwas sehr Wirkliches, ein langer, dünner, in einen grauen Mantel vermummter Herr. »Stehen Sie auf, Joannes von Patmos«, sagte der Vermummte, »und kommen Sie mit mir!« – »Sind Sie gesandt, mich abzutun?« fragte Joannes. »Und warum sind Sie so höflich?« Und plötzlich, wütend, schrie er: »Mach rasch, Kerl! Schlag schon zu, daß endlich Schluß wird!«

»Ich bin nicht der Henker«, sagte der lange Herr und beschaute nachdenklich, etwas verlegen seine Hände. »Ich möchte Sie hier herausführen, mein Joannes, und Ihnen Pferde geben und Pässe und Begleiter, die Sie in Sicherheit bringen.«

Joannes blickte geteilten Gefühles auf den langen Herrn. Machte sich da einer einen Spaß mit ihm? Und selbst wenn der da die Wahrheit spricht, wenn er wirklich gekommen ist, um ihm das Leben zu retten, soll er annehmen oder sich sträuben? Es war gut, abgeschlossen zu haben. Was immer ihn im Jenseits erwartet, jede Qual ist besser als die Kleinheit und Erbärmlichkeit dieser Welt hier unten. Auch war Joannes, der finstere, gewalttätige, nach Erlebnis gierige Mensch, trotz seiner ungeheuern Angst vor dem Gericht drüben, voll von brennender Spannung auf dieses Gericht. Hatte ihn nicht Gott selber und das Schicksal eingeladen, hier unten ein Ende zu machen und sich dem Jüngsten Gericht zu stellen? Er wollte dem Versucher nein sagen, wollte ihn mit Hohn hinausweisen.

Da aber kam ihm plötzlich eine neue Idee. War es ein Zufall, daß Gott ihm den sonderbaren, vermummten Kömmling unmittelbar nach den wüsten und großartigen Gesichten dieser Nacht gesandt hatte? War das nicht vielmehr ein Zeichen? Es war ein Zeichen. Es war Gottes Wille, daß er lebe, daß er die Gesichte dieser Nacht, die einmaligen, aufschreibe und herumgehe, sie zu verkünden. Stak nicht in jedem Propheten ein Stück Schauspieler? Ihn hat Gott zu einem Schauspieler gemacht, in dem ein Stück Prophet steckt. Jetzt war er da angelangt, wo aus dem Schauspieler die Prophetie herausbrechen sollte. Joannes erkannte seine Sendung.

Er richtete sich von seiner Pritsche auf, trat an den Unbekannten heran. »Sie riechen aristokratisch, Mann«, sagte er. »Wer sind Sie? Wer sind Ihre Auftraggeber? Wer hat Interesse daran, mich mit Gefahr des Lebens dem Gesindel zu entreißen?« – »Wozu wollen Sie das wissen?« fragte der andere, sein langes, blasses Gesicht zuckte ein wenig. »Genügt es Ihnen nicht, daß einer da ist, der Interesse daran hat? Können Sie sich nicht vorstellen, daß es vielleicht selbst in dieser verpöbelten, vertierten Welt noch ein paar Menschen gibt, denen es unerträglich ist, wenn ein Vieh wie dieser Knops einen Joannes von Patmos zum Vergnügen seines Pöbels in der Arena sollte abtun dürfen?« Und leise, so einfach konstatierend, daß er dadurch den Schauspieler sogleich von seiner Ehrlichkeit überzeugte, fügte er hinzu: »Mir ist es unerträglich.«

Joannes hockte wieder auf seiner Pritsche. »Das ist wirklich sonderbar«, wunderte er sich, mehr für sich selber sprechend als für den andern. »Ich hatte immer gedacht, ich sei der einzige, der so närrisch auf Kunst versessen ist. Sie müssen übrigens wissen, mein Lieber«, fuhr er fort, »daß man durchaus keine Ursache hat, auf diese Kunstseligkeit stolz zu sein. Glauben Sie mir, ich habe da Erfahrungen. Es ist eine verdammt zweideutige, lästerliche, überhebliche Eigenschaft, man sollte sie sich abgewöhnen. Es ist eine Krankheit; wer sie hat, ist gezeichnet.«

Er verstummte. Nach einer Weile hob er von neuem an, vertraulich: »Sie stellen mich vor eine unangenehme Wahl, fremder Mann. Vielleicht hat Gott mich vor Gericht geladen, und es wäre Sünde, wenn ich mich zu entziehen suchte. Vielleicht aber auch ist es wirklich in Gottes Augen wohlgefällig, daß ich weiterlebe, um gegen das Tier, den Antichrist, zu kämpfen. Ich habe da gewisse Gesichte gehabt, und es mag der Mühe wert sein, diese Gesichte aufzuschreiben und in die Welt hinauszusagen, auf daß sie nicht mit mir untergehen. Wer kann das wissen? Sehen Sie sich auf alle Fälle gut vor, fremder Herr, und bewundern Sie mich nicht, weil ich ein Künstler bin. Wahrscheinlich wäre Ihre Bewunderung keine bessere als die des

Pöbels, der vor dem Töpfer, dem Affen des Nero, auf dem Bauch liegt, weil dieser Töpfer über eine lächerliche Stadt eine lächerliche Sintflut hat hereinbrechen lassen, um die dilettantischen Verse des echten Nero zu rezitieren.«

Der andere atmete auf. »Verzeihen Sie«, sagte er, »wenn ich Ihnen nicht ganz folgen kann. Ich höre nur, daß Sie sich entschlossen haben, zu leben, und die Freude darüber läßt mir keinen andern Gedanken. Sie befreien mich von einer großen Last.«

Er zögerte. Dann setzte er von neuem an: »Erlauben Sie mir eine Bitte! Was ich für Sie tue, ist nicht ganz ungefährlich. Was ich von Ihnen verlangen will, bedeutet mir sehr viel, und Ihnen mag es leicht sein.«

»Sprechen Sie!« sagte Joannes. Er verzog den Mund zu einem hochmütigen, bitteren Lächeln. Der andere handelte also nicht aus Kunstbegeisterung, sondern verband irgendein Geschäft mit seiner Rettung; sein schwaches Kinn hatte ihm von Anfang an mißfallen.

Aber Joannes hatte sich getäuscht. »Sie werden«, sagte zaghaft und voll Verehrung der Unbekannte, »um in Sicherheit zu sein, eine Zeitlang weitab von den Menschen leben müssen. Wer weiß, wann wir die beseelteste Stimme der griechischen Bühne von neuem hören werden. Ist es unbescheiden, wenn ich Sie bitte, mir noch einmal die große Rede aus dem Ödipus vorzusprechen?«

Das Lächeln war fort von dem Gesicht des Joannes, eine peinvolle Zerrissenheit war darauf. »So sehr also lieben Sie meine Stimme?« sagte er, erschüttert. »Sie sind ein rettungsloser Narr.«

»Heißen Sie mich einen Narren, einen Tropf, was immer«, bestand eigensinnig König Philipp, »aber sprechen Sie mir die Verse.«

Und da beging der Schauspieler Joannes die größte Sünde seines Lebens und ließ sich hinreißen zur eitelsten seiner Eitelkeiten. Er sprach nämlich nicht die Verse des Ödipus, sondern sagte die Gesichte dieser Nacht her, die Gesichte seiner Not, seines Zweifels, seiner Zerknirschung und seiner Buße, und machte so seine Gesichte, seine Not, den Tod seines Sohnes und sein eigenes Leid wertlos vor Gott.

Dann verschwand er in die Nacht, in die Wüste, in neuen Kampf.

22
ZWISCHENBILANZ

Knops wütete, als Joannes entkommen war. Er ahnte, daß Varro oder König Philipp die Hand im Spiel hatte, aber an diese beiden konnte er nicht heran. Um so genießerischer rächte er die Flucht des Joannes an den andern Christen. Um seinen Plan einer großen künstlichen Flut auszuführen, in der diese Menschen umkommen sollten, verwendete er die besten Techniker und die kunstvollsten Maschinen. Die Zuschauer der Zirkusspiele, die den Sieg der gerechten Sache des Nero über die verbrecherischen Pläne des Usurpators Titus feierten, kamen auf ihre Rechnung, und mit der Spannung, mit der, jubelnd und gekitzelt, Kinder zuschauen, wie junge Hunde ersäuft werden, sahen sie die Christen ersaufen. Das Schauspiel dauerte bis in die Nacht, und um die Arena zu erhellen, verwandte man eine Reihe der Verbrecher, mit Pech bestrichen und in Werg gehüllt, als »lebende Fackeln«. Dieser letzte, originelle Schnörkel des Schauspiels wirkte übrigens fast stärker als das Schauspiel selbst. Die »lebenden Fackeln« machten Eindruck nicht nur auf das Zwischenstromland, sondern auf das ganze römische Reich und blieben lange im Gedächtnis der Menschheit, die von den Geschehnissen um den echten und um den falschen Nero manche viel folgenreichere viel rascher vergaß.

Es waren an die achthundert Menschen, die bei diesen Zirkusspielen umkamen, keine sehr große Anzahl. Immerhin waren jetzt für die Idee des Varro, für seinen Kampf um die sechstausend Sesterzien Inspektionsteuer oder, wenn man will, für seine Idee der Verschmelzung des Ostens mit dem Westen schon mehrere tausend Menschen gestorben, viel Elend war um seines Spieles willen über Syrien und das Zwischenstromland hereingebrochen, und es sollten, bevor sein Spiel zu Ende ging, noch viel mehr Menschen dafür sterben, und noch viel mehr Elend sollte dafür über das Land kommen.

DRITTES BUCH

ABSTIEG

1
VERNUNFT UND KRIEGSGLÜCK

Gouverneur Cejon hörte und las die Berichte über das, was an der Euphratgrenze vorging, und sein Staunen war fast noch größer als sein Grimm. War dies denkbar? War Minerva, die Göttin der Vernunft, vollends aus der Welt verschwunden und hatte den Erdkreis sich selbst überlassen? Konnte eine so läppische Farce wie die Überschwemmung von Apamea eine ganze Provinz meutern machen? Gab es Menschen, die annahmen, er, Cejon, setze ein Heiligtum der »Göttin Syrien« unter Wasser, um sich an ein paar armseligen Eingeborenen zu »rächen«? Gab es Gehirne, die auf einen so plumpen Schwindel wie den vom »Signal« hereinfielen? Die Depeschen von der Grenze lehrten ihn: das alles gab es. Die Berichte aus Mesopotamien zeigten ihm: Varro hatte die richtige Methode; je fester einer auf die Dummheit der Welt baut, so sicherer ist sein Erfolg.

Diese Erkenntnis traf ihn tief, um so tiefer, als er einsah, er habe keine Möglichkeit, wirksam gegen den Schwindel einzuschreiten. Nach Mesopotamien Truppen schicken konnte er nicht, ohne einen Krieg mit den Parthern zu riskieren. Und mit Artaban über die Preisgabe des falschen Nero verhandeln konnte er auch nicht, da er ja den Artaban nicht anerkannt hatte. Verhandeln konnte er nur mit Pakor, und der hatte nicht die Macht, den »Nero« niederzuschlagen. Es war ein verdammter Zirkel, in dem man sich drehte.

Scheu jetzt strich Cejon vorbei an dem verhüllten Schrein mit dem Wachsbild jenes Urgroßvaters, der sich von den Barbaren so schmählich hatte besiegen lassen. Er wurde weise. Selten mehr bekam man etwas von dem früheren Streckmännchen zu sehen. Seine Herren hatten nicht mehr darüber zu klagen, daß er sich zu übereilten Handlungen hinreißen lasse. Im Gegenteil, hatte er früher zu rasche Entschlüsse gefaßt, so konnte man ihn jetzt nur mit Mühe zu irgendeiner Aktion bewegen, und er wagte nicht mehr, sich zu rühren, ehe er sich der Zustimmung des Palatin versichert hatte. Seine Kuriere fuhren übers Meer, jagten nach Rom. Doch die Weisungen aus dem Palatin waren nichtssagend, dilatorisch. Cejon möge sich, befahl Rom, solange der Schwindler nur die Grenzen Syriens bedränge und nicht die Hauptstadt selbst, auf die Abwehr beschränken und einen Krieg mit den Parthern unter allen Umständen vermeiden. Vertraulich teilte man ihm mit, der Kaiser sei in einem Zustand zunehmender Lethargie; Entscheidungen, Unterschriften seien von ihm nur schwer zu erhalten. Man könne unter diesen Umständen ernstliche Differenzen mit den Parthern oder gar einen Krieg nicht riskieren.

Diese Politik war vernünftig, doch ebenso unwürdig. Da saß er, Herr über sieben Armeekorps, und mußte mit gebundenen Händen zusehen, wie Narren und Betrüger an der Spitze von Barbarenhorden in seine Städte einfielen, sie plünderten, die Adler und Standarten des römischen Kaisers herunterrissen, zertrampelten und an ihre Stelle die verrückten Feldzeichen des Schwindlers setzten. Manchmal erstickte Cejon beinahe an dem Grimm über den Unterschied dessen, was er tun mußte, von dem, was er hatte tun wollen, und es kam vor, daß er diese Vorstellung nicht mehr ertrug und in sein altes Wesen zurückfiel. Einmal sprang er mitten in der Nacht auf und befahl seinen Sekretär. Klein, mager, im Nachthemd stand er, die Schultern krampfig zurückgedreht, den knochigen, harten Kopf gereckt, hektische Flecken auf dem bleichen Gesicht, und mit dünner, scharfer Stimme diktierte er dem Sekretär Weisungen, die Fünfte, die Sechste, die Zehnte Legion hätten sich in Bewegung zu setzen, sich in Larissa zu sammeln, bei Sura über den Euphrat vorzustoßen. Allein noch bevor die Befehle ausgefertigt waren, hatte die Vernunft gesiegt, und er widerrief sie.

Knirschend sah er, daß Minerva eine strenge Göttin ist, die von ihren Gläubigen Geduld fordert und nochmals Geduld. Vernunft ist unpopulär. Die Massen krönen mit Erfolg den Unvernünftigen, den Vernünftigen verhöhnen sie als einen Feigling. Dabei kostet es wenig Mut, loszuschlagen; aber die Herausforderung und den Schimpf hinnehmen und abwarten, bis die Zeit reif ist und der späte Lohn geerntet werden kann, das kostet Tapferkeit und Überwindung. Er mußte sie lernen jetzt, diese Selbstüberwindung, mußte in die bittere Schule der

Weisheit gehen. Denn es sah nicht so aus, als ließe sich der falsche Nero so rasch beseitigen. Immer dauerhafter richtete er sich an den Grenzen Syriens ein. Eines nach dem andern fielen die kleinen Forts am Euphrat in seine Hand.

Die Offiziere Cejons murrten. Der ständige Kleinkrieg an den Grenzen reizte sie bis aufs Blut. Es war lächerlich, daß sie tatenlos zusehen mußten, wie ein Haufe Banditen mit dem Weltreich sein Spiel trieb. Viele sagten offen, wenn das so weitergehe, zögen sie es vor, sich auf die Seite des Prätendenten Nero zu schlagen, sei der wer immer.

Daß Cejon den Euphrat offenbar nicht zu überschreiten wagte, machte den Feldmarschall des Nero, den Trebon, immer kühner. Schließlich traf er sogar Anstalten, die Festung Sura, die den Mittellauf des Euphrat beherrschte, zu bedrohen. Zog am rechten Ufer im Norden von Sura Truppen zusammen, ließ am linken Ufer Schanzen aufwerfen, führte Widder und Katapulte heran, begann die Festung regelrecht zu belagern.

Nun hatte General Aufid, der Kommandeur des Südabschnitts, zwar den guten Willen, sich, der bittern Weisung aus Antiochien gehorchend, auf die Defensive zu beschränken. Aber wenn einem ein frecher Gegner immerzu die Fußsohlen kitzelt, muß man da wirklich stillhalten, ohne zu mucken? Muß man ruhig zuschauen, wie ringsum Erhöhungen eingeebnet, Schanzen und Wälle gebaut, Belagerungsmaschinen, Materialien zu einer Schiffsbrücke herbeitransportiert werden, wenn man sich stark genug weiß, durch eine richtige Attacke diesem ganzen Spuk ein Ende zu machen? Ist nicht ein gewissenhafter Offizier verpflichtet, ein solches Belagerungswerk rechtzeitig zu stören, solange die Abwehr noch relativ geringe Kräfte erfordert? Wenn er das tut, muß man das schon einen Angriff nennen, oder ist es noch Verteidigung?

General Aufid nannte es Verteidigung, ging überraschend mit starken Kräften über den Euphrat, vernichtete Schanzwerk und Maschinen des Trebon, stieß vor bis zum Flusse Belichus. Hier hielten, am andern Ufer des Flusses, parthische Panzerreiter, Elitetruppen, ein halbes Kavallerieregiment. Wie die Römer, und aus ähnlichen Gründen, hatten auch sie die Weisung, sich auf die Defensive zu beschränken. Sie griffen also nicht ein, aber sie standen da, eisern, gewaltig.

Nun hatte den Obersten Fronto fachmännische Neugier getrieben, sich die Belagerungsvorbereitungen des Trebon anzuschauen. Profitierend von der sonderbaren Neutralität, die Edessa immer noch vor seiner Person wahrte, und unterstützt von Varro, hatte er sich einen Passierschein ausstellen lassen. Er ritt also, ein neugieriger Reisender, an dem Morgen, an dem der Vorstoß des Aufid stattfand, in der Gegend von Sura spazieren und gesellte sich auf einer Anhöhe westlich des Belichus, einer kleinen Truppenabteilung des Trebon bei, römischen Truppen aus Edessa, unter der Leitung eines gewissen Leutnants Lucius, die durch die Attacke des Aufid hierher versprengt worden waren.

Da hielt also Oberst Fronto auf der kleinen Höhe, zu Pferde, beobachtete, sah. Die Ebene vor ihm lag in Dunst, der Vorstoß des Aufid, die Aktionen seiner und der gegnerischen Truppen hatten das ganze Gelände in eine einzige Staubwolke verwandelt, in der sich undeutliche Massen bewegten. Aber Fronto hatte ein scharfes Aug und sah genug. Er sah, daß der Vorstoß des Aufid eine Situation herbeigeführt hatte, wie er sie in seinem »Lehrbuch der Kriegskunst« beschrieben, eine gewisse taktische Situation, die es der Armee B, in diesem Fall dem Trebon, ermöglichte, den Gegner A, in diesem Fall den Aufid, von seiner Basis, in diesem Fall der Festung Sura, abzuschneiden. Wenn man Glück hatte, wurde durch eine solche Aktion die ihrer besten Kräfte entblößte Festung sturmreif. Der unfähige Trebon hatte natürlich das »Lehrbuch« nicht studiert, er erkannte infolgedessen nicht die großartige Möglichkeit und nahm sie nicht wahr.

Dem Fronto klopfte das Herz. Hier war die Gelegenheit, eine der kühnen, modernen Theorien seines »Lehrbuchs« – frech nannten sie die Gegner – durch ein schlagendes Exempel zu beweisen. Noch hielten die Truppen des Aufid diesseits des Belichus. Weiter vorrücken werden sie nicht. Sie werden die Parther nicht angreifen. Sie haben ihren Zweck erreicht, sie haben Schanzen und Maschinen zerstört, sie werden sich mit einiger Beute, geordnet und zufrieden, nach Sura zurückziehen. Jetzt müßte man eingreifen, müßte sie, obwohl man dafür nur lächerlich geringe Kräfte zur Verfügung hat, im Rücken fassen, und gleichzeitig müßte man, mit der Hauptmacht, auf beiden Flanken vordrücken. Es ist eine Gelegenheit, wie er sie zeitlebens ersehnt hat, sie wird sich kein zweites Mal bieten. Noch zehn Minuten wird sie greifbar bleiben, diese

Gelegenheit, noch fünf Minuten; denn dann, nach zehn Minuten, vielleicht schon nach fünf, werden sie die Fanfare »Langsamer Rückzug« blasen, und dann wird es zu spät sein.

Fronto saß reglos auf seinem Pferd, ruhigen Gesichtes, doch jede Fiber gespannt, beobachtend. Ruhig, Fronto, befahl er sich. Mach keinen Unsinn, Fronto! Du bist achtundvierzig geworden und vernünftig geblieben: bleib es diesmal! Bleib es noch diese fünf oder zehn Minuten! Dann ist diese Anfechtung vorbei. Gefährde nicht die schöne Zeit, die du vor dir hast, und dein gutes Alter! Schmeiß nicht alles hin, was du dir in deinen achtundvierzig Jahren erschuftet und erschunden hast!

Es war siebzehn Minuten vor elf Uhr, als Fronto dies dachte. Fünfzehn Minuten vor elf wandte er sich an den jungen Offizier, der die Abteilung befehligte: »Haben Sie gute Augen, Leutnant Lucius? Können Sie durch den Staub hindurch erkennen, was los ist?« Oberst Fronto war nicht beliebt, aber außerordentlich geachtet, und der junge Offizier, als der große Theoretiker ihn ansprach, errötete übers ganze Gesicht. »Ich habe gute Augen, Oberst Fronto«, erwiderte er. »Sehen Sie das hier«, fragte Fronto, »und das, und das?«, und er setzte ihm in fliegender Eile, doch mit äußerster Präzision die Situation auseinander. Er war an keinen Dummen geraten, Leutnant Lucius begriff. Er begriff das Einmalige der Gelegenheit, er schaute dem Obersten auf den Mund, erregt, glücklich. »Wollen Sie mir Ihre Leute anvertrauen, Leutnant Lucius?« fragte ihn schließlich der Oberst, und es war in der Art, wie er fragte, so viel Befehl und so viel Suggestion, daß Lucius ohne Zögern mit der dienstlichen Formel erwiderte: »Ich gehorche.« – »Reiten Sie zu General Trebon«, befahl Fronto weiter. »Setzen Sie ihm die Situation hier auseinander! Bitten Sie ihn, mit seiner ganzen Macht auf beiden Flanken vorzudrücken. Wenn Sie ihm klarmachen können, was hier los ist, Leutnant Lucius, dann werden Sie und ich das Reich für einige Jahre verändert haben.« Leutnant Lucius war nichts als Aufmerksamkeit und Gehör. »Ich gehorche, Oberst Fronto«, erwiderte er, »Mars und Nero«, rief er die Parole des Tages und galoppierte los.

Alles ging genauso, wie Fronto es in seinem »Lehrbuch« ausgeführt hatte. Es war wirklich mehr als kühn, mit so geringen Kräften den Rückenangriff zu wagen. Aber, wie das »Lehrbuch« es dargelegt hatte, sie genügten, den Gegner die zehn

Minuten aufzuhalten, auf die es ankam. Lucius war klug und energisch, Trebon ein Militär von großer Erfahrung und raschem Entschluß. Er überwand in einer Minute Haß und Mißtrauen gegen Fronto und gab noch zur rechten Zeit die nötigen Befehle.

Die Verluste der neronischen Truppen in dieser entscheidenden Kampfhandlung waren niedrig. Ernstliche Verluste hatte nur jene kleine Abteilung, mit der Oberst Fronto den Rückenangriff unternommen hatte. Fronto selber blieb bis zuletzt unversehrt. Erst als der Sieg der neronischen Truppen schon gewiß war, traf ihn ein Pfeil.

Da lag er, stöhnte, wand sich, erbrach Blut und den Inhalt des Magens. Die Ärzte zuckten die Achseln; ihn zu transportieren hatte keinen Sinn mehr.

Ameisen krochen um ihn herum. Den Blick angestrengt, suchte er ihnen zu folgen. Er beneidete die Ameisen. Haßte sie. Er hatte nicht einmal die Kraft, sie zu zerquetschen. Sie werden herumkriechen, Nero-Terenz wird auf seinem Thron sitzen, Streckmännchen wird sich ärgern und sich strecken. Er, Fronto, wird weder kriechen noch sitzen, noch sich ärgern. Nur sich strecken wird er und tot sein.

Er hat gesiegt. Die von ihm gefundene Lösung eines besonders interessanten Problems hat sich erprobt, ihre Richtigkeit ist erwiesen, man wird wohl seine Methode für alle Zeiten die »Taktik des Fronto« nennen. Und? Was hat er für diesen »Sieg« bezahlt? Sein ruhiges, besinnliches Alter ist hin, sein »Lehrbuch« wird nie vollendet werden, tausend, oder bleiben wir bei der Wahrheit, zwei- bis dreihundert angenehme Nächte mit Marcia werden nicht stattfinden, vieles andere wird nicht stattfinden. Doch Nero wird sich etwas länger halten können, und in den Kriegsakademien wird man von der »Taktik des Fronto« sprechen.

Er war ein Narr. Achtundvierzig Jahre: noch dreißig hätte er leben können. Verfluchter Osten! Was ging ihn »Nero« an und Sura? Er hätte sich von der sinnlosen Aktivität der Narren ringsum nicht anstecken lassen sollen. Er grinste verzweifelt spaßhaft. Die »Elementar-Anweisungen« der Flavier hatten also doch recht: es war im Zweifelsfall wirklich besser, nichts zu tun, als etwas Falsches.

Er erbrach sich von neuem, warf sich, stöhnte. Die letzten Worte, die der mittlerweile zurückgekommene Leutnant

Lucius aus dem Gestöhn des Speienden, Sterbenden verstehen konnte, waren: »Echt oder nicht. Alles Rotz und Scheiße.«

Als Varro von dem Sieg vor Sura und dem Tode Frontos hörte, wurde ihm heiß und kalt. Nun hat sich also auch Fronto, der kühle, rechnende Fronto, zu ihm bekannt. Hat sich zu ihm bekannt und ist gestorben. Es war ein höhnischer Witz des Schicksals, daß es ihm diesen Freund schenkte und mit ihm die wichtige Grenzfestung Sura, ihm aber gleichzeitig den Freund nahm, den einzigen, der ihn verstand.

Er dachte daran, wie lange es gedauert hatte, ehe sich das Gespräch, das er mit Fronto im Geist seit vielen Jahren geführt, zu hörbaren Worten verdichtete. Er dachte an die verhaltene, indirekte Art, wie Fronto ihm seine Freundschaft gezeigt, er dachte daran, wie lange, bis zu Frontos Tod, es gedauert hatte, ehe seine Freundschaft sich in eine Tat umsetzte. Deutlich bis ins kleinste vor sich sah er den Mann mit dem eisengrauen Haar, wie er mit den gelblichweiß beschuhten Füßen den Ball mechanisch hin und her schob in der Sphäristerie des Teppichhändlers Nittai, ihm nachdenklich zuhörend, ganz leise lächelnd. So leibhaft im Raum spürte er den Freund, daß er, der Weitsichtige, sich unwillkürlich zurücklehnte, um ihn besser zu sehen. Und es geschah ihm, was ihm äußerst selten geschah: er bereute. Bereute, daß er diese Freundschaft nicht tiefer genossen hatte. Es war ihm leid um jede Stunde, die er mit dem Toten hätte verbringen können und die er versäumt hatte.

Und nicht ihm allein war der Freund gestorben. Was soll aus Marcia werden, nun Fronto nicht mehr in der Welt ist?

Noch bevor er die Tochter aufsuchte, kam ihre Zofe zu ihm, voll Angst. Die Kaiserin war so sonderbar. Das Mädchen wußte nicht, was sie tun sollte. Sie wagte, was sie gesehen und gehört hatte, keinem andern anzuvertrauen als dem Varro selber; Marcia nämlich hatte, als sie vom Tod des Obersten Fronto erfahren, einen Lachkrampf bekommen, hatte zu lachen angefangen, grell scheppernd, lange Zeit. Dann, als der Krampf endlich vorbei war, hatte sie sich eingeschlossen, und da saß sie nun, seit mehreren Stunden, aß nicht, antwortete nicht. Aber die Zofe hörte, wie sie mit sich selber sprach. »Und?« fragte Varro, da das Mädchen stockte. »Was sagt sie denn?« ermunterte er sie. »Das ist es eben«, antwortete zögernd das Mädchen. »Ich wage gar nicht, jemanden in das Nebenzimmer zu lassen. Sie redet so sonderbar.« – »Was denn?« drängte ungeduldig Varro. Das Mädchen wand sich. »Es ist... es ist so unanständig. Ich verstehe nicht alles, aber man kann sich gar nicht vorstellen, daß es die Kaiserin ist, die so unanständig daherredet.«

Varro ging selber, um zu hören. Richtig, durch die verschlossene Tür kamen Worte. Obszöne Worte. Zynische, unflätige Kosenamen. Es waren die Worte, die der Tote Marcia in den Stunden der Liebe gegeben hatte. Marcia tauschte Zärtlichkeiten mit ihrem toten Freund, der Tote sprach zu ihr auf seine Art, und auf seine Art erwiderte sie.

Es gelang dem Vater nicht, zu Marcia vorzudringen. Man mußte schließlich ihre Tür erbrechen. Marcia war verkrustet und zerstört und bekam Schreikrämpfe, wenn ihr Vater sich ihr nähern wollte.

Varro war also jetzt ganz allein.

Er litt. Trotzdem, wenn die Gottheit es ihm vergönnt hätte, Tochter und Freund zurückzubekommen, dafür aber auf Sura zu verzichten, er hätte Sura behalten und Tochter und Freund preisgegeben. Seitdem es kein Zurück mehr gab, hatte er sich sinnlos in seinen Kampf verbissen. Er hatte sein Geld und sein Gut dafür eingesetzt, seine Würde, seinen Namen, die Zugehörigkeit zur westlichen Zivilisation, seine Tochter und seinen Freund, und er war bereit, wenn es sein mußte, noch mehr dafür zu opfern, Fuß, Hand, Augapfel, Leben.

Zurückkehrend von der Bestattung Frontos, holte er aus dem Schrein mit den Dokumenten jene Quittung über die sechstausend Sesterzien hervor. Auf der Verlustseite trug er ein: »Marcia wahnsinnig geworden, Fronto gefallen.« Auf der Gewinnseite buchte er: »Sura erobert.«

2

EINE UNGLÄUBIGE

Nach der Eroberung Suras anerkannten beide Ufer des Euphrat und das ganze Zwischenstromland von der armenischen Grenze bis herunter zur arabischen Varros Nero in aller Form als den römischen Kaiser.

Es gab inmitten des allgemeinen Jubels nur wenig Zweifler.

Eine aber war, die hätte kein noch so großer Sieg zu dem Glauben verleiten können, daß die Götter dauernd ihre Hand über diesen angeblichen Kaiser halten würden. Das war die Frau, mit welcher Nero zusammengelebt, solange es ihm beliebt hatte, in der Haut des Töpfers Terenz zu verweilen: Caja.

Diese Frau Caja hatte sich nach jenem letzten Gespräch mit Terenz in die Abgeschiedenheit zurückgezogen, verstört, verzweifelt, ein verprügeltes Tier. Jetzt jagte sie der allgemeine Triumph, die scheinbare Gunst der Götter aus ihrem Schlupfwinkel; denn sie war sicher, daß dieses Scheinglück der Beginn der Katastrophe war.

Sie stellte sich im Hause des Senators Varro ein. Dem war ihr Besuch nicht unwillkommen. Nun die Herrschaft seines Nero zumindest auf Monate hinaus gesichert war, hatte er Muße, sich mit der Lage im Innern zu befassen, mit den Gefahren, die aus dem Wesen seines Geschöpfes kommen mochten. Es war nicht ausgeschlossen, daß der Rausch des Sieges das Geschöpf so tief in Narrheit hineinriß, daß es gegen seinen Schöpfer rebellierte. Für diesen Fall war es gut, sich vorzusehen, Stricke vorzubereiten, um das Geschöpf notfalls zu binden. Varro ließ also Caja vor.

Die Frau war verstört, verwildert. »Was wollt ihr alle von meinem Terenz?« keifte sie auf den Senator ein. »Habt ihr ihn nicht damals in Rom verrückt genug gemacht? Warum treibt ihr von neuem euer Spiel mit ihm?« Varro hörte sie ruhig an. »Wovon redest du eigentlich, gute Frau?« fragte er. »Sprichst du von Kaiser Nero? Weißt du, daß ich dich von Rechts wegen für solche Worte auspeitschen und exekutieren lassen müßte?« – »Schlagt mich tot«, schrie Caja. »Besser als zuschauen müssen, was ihr da anstellt.«

Der Senator war verwundert. »Du glaubst nicht«, fragte er, »daß er der Kaiser Nero ist?« Caja sah ihn haßvoll an, geiferte: »Kommen Sie mir nicht mit solchen Albernheiten! Mich können Sie nicht dumm machen.« – »Hör einmal zu, gute Caja«, sagte da ernsthaft und eindringlich der Senator. »Ich kenne doch dich und deinen Terenz von den Anfängen an, und ich kannte besser als irgendein andrer Mensch den Kaiser Nero. Nun also«, und er betonte jedes Wort, »dein Terenz weiß Dinge, die außer dem Kaiser Nero und mir niemand wissen kann.« – »Dann hat sie eben trotzdem ein Dritter gewußt«, erwiderte störrisch Caja, »und mein Terenz hat sie hintenherum aufgeschnappt. Reden Sie doch nicht mit mir, als hätten Sie eine Idiotin vor sich. Es ist unmöglich, daß ein Mann wie Sie sich im Ernst von meinem Terenz hinters Licht führen läßt.« – »Vielleicht«, sprach Varro geduldig weiter auf sie ein, »war der Mann, der damals vom Palatin zu dir zurückkam, doch wirklich der Kaiser.« – »Das glauben Sie ja selber nicht«, gab Caja heftig zurück. »Er hat doch vorher mit mir geschlafen und nachher, und es war der gleiche Mann. Genauso hat mein Terenz mich auf die Seite gedreht, wenn er, selten genug, etwas von mir wollte, und genauso hat er mich in die rechte Brust gezwickt. Woher sollte denn der Kaiser Nero das wissen, wie mein Terenz das gemacht hat? Das erklären Sie mir gefälligst! Und auch, daß ich ihm das Unterkleid mit den grünen Flecken nicht mehr geben soll, hat er mir gesagt, nachdem Nero tot war, und ich kann mir nicht denken, daß sich der Kaiser in der letzten Nacht auf dem Palatin gerade darüber mit ihm sollte unterhalten haben. Und so grob, wie er geschimpft hat, weil zu wenig Knoblauch an der Ziegenkeule war, und daß das in diesem Monat jetzt schon das viertemal passiert, so kann das der wirkliche Nero auch unmöglich gemacht und gewußt haben.«

»Das hört sich an, als hätte es Hand und Fuß«, räumte Varro nach gutgespielter Überlegung ein. »Darüber muß ich wirklich nachdenken. Vorläufig jedenfalls bleib bei mir im Haus! Ich muß noch öfter mit dir darüber reden.«

Caja sagte: »Versprechen Sie mir, daß ihm nichts Übles geschieht, wenn es am Ende ist! Sie haben einmal die Hand über ihn gehalten, das vergesse ich Ihnen nicht. Wenn Sie es mir versprechen, dann will ich bei Ihnen im Haus bleiben und tun, was Sie für recht finden.« Varro versprach es. Er war es zufrieden, die Frau in seinem Haus zu haben, als brauchbare Zeugin, wenn das Geschöpf einmal aufbegehren sollte.

3

ZWEI MÄNNER AUS DEM VOLK

Noch einer war, den merkwürdigerweise, gerade als der allgemeine Jubel am höchsten stieg, Zweifel um das Geschick des Nero ankamen; das war Knops. Er kannte die Welt, er roch es den Dingen und den Menschen an, wenn sie begannen, in

Fäulnis überzugehen. Der gleiche Instinkt, der ihn dem Glück seines Herrn so lange hatte vertrauen lassen, sagte ihm jetzt, der Gipfel sei erreicht, Terenz beginne, reif zu riechen, überreif.

Im Grunde war es phantastisch genug und gegen alle Vernunft, daß der Töpfer Terenz nun schon Monate hindurch für das ganze Land der Kaiser Nero war und bis in die Residenz des Titus hinein Angst verbreitete. Er, Knops, durfte sich dafür loben, daß er zur rechten Zeit dies Unmögliche für möglich gehalten und sein Leben an diesen Glauben gesetzt hatte. Aber jetzt war der Karren auf der Höhe, und wird er nicht, wenn es einmal bergab geht, zu schnell in Schuß kommen und umstürzen? Ein kluger Mann tat gut daran, rechtzeitig auszusteigen und sich mit seiner Beute in Sicherheit zu bringen. Er dachte an gewisse Persönlichkeiten des Altertums, die, durch ihr Glück sicher gemacht, sich überhoben und furchtbare Strafe gefunden hatten, an Niobe, an Polykrates.

Allein Knops hatte die Süßigkeit der Macht geleckt; Macht schmeckte sehr süß, es war hart, sie aufzugeben. Er roch die Gefahr, doch er brachte es nicht über sich, zu verzichten. Ein wenig, ein ganz klein wenig länger zuzuwarten, darf er sich leisten. Er setzte sich ein Ziel. Sowie Nero die Hauptstadt Syriens, Antiochien, erobert hat, wird er, Knops, sich davonmachen.

Vorläufig galt es, von dem Errungenen soviel wie möglich zu sichern. Er schaffte durch Mittelsmänner Geld und Kostbarkeiten in gute Hut. Dann erledigte er die Sache mit dem Mädchen Jalta. Es vollzog sich da alles so, wie er es sich vorgestellt hatte. Er nahm Jalta zu sich, schlief mit ihr. Sie gefiel ihm. Sie war nicht zimperlich; was er mit ihr vornahm, machte ihr offensichtlich Spaß, und sie verbarg das nicht. Sie stöhnte, atmete stark, gab vielerlei Laute von sich. Fein war sie nicht. Sie war geradezu derb, aber ihm schmeckte sie. Er hatte Lust, sich generös zu zeigen. Jaltas Vater, sein Freund Gorion, wagte, als sich Knops in sachkundigen Erörterungen über ihre körperlichen Reize erging, keinen Mucks, sondern hatte nur ein verlegenes Lächeln. Knops aber klopfte ihm leutselig die Schulter und sagte gönnerhaft: »Na, mein Alter, jetzt sollst du sehen, was Knops für ein Mann ist. Ich heirate deine Jalta.«

Der Töpfer Gorion erschrak selig. Natürlich hatte es ihn verdrossen, daß Knops sein Wort wahrgemacht und mit seiner

Tochter geschlafen hatte. Doch er war für das Ärgernis reichlich entschädigt worden durch den Gewinn und die Ehren, die ihm des Knops und seiner Jalta Verhältnis brachte. Daß jetzt gar Knops den Lausebalg heiraten wollte, hob den Töpfer Gorion in die höchsten Höhen.

In seinem Innern war Knops stolz auf die Bescheidenheit, die er durch sein Verlöbnis mit Jalta an den Tag legte, und er erwartete, die Götter würden ihm diese Schlichtheit hoch anrechnen. Auch war nicht zu verachten, daß ihm seine Verbindung mit einer Tochter des Volkes bei den Massen, unter denen er durch seinen hurtigen Witz ohnedies populär geworden war, noch mehr Sympathien schuf.

Einem aber mißfiel dieses Verlöbnis. Hauptmann Trebon respektierte zwar die Schlauheit des Knops und fühlte sich, vor allem wenn er an die feinen Herren dachte, ihm zugehörig; aber im Grunde blieb er auf ihn und auf seinen beweglichen Witz immer eifersüchtig. Er kannte keine Furcht; manchmal, wenn er besoffen war, erdreistete er sich sogar, den Spruch von den drei K zum Kotzen zu zitieren. Daß Knops jetzt dieses niedriggeborene Lausemädel heiraten wollte, empfand der eitle, mit seinen Titeln und Auszeichnungen prunkende Mann als einen Vorwurf gegen sich selber und als eine Schande für den ganzen Hof des Nero. Er beschloß, dem Knops seine Meinung zu sagen.

Sie saßen in ihrer Lieblingskneipe, in der Schenke »Zum großen Kranich«. Der niedrige Raum war erfüllt vom Geruch billigen Öls und Knoblauchs und vom beißenden Rauch des Herdfeuers; die rohen Tische waren dicht besetzt mit Kleinbürgern und Leibeigenen, der halbnackte Wirt lief geschäftig ab und zu. Knops war schlicht angezogen, Trebon trug auch hier etwas Purpur und mancherlei Metall. Knops soff, und Trebon soff.

Er verstehe nicht, meinte bösartig Trebon, daß ein Mann wie Knops sich so wegwerfen könne. Die Zeit sei nicht fern, da man in Rom einziehen werde, und dann habe man die Wahl unter den Töchtern der Hocharistokratie. Es gebe da vieles Leckere. Wenn zu weißen, dünnen Gliedern, die Jahrhunderte hindurch für einen gepflegt und gezüchtet seien, noch Geld komme und ein großer Name, so sei das dazu angetan, einem Mann im Bett auf besondere Art heiß zu machen und ihn für die Mühsal des Lebens zu entschädigen. Knops sei im Begriff, sich überflüssigerweise eine verlockende Chance zu verderben. Ob er sich denn wirklich gewissermaßen selber kastrieren wolle, als wäre er ein syrischer Priester? Kurz und von Mann zu Mann: das Verlöbnis des Knops sei ein Schmerz, ja eine Beleidigung für seine Freunde.

Knops sandte dem Trebon einen raschen, bösen Blick. Wenn eine Frau im Bett, erwiderte er, die Bedingungen erfülle, auf die er als erfahrener Bursche halte, dann brauche die Frau nicht weiter Geld und großen Namen, und er werde doch seinen Mann stellen. Er wisse nicht, wer in gewissen Situationen anspruchsvoller sei, er oder sein Freund Trebon; eines aber müsse er sich ausbitten: daß ihm in seine Frauengeschichten keiner einrede. Seinen Geschmack lasse er sich nicht schlechtmachen. Er heirate, wen er wolle. Wenn er übrigens Lust haben sollte, es mit einer Aristokratin zu treiben, dann werde er das auch trotz seiner Ehe mit einer Proletin zustande bringen.

Knops soff, und der Hauptmann Trebon soff, und sie schauten einander an, sich musternd, herausfordernd, feindlich, freundlich, spießgesellenhaft.

Doch bald verloren ihre Blicke ihre Schärfe. Zu vieles verknüpfte sie: ihre Gemeinheit, ihre Gebundenheit an Nero. Trebon soff, Knops soff. Trebon knurrte noch ein wenig; aber bald verlor sich auch das. Sie umarmten einander, grölten miteinander, schliefen mit den gleichen Weibern, waren sehr kameradschaftlich und haßten sich auf den Tod.

4

WELCH EIN KÜNSTLER

»Welch ein Künstler geht in mir zugrunde«, das sollten die letzten Worte des sterbenden Nero gewesen sein. »Welch ein Künstler lebt in mir«, sagte Nero-Terenz zu seinen Vertrauten und gab sich, als sei er ungemischt glücklich im Besitz seiner Majestät und im Besitz seines Talentes. Aber er war, trotz aller Erfolge, nicht ungemischt glücklich. Nur wenn er vor den Massen auftreten und reden konnte, dann war er ganz sicher, dann war er, wie er es sich mit der Wendung eines Klassikers zu bestätigen pflegte, »bis ins Zwerchfell hinein der Kaiser«. Aber vor einzelnen, vor Marcia, vor Varro, vor König Philipp überfiel ihn manchmal noch das Gefühl seiner Niedrigkeit. Froh war er, daß wenigstens Fronto tot war; denn auch vor diesem hatte ihn ab und zu das Ungeheuerliche seiner Anmaßung betreten gemacht.

Am meisten ängstigte ihn eine Begegnung, die ihm irgendwann bevorstand, die Begegnung mit seinem Verbündeten, dem Artaban, dem Großkönig der Parther. Zwar sagte er allen und sich selber, wie sehr er sich auf diese Begegnung freue, und wie sehr er bedaure, daß Artaban, zur Zeit an den fernöstlichen Grenzen seines Reiches in schwere Kämpfe mit seinem Rivalen Pakor verwickelt, die vorgesehene Zusammenkunft immer wieder vertagen mußte. Doch im Grund fühlte sich Nero-Terenz durch diese Vertagung erleichtert. Ganz im tiefsten nämlich hatte er, der für allen Schein Empfängliche, Angst vor dem »Fran«, der Majestät, die dem Großkönig, dem König der Könige, eingeboren war, vor dem Licht, das von ihm ausstrahlte, und das ihm auch, wo immer er erschien, symbolisch vorangetragen wurde. Terenz-Nero fürchtete, seine eigene Niedrigkeit und Dunkelheit könnte vor diesem Licht nicht bestehen, es werde dieses Licht seine Nacktheit offenbaren.

Einmal nahm er seinen gefährlichsten Freund beiseite, den Varro. Er faßte ihn am Gewand, wie das Trebon zu tun pflegte, und, die Stimme gedämpft, vertraute er ihm an: »Wissen Sie, mein Varro, daß ich eine sonderbare Erfahrung gemacht habe? Ich war unlängst im Labyrinth, um mir zu überlegen, wie ich meine Grabstätte ausbauen soll. Ich wollte allein sein und schickte die Fackelträger fort. Es war ganz dunkel, und da geschah das Seltsame.« Er brachte den Kopf ganz nah an den des Varro, senkte die Stimme noch tiefer, erfüllte sie mit mehr Geheimnis. »Die Höhle«, flüsterte er, »wurde hell. Das Licht kam aus meinem Haupt, es war mein ›Fran‹, der leuchtete, die Höhle war ganz hell.« Er wagte nicht, den Varro anzuschauen, während er ihm das anvertraute. Denn was sollte er tun, wenn Varro lächelte? Es bliebe ihm dann nichts übrig, als ihn umzubringen oder sich selber. Doch Varro lächelte nicht. In seinem Innern erschrak Varro.

Kaiser Nero aber war satt und glücklich. Sein äußeres Glück war ihm längst zur Gewohnheit geworden, und da dieses Glück schon begann, ihn zu langweilen, hatte die Blasiertheit dazu beigetragen, ihn noch mehr zum Nero zu machen. Jetzt aber, da Varro, als er ihm die Geschichte von der Höhle erzählte, nicht gelächelt hatte, drang sein Glück auch tief in seine Seele.

Ja, Nero sonnte sich in der Gunst der Götter. Apollo hatte ihn vor allen andern Sterblichen begabt, Mars hatte ihm Sieg in der Schlacht gesandt und seinen Freund Trebon, Minerva hatte ihm guten Rat gesandt und seinen Freund Varro, Hermes hatte ihm Schlauheit gesandt und seinen Freund Knops.

Manchmal freilich berichteten ihm seine Räte weniger Günstiges. Sie erzählten ihm etwa, es drängen gewisse dunkle Reden des Joannes von Patmos aus der Wüste, in welcher der Verruchte sich verbarg, ins Volk und erregten die Massen gegen den Kaiser. Das Volk sehne sich nach Joannes, es nenne ihn den »Heiligen Schauspieler«, und das nicht etwa zum Hohn; denn der Kaiser, der Heilige und der Schauspieler, das waren die drei höchsten Formen, in denen das Volk sich seine Lieblinge vorstellte. Die seltsamen Weissagungen also des Joannes vom Antichrist und von dem Tier, das kommen werde oder schon da sei, um die Welt zu verschlingen, stachelten die Bevölkerung auf und machten sie unruhig. Nero aber lachte darüber, und er lachte über den Joannes von Patmos, den Urheber dieser Reden, und über seinen Christengott.

Auch darüber lachte er, daß immer mehr Abschriften jener Tragödie »Octavia« auftauchten, die in so pathetischen Versen die Greueltaten des Nero wiedergab und die Anlaß zu seiner ersten Akklamation gewesen war. Ihm konnten die Verkleinerer nicht an; seitdem Varro es nicht gewagt hatte zu lächeln, fühlte er sich sicher im Besitz seines »Fran«. Als Knops die Exemplare der »Octavia«, deren er habhaft werden konnte, zusammen mit andern Schmähschriften öffentlich verbrennen ließ, fand Nero, man tue damit den armseligen Anstrengungen seiner Gegner zuviel Ehre an, und, seines »Fran« gewiß, leistete er sich einen kaiserlichen Spaß.

Er lud seine Freunde und seinen Hofstaat feierlich zu einem Rezitationsabend und trug ihnen selber das Machwerk seiner Gegner vor, die »Octavia«.

Er hatte sich entschlossen, die »Octavia« nicht etwa zu karikieren, das wäre zu billig gewesen. Mit einer ganz kleinen, kaum merkbaren Ironie aber gedachte er seinen Vortrag zu würzen; eine hohe, geistige Heiterkeit sollte davon ausgehen.

In diesem Sinn auch begann er die Rezitation. Allein es stak in ihm ein zu guter Schauspieler, als daß er diesen Ton lange hätte festhalten können. Bald, gegen seinen Willen, legte er sein ganzes, bewegliches, proteisches Selbst in die Verse der »Octavia«. Und wie sich sonst Terenz in den majestätisch blasierten Nero verwandelte, so verwandelte sich jetzt der strahlende, mild herrschende Nero-Terenz in den Nero der »Octavia«, in den finstern, gewalttätigen Verbrecher, der unter seinen eigenen bösen Süchten leidet, und mit Ernst, Grimm und Überzeugung sagte sich Nero-Terenz als Chor, als eigener Zeuge seiner Übeltaten, sein böses Ende voraus.

Befremdet, leise angeschauert, hörte die prunkvolle Versammlung zu. Nichts von jener sublimen Lustigkeit wollte sich einstellen, die sich Nero von seinem Vortrag versprochen. Wohl strengte Trebon sich an und stieß so oft wie möglich seine berühmte, fette Lache aus, wohl würzte Knops den Abend mit hurtigen Witzchen, aber die Heiterkeit, die man sich mühte an den Tag zu legen, blieb verkrampft, und vorschattend lag Trübsal über der kleinen, glänzenden Versammlung.

Nero spürte, daß die beabsichtigte Wirkung ausblieb. Er gab sich nach Beendigung der Vorlesung um so lauter und hochfahrender. Sprach davon, daß er noch in diesem Jahr ein neues Werk anfangen werde, viel gewaltiger als sein Epos von den »Vier Zeitaltern«. Die ganze römische Geschichte wolle er in zweihundert großen Gesängen gestalten. Knops, um die frostige Stimmung zu vertreiben, erlaubte sich einen kleinen Scherz. Wenn, meinte er, das römische Volk die zweihundert Gesänge der Majestät besitzen werde, dann werde es vor lauter Lesen nicht mehr zum Arbeiten kommen, den Rest der Welt nicht erobern, und die römische Geschichte werde gerade infolge ihrer Darstellung durch den Kaiser ihr Ende gefunden haben. Aber man wagte nicht zu lachen; denn Nero selber lachte nicht. Er schleuderte keinen Donner, er machte nicht einmal ein finsteres Gesicht, er hörte einfach über Knops weg. Doch Knops sah, daß er einen Fehler begangen hatte.

Einen wie schweren, sollte sich erst viel später zeigen; denn Terenz, und das hätte Knops wissen müssen, führte genaue Rechnung und hatte ein gutes Gedächtnis.

Nero entließ die Versammlung. Blieb allein in dem prunkvollen Rezitationssaal. Die Diener, nicht wissend, daß der Kaiser noch da war, kamen, um die Lichter zu löschen. Sie flohen erschrocken vor seinem finstern Gesicht. Aber er rief sie zurück und hieß sie ihre Arbeit tun. Sie löschten also die Lichter.

Da saß denn der Kaiser Nero auf dem Podium, allein, in der Dunkelheit, im weißen Gewand des Vortragenden, den Kranz auf dem Haupt, die Unterlippe schmerzlich schmollend vorgeschoben, und fühlte sich unverstanden und sehr einsam. Was nützte es ihm, daß er den »Fran« besaß, daß das große Leuchten von ihm ausging und Hörner aus Strahlen aus seinem Haupte wuchsen? Die törichte Welt erkannte zwar, daß er ein großer Kaiser war: daß er aber viel mehr war, nämlich ein großer Künstler, das erkannte sie nicht.

5
CLAUDIA ACTE

Um diese Zeit verbreitete sich die Nachricht, daß Claudia Acte, die Freundin des Nero, nach vielen Jahren der Abwesenheit ihrer syrischen Heimat einen Besuch abstatten werde. Diese Nachricht machte Syrien und das Zwischenstromland aufhorchen; denn Claudia Acte war eine der Persönlichkeiten, die das Reich am meisten erregten.

Sie war als Leibeigene geboren und hatte eine böse Kindheit hinter sich. Ihr Herr hatte sie zur Akrobatin ausbilden lassen; es war eine harte Schule gewesen, voll von Flüchen, Schlägen, Hunger. Dann, als sie neun Jahre alt war, hatte der kaiserliche Hof das schöne, gelenkige Mädchen gekauft. Nero, selber sehr jung, hatte Acte zu sehen bekommen, als sie fünfzehn war, und die Leidenschaft, die die beiden vom ersten Augenblick an verband, hatte alle Stürme seines Lebens und seiner Regierung überdauert.

Acte war gut mittelgroß, zart und robust zugleich. Ihre Haut war weiß, matt, durchscheinend. Unter der reinen Stirn standen die starken, schwarzen Brauen weit auseinander über grünbraunen, hellen, neugierig und scharf blickenden Augen. Der Mund schwang sich lang, edel über einem eigenwilligen Kinn. Nero hatte Acte in schönen Versen besungen, von denen einige volkstümlich geworden waren, vor allem jene beiden, in denen er rühmte, sie sei Kind und Frau, keusch und heiß zugleich.

Manchmal, im Kreis von Neros Freunden, zeigte sie die Kunst, die sie erlernt hatte. Es war das ein Mittelding zwischen

Akrobatik, Pantomime und Tanz. Es lag oft, noch von ihrer bösen Kindheit her, Melancholie über ihrem Gesicht; doch wenn sie jetzt, von niemandem mehr bedroht, vor sich hin tanzte, dann verschwand diese Trauer. Sie wurde dann zu dem Kind, das zu sein ihr während ihrer Jugend verwehrt gewesen war, und man vergaß ihre raffinierte, mit soviel Mühe und Leid erworbene Technik über ihrer kindlichen Naivität. Berühmt vor allem war eine ihrer kleinen Pantomimen, ein Nichts, eine Spielerei. Sie war ein Kind, das auf einem kleinen Seil eine Art Kreisel balancierte, sich freuend an ihrer Geschicklichkeit, aber mehr noch an ihrer Ungeschicklichkeit. Sie ließ den Kreisel sich auf der Schnur drehen, schleuderte ihn hoch, fing ihn wieder auf, ernsthaft, zärtlich, tief in ihr Spiel versunken, lachend erbost, wenn es nicht glücken wollte, selig, wenn es gelang. Dazu sprach sie halb, halb sang sie mit ihrer kleinen Stimme ein Lied: »Dreh dich, mein Kreisel! / Freust du dich, wenn ich dich dreh? / Freust du dich, wenn du dich drehst? / Ich freu mich.« Jedermann in dem weiten Reich, auch wer sonst kein Wort Griechisch sprach, trällerte diese albernen Kinderverse; kein Vers Homers war so bekannt.

Acte war der Liebling der Stadt Rom, der Liebling des Reichs. Wenn die Massen den Kaiser an der Seite des edeln, ernsten und heiteren Mädchens sahen, das er offenbar ebenso liebte wie sie ihn, dann jubelten sie und wollten die Scheußlichkeiten nicht glauben, die die Gegner Neros ihm nachsagten. Sie war die erste, die den Kaiser, nach seinem alten Geschlechternamen, »Rotbärtchen« nannte, und die Massen übernahmen dieses Kosewort. Claudia Acte ging durch das Blut und den Kot, mit dem die Weltherrschaft den Palatin erfüllte, jung, schwerelos, und die Finsternis der Geschehnisse wurde unglaubhaft durch ihre Helligkeit.

Dabei legte sie es keineswegs darauf an, sich fleckenlos zu geben. Sie verbarg nicht ihre Neugier und zeigte offenes Interesse am Klatsch nicht nur Roms, sondern auch Alexandriens und Antiochiens. Sie sagte gerne kleine Bosheiten und scheute nicht davor zurück, um einer pointierten Antwort willen Menschen zu vernichten. Wenn sie bei den Spielen in der kaiserlichen Loge saß, ließ sie sich hinreißen wie das Volk, schrie laut wie das Volk, gegen die Sitte, beugte sich gierig vor, um das Sterben von Tieren und Menschen mitanzusehen, und das Volk jubelte, weil sie war wie das Volk selbst. Auch launisch war sie wie die Massen, und sie zeigte ihre Launen. Es kam vor, daß sie im Zirkus, während man ringsum stürmisch die Begnadigung eines Fechters oder Ringers forderte, mit reiner Stirn, ein kindhaftes Lächeln um die Lippen, den Daumen nach abwärts kehrte, dem Fechter den Tod bringend.

Sie war, dieses sehr junge Mädchen, eine scharfe Rechnerin, und sie war stolz darauf. Ihre Intendanten durften sich auf keiner Ungenauigkeit ertappen lassen. Sie baute in großem Stil, besaß Güter, schloßartige Villen in Puteoli, in Veleträ, hielt hof; doch sie häufte sehr viel mehr Geld, als sie ausgab. In der rechten Stunde ließ sie sich von Nero die ertragreichsten der kaiserlichen Ziegeleien überschreiben, und durch Bitten und Zwang setzte sie durch, daß ein großer Teil der öffentlichen Bauten aus Material errichtet wurde, das ihre Fabriken nicht eben zum billigsten Preis lieferten.

Doch Rom und die Welt nahmen Claudia Acte nichts übel. Alles Gute, was von Nero kam, rührte von ihr her, alles Schlechte, was unter ihm geschah, geschah gegen ihren Willen. Sie sei, hatte Nero gesungen, süß und heiter, das kluge, liebenswerte Kind der Göttin Rom, und so achtete sie Rom und die Welt.

Sie war mutig, und sie war beharrlich in ihrer Leidenschaft. Unerschrocken, als Nero unter der Verfolgung des Senats umgekommen war, hatte sie von den neuen Herren die Auslieferung der Leiche verlangt. Trotz der offenkundigen Lebensgefahr war sie nicht davor zurückgeschreckt, zu diesem Zweck beinah einen Aufstand hervorzurufen. Man hatte nicht gewagt, ihr den toten Körper zu verweigern. Großartig, in aller Öffentlichkeit, während ringsum auf Befehl des Senats die Büsten Neros, seine Bildsäulen und sonstigen Male zerstört wurden, hatte sie ihrem kaiserlichen Geliebten auf ihrem Besitz an der Appischen Straße den Scheiterhaufen bereitet. Sieben Stockwerke hoch hatte sie ihn errichtet, wie es dem Kaiser ziemte, und aus dem höchsten Stockwerk hatte sie den Adler steigen lassen, der den Toten, Unsterblichen seinen Verwandten, den Göttern, zutrug. Der Urne mit der Asche aber hatte sie in ihrem Park ein Mausoleum erbaut.

Ein halbes Jahr hatte sie getrauert. Dann hatte sie ihr früheres Leben wieder aufgenommen, still, kindlich, heiter. Ihre Freunde rühmten, ihre Kunst sei noch schwereloser geworden. Öffentlich war sie nie aufgetreten; doch die Kenner erklärten, sie sei auch heute noch, zweiunddreißigjährig, dreizehn Jahre nach Neros Tod, die erste Pantomimistin des Reichs. Noch immer jubelte das Volk, wo sie erschien, und die flavischen Kaiser wagten nicht, ihre Privilegien, Auszeichnungen, Ehren anzutasten.

Jetzt also kam Claudia Acte nach Syrien, um ihre Heimat wiederzusehen, die sie seit ihren bösen Kinderjahren nicht mehr betreten hatte.

6
CEJON UND DAS UNBERECHENBARE

Dem Gouverneur Cejon kam ihr Besuch ungelegen. Claudia Acte war ihm schon in Rom etwas Störendes gewesen, ein feindliches Prinzip, ein Wesen, dem seinen durchaus entgegengesetzt. In der Mühelosigkeit, mit der sie erreichte, was immer sie wollte, in ihrer gesegneten Leichtigkeit schien der Himmel seine eigene strenge Mühe zu verhöhnen. Seitdem man um ihre Ankunft wußte, sang man auf den Straßen Antiochiens wieder jenes alberne Tanzlied vom Kreisel, das dem Cejon schon in Rom ein Ärgernis gewesen war. Alle sangen es, seine Leibeigenen und seine Beamten, die Gassenjungen, Römer, Syrer, Griechen. Ihm klang es wie Spott. Er selber war der Kreisel, der gedreht wurde, und dieses dumme, freche Lied verlangte, daß er sich noch darüber freuen solle.

Am liebsten hätte er sich um Claudia Acte überhaupt nicht gekümmert. Aber das ging nicht an. Vom Palatin aus hatte man ihm einen Versuch nahegelegt, Acte bei ihrem Besuch in Antiochien als Hauptzeugin gegen den Betrüger Terenz zu gewinnen. Wie soll er das anstellen? Möglich, daß die Frau, die den wahren Nero geliebt hat, mithelfen wird, den Betrug aufzudecken. Doch wer soll sich in der Seele eines Mädchens auskennen, das das alberne Lied vom Kreisel erfunden hat?

Acte folgte ohne weiteres seiner Einladung, ihn aufzusuchen. Ehrenvoll empfangen, stand sie in seinem Arbeitskabinett, musterte mit ihren raschen, neugierigen Augen den Raum und seinen etwas steifen Prunk, lachte ihr berühmtes, ungeniertes, fröhliches Lachen. Cejon stellte ihr höflich die in ihrem Fall angebrachten Fragen: wie lange sie ihre Heimat nicht wiedergesehen habe, wie ihr Antiochien jetzt gefalle, wie lange sie zu bleiben gedenke. Sie gab freundlich Antwort, sah ihm lächelnd ins Gesicht, sagte schließlich, stärker lächelnd: »Und jetzt, mein Cejon, fragen Sie mich endlich das, was Sie die ganze Zeit schon bedrückt, seitdem Sie hörten, daß ich komme.«

Der Gouverneur, durch ihre unbekümmerten Worte ein wenig außer Fassung, doch auch erlöst, stellte sich zunächst, als verstehe er nicht, was sie meine. Dann gab er zu, daß es ihn beschäftige, ob sie wohl über die Grenze gehen und sich den sogenannten Nero anschauen werde; denn wahrscheinlich doch habe man sie eingeladen. »Ja, das hat man«, nickte sie ernsthaft, und: »Denken Sie, mein Cejon«, fuhr sie fort, »ich weiß selber noch nicht genau, ob ich annehmen werde. Neugierig bin ich auf den Mann, das muß ich sagen, und ich glaube fast, ich werde ihn mir anschauen.« Die leichte, beiläufige Art aber, in der sie das vorbrachte, bedrückte den Cejon mehr, als wenn sie den entschlossenen Willen bekundet hätte, sich auf die Seite des Betrügers zu stellen; dann hätte man drohen können, vielleicht sogar verbieten. Einem so schwerelosen Wesen indes, das man doch nicht halten konnte, mit Befehlen zu kommen, war lächerlich.

»Ich muß Ihnen von einer Reise nach dem Zwischenstromland abraten, meine Acte«, sagte er schließlich, ziemlich förmlich. »Die einfache Tatsache, daß Sie den Mann besuchen, würde von unsern Gegnern als Beweis dafür ausgelegt werden, daß Sie an die Möglichkeit glauben, Nero lebe, und daß Sie diesen Mann für Nero halten. Wäre es nicht illoyal gegen den Kaiser Titus, wenn Sie einer solchen Annahme Vorschub leisteten? Denn niemand weiß besser als Sie, daß Nero nicht lebt.« Gegen seinen Willen hatte er sich hochgereckt, ein trockener, ältlicher Militär, saß er da, und Acte erkannte, warum man ihn Streckmännchen hieß. Sie stand auf, lehnte an ihrem orientalischen Halbsofa. Als aber der steif sitzende Cejon sich erheben wollte – es ziemte sich nicht, in Gegenwart einer Dame zu sitzen –, drückte sie ihn leicht und energisch in seinen Sessel zurück, schaute dem kleinen, zerknitterten Mann in das Gesicht, das immer mehr hektische Flecken zeigte, und sagte lächelnd: »Sie vergessen, mein Cejon, daß ich eine neugierige Frau bin. Wenn fünf Millionen Menschen glauben, daß ein Mann der Kaiser Nero sei, hat dann die Freundin des Nero nicht das Recht, sich diesen Mann anzuschauen?«

»Nein«, knarrte Cejon. »Ich glaube nicht«, fügte er höflicher hinzu. »Vor den Göttern, vor dem Kaiser, vor dem Senat und Volk von Rom hat sie, glaube ich, dieses Recht nicht.« Er saß aufrecht da, strich mit den Fingerspitzen der einen die Innenfläche der andern Hand.

Acte ließ sich auf ihrem Halbsofa nieder, nicht eigentlich sitzend, sie liebte es nicht, zu sitzen, vielmehr hatte sie die Beine hochgezogen, so daß sie eher lag. »Vor Kaiser und Senat«, entgegnete sie, »habe ich mich nie gefürchtet. Das Volk hat kaum etwas dagegen, daß ich mir den sogenannten Nero anschaue, wahrscheinlich wünscht es das sogar, und bestimmt haben die Götter nichts dagegen. Bleibt also höchstens die Frage: wie stellt sich Gouverneur Cejon zu einem solchen Besuch? Was wirklich würden Sie tun, mein Cejon, wenn ich mich dazu entschlösse?« – »Ich weiß es noch nicht genau«, sagte steif der Gouverneur. »Es ist möglich, daß ich Sie daran verhinderte.« – »Mit Gewalt?« fragte interessiert, übers ganze Gesicht lächelnd, Acte. »Wenn ich mich entschlösse, Sie zu verhindern«, entgegnete Cejon, »dann gegebenenfalls auch mit Gewalt.« Jetzt lachte Acte einfach heraus, ihr bekanntes, herzhaftes Lachen. »Sie sind ein mutiger Mann«, sagte sie. »Aber erlauben Sie, daß wir dieses Gespräch ein anderes Mal fortsetzen. Jetzt muß ich mich nämlich auf zwei Stunden hinlegen. Die Kaiserin Poppäa hat, wenn sie reiste, eine Herde Eselinnen mitgeführt, um sich die Nacht über mit ihrer Milch das Gesicht zu baden. Mir genügen meine zwei Stunden Mittagsschlaf. Aber die muß ich haben. Ich bin immerhin zweiunddreißig. Also auf später, mein Cejon!«

Schon am Abend des gleichen Tages erwiderte der Gouverneur ihren Besuch. Jung, sicher saß sie dem verbrauchten, geschlagenen Herrn gegenüber. Wäre er noch der krähende Mann von heute morgen gewesen, dann hätte sie sich einfach über ihn lustig gemacht. Ein wenig von dem Zauber aber, der von ihr ausging, hatte sogar ihn ergriffen, so daß er jetzt eine leise Ahnung ihres Wesens verspürte. Er hatte sich also entschlossen, sich dieser Frau, statt ihr mit sinnlosen Hinweisen auf die Gewalt zu kommen, ohne Rückhalt anzuvertrauen, ihr offen die schwere Sorge zu zeigen, die ihn drückte.

In vorsichtigen Worten, auf daß er sie und das Andenken ihres Kaisers nicht kränke, setzte er ihr auseinander, daß die Politik Neros großartig, aber unvernünftig gewesen sei. Den verworrenen, rauschhaften Osten dem maßvollen Gefüge des Reiches einordnen zu wollen, war Utopie. Rom konnte unmöglich vom Osten mehr verdauen, als es bereits geschluckt hatte. Und selbst wenn man die Westpolitik der Flavier mißbilligte, bestand auch nur die geringste Aussicht, heute neronische Ideen durchzusetzen? Wenn der Versuch einer energischen, expansiven Ostpolitik damals schon mißglückt war, als man ihn vom Zentrum des Reichs aus unternahm und den ganzen Staatsapparat zur Verfügung hatte, wie wollte man ihn jetzt, von der Peripherie her, und nur mit einem kleinen Teil jener Mittel zu Ende führen? Nein, das war hoffnungslos, selbst wenn hinter dem Projekt nicht ein kümmerlicher Leibeigener stünde, sondern ein großer Mann. Es konnte nur unabsehbares Unheil daraus erwachsen. »Ich appelliere an Ihre Vernunft, meine Acte«, sagte der Gouverneur, ungewohnt lebhaft, »an Ihren berühmten gesunden Menschenverstand. Man kann mit dem Rausch blendende Politik machen, aber nur auf kurze Sicht. Nero war sicher ein strahlenderer, wenn Sie wollen, ein größerer Mann als der alte, bäurisch rechenhafte Vespasian. Aber Nero hinterließ vierzig Milliarden Schulden und Vespasian siebzehn Milliarden Aktiva. Jetzt, nachdem man in langen Jahren mühevoller Arbeit den Osten wieder einigermaßen beruhigt hat, von neuem neronische Politik machen zu wollen, ein solches Unternehmen mag den Gegnern Neros auf einige Monate Schaden bringen: aber wer heute neronische Politik macht, muß am Ende unter allen Umständen verlieren.« Und trüb, in sich zusammensinkend, bekannte er: »Ich selber bin in einem winzigen Punkt meiner persönlichen Leidenschaft gefolgt statt der Vernunft, und vielleicht ist dieses geringe Abweichen von der geraden Linie mit schuld an dem sinnlosen Unternehmen in Mesopotamien. Lassen Sie sich warnen, meine Acte, und lassen Sie sich erbitten. Unsere Epoche neigt zum Rausch. Der Rausch ist eine große Verlockung. Aber wenn die römische Zivilisation nicht untergehen soll, dann müssen wir zur Vernunft zurück, endgültig, alle, und müssen den Rausch ins Privatleben verbannen und in die Kunst. In der Politik ist kein Platz dafür.«

Acte hörte still und ernsthaft zu. Vielleicht hat der Mann recht. Aber was geht sie das an? Will sie Politik machen? Sie will einfach diesen sonderbaren Nero sehen; wenn sie ihn gesehen hat, wird sie entscheiden, was sie tun wird. Darf sie sich kein

Privatleben gönnen? Politik, gesunder Menschenverstand, recht und gut. Doch wenn man nicht ab und zu eine Stunde Rausch hat, dann hat der ganze gesunde Menschenverstand keinen Sinn. Wenn man sich fragt, was am Ende im Leben gezählt hat, dann waren es die paar Stunden Rausch. Aber es hat keinen Sinn, das dem armen, kümmerlichen Menschen da vor ihr auseinanderzusetzen; er wird es nie begreifen.

Sie hat Nero geliebt. Nero hat sich überhoben. Viele sagen, was er getan und wie er gelebt hat, sei Wahnsinn gewesen, und die Meinung dieser Vernünftigen ist ja auch durch die Ereignisse gräßlich bestätigt worden. Doch war es nicht gerade dieser sein Wahn, jene Romantik des Kaisertums, der Gottähnlichkeit, der Macht, jenes Strahlen, das ihm alle Herzen gewann? Die Vernunft kann man achten: aber lieben kann man wohl nur das andere, das Strahlende, den »Rausch«, wie dieser kümmerliche Cejon es nannte. Wegen dieses Rausches hat sie Nero geliebt. Wegen dieses Rausches liebt sie ihn noch. Mag seine Politik, mag sein ganzes Leben falsch gewesen sein oder richtig, groß war es sicherlich, liebenswert. Alles an ihm war liebenswert gewesen, seine Gottgleichheit, seine Eitelkeit, seine Grausamkeit, sein Glanz, sein Lächeln, seine schmollenden, sinnlichen Lippen, seine grauen Augen, bald leicht gelangweilt, bald so stürmisch entzückt, seine glatte, weiche Haut. Wie liebte sie ihn um der Begehrlichkeit willen, die ihn etwa hieß, jetzt, in diesem Augenblick, ein Bankett oder eine Senatssitzung unterbrechen, weil er jetzt, gerade jetzt, in diesem Augenblick, ihr beiliegen mußte. Und das Übermaß seiner Pläne, ihre Großheit, die vermessene Verachtung aller Schwierigkeiten, die Unvernunft seiner Projekte, wie liebte sie ihn darum!

Acte war nicht prüd und hatte seit Neros Tod nicht die Vestalin gespielt. Unter den Männern ihres näheren Umgangs war ein Dichter, Italicus mit Namen, er schrieb Verse, die hart, rein und groß wie aus Marmor waren, und er liebte sie viel gleichmäßiger, stetiger, wissender, als Nero sie geliebt hatte. Er besaß auch sonst viele preisenswerte Eigenschaften, Vernunft, Bildung, Poesie, sogar Humor. Er war ein guter Gesellschafter bei Tisch und im Bett, und es war kein unangenehmer Gedanke, daß dieser erfahrene, sonst so gelassene Mann, unter den Dichtern der Epoche einer der ersten, vielleicht der erste, sie bis zur Sinnlosigkeit liebte. Sicher verstanden viele nicht, warum sie diese Liebe nicht wärmer erwiderte. Dabei war es doch so einfach: der lebendige Dichter kam nicht auf gegen den toten Nero. Wenn sie an Neros Augen dachte, wie sie sich vor Unmut oder vor Begier schleierten, an seine Hände, wie sie weiß und grausam an ihr herumtasteten, an seine Stimme, wie sie jetzt stählern schmetterte und gleich darauf kindlich flüsterte, wenn sie in seinem Mausoleum war und sich den Toten vor Augen rief, dann wurde, obwohl er seit dreizehn Jahren Asche war, jeder andere Mann vor ihm zum Schatten und lächerlich. Auch jetzt wieder, trotzdem sie mit dem Menschen vor ihr, mit diesem ärmlichen, kahlen Anwalt der Vernunft, beinahe Mitleid hatte, überkam sie, eben durch seine Rede gegen den Rausch, gewaltig die Erinnerung an den Toten. Eine große Verlockung, viel mehr schon als Neugier, stieg in ihr das Verlangen auf nach jenem Manne, den so viele für Nero hielten. Wenn er nur etwas von ihm haben wird, seine Stimme, seine Hände, seinen Gang, nur ein Gran jener unbeschreiblichen Mischung aus Größe, Narrheit, Majestät und Jungenhaftigkeit, wie wird sie selig sein!

»Vielleicht ist er Nero«, sagte sie. Sie sprach vor sich hin, träumerisch, mit dem kleinen, selbstgefälligen, schwer deutbaren Lächeln, mit dem sie früher wohl einen Ringer oder Fechter hatte sterben lassen, der zu ihr um Gnade hochsah. »Haben Sie keine Angst, mein Cejon«, fuhr sie fort, stärker lächelnd, da der andere erschrak und erbleichte vor soviel offenbarer Unvernunft und bösem Willen. »Ich will mich an niemandem ›rächen‹, an Ihrem Titus nicht und an keinem von den Senatoren, die meinen Freund und Kaiser zu Tode gehetzt haben. Ich weiß auch, Nero ist tot, ich habe seine Leiche gesehen und das schwärzliche Loch in seiner Kehle, aus dem sein Blut und sein Leben geronnen war, und ich habe ihn verbrannt, und seine Asche steht in meinem Park an der Appischen Straße. Aber vielleicht werde ich diesen andern lieben, und dann ist er Nero.«

Sie sprach diesen Unsinn mit klarer, gelassener Stimme, sie schaute ihn mit klarem, keineswegs getrübtem Blicke an. Den Cejon aber packte Schauder und Panik vor dieser Welt, in der offenbar überall der Aberwitz triumphierte, und in der kein Raum mehr war für die Vernunft. Noch immer war er Herr über sieben römische Legionen, aber mit Entsetzen erkannte er, daß er gleichwohl ohne Macht war. Was sollten seine Soldaten ausrichten gegen das Lächeln, gegen die verrückten Launen dieses Mädchens? Für Wochen, für Monate war das Schicksal seiner Provinz dieser Hure, diesem Kind in die Hand gegeben.

Er konnte gegen sie nichts ausrichten. Sie war wie der Fluß Euphrat, gleichmütig und unberechenbar; niemand konnte vorhersehen, was sie bringen werde, Segen oder Fluch. Es war sinnlos, sich gegen sie aufzulehnen. Er konnte nur stillsitzen und abwarten, was sie tun wird.

Er spürte denn auch kaum Zorn gegen Claudia Acte, als sie, zwei Tage später, wirklich nach dem Zwischenstromland aufbrach.

7

DREH DICH, KREISEL

Sie standen einander gegenüber, Acte und Varro. Sie hatten sich fast dreizehn Jahre nicht gesehen. Er beschaute ihr zartes, anmutiges Antlitz, es war erfahrener geworden, eine Spur resignierter. Sie war oft eifersüchtig auf ihn gewesen, den intimsten Freund ihres Geliebten; er hatte ihr von dem Gefühl und von der Zeit ihres Geliebten viel weggenommen. Aber nun sie seine vertrauten Züge wiedersah, das starke, fleischige Gesicht, die gescheiten Augen, die gutgebaute Stirn, wurde ihr voll bewußt, wieviel Gemeinsames sie verknüpfte. Niemand hatte besser als sie beide den Kaiser gekannt, niemand ihn mehr geliebt. So gewaltig überkam sie die Erinnerung an Nero, so körperhaft nahe war ihr sein Bild, daß sie erblaßte. Gleichzeitig erschrak sie, wie alt Varro geworden war. In Wahrheit war er erstaunlich jung für seine fünfzig Jahre; aber sie hatte sein Bild unverändert in sich getragen und sah nun schärfer als andere die neuen Linien.

»So sehen wir uns wieder, mein Varro«, sagte sie, und auf ihrem lebendigen Gesicht, das jede kleinste Schwingung des Gefühls wiedergab, war Freude, Bestürzung und Verzicht. Varro aber dachte: Warum habe ich diese nicht geliebt? Meine Augen waren wissend und hatten Erfahrung. Sahen sie nicht, wie schön sie ist? Es geschah aus Klugheit, daß ich mir verbot, sie zu lieben. Liebe ich sie jetzt? Noch vor wenigen Monaten hätte ich mein ganzes, lächerliches Spiel für sie aufgegeben, hätte um sie geworben, sie gewonnen und mit ihr gelebt, ein, zwei oder auch fünf Jahre. Jetzt hat mir mein läppisches Spiel die Kraft genommen. Ich bin ausgeleert, erschöpft, ich bin ein alter Mann.

Doch auf seinem Antlitz war von seinen Gedanken nichts zu merken und nichts in seinen Worten. »Lassen Sie sich anschauen, meine Acte«, sagte er scherzhaft. »Ihre Zähne sind wahrhaftig ein bißchen größer und gescheiter geworden.« Sie hatten aber oft über Actes kleine, gleichmäßige Zähne gescherzt, und Varro hatte halb im Spaß, halb im Ernst behauptet, so kleine Zähne wirkten töricht. »Ob meine Zähne größer geworden sind, weiß ich nicht«, sagte Acte. »Aber gescheiter bin ich geworden. Das steht fest. Sind Sie es, mein Varro?« Sie versuchte zu lächeln, aber es gelang ihr nicht. Es bewegte sie die Erinnerung an jene Zeit, da sie sich zu dreien, Nero, Varro, sie, herumgeneckt und gestritten hatten, oft im Spaß, einige Male auch im Ernst.

Sie ärgerte sich über ihre Sentimentalität. »Erzählen Sie«, bat sie schnell. »Was haben Sie da eigentlich angestellt? Warum haben Sie die Geschichte mit Ihrem Nero angefangen? Was versprechen Sie sich davon? Sie müssen mir alles ganz genau auseinandersetzen. Sie wissen, ich bin schrecklich neugierig.« Sie saß halb liegend auf ihrem Sofa, den einen nackten Arm groß unterm Kopf; das hellblaue Kleid faltete sich weit um sie herum. Ihre Stirn war frei, das schwarze, feine, nicht sehr dichte Haar fiel ihr, gegen die Mode, in halben Locken in den Nacken.

Varro erzählte. Er verhehlte nicht, daß der unmittelbare Anlaß seines Unternehmens seine Antipathie gegen Cejon gewesen war. Er erzählte leicht, gleichmäßig; trotzdem klang durch seine Worte die Intensität, mit der er seine Sache betrieb, und der Glaube an die Idee, die dahinterstand. Er sprach von den Opfern, die er dafür gebracht hatte, von seiner Tochter Marcia, von seinem Freunde Fronto, von seinem Einsatz an Geld, Zeit, Nerven, Leben, und daß er nichts bereue.

Acte hörte nachdenklich zu. »Viele Gründe«, sagte sie schließlich, »aber leider nur Gründe der Leidenschaft.« – »Leider?« fragte Varro zurück. »Wirklich leider?« Und sie spähten, freundschaftlich und forschend zugleich, einer im Gesicht des andern, wieweit sie durch ihre Vergangenheit verbunden, durch ihre Gegenwart getrennt seien.

»Man hat mir in Antiochien mit guten Argumenten bewiesen«, sagte Acte, »daß Ihr Unternehmen töricht und aussichtslos ist. Die Leute, die mir das auseinandersetzten, sind unbedeutend und widerwärtig, aber sie haben die Vernunft für sich.« – »Die Vernunft«, zuckte Varro die Achseln, und jetzt war auf seinem Gesicht jener siegerische Leichtsinn, der ihm von jeher die Menschen gewonnen hatte. »Dreh dich, Kreisel«, zitierte er sie, lachend. »Was ist Vernunft? Jeder hält für vernünftig, was dazu dienen kann, sein eigenes Wesen zu bestätigen, und was dawider ist, lehnt er ab. Ich habe diesen Nero geschaffen, weil ich ohne den Nero und sein Werk nicht leben mag. Sie haben den Nero auf Ihre Frauenart geliebt, Acte, und lieben ihn noch: Sie haben ihn bestattet und ehren sein Andenken. Ich liebe ihn auf meine Art: ich setze sein Werk fort. Ist das unvernünftig?« – »Ach, Varro«, sagte Acte, »ich habe Sie oft gehaßt. Aber ich weiß gut, wie sehr Sie Rotbärtchen geliebt haben, und wie sehr er Sie.« »Ich liebe ihn noch, Acte«, sagte Varro. Sie schauten einander an, wissend, heiter, ernst.

8
WAHN

Varro nahm mit freudigem Erstaunen wahr, daß die Ankunft Actes seine Tochter Marcia glücklich veränderte. Sie, die seit dem Tode Frontos verstört war und unzugänglich verkrustet, suchte ihn plötzlich auf und sprach zu ihm. Brachte bald das Gespräch auf Claudia Acte. Ließ seltsamerweise von diesem Thema nicht mehr ab. Konnte nicht genug von Acte hören, begehrte tausend Einzelheiten zu wissen. Schließlich meinte sie, man könne einen Gast wie Claudia Acte nicht so lange ungeehrt hier sitzen lassen, und da den Kaiser seine Reise durch die neu erworbenen Städte wohl noch einige Zeit von seinen Residenzen Edessa und Samosata fernhalte, zieme es ihr, eine so wichtige und willkommene Besucherin zu empfangen. Der erstaunte Varro zögerte, riet ab. Begriff nicht, was Marcia zu Acte hinziehen mochte. Doch Marcia bestand, man mußte ihr willfahren.

Es war aber dies, daß Marcia in Acte und ihrem Schicksal sich selber widergespiegelt fand. Dieser Claudia Acte war der echte Nero gestorben, und sie kam nun hierher nach dem Osten, resigniert, bereit und gewillt, mit einem falschen vorliebzunehmen. So war ihr selber der echte Nero gestorben; denn der und Fronto waren ihr in eins zusammengeflossen, so daß mit Fronto jener ihr entschwunden war. Ihnen beiden, Acte und ihr, ist nur die Hülle des Nero geblieben.

Acte ihresteils interessierte sich für Marcia. In Rom und in Antiochien klatschte man allerhand über Marcia, die Aristokratin, die ein merkwürdiges Schicksal gezwungen hatte, die Frau eines Leibeigenen zu sein, der den Kaiser spielte. Sogar von der Impotenz des Mannes waren Gerüchte übers Meer gedrungen und von Marcias Beziehungen zu Oberst Fronto. Acte war neugierig auf Marcia.

Sie war mit den beiden Frauen des echten Nero gut ausgekommen, erst mit Octavia, später mit Poppäa. Die großartige Schamlosigkeit, mit der Acte an der Seite Neros ausgehalten hatte, sich ihres Nero sicher wähnend, seine Gemahlinnen freundlich hinnehmend und sie überdauernd, hatte viel dazu beigetragen, ihr die Sympathien der Massen zu gewinnen. Das Volk liebte sie für die Kühnheit ihrer Passion und für ihre Verachtung der äußeren Würde; es freute sich über die Gelassenheit, mit der sie es vorgezogen hatte, Neros Freundin zu heißen und zu bleiben, während sie doch, wenn sie nur gewollt hätte, römische Kaiserin hätte sein können. Jetzt also kam Acte, um sich die Gemahlin dieses neuen Nero anzuschauen, entschlossen, sich mit ihr so gut zu stellen wie mit jenen anderen.

Acte gab sich unbefangen. Sie hatte sogleich aus der etwas krampfigen Hoheit und Liebenswürdigkeit Marcias herausgespürt, wie verkrustet, verwüstet und verstört sie war. Sie hatte bald erkannt, daß es nicht leicht sein werde, sich diese Marcia zur Freundin zu machen; doch die Aufgabe reizte sie, und sie zeigte Marcia doppelte Herzlichkeit. Stellte ihr heitere, zutrauliche Fragen, von Mädchen zu Mädchen, von Frau zu Frau, unzudringlich, lockerte sie auf. Marcia sah zwar auf Acte als auf eine geborene Leibeigene herab. Aber war nicht ihr Mann aus einem Leibeigenen zum Kaiser geworden, und wenn im Kaiser selbst ein Leibeigener stak, warum dann nicht in seiner Freundin eine Leibeigene? Zudem sah sie in Acte eine natürliche Verbündete; denn soll nicht Acte, ähnlich ihr selber, den wahren Nero verleugnen um dieses traurigen Töpfers willen? Es tat Marcia sichtlich wohl, mit Acte zu sprechen. Bald waren sie vertraut, bald war es so weit, daß Acte von Nero reden konnte, von ihrer beider Nero, mit einer ganz kleinen, anmutigen, schwebenden Ironie, so daß nicht deutlich wurde, sprach sie über den echten Nero oder über den falschen.

Bisher hatte Marcia ihren Nero nur vor sich selber und vor Fronto preisgegeben. Jetzt lockerten die behutsamen, kleinen Scherze Actes sie immer weiter auf, so daß sie sich nicht länger scheute, vor dieser Gefährtin von ihrer Schande zu sprechen, voll Zurückhaltung zuerst, dann immer deutlicher. Leise, bitter und vertraulich machte sie sich lustig über das sonderbare Schicksal, das die Götter ihr zugedacht hatten. Die Stimme gesenkt, ein seltsames Lächeln um die hochmütigen, vom Leid verzerrten Lippen, erzählte sie Acte von den Eigenheiten Neros, von solchen des echten Nero, die sie erfahren hatte, und von solchen ihres Nero-Terenz, die sie wahrgenommen.

Acte hörte hingegeben zu. Sie sonderte nicht, was Wahrheit sein mochte, was Einbildung. Vielmehr dachte sie während der Reden der andern sehr stark an den echten Nero, ihren Freund und Kaiser, und es war merkwürdig, daß sich ihr sein Bild durch die Reden dieser Halbverrückten änderte. Sie fragte sich, ob nicht in das Bild Neros, wie sie selber es in der Seele trug, Züge anderer Männer hineingeflossen sein mochten wie in das Nerobild dieser Närrin, ob sie nicht vielleicht alles, was ihr an andern Männern schön und liebenswert dünkte, auf ihren toten Geliebten übertragen habe und noch übertrage, aber blind sei vor solchen seiner Eigenschaften, die ihr an anderen häßlich und abstoßend schienen. Nicht als ob sie jetzt ihren toten Nero weniger geliebt hätte, aber sie erkannte ihn schärfer, deutlicher.

Marcia ihresteils, nun sie mit Claudia Acte über Nero sprach, dachte immer mehr an Fronto. Immer tiefer mischte sich ihr die Erinnerung an den toten Nero und an den toten Fronto mit der Erscheinung des lebendigen Terenz; es gelang ihr nicht mehr, die drei Bilder auseinanderzuhalten. Vertraulich, lüstern und geheimnisvoll erzählte sie der erstaunten Acte von Neros Vorliebe, im Bett unflätige, obszöne Worte zu gebrauchen. Sie sagte »Nero«, doch sie dachte »Fronto«. Daß Nero, da er als Leibeigener geboren war, in den Augenblicken großen Gefühls das Recht, ja die Pflicht zu unflätigen Reden hatte, machte ihr den Fronto liebenswerter. Daß Nero-Terenz Kaiser war, machte den Fronto zum Kaiser, der Lebende und der Tote wurden eins.

In Marcia wie in Acte stieg das Bild eines liebenswerten Mannes auf, sie statteten es aus mit liebenswerten Zügen vieler Männer, und beide nannten sie dieses ihr Bild »Nero«.

Durch dieses Bild aber fühlten sie sich, die erstarrte und verstörte Marcia und die kluge, sehr wache Acte, tief ineinander ein. Als hätte Marcia, was die andere fühlte und dachte, auf den Punkt erraten, sagte sie mit einemmal: »Es ist wirklich nicht wahr, daß Nero gestorben ist. Er lebt. Wenn Sie ihn richtig spüren wollen, dann dürfen Sie freilich nicht unserm Nero hier zu tief in die Brust hineinschauen. Aber ich weiß einen Ort, wo Sie den wirklichen Nero finden können, seinen Schatten meine ich, seine ›Idee‹«, und Acte wußte sogleich, daß Marcia das Wort »Idee«, als sie es mit geheimnisvollem, verschmitztem Lächeln aussprach, im Sinne des Plato gebrauchte, daß sie von dem unzerstörbaren Idealbild des Nero sprach, wie sie beide es in der Seele trugen.

»Und wo, meine Marcia«, fragte sie, tief angerührt von den seltsamen Worten der andern, »finde ich ihn, diesen wahren Nero?« Marcia legte bedeutend und geheimnisvoll den Finger an die Lippen und flüsterte ihr zu: »Im Labyrinth, Liebe. Im Labyrinth hält er sich versteckt. Wenn Sie sehr stark an ihn denken, wenn Sie ihn mit ganzer Seele rufen, dann läßt er sich beschwören, dann ist er da, dann nennt er Sie mit jenen scheußlichen, gemeinen und liebenswerten Namen, mit denen er uns zu nennen pflegte, da er noch leibhaftig unter uns herumging. Wollen Sie, liebe Schwester, einmal mit mir ins Labyrinth hinabsteigen und ihn hören und sehen?« fragte sie dringlich, begehrlich.

Und Acte, angezogen von der Besessenheit der andern, antwortete, die Stimme ebenso gesenkt wie jene: »Ja, Liebe, führen Sie mich hin.«

9

ZWEI ENTTÄUSCHTE

Staatssekretär Knops in seinem Edessa und General Trebon in seinem Samosata hatten der Ankunft Actes voll angenehmer Erwartung entgegengesehen. Beide verstanden sie mit Frauen umzugehen, sie waren sich ihrer Männlichkeit bewußt, und

Erfahrungen hatten sie ihrer Wirkung sicher gemacht. Mit einer Frau zu schlafen, deren Reize weltberühmt waren, schien beiden ein Ziel, des Schweißes wert.

Knops, der sich in Edessa als Statthalter des Kaisers fühlte, stattete ihr als erster einen Besuch ab. Er versuchte es bei ihr sogleich mit der frechen, kaltschnäuzig witzigen Manier, auf die er so oft, selbst als Leibeigener, Frauen erobert hatte. Doch Acte blieb voll kühler Freundlichkeit. Sie beschaute sich dieses Wiesel Knops mit Neugier, doch sichtlich ohne Wärme. Knops, gereizt durch ihre Distanziertheit, rückte seine Verdienste ins rechte Licht. Entfaltete vor ihr sein staatsmännisches Ingenium. Zynisch deutete er an, daß er es war, in dessen Kopf der Einfall von der Überschwemmung Apameas gewachsen war, jener Einfall, der den Sieg des Nero entschieden hatte. Allein die Erwähnung dieses Geschehnisses schien Acte nur traurig zu machen. Den Nero hatte es wenig gekümmert, daß man damals ihn trotz seiner Unschuld als den Urheber des Brandes von Rom ansah; ihr, Acte, aber hatte diese dumme, von Neros Feinden ausgestreute Verleumdung das Herz schwer gemacht, und es war ihr nicht lieb, daß die Überschwemmung Apameas, die dieser subalterne Schlaukopf ausgeheckt, jenes Gerücht neu aufleben ließ. Acte nickte, mit einer etwas unbeteiligten Freundlichkeit. »Es gehört schon«, meinte sie nachdenklich, »eine tüchtige Portion Dreistigkeit dazu, solche Geschehnisse zu entfesseln. Wer die Dummheit des Pöbels als Grundfaktor einkalkuliert, hat seinen sichern Augenblickserfolg im Sack. Neugierig bin ich nur, wie lange sich das Volk dumm machen läßt, und ob Sie damit bis zum Schluß durchkommen. Jetzt aber danke ich Ihnen für Ihre interessanten Ausführungen«, schloß sie. »Die Stunde ist da, die ich meiner Erholung widmen muß«, und damit entließ sie ihn freundlich und entschieden. Knops stand vor der Tür mit seiner enttäuschten Männlichkeit, und es nützte ihm wenig, daß er sich sagte, im Grund sei diese Acte nichts als eine prätentiöse alternde Orientalin.

Trebon scheute nicht die Reise von Samosata nach Edessa, um Claudia Acte zu begrüßen. Natürlich erschien er im Geklirr all seiner Auszeichnungen und trat von Anfang an sieghafter auf als Knops. Er krähte, bewunderte in schallenden, unmißverständlichen Worten Actes Schönheit, schlug seine berühmte helle, fette Lache auf, gab seine wirksamsten Späße zum besten. Acte beschaute sich interessiert das lärmende Phänomen, sie hatte dergleichen nie gesehen. Sie betastete seine Auszeichnungen, ließ sich die Geschichte von der »Mauerkrone« erzählen, verbrachte mit Trebon eine angeregte halbe Stunde. Dann aber, als er schon am Ziel zu sein glaubte und sie plötzlich gutgelaunt mit kräftigem Griff seiner rötlich überflaumten Hand um die Schultern faßte: »Na, wie wäre das mit uns zwei beiden, kleine Frau?«, wich sie, nicht einmal indigniert, doch so maßlos verwundert zurück, daß auch er an seinem Erfolg verzweifeln mußte.

Des Abends in ihrer Kneipe erzählten sich Knops und Trebon ihre Erlebnisse mit Claudia Acte. Es hatten sich aber diese Erlebnisse in ihren Augen in der Zwischenzeit sehr verwandelt. Beide fanden, Acte habe ihnen Avancen gemacht; sie sei aber für eine etwas abgetakelte Dame reichlich anspruchsvoll, und ihre Ansprüche stünden in keinem rechten Verhältnis zu dem zu erwartenden Genuß. Beschäftigte Männer wie sie beide hätten für eine so affektierte Ziege einfach nicht genügend Zeit.

Sie konstatierten das mit einigem Stimmaufwand. Die Leute ringsum hörten ehrfürchtig den Reden der beiden großen und populären Herren zu und trugen sie geschäftig weiter.

10

DER AUFERSTANDENE

Als Terenz vernahm, Claudia Acte sei nach Mesopotamien gekommen, um ihn zu besuchen, beschleunigte er keineswegs seine Rundreise durch die neu eroberten Städte. Er hatte Angst vor dem »Wiedersehen« mit Acte. Zwar zeugte es für Actes guten Willen, daß sie sich hatte bereitfinden lassen, ihn zu besuchen. Trotzdem sah er diesem »Wiedersehen« mit den gleichen Gefühlen entgegen wie etwa seinerzeit der Hochzeitsnacht mit Marcia. Acte kannte den Nero besser als irgend jemand sonst auf der Welt. Nero hieß »der Mann, der Männliche«, und Acte wußte, daß er diesen Namen nicht zu Unrecht getragen hatte.

Aber, tröstete er sich, ist er denn nicht Nero? Ist er nicht so »bis ins Zwerchfell hinein« Nero geworden, daß notwendig die Regungen des Terenz die Regungen des Nero sind? Wenn die Männlichkeit des Terenz nicht von Acte angeregt wird, dann beweist das höchstens, daß Nero eben den Geschmack an ihr verloren hat. Diese Vorstellung richtete ihn wieder auf.

Er hielt es für angebracht, nicht selber nach Edessa zu gehen, sondern Acte zu sich nach Samosata zu bitten. Acte war überrascht. Hätte der echte Nero das getan? Wahrscheinlich nicht. Aber er war unberechenbar gewesen. Man konnte nicht mit Sicherheit sagen, das hätte er getan und jenes nicht. Einen Augenblick schwankte sie, ob sie nach Samosata gehen solle. Sie erzählte Marcia von der Einladung des Kaisers, ihre Zweifel nicht verbergend. Marcia sagte zu ihr, nah und vertraulich: »Soll ich mitkommen, liebe Schwester?« Doch da Acte schwieg, bestand sie nicht, sondern drängte: »Komm bald zurück! Dann zeig ich dir das Labyrinth.« Sie hatte aber von dem Labyrinth seit jener ersten Unterredung nicht mehr gesprochen.

Acte fuhr also allein nach Samosata. Sie sah der Zusammenkunft mit dem Manne mit einer quälenden und beglückenden Spannung entgegen, wie sie sie seit Jahren nicht gespürt hatte. An dem Morgen, für den ihr der Besuch des Kaisers angekündigt war, ging sie durch ihre Zimmer, geschmückt wie für den echten Nero, gejagt von Erwartung. Zum hundertstenmal stellte sie sich vor, was wohl der wirkliche Nero täte, sähe er sie nach so langer Entbehrung unter solchen Umständen wieder. Er lachte, leise, gutmütig, jungenhaft, er ginge ganz nah an sie heran, zuckte mit der Nase, witterte, röche an ihr herum, brächte seine grauen, kurzsichtigen Augen dicht vor ihr Gesicht, starrte sie an, und dann erst packte er sie, zufahrend, sehr heftig, mit seinen fleischigen, lieben Händen, lachte, finge zu strahlen an, sprudelte ein paar überstürzte griechische Worte heraus. Dann verstummte er, er schnaufte wohl ein bißchen, kurzatmig, und dann nähme er ihre beiden Hände, drückte sie fest und sagte in schlichtem Latein: Guten Tag, Acte. Guten Tag, kleine Acte. Ja, so spräche er, obwohl er nicht größer war als sie selber.

Geschrei vor dem Haus, Kommandorufe, Waffenklirren. Ein Schritt die Treppe herauf. Ein nicht unbekannter Schritt. Die Tür auf, die Portiere zurück. Der fremde Mann kommt. Nein, nicht der fremde: es ist Nero, der ins Zimmer kommt. Das ist sein Gesicht, seine breite Stirn, sein rötlichblondes Haar, seine grauen, verkniffenen, kurzsichtigen Augen, seine gewaltige, kindliche, schmollende Unterlippe. Er kommt auf sie zu, er lacht, gutmütig, jungenhaft, er geht ganz nah an sie heran, starrt sie an, packt sie mit seinen weißen, fleischigen Händen, fängt an zu strahlen. Und jetzt, jetzt spricht die Stimme des Nero, sie sprudelt ein paar überstürzte griechische Worte heraus. Ist das seine Stimme? Und wie sonderbar sie das Th spricht. Nein, nicht mäkeln jetzt, nicht deuteln, nicht kritteln! Sie will, daß es seine Stimme ist. Es ist seine Stimme. Und jetzt, in schlichtem Latein, sagt diese Stimme: »Guten Tag, Acte. Guten Tag, meine liebe Acte.«

Actes schönes, langes Gesicht war weiß geworden, als sei sie eine ihrer Statuen. Willenlos, fast ohnmächtig, ließ sich die sonst so Beherrschte die jungenhaft stürmischen Liebkosungen des Fremden gefallen. War dies möglich? Sie hatte das Loch in der Kehle des Nero gesehen, aus der sein Blut und sein Leben geronnen war, sie hatte geholfen, die Leiche zu waschen, hatte sie geküßt, war dabeigestanden, wie sie auf den Scheiterhaufen gelegt und verbrannt worden war, die Asche wurde feierlich aufbewahrt im Mausoleum ihres Parks in Rom. Und jetzt war der Mann da, seine kurzsichtigen Augen, seine frechen, knabenhaften, sinnlichen, kaiserlichen Lippen. Alles war voller, massiger, üppiger, um dreizehn Jahre gewachsen. Aber es war sein Gesicht, seine Gestalt. Konnten das die Götter ein zweites Mal gefügt haben, ein zweites Mal die gleiche Bildung? Sie wußte natürlich von jenem Spaß, den sich damals Nero mit dem Töpfer Terenz gemacht hatte, und ihre überwache Gespanntheit nahm nicht nur die falschen Th, sondern auch jede sonstige kleine Abweichung wahr. Trotzdem erschrak sie bis ins Innerste, selig und verzweifelt. Der Raum war erfüllt von Nero, ihrem Geliebten, so hatten seine Hände sie berührt, so war sein Atem auf sie eingedrungen. Wenn es aber so war, gehörte ihr dann noch der Tote? Schreck und Seligkeit stürmten so verwirrend auf sie ein, daß sie beinah verging.

Sie befahl sich aufzuwachen. Sie sagte sich, es könne vielleicht ein Leib, ein Gesicht, eine Maske sich wiederholen, aber wenn sie genau hinsehe, dann werde sie wahrnehmen, daß die Bewegung, der Gang dieses Mannes ein anderer sei, daß sein eigentliches Wesen verschieden sei von dem des Toten. Aber sie wollte das, vorläufig wenigstens, nicht hören. Sacht machte sie sich los aus der Umklammerung des Mannes. Mit einer zärtlichen Stimme, die noch heiß war vor Erregung, fragte sie: »Und wo warst du diese ganze Zeit? Warum hast du mich nicht gerufen?«

Terenz hatte sich auf solche Fragen vorbereitet und sich Antworten im Stile des Nero zurechtgelegt. Aber er hatte, der bis in sein Innerstes schauspielerische Mensch, sein ganzes, neronisches Wesen in die Minute der Begrüßung hineingepreßt, er hatte sich in dieser Minute so ausgegeben, daß er jetzt vollkommen leer war. Zwar besaß er Technik genug, noch die richtigen Antworten im richtigen Tone herauszubringen. Aber das Beseelende war fort. Acte kam zu sich. Acte sah einen lächerlichen, kleinen Komödianten. Sie hatte ein Gefühl vor ihm wie vor ihrem Lieblingsvogel, den sie hatte ausstopfen lassen und der nun, ein trauriger, stummer Balg, bei ihr herumstand. Die Magie war gebrochen. Sie schämte sich ihrer großen, seligen und verzweifelten Minute. Trotzdem war sie dem Manne dankbar für diese Minute und ließ ihn ihre ungeheure Enttäuchung nicht merken.

Alles in allem verlief diese erste Unterredung so, daß sie selbst für den Kenner ein Wiedersehen zwischen dem echten Nero und seiner Freundin hatte vorstellen können. Aber Acte war froh, daß ihr Zusammensein mit dem Manne nicht lange dauerte. Hernach war sie erschöpft und legte sich hin, um zu ruhen, wie sie gewohnt war. Sie hatte sich geübt, selbst nach Erregungen diese zwei Stunden zu schlafen; sie schlief auch heute. Aber durch ihren Traum ging ein wüster, verzerrter Nero, und sie erwachte müder, als sie sich hingelegt hatte.

An diesem Tage fühlte sich Acte zum erstenmal alt.

Sie spürte wieder die Hände Neros um ihren Kopf, ihre Haut schauerte unter seinem Atem, ihr Ohr, ihr Herz war voll von seiner Stimme. Von wessen Stimme? Des echten Nero oder des falschen? War es nicht gleich, welchen Namen der Mann trug? Genügte es nicht, daß er in der Welt war? War das nicht eine unerwartete, unvorstellbar hohe Gunst der Götter? Sie war gewillt, diesen Mann, wer immer er war, für Nero zu halten, mit sehenden Augen, mit hörenden Ohren. Und wenn zuweilen ihr Herz abgestoßen war, weil der Mann plumper sein mochte als der ihrer Erinnerung, und wenn ihr Hirn sie verlachte, daß sie auf ihn hereinfiel, so sehnte sich, schon während dies geschah, ihr Schoß nach ihm.

Am Abend des Tages, als er sie zum erstenmal wiedersah, gab Nero ein Bankett für sie. Eine Zeitlang war er schwunglos; dann, auf einmal, hatte er wieder die erfüllte Minute des großen Schauspielers. Beglückt durch diese Minute, wartete sie darauf, daß er, der echte Nero, die andern unversehens anbrüllen, hinausweisen, gierig über sie herfallen werde. Aber er enttäuschte sie. Nach angemessener Zeit empfahl er sich manierlich und ging.

Und so geschah es am nächsten und am dritten Tag. Dann sagte sie selber zu ihm mit der natürlichen Schamlosigkeit der Liebenden: »Wann endlich wirst du mit mir schlafen, Rotbärtchen?« Doch er hatte sich auch auf diese Frage vorbereitet und erwiderte lachend: »Man darf den Göttern nicht zuviel Glück abtrotzen wollen. Ich habe ein Gelübde getan, daß ich mich enthalten und dir erst dann beiliegen werde, wenn ich Antiochien erobert habe.« Da spürte sie schmerzhaft, wie sehr er ein Fremder und von Nero unterschieden war.

Sie beschloß, nach Edessa zurückzugehen und dann bald nach Antiochien und nach Rom. Aber es fiel ihr unerwartet schwer, sich von dem Manne zu trennen. Sie blieb, einen Tag und noch einen und noch eine Woche.

11
DAS LABYRINTH

Nero, bei all seiner Primitivität und seiner Eingesperrtheit in sich selber, verstand schlau die Gefühle seiner Umgebung herauszuspüren, soweit sie ihn angingen. Er merkte gut, wie es um Acte stand und wie sie ihn sah. Es reizte ihn, gerade vor ihr Geltung zu haben. Es war ihm nicht verborgen geblieben, daß Acte, die anscheinend so rechenhafte und verstandesklare, vor allem dann auf ihn reagierte, wenn er sich vor ihr in seinen romantischen Träumereien erging. Eines Tages forderte er sie auf, mit ihm jene Stätte im Zwischenstromland zu besuchen, die ihm die liebste sei, das Labyrinth von Edessa.

Acte war tief betroffen. Als Marcia ihr von dem Labyrinth gesprochen, hatte sie nicht angenommen, es handle sich um Erlebnisse mit diesem zweiten Nero, sondern sie hatte Marcias Sätze für die Phantasien einer Halbirren gehalten; dennoch hatten Marcias Worte sie mit neugieriger Scheu erfüllt. Als jetzt Nero-Terenz das Wort Labyrinth aussprach, spürte sie von neuem jene Erregung, und das Wort Labyrinth, wie es großartig und geheimnisvoll aus Neros Munde kam, wehte sie fremdartig und schauerlich an.

Sie fuhr also in Begleitung Neros zurück nach Edessa. Sie wollte Marcia nicht verheimlichen, daß Nero sie aufgefordert hatte, mit ihm das Labyrinth zu besuchen. Doch Marcia schien es keineswegs übelzunehmen, daß jetzt nicht sie, sondern der Kaiser der Freundin die Stätte zeigen wollte, und ihm war es nicht unlieb, daß Marcia mitkam.

Zu dreien also verließen sie die Stadt, setzten über den Fluß Skirtos und begaben sich zum Labyrinth. Sie waren schlicht angezogen und ohne Gefolge; Nero wünschte nicht, daß das Volk sie das Labyrinth betreten sähe. Mit einem einzigen Fakkelträger drangen sie in die finstere Wirrnis der gewaltigen Höhle ein. Nero kannte sich hier unten gut aus. Er ging voran, des Fackelträgers wenig achtend, ziemlich schnell, so daß Marcia und Acte Mühe hatten, ihm auf den verwinkelten, unebenen Wegen zu folgen. Schließlich hieß Nero gar den Fackelträger zurückbleiben. »Fürchtet euch nicht«, sagte er zu den Frauen, hieß Marcia seine Hand fassen und Acte die Hand der Marcia und ging weiter in den finstern Gang hinein.

Acte war kühn, sie hatte das oft bewiesen; gleichwohl faßte sie Unbehagen, als sie jetzt mit diesen beiden Halbverrückten mühsam und unsicher durch das Dunkel ging, durch die engen, niedrigen, modrigen Gänge, immer wieder sich bückend, um nicht anzustoßen. Sie sah nichts, doch ab und zu hörte sie kleine, häßliche, zwitschernde Schreie. »Das sind Fledermäuse«, erklärte Nero. »Ich habe mir welche gezähmt; sie haben interessante Gesichter. Haben Sie übrigens keine Angst, meine Acte, sie gehen nicht ins Haar. Das ist ein alberner Aberglaube. Die Welt ist leider voll von albernem Aberglauben«, seufzte er mit einem kleinen Lachen.

»So«, sagte er befriedigt, »jetzt kommen wir an meinen Lieblingsplatz. Es geht ein paar Stufen abwärts, fast wie eine Leiter.« Marcia und Acte tasteten sich beschwerlich hinunter, nur von seiner Stimme geführt. Immer beklemmender wurde um Acte die modrige Luft und die fast greifbare Schwärze. »Jetzt sind wir angelangt«, kam Neros Stimme durch die Finsternis. »Setzt euch, bitte«, sagte er höflich, als wäre man in seinem Empfangsraum. Marcia hatte Actes Hand losgelassen, Acte wollte neben ihr bleiben, ihre Nähe, die Wärme ihres Leibes spüren, aber sie fand Marcia nicht mehr, und sie scheute sich, sie in Neros Gegenwart zu rufen. Sie kauerte also nieder.

»Sehen Sie mich, meine Acte?« fragte nach einer Weile Nero, seine Stimme kam jetzt schräg von links her, aus ziemlicher Entfernung; die Höhlenkammer, in die er sie geführt hatte, war wohl geräumig. »Nein«, erwiderte verwundert Acte, »wie sollte ich Sie sehen? Es ist hier doch dunkel.« – »Ist es dunkel?« fragte Nero zurück. »Nun, so werde ich leuchten«, verkündete er großartig. »Sehen Sie mich jetzt?« fragte er, mit bösem Triumph und einer kleinen Drohung. Da sie schwieg, antwortete an ihrer Stelle Marcia: »Natürlich sieht sie dich.« – »Sie soll selber sprechen«, beharrte Nero. »Ja, gewiß sehe ich Sie«, sagte betreten Acte. »Sehen Sie, wie ich die Hand hebe?« fragte Nero. »Ich sehe es«, erwiderte Acte. »Sie sind scherzhaft aufgelegt«, lachte Nero. »Ich habe ja die Hand gar nicht gehoben. Aber es ist ein Ort, der zum Scherzen herausfordert. Auch ich fühle mich sehr behaglich hier. Ja, ich fühle mich wohl hier, und hier will ich für die Ewigkeit bleiben. Es ist die Stätte, die mir am besten ansteht. Hier sind die Schatten der großen, alten, östlichen Könige, hier hat man sie begraben, hier wollten sie begraben sein, und wenn ich Umgang mit meinesgleichen haben will, dann gehe ich hierher und unterhalte mich mit den alten Königen und mit den Göttern.«

Acte erwiderte nichts. Ihre Beklommenheit wuchs. Der Mann war offenbar verrückt, und war es nicht möglich, daß er ihr in seiner Narrheit etwas antat, sie einem Gott opferte, seinem Genius oder sonstwem, dem Stiergott Labyr zum Beispiel, dem Gotte des Labyrinths? Trotzdem zog seine Stimme sie an, und selbst das, was er sagte. Denn ähnlich wie er hätte der echte Nero sprechen können.

Wieder nach einer Weile sagte Nero: »Jetzt wollen wir zurückgehen«, und Acte atmete auf. Aber: »Für den Rückweg führe ich euch nicht an der Hand«, fügte er heiter hinzu. »Ich ziehe es vor, zu leuchten.« Acte erschrak. Sie stand auf, tastete sich an den unebenen Wänden entlang. Schon hörte sie die Stimme Neros sehr fern und aus ziemlicher Höhe; er hatte wohl die tiefe Kammer schon verlassen. Munter plaudernd, ziemlich rasch ging er weiter, seine Stimme verklang. Doch jetzt war wenigstens Marcia neben Acte. »Bleiben wir zusammen«, schlug sie tröstlich vor. »Ist es nicht schön hier?« – »Ja, ja«, sagte beflissen Acte und nahm hastig die Hand der Frau. Dunkel erinnerte sie sich an Geschichten von Leuten, die sich im Labyrinth verirrt und nicht mehr an den Tag zurückgefunden hatten, und die jämmerlich verhungert waren. Fester nahm sie die Hand Marcias. Bald aber brauchte die ihre beiden Hände, um sich weiterzutasten, und wenige Sekunden später hatte Acte auch sie verloren. Sie rief, Marcia antwortete, doch es verging keine lange Zeit, dann verlor sich auch Marcias Stimme.

Da war also Acte jetzt allein im Labyrinth. Sie tastete sich vor, zurück. Geriet in einen langen, ziemlich ebenen Gang. Erinnerte sich mit Sicherheit, daß sie diesen Gang durchschritten hatte, gleich nachdem Nero-Terenz den Fackelträger hatte zurückbleiben heißen. Redete sich Mut ein: sehr bald, jetzt gleich wird sie die Fackel auftauchen sehen. Aber kein Lichtschimmer kam, und auch die Stimme Neros und der Marcia waren endgültig verklungen.

Es hatte keinen Sinn, weiterzugehen. Ihre Erinnerung hat sie getäuscht, sie hat sich endgültig verirrt. Es bleibt ihr nur übrig, darauf zu warten, daß die andern sie herausholen.

Sie kauerte sich im Finstern auf den Boden. Sie wird hier einige Geduld brauchen. Man wird sie eine, vielleicht auch zwei oder drei Stunden warten lassen. Vielleicht will Rotbärtchen sich an ihr rächen, weil er vor ihr versagt hat. Acte kannte die Welt und die Menschen, sie wußte, daß man den am meisten haßt, vor dem man versagt hat. Dreitausend Kammern soll das Labyrinth haben. Warum hat sie sich auf dieses tolle Unternehmen eingelassen, mit den beiden Verrückten hier herunterzusteigen? Sie war doch sonst vernünftig. Warum überhaupt ist sie hierhergekommen? Natürlich hat es Sinn gehabt, daß sie hierherkam, aber jetzt findet sie diesen Sinn nicht mehr. Sie findet sich in sich selber so wenig mehr zurecht wie in diesem verdammten Labyrinth.

Ein bißchen Vernunft. Bitte, Acte! Laß dich nicht anstecken. Welches Interesse soll der Mann daran haben, sie hier in der Nacht sitzen zu lassen? Und wenn er einen so wahnsinnigen Einfall haben sollte, werden nicht Varro und die andern ihm den Kopf zurechtsetzen? Denn es wäre doch sehr schädlich für die Sache des Nero, wenn Acte, die gekommen ist, ihn zu besuchen, bei diesem Besuch verschwände.

Erschreckt plötzlich griff sie nach ihrem Haar. Hat sich nun nicht doch eine Fledermaus darin verfangen? Unsinn. In der letzten innersten Kammer haust der Gott des Labyrinths, der Stiergott Labyr. Er hat das Volk von Edessa gezwungen, ihm junge Menschen ins Labyrinth zu schicken, er nährt sich von ihrem Blut. Wie lang sie wohl hier schon sitzen mag? »Rotbärtchen«, rief sie plötzlich, und in ihrer Stimme war große Angst. »Wo bist du? So hilf mir doch!«

Auf einmal war wirklich die Stimme Neros wieder da. »Sind Sie noch immer hier, Acte?« fragte er höflich und verwundert. Er sprach in der Finsternis so leichthin, als hielte er den Smaragd vorm Auge und betrachtete sie. »Warum folgen Sie mir denn nicht? Aber vielleicht haben Sie recht, das Licht der Majestät ist zu gut, es zu gemeinen Leuchtzwecken zu benutzen. Ich schicke Ihnen den Fackelträger.«

Die Fackel kam, Licht kam, und schließlich war man wieder am Tag. Die Angst, die Acte im Labyrinth gespürt hatte, hielt in ihrer Erinnerung nicht vor. Sehr bald vielmehr erinnerte sie sich nur mehr dessen, was sie an dem Erlebnis gereizt hatte. Der Nero des Labyrinths, wie er sie bewegt, geängstigt, erlöst hatte, das war der tote, echte Nero gewesen. Der tote, echte Nero war im Labyrinth nicht weniger zu Hause als in seinem Mausoleum in ihrem Park in Rom. Und Acte wußte nun ganz genau, daß sie recht daran getan hatte, ins Zwischenstromland zu reisen.

12

DER BESTATTETE

Sie war jetzt schon fast einen Monat in Edessa. Die Freunde des Nero fanden, es sei schön und gut, daß sie gekommen sei; aber wenn sie sich jetzt nicht durch eine entscheidende Demonstration für die Identität des Nero ausspreche, dann bringe ihr Besuch mehr Schaden als Vorteil. Sie stimmten darin überein, daß es ein einziges Mittel gab, durch das Acte wirksam Zeugnis für Nero ablegen könnte.

Es war natürlich, daß man den Varro mit der Aufgabe betraute, Acte zur Anwendung dieses Mittels zu bewegen. »Ich sehe mit Freuden, süße Acte«, sagte er, »daß Sie viel mit unserm Nero zusammen sind. Beginnen Sie jetzt zu verstehen, wie ich auf den unsinnigen Plan kommen konnte, Nero wieder zum Leben zu erwecken?« Acte hatte ihm mit dem Ausdruck eines aufmerksamen Kindes zugehört, sie nickte nachdenklich, beipflichtend. »Wenn unser Nero«, fuhr Varro fort,

»sogar Sie, meine Acte, auf Minuten in unsere Vergangenheit zurückversetzen kann, sollte er dann nicht auch Rom, das viel gröbere, in jene Vergangenheit zurückversetzen können?« – »Die Zeit«, gab Acte zu bedenken, »ist härter geworden, kahler. Sie bedarf sehr derber Mittel, um sich zu begeistern. Vielleicht geht die farbige Blindheit, in die unser Nero uns versetzt, gar nicht von ihm aus, vielleicht liegt sie in uns selber. Und dann ist unser Unternehmen dennoch unsinnig und hoffnungslos.«

Es war dem Varro ein hoher Triumph, daß Acte gesagt hatte »unser Unternehmen«. »Erinnern Sie sich noch, Acte«, fragte er, und es war eine Bitte mehr als eine Frage, »wie damals der Glaube an Nero das Leben leichter gemacht hat? Erinnern Sie sich an die Lähmung, die Betäubung, die die ganze Welt erfaßt hat, als Nero tot war? War es nicht, als sei mit einemmal die Welt kahl geworden, blaß, farblos? Die Männer auf dem Palatin haben uns, Ihnen und mir, unsern Nero stehlen wollen. Ist es nicht herrlich, ihnen zu zeigen, daß sie nichts vermocht haben? Sie haben seine Statuen in Stücke geschmissen, seinen Namen aus allen Inschriften gekratzt, selbst seinem Koloß statt seines guten Kopfes den bäurisch nüchternen des alten Vespasian aufgesetzt. Ist es nicht großartig, ihnen zu beweisen, daß das alles nichts genützt hat? Zugegeben, für einige Jahre haben sie es erreicht. Für einige Jahre haben sie wirklich alles Phantastische aus der Welt geschafft, den Schwung, das Übermaß, alles, was das Leben lebenswert machte. Aber jetzt, mit Nero, ist das alles wieder da. Ergreift Sie das nicht, Acte? Die Götter haben uns geholfen, das erste, schwierigste Stück des Weges zu überwinden. Gehen Sie mit uns, Acte! Wir werden Antiochien gewinnen, Alexandrien, Korinth, den Palatin.« – »Sie träumen«, sagte Acte; aber sie sagte es nicht verweisend, sie selber träumte mit, ihre Stimme kam verschleiert wie aus dem Schlaf. »Es wäre schön«, fuhr sie fort, immer mit der gleichen verträumten Stimme, »mit Nero wieder auf dem Palatin zu wohnen. Aber es wird nicht sein. Es ist nicht gut, sich dem Zauber hinzugeben, wie Sie es tun, mein Varro. Wenn dann der Zauber fällt...«, sie verstummte, in Gedanken. »Wenn der Zauber fällt?« fragte Varro, auf sie schauend, selber fast benommen von der wissenden Melancholie, die von ihr ausging. »Wenn der Zauber fällt...«, wiederholte sie, und immer noch nicht führte sie den Satz zu Ende. »Was dann, was dann?« drängte

Varro und konnte die Augen nicht von ihr abwenden. »Dann bleibt eine alte Frau«, schloß mit ihrer klaren Stimme Acte, ruhig lächelnd.

Und mit der Logik, die ihr eigen war, setzte sie ihm hart und nüchtern auseinander, wie sie seinen Nero sah. »Sie haben sicher den rechten Mann gewählt«, sagte sie. »Er kann einen täuschen. Er konnte selbst mich täuschen. Sie wissen, wie sehr Italicus mich liebt. Er ist ein Dichter und ein Mann, er macht sich, der sonst so Vernünftige, lächerlich durch die kindische Art, wie er mir seine Liebe zeigt, und ich müßte keine Frau sein, wenn mir das nicht gefiele. Aber, ich gebe es Ihnen zu, Ihr Nero hat, als ich ihn das erstemal sah, in einer halben Minute mehr bei mir erreicht als mein Italicus mit der Anstrengung einiger Jahre. Allein, und das ist der schwache Punkt Ihres Kalküls, Ihr Nero kann einen nur auf eine Minute täuschen, und selbst dann muß man guten Willens sein. Er ist durch und durch künstlich, die Götter haben sich den Witz gemacht, so etwas wie eine Wachsfigur zu schaffen, die reden und sich bewegen kann, aber er bleibt ein Schatten, er hat keine richtige Menschenseele. Er kann nicht einmal mit einem schlafen, er ist kein ›Nero‹, er ist kein Mann, die Zeugungskraft fehlt. Am lebendigsten ist er in seinem Labyrinth. Er ist ein Gespenst, so stelle ich mir die Toten im Hades vor, er ist nichts. Sie haben mir eine bittere Erfahrung verschafft, Varro. Es zerreißt einen, zu erleben, daß einer so männlich und kaiserlich und groß und vertraut und phantastisch einhergehen kann und in seinem Innern das leere Nichts sein. Ich erschrecke vor mir selber, vor meinen eigenen Bewegungen, vor meinem Gang, vor meiner Stimme, wenn ich diesen Schatten-Nero sehe.«

Varro verstand sie, und bevor er seine Forderung vorbrachte, wußte er in seinem Herzen, daß sie sie ablehnen werde. »Wenn ich Ihr lebendiges Gesicht sehe, Acte«, begann er gleichwohl von neuem, »dann kann ich mir nicht denken, daß Sie so nüchtern sind, wie Sie sich jetzt geben. Wenn ich mich mitreißen ließ, lassen auch Sie sich mitreißen. Seien Sie nicht zu vernünftig. Bleiben Sie auf unserm Boot, Acte. Wenn wir es auch auf den Grund segeln, ist es nicht großartig, zu fahren? Und wenn Sie mit uns sind, dann werden wir nicht scheitern.«

»Ich will Ihnen etwas gestehen, Varro«, erwiderte Acte. »Sie wissen, daß ich Nero geliebt habe. So stark, daß jeder andere vor seinem Schatten verblaßt. Ihr Nero war der erste Mann, der alles wieder brennen machte, was seit Rotbärtchens Tod in mir erloschen war. Ich halte Ihren Nero nicht aus. Ich werde verrückt, wenn ich immer wieder erleben muß, wie aus diesem fleischernen Gespenst der Geist entflieht, so wie man es anrührt. Ich ertrage das nicht. Ich liebe nicht den Rausch; Sie irren sich. Auf keinen Fall liebe ich einen Rausch, der mit solchen Mitteln erzeugt werden muß. Ich bleibe nicht hier.« Und da sie seine tiefe Enttäuschung sah, fuhr sie fort, den Ton wechselnd, rechnerisch, spaßhaft und ernsthaft in einem: »Ich will Sie nicht im Stich lassen, Varro. Ich will Ihnen helfen. Sie wissen, ich bin eine reiche Frau, ich liebe den Reichtum, und wenn ich etwas für Ihren Nero unternehme, dann wird vermutlich die einzige praktische Folge die sein, daß Titus meine schönen Güter und meine Ziegeleien in Italien konfisziert. Trotzdem: wenn ich Ihrer Sache einen Dienst leisten, wenn ich für den Namen Nero etwas tun kann, dann sagen Sie es mir. Ich will es tun.«

Jetzt war es also an dem, daß Varro ihr mit dem Ansinnen kommen konnte, das die Anhänger des Nero an sie zu stellen hatten; sie selber hatte ihn dazu aufgefordert. Aber dieser Mann Varro, der ohne das leiseste Bedenken Tausende in den Tod geschickt, der seine Tochter Marcia seinem Spiel geopfert, der seinen Freund Fronto mit Bedauern, doch ohne Reue hatte sterben sehen, der sein eigenes Leben oft um geringen Einsatzes willen riskiert hatte, dieser Varro vermochte es nicht, Claudia Acte ins Gesicht zu sagen, was er von ihr wollte. Er hatte sich an ihr entzündet. Er begriff sich selber nicht mehr, daß er, solange er jung war, lediglich aus Klugheit, um es mit dem Kaiser nicht zu verderben, es sich verwehrt hatte, ihre Schönheit zu sehen, das Einzigartige an ihr, es zu genießen. Jetzt aber, gealtert, mit einemmal, sah er, und er bereute. Der Mann, der so lange zu seinem ganzen Leben ja gesagt hatte, der nichts ungetan wünschte, was er getan, und nichts getan wünschte, was er gelassen hatte, bereute nun in kurzer Frist zum zweitenmal. Jetzt bereute er, daß er damals nicht, Nero hin, Nero her, alles darangesetzt hatte, diese Frau Claudia Acte für sich zu gewinnen. Eine ungeheure Lust kam ihn an, seine lächerliche und großartige Sache für eine kurze Frist zur Seite zu stellen, nichts zu sein als der frühere Varro und seine Freude zu haben an dem köstlichen Menschen, den das Schicksal ihm da in den Weg geschickt hatte.

Statt also die Gelegenheit zu nutzen und ihr mitzuteilen, worum er sie zu bitten hatte, sagte er ohne Zusammenhang: »Wissen Sie noch, meine Acte, wie wir die farbigen, chinesischen Fische in den neuen Teich des Goldenen Hauses einsetzten?« Und er fühlte sich jung wie in seiner besten Zeit, leichtsinnig und tief, bösartig und seiner Anziehung sicher, bereit, für seinen Genuß sehr viel zu zahlen, aus dem Wissen heraus, daß man das Leben nur dann ganz genießen kann, wenn man gewillt ist, nicht zu rechnen. Er fühlte eine tiefe Vertrautheit mit Acte, wie er sie früher nie gespürt hatte. Sie waren, spürte er, eigentlich zu dreien im Raum; der tote, der wirkliche Nero war mit ihnen, in seiner besten Gestalt, nicht störend, und es spann zwischen ihnen dreien eine tiefe, mehr als freundschaftliche Gemeinsamkeit.

Doch Acte ging nicht ein auf sein Spiel. Vielmehr wiederholte sie, seine Phantasien jäh und mit gewollter Nüchternheit unterbrechend: »Sagen Sie mir, was ich für Ihren Nero tun kann?«

Und da riß sich Varro zusammen und teilte ihr mit, was er und seine Freunde als den einzigen wirksamen Dienst ansahen, den Acte ihrer Sache leisten konnte.

Es war aber dies. Wenn Nero lebte, dann war in der Urne, die Acte im Mausoleum ihres Parks in Rom verwahrte, die Asche eines Irgendwer. Wenn Acte überzeugt war, daß Nero lebte, dann waren diese Urne und das Mal lächerlich geworden. Wenn Acte der Welt zeigen wollte, daß sie an den lebendigen Nero glaubte, dann mußte sie das Mal zerstören, die Asche des toten Irgendwer in die Winde streuen lassen.

Die durchsichtige Haut von Actes Gesicht nahm, während Varro, seine Sätze mit absichtlicher Trockenheit fügend, ihr dies auseinandersetzte, eine leuchtende Weiße an. Doch ihre Stimme klang rein und ruhig wie immer, als sie jetzt, ebenso trocken wie er, feststellte: »Sie verlangen, daß ich alles, was von dem wirklichen Nero noch da ist, in die Winde streue, um meinen Glauben an Ihren falschen Nero zu beweisen?«

»Ja«, sagte sachlich Varro. Aber noch bevor dieses Ja verklungen war, schämte er sich dessen, was er ihr zugemutet hatte, und ungeschickter, als es sonst seine Art war, fügte er hinzu:

»Es geht um das Werk des Nero. Das ist wohl einen Haufen Asche wert.«

Actes grünbraune Augen schauten den Senator, den Freund Neros, lange an, ihre Schultern waren ein bißchen heruntergefallen, ihr geschwungener Mund zuckte ganz leise. »Was Sie da sagen«, erwiderte sie dann, mit fast unmerklichem Hohn, »ist sicher sehr vernünftig. Aber vielleicht hätten Sie es doch nicht sagen sollen.« Ein unbehagliches Schweigen stieg zwischen den beiden Menschen auf; alles war mit einemmal im Raum, was es zwischen ihnen Trennendes gab.

Actes ganzes Wesen starrte Empörung gegen Varro und seine Zumutung. Vergebens sagte sie sich mit ihrem guten Verstand: Wenn er das Werk des Nero fortsetzen und die Welt in seinem Sinne regieren will, soll er dann vor der Urne haltmachen? Für ihn ist wirklich nichts anderes darin als ein Haufen Asche. Aber tiefer in ihrem Innern wußte sie, daß ihn das nicht entschuldigte und daß er unrecht hatte vor ihr und vor Nero. Mochten seine Erwägungen für ihn richtig sein, sie waren es nicht für sie, nicht für Acte. Ihre Vernunft war anders als die seine. Daß sie damals ohne Zögern ihr Leben riskiert hatte, um den toten Leib des Nero vor Schändung zu retten und kaiserlich zu bestatten, das war die größte, die vernünftigste Tat ihres Lebens. Was heißt denn vernünftig handeln? Vernünftig handeln heißt so handeln, wie es einem gemäß ist. Pietät, das war für Varro ein leeres Wort, nicht für sie. Die Asche des Nero in den Wind streuen, das bedeutete für sie ihr Blut ins Leere verströmen. Jene griechische Frau, die ihr Leben daransetzte, den Leib ihres Bruders zu bestatten, war keine schiere Theaterfigur, sie lebte nicht nur von Dichters Gnaden. Niemals, und wenn sie die Sicherheit hätte, daß dadurch die Flavier aus Rom vertrieben würden, ließ sie es zu, daß das Haus zerstört würde, das Totenhaus in ihrem Park, in dem ihr Nero lebte. Die Überbleibsel ihres Geliebten, ihres Kaisers, waren ihr bester Besitz, sie konnte nicht leben ohne sie. »Ich gebe die Asche nicht auf«, sagte sie leise, hart, bösartig. »Ich denke nicht daran.«

Varro schwieg. Er erkannte, daß gegen Actes inneren Widerstand keine Macht der Erde aufkam. Er verabschiedete sich, ging.

Acte indes bereitete in aller Hast ihre Abreise vor. War sie früher erregt bis in alle Poren vor Gier, mit Nero-Terenz zu schlafen, so konnte sie jetzt die Luft um ihn nicht mehr ertragen. Schon die Erinnerung an seine Haut, an seinen Geruch reizte sie bis zur Übelkeit.

13

DAS GESCHÖPF ERHEBT SICH GEGEN DEN SCHÖPFER

Die Absicht Claudia Actes, nach Antiochien und nach Rom zurückzukehren, verbreitete unter den Freunden des Nero Bestürzung. Trebon und Knops drängten darauf, sie zu beseitigen, sie verschwinden zu lassen, ehe sie nach Rom zurückkehren und dort das Märchen verbreiten könne, Nero sei gar nicht Nero. Nicht einmal sich selber gestanden sie ein, daß sie froh waren, einen Vorwand zu finden, sich für ihre gedemütigte Mannseitelkeit an der Frau zu rächen.

Terenz hörte die Vorschläge seiner Vertrauten mit Wohlgefallen an. Ihn ärgerte es, daß Acte einfach durch ihr Erscheinen die Massen Mesopotamiens gewonnen hatte, er war eifersüchtig auf ihre Popularität. Er wußte genau, daß es Augenblicke gegeben hatte, in denen sie ihn für Nero gehalten. Vielleicht, sagte er sich, hätte er sie gewinnen können, wenn er nicht als Mann versagt hätte. Er trug es ihr nach, daß seine Kraft als Mann und als Schauspieler nicht ausgereicht hatte, und er verwand es nicht, daß sie blind gewesen war für den »Fran«, das Leuchten der Majestät, das im Labyrinth von ihm ausging. Es war gut, wenn diese Hure aus der Welt verschwand, und es traf sich ausgezeichnet, daß auch staatspolitische Gründe das forderten. Das einfachste war natürlich, Acte meuchlings aus der Welt zu schaffen. Allein das schien ihm zu plump und simpel. Seine Rache an ihr sollte feiner sein, eleganter. Erinnerungen stiegen in ihm hoch an den kunstvoll arrangierten Schiffbruch, durch den Nero seine Mutter hatte aus dem Weg räumen lassen. Er träumte davon, einen Unfall herbeizuführen, bei dem Acte verstümmelt werden sollte; es sollte etwa ihr Gesicht für immer entstellt werden, oder sie sollte die Schönheit ihres Ganges verlieren. Das Unglück müßte natürlich mit solchem Raffinement arrangiert sein, daß nicht einmal sie selber an etwas anderes glaubte als an einen bösen Zufall.

Acte hatte mittlerweile die Vorbereitungen ihrer Abreise beendet. Doch da sie ein höfliches Herz hatte, wollte sie Edessa nicht verlassen, ohne sich von dem Manne zu verabschieden, der ihr, nach langen Jahren der Dürre, wieder ein großes Gefühl vermittelt hatte. Sie suchte Nero auf.

Nero war gerade mit seinen zahmen Fledermäusen beschäftigt, in der Grotte, die er für diese Tiere hatte einrichten lassen. Daß Acte kam, um sich zu verabschieden, war ihm eine unangenehme Überraschung. Es hätte besser in seine Pläne gepaßt, wenn sie versucht hätte, sich heimlich fortzustehlen. Er hatte sich vorgesehen, und sie wäre in diesem Fall aus seinem Machtbezirk nicht heil entkommen. Daß sie jetzt so rein und heiter vor ihn trat, fügte sich nicht in sein Weltbild, brachte ihn außer Fassung, und er haßte sie noch mehr, weil ihre Wirklichkeit sich nicht mit seinem Bild von ihr deckte.

Er ließ sie eine Weile warten, begab sich dann nicht ins Palais, sondern empfing sie in der Grotte, im Halbdunkel. Gespenstisch flatterten seine Fledermäuse, oder sie klammerten an der Decke, an Vorsprüngen. Es waren Tiere mannigfacher Arten, häßlich hingen sie herum mit ihren Menschenhänden, ihren gewaltigen Ohren, ihren scheußlichen Hunds- und Affengesichtern, in den verschiedensten Farben dichtbepelzt. Nero hatte erwartet, Acte würde in dieser unheimlichen Umgebung befangen werden. Aber sie war eher befremdet. Da sich die Wirkung nicht einstellte, die er sich erhofft, gelang es ihm nicht recht, während dieser Abschiedsaudienz Nero zu sein. Er fand zwar viele Worte der Trauer, daß sie ihn so bald verlassen wolle, halb ironische, auch Zitate aus den Klassikern, wie sie der echte Nero nicht besser hätte finden können. Doch alles in allem kam er sich selber lahm vor, Acte fand ihn noch lahmer, ja sie begriff nicht mehr recht, wieso dieser Mensch ihr große Gefühle hatte vermitteln können.

Schon war sie im Begriff zu gehen, als Nero endlich die Erleuchtung über sich kommen fühlte und die Kraft, sich zusammenzureißen. Ja, der Geist des echten Nero kam über ihn. Er spürte sich als den Kaiser, der sich von einem Menschen verabschiedet, der ihm eng verknüpft war und es wohl noch ist; nun aber will er, der Kaiser, sich von ihm scheiden durch einen Tod, von dem der andere noch nichts weiß. Dunkel und unheimlich begann er von seinen Fledermäusen zu reden. Sprach davon, wie die Seelen der von Odysseus erschlagenen Freier Fledermäusen gleich dem Totenführer Hermes in die Unterwelt folgen. Zitierte seinen Homer:

»So wie die Fledermäuse im Winkel der traulichen Höhle
Schwirrend zu flattern beginnen, sobald nur eine des Schwarmes
Sich vom Felsen gelöst, und sie drängen sich dicht aneinander:
Also schwirrten die Seelen und folgten alle dem Führer
Hermes die Pfade des Moders hinunter.«

Dunkel und bedeutend scherzte er, welcher von ihren gemeinsamen toten Bekannten jetzt wohl in diesem grimmassierenden Tier sich verberge, welcher in jenem. Dabei schaute er Acte mit seinen kurzsichtigen Augen bösartig an und zugleich traurig und zärtlich, Abschied nehmend. Er spielte den Nero, der weiß, daß seine Mutter Agrippina, daß seine Frau Octavia im Begriff ist, eine Reise anzutreten, von der sie nie zurückkehren wird. Er liebte diese Agrippina, diese Octavia, diese Acte, weil sie für ihn bereits tot war, weil er die Sensation genoß, mit einer Toten zu sprechen, die sich noch am Leben glaubte. Er konnte zu dieser Toten besonders liebevoll sein aus seiner bösen, wissenden Überlegenheit heraus. Er war besonders liebevoll zu Acte.

Acte erschrak. Zuerst war ihr der Mann, der mit seinen gezähmten Fledermäusen spielte und sie aus der Hand fressen ließ, läppisch erschienen. Jetzt wurde er ihr unheimlich. Sie kannte diesen Nero. Kannte seine unheimliche, abgründige Bosheit. Kannte die ganze Passion Neros für solch ein verruchtes, sublimes Spiel. Ja, jetzt begriff sie, warum der Mann sie so im Tiefsten hatte aufrühren können. Sie sah den kleinen, verächtlichen, liebevollen, grundbösen Zug um seine Lippen. In dem Terenz, der mit seinen Fledermäusen spielte, erkannte sie den Nero, der mit den Toten spielte, die er zur Unterwelt gesandt hatte. Sie erkannte Nero, sie erkannte, daß er sie verurteilt hatte. Kalt wehte die Unterwelt sie an, und sie entfernte sich, Angst im Herzen.

Weder Nero noch Trebon oder Knops hatten Varro oder König Philipp etwas von ihrem Vorhaben gegen Acte wissen lassen. Nero spürte genau, daß diese beiden alles tun würden, um die Ausführung seines Plans zu verhindern. Trotzdem, sehr gegen den Willen Neros, hatten beide davon erfahren, und

Acte hatte sich noch nicht lange von dem Kaiser verabschiedet, als Varro sich dringlich bei ihm melden ließ.

»Ich höre zu meinem Bedauern«, sagte Varro, »daß Claudia Acte uns verlassen will.« – »Ja, mein Varro«, sagte freundlich Nero, »wir haben sie nicht halten können, weder Sie noch ich.« – »Da man sie nicht halten kann«, meinte Varro, »sollte man einer so schönen und liebenswürdigen Dame die Rückreise nach Möglichkeit erleichtern.« – »Ja«, entgegnete Nero, »das sollte man.« – »Ich will ihr einen meiner eigenen Reisewagen zur Verfügung stellen«, sagte beiläufig Varro, »und eine Ehrenwache von hundert Mann.« – »Sie kommen leider zu spät, mein Varro«, bedauerte der Kaiser. »Ich selber habe ihr Reisewagen und Bedeckung gestellt.« Der Senator wurde einen Schatten bleicher. »Ich wäre der Majestät ungeheuer verbunden«, sagte er, »wenn ich die Vergünstigung hätte, unserer Claudia Acte diesen kleinen Dienst zu leisten. Ich habe aus früherer Zeit manches an ihr gutzumachen, und die Majestät«, fügte er mit augenzwinkernder, ein wenig tückischer Vertraulichkeit hinzu, »hat ja die ganzen Wochen hindurch unsere Acte in intimster Nähe gehabt.« Den Terenz erboste die Anspielung, aber er ließ nichts von seinem Ärger merken. »Nein, mein Varro«, lächelte er vielmehr und klopfte ihm, was er bisher nie gewagt hatte, die Schulter. »Daraus wird nichts. Für diese kurze Frist noch wollen schon wir unserer Acte den letzten Dienst erweisen.« Seine Worte klangen bei aller Liebenswürdigkeit so bedrohlich, daß Varro, um ihn nicht zu reizen, nicht wagte, sich der eklen Vertraulichkeit des Mannes zu entziehen. »Bestehen Sie nicht darauf«, bat er vielmehr dringlich. »Es würde vielleicht nicht gut ausgehen«, fügte er hinzu, »wenn Acte nicht von meinen unbedingt zuverlässigen Leuten bis zur Grenze gebracht würde. Die Straße ist in der letzten Zeit nicht recht sicher.« – »Halten Sie meine Leute nicht für zuverlässig, Varro?« fragte Nero. »Ich halte meine Leute für zuverlässiger«, erwiderte Varro. »Sie sind sehr kühn, mein Freund«, sagte Nero und ließ eine kleine, finstere Wolke auf seinem Kaisergesicht erscheinen. »Glauben Sie, daß gerade solche Argumente geeignet sind, mich Ihrer Bitte geneigter zu machen?« Varro rief sich zurück. »Bedenken Sie«, bat er noch einmal, »was für Verleumdungen, was für unabsehbare Rückwirkungen es haben müßte, wenn unserer Acte bei ihrer Ausreise ein Unfall zustieße. Alle Welt würde sagen, Acte habe in unserm Nero nicht die Majestät erkannt, sondern den gewissen Töpfer Terenz. Es wäre ein ungeheurer Triumph für Cejon und die Leute auf dem Palatin. Es darf unserer Acte nichts zustoßen«, beschwor er den Kaiser. »Darum habe ich ihr ja meine Leute als Bedeckung zugeteilt«, erklärte freundlich lächelnd Nero.

Jetzt aber hielt sich Varro nicht länger. Nah an Terenz heran trat er, und ihm ins Gesicht sagte er: »Es wird nicht gut ausgehen, wenn Acte mit deinen Leuten reist, auch für dich nicht, und es wird nicht geschehen.« Er sprach leise, doch sein Ton war so bestimmt, ja wild, daß Terenz erschrak. Aber Terenz wollte es nicht wahrhaben, daß er für Varro jetzt Terenz war und nicht mehr Nero, und er erwiderte: »Wie willst du das verhindern?« – »Bevor ich zulasse«, sagte Varro, »daß Acte in die Hände deines Gesindels gegeben wird, eher lasse ich sie sagen, wer du bist. Ja, eher wird eine gewisse Caja es sagen, wer du bist, und auch Varro selber wird es sagen.« Terenz erbleichte. Aber er blieb weiter Nero und hielt seinen leichten Ton fest, den Ton des Kaisers, der sich mit seinem Freunde herumneckt. »Varro regt sich sehr auf«, lächelte er, »um eines kleinen Mädchens willen. Ich habe ihn noch nie so aufgeregt gesehen. Wer hätte gedacht, daß unser Varro sich noch so verlieben könnte! Ich verzeihe dem Verliebten die Ungebühr. Aber deine Bitte erfüllen kann ich diesmal leider nicht«, schloß er, ein bißchen höhnisch, ein bißchen bedauernd, bösartig. »Nicht du, ich werde Acte die Reisebegleitung stellen.«

Terenz hatte erwartet, Varro werde wüten, schäumen, es werde zu einem Ausbruch kommen. Darauf hatte er sich vorbereitet, dieser Kampf mußte einmal durchgekämpft werden. Er hatte Furcht davor, aber er wollte es darauf ankommen lassen. Er haßte sehr Acte, und er haßte sehr den Varro, und er war sicher, dieser Haß werde ihm die Kraft geben, in einem Streit mit Varro seinen Mann zu stellen, sich als Nero zu erweisen.

Aber Varro begehrte nicht auf, Varro wütete nicht. Vielmehr waren von seinem Gesicht die Spuren des Zornes vollkommen verschwunden. Er trat ein wenig zurück, um, der Weitsichtige, den andern besser sehen zu können, sein Mund verzog sich zu einem ungeheuer hochmütigen, wohlwollend verächtlichen Lächeln, und ohne Ton, doch der Wirkung und des Gehorsams sicher, warf er dem Geschöpf hin: »Kusch, Terenz« und ging.

Terenz schaute dem Manne nach, erstarrt in seinem Innersten, reglos, erbleicht, mit verzerrtem Antlitz. Dann, nach kurzer Weile, entschlossen, wischte er dieses Unerhörte aus seinem Sinn. Das durfte nicht sein, das wollte er nicht gehört haben. Wäre es gewesen, hätte er es gehört, er hätte es auf fürchterliche, unausdenkbare Art rächen, hätte den Varro, Acte, Caja öffentlich auf eine nie gesehene Art martern und hinrichten lassen müssen. Das konnte er nicht. Noch nicht. Er hatte es also nicht gehört, es war nicht.

Claudia Acte reiste mit der Bedeckung, die Varro ihr stellte, und gelangte ungefährdet zurück nach Antiochien, nach Rom.

14

»FRAN«

Den Kaiser schien ihre Abreise nicht anzufechten. Er hüllte sich immer undurchdringlicher in seinen »Fran«, in den Glauben an seine Majestät.

Er repräsentierte prächtig, wie Nero es getan hatte. Geld war da. Es zinsten die eroberten syrischen Städte. Der Besitz der Kommunen und Einzelpersönlichkeiten, die als Anhänger des Titus und Gegner des Nero kompromittiert waren, wurde konfisziert. Artaban, König Philipp, andere Fürsten, Erzpriester, Scheichs des Zwischenstromlands und Arabiens spendeten reichlich. Nero konnte seiner Vorliebe für Kolossalbauten frönen. Großartig stellte er das überschwemmte Apamea wieder her und nannte es Neronias. Errichtete dort ein Stadion, ein Theater, einen Tempel für seinen Genius; auch der Göttin Tarate baute er ein neues, prunkvolles Haus.

Gleichzeitig ging er daran, seinen Lieblingstraum wahrzumachen. Der Fels, der Edessa überragte, sollte sich in ein ungeheures Relief verwandeln, das nach Art der alten östlichen Denkmäler die Züge des Kaisers für die Ewigkeit aufbewahrte. Die vergöttlichten Kaiser pflegten dargestellt zu werden, wie sie auf einem Adler gegen den Himmel reiten. Er, Nero, schrieb dem Bildhauer ein kühneres Motiv vor. Er wollte auf einer Fledermaus reiten, und die Darstellung sollte realistisch sein; seine eigenen Züge sollten nicht geschmeichelt und das häßliche, unheimliche Gesicht des Reittiers sowie seine äffischen Klauen sollten in ganzer, nackter Scheußlichkeit wiedergegeben werden, alles ins Riesenhafte gesteigert.

Die Räte des Kaisers schüttelten den Kopf über die Dreistigkeit, mit der er dieses Symbol wählte. Zwar sah ein großer Teil der Bevölkerung in der Fledermaus ein glückbringendes Zeichen, doch nicht wenige verbanden mit ihr den Begriff der Unterwelt und des Todes.

Nero lachte über diese Bedenken. Was Tod, was Unterwelt? Aberglaube, Unsinn. War er nicht, um das Wort jenes Klassikers zu gebrauchen, »bis ins Zwerchfell der Kaiser«? Was er dachte, was er fühlte, waren kaiserliche, göttliche Gedanken, und wenn sein Daimonion ihn hieß, das Motiv mit der Fledermaus zu wählen, dann wurden vor dieser seiner inneren Stimme alle Einwände Luft.

Er war kühn bis zur Tollheit wie Nero in seiner Blüte. Er ließ, was bis jetzt kein römischer Kaiser gewagt hatte, nach dem Vorbild des parthischen Großkönigs das Licht vor sich hertragen, das Zeichen des »Fran«. Ferner ließ er eine Goldmünze schlagen, die sein Gesicht in einer Doppellinie zeigte, dreist andeutend, daß er zweimal Nero sei, tot und wiederauferstanden wie der Gott Osiris. Mit Mühe überredeten die Minister den Kaiser, die Ausgabe dieser Münze hinauszuschieben; sie fürchteten, der zwiefache Nero dieser Münze werde den bösartigen Witz des spottlustigen Syrien herausfordern. Nero selber aber liebte diese seine Münze mit dem Doppelkopf und betrachtete sie oft.

Wie der frühere Nero in den griechischen Städten, so trat der neue in den Theatern von Samosata, Larissa, Edessa öffentlich auf und strahlte, wenn die Preisrichter ihm den Kranz zuerkannten. Die Massen jauchzten, sie waren selig, ihren Kaiser auf der Bühne zu sehen, und er, beschwingt durch ihre Begeisterung und durch das Gefühl seiner Majestät, wuchs über sich hinaus.

Er suchte jetzt geradezu die Gesellschaft seines gefährlichen Freundfeindes, des Varro. Der Mann hatte nicht gelächelt, als er ihm sein Geheimnis von der Höhle anvertraute. Der Mann war bezwungen. Der Mann wußte, daß ihm, dem Nero, der »Fran« innewohnte. Nero spielte mit ihm, wollte immer von neuem bestätigt hören, daß der Mann an ihn glaubte. Er reizte ihn, stachelte ihn, um aus seinen Worten, aus seinem Gehabe etwas herauszuspüren, was nach Rebellion, nach Wissen um die Vergangenheit schmeckte. Doch Varro blieb demütig, blieb der Höfling, der beglückt ist, daß die Majestät ihm ihr Antlitz leuchten läßt; jenes »Kusch, Terenz« war nicht gewesen. Nero brauchte Fingerzeige von ihm, Weisungen, wie er sich da, dort zu benehmen habe. Varro gab ihm diskrete Ratschläge. Nero befolgte sie; doch gerade in Gegenwart des Varro befolgte er sie nicht.

Nero wurde in seinen Anspielungen immer dreister. Einmal fand ihn der Senator versunken in die Betrachtung jener Goldmünze mit dem Doppelkopf. »Sagen Sie offen«, forderte Nero ihn auf, »finden Sie die Zeichnung nicht übermütig?« – »Es ist ein stolzes, kühnes Symbol«, erwiderte undurchdringlich Varro, und seine Augen gingen von dem Kopf in Fleisch und Blut zu den beiden goldenen Köpfen. Nero-Terenz aber entgegnete träumerisch und selbstgefällig: »Ja, mein Varro, man muß zu den Fledermäusen hinuntergestiegen sein, um soviel wissende Kühnheit zu wagen.«

15

DER GOTT AUF DER FLEDERMAUS

So gefestigt die Herrschaft des Nero schien, die inneren Widerstände häuften sich. Es ging dem von Nero regierten Gebiet nicht gut. Wohl war Ordnung im Land, doch erzeugt durch Druck und Entbehrung.

Auf den Hauptplätzen der Städte standen jetzt Tafeln aus Stein und Erz, in welche großartig klingende Privilegien eingetragen waren, die Nero den Ländern und Städten seiner neuen Herrschaft verliehen. Doch vorläufig waren das leere Rechtstitel. Vorläufig legte die Anwesenheit des neuen Kaisers den kleinen Regierungen des Zwischenstromlandes Lasten auf, weit höher als die bisherigen Tribute. Die Fürsten suchten diese Lasten auf die Pächter und Unternehmer abzuwälzen, die auf die Bauern und Handwerker, die auf die Leibeigenen; alle bekamen so die neuen Lasten zu spüren.

Auch dem Handel ging es nicht gut. Rom schikanierte an der syrischen Grenze. Die Karawanen, welche die Seiden Chinas, die Gewürze Arabiens, die Perlen des Roten Meeres, die Erzeugnisse Indiens nach dem römischen Reich brachten und die Produkte des Reichs dafür eintauschten, suchten neue Wege. Die Haupteinnahmequellen Mesopotamiens versickerten.

Man hatte sich von Nero Labsal und Überfluß versprochen, hatte geglaubt, wenn man erst die römischen Zölle und Tribute los sei, dann erhalte jedermann Kuchen statt Brot und Wein statt Wasser. Aber es gab keinen Kuchen unter Nero, im Gegenteil, selbst das Brot wurde spärlich, und man mußte immer mehr Wasser in seinen Wein gießen. Ja, wer unmittelbar mit Nero und seinen Leuten zu tun hatte, der mästete sich und nahm zu an Ansehen und an Geld. Es waren nicht wenige, die mit Nero zu tun hatten. Es waren seine Beamten und seine Lieferanten, seine Soldaten und seine Polizei, es waren diejenigen, die für ihn und seine Leute Schlösser und Häuser und Straßen bauten, diejenigen, die Uniformen für seine Armee schneiderten und Waffen für sie schmiedeten. Das waren nicht wenige, unter zehn immer einer. Aber der Kuchen und der Braten, den diese nicht wenigen aßen, den dieser zehnte aß, der wurde den andern, den neun, vom Munde weggenommen.

Das bedrohliche Gerede der Mißvergnügten wollte nicht verstummen. Die finstern Weissagungen des Johannes von Patmos, des heiligen Schauspielers, der nach wie vor unauffindbar in seiner Wüste blieb, beunruhigten die Massen immer mehr. Schon wollte keiner mehr glauben, daß wirklich die Christen die Flut gegen die Stadt Apamea entfesselt hätten. Auch daß Claudia Acte, der Liebling des Volkes, wieder fortgegangen war, erregte Zweifel an Nero. Die von Knops und Trebon ihres Vermögens Beraubten oder sonstwie Geschädigten und Erniedrigten haßten und hetzten, die Getöteten hatten Freunde und Anhänger, die nicht vergaßen und nicht ruhten.

Dazu kamen die ständigen Reibereien und Rivalitäten zwischen den Offizieren und Beamten des Trebon und den einheimischen Staatsmännern und Militärs. Von jeher hatten die römischen Offiziere mit Stolz auf ihre orientalischen Kameraden herabgeblickt, die orientalischen Soldaten waren »Hilfstruppen«, und auch jetzt behandelten sie die eingeborenen Generale mit Herablassung. Philipp und Mallukh empörten sich gegen Neros Größendünkel, gegen die Willkür und die Dreistigkeit seiner Vertrauten. Schließlich waren doch sie es, die den römischen Kaiser in seine Herrschaft eingesetzt hatten und ihn hielten. Ingrimmig erkannten sie, daß die Schwindler, Narren und Räuber, die sie, um ihre Souveränität und ihren alten Besitz zu wahren, hatten zu Hilfe rufen müssen, ihnen über den Kopf wuchsen. Sosehr sie ihn nach außen unterstützten, im Innern begannen sie einen langsamen, unterirdischen, orientalischen Zermürbungskrieg gegen Nero. Varro mühte sich nach Kräften, die Gegensätze auszugleichen; aber es gelang ihm schlecht, der Haß zwischen den westlichen und den östlichen Offizieren und Beamten schwelte fort.

Nero-Terenz wollte von all diesen Schwierigkeiten nichts merken. Er berauschte sich an dem großen Schall der Worte »Reich, Macht, Armee, Volk, Osten«; doch im Grunde waren Politik und Wirtschaft ihm gleichgültig und fesselten ihn nur so weit, als sie Stoff boten für klingende Rhetorik. Kaisertum, Führerschaft bedeuteten ihm Repräsentation, Volksversammlung, Paraden, Bauten, glänzende Feste, Macht, Nimbus und vor allem Reden, Reden. Vor den politischen und ökonomischen Problemen zog er sich erhaben kopfschüttelnd in seinen »Fran« zurück, überzeugt, daß, wenn ernsthafte Schwierigkeiten drohten, seine innere Stimme ihm schon den rechten Weg weisen werde.

Ernst nahm er nur eines: die Wahrung seiner Majestät. Er erneuerte und verschärfte die Gesetze gegen Majestätsbeleidigung, die die flavischen Kaiser abgeschafft hatten. Sein Senat mußte die Prozesse wegen solcher Verbrechen so streng führen wie in den Zeiten des Tiber und des Caligula. Harte Verordnungen wurden erlassen. Niemand außer dem Kaiser durfte sich eines Smaragds bedienen, um schärfer zu sehen. Verboten war es, in Gegenwart eines Kaiserbildes zu fluchen und zu rülpsen. Der geringste Verstoß, auch ein versehentlicher, wurde bestraft. Das Denunziantentum blühte.

Ein Majestätsverbrechen war es auch, das schließlich den Teppichhändler Nittai zu Fall brachte. Er hatte für sportliche Zwecke viel Geld gegeben, hatte in seiner Villa jenen schönen Spielhof eingerichtet, in dem Varro und Oberst Fronto sich zuweilen getroffen, hatte auch die Künste gefördert. Einmal aber war er am falschen Ort sparsam gewesen: damals, als er wegen des überschrittenen Kostenvoranschlags Schwierigkeiten machte, der Fabrik in der Roten Gasse die bestellte Mithrasstatue abzunehmen. Jetzt wurde Anklage gegen ihn erhoben: er sollte, bevor er seine Notdurft verrichtete, es unterlassen haben, einen Ring mit einer Gemme vom Finger zu ziehen, in die der Kopf des Nero eingeschnitten war. Der Senat verurteilte ihn zur Verbannung. Der Kaiser begnügte sich, sein Vermögen zu konfiszieren. Er und Knops lächelten. Jetzt konnte der Teppichhändler Nittai nicht mehr redliche Töpfer schikanieren, wenn die filzigen Beträge nicht ausreichten, mit denen er sie abzuspeisen gedachte.

Auch das Gerede über seine Impotenz empfand Nero als Verstoß gegen seinen »Fran«. Da sich dies Gerede durch Verbote nicht zum Schweigen bringen ließ, suchte er es durch andere Mittel zu ersticken. Er befahl Frauen, vornehme und geringe, vor aller Welt in sein Schlafgemach; dann, nach einigen Tagen, verschwanden diese Frauen. Man raunte, flüsterte, verbreitete überall, die Götter, neidisch auf das Glück des Nero, vergönnten ihm nicht den Genuß der Liebe und töteten jedes Weib, das er berührt habe. Als der Himmel ihn wieder eingesetzt, habe der Kaiser gehofft, es sei auch dieser Fluch von ihm genommen. Nun aber stelle sich heraus, daß er nach wie vor in Kraft sei. Deshalb habe der Kaiser sich entschlossen, endgültig auf Frauen zu verzichten. Deshalb auch, weil er nämlich nicht wollte, daß der Fluch sich an ihr erfülle, habe er seine Freundin Claudia Acte von seinem Angesicht verbannt und sie, trotz seiner Liebe, aus seinem Reich weggeschickt. Es gab manche, die das glaubten.

Nero fühlte sich sicher und glücklich, und seine Macht schien ihm für alle Zeiten gefestigt. Er nahm Parade ab, die Soldaten jubelten ihm zu. Am Euphrat hob sich seine Stadt Neronias aus dem Boden, überall in den Städten seines Gebietes wuchsen weiß und golden seine Bauten. Der »Fran« war um ihn, das Licht wurde ihm vorangetragen. Keiner mehr war da, zu bezweifeln, daß das Labyrinth leuchte, wenn er darin war. Er ging in seine künstliche Grotte, fütterte seine Fledermäuse, die Seelen derer, die er zur Unterwelt geschickt hatte, hielt Zwiesprache mit ihnen. Er beschaute, satt und glücklich, die Goldmünze mit seinem Doppelgesicht. Spann sich immer tiefer ein in das Gespinst seiner Majestät.

Am Flusse Skirtos aber über der Stadt Edessa wuchs von Tag zu Tag deutlicher aus dem Felsen heraus ein Bild, wie er auf der Fledermaus ritt. Zuschauer standen davor, in Scharen, und starrten auf die Arbeiter und auf das gigantische Relief. Dem Kaiser schien es schöner als die Statue des reitenden Mithras. Dem Volk flößte das Bild vielleicht Angst ein, vielleicht auch erregte es sein Gelächter. Das wußte man nicht; denn vor dem

Bild wagte keiner zu sprechen, aus Furcht vor den Spähern des Knops und des Trebon.

Das Bild aber wuchs. Schon konnte der Tag festgesetzt werden, an dem es enthüllt und geweiht werden sollte: der einundzwanzigste Mai.

16

EINE RADIKALE LÖSUNG

Knops saß jetzt oft zusammen mit seinem Schwiegervater, dem Töpfer Gorion, um ihn auszuhorchen, was die Massen über Nero dächten. Schon die zunehmende plumpe Vertraulichkeit des Gorion war dem Knops ein Gradmesser, an dem er die wachsende Mißstimmung des Volkes gegen den Kaiser ablas.

Bald wird es so weit sein, daß Schwiegervater Gorion sich erdreisten wird, sogar das unverschämte Sprichwort von den drei K zum Kotzen von neuem zu gebrauchen; im Geist wandte er es sicher schon lange wieder an.

Nein, Knops sperrte Aug und Ohr nicht zu vor den täglich sich mehrenden Schwierigkeiten. War sein Entschluß, die Eroberung Antiochiens abzuwarten, nicht zu kühn? War es nicht doch klüger, vorher, jetzt schon, vom Wagen des Nero abzuspringen?

Allein da war *eines*, was ihn hielt. Sein Mädchen, seine Frau, seine kleine, dralle, knusprige Jalta, war schwanger. Daß er einen legitimen, freigeborenen, reichbegüterten Sohn haben sollte, einen schlauen, handfesten, mit den besten Chancen ausgestatteten Claudius Knops, erfüllte ihn mit toller Freude. Auf derbe Art liebkoste er seine Jalta, die Mutter dieses zukünftigen Claudius Knops, umgab sie mit Leibärzten, Badewärterinnen, Zofen, fluchte lästerlich, wenn sie nach Gurken oder andern sauren Sachen verlangte, sich aber sträubte, die süßen, deftigen Mandel- und Speltkuchen zu essen, die ihrem werdenden Sohn Wohlgefallen in den Augen der Menschen verschaffen sollten. Nein, er durfte sich nicht davonmachen. Er war es diesem seinem kleinen Claudius Knops schuldig, auszuharren. Er mußte noch einen letzten ungeheuern Zug tun, sein Söhnchen durch eine Mauer von Gold vor den Gefahren der Welt zu schützen. Aus dem konfiszierten Vermögen des Teppichhändlers Nittai hatte er reiche Beute eingebracht, aber da gab es noch fettere Fische zu fischen. Vor allem war da ein gewisser Hyrkan, ein Steuerpächter, ein Filz, der sich geweigert hatte, für den Tempel, der dem Genius des Nero errichtet wurde, den erwarteten hohen Beitrag zu spenden. Hat diese Weigerung nicht bewiesen, daß die Gelder des sehr reichen Hyrkan im Sack des Falschen waren? Seine, des Knops, Sache war es, sie in bessere Hände zu überführen, in die winzigen, geliebten Händchen seines zukünftigen Sohnes Claudius Knops.

Nein, bevor dies erledigt ist, darf er Nero nicht verlassen. Wenn er aber bei Nero ausharrt, dann muß, das ist das Dringlichste, etwas geschehen gegen die immer bedrohlicher wachsende aufrührerische Stimmung. Die andern sind hilflos. Die andern haben keine Phantasie. Weder sehen sie die anrückende Gefahr in ihrem ganzen Ausmaß, noch sehen sie Mittel dagegen. An ihm, an Knops, ist es, das rechte Mittel zu finden. In seinem Kopf sproßten Projekte, viele, verschiedene. Eines zuletzt, das beides zugleich ermöglichte, die Rettung seines Nero und den großen Fischzug für seinen Claudius Knops.

Hin und her wandte er sein Projekt. Es war gut, kühn, radikal. Unbehaglich freilich wurde ihm, wenn er an Varro und König Philipp dachte. Die werden sicher wieder zehntausend Skrupel haben. Mit Varro hat er sowieso immerzu Reibungen. Um so freudiger wird Trebon seinem Plan zustimmen. Schade war es ja, daß er den Trebon einweihen und ihn zuziehen mußte. Er war eifersüchtig auf die Anhänglichkeit des Nero an den Hauptmann und auf die Popularität, die dieser bei den Massen genoß; auch litt er unter seiner eigenen Servilität und beneidete den Trebon um die Selbstverständlichkeit, mit der dieser befehlen konnte. Aber ganz sicher war er nicht, ob er allein den Nero für sein Projekt werde gewinnen können, und vor allem bedurfte er zur Ausführung eines militärisch geschulten, handfesten Mannes, der autoritativ zu befehlen, Disziplin zu verbreiten und Blut zu sehen verstand.

Es war nicht schwer, sich mit Trebon zu einigen. Der hatte seit langem so etwas wie eine Wiederholung der Woche der Messer und Dolche herbeigesehnt. Vereint erschienen die beiden bei Nero.

Knops legte dar, daß im Grunde das Volk den Nero heute noch ebenso liebe wie zur Zeit seines Wiederauftauchens. Schuld an der scheinbaren Mißstimmung sei ein kleiner Haufen von Neidlingen und Verkleinerern. Es seien das solche Leute, die durch den Aufstieg des Nero beiseite gedrängt wurden, oder solche, die ihm zuerst begeistert zugejauchzt hätten, deren maßlose Raffgier dann aber nicht auf ihre Rechnung gekommen sei. Es seien dieser Hetzer nicht sehr viele, doch sie hätten Ämter, Einfluß, Stimme, Geld. Wären sie erst beseitigt, dann sei die Luft rein. Nach den schlechten Erfahrungen, die man mit dem Prozeß gegen die Christen gemacht habe, sei es ratsam, diesmal rasch zuzugreifen und die Gegner und Verkleinerer ohne langes Gerichtsverfahren von einem Tag zum andern, in einer bestimmten Nacht, abzutun. Die juristische Zulässigkeit eines solchen summarischen Verfahrens unterliege keinem Zweifel. Der Kaiser sei oberster Gerichtsherr und als solcher, wenn er sich einmal von der Evidenz einer Anklage überzeugt habe, ohne weiteres befugt, die Angeschuldigten zu verurteilen und ihre Exekution anzuordnen. Wenn er gnädiger Laune sei, dann könne er die Gründe seinem Senat hinterher darlegen. Greife man auf diese Weise durch, steche man die Eiterbeule ohne Zuwarten auf, dann werde die Mißstimmung im Land über Nacht, im eigentlichen Wortsinne über Nacht, aufhören. Der Schreck über diese Nacht werde den noch etwa übrigbleibenden Mißvergnügten heilsam in die Glieder fahren und alle jene nachdenklich machen, die es lüsten sollte, sich in dummen, verleumderischen Reden gegen das Regime zu ergehen.

In hurtigen, präzisen Sätzen entwickelte Knops sein Projekt. Mit seinen blanken, schnellen, braunen Augen, freundlich und listig, schaute er dabei von Nero zu Trebon. Er hatte sichtlich Spaß an seinem Vorschlag und erwartete, daß auch die andern Spaß daran haben würden. So hatte er, als man noch an der Roten Gasse arbeitete, Pläne entwickelt, wie man wohl einen Geschäftspartner übers Ohr hauen könnte; gewöhnlich waren es erfolgreiche Pläne gewesen.

Die drei schauten einander an, Terenz, Trebon, Knops, und noch bevor Knops zu Ende gesprochen, war ihnen klar, daß sein Projekt ausgezeichnet war, würdig des Erfinders der Überschwemmung von Apamea. Ganz ruhig saßen sie, selbst der lärmende Trebon hielt sich still, er zwinkerte nur ein wenig hinüber zu Terenz, und alle drei, tiefbefriedigt, dachten sie das gleiche: Das ganze Gesindel in Blut ersäufen. Nero aber dachte es noch präziser: Totklatschen, alle wie Fliegen totklatschen.

Laut sagte er: »Ich danke dir, mein Knops. Ich werde deinen Rat den Göttern unterbreiten und auf meine innere Stimme hören.« Doch beide, Knops wie Trebon, wußten, daß diese innere Stimme bereits gesprochen hatte, und zwar genauso wie ihre eigene innere Stimme, und in Gedanken arbeitete jeder von ihnen schon an seiner Liste.

17
DREI HÄNDE

Wirklich sprach noch in der Nacht die Stimme der Götter zu Nero, und am Tag darauf saßen die drei zusammen, um die Einzelheiten des Plans zu überdenken. Es hatte, seitdem sie die Macht übernommen, von ihren Feinden eine erkleckliche Anzahl sterben müssen. Aber die drei waren zusammen hundertvierunddreißig Jahre alt, es war ihnen mancherlei Übles begegnet, sie hatten ein gutes Gedächtnis, in ihren hundertvierunddreißig Jahren hatten sich viele Feinde angesammelt. Es war noch eine reiche Ernte einzubringen.

An die Bestgehaßten freilich konnten sie oder sie wagten sich an sie nicht heran. Schön zum Beispiel wäre es, dem Joannes von Patmos die Gurgel zuzudrücken, aus der er seine frechen Worte in die Welt hinausschickte. Fein wäre es auch, die Finger zu pressen um den schmalen, stolzen Hals der Claudia Acte, der Hure, der verdammten, und großartig wäre es, zuzuschauen, wie Varro verröchelte, der hochmütige, aristokratische, der so höflich war und einen so tief aus dem Innern her verachtete. Auch dem würdigen Mallukh auf den Kopf zu hauen, wäre genußreich, und es wäre interessant, festzustellen, ob der feine, von uralten Königen abstammende Philipp seine guten Manieren beibehält, wenn er alle viere von sich streckt und den letzten Japser tut. Aber die Götter sind neidisch, das Beste gönnen sie einem nicht.

Vieles immerhin gönnten sie ihnen. Sie saßen zusammen, die drei, an ihrem Tisch, es war ein schöngeformter Tisch aus edlem Holz, jeder hatte Griffel und Wachstäfelchen, Knops außerdem Tinte und Papier. Sie notierten, glätteten weg, überlegten. Dann warf wohl einer einen Namen hin, die andern lächelten, sie hatten den gleichen Namen vermerkt, und

Knops setzte den Namen auf sein Papier, die endgültige Liste. Manchmal auch erhob einer einen Einwand, dann stellte man den Namen zurück, um die Entscheidung später zu treffen; doch solche Einwände kamen selten, das Papier des Knops füllte sich. Sie ließen sich Zeit, die drei, langsam und in Pausen fielen die Namen; wenn ein Name auf die endgültige Liste gesetzt wurde, dann gab ihm Nero oft ein Zitat aus einem Klassiker zum Geleit, aus dem Sophokles am liebsten oder aus dem Euripides.

Die letzten, wahren, persönlichen Gründe, die einen Namen für die Liste reif machten, wurden selten genannt; lieber führte man irgendwelche politischen Argumente an. Trebon etwa brachte den Leutnant Lucius in Vorschlag. Er mochte den jungen Herrn, der in der Schlacht vor Sura eine so schnelle Entschlußkraft gezeigt hatte, nicht leiden, weil er sehr elegant und aus alter Familie war, und weil er dem Fronto nachtrauerte, und weil die Frauen ihm Augen machten. Ach, wenn Fronto selber noch lebte, den hätte Trebon viel lieber denunziert und für die Liste genannt. Es war ein Jammer, daß dieser hochmütige Fronto schon tot war, der Prahler, der sterbend noch für sich in Anspruch genommen hatte, der Sieger der Schlacht vor Sura zu sein, der doch er war, Trebon, und daß also Trebon leider mit Lucius vorliebnehmen mußte. Was er gegen diesen Lucius vorzubringen hatte, war, da er seine wahren Gründe verschweigen mußte, wenig stichhaltig. Lucius, führte er aus, verbreite schlimmes Gerede, erkläre, Nero, als Freund des Pöbels, verfolge jeden wahren Aristokraten mit Haß. Knops sah keinen rechten Grund, warum man den jungen, glänzenden, beliebten Offizier umlegen sollte; er hatte ein unbehagliches Gefühl. Aber wenn er dem Trebon seinen Lucius nicht zugestand, dann wird Trebon gegen ihn, Knops, und seine Kandidaten tückisch werden. Er setzte also den Lucius auf die Liste, und Nero zitierte: »Aller Kämpfe sichres Ende bringt der Tod.«

Knops seinesteils hatte keine Schwierigkeiten, seinen Steuerpächter Hyrkan auf die Liste zu bringen. Natürlich sagte er nichts davon, daß seiner Meinung nach das Geld des Hyrkan in den Händen seines zukünftigen kleinen Claudius Knops viel besser aufgehoben sei als in den Truhen seines jetzigen Besitzers, sondern er erwähnte nur die Weigerung des Steuerpächters, für den Tempel des Genius des Kaisers einen höheren Betrag zu zeichnen, und daß überhaupt Hyrkan die Finanzmaßnahmen des Regimes sabotiere. Aber das genügte vollauf. Nero und Trebon, nicht sehr interessiert, nickten nur, Nero zitierte den Sophokles: »Die Götter hassen frechen Übermut«, und da stand er schon auf der Liste, der Name Hyrkan, in der flinken, säuberlichen Handschrift des Knops, und das Herz des Knops schwoll vor Freude.

Sie schrieben auf ihre Wachstäfelchen, langsam, nachdenklich, spielerisch, und glätteten, wenn ein Name auf die endgültige Liste aus Pergament gesetzt war, ihn haushälterisch von ihren Täfelchen wieder fort, um Raum für einen neuen zu schaffen. Es schrieb die fleischige, weiße, nach edlen Salben und Wässern duftende Hand des Nero, es schrieb die schmale, knochige, stumpfnägelige des Knops, und es schrieb die gewaltige, mit blonden Härchen überflaumte rote Tatze des Trebon. Sie schrieben viele Namen, aramäische zumeist, doch auch römische, griechische, arabische, parthische, hebräische, Namen von Männern und Frauen, von sehr jungen und von sehr alten Menschen. Schon zählte die Liste an dreihundert Namen.

Es war eine lange Sitzung, genußreich, doch anstrengend. Man mußte scharf in den Winkeln seines Gedächtnisses herumkratzen, um keinen zu vergessen; denn jetzt war jeder billig zu haben, später wird es sehr viel mehr Mühe machen. Man ließ es sich also nicht verdrießen, pflügte sein Hirn auf, suchte, wühlte, spähte, fand. Endlich fiel der letzte Name. Mit Wohlgefallen hörte Nero, wie die Feder über das Papier kratzte, und träumerisch zitierte er: »Nicht geboren zu sein, ist das beste.« In seinem Innern aber dachte er: Totklatschen, alle wie Fliegen totklatschen.

»Fertig?« fragte Knops. »Fertig«, erwiderte Trebon, und: »Fertig«, stellte Nero fest; in allen drei Stimmen klang ein leises Bedauern. Knops zählte. »Dreihundertsiebzehn«, erklärte er.

Nero erhob sich, die Sitzung zu schließen. »Dreihundertsiebzehn falsche Freunde«, konstatierte er trüb, schaute die beiden andern trauervoll an, nahm seufzend die Liste an sich.

Als Knops und Trebon fort waren, studierte er die Liste. Es waren vier Rollen Pergament, kein besonders edles Pergament, und die Namen waren unordentlich durcheinandergeschrieben, manche dahin geflickt, wo eben noch Platz war, oben, unten, an den Rand, aber lesbar waren sie alle. Nero dachte an jene peinvolle Nacht im Tempel der Tarate, da er sich die schweren

Minuten damit vertrieben hatte, die Gegner im Geist zu notieren, sie zu zerschmettern. Mit zärtlicher Hand streichelte er das Pergament, betrachtete es befriedigt, träumerisch, seine vollen Lippen lächelten. Dann, sorgfältig, in der Handschrift des Nero, gab er den Listen ihre Nummern, eins, zwei, drei, vier, und setzte über jede den Titel: »Liste der Proskribierten.« Dann nahm er die Liste Nummer eins her, suchte, wo noch ein Plätzchen frei sei, und schrieb hin, sehr sorgfältig: »Gelesen, gewogen, proskribiert.« Aber das schien ihm noch nicht das rechte Wort, und auf die weiteren Listen schrieb er: »Gelesen, gewogen, verurteilt.« Dann unterzeichnete er jede der vier Listen: »Nero Claudius Cäsar Augustus.« Dann rollte er die vier Pergamente ineinander und steckte sie in den Ärmel seines Kleides.

An diesem Tage speiste er allein mit Varro. Nach Tisch sprach Varro von den politischen und wirtschaftlichen Schwierigkeiten. Er hatte zur Behebung dieser Schwierigkeiten ein ausführliches Programm ausgearbeitet. Fürs erste schlug er vor, die Beamtengehälter zu erhöhen und für die Exporteure ein Moratorium zu erlassen. Der Kaiser hörte aufmerksamer zu als sonst, er schien guter Laune. »Sie sind sehr bemüht, mein Varro«, sagte er, »und Sie sind sicher unter meinen Staatsmännern der klügste. Aber am Ende verbürgt in der Politik nicht der Verstand den Erfolg, sondern die Intuition, und die letzte, reinste Schau verleihen die Götter nur ihren Erwählten, den Trägern der Majestät, des ›Fran‹.« Varro nahm den Ausspruch des Kaisers mit tiefer, zeremonieller Verneigung zur Kenntnis. »Dennoch«, erwiderte er trocken und sehr höflich, »scheint es mir angebracht, fürs erste die Beamtengehälter zu erhöhen und ein Moratorium für die Exporteure zu erlassen.« – »Ja, ja«, entgegnete, etwas gelangweilt, Nero. »Sie haben das alles sicherlich sehr fein ausgeklügelt. Aber glauben Sie mir, mein Varro, in der Stunde der Entscheidung nützen nur Entschlüsse und Taten, die vom Träger des ›Fran‹ kommen. Mögen auch vielleicht«, schloß er dunkel und sententiös, »die Sachverständigen entsetzt sein über die Unerbittlichkeit und Geradlinigkeit solcher Taten und Entschlüsse, zuletzt leuchtet ihre Größe allem Volke ein, die Menschen nehmen sie hin als Schickung der Götter, und das sind sie auch.« Varro hörte ehrerbietig zu. »Ich darf also«, fragte er statt aller Erwiderung sachlich, »die Dokumente wegen des Moratoriums und der Erhöhung der Beamtengehälter vorlegen?« Nero duldete es ohne Unmut, daß der andere so dreist über seine Sentenz weggegangen war. Warte nur, mein Junge, dachte er aufgeräumt. Mancher wird dein Moratorium und deine Erhöhung nicht mehr nötig haben, und vergnügt spürte er durch den Stoff des Kleides hindurch die kostbare Rolle.

Später ging er in die künstliche Grotte zu seinen Fledermäusen. Ließ die Fackel an der Wand befestigen, schickte den Träger fort, blieb mit seinen Tieren allein. Sie kamen herbei, aufgestört, zwitschernd, leise schreiend, voll Erwartung, er werde ihnen Futter geben. Doch er zog nur seine Rolle heraus und las den bepelzten, häßlichen Geschöpfen vor: »Liste der Proskribierten Nummer eins« und die Namen. Da aber Knops die Namen in der Folge niedergeschrieben hatte, in der sie genannt worden waren, so ergab diese zufällige Zusammenstellung, deklamierte man sie laut, manchmal seltsame Klangwirkungen. Das freute den Nero. Er wiederholte einzelne Namen, spielte mit ihnen, genießerisch, ließ sie voll tönen. Dann wieder, schmeckerisch, rezitierte er seine lieben Homerverse: »So wie die Fledermäuse sich lösen vom Felsen und flattern, dicht aneinandergedrängt, also schwirren die Seelen die Pfade des Moders hinunter.« Und: »Ihr werdet Zuwachs bekommen, meine Freunde«, versprach er seinen Tieren. Zwischendurch auch dachte es in ihm: Totklatschen, alle wie Fliegen totklatschen, und manchmal, fast gleichzeitig: Wohl des Staates – Verruchte, niedrige Verschwörer – Oberster Gerichtsherr. Vor allem am Klang dieser letzten Worte »Oberster Gerichtsherr« entzündete er sich, und er hörte sich schon vor seinem Senat diese Worte sprechen und in großer Rede die Notwendigkeit seiner Blutnacht dartun.

18

DER KAISER UND SEIN FREUND

Auch Knops dachte unaufhörlich an die Liste. Er stellte sich die Nacht der Erledigung vor, und in seine tiefe Befriedigung mischte sich ein kleines Unbehagen: er sah nicht gern Blut. Doch Lust bereitete es ihm, an die überraschten Gesichter zu denken, die die Menschen der Liste machen werden, wenn man sie aus dem Schlaf holt.

Er kam nicht los von den Gedanken an seine Liste. Er lag neben seiner Frau Jalta, befühlte mit Vergnügen ihren sich rundenden Leib. Sicher werden ihm, wenn es zu spät sein wird, noch ein paar Namen einfallen, die er auf die Liste hätte setzen sollen. Schade, daß man Varro und Philipp nicht hatte daraufsetzen können. Auf die Hüften seiner Jalta schrieb er »Varro«, schrieb er »Philipp«. Er lachte, als sie es sich unwirsch verbat, daß er sie kitzle.

Am andern Morgen fand er sich in aller Frühe im Palais des Nero ein. Der Kaiser war noch zu Bett, doch er ließ ihn sogleich ein. Er schien sehr vergnügt, er räkelte sich wohlig, als Knops eintrat. »Das war eine ausgezeichnete Idee von dir, das mit der Liste«, sagte er, und er holte das kostbare Papier unterm Kopf hervor und rollte die Blätter auf. »Dreihundertsiebzehn«, überlegte er, die Brauen der kurzsichtigen Augen zusammenpressend. »Wenige und viele.« Er überflog die Liste.

Wie er aber so lag und in der Liste las, war er auf einmal nicht mehr Nero. Vielmehr nahm sein Gesicht unvermittelt einen rechenhaften, haushälterischen Ausdruck an; mit einem solchen Gesicht hatte er an der Roten Gasse Aufstellungen geprüft, in denen ihm Knops das Guthaben eines Lieferanten oder die Schuld eines Kunden errechnet hatte. Ja, für den Bruchteil eines Augenblicks war Nero plötzlich wieder der mißtrauische Töpfer Terenz, der nachprüft, ob nicht sein Leibeigener ihn beschwindle.

Er spürte, daß ihm sein »Fran« abhanden gekommen war, und er erschrak. Er schickte einen schnellen, kleinen Seitenblick hinüber zu Knops, ob der nichts gemerkt habe. Knops stand verschlagen, beflissen und ehrerbietig wie stets, sein Gesicht zeigte nicht die leiseste Veränderung. Allein in seinem Innern, fragte sich Nero, wie sah es im Innern des Knops aus? Knops wußte sehr viel von ihm. Zuviel. Es war nicht gut, wenn ein anderer zuviel von einem wußte. Hat nicht zum Beispiel dieser Knops jenen frechen Witz gemacht, daß das römische Volk, wann es sich mit der Lektüre der Dichtungen seines Kaisers abgebe, von der Arbeit abgehalten werde? Nur einer, der zuviel weiß, erlaubt sich einen solchen Witz. Die Empörung des Nero über seinen unzuverlässigen »Fran« wandelte sich jäh in Empörung gegen den unzuverlässigen Knops.

Selbstverständlich stand auf Neros Gesicht nichts von diesen Gedanken. Der »Fran« war ihm längst zurückgekehrt, sein Antlitz war wieder das satte des wohlgelaunten Nero von vorher. »Dreihundertsiebzehn«, wiederholte er, in die Liste vertieft, betrachtsam, zufrieden. »Eine gute Liste, aber den einen oder den andern haben wir doch vergessen. Allerdings«, scherzte er und wies auf die auch am Rande kraus beschriebenen Blätter, »reichlich ausgenützt haben wir das Papier. Viel Platz ist nicht mehr da. Laß sehen! Kaum mehr, daß wir einen Namen unterbringen können. Hier ist noch ein Fleckchen frei und hier. Zwei Namen also passen noch hin. Und kurz müssen sie sein; sonst kann man sie nicht mehr lesen. Dann ist aber die Liste wirklich voll. Laß mich einmal nachdenken.« Und so tat er und klemmte die Unterlippe zwischen die Zähne. »Ich hab sie«, sagte er dann, munter. »Meine innere Stimme hat sie mir zugeflüstert, die zwei kurzen Namen. Sie spricht selten in Gegenwart eines andern, aber diesmal hat sie gesprochen. Jetzt möchtest du wohl wissen«, fügte er beunruhigend neckisch hinzu, »was das für Namen sind. Aber ich sag sie dir nicht, und von alleine kommst du bestimmt nicht darauf.« Die Papiere lagen vor ihm auf der Bettdecke, er dehnte sich wohlig, vergnügt. Dem Knops war unbehaglich.

»Gib mir Tinte und Feder«, befahl der Kaiser. Beflissen, trotz seines Unbehagens, holte Knops das Verlangte. Nero setzte sich im Bett zurecht, zog die Knie unter der Decke hoch, um sie als Unterlage zu benützen, befahl weiter: »Hol dort das Tablett und halt es, daß ich schreiben kann.«

Und er fügte die beiden Namen ein.

Er hielt aber, während er schrieb, Feder und Papier so, daß Knops nicht wahrnehmen konnte, was er schrieb, wohl aber die Bewegungen seiner Hand und seiner Finger. Es waren wirklich zwei ganz kurze Namen. Von dem ersten konnte Knops nur sehen, daß der Kaiser ihn mit griechischen Lettern schrieb. Der zweite aber, der lateinisch geschriebene, das erkannte er deutlich, begann mit einem C. Und noch bevor der Kaiser zu Ende geschrieben hatte, wurde dem Knops aus Ahnung zur Gewißheit, daß dieser zweite Name »Caja« lautete.

Aufseufzend rollte Nero die Liste wieder zusammen, rollte sie eng, rollte sie ineinander, legte sie unter sein Kopfkissen. Streckte sich selber zurück, und, behaglich liegend, schwatzte er eine Weile hochtrabend, wie viele und wie schwere Opfer der »Fran« von seinem Träger fordere.

Knops hörte ehrerbietig zu. Während er aber demütig lauschend dastand, stiegen in seinem Innern kraus und in ungeheurer Fülle und Schnelligkeit tausend Bilder und Gedanken hoch und tauchten wieder nieder. Natürlich ist es Caja, dachte er. Was er da von Opfer daherredet, das kann sich nur auf Caja beziehen. Es ist ganz klar, daß er Caja geschrieben hat. Aber das ist doch Unsinn, daß er Caja umlegen läßt. Gerade wie die Dinge jetzt stehen, kann Varro gar nicht daran denken, sie auf ihn zu hetzen. Es ist die reine Narretei, daß er sie umlegen läßt. Es schadet ihm nur. Dabei ist sie wahrscheinlich die einzige, die ihn liebt, abgesehen von mir, der ich, verrückt wie ich bin, trotz allem an ihm hänge. So dachte er; aber durch diese Gedanken hindurch und unter ihnen quälte ihn erregend die Frage: welches war wohl der andere Name, der erste?

»Es ist«, sagte mittlerweile Nero, »das größte Geschenk, das die Götter einem Sterblichen machen, wenn sie ihn mit dem ›Fran‹ begnaden. Aber es ist auch die schwerste Bürde. Opfer, Opfer. Der ›Fran‹ fordert Opfer.«

Das bezieht sich immer nur auf Caja, dachte Knops. Wieviel Blödsinn er in seinem dicken Kopf stecken hat! Aber welches ist der andere Name, der griechische? Da er närrischerweise Caja auf die Liste gesetzt hat, welches kann der andere Name gewesen sein? Und während er es insgeheim bereits wußte, suchte er sich im Geist die weiße, fleischige Hand des Kaisers zu rekonstruieren und alle ihre Bewegungen, während sie schrieb. Und er sah diese Bewegungen der Hand. Sah, wie die Hand das Kappa schrieb, den senkrechten Strich und die beiden Schrägbalken, sah und erriet die einfache Bildung des Ni, das gravitätisch bauchige Omega, das geschnörkelte, gezackte Psi. Merkwürdigerweise erschrak er nicht sehr, während dies in sein Bewußtsein stieg. Es kann doch nicht Knops geheißen haben, dachte er. Es ist ganz unverständlich, warum er mich auf die Liste gesetzt haben sollte. Was er ist, das hab doch ich aus ihm gemacht, und wenn einer ist, der ihn halten kann, dann bin doch ich es. Gleichzeitig aber erinnerte er sich jenes kleinen Scherzes, den er sich damals, nach der Rezitation der »Octavia«, erlaubt hatte, um die frostige Stimmung zu vertreiben, jenes dummen Witzes von dem römischen Volk, das über der Lektüre der kaiserlichen Epen nicht mehr zum Arbeiten kommen werde, er erinnerte sich, daß er damals schon das Gefühl hatte, einen Fehler begangen zu haben; er wußte mit einem Mal sonnenklar, einen wie schweren, und überdeutlich sah er die Hand schreiben: die drei Balken des Kappa, die einfache Bildung des Ni, das gravitätisch bauchige Omega, das geschnörkelte, gezackte Psi. Schmerzhaft wirklich stand es vor ihm, in der Handschrift des Nero: »Knops«.

Nero seinesteils, während er »Opfer, Opfer« sagte, dachte wirklich an Caja, und daß es eigentlich schade sei, daß sie aus der Welt müsse. Daß sie mich liebt, dachte er, steht außer Zweifel. Und daß sie blind und dumm ist und nicht über ihren Schatten hinaussieht, dafür kann sie nichts. Aber ich kann auch nichts dafür. Vielleicht ist es töricht, daß ich sie umbringen lasse, vielleicht werde ich es einmal bereuen. Aber nein, es ist nicht töricht. Sie sieht nicht, daß ich Nero bin. Sie versteht es nicht. Sie beleidigt meinen »Fran«. Sie kann nichts dafür, aber auch ich kann nichts dafür, daß ich sie leider umbringen lassen muß. Zwischen einer, die meinen »Fran« beleidigt, und mir darf es kein Band mehr geben. Wer meinen »Fran« beleidigt, der darf nicht in der Welt sein. Und wenn mir schon diese verdammte Acte vorläufig entwischt ist, Caja wenigstens ist da. Totklatschen, alle wie Fliegen totklatschen. Dabei tut es mir eigentlich leid auch um diese Fliege Knops. Er ist treu und possierlich. Wie geziemend er dasteht! Hündisch ergeben und dabei schlau. Aber er hat den niederträchtigen Witz gemacht, und die Götter wollen nicht, daß ein Mensch, der einen solchen Witz gemacht hat, in der Welt sei. Außerdem weiß er sehr viel. Er weiß von dem Nero von heute, was der Nero von heute von dem Nero auf dem Palatin weiß. Das ist zuviel. Aber leid um ihn ist es mir doch. Ich muß ihn mir gut anschauen. Bald werde ich ihn nur mehr als Fledermaus wiedersehen. Totklatschen, alle wie Fliegen totklatschen.

Vor Knops mittlerweile tanzte es, stand es, klein und in seiner Winzigkeit doppelt scharf und bedrohlich: »Knops«. Es hat ganz bestimmt Knops geheißen, dachte er. Aber warum er es nur hingeschrieben hat? Es ist höllisch, daß ich jetzt in der Liste sitze, und ich habe sie doch selber erfunden. Warum nur? Blödsinn. Die Gründe gehen mich einen Dreck an. Jetzt ist doch das einzige Problem, wie ich wieder aus der Liste herauskomme.

Am einfachsten ist es, ich lasse ihn gar nichts merken, und sowie ich hier weggehe, verschwinde ich. Aus der Tür hinaus und fort, und noch ehe er dem Trebon Weisung geben kann, bin ich verduftet. Sowie ich Edessa hinter mir habe, schicke ich

Jalta Botschaft, daß sie mir mit dem kleinen Claudius Knops nachkommt. Soll ich den Gorion auch nachkommen lassen? Er ist eine arge Belastung. Aber wenn alles schiefgeht, wäre es gut für den kleinen Claudius Knops, daß er wenigstens den Gorion hat. Es wird natürlich nicht schiefgehen, aber besser ist besser. Was ist denn das für eine Gemeinheit, daß mir der Gorion nicht aus dem Kopf will? Ich habe jetzt, beim Herkules, andere Katzen zu peitschen. Kar-, Kilik- und Kappadozien / Sind, beim Zeus, drei K zum Kotzien. Ich, sollte den Gorion doch nicht mitnehmen.

Unsinn! Es ist einfach ausgeschlossen, daß er mich umbringen läßt. Nero läßt seinen Knops nicht umbringen. Er liebt ihn zu sehr. Es wäre idiotisch, wenn ich meiner Panikstimmung nachgäbe und türmte. Dann ist ja auch das Geld da. Ich kann doch nicht das Geld des kleinen Claudius Knops im Stich lassen. Das wäre einfach verbrecherisch. Ich darf die Nerven nicht verlieren. Wer hat denn den andern in der Hand? Nero den Knops oder Knops den Nero? Merkwürdig eigentlich, daß ich ihn selbst in meinen Gedanken immer Nero nenne. Er ist ein großer Mann, auch wenn er bösartige Witze macht. Mache ich nicht selber bösartige Witze? Und wenn er kein großer Mann wäre, würde ich ihn jetzt bestimmt nicht Nero nennen. Ich liebe ihn. Da ich ihn liebe, kann ich ihn auch herumkriegen. Und ich kriege ihn herum.

»Habe ich dir übrigens schon gesagt«, sprach der fleischige Kopf auf dem Kissen, »daß ich mich entschieden habe, welche Nacht es sein wird? Es wird die Nacht zum fünfzehnten Mai sein.«

Die Nacht zum fünfzehnten Mai, dachte Knops. Das sind noch vier Tage. Aber ich habe keine vier Tage Zeit. Jetzt muß ich mich entschließen, in dieser Minute, was ich tun soll.

Das klügste ist, ich bleibe einfach bei der Wahrheit. Manchmal macht man mit der Wahrheit die besten Geschäfte. Ich muß ihm zeigen, daß ich ihn wirklich liebe. Ich muß ihm begreiflich machen, daß er nichts von mir zu fürchten hat, wenn er mich am Leben läßt, aber sehr viel, wenn er mich verliert. Ich will ganz aufrichtig mit ihm reden.

Vertraulich, pfiffig und servil stand er vor Nero. In der Nacht zum fünfzehnten Mai also, hob er nachdenklich an, werde das große Aufwaschen stattfinden. Es sei natürlich, daß bei einem solchen Aufwaschen der Kaiser die Menschen auf Herz und

Nieren prüfe und auch die Nächststehenden, einen Trebon oder ihn selber, gewissermaßen vor Gericht stelle. Er, Knops, habe sein Gewissen aus eigenem erforscht, ob je in seinem heimlichsten Innern ein Gedanke aufgesprossen sei, der gegen die geziemende Ehrfurcht vor dem »Fran« verstoße. Er habe nichts entdecken können. Aber er sei ein gemeiner Sterblicher, seine Gedanken seien plump, sein Blick ins eigene Innere stumpf und ohne die Feinheit des von den Göttern gesegneten kaiserlichen Blickes. Er bitte Nero dringlich, ihm zu sagen, ob er vielleicht an ihm etwas entdeckt habe, das der letzten Prüfung nicht standhalte.

Terenz hatte ein sanftes, tückisches Lächeln um die üppigen Lippen. Fleischig und vergnügt lag sein Kopf auf dem Kissen und der kostbaren Liste. Mit den weißen Fingern, behaglich, strich er die Bettdecke. Blinzelte mit den kurzsichtigen Augen noch stärker als sonst. Dann, plötzlich, entspannte er Lid und Brauen, schaute den Knops unerwartet voll an und sagte mit leiser, behaglicher, gefährlicher Stimme: »Du weißt sehr viel, mein Knops. Eigentlich darf der Kaiser allein soviel wissen.«

Nun war zwar Knops die ganze Zeit her sicher gewesen, daß es sein Name war, den der Kaiser auf die Liste gesetzt hatte; doch als Nero es so ohne weiteres und unumwunden zugab, traf ihn das wie ein Schlag. Er bemühte sich trotzdem, nicht zu erblassen, folgerichtig weiterzudenken. Das schlimmste war, daß der Grund, den Nero nannte, nicht vom Willen des Knops abhing oder in seinem Wesen lag, sondern einfach in der von ihm unabhängigen, unabänderlichen Art ihrer Beziehungen. Gleichwohl fand er eine Erwiderung, die einzige vielleicht, die geeignet war, Neros Grund zu entkräften. »Kann man nicht«, fragte er demütig, »Wissen durch Liebe auslöschen?«

Den Kaiser schien diese Antwort zu bewegen, das massige Gesicht auf dem Kopfkissen wurde nachdenklich. »Vielleicht kann man das«, sprach der volle Mund. »Es bleibt nur die Frage, ob es für den Kaiser der Mühe lohnt, sich mit dem Problem zu beschäftigen, was größer ist, die Liebe des Wissenden oder sein Wissen. Einfacher für den Kaiser wäre es, den Mann auszulöschen, der zuviel weiß.« Es war ihm ein tiefes Behagen, mit dem Burschen zu spielen, der sich den Witz erlaubt hatte. Aber sein Argument, das sah Knops, hatte trotz allem verfangen. »Braucht der Kaiser keinen Freund?« drängte er stürmisch weiter. »Ist ein Freund, der dem Kaiser schon in seiner Verkleidung treu gedient hat, nicht wertvoller als ein neuer?« – »Frag nicht zuviel«, wies Nero ihn behaglich zurecht und genoß die eifersüchtige Anspielung des Knops auf den Trebon.

»Höre«, sagte er plötzlich, angeregt, und richtete sich halb hoch. »Mir ist etwas eingefallen. Ich frag dich was. Drei Antworten hast du frei. Wenn du das dritte Mal das Richtige nicht getroffen hast, dann hast du die Prüfung nicht bestanden und bist nicht mehr wert als eine Fledermaus.« – »Frag mich, mein Herr und Kaiser«, bat demütig Knops.

Nero legte sich wieder zurück. Gähnte kunstvoll. Dann, breit, fragte er: »Wer bin ich?«

Knops überlegte einen Augenblick. »Du bist mein Freund und Führer«, erwiderte er dann, stark, überzeugt. »Eine schlechte Antwort«, gähnte Nero, »manches Mannes Antwort. Von dir will ich eine bessere.« – »Du bist der Kaiser Nero Claudius Cäsar Augustus«, gab Knops, unsicher diesmal, die zweite Antwort, die ihm freistand. »Eine noch schlechtere Antwort«, sagte verächtlich Nero, »jedermanns Antwort. Billig wie Scheidemünze.« Damit hatte er, vielleicht mit unbewußter Absicht, Knops auf die Spur gebracht. Knops nämlich dachte an die Goldmünze mit dem Doppelbild, und, ohne Zögern diesmal, klopfenden Herzens, doch seiner Sache gewiß, gab er seine dritte Antwort: »Du bist mein Kaiser Nero Claudius Terenz.« Noch während er sprach, erschrak er über die Frechheit dieser Benennung. Doch der Kopf auf dem Kissen lächelte, und an diesem Lächeln sah Knops, daß seine Antwort die gewesen war, die Nero-Terenz von ihm erwartet hatte.

Und so war es. Nero schwieg zwar, doch sein befriedigtes Lächeln vertiefte sich. Dieser Knops weiß wirklich sehr viel, anerkannte er. Er hat begriffen, daß es einiges bedeutet, als Nero geboren zu sein, aber mehr, sich selber aus einem Terenz zum Nero gemacht zu haben. Er räkelte sich, sagte: »Komm näher, Knops! Du bist schon recht.«

In Knops war ein ungeheurer Jubel. Dies war die schwierigste Aufgabe, vor die das Schicksal ihn gestellt hat, und er hat sie erstklassig gelöst. Jetzt wird er bestimmt auch die Beute aus dem großen Fischzug gut heimbringen: das Geld des alten, filzigen Steuerpächters Hyrkan ist schon so gut wie in den Händen seines kleinen Claudius Knops.

Er trat näher an das Bett Neros heran, das Herz voll von Ergebenheit für seinen Kaiser und Herrn. »Liebst du mich mehr als den Trebon?« drängte er. »Ihn hast du nicht auf die Liste gesetzt«, sagte er stolz. »Er war es nicht wert. Sag, liebst du mich mehr?«

Nero, statt aller Antwort, tätschelte ihm nur die Hand. Dann klatschte er: »Geh wer und hol mir den Trebon!« Faul zog er die Liste unter dem Kopfkissen hervor und strich so, daß Knops es sehen mußte, dessen Namen durch. Nahm dann, immer in Gegenwart des Knops, sein Bad, ließ sich massieren, schwatzte gutgelaunt Gleichgültiges.

Als Trebon kam, schickte er alle weg mit Ausnahme des Knops. »Da haben Sie die Liste, mein Trebon«, sagte er. »Es sind dreihundertneunzehn Namen, einer aber ist durchgestrichen. Der durchgestrichene zählt nicht. Bleiben also dreihundertachtzehn. Jetzt keine Zutat mehr und keinen Abstrich. Mit denen auf der Liste verfahren Sie, wie vereinbart. Die Zeit ist die Nacht zum fünfzehnten Mai.« Er gähnte, drehte sich zur Seite, und die beiden entfernten sich, behutsam, um ihn nicht zu stören.

19
DIE NACHT ZUM FÜNFZEHNTEN MAI

Die Nacht zum fünfzehnten Mai war warm, beinahe schwül, und die »Rächer Neros«, welche die auf der Proskriptionsliste Verzeichneten zu erledigen hatten, schwitzten beträchtlich. Doch sie taten ihre Arbeit mit militärischer Gründlichkeit.

Caja, als die Männer sie packten, begriff nicht, was sich abspielte. Sie glaubte, jetzt sei der Tag gekommen, den sie die ganze Zeit gefürchtet, der Tag, da der Schwindel sein Ende hatte und da man losging gegen ihren Terenz und seine Freunde, und somit auch gegen sie. Sie jammerte, daß es ihr nicht vergönnt werde, in dieser Schicksalsstunde bei ihrem Terenz zu sein. »Tut meinem Terenz nichts, tut meinem guten, dummen Terenz nichts!« so rief sie, dachte sie, spürte sie, als man sie niedermachte.

Im übrigen vollzog sich in dieser Nacht zum fünfzehnten Mai alles wie vorgesehen. Von den dreihundertachtzehn auf der Liste Verzeichneten entkamen nur vierzehn, und es unterlief ein einziges Mißverständnis. Man verwechselte nämlich den Töpfer Alkas, einen Mann, der auf der Liste stand, weil er einmal bei einer Festaufführung der Töpferzunft die Anordnungen des Spielleiters Terenz gröblich kritisiert hatte, mit dem Musiker gleichen Namens. Der Irrtum war für den Musiker ebenso unheilvoll wie segensreich für den Töpfer. Denn es nützte dem falschen Alkas gar nichts, daß er beteuerte, er sei ja Alkas der Musiker, sondern die Leute des Trebon handelten gemäß ihrer Order und erledigten ihn. Nero mußte, als man ihm von dem Mißverständnis berichtete, schallend lachen. Er erinnerte sich jenes Poeten Cinna, den man nach der Ermordung Cäsars an Stelle des Cornelius Cinna umbrachte. Es war aber dieser Poet Cinna ein sprichwörtlicher Pechvogel gewesen; zehn Jahre lang hatte er an der Vollendung seiner kleinen Versnovelle »Smyrna« gearbeitet, und dann, infolge der Verwechslung, wurde er gerade in dem Moment erschlagen, als er sein Werk vollends unverständlich gemacht hatte. An ihn denkend, lachend, in guter Laune, schenkte Nero dem richtigen Alkas das Leben.

Varro, als die »Rächer Neros« kamen, um Caja abzutun, hatte vergebens versucht, ihnen entgegenzutreten. Er hatte die Leute angeherrscht, empört, autoritativ, ein Mann, gewöhnt zu befehlen. Ohne Erfolg. Aus dem Schlaf aufgestört, unordentlich angezogen, wie er war, zornig, machte er sich auf den Weg zu Terenz. Doch es gelang ihm nicht, zu ihm vorzudringen. Höflich, bestimmt und immer wieder erklärten die diensttuenden Kämmerer und Offiziere, der Kaiser arbeite an der Rede, die er morgen vor seinem Senat halten wolle, und habe strenge Weisung gegeben, niemanden, es sei wer immer, vorzulassen. Mit Mühe seine Haltung wahrend, mußte Varro abziehen.

Zunächst ergrimmte er gegen sich selber, daß er das Geschöpf so schlecht beaufsichtigt, daß er es in die Hände der Knops und Trebon hatte fallen lassen. Dann erst überkam ihn Wut gegen den Terenz. Sein ganzes Inneres sehnte sich danach, das Geschöpf kaputtzuschlagen. Aber es war eine Situation von grotesker Ironie; alles, was er besaß, war verknüpft mit dem Geschöpf, und er schlug nur sich selber kaputt, wenn er das Geschöpf kaputtschlug.

Er saß viele Stunden, allein, dachte, grübelte, haderte mit sich selber. Aber sein Zorn wurde immer schwächer, und zuletzt blieb nichts als ein Gefühl der Leere und der Ohnmacht. Aus dem Schrein holte er die Quittung über die sechstausend

Sesterzien hervor, und er starrte auf die Rubrik Verlust. Er hat sehr viel verloren: seine Würde, die Zugehörigkeit zur westlichen Zivilisation, seinen Freund Fronto und wohl auch seine Tochter Marcia, den größeren Teil seines Vermögens, ungefähr alle seine Illusionen. Eigentlich war das einzige, was ihm noch zu verlieren blieb, er selber.

König Mallukh, als er von dem Gemetzel hörte, erhob sich, ließ sich ankleiden, ging in das Zimmer mit dem Springbrunnen. Dort hockte er nieder; ruhevoll kauerte er, würdig, zwischen den Teppichen. Aber im Geist hörte er den Schrei der Gemetzelten, die Teppiche und das Geplätscher des Springbrunnens dämpften ihn nicht. Noch in der Nacht kam Erzpriester Scharbil und setzte sich neben ihn, schweigend. Gegen Morgen zu sagte Scharbil behutsam, wer zu Mitteln greife wie zu denen einer solchen Nacht des Blutes, der müsse sich selber aufgegeben haben. Er verschwieg, was er eigentlich sagen wollte, daß es nämlich gut wäre, den Mann preiszugeben, der an sich selber verzweifle. Mallukh hörte aus den Worten des Scharbil sehr wohl heraus, was dieser nicht aussprach. Doch er behielt seine Würde; nicht einmal in Gedanken wollte er erwägen, was der Erzpriester ihm nahelegte. So saßen die beiden Männer beisammen, schweigend, bis der Morgen heraufkam. Als dann Scharbil gegangen war, unverrichteter Dinge, wurde Mallukhs Schwermut noch tiefer. Er hatte eine üppige Phantasie; das Märchen, das er in der Oase den Unbekannten erzählt hatte, das Märchen von dem Töpfer, der Kaiser wurde, war voll gewesen von seltsamen Episoden: doch eine so finstere, blutige Episode hatte er nicht vorhergesehen. Lange saß er in drückenden Träumen. Er sehnte sich nach seiner Wüste, aber er konnte jetzt nicht aus seinem Lande fort. Er hatte große Lust zu reiten, aber er scheute sich, an diesem Morgen den Leuten von Edessa ins Gesicht zu sehen. Seufzend schließlich begab er sich in seinen Harem.

Den König Philipp, als er von dem Gemetzel hörte, packte Ekel bis zum Brechreiz. Er flüchtete sich zu den Büchern seiner Bibliothek. Es standen in den Werken der Dichter und Philosophen schöne Verse, erhabene Sätze, tiefklingende Worte: »Osten, Tiefe, Farbe, Humanität, Weisheit, Phantasie, Freiheit.« Aber die Sätze und Verse gaben ihm keinen Trost. In der Wirklichkeit waren alle diese Begriffe verknüpft mit Dreck und

Blut. Die stolzen, tröstlichen Worte der Dichter waren nur ein Schleier, das Blut, den Dreck, das Elend dahinter zu verbergen. Ein zu dünner Schleier: der Wissende sah hindurch.

20

REFLEXIONEN ÜBER DIE GEWALT

Nero berief seinen Senat ein, und vielleicht spürte er, als er vor diesem seinem Senat in großer Rede die Notwendigkeit der Proskriptionen begründete, ein noch tieferes Glücksgefühl als damals, da er das untergehende Apamea von seinem Turm aus beschaut und besungen, und als damals, da er in Rom zum erstenmal vor dem Senat die kaiserliche Botschaft verlesen hatte.

Er sprach aber von den schweren Verpflichtungen, die die Gewalt ihrem Träger auferlege. »Welche Überwindung«, rief er, »hat es mich gekostet, so viele Menschen zu töten, darunter solche, die mir freund waren und mehr als freund. Aber ich dachte an die Größe des Reichs, nahm mein Herz in meine Hände, brachte das Opfer, schaffte die Verschwörer aus der Welt.« Er ereiferte sich, berauschte sich an seinen Sätzen, glaubte, was er sprach, glaubte an seinen Schmerz und an die Größe seines Opfers, wütete gegen die Verbrecher, gegen die Vertreter des Usurpators Titus, gegen die Banditensekte der Christen. Er schäumte, geiferte, kehrte sein Inneres nach außen. Er donnerte, wütete, flehte, vergoß Tränen, schlug sich die Brust, beschwor die Götter. Er schloß: »Ich bin niemandem verantwortlich als dem Himmel und meiner inneren Stimme. Aber ich ehre euch zu sehr, Berufene Väter, als daß ich mich euerm Gericht entzöge. Ihr wißt, was geschehen ist. Ihr habt gehört, warum es geschah. Richtet! Und wenn ich unrecht habe, heißt mich sterben!«

Natürlich hieß man ihn nicht sterben, sondern verordnete Dankfeiern für die Götter, weil sie Kaiser und Reich aus der ungeheuern Gefahr gerettet hatten.

Die Blutnacht wirkte auf Senat und Volk genauso, wie es Knops, Nero und Trebon vorher berechnet hatten. Neros Tat, zupackend und furchtbar wie sie war, erregte Abscheu, Ehrfurcht, Bewunderung. »Schlagartig« hatte Knops sein und des

Nero Vorgehen genannt, und das Wort »schlagartig« spielte fortan im Vokabular der Bevölkerung Syriens eine große Rolle.

Die Massen, nach dem ersten Schreck, liebten und verehrten ihren Nero nur um so mehr wegen seiner Energie und finstern Pracht, und sie vergaßen ihren zunehmenden Hunger über der Größe ihres Kaisers. Jetzt erst spürten sie, was Nero durch das düstere Symbol des Reiters auf der Fledermaus sagen wollte. Die Fledermaus, das war das nächtige, scheußliche, das einzige Vehikel, auf dem die Gewalt zum Himmel fahren kann. Sie spürten das, und sie billigten es. Und als am einundzwanzigsten Mai, wie vorgesehen, das Relief im Fels bei Edessa geweiht wurde, da jubelten sie voll ehrfürchtigen Schauders dem Manne zu, dessen Züge nun für alle Zeiten riesenhaft und sehr wirklich aus dem Fels starrten.

Überall in der Welt erregte die Blutnacht Empörung. Doch dieser Abscheu hielt nicht lange vor; denn wenn hinter dem Abscheulichen Macht steht, dann verdammen zwar die Menschen das Abscheuliche, aber sie vergessen es rasch.

Kaiser Titus, in seinem Palais auf dem Palatin, dachte zunächst nicht daran, zu verdammen. Zwar nannte man ihn und nannte er selber sich »Die Wonne des Menschengeschlechts«, aber er wußte, daß es unmöglich ist, den Menschen Glück zu bringen ohne Anwendung von Gewalt. Er selber hatte als Feldherr an zwei Kriegen teilgenommen, hatte den Staatsstreich vorbereitet, durch den sein Vater zur Macht gekommen war, hatte viele Menschen sterben lassen, und ein Menschenleben galt ihm nicht hoch. Trotzdem verzog sich, als er die Liste der Getöteten studierte, sein Gesicht vor Ekel. Er fand den Namen Caja, fand die Namen anderer, die nur um der persönlichen Eitelkeit und Rachsucht der Urheber willen erschlagen wurden. Was der kleine Lump im Zwischenstromland und sein Gelichter da angestellt hatten, war nur zu einem geringen Teil Politik, zum größeren Teil war es ein Ausbruch bösartiger Narrheit. Vor sich hin, tief angewidert, sagte Kaiser Titus: »Wie kann ein kleiner Fisch so stinken!«

Des Titus Sekretär trug die Äußerung weiter. Und seither, wenn ein Mensch von kleinem Format die Führung großer Massen in die Hand bekommt und Unheil stiftet, pflegt man zu sagen: »Wie kann ein kleiner Fisch so stinken!«

VIERTES BUCH

STURZ

1

DAS SCHAMLOSE LIED

Doch nicht die Mordnacht sahen die Zeitgenossen des Nero-Terenz als den Beginn seines Sturzes an, sondern eine Sache von viel geringerem Belang, etwas höchst Unscheinbares, das Aufkommen eines kleinen Liedes. »Die Götter«, konstatierte ein Geschichtsschreiber, »schlugen den Mann Maximus Terentius, welcher sich Nero nannte, mit seiner eigenen Waffe. Durch seine Kunst, die in seinem Vortrag und seinem Gesang bestand, war er hochgekommen, und jetzt stürzte er über ein kleines Lied.«

Wer dieses Lied erfunden und wer es zum erstenmal gesungen hatte, wußte man nicht. Es war auf einmal da, ein freches Lied, wie deren der Osten viele Tausende kannte, ein melancholisches, höhnisches, aramäisches Couplet, gesungen in einer Melodie, oder besser in einem Singsang, der in seiner aus der Wüste stammenden Monotonie doppelt schamlos und ironisch wirkte. Die Worte aber gingen folgendermaßen:

Ein Töpfer, der hat ein Ding gedreht,
Ein sehr großes Ding gedreht,
Das Ding dreht sich.

Die kleine Acte kam ins Land herein
Und nahm sein Ding in Augenschein,
Sein Ding geht nicht.

Ein Töpfer, der gehört in die Rote Gasse
Zu seiner Tonmasse,
Nicht zur Herrenklasse.

Und wenn ein Töpfer nicht weiß, wohin er gehört,
Dann wird er belehrt,
Vom Kaiser belehrt, sehr deutlich belehrt,
Bis er weiß, was los ist,
Was klein und was groß ist.

Darum, gewisser Töpfer, mach dich klein,
Zieh den Schwanz ein,
Sonst kommt der Kaiser herein
Und fängt dich.

Und dann ist's zu spät,
Dein Ding ist ausgedreht,
Er hängt dich.

Am stärksten wirkte das Lied in Begleitung von Zither und Handpauke, doch war es auch ohne Begleitung sehr einprägsam. Die Melodie war raffiniert und trotzdem einfach, ein Singsang nach arabischer Art, aber mit winzigen, schamlosen, lasterhaften Pausen, zum Beispiel vor »Ding«, und der Schluß, wie er melancholisch und unverschämt in der Luft hängen blieb, brachte das Traurige, Kümmerliche, zum Untergang Bestimmte der erborgten Kaiserherrlichkeit dem Gefühl näher, als es die überzeugendsten Argumente hätten tun können.

Trebon konnte verbieten, daß man über die Geschehnisse des fünfzehnten Mai spreche, er konnte Schmähreden gegen den Kaiser blutig ahnden, aber nicht verbieten konnte er zum Beispiel die winzige, freche Pause vor dem »Ding«, und er konnte nicht verhindern, daß die Melodie im Lauf von weniger als zwei Wochen das Land eroberte. Jedermann, ob er aramäisch sprach oder nicht, kannte die Worte des Liedes. Man brauchte nur ein paar Takte zu summen, und jeder war im Bild, wußte, was gemeint war, schmunzelte grimmig, bösartig, dachte sich seinen Teil.

Daß aber das Lied hatte populär werden können, rührte daher, daß es dem Zwischenstromland und den von Nero regierten Teilen Syriens immer schlechter ging. Die Geschehnisse der Nacht zum fünfzehnten Mai hatten zwar die Autorität des Regimes verstärkt, doch um die Wirtschaft des Landes stand es darum nicht besser. Das Brot wurde spärlicher, und der Kuchen verschwand vollends. Dazu kam der fressende Ärger über die Willkür der Kreaturen des Nero, über die Gewalttaten des Trebon und des Knops und ihrer Unterführer, über die Bevorzugung einer kleinen Clique auf Kosten aller. Das »Töpferlied« fand Widerhall in den Ohren und in den Herzen des ganzen Volkes. Man sang es in den Straßen der großen Städte Samosata, Edessa, Palmyra, Apamea, Larissa. Die Schiffer sangen es, die den Euphrat und den Tigris befuhren, die

Bauern und die Leibeigenen sangen es, die säten, pflügten und ernteten, die Handwerker sangen es und diejenigen, die in den Manufakturen der Unternehmer arbeiteten, die Wäscherinnen an den Brunnen und die auf der Straße spielenden Kinder, auch die Beduinen der Wüste sangen es, diejenigen, die auf ihren Kamelen die Waren transportierten, und diejenigen, die diesen Warenzügen auflauerten, um sie zu plündern.

Es war ein kleines Lied, das Töpferlied, aber es hatte es in sich, und es knabberte ernstlich an der Herrschaft des Nero. Zwar jubelte man dem Kaiser zu, wo er erschien. Aber wer genau aufmerkte, der konnte durch die Rufe: »O du sehr guter, sehr großer Kaiser Nero« die frechen Verse hören: »Ein Töpfer, der gehört in die Rote Gasse / Zu seiner Tonmasse, / Nicht zur Herrenklasse« und den Schluß, wie er traurig, witzig, kümmerlich und bösartig in der Luft hängen blieb: »Er hängt dich.«

2
DER VERHÜLLTE SCHREIN

Gouverneur Cejon war nicht musikalisch; dennoch summte er, während er auf den Kurier wartete, der ihm aus dem eben angekommenen Schiff die Depeschen aus Rom überbringen sollte, das Töpferlied vor sich hin. Angetan mit dem hohen Schuh und dem schweren, purpurgestreiften Überrock, saß er vor dem Schreibtisch, steif, und trällerte das freche, dumme Lied.

Er hatte sich verändert. Die Dumpfheit und Lethargie der letzten Monate war von ihm abgefallen. Als er damals die Nachricht von der Mordnacht erhalten, hatte er sich seit langer Zeit zum erstenmal wieder gestreckt. Eine unheimliche Freude hatte ihn von Kopf bis Fuß angefüllt. Auch er wie die Fürsten des Ostens sah in der Mordnacht eine Verzweiflungstat, wie sie nur einer begeht, der glaubt, vor dem Ende zu stehen.

Es war freilich seither einige Zeit vergangen, ohne daß sich die Dinge im Machtbereich des angeblichen Nero geändert hätten. Nero-Terenz hatte sogar neue Teilerfolge in Syrien errungen. Dennoch, des war Cejon sicher, war die Dämmerung des Terenz da, und der naive Text des Töpferlieds wurde durch die Sachverständigenberichte über die innere Lage des Zwischenstromlandes bestätigt. Nicht Liebe, nur mehr Furcht band die Herrscher und die Völker Mesopotamiens an den Schwindler; sie sehnten sich danach, ihn los zu sein und sich aufatmend unter das Protektorat des wahren Rom zurückzuflüchten.

Cejon war weise geworden und hütete sich vor übergroßem Optimismus. Er nahm nicht an, daß die Herrschaft des Terenz rasch und von selber einstürzen werde. Er wußte, Trebon mit seiner wohlgerüsteten, disziplinierten Armee konnte die Macht im Zwischenstromland noch lange halten. Aber innerlich erschüttert war das Regime des Schwindlers, reif war er, und sowie ein Anstoß von außen kommt, fällt er.

Und dieser Anstoß wird kommen. Cejon wartete mit Zuversicht auf die Depeschen aus Rom. Die Zeit der Stumpfheit, des Geschehenlassens ist vorbei. Er hat seine Armee gesäubert, hat Offiziere und Mannschaften auf Herz und Nieren geprüft, hat jeden, der verdächtig war, mit der Bewegung des sogenannten Nero zu sympathisieren, ausgestoßen. Vor einem halben Jahr haben seine Legionen skandalös ausgesehen; aber jetzt ist keine Gefahr mehr, daß es noch Offiziere gibt, die sich von den Versprechungen des Varro oder des Trebon einfangen lassen.

Wo nur der Kurier bleibt? Eigentlich müßte er längst dasein. Cejon nahm Akten vor, aber es gelang ihm nicht, zu lesen. Wenn sie im Militärkabinett auf seine dringlichen Vorstellungen hören, wenn sie sich entschließen, die Vierzehnte, die sich von der Bewegung am meisten hat anstecken lassen, abzuberufen und ihm dafür die Neunte herzuschicken, dann ist er obenauf, dann kann nichts mehr passieren, selbst wenn es zum Krieg mit den Parthern kommen sollte. »Und dann ist's zu spät, / Dein Ding ist ausgedreht, / Er hängt dich.« Cejon ließ die Melodie in der Luft hängen, nicht eben kunstgerecht, eigentlich sogar recht falsch, doch seine Ohren und sein Herz hörten das Richtige heraus.

Der Kurier. Endlich. Cejon, als er den Brief des Kaisers öffnete, konnte nicht verhindern, daß ihm die Hand zitterte. Er überflog das lange Schreiben. Steuermaßnahmen, Verwaltungsmaßnahmen, Weisungen über den Kult des Gottes Mithras. Wo bleibt die Hauptsache? Da, hier: »Was Ihre Vorschläge anlangt, mein Cejon, betreffend den Austausch Unserer Vierzehnten Legion gegen die Neunte, so haben Wir sie geprüft, für gut befunden und dementsprechend Order gegeben.«

Er las den Brief nicht zu Ende. Die Neunte, er bekommt die Neunte. Das ist eine ungeheure Bestätigung, eine großartige Belohnung seiner Arbeit. Die militärischen Pflichten seines Amtes haben ihn von jeher am meisten angezogen. Was wird er jetzt leisten können, da er die Neunte hat, dieses herrliche Material. Schon ist ihm der Kopf voll von tausend Plänen. Er fühlt sich frisch wie in seiner besten Jugend. Mögen sie ihn ruhig Streckmännchen nennen, hier in Antiochien und im ganzen Osten. Der Name hat einen andern Sinn bekommen in diesen letzten Monaten, und jetzt ist es an dem, daß Ereignis wird, was Varro ihm seinerzeit ironisch gewünscht hat, daß nämlich Antiochien seinen Spitznamen ohne höhnischen Beigeschmack ausspricht, mit Wohlwollen, fast wie ein Kosewort.

Keine Zeit vertun! Freuen kann er sich später. Er kramt weiter in der Post. Da ist ein Brief seines Freundes Paetus, der ihn über die Geschehnisse in Rom auf dem laufenden zu halten pflegt. Wenn es so lang gedauert habe, teilt Paetus ihm mit, bis seine Freunde im Kriegskabinett den Austausch der Vierzehnten gegen die Neunte hätten durchdrücken können, so sei daran vor allem die leidige Entschlußunfähigkeit des Kaisers schuld. Aber dieses Hindernis werde nun bald wegfallen. Der Kaiser werde – seine Information stamme direkt von Doktor Valens, dem Leibarzt – das Jahr nicht überleben.

Cejon atmete hoch, das Gesicht überfleckt. Das steht so da, das sind ein paar krakelige Schriftzeichen: »das Jahr nicht überleben«, nicht anders als: »Viele Grüße.« Und ist doch etwas Ungeheuerliches, ein betäubendes, gnadenvolles Geschenk der Götter. Wenn wirklich Titus stirbt, wenn an seiner Stelle der junge, energische Domitian den Thron besteigt, dann wird das Töpferlied Wahrheit, dann ist das Ding ausgedreht, dann rückt er, Cejon, gedeckt vom Palatin, über den Euphrat, langt sich die Burschen heraus, hängt sie ans Kreuz.

Eigentlich müßte Cejon an seinen Schreibtisch. Er arbeitet gern und gewissenhaft, und nach dem Brief des Kaisers gibt es gehäufte Arbeit. Aber er kann jetzt nicht arbeiten. Er muß sich Bewegung schaffen, sein Glück verdauen. Er wird ausreiten.

Er durchschritt die Halle. Da stand der verhüllte Schrein mit dem Wachsbild des Urgroßvaters. Nein, heute drückt er sich nicht an ihm vorbei. Er verzögert sogar den Schritt, dreht die Schultern zurück, streckt sich, und während er aufrecht an dem Schrein vorübergeht, nickt er ihm zu, lächelt.

Er wird siegen, wird den Schwindler zerschmettern. Und wenn er gesiegt hat, dann wird er sich seinen Lohn ausbitten, wird, im Angesicht des Kaisers und des Senats, den Schrein von seiner Hülle befreien.

3

EIN GEWISSENHAFTER VATER

Solange die Regierung des Titus dem Aufstieg des Nero tatenlos zugesehen, hatten sich die Zweifel an seiner Identität nicht ans Licht gewagt. Sowie aber die Nachricht eintraf, daß die Neunte nach Syrien in Marsch gesetzt sei, wurden sie laut. Auch diejenigen, die bisher an Nero geglaubt hatten, wurden an ihrem Heldenkaiser irre.

Da die Regierung beharrlich verschwieg, was sich jenseits der Grenzen ereignete, und die Verbreitung zuverlässiger Nachrichten hinderte, kamen Gerüchte auf, die bei ihrer heimlichen Weitergabe ins Phantastische wuchsen. Sonderbar mischten sich die Verkündigungen des heiligen Schauspielers, des Joannes von Patmos, mit den Nachrichten von den Rüstungen in Syrien und von der bevorstehenden Strafexpedition des Gouverneurs. Den dreiköpfigen Höllenhund nannte Joannes das Triumvirat Terenz, Trebon, Knops; der Name wurde volkstümlich, und Herakles, hieß es, habe sich aufgemacht, diesen Dreiköpfigen zu holen. Die Tätigkeit der Gegner des Nero nahm zu, die empörten, höhnischen Inschriften an den Mauern mehrten sich, das Töpferlied war auf allen Lippen und in allen Herzen.

Aber in den Städten lagen die Truppen des Nero. Sie gingen einher, kräftig, gutgenährt, wohlbewaffnet; es war nicht daran zu denken, daß Bauern und Bürger, mochten ihrer noch so viele sein, undiszipliniert und unorganisiert, wie sie waren, den Kampf mit ihnen hätten aufnehmen können. Das Leben lief also weiter wie bisher. Ein Fremder, der Samosata oder Edessa besuchte, konnte schwerlich von der inneren Unruhe des Landes etwas merken; er mußte den Eindruck mitnehmen, das Volk sei einverstanden mit der Herrschaft des Nero und glücklich.

Die einheimischen Fürsten und großen Herren versicherten in ihren offiziellen Kundgebungen immer wieder ihre Freude über die Anwesenheit ihres erhabenen Gastes. Doch sie schliefen schlecht und zeigten dem Varro verdrossene Gesichter. Sie wußten von der unterirdisch schwelenden Mißstimmung ihrer Völker, sie sahen Brot, Wein, Kuchen, Geld zur Neige gehen, und der Druck der Terenz, Trebon, Knops scheuerte schlimmer als vormals der Druck des großen, anonymen Rom.

Unter den Räten des Nero spürte am deutlichsten Knops, wie die Grundlagen des Regimes ins Rutschen kamen. Er merkte es schon am veränderten Benehmen seiner unmittelbaren Umgebung. Sein Schwiegervater Gorion ging so weit, in seiner Gegenwart mit seiner derben, wenig schönen Stimme das Töpferlied anzustimmen, obgleich Gorion doch, als Inhaber der Fabrik an der Roten Gasse und als Schwiegervater des Knops, durch dieses Lied seiner selbst spottete.

Knops ließ sich diese Unverschämtheiten gefallen. Er hatte gewußt, daß das radikale Mittel der Proskriptionen nur auf kurze Frist wirken konnte, und hatte vorgehabt, unmittelbar nach der Mordnacht zu verschwinden; nur das Geld des Hyrkan, oder richtiger das Geld seines kleinen, zukünftigen Claudius Knops, hatte er noch in Sicherheit bringen wollen. Allein eben dieses Geld, das für ihn das Leben und Glück seines Söhnchens bedeutete, das herrliche, gelbe, rote Metall, hielt ihn. Wohl war der Steuerpächter Hyrkan in der Nacht zum fünfzehnten Mai programmgemäß erledigt worden, doch leider erwiesen sich seine Millionen als nicht so rasch greifbar, wie Knops gehofft hatte. Sie staken in zahlreichen, mehr oder minder verzweigten Unternehmungen, bestanden in Schuldverschreibungen, in Ansprüchen aller Art, hatten sich auch zum Teil, aus Steuergründen, außer Landes geflüchtet oder sonstwie gut versteckt. Zudem hielt Varro ein Auge auf Knops, und Varro war ein unangenehmer Gegner, mit dem man nicht paktieren konnte. Knops mußte tausend Finten anwenden, um das aufgespürte Gold des gewesenen Hyrkan in seinen eigenen Sack zu leiten. Das verzögerte seine Abreise. Er spürte gut die anrückende Gefahr und sehnte sich nach Sicherheit. Er war kein mutiger Mann, er wußte, er werde, wenn er sich verspätete, eines scheußlichen, qualvollen Todes sterben; wenn er die Schlußworte des Töpferliedes hörte: »Er hängt dich«, dann kribbelte ihm die Angst in allen Nerven. Aber er war ein guter, gewissenhafter Vater, er brachte es nicht über sich, das Geld seines Söhnchens im Stich zu lassen, er biß die Zähne zusammen und blieb.

4
DER TOTE KAMERAD

Feldmarschall Trebon ging herum, laut und wohlgelaunt, wie stets. Mit hunderttausend Mann gut organisierter Soldaten, meinte er, war man dem, was die feinen Herren »psychologische Schwierigkeiten« nannten, ohne weiteres gewachsen, und er machte sich derb lustig über diese »Schisserei« der feinen Herren. Auch die Überzahl der Legionen des Cejon schreckte ihn nicht. Insgeheim freilich spürte er Unbehagen vor dem theoretischen Wissen, das die Offiziere des Cejon in ihren Kriegsakademien erlernt hatten. Von diesem Gesichtspunkt aus betrachtet, war es unvorteilhaft, daß Oberst Fronto und Leutnant Lucius verschwunden waren, und Feldmarschall Trebon verbrachte manche stille Stunde mit der beschwerlichen Lektüre des »Lehrbuchs der Kriegskunst«.

Daß Leutnant Lucius tot war, erwies sich übrigens auch in anderer Hinsicht als unbequem. Die Ermordung des tapferen und verdienten Leutnants, der soviel zum Sieg Neros beigetragen hatte, verstimmte die Armee. Offiziere und Soldaten wollten es einfach nicht glauben, daß ihr Kamerad Lucius Verrat an der Sache des Kaisers geübt haben sollte, nachdem er sie mit Einsatz des Lebens so sehr gefördert. Wer unter ihnen war sicher, wenn man einen Lucius auf so üble Art und ohne Gericht abtat? Man schimpfte, agitierte, beschloß, sich den Übergriff nicht gefallen zu lassen.

Die Armee schickte eine Deputation an ihren Feldmarschall Trebon, zu fragen, ob er um die Ermordung des Lucius gewußt und ihr zugestimmt habe, und welches die Schuld dieses ihres Kameraden gewesen sei, und welches die Beweise; sei aber die Tötung ohne seine Zustimmung erfolgt, was er dann zu tun gedenke, um Sühnung zu erwirken.

Einen Augenblick schwankte Trebon, ob er nicht die Leute vor ein Kriegsgericht stellen solle. Doch er hatte den Blick für die Seele des Landsknechts und erkannte schnell, daß es klüger sei, den Mord nicht zu decken. Man muß dem Soldaten seine Liebe und seinen Haß lassen. Leutnant Lucius war in der Armee beliebt gewesen, folglich war er unschuldig und sein Tod ein Verbrechen. Daß er ihn auf die Liste gesetzt hatte, war falsch gewesen, und er mußte die unangenehmen Folgen seines Fehlers schlucken. Er mißbilligte also die Tötung des Leutnants und versprach, der Armee Genugtuung zu schaffen.

Er ging zu Nero. Der lag, als Trebon zu ihm kam, auf dem Sofa, faul, schlechtgelaunt. Er schien zwar, wenn seine Räte ihm über die Rüstungen Cejons und über die wachsende Mißstimmung im Land Bericht erstatteten, unbewegt und hörte kaum hin; doch wenn er allein war, dann verdüsterte sich sein massiges Gesicht, und die Unterlippe wölbte sich ihm noch verdrießlicher als gewöhnlich.

Das Töpferlied war ihm ein Ärgernis. Die Juden, hatte man ihm gesagt, glaubten, ihr Gott habe dem Titus zur Rache für die Zerstörung ihres Tempels ein Insekt ins Hirn geschickt, das nicht aufhöre, ihn zu quälen, und das sei seine Krankheit. Das Töpferlied summte im Hirn des Nero wie dieses Insekt des Titus, er wurde es nicht los, es marterte ihn, knabberte an seinem »Fran«.

Der Besuch des Trebon war ihm eine willkommene Abwechslung. »Die Götter sprechen heute nicht zu mir«, sagte er, »meine innere Stimme schweigt. Für so einen trüben Tag müßte man einen Kerl haben wie seinerzeit den guten Töpfer Terenz, daß er einen belustige. Nun kommst wenigstens du.« Trebon wußte nicht recht, was er aus dieser Anrede des Kaisers machen, ob er sie als ein günstiges Vorzeichen deuten solle oder als ein ungünstiges; er spürte, der sonst wahrlich nicht feige Mann, Unbehagen. Noch immer war Nero für ihn der Kaiser, der Gott. Dem Nero zuzumuten, was er ihm zumuten wollte, dazu gehörte allerhand.

»Meine Leute«, begann er, »gehen jetzt schärfer vor gegen das gewisse schamlose Lied. In Samosata allein und in einer einzigen Woche haben wir wegen des Liedes dreihundertvierundzwanzig vor Gericht gestellt. Aber jetzt haben sie einen neuen Trick gefunden. Sie singen das alberne Kreisellied jener Hure Claudia Acte und unterlegen ihm einen neuen Text.« – »Was ist das für ein Text?« fragte Nero. »Es ist ein sehr dummer Text«, entgegnete unlustig Trebon, »und muß ich ihn wirklich sagen?« – »Sag ihn«, befahl, ohne die Stimme zu heben, Nero. Und Trebon sagte ihn. Er lautete aber: »Ausgedreht, Töpfer. / Freust du dich, daß es aus ist? / Freust du dich, daß es gar ist? / Ich freu mich.« Nero hatte aufmerksam zugehört. »Das sind wirklich alberne Verse«, konstatierte er. »Soll ich sie verbieten?« fragte hastig Trebon. »Das Kreisellied kannst du nicht verbieten«, entgegnete sachlich Nero, »darüber würden sie in Rom nur lachen. Es war schon töricht, daß wir das andere Lied verboten haben, das schamlose. Ein Lied kann man nicht vor Gericht stellen.« – »Es ist schwer«, gab Trebon bekümmert zu. »Sie singen die Melodie ohne Worte; wenn man sie packt, dann sagen sie, es sei eine andere Melodie, und man kann ihnen nichts beweisen.« – »Es mag wirklich nicht leicht sein«, meditierte Nero, »das Lied zu verfolgen. Es hat ein Gesicht, ähnlich tausend anderen, und du kannst nie wissen, ob du auf das wahre Gesicht triffst oder auf eines der ähnlichen.« – »Ich werde das Lied also nicht mehr verfolgen«, sagte demütig Trebon. »Unsinn«, empörte sich Nero. »Natürlich wirst du es verfolgen. Ausgerottet werden muß es. Aber das wirst du nicht können.«

Trebon steckte widerstandslos den Tadel ein. »Dein Diener Trebon, Majestät«, sagte er, »hat eine treue Hand, die aber plump ist und ungeschickt. Es stellt sich jetzt leider heraus, daß ich unrecht tat, auch als ich seinerzeit vorschlug, einen gewissen Namen auf eine gewisse Liste zu setzen.« Nero runzelte die Brauen. »Wieso unrecht?« erwiderte er. »Ich habe die Liste gebilligt: somit wurde sie recht.«

Trebon ließ ab, erschreckt. Aber er hatte seinen Soldaten versprochen, ihnen Genugtuung zu verschaffen, und er war zäh. Nach einer Weile tastete er sich von neuem vor. »Die Armee liebte den Lucius«, sagte er, »sie liebt ihn noch.« – »Lucius?« dachte Nero nach. »Wer ist das, Lucius?« – »Das ist der Mann, den ich vorhin meinte«, erwiderte Trebon, und da der Kaiser nicht unmutig wurde, faßte er sich ein Herz und fuhr schnell fort: »Die Armee ist des Kaisers Hand. Wenn die Hand des Kaisers einen kleinen Schmerz hat, einen Riß oder dergleichen, sollte da der Kaiser keine Salbe auflegen?« Wenn Nero jetzt ungeduldig wird, dachte er, oder zornig, dann gebe ich mein Vorhaben endgültig auf. Es ist mir leid um die Leute, aber dann stelle ich sie eben dennoch vor ein Kriegsgericht.

Doch Nero wurde nicht ungeduldig, Nero lachte. Trebon also sprach weiter: »Der Kaiser hat seine Soldaten seit langem nicht mehr durch eine Ansprache geehrt. Die Armee dürstet nach einem Wort des Kaisers. Ein freundliches Wort des Kaisers, und die Armee ist zweimal so stark wie vorher.« – »Was also ist es mit deinem Lucius?« fragte gnädig Nero. Jetzt stand Trebon vor dem schwierigsten Teil seiner Aufgabe. »Es wäre gut«, meinte er behutsam, »wenn der Kaiser seinen Soldaten den

Fall dieses ihres Kameraden Lucius auseinandersetzte, wenn er seiner Armee klarmachte, daß auch er diesen Lucius für einen guten Offizier hält und es bedauert, daß er nicht mehr in der Welt ist.«

Nero schaute den Trebon durch seinen Smaragd auf und ab. »Hm«, meinte er, »ich soll also deine Toten begraben. Weißt du, daß du sehr frech bist, Trebon?« Aber es klang nicht sonderlich ungnädig. Er dachte nach, und Trebon war sich klar, daß innerhalb dieses Nachdenkens Entscheidungen fielen, die seine Popularität bei der Armee sehr ändern konnten. Er sah aufmerksam auf das Gesicht des Kaisers, gespannt, was aus seinem Munde kommen werde. Jetzt öffnete sich dieser Mund, jetzt wird der Kaiser sprechen, ihm antworten. Trebon lauschte, ganz Erwartung. Allein was aus dem Mund kam, war keine Antwort, es war, halblaut gesummt, das Lied, das kleine, verfluchte, schamlose Töpferlied. Trebon war nicht musikalisch, und Töne verwechselten sich ihm leicht. Diesmal aber war keine Verwechslung möglich, es war das Lied, und Trebon erschrak in seinem tiefsten Herzen.

Der Kaiser indes, mitteninne abbrechend, lächelte und sprach: »Eigentlich ist es keine reizlose Aufgabe, den Tod eines tapferen Soldaten zu beklagen, und ich glaube, eine solche Klagerede müßte unter meinen übrigen Schriften gute Figur machen.« Und wieder, während er offenbar schon an den Sätzen seiner Rede arbeitete, summte er, mechanisch, das Lied. Trebon aber entfernte sich, betreten mehr als beglückt.

Nero berief also die Elite seiner Offiziere in sein kleines Privattheater. Er ließ ihnen zunächst eine heroische Oper vorführen, die den Tod des Klitus zum Gegenstand hatte, jenes Mannes, der von dem großen Alexander, trotzdem er ihm das Leben gerettet, im Rausch erschlagen worden war; dann, nach dieser symbolischen Aufführung, entschuldigte sich Nero in einer großen, bald rührsamen, bald pathetischen Rede wegen der Tötung des Leutnants Lucius. Er pries in männlichen Worten die Tapferkeit und das militärische Genie des Offiziers. Dann aber kam er auf Disziplin zu sprechen, erklärte, man sei im Krieg, in einem schweren Kampf gegen den Usurpator, und im Krieg sei Manneszucht das erste Erfordernis. Lucius habe mehrere Male in Gegenwart glaubwürdiger Zeugen, römischer und orientalischer, verschwörerische Reden gehalten, törichte Lügen ausgestreut über die niedrige Geburt des Kaisers und über seine angebliche Bevorzugung Niedriggeborener. Beschworene Zeugenaussagen lägen vor. Die Protokolle stünden dem Feldmarschall Trebon und anderen Generalen zur Einsichtnahme offen. Vielleicht seien diese törichten, aufrührerischen Reden des Leutnants nur jungenhaftes Geschwätz gewesen, und in Friedenszeiten hätte man sie verzeihen können. Nicht so im Krieg. Er habe geprüft, erwogen, verurteilt. Das Urteil sei ihm nicht leichtgefallen, denn er habe den jungen Offizier geliebt wie ein Vater seinen Sohn. Doch wie der Vater Brutus seine Söhne verurteilt, so habe schließlich auch er, nachdem die Stimme der Götter es ihm befohlen, den Tod des Leutnants verfügen müssen. Es sei ein schweres Opfer gewesen, unter den vielen Opfern, die er für das Wohl des Staates und der Armee gebracht, eines der schwersten. Doch er hoffe, daß die Armee durch ihre künftigen Taten zeigen werde, daß er das Blut des Leutnants nicht vergeblich vergossen habe und daß aus diesem Blut die Manneszucht neuen Saft ziehen werde.

Er war gut in Form; er schluchzte zur rechten Zeit wohllautend und donnerte, wo es angebracht war, und begeisterte sich an seinen eigenen Worten. Ja, dieser seltsame Mann Nero-Terenz war, während er sprach, ehrlich unglücklich über den Tod dieses seines tapferen Soldaten. Aber die Offiziere, die das Theater füllten, hörten ihn mit Unbehagen, eher peinlich berührt als erschüttert. Manch einer fragte sich, ob es nicht doch klüger und ehrenvoller wäre, bei den Kameraden am andern Ufer des Euphrat zu stehen, gegen die man nun wohl bald wird kämpfen müssen, statt unter den Feldzeichen dieses Komödianten. Und es war wohl die Meinung vieler, als einer, das Palais verlassend, den Eindruck der kaiserlichen Darbietung in die Worte zusammenfaßte: »Zweimal Oper, das ist zuviel.«

Trebon selber, der sich die Rede in der kaiserlichen Loge anhörte, hätte sich eigentlich freuen müssen; er hatte sein schwieriges Vorhaben durchgeführt, hatte Nero dazu bewogen, sich bei der Armee zu entschuldigen. Doch auch er spürte Verlegenheit eher als Genugtuung. Durch die großen Worte hindurch hörte er den Kaiser das Töpferlied summen, das Töpferlied übertönte die großen Worte, und Nero war nicht mehr Nero, nur mehr der Töpfer Terenz.

5
ARBEITEN UND NICHT VERZWEIFELN

Varro war der Veranstaltung ferngeblieben. Das war ein überflüssiger Affront und also unklug; aber er vermochte seinen Widerwillen gegen Knops und Trebon nicht zu zähmen. Früher hatte er die beiden zu sehr verachtet, um sie zu hassen. Jetzt, aus dem Gefühl seiner Hilflosigkeit heraus, wuchs in ihm eine immer grimmigere Feindseligkeit.

Nicht als ob er den Einfall mit den Proskriptionen schlecht gefunden hätte: was ihn abstieß, war die dumme, pöbelhafte Art der Durchführung. Varro war nicht sentimental, aber er trennte private Gefühle von politischen. Die Vermengung von Politik mit persönlichen Racheakten schien ihm ebenso dilettantisch wie geschmacklos. Menschen wie etwa Caja oder den Leutnant Lucius bei einer solchen Gelegenheit abzutun, war eine Eselei noch mehr als ein Verbrechen.

Er durfte sich die Kreaturen nicht über den Kopf wachsen lassen, er mußte sie unschädlich machen. Das war nicht ganz einfach. Trebon war gewalttätig und populär, Knops von skrupelloser, erfinderischer Schläue. Varro bestellte Agenten, um Material gegen sie zu sammeln. Ließ Akten anlegen, in denen an Hand vieler Einzelheiten erwiesen wurde, wie die beiden ihre Ämter mißbrauchten, um an persönlichen Gegnern Rache zu nehmen und sich plump zu bereichern. Varro, selber von der gesunden Geldgier des Römers, kannte kein Mitleid mit Ausgebeuteten und Unterdrückten und hatte seinerzeit unbedenklich das Fett einer ganzen Provinz abgeschöpft. Doch was er auf feine und energische Art getan hatte, taten die beiden mit groben, klotzigen Fingern, und es war ehrliche Überzeugung, aus der er ihre Methoden ablehnte.

Den Sturz des Knops und des Trebon vorzubereiten, kostete ihn Zeit und Mühe. Die schwierigen, weitverzweigten Geschäfte der Verwaltung nahmen ihn in Anspruch. Er mußte immer neue Mittel ersinnen, um der wachsenden Mißstimmung der Bevölkerung zu begegnen und das Geld zu beschaffen, das die notwendige Vergrößerung der Armee erforderte. Er arbeitete also, arbeitete viel, arbeitete mit Leidenschaft. Durch emsige, fast wilde Tätigkeit suchte er sich zu wehren gegen das trübe Gefühl der Hoffnungslosigkeit, das oft in ihm hochkroch.

Half ihm die Arbeit nicht, dann hatte er eine andere letzte Zuflucht. Seitdem Claudia Acte in Edessa erschienen war, hatte sich Marcia nicht mehr so ängstlich vor ihm zugesperrt wie früher, und diese Vertrautheit verschwand auch nach Actes Abreise nicht völlig. Marcia ließ ihn vor, wenn er kam, ja manchmal kam sie von selber zu ihm. Er saß dann lange Stunden mit ihr zusammen, ging auf und ab vor ihr und beredete die Dinge, die ihm am Herzen lagen. Er stellte Betrachtungen an, welch törichte Vermessenheit es sei, wenn der einzelne glaube, er könne in das Weltgeschehen eingreifen. Waren nicht auch dem Mächtigsten neun Zehntel seiner Handlungen durch die Umstände vorgeschrieben? Er selber, Varro, war ein Getriebener nicht weniger als sein Nero. Nicht seine, des Varro, Staatsklugheit hatte seinen Plan so weit glücken lassen, sondern die »Konjunktur«, das Zusammentreffen glücklicher Umstände, die nicht von ihm abhingen. Wo überhaupt liegen denn die letzten Gründe politischen Erfolgs? In den meisten Fällen sehr fernab, in einem Bezirk, den der Handelnde, in den politischen Prozeß Verstrickte, nicht erkennen kann. Wie also sollte er das große politische Geschehen wirksam beeinflussen können? Wovon etwa hängt das zukünftige Schicksal seines Unternehmens ab, das seines Nero und sein eigenes? Doch nicht von der Volksstimmung des Zwischenstromlands oder von den Rüstungen des Cejon. Das mögen Kurzsichtige glauben, solche, die nicht über ihre eigene Nase hinaussehen. Ob der Tod des Titus heute erfolgt oder erst über einem Jahr, ob Artaban in den schweren Kämpfen, in die er im fernen Osten verstrickt ist, siegt oder nicht, von solchen Dingen wurde sein und seines Nero Schicksal bestimmt, und dies sind Dinge, deren Ablauf man schwerlich hemmen oder fördern, die niemand berechnen und in sein Kalkül einbeziehen kann. Er, Varro, hat getan, was er konnte, die Geschehnisse zu seinen Gunsten zu lenken, und er wird tun, was er kann. Doch was er in die Waagschale zu werfen hat, ist ein winziges, und er wäre ein Narr, wenn er glaubte, es zähle.

So und ähnlich ließ er sich aus vor der stillsitzenden Marcia. Ihre Augen folgten ihm, wie er auf und ab ging, aber er wußte nicht, ob sie ihm zuhörte, und wenn, ob sie ihn verstand. Einmal, als er ihr derartige Gedanken auseinandergesetzt hatte, erwiderte sie: »Du solltest einmal mit unserm Fronto darüber sprechen. Er ist sehr klug und weiß viel von diesen Dingen.« –

»Mit Fronto?« fragte betreten Varro. »Ja, mit Fronto«, erwiderte mit großer Selbstverständlichkeit Marcia. »Wo find ich ihn?« fragte behutsam Varro. »Man muß freilich«, erwiderte sie nachdenklich, »die richtigen Augen haben, um ihn zu sehen. Viele verkennen ihn und halten ihn für Nero. Wenn du mich Vestalin hättest werden lassen, lieber Vater, wie ich es wollte, dann würde ich ihn, glaube ich, immer sehen.« Sie sagte dies aber lächelnd und ohne Bitterkeit oder Anklage. Der betretene Varro wußte nichts zu erwidern und ging bald.

Einige Zeit vermied er es, vor ihr zu reden. Dann aber entbehrte er sehr diese Gespräche, so einseitig sie waren, und er suchte Marcia auf, sooft dies möglich war. Immer häufiger suchte er sich vor ihr in Zuversicht hineinzureden. »Es bleibt erstaunlich«, resümierte er etwa, »was wir hier in so kurzer Zeit geleistet haben. Wir haben eine starke, schlagbereite Armee geschaffen, wir haben durch den römischen Drill der eingeborenen Truppen auch aus diesen besseres Material gemacht, und wir haben unser Bündnis mit Artaban zu einer sicheren Rückendeckung ausgebaut. Überall im Zwischenstromland sehen die Städte anders aus, ordentlicher; die Verwaltung ist weniger schlampig als früher, sie ist richtig durchorganisiert. Den Römern und Griechen, die hier wohnen, haben wir beigebracht, die östlichen Menschen mit andern Augen anzuschauen als bisher, sie besser zu behandeln. Noch nie waren unter diesem Himmel die Beziehungen zwischen West und Ost so freundschaftlich wie jetzt. Es wäre ein Jammer, wenn das alles wieder zusammenbräche, und es wird nicht zusammenbrechen. Die Mißstimmung, die über dem Land liegt, geht vorbei. Laß mich nur erst das Gesindel fortjagen, diese Knops und Trebon, und wie sie alle heißen. Es ist gut und sinnvoll, was wir hier tun, und es wird gut ausgehn.«

Diesmal hörte ihm Marcia augenscheinlich zu, ihr schönes, weißes Gesicht lächelte, wie es ihm schien, begreifend und einverständnisvoll. Doch als er zu Ende war, erwiderte sie nichts. Ganz leise nur summte sie vor sich hin. Wenn er recht hörte, das Töpferlied.

6
EIN VERHÄNGNISVOLLES BAD

Am vierten September hatte sich Kaiser Titus wie alljährlich nach seinem Landgut bei Cosa begeben. Schon während der kurzen Reise hatte er über eine pressende Übelkeit geklagt; angelangt, hatte er sich sogleich niedergelegt und war seither nicht wieder aufgestanden. Am dreizehnten September, da das Fieber gefährlich hochstieg, hatte der Leibarzt Valens dem Kaiser ein Schneebad angeraten. In diesem Schneebad, in Gegenwart nur des Arztes und des Juden Flavius Josephus, war dann Kaiser Titus gestorben.

Viele erklärten, der Leibarzt Valens habe dem Kaiser das verhängnisvolle Schneebad gegen sein besseres Wissen verordnet, gedungen von einem gewissen Herrn, der an der Nachfolge des Kaisers interessiert war. Wieviel an diesem Gerücht stimmte, war kaum zu ermitteln. Doktor Valens galt als der kundigste Arzt des Reichs, es war sehr schwer, richtig zu dosieren, wie lange ein Patient im Schneebad zu bleiben habe, auch dem besten Kenner mochte da ein Kunstfehler unterlaufen. Wie immer, Kaiser Titus war in seinem Schneebad gestorben, seit dem vierzehnten September war er ein Gott, und Kaiser war sein Bruder Domitian.

Die Kunde von dem Ereignis durchflog die Welt. Mit ungeheurer, unbegreiflicher Eile drang sie übers Meer, nach Syrien, nach Antiochien.

Als der Kurier kam, das unheilkündende Zeichen der Feder an seinem Stab, erriet Cejon, noch bevor der Mann den Mund aufgetan, was er zu bringen hatte. Er drehte, gegen seinen Willen, die Schultern zurück, reckte sich, von der Fußsohle bis zum Scheitel Streckmännchen. Ungeduldig, herrisch, winkte er dem Mann, daß der sich entferne. Dann, allein, überließ er sich ganz seinem unerhörten Glück.

Ein bißchen schämt er sich, der loyale Beamte Lucius Cejon, der dem Titus Treue geschworen hat, daß er nicht die leiseste Trauer fühlt, nun sein Kaiser und Herr gestorben ist. Aber er kann nicht helfen, er spürt nichts als Jubel. Den Friedenskaiser hat Titus sich genannt. Frieden ist eine große Sache; doch wenn der Friede mit so viel – nun der Kaiser tot ist, darf Cejon es denken – Feigheit bezahlt werden muß, mit so viel Schimpf und Demütigung, dann verdirbt er und verpestet die Welt. Jetzt ist der Wahn zu Ende. Minerva, die Göttin der Vernunft, nimmt den Erdkreis wieder in ihre feste, ruhige Hand, er, Cejon, ist in diesem Teil der Welt ihr Statthalter, und er hat seine Sache gut gemacht. Seine Armee steht bereit, schlagkräftig, und mit dieser Armee wird er jetzt, ein Erlöser, in seinem Teil der Welt den wahren Frieden herstellen.

Er lächelte. Er dachte an das glatte, fleischige, ironische Gesicht des Varro. Ja, jetzt lächelte *er*, nicht Varro. So viele Monate war es gewesen, als ob dieser verderbte Mensch recht behalten sollte: aber am Ende hat trotz allem er gesiegt und mit ihm die Pflicht, die Disziplin, Rom, die Vernunft.

Im Zwischenstromland hatte die Nachricht von der Thronübernahme des Domitian wüste Gerüchte zur Folge. Mit zweihunderttausend Mann gutgeschulter Truppen, hieß es, werde Cejon über den Euphrat kommen, um die Städte Mesopotamiens fürchterlich zu züchtigen; selbst das Datum des Einfalls wollte man bereits wissen, man sprach von einem Ultimatum, das am zehnten Oktober ablaufe.

Genauso »schlagartig« wie die Taten des Nero, die Überschwemmung Apameas, die Christenverfolgung, die Proskriptionen, ihm Bewunderung verschafft hatten, kehrten sie sich, nun seine Macht im Wanken schien, gegen ihn und machten ihn doppelt verächtlich und hassenswert. Nero war Nero, solange man an ihn glaubte. Im Augenblick, da man zu zweifeln begann, wurde er zu Terenz. Was erhaben gewesen war, solange ein Nero es getan hatte, wurde scheußlich und gemein, nun ein Terenz es begangen. Noch mehr. Hatten seine Taten bisher dafür gezeugt, daß er Nero war – nur ein Kaiser konnte so herzlos Erhabenes verrichten –, so bewiesen jetzt die gleichen Taten, daß er Terenz sein mußte: nur einer aus dem Abschaum, ein Freigelassener, konnte sich zur Verübung so wüster Greuel erniedrigen.

Demonstrierende Massen zogen durch die Straßen Samosatas, Edessas, schallend und im Chor sangen sie das Töpferlied. Unruhen brachen aus. Trebon, ohne viel Federlesen, erklärte den Belagerungszustand, stellte eisern und blutig Autorität wieder her. Aber er konnte nicht verhindern, daß im syrischen Machtbereich des Nero mehrere Garnisonen zu Domitian übergingen. Die Mannschaften überwältigten die dem Nero treuen Offiziere, rissen seine Bilder von den Feldzeichen und schickten Deputationen zu Cejon, ihm Reue, Rückkehr, Unterwerfung, Gehorsam anzukündigen.

7
DAS GESCHÖPF MACHT SICH SELBSTÄNDIG

Als man dem Nero die Depesche überbrachte, die den Tod des Titus meldete, saß er bei Tafel. Obwohl viele zugegen waren, gelang es ihm diesmal nicht mehr, den Gleichgültigen zu spielen. Er riß die Depesche in Fetzen, stieß den Tisch um, zerschmiß Gläser, hieß seine Gäste mit wilden Worten sich entfernen.

Doch schon am Morgen darauf hatte er seine Ruhe wiedergefunden, und wenn man ihm in den nächsten Tagen von der politischen Lage sprach, war er wie früher blasiert, gelangweilt. Einmal, als Trebon ihm meldete, er habe von einer Abteilung, die sich als unzuverlässig erwiesen, jeden zehnten Mann hinrichten lassen, nickte er mit dem fleischigen Kopf und sagte sanft, schmeckerisch: »Das hast du gut gemacht, mein Trebon. Nur so fort! Totklatschen! Alle wie Fliegen totklatschen!«

Dann traf die Nachricht ein, daß nun auch Sura wieder an die Flavier zurückgefallen sei. Nero nahm es gefaßt zur Kenntnis. Doch später am Tag befahl er die Dame Lyde vor sich, die als die sachverständigste Giftmischerin Syriens galt, und verlangte von ihr ein schnell und schmerzlos wirkendes Gift. Sie brachte ihm das Pulver in einer goldenen Kapsel; die war ihm nicht gut genug, man mußte lange Zeit herumsuchen, bis man eine ihm passende Dose fand.

Immer öfter jetzt, wenn er allein war, erging er sich in schlimmen Ahnungen. Vor sich hin sprach er die Homerverse, in denen der tote Achill im Hades das Los der Gestorbenen beklagt: »Lieber möcht' ich als Knecht einem andern dienen im Taglohn, / Als hier unten, ein König, die Abgeschiednen beherrschen.« Er versank in Grübelei. Wann eigentlich hat sein Unglück begonnen? Er brauchte nicht lange nachzudenken. Er selber hat sein Unglück heraufbeschworen, und genau bewußt war ihm der Augenblick, ja der Bruchteil des Augenblicks, da er es getan hat. Es war, als er die Feder ansetzte, um den Namen Caja auf die Liste zu schreiben. Es war eine gute Liste gewesen. Er selber hat sie durch seinen kapitalen Fehler verdorben, die Götter gereizt und sich ins Verhängnis hineingeritten. Bis ins kleinste erinnerte er sich des unheilvollen Augenblicks: wie er die Knie hochgezogen, wie Knops ihm das Tablett als Unterlage gehalten, wie er die Feder geführt hat. Nicht die Götter haben ihm die Hand gelenkt, damals. Nicht sein »Fran« hat den Namen hingesetzt, die törichte, unbegnadete Hand des Terenz hat ihn hingeschrieben.

Jetzt, da das Böse sich um ihn zusammenzog, spürte er schmerzhaft, wie drückend Einsamkeit ihn umgab, seitdem Caja aus der Welt war. Daß sie da war, das allein schon hatte ihm das Bewußtsein einer letzten Zuflucht gegeben, in die er sich retten konnte, wenn alles zusammenbrach, und aus diesem Bewußtsein hatte er seine kaiserliche Sicherheit geschöpft. Nun Caja bei den Untern war, verwandelte sich Nero jählings zurück in Terenz; doch in einen Terenz ohne Caja, in einen armen, schutzlosen Leibeigenen, der sich überhoben hat. »Und wenn ein Töpfer nicht weiß, wohin er gehört, / Dann wird er belehrt.« Caja war gewesen wie ein wollenes Hemd im Winter; es kratzt, aber es hält warm. So lächerlich es war, die zauberische Sicherheit, die ihn sein Kaiserdasein mit solcher Ruhe hatte führen lassen, war von der derben Nähe Cajas ausgegangen. Und er selber, Narr, der er war, hat Caja zu den Untern hinuntergestoßen, den Zauber zerstört.

Er ging zu seinen Fledermäusen. Ängstlich studierte er ihre häßlichen Gesichter. Welche mochte Caja sein? Er versuchte, die Tiere zu streicheln, doch sie entflatterten mit widerlichem Gezwitscher. Sie hassen ihn. Caja hat ihnen erzählt, was er in seiner Narrheit getan hat, und jetzt hassen sie ihn. Caja wird nicht ruhen, bis sie ihn selber gezwungen hat, zu ihr hinunterzusteigen, zu ihr, mit der er unlöslich verknüpft ist. Aus den bellenden Lauten der Fledermäuse hörte er das schrille Gekläff heraus, mit dem, beim Äschylus, die Furien den Orest jagen: »Faß, faß, faß, pack an«, und die kleinen, kurzen, gellen Schreie rissen an seinen Nerven.

Großes Mitleid empfand er mit sich selber. Schuld an allem war dennoch Caja. Sie hat nicht an ihn geglaubt. Hätte sie geglaubt, nie hätte er die Tollheit und das Verbrechen begangen, sie umzubringen. Warum hat sie nicht geglaubt? Wahrscheinlich, weil er als Mann versagt hat. Und versagt hat er, weil er seine Kraft für seine Kunst und sein Volk benötigte. Er war ein Opfer seiner Kunst und seiner Menschenliebe.

Ein Opfer, ja, ein Opfer ist er, auch geschichtlich gesehen. Versagt hat nicht er, die andern haben versagt. Ihm haben die Götter bestimmt, zu glänzen, Reden zu halten, »Fran« auszustrahlen. Brot, Wein, Geld unter das Volk zu verteilen, das war nicht seine, das war Sache seiner Räte. Sie haben versagt; er hat getan und gegeben, was zu tun und zu geben seines Amtes war.

Nur *eines* hat er falsch gemacht, und dieses *eine* rächt sich jetzt an ihm: Caja hätte er nicht auf die Liste setzen dürfen.

Manchmal, besonders des Nachts, wenn er in seinem Bett lag, im Halbschlummer, suchten ihn höchst unkaiserliche Bilder und Gedanken heim. Sein Vater, ein gutmütiger Mann, hatte ihn eher verzogen als streng gehalten. Doch *eines* ließ er ihm nicht durchgehen. In den Verkaufsraum, in dem die Statuen aufgestellt waren, durfte der kleine Terenz nicht herein, außer in der Hut von Erwachsenen. Der Vater fürchtete, der Junge könnte eine der Statuen beschädigen. So freundlich und zärtlich der Vater sonst zu ihm war, wenn er ihn allein in dem Raum mit den Statuen erwischte, dann setzte es Prügel. Der kleine Terenz aber konnte es nicht lassen, immer wieder allein in den verbotenen Raum einzudringen; die tönernen Bilder interessierten ihn, er mußte sie untersuchen, unbehindert von Erwachsenen. Er betastete sie, klopfte an ihnen herum, um ihr wohlklingendes Geräusch, ihre Stimme zu vernehmen. Er dachte sich mancherlei unter diesen Stimmen. Sicher hatte jede ihre eigene, und die Stimme der männlichen klang anders als die der weiblichen Statuen. Leider waren sie reihenweis aufgestellt, Mithras neben Mithras und Tarate neben Tarate, so daß man nicht männliche und weibliche Statuen unmittelbar hintereinander beklopfen und abhören konnte. Eines Tages nun, als der kleine Terenz sich einmal wieder unbeobachtet in den Verkaufsraum hineingestohlen hatte, faßte er sich ein Herz, packte eine Statue der Tarate und versuchte, sie neben einen Mithras zu schleppen. Die Statuen waren ziemlich schwer, und er hatte mächtig zu arbeiten. Beinah schon war er am Ziel, da, im letzten Augenblick, entglitt ihm seine Tarate, fiel, und der hochgehobene Arm mit der Handpauke brach ab. Der kleine Terenz erschrak furchtbar. Gleich wird der Vater kommen, ihn züchtigen, ihn totschlagen, weil er die Statue kaputtgemacht hat. Er stand eine unsagbare Angst aus, die Därme wurden ihm schlaff, er spürte die Schläge voraus, die er kriegen wird, sie waren viel furchtbarer, als wirkliche Schläge sein konnten. Und so jetzt spürte Nero-Terenz in den Gesichten seines Halbschlummers das Unheil voraus, das kommen wird, die eindringenden Massen, die sich auf ihn stürzen, ihn schlagen, ihn zu Tod trampeln werden. Und er hatte Angst vor der Nacht, Angst vor allem vor jener bösen Viertelstunde des Halbschlummers, die seinem Schlaf voranging.

Oft konnte er nicht mehr unterscheiden, wer er war: Terenz, der darauf wartete, seine echte Gestalt anzunehmen, die des Nero, oder Nero, der darauf wartete, in seine echte Gestalt zurückverwandelt zu werden, in den von seiner Caja behüteten Terenz. Er trug zwei Häute: welche war die echte?

Ein kleines, läppisches Ereignis zeigte ihm deutlich, welche die echte war. Zwang ihn, aus sich selber zu handeln, ohne den Rat anderer, brachte seine wahre, innere Stimme zum Sprechen, und was da sprach, das war die Stimme des Terenz, und wer da handelte, das war nicht Nero.

Es geschah aber dies. Immer noch schauten die Vorübergehenden zu dem Riesenrelief des Kaisers auf der Fledermaus ehrfürchtig auf und mit leisem Schaudern. Eines Tages aber begannen ein paar junge Menschen sich mit lauter Stimme über das Denkmal lustig zu machen. Als man sie gewähren ließ und viele ihnen durch Schweigen und durch befriedigte Mienen beipflichteten, wurden sie immer dreister, und schließlich warf einer einen Stein gegen das Bildwerk. Ein zweiter folgte, immer mehr Steine flogen. Sie konnten dem riesigen Relief nicht viel anhaben. Allein da kletterte schon einer hinauf, ein Eisen in der Hand. Er hieb an der Nase des Kaisers, hieb ein Stück der Nase ab. Andere kletterten nach, immer mehr, mit Wut und mit Lust, mit Steinen und mit Eisen machten sie sich daran, das Bildwerk zu zerstören. Viel erreichten sie nicht. Der Stein war hart, und bald kamen Soldaten des Trebon und machten dem Unwesen ein Ende.

In manchen Städten hatten sich viel ernstere Demonstrationen ereignet, und der Kaiser hatte sie unbewegt hingenommen. Doch vor dieser kindischen Schändung seines Denkmals verlor er unversehens alle Haltung. Er fiel zusammen, schluchzte, heulte hemmungslos in Gegenwart der betretenen Sekretäre, Kämmerer, Lakaien.

Schließlich, immer noch hochschnupfend, hieß er alle sich

entfernen, legte sich hin, lauschte auf seine innere Stimme. Sie sprach. Marsch, fort, sagte sie. Fort mit dir! Hinaus mit dir aus Edessa! Pack dich! Türme! Das ist das letzte Zeichen. Marsch! Fort! Es sprach aber die Stimme im Tonfall der Caja und mit ihren Worten, und er lag mit steifen Gliedern und hörte, wie sie derb auf ihn einkeifte: Marsch! Fort! Pack dich! Türme! Lange lag er so, voll Angst. Schließlich, mit großer Anstrengung, richtete er sich hoch. Saß, nachdenkend. Dann klatschte er Diener herbei, befahl den Knops.

Bis dieser kam, ging er durchs Zimmer, mit beschwerlichen Schritten, vor sich hin murmelnd, sehr beschäftigt, manchmal lauschend, spähend, als wären sie schon da, die Feinde, über ihn herzufallen. Endlich kam Knops. Und sogleich, ohne Einleitung, ohne Begründung, schlug Nero ihm vor zu fliehen, heimlich, vermummt, noch in dieser Nacht, nach Ktesiphon, zum Großkönig Artaban.

Knops, während Nero in gehetzten Worten auf ihn einsprach, stand still, aufmerksam; doch um ihn drehte sich der Raum, die Welt. Insgeheim hatte er natürlich gewußt, daß er, aus Vaterliebe, den rechten Augenblick verpaßt hatte und daß es jetzt, nach dem Regierungsantritt des Domitian, keine Möglichkeit mehr für ihn gab, von dem bergab rasenden Wagen des Nero abzuspringen. Aber jetzt erkannte Nero selber, der sonst in der glücklichen Sicherheit des Verrückten sich wiegende, daß es aus war, und das traf den Knops wie ein Schlag.

Nero mittlerweile drängte mit vielen angstvollen Worten in ihn, an der Flucht teilzunehmen. »Marsch«, sagte er. »Fort! Wir müssen uns packen. Wir müssen türmen.« Knops hörte nur mit halbem Ohr hin, voll von Verachtung für diesen törichten Menschen. Fliehen. Was für ein Unsinn! Der Weg zu Artaban war weit, und wenn Nero erst Edessa verläßt, dann wird überall der helle Aufruhr losbrechen, und nie wird er heil bis an die Südostgrenze gelangen. Hier in Edessa hatte er wenigstens seine starke, zuverlässige Garde.

Des Knops Gehirn, während Nero auf ihn einredete, arbeitete weiter, automatisch, präzis. Einer jener Grundsätze, mittels deren er sein Glück gemacht hatte, war, daß sich aus der Dummheit des andern in jedem Fall Gewinn ziehen lasse. Wo war der Vorteil, den er aus der Torheit des Terenz herausschlagen konnte? Scharf, klar überlegte er. Schon tauchte ein Plan auf, schon auch sah er den Weg.

Ja, er wird den Vorschlag des Terenz annehmen, wird mit ihm fliehen. Aber nicht zu Artaban. Nicht nur, daß die lange Reise zu den Parthern durch das aufrührerische Zwischenstromland voll von Gefahren ist: selbst wenn es ihm gelingen sollte, bis nach Ktesiphon vorzudringen, was dann erwartet ihn dort? Das armselige Dasein eines Gestürzten, Geduldeten; denn der größte Teil seines Vermögens liegt auf römischem und mesopotamischem Gebiet, ihm innerhalb der parthischen Grenzen unerreichbar. Nein, da setzte er lieber kühn auf eine bessere Chance. Er wird seinen Nero nicht über den Tigris zu Artaban, er wird ihn lieber auf viel näherem Weg über den Euphrat zu den Römern führen, ihn den römischen Behörden ausliefern. Dann darf er mit einiger Sicherheit auf Begnadigung rechnen.

Dies überdachte er in rasender Eile, während Nero sprach. Dessen Augen, als er zu Ende war, hingen ängstlich am Munde des Knops, und es war sichtlich eine Erleichterung für ihn, als Knops, nach nur wenigen Sekunden des Zauderns, ja sagte. Er sagte nicht nur ja; mit der Raschheit und Bestimmtheit des erfahrenen Mannes nahm er auch sogleich die Ausführung des Fluchtplans in die Hand. Er werde, erklärte er, einen weiten, einfachen Mantel beschaffen und eine Kapuze, den Kaiser hinlänglich zu verhüllen, werde ihn eine Viertelstunde vor Mitternacht abholen und dafür sorgen, daß am Südosttor ein paar zuverlässige Begleiter sie erwarten.

Vielleicht hätte Nero, der sonst so Einfühlsame, unter andern Umständen gemerkt, daß die Sätze des Knops bei aller Entschlossenheit ein wenig gepreßt und befangen herauskamen. So aber, geschüttelt von Panik, spürte er nichts von dem, was Knops in seinem Innern hin und her wälzte. Vielleicht auch wollte er nichts davon spüren, wollte, nun Caja nicht mehr auf der Welt war, nicht auch noch diesen seinen ältesten Freund verlieren. Er klammerte sich an ihn und dankte ihm beglückt.

8

TERENZ ZEIGT SEIN INNERES

Kurz vor Mitternacht also, wie sie es vereinbart hatten, holte Knops den Terenz ab, und in dunkle Mäntel gehüllt, machten sie sich auf nach dem ziemlich weit entfernten Südosttor. Die

Straßen waren fast leer, ab und zu tauchten Patrouillen auf, vor denen sich Nero an die Wand drückte.

Ein halber Mond war, die Häuser lagen in milchig flirrendem Licht, auf dem öden Platz, den sie überqueren mußten, schliefen Hunde; wenn sie sich näherten, regten sie sich, knurrten. Nero fürchtete sich; sein Gestirn war die Sonne, nicht der Mond.

Hallende Schritte, und was taucht dort am Ende der Gasse auf? Gibt es denn nur mehr Soldaten in dieser Stadt? Vergeblich redete Knops auf ihn ein, daß auf die Garde Verlaß sei. Nero, durchtobt von Panik, hörte nicht, was er sagte. Die gleiche Angst überfiel ihn wie damals auf der Flucht vom Palatin. Wenn die Bewaffneten ihn sehen, ist er verloren.

Sie sind in einer ärmlichen Gasse, im Christenviertel, vor einem kleinen, verwahrlosten, wie es scheint, verödeten Haus. Nero preßt sich gegen die Tür, sie gibt nach. Knops will ihn halten. Nero reißt sich los, läßt seinen Mantel in der Hand des Knops, drückt sich ins Haus, schlägt die Tür zu, stemmt sich mit seinem Körper dagegen; ein großer Holzriegel ist da, er schiebt ihn vor.

So, jetzt ist er in der Dunkelheit und, auf Minuten wenigstens, vor den Bewaffneten sicher. Es ist ihm lieb, daß er das verfluchte Mondlicht los ist. Auch daß er den Knops los ist, freut ihn. Er drückt sich in einen Winkel, in die willkommene Dunkelheit, wo sie am dunkelsten ist. Verharrt dort, klopfenden Herzens.

Von außen kommt das Geklirr der Bewaffneten. Wahrscheinlich verhandeln sie mit Knops. Sie bleiben lange, ewig lange. Endlich verhallen ihre Schritte.

So. Und jetzt ausatmen. Stille. Aber nein. Da macht sich einer an der Tür zu schaffen. Das Haus ist verwahrlost, baufällig, der Holzriegel wird nicht standhalten. Vorläufig hält er stand, der draußen hantiert noch immer vergebens herum. Wahrscheinlich ist es Knops. Jetzt ruft es auch, leise. Ja, es ist die Stimme des Knops. Soll er ihn einlassen? Nein. Knops ist zu tollkühn. Beinahe hätte er ihn mit den Bewaffneten zusammenstoßen lassen, und dann wäre er verloren gewesen. Er wählt sich ein Zeichen. Wenn Knops die Tür aufbringt, dann vertraut er sich ihm weiter an; wenn nicht, dann macht er sich allein auf den Weg zum Großkönig. Von außen kommen noch immer die leisen, drängenden Rufe. Noch lange. Endlich verstummen sie. Es ist entschieden. Nero bleibt allein.

Er kauerte in seinem Winkel. Zufrieden. Allmählich aber, es war eine der ersten Herbstnächte, begann er zu frieren. Er stand auf, schlug die Arme auseinander und wieder zusammen, doch die Diele krachte, und er bekam Angst. Es raschelte in der Ecke, es mochte eine Ratte sein. Er kauerte sich wieder in seinen Winkel, rieb sich die kalten Glieder, verwünschte den Knops, weil der seinen Mantel behalten hatte. Caja hätte ihm nie den Mantel genommen. Caja wenn er wiederhätte!

Wieso denn Caja? Braucht er denn Caja? Er ist doch Nero. Oder ist er es nicht? Er hat doch damals vor dem Senat die Botschaft verlesen, hat auf dem Turm von Apamea die Flut besungen, hat in großer Rede die Proskriptionen gerechtfertigt. Hat er das geträumt?

Sicher ist, daß er einmal Nero und daß er einmal Terenz gewesen ist. Mit scharfem, klarem Gedächtnis sah er sich Reden vor seinem Senat halten, vor seinen Truppen, vor der Töpferinnung, sah sich groß und repräsentativ vor dem Volk einherwandeln, Regierungsurkunden unterzeichnen und um Mithras-Statuen feilschen. Das alles war. Aber es hat aufgehört. Er ist nicht mehr. Was ist er jetzt? Nicht mehr Terenz, nicht mehr Nero.

Er streckt sich auf den Boden, krümmt die Schultern und zieht die Beine hoch. Er wird jetzt schlafen. Er zählt bis hundert, bis fünfhundert. Sagt auswendig gelernte Verse mechanisch vor sich hin. Und auf einmal ist er der Junge, der sich in den Verkaufsraum mit den tönernen Statuen hineingeschlichen und die Tarate kaputtgemacht hat, und dort aus der Nacht kommt sein Vater, um ihn zu prügeln, und wenn es um die Statuen geht, dann kennt der Vater sich nicht mehr, dann schlägt er ihn tot.

Nein, in dieser Kälte und auf diesem harten Boden kann man nicht schlafen. Man wird nur steif. Man bekommt Rheuma, Schnupfen, Lungenentzündung, aber dabei bleibt es, man stirbt keinen anständigen Tod.

Von neuem rieb er sich die Glieder. Da spürte er ein Hartes, Kantiges, die Kapsel mit dem Gift. Soll er es nehmen? Natürlich muß er es nehmen. Aber wer weiß, ob es ein würdiger Tod ist. Er roch an dem Pulver, es roch nach nichts. Man hört von Leuten, die sich erbrechen, wenn sie Gift genommen haben, und die ekelhaft sterben, sich windend, blau, in Krämpfen, inmitten ihres Gespienen. Er nahm also das Gift nicht, kauerte vielmehr weiter in seinem Winkel und wartete auf sein Schicksal.

Sein Schicksal kam. Wieder fingerte eine Hand außen an der Tür, eine kundigere Hand diesmal. Was dem Knops in langer Bemühung nicht geglückt war, gelang ihr sogleich. Sie öffnete die Tür. Schritte klangen.

Der da hereingekommen war, kannte sich hier offenbar aus. Er trat mit kräftigem, bestimmtem Schritt auf. Machte sich daran, Feuer zu schlagen. Terenz drückte sich in den äußersten Winkel, hielt den Atem an, um seine Gegenwart nicht zu verraten. Funken sprühten, die Flamme zuckte hoch. Terenz schaute, halbtot vor Angst. Er sah jetzt einen Mann in einem weiten, gelblichweißen Filzmantel, wie die Beduinen ihn zu tragen pflegten. Dann erspähte er einen Teil des Gesichts, eines zerklüfteten Gesichts. Sein Herz setzte aus. Er erkannte, noch bevor er es ganz erblickte, das Gesicht. Es war das, dem er jetzt am wenigsten von allen zu begegnen wünschte, das Gesicht des Joannes von Patmos.

Denn Joannes ist zurückgekehrt. Lange hat er sich damit begnügen müssen, seine Stimme fern aus der Wüste erschallen zu lassen, aber jetzt ist die Zeit erfüllt. Die Herrschaft des Antichrist stürzt, und er, Joannes, kommt, ihr den letzten Stoß zu geben.

Terenz in seinem Winkel starrt auf das finstere, olivfarbene Antlitz. Der Bart ist noch wilder jetzt, die Mandelaugen unter den zottigen Brauen noch bedrohlicher. Eine namenlose Furcht füllt den Terenz, eine übermenschliche Angst, er ist bis in die Nieren hinein nichts als Angst.

Und jetzt erblickt ihn Joannes. Den Bruchteil einer Sekunde stutzt er, zieht sich in sich zusammen. Dann sieht er. Sieht den Mann, Terenz, Nero, den Affen des Antichrist, die zweibeinige Lüge, das fleischgewordene Böse. Er strafft sich. Sein hartfaltiges Gesicht mit dem Bart scheint dem Mann im Winkel ungeheuer groß, riesenhaft. Aber er kann den Kopf nicht davon abwenden, er muß in diese glühenden Augen unter den zottigen Brauen hineinschauen, obwohl er zehnmal stirbt, während er in sie hineinschaut.

Joannes steht auf. Er ist nicht von kleiner Statur, doch keineswegs ungewöhnlich groß; aber dem Terenz scheint er ein Gigant. Und er hebt den Fuß, den Riesenfuß, und er kommt auf ihn zu, quälend langsam; von einem Schritt zum andern ist es eine Ewigkeit.

Ja, Joannes kostet seine Schritte aus. Da ist er also in seine Hand gegeben, unvermutet, dieser da, der Antichrist, sein eigener Feind und der der Menschheit, der ihm den Sohn erschlagen hat. Joannes spürt eine gewaltige Lust, nun seinerseits zu töten, zu erwürgen, sich an diesem seinen Feind zu rächen. Und langsam, weil er die Lust nicht so rasch verströmen lassen will, setzt er Fuß vor Fuß.

Aber dann hat er den langen, den kurzen, den köstlichen Weg doch hinter sich und steht vor dem andern. Der hockt zusammengekauert in seinem Winkel, sein fleischiges, schweißüberströmtes Gesicht starrt blaß, massig, steif vor Angst zu ihm hoch. Joannes hebt die Hände, große Hände, braune, gewaltige. Herrlich wird es sein, mit ihnen dem andern die Kehle zuzudrücken. Sein Blick mißt den feisten Hals. Allem Bösen drückt er die Kehle zu, wenn er diese Kehle zudrückt, und er genießt im voraus die Berührung dieses Halses.

Terenz mittlerweile, in diesen endlosen Sekunden, stirbt zehnmal vor Angst. Die Därme werden ihm schlaff, können ihren Inhalt nicht mehr halten, er merkt es nicht. Gleich dem andern spürt er die Hände um seinen Hals, mit einer grauenvollen Mischung von Schmerz und Lust. Ja, Lust; denn schon wünscht er die zehnmal vorausgespürte Erwürgung herbei, kann die Qual der Erwartung nicht mehr ertragen, ersehnt das Ende. Und jetzt ist es soweit. Jetzt sind die braunen, mächtigen Hände nur mehr eine Elle von seinem Hals entfernt, jetzt, im nächsten Bruchteil eines Augenblicks, werden sie ihn packen.

Und da, plötzlich, kommt es aus seiner Kehle heraus. Die Stimme, die er erstarrt glaubte, arbeitet sich vor, spricht. Es ist nicht die schöne, gepflegte Stimme des Nero, es ist eine armselige, stockende, lallende Stimme, und ohne daß er es will, ja, ohne daß er es recht weiß, formt sie Worte, stammelt: »Ich bin ja der Töpfer Terenz.«

Joannes hört die jämmerlichen Worte, und er stockt. Erkennt. Das da der Antichrist? Das da? Das ist nichts als armseliges, schlotterndes Fleisch. Er dankt Gott, daß er ihm Einsicht noch zur rechten Zeit geschickt hat. Das da zum Kehricht werfen, das ist keine Tat, das ist kein Sieg, das ist ein Geschäft für den Abdecker, nicht für den Propheten, den heiligen Schauspieler.

Er erkannte. Und jetzt roch er auch. Er ließ die Hände sinken, wandte sich ab von dem Menschen, hockte sich wieder vor sein Feuer. Sah auf den andern. Was dort im Winkel lag, dieses Nichts, diesen armseligen, kahlen Spatzen, hat er für den großen Bösen, hat die Welt für einen Adler genommen. Er schüttelte den gewaltigen Kopf. Seine Lippen unter dem Gekräusel des Bartes verzogen sich. Er lachte. Lachte ein nicht lautes, tiefes Lachen, fast gutmütig vor Verachtung.

Terenz, in seiner Angst, begriff nicht. Das Gesicht, das war nicht nur das des Joannes, das war alles in einem, was ihm je im Leben Angst gemacht hatte, sein Vater, Caja, Nero, Varro. Es war eine maßlose Verwunderung in ihm, als dieses Gesicht zurückwich, kleiner wurde, sich entfernte. Es war schon lange weg, und er starrte noch immer darauf, verständnislos, er konnte den Blick nicht davon abtun.

Es dauerte endlos, bis er wagte, sich zu rühren. Das Gesicht hatte offenbar von ihm abgelassen, es versperrte ihm die Welt nicht mehr, er durfte heraus aus dem Gefängnis der Unteren. Er erhob sich, ihm war, als habe er tausend Gewichte abzuschütteln, er stand, schwankend, sich wundernd, daß er stand. Er schlich der Tür zu, geduckt, die Füße am Boden klebend, den Blick haftend am Gesicht des andern, des Furchtbaren. Das schlimmste war: wie kam er an diesem andern vorbei? Aber es gelang, er drückte sich vorbei, den Kopf eingezogen, die Todesangst immer noch im Aug. Dann, hastig, lief er den kleinen Rest des Weges zur Tür, voll Furcht, jetzt werde die Faust des andern auf seinen Schädel niederfallen oder, noch schlimmer, ihn im Genick packen, erwürgen.

Doch nichts geschah. Keine Faust war, kein Griff, kein Schlag, kein Ton. Nur ein Lachen war, das tiefe, verächtliche, nicht laute Lachen des Joannes. Und Terenz war maßlos erstaunt, als er unbehelligt jenseits der Tür stand, das Lachen des Joannes in seinem Ohr.

9

DIE STIMME DES VOLKES

Die kopflose Flucht des Nero aus Edessa schädigte seine Sache mehr, als die schlimmste Niederlage es hätte tun können. Seine Anhänger kamen sich lächerlich vor, hereingefallen, frech getäuscht, ihr Enthusiasmus schlug in Wut um. Man riß die

Statuen des Nero von ihren Postamenten, zerschmetterte sie. Eine mehrtausendköpfige Menge zog zu dem Felsen am Flusse Skirtos, machte sich daran, das Relief des Reiters auf der Fledermaus zu zerstören. Wüste Scherze, unmäßiges Gelächter begleiteten das Vernichtungswerk, und daß die herabstürzenden Blöcke ein paar Menschen erschlugen, erhöhte eher die Lust, als daß es sie beeinträchtigte. Die Zertrümmerung des Reliefs artete in eine Orgie aus. Man umarmte einander, feierte die Befreiung vom Joch des fremden Despoten, sang, jubelte, soff zu Ehren der neuen Freiheit.

Dann, ohne daß es langer Verabredung bedurft hätte, wie auf eine ausgegebene Losung hin, zog man vor das Haus des Knops. Ebenso »schlagartig«, wie seine Popularität entstanden war, verschwand sie jetzt, und das Volk sah in ihm den bösen Geist des Nero und seines Unternehmens.

Als Knops die aufgeregte, gefährliche Menge vor seinem Haus sich sammeln sah, schickte er an seinen Freund Trebon um Hilfe. Doch bevor die kam, hatte man die Türhüter überwältigt. Knops hielt es für richtig, sich den Eindringenden zu stellen. Er empfing sie mit kameradschaftlichen Späßen, um sie zur Räson zu bringen, sie hinzuhalten. In seinem Innern schlotterte er vor Angst. Er hatte noch in der Nacht fort wollen, gleich nachdem sein Streich mit der Auslieferung des Terenz mißglückt war; allein die hochschwangere Jalta hatte sich sehr übel gefühlt, die Ärzte hatten dringend von der Reise abgeraten, Knops hatte gezögert, und jetzt, gerade bevor man aufbrechen wollte, war der Pöbel da und hinderte ihn, sich in die verdiente Sicherheit zu bringen. Er verhandelte mit den Leuten, sah mit wohlwollender Gleichgültigkeit zu, wie sie zu plündern begannen, gab ihnen zu trinken. Zuversichtlich, geradezu vergnügt, ging er zwischen ihnen herum. Doch in seinem Innern war es dunkel. Ach, auch auf seinen Freund Trebon war kein Verlaß. Der sieht es vielleicht ganz gern, wenn diese Menge gutgelaunt und unter Späßen den Knops in Stücke reißt.

Er hat ihm unrecht getan. Da klirrt es ja heran, Soldaten, Polizei. Aber leider hat er ihm doch nicht unrecht getan. Es ist nicht Polizei des Trebon, es ist zweifelhafte Hilfe, es sind Soldaten des Königs Mallukh. Zwar entreißen sie ihn der Menge und schützen ihn, doch nur, um sich selber seiner zu bemächtigen und ihn in Gewahrsam zu nehmen.

Knops hatte recht vermutet. Sein Freund Trebon hatte es

nicht eilig gehabt, ihm Hilfe zu schicken; es wäre ihm nicht unwillkommen gewesen, wenn diese Hilfe sehr spät oder auch zu spät eingetroffen wäre. Daß aber die Leute des Mallukh einschritten, änderte die Situation. Das war zuviel. Wenn die eingeborenen Soldaten es wagen, gegen die Herren des Nero vorzugehen, wohin kommt man dann? Daß das Volk Geschichten machen werde, das war vorauszusehen. Man haut es auf den Kopf, und es gibt wieder Ruhe. Aber wenn Soldaten, wenn Funktionäre des Mallukh anfangen, tückisch zu werden, da kann man nicht lange zusehen, da muß man sogleich durchgreifen. Er vergaß, daß er es war, der es soweit hatte kommen lassen, er fühlte sich solidarisch mit Knops. Zornig und klirrend machte er sich auf den Weg, König Mallukh zur Rede zu stellen.

Bei Mallukh fand er den Erzpriester Scharbil. Der hatte, als in den letzten Wochen die Herrschaft des Nero so sichtlich wankte, dem König mehrmals nicht nur in Andeutungen, sondern in unmißverständlichen Worten auseinandergesetzt, es sei an der Zeit, dem Cejon die Auslieferung des sogenannten Nero anzubieten und dafür die Zusicherung des Status quo zu verlangen. Doch Mallukh, der Araber, hatte starre Anschauungen über die Unverletzlichkeit der Gastfreundschaft, und er hatte über die klaren Worte seines Erzkanzlers ebenso würdig und reglos hinweggehört wie seinerzeit in der Nacht zum fünfzehnten Mai über seine Andeutungen. In dieser letzten Woche übrigens schien es, als ob seine Fairneß sich auch politisch bezahlt machen werde. Es war glaubwürdige Botschaft aus dem fernen Osten gekommen, Artaban habe dort entscheidende militärische Vorteile über seinen Gegner Pakor errungen. Wenn aber der Großkönig erst wieder Truppen in genügender Anzahl an seine Westgrenze werfen kann, dann werden auch nach dem Regierungsantritt Domitians die römischen Generale es sich zweimal überlegen, ehe sie über den Euphrat vorgehen. Es war also gut, daß man an Nero festgehalten und keine übereilten Schritte unternommen hatte. Jetzt indes hatte die kopflose Flucht Neros alle Hoffnungen für immer zerstört. Nach einem so elementaren Ausbruch der Volkswut konnte man ihn im Zwischenstromland nicht mehr halten.

Ein Gutes übrigens brachte dieser Ausbruch der Volkswut mit sich. Dadurch, daß er sich zunächst gegen Knops richtete, gab er Mallukh und Scharbil erwünschte Gelegenheit, sich dieses Mannes zu versichern. Ihn hat man jetzt, und das ist erfreulich. Denn wenn Artaban, wie es den Anschein hat, im fernen Osten entscheidend siegt, wird Rom unter allen Umständen verhandeln, bevor es marschieren läßt, und dann kann man, um seinen guten Willen zu zeigen, die Auslieferung wenigstens des Kanzlers des Nero anbieten. Da es um den widerwärtigen Leibeigenen Knops ging, hatte König Mallukh, so starr seine Anschauungen über Gastfreundschaft waren, keine Hemmungen.

Dies also hatten der König und der Erzpriester erörtert, als Trebon hereinklirrte. Sie fühlten sich nach der feigen Flucht des Schwindlers seinen Kreaturen gegenüber sehr stark und gaben sich also vor dem lärmenden, zornigen Hauptmann noch steifer und würdevoller als sonst.

Scharbil erwiderte ihm auf seine Beschwerde, der Offizier, der die Verhaftung des Knops vorgenommen, habe seine Vollmacht nicht überschritten, sondern mit Wissen und im Auftrag der Regierung gehandelt. Es sei verständlich, daß das Volk von Edessa sich gegen die Raffgier und die vielen Willkürakte des Knops empört habe und sich diese Dinge nicht mehr gefallen lassen wolle, nachdem Kaiser Nero selbst durch seine Flucht seine Beamten preisgegeben habe.

Erst jetzt ging dem Trebon ganz auf, wie sehr die Flucht des Nero ihn selber gefährdete. Er war ein Mann von zornigem Temperament, doch Soldat genug, um schnell die militärischen Chancen zu übersehen, und er wußte, daß er in einem Straßenkampf gegen die Bevölkerung Edessas und die Truppen Mallukhs keine Aussichten hatte. »Wenn Sie so denken, Erzpriester«, sagte er herausfordernd, doch im Innern zu Konzessionen bereit, »dann können Sie schließlich mich selber noch verhaften lassen.« Der Uralte schwieg und rückte seinen Vogelkopf, feixend, wie es dem Trebon schien, dem König zu. Der aber, zum erstenmal, seitdem Trebon eingetreten war, tat seinen Mund auf und sprach: »Sei ohne Angst, Hauptmann! Wir werden dich nicht verhaften.« Er sagte es mit seiner tiefen Stimme, gelassen, ohne Hohn. Dem Trebon aber war, als habe er einen Schlag auf den Kopf bekommen. Am meisten traf ihn, daß der König ihn nicht mehr »Marschall« nannte, sondern »Hauptmann«. Es gab keine einfachere und keine wirkungsvollere Art, die Dinge wieder an ihren rechten Platz zu rücken. Trebon, in dem Augenblick, in dem König Mallukh ihn als

Hauptmann ansprach, verwandelte sich zurück aus dem allmächtigen Feldmarschall in den subalternen Provinzoffizier, genauso wie Kaiser Nero sich durch seine Flucht in den Leibeigenen zurückverwandelt hatte, als der er geboren war; Mallukh aber war als König geboren. Trebon wagte nicht, aufzubegehren, es fehlte wenig, und er hätte sich bedankt, er schwieg.

Nach einer Weile erläuterte Scharbil die Worte Mallukhs. Der König von Edessa, erklärte er, stelle dem Hauptmann Trebon anheim, sich mit seinen Leuten in die Zitadelle zurückzuziehen, und er gebe ihm dafür drei Stunden Zeit. Der König wünsche nicht, daß das Volk dem Trebon ein ähnliches Schicksal bereite wie dem Knops. Der Hauptmann also möge die Frist nützen, die man ihm gewähre.

Geduckt, betreten, irr an der Weltordnung, fluchend, sich fügend, zog Trebon ab.

10

ABSCHIED VON EDESSA

Der einzige Mensch in Edessa, der die Flucht Neros nicht als die Katastrophe seines Regimes ansah, war Senator Varro. Die Erfolge Artabans im fernen Osten hatten seine fast erloschenen Hoffnungen neu geschürt, und er wollte es nicht wahrhaben, daß der törichte Streich des Geschöpfs die Vorteile zunichte gemacht haben sollte, die dem Unternehmen durch den Sieg Artabans zugewachsen waren. Im Gegenteil, er hielt es für einen Gewinn, daß die Person des Nero auf einige Zeit ausgeschaltet und damit Knops und Trebon für immer erledigt waren.

Er dachte nicht daran, den Aufstand der Bevölkerung von Edessa ernst zu nehmen. Sowie erst der Sieg Artabans endgültig feststeht, wird man die Massen mühelos überzeugen können, daß die Entfernung Neros nicht etwa eine Flucht gewesen sei, sondern daß lediglich der Kaiser den Großkönig habe aufsuchen wollen, um mit ihm zu beraten, wie man den großen Sieg im Osten für einen ebenso entscheidenden Schlag im Westen ausnützen könne.

Laut denkend ging er vor Marcia auf und ab. Nah an sie heran trat er, nahm ihren weißen Kopf in seine fleischigen

Hände, bog ihn sacht zurück und bog seinen eigenen Kopf zurück, damit er sie gut sehen könne. »Es war nicht sinnlos«, versicherte er ihr, »daß du dich dem Geschöpf preisgabst. Nun wird es doch kommen, wie ich dir versprach: du wirst auf dem Palatin einziehen.« Schon hatte er, im Geist, sich der veränderten Lage anpassend, den Mittelpunkt seines Unternehmens von Edessa fort nach Ktesiphon, der Hauptstadt des Artaban, verlegt, und von diesem Ktesiphon aus sah sich sein Unternehmen neu an, groß, blühend.

Ja, überlegte er vor Marcia, er wird jetzt dieses ärmliche Edessa verlassen und seine Residenz nach Ktesiphon verlegen. Nicht etwa, als ob er sich in Edessa gefährdet fühlte wie ein Knops oder ein Trebon; aber es ist an dem, daß er jetzt endlich mit Artaban persönlich zusammenarbeiten muß. Eigentlich ist es ein Versäumnis, daß er es so lange unterlassen hat, sich mit dem König von Angesicht zu Angesicht zu besprechen. Man verhandelt mit Gesandten, mit Ministern, doch über die Person des Großkönigs selber weiß man viel zuwenig, man kennt sein Gesicht nicht. Varro will dieses Gesicht sehen. Er hofft, daß er dem Großkönig einige Lichter werde aufstecken und einige nützliche Winke werde geben können.

Was das Geschöpf anlangt, so treibt es sich, scheint es, irgendwo in der Steppe herum. Genaues läßt sich nicht ermitteln, aber ein Bursch wie Terenz kommt nicht um, dazu ist er zu gering; um so Geringes kümmern sich die Götter nicht, und Varro ist zu fest von seinem eigenen Stern überzeugt, als daß er den Untergang des Geschöpfs auch nur von fern in Erwägung zöge. Sicherlich wird unser Terenz nach einiger Irrfahrt unversehrt am Hofe des Großkönigs landen. Es ist gut, wenn ihn Varro da persönlich in Empfang und wieder etwas ernstlicher unter Aufsicht nimmt.

Ja, die Flucht Neros, die seine andern Anhänger alle in Panik versetzte, ihm, dem Varro, gab sie neuen Auftrieb. Er machte sich sogleich ans Werk, seine Übersiedlung an den Hof des Großkönigs vorzubereiten. Vermeiden aber wollte er, daß seine Abreise von Edessa als Flucht ausgedeutet werde. Er meldete sich also bei König Mallukh, um sich, bevor er Edessa verließ, offen und in Ruhe mit ihm auszusprechen.

Das war kühn. So optimistisch Varro sein Unternehmen im ganzen ansah, den Blick für die Gefahr im einzelnen hatte er nicht verloren. Es bestand die Möglichkeit, daß König Mallukh ihn als Tauschobjekt für Verhandlungen mit Rom zurückzuhalten suchte. Doch diese Gefahr mußte Varro auf sich nehmen. Er konnte nicht am Hof des Artaban als Flüchtling erscheinen. Er mußte in Edessa eine klare Situation zurücklassen.

Da saßen sie also wieder einmal zu dreien, Mallukh, Scharbil, er, im Raum mit dem Springbrunn. Man sprach, wie es sich gehörte, von Gleichgültigem, und weder Varro noch die östlichen Herren erwähnten, was ihnen allen auf dem Herzen und auf der Zunge brannte, die Flucht Neros. Endlich, nachdem die geziemende Frist verstrichen war, hub Varro an: »Ich ersuche meinen Vetter und großen König, mir Urlaub zu geben. Die Entfernung des Kaisers zwingt auch mich, Edessa auf einige Zeit fernzubleiben.«

Ein langes Schweigen war. Scharbil schaute auf den König, wartend, daß er rede. Der, endlich, sagte, und es klang eher traurig als ironisch: »Nennst du es Entfernung, mein Vetter?« Und Scharbil, mit seiner hohen, bösartigen Greisenstimme, fügte hinzu: »Wir hätten sehr gewünscht, daß diese Entfernung etwas weniger jäh stattgefunden hätte, und daß wir, die wir dem Kaiser so lange Schutz und Freundschaft boten, rechtzeitig davon unterrichtet worden wären. Es wird gut sein, wenn wir Vorsorge treffen, daß uns in Zukunft nicht noch andere so plötzliche Entschlüsse westlicher Männer überraschen.« Und sein schlauer, entfleischter Kopf war drohend nahe vor Varro. Der wich nicht zurück. »Heißt das«, fragte er, »ihr wollt mich hier festhalten?« Langsam wandte er seinen Blick dem König zu.

Der aber, betrübt und mit kaum wahrnehmbarem Hohn, erwiderte: »Du irrst, westlicher Mann und Gastfreund.« Und Scharbil, der es offenbar lieber anders wollte, mußte die Worte seines Herrn erläutern: »Du verkennst den großen König. Was ich dir sagte, sollte nicht bedeuten, daß wir dich halten. Im Gegenteil, es sollte eine Entschuldigung sein, daß wir dem Wunsch des Gastfreundes, zu gehen, nicht heftiger widerstreben. Denn ich verhehle dir nicht, wir sehen dich mit einer gewissen Befriedigung scheiden. Nach dem nämlich, was du die Entfernung Neros nennst, fällt es dem großen König nicht ganz leicht, in Zukunft für die Ruhe deines Schlafes zu bürgen. Ferne sei es von uns, dich mit so trübem Gelichter wie einem Knops und Trebon zu vergleichen. Aber die Masse hat stumpfe Augen, und ein westliches Gesicht erscheint ihr wie das andere. Nie hätte der König dich von seinem Herde fortgewiesen;

doch da du selber es begehrst, hält er dich nicht.« Und »Nein, ich halte dich nicht«, fügte still, ernst, beinahe traurig mit seiner tiefen Stimme der König hinzu.

Dem Varro wurde, während Mallukh dies sagte, sehr deutlich, daß, vom Standpunkt der Herren von Edessa aus gesehen, das Unternehmen seines Nero kläglich gescheitert war und daß sie im Recht gewesen wären, wenn sie ihn, der sie in dieses Abenteuer hineingetrieben, mit Gewalt zurückgehalten hätten. Sie aber ließen ihn ziehen und baten ihn noch um Verzeihung für diesen Mangel an Höflichkeit. Konnte man solche Großmut anderswo finden als in diesem unbegreiflichen Osten? Varro war nicht sentimental; doch dies bewegte ihn, und er neigte sich tief und dankend, die Arme auf östliche Art über der Brust verschränkt.

Scharbil, nach einem langen Schweigen, begann von neuem: »Wohin aber, o mein Varro, wirst du dich wenden? Es sind nicht viele Straßen, die dir offenstehen.« – »Da mein Kaiser Nero auf dem Weg zu Großkönig Artaban ist«, erwiderte Varro, »halte auch ich es für richtig, nach dem Osten zu gehen.« – »Ist er auf diesem Weg?« fragte spöttisch der Erzpriester; seine gelbe, pergamenttrockene Stirn zerknitterte sich noch mehr als sonst, sein schwarzgefärbter, dreieckiger Bart hing wie leblos um die dürren Lippen und die vergoldeten Zähne. König Mallukh aber sagte: »Du tust weise daran, nach dem Osten zu gehen. Es ist besser für dich und wohl auch für mich, wenn Kaiser Domitian die Forderung, dich auszuliefern, an Artaban stellen muß und nicht an uns; denn die Residenz des Großkönigs ist weiter von Antiochien entfernt als die meine, und er hat einen dichteren Vorhang, dich dahinter zu verbergen, als ich. Ich stelle dir Geleit und Bedeckung zur Verfügung, dich sicher an den Hof des Großkönigs zu bringen. Vielleicht ist dein Weg nicht so gefahrlos, wie du wähnst.«

Varro verspürte, als er den König so reden hörte, ein Gefühl, das er lange nicht mehr gekannt, etwas wie Frömmigkeit. Wie würdig und groß machte ihm dieser östliche König den Abschied, den er, Varro, aus so rechnerischen Gründen begehrte. Die Männer des Ostens waren besser als die Römer, menschlicher, kultivierter. Varro trat ein klein wenig zurück und schaute den König und den Erzpriester voll an, das stille Gesicht des Mallukh mit den sanften, gewölbten Augen und der gekrümmten, fleischigen Nase und den zerfältelten Kopf des Scharbil, der mit dem spitzen Priesterhut wie verwachsen war. »Ich danke dir, o mein Vetter und großer König«, sagte er aufrichtig, herzlich, »und dir, Erzpriester, daß ihr mir keinen Groll tragt wegen meines Rates in der Sache dieses Nero.« Mallukh aber gab seinen Blick voll zurück und erwiderte: »Ich trage dir keinen Groll.« Und ehrerbietig, die Unterarme mit den beiden flachen Händen gegen ihn hochstreckend, grüßten er und Scharbil ihren Gastfreund, den westlichen Mann, jetzt, da er, und vielleicht für immer, sie verließ.

Varro aber nahm den Schrein mit den Dokumenten und seine Tochter Marcia und wandte sich nach Südost, um sich an den Hof des Artaban zu begeben.

11

DER GROSSKÖNIG

In Ktesiphon, der westlichen Residenz der Parther, ließen die Behörden ihn nicht weiterreisen, sondern hießen ihn warten, bis der Großkönig nach siegreich beendetem Feldzug zurückkehrte.

Varro also wartete. Saß herum bei den Ministern, sprach von seinem Nero, zeigte jenes Schreiben des verstorbenen parthischen Herrschers vor, des großen Vologäs, in dem dieser seine Bewunderung und seinen Dank aussprach für die Klugheit, mit der Varro dazu beigetragen, den Krieg zwischen Rom und den Parthern zu beenden. Die Minister aber nahmen, bei aller Höflichkeit, seine Angelegenheit viel weniger wichtig, als er gehofft hatte. Nur langsam erkannte Varro, daß sein Unternehmen, wenn man es von Ktesiphon aus ansah, an Bedeutung verlor. Er war gewöhnt an das Völkergewimmel Roms; aber in Ktesiphon sah die Welt weiter aus, die Parther hatten Beziehungen zu Völkern, die Varro kaum dem Namen nach kannte und deren Namen auszusprechen er nie erlernen wird. Skythische, alanische, selbst chinesische Gesandte warteten darauf, dem Großkönig ihre Anliegen vorzutragen. Varro begriff, daß selbst das echte Rom für den Hof von Ktesiphon nicht das Zentrum der Welt war, geschweige denn das künstliche des Nero. Auf Stunden kam er sich klein vor und wie ein Provinzler, und sein Vorhaben an diesem Hof schien ihm aussichtslos.

Als aber der Großkönig zurückkam, erhielt Varro die erbetene Audienz über sein Erwarten schnell.

Das Zeremoniell war streng. Ein Vorhang verhüllte einen Teil des gewaltigen Thronsaals. Garden des Königs standen die Wände entlang, Würdenträger, die Gesichter dem Vorhang zugewandt, bildeten einen großen Halbkreis. Dann erscholl eine Stimme: »Die Majestät des Königs der Könige hat sich niedergelassen«, man zog den Vorhang zurück, der Großkönig wurde sichtbar.

Er saß auf einem goldenen, von Steinen blitzenden Thron, von Priestern umgeben; an seiner Seite brannte das heilige Feuer. Schwer und starr fiel der Ornat an ihm nieder. Die Krone schwebte, an dicken Stricken von der Decke her gehalten, über seinem Haupt. Sein Gesicht war zu einem großen Teil verdeckt von einem mächtigen, kunstvoll geknüpften, mit Goldstaub übersäten Bart.

Die Würdenträger waren, als die Ankündigung erscholl, niedergefallen, die Stirn an der Erde, auch Varro war niedergekniet. Er übergab sein Schreiben. Artaban ließ es verlesen und erwidern, er werde den Inhalt gnädig bedenken. Dann schloß sich der Vorhang wieder, und die goldene Erscheinung der östlichen Majestät verschwand, ehe Varro auch nur ihre Stimme gehört hatte. Die Audienz schien beendet.

Sie war es nicht. Varro, schon enttäuscht, daß der Großkönig nicht wenigstens ein paar persönliche Worte an ihn gerichtet hatte, wurde zu seiner angenehmen Überraschung darüber belehrt, daß die Majestät ihn sogleich in einer zweiten, privaten Audienz empfangen werde.

Der Hof und die Garden zogen sich zurück. Varro blieb allein in dem riesigen Saal.

Unversehens trat aus dem Vorhang heraus ein kleiner Herr. Er hatte einen runden Kopf; sein bartloses Gesicht unter dem tiefschwarzen Haar war auffallend weiß. Nur am Ornat erkannte Varro den Großkönig.

Der hatte mit Krone und Bart Majestät und Zeremoniell abgetan und zeigte angenehme, umgängliche Formen. Ohne viel Umstände sprach er sogleich zum Thema, zu dem »Experiment«, wie er die Sache des Nero nannte. Sein Griechisch war schlecht, oft mußte er das rechte Wort suchen, dennoch brachte er jede Nuance zur Geltung. Die Hauptschuld, fand er, am Mißglücken des »Experiments« trage offenbar der nicht immer zuverlässige »Fran« des Nero. »Dieser ›Fran‹«, meinte er, halb ironisch, »scheint zuweilen auszusetzen. Mein Erzmagier erklärt zwar, das sei unmöglich. Aber er hat unrecht. Das Beispiel Ihres Nero beweist es. Als Ihr Nero sich zu jener Blutnacht entschloß oder zu seiner Flucht, da muß doch offenbar sein ›Fran‹ gerade intermittiert haben. Sie, mein Varro, als gewiegter Staatsmann hätten eigentlich dafür sorgen müssen, daß Ihr Nero in solchen Zeiten des intermittierenden ›Fran‹ keine Entschlüsse faßt.«

Dem Varro war bei diesen merkwürdigen politischen und theologischen Ausführungen wenig geheuer; er spürte dahinter den geheimen Hohn eines Überlegenen. Unbehaglich erkannte er, daß dieser König, so fernab den Ereignissen er lebte, den Hauptfehler getroffen hatte, den er, Varro, begangen und den er selber nie hatte sehen wollen. Über seinem kleinlichen privaten Haß nämlich gegen Knops und Trebon hat er das Wichtigste aus den Augen verloren: das Geschöpf, seine Wandlungen und Regungen. Hat in unbegreiflicher Verblendung übersehen, daß ein Mensch auch ohne selbständige Ideen und ohne Persönlichkeit in dem Augenblick Wesen und Inhalt annimmt, in dem man Macht auf ihn überträgt. Die Funktion der Machtausübung ändert das Wesen des Machtträgers. Macht, Kredit, Ruhm schaffen Persönlichkeit und Gesicht auch demjenigen, dem die Natur sie nicht mitgegeben hat. Das hätte er wissen müssen, das hätte er sich sagen müssen. Das aber hat er nicht gewußt oder hat es nicht zur Kenntnis nehmen wollen. So freundlich mild, so blumig theologisch die Ausführungen des Großkönigs sind, sie zeigen, daß Artaban seinen, des Varro, Fehler und sein unverzeihliches Versäumnis klar erkannt hat.

Da hat er eitel und großspurig geglaubt, hier am Hofe der Parther warten sie nur auf seinen Unterricht. Diesen König, der für die Menschen und die politische Wirklichkeit einen so viel schärferen Blick hat als er selber, den hat er »belehren«, dem hat er »einige Lichter aufstecken und einige nützliche Winke geben« wollen.

Wenigstens war Varro ein Mann, der nicht lange fackelte, wenn er etwas falsch gemacht hat. Es wäre sinnlos gewesen, vag daherzuschwätzen, dumme Ausreden zu gebrauchen. Unumwunden also, männlich, ohne den Versuch einer Beschönigung, gab er zu: »Sie haben recht, Majestät. Ihr Tadel trifft mich zu Recht.«

Dem Artaban schien dieses sachliche Eingeständnis zu gefallen. Er verließ das peinliche Thema und forderte den andern freundlich auf: »So, mein lieber Varro, und jetzt sagen Sie mir einmal, wie sehen denn nun Sie die Chancen Ihres Nero an, nachdem er aus Edessa getürmt ist?« Er sagte »getürmt«, er gebrauchte das volkstümliche Wort, es klang sonderbar in seinem mühsamen Griechisch.

Vor diesem »getürmt« wurde Varro vollends klein. In was für eine blöde Situation hat er sich da hineinmanövriert. Da sitzt er, der naseweise, hereingewehte Römer, und will diesem sachverständigen König aufbinden, das Partherreich laufe ernstlich Gefahr, wenn es nicht riesige Opfer an Geld und Blut bringe, um den Nero zu halten. Wie soll er das anstellen? Es ist einfach dumm und vollkommen aussichtslos. Allein hier ist Rhodus, hier muß er springen.

Er überwand sich also und brachte einiges von dem vor, was er vorbereitet und was er dem parthischen Hof in vielen Denkschriften hatte darlegen lassen. Nero und sein Rom würden im Gegensatz zu den flavischen Kaisern den Freundschaftsvertrag mit den Parthern aus wohlverstandenen äußeren und inneren Gründen ehrlich halten. Sie wüßten, daß die Zivilisation nur in Gemeinschaft mit den Parthern gegen die nördlichen Barbaren wirksam verteidigt werden könne. Er sprach schwunglos; es war ihm unbehaglich, vor dem König so billige Phrasen zu dreschen.

Artaban unterbrach denn auch seinen Schwatz schon nach wenigen Sätzen mit höflicher, doch bestimmter Handbewegung. »Mein lieber Varro«, sagte er, »diese allgemeinen Gesichtspunkte sind mir nicht unbekannt. Nicht unbekannt ist mir auch, was alles dagegen spricht, nach den Fehlern, die infolge des intermittierenden ›Fran‹ Ihres Nero begangen wurden, noch Truppen und Geld in Ihr Unternehmen zu stecken. Worüber ich mir nicht ganz klar bin, ist höchstens *eines*: was nämlich heute noch dafür sprechen soll, daß ich Ihr Unternehmen weiter unterstütze. Darüber möchte ich von Ihnen, als von dem Vertreter des Nero, Auskunft haben.«

Vor dieser nüchternen Fragestellung kam sich Varro vor wie ein Schuljunge, der sein Pensum nicht gelernt hat, und die schonende Art, mit welcher der Großkönig seinen Fehler abtat, machte ihm die Antwort nicht leichter. Hier half nur Ehrlichkeit, Sachlichkeit. Trocken und unverbrämt gab er zu, er selber habe, nachdem er die Flucht seines Kaisers habe geschehen lassen, seine ursprüngliche Meinung aufgegeben, die Herrschaft des Nero könne bis zum Palatin vorgetragen werden. Auch heute noch aber glaube er, daß es möglich sei, die Kleinstaaten zwischen Tigris und Euphrat und selbst einen ansehnlichen Teil des jenseitigen Euphratufers zu einem großen Zwischenreich zusammenzuschweißen unter einem Herrscher, der mit dem Prestige des Namens Nero herzliche Ergebenheit für den Großkönig vereine.

»Ja«, erwiderte Artaban, »genauso sehe auch ich die Situation. Im besten Fall könnte ich eine Stärkung meines Einflusses in Mesopotamien erreichen. Das heißt«, erläuterte er, die Schärfe dieser Erläuterung durch Verbindlichkeit des Tones mildernd, »ich könnte auch nach Ihrer Meinung, selbst wenn ich die Opfer und das Risiko auf mich nähme, das die wirksame Subventionierung Ihres Nero verlangt, im besten Fall einen Gewinn erzielen, der in keinem vernünftigen Verhältnis stünde zu diesen ungeheuern Aufwendungen.«

Varro erwiderte nichts. Es war auf diese Feststellung nichts zu erwidern. Sie stimmt. Er hat verspielt. Es ist aus. »Soll ich also zurück nach Edessa?« fragte er, und sein erloschenes Gesicht stand in seltsamem Gegensatz zu der Bündigkeit dieser Schlußfolgerung.

»Spielen Sie doch vor mir nicht den Heros!« erwiderte beinahe ärgerlich der Großkönig. »Sie wissen doch genau, daß eine Rückkehr nach Edessa Ihre Auslieferung und Ihren sicheren Untergang bedeutete. Selbstverständlich freue ich mich, einen Mann, der meinen großen Vorgänger Vologäs zu Dank verpflichtet hat, und der sich zu mir bekannt hat, als ich noch klein und gering war, an meinem Hof zu haben. Sie und Ihr Nero sind mir als Gastfreunde willkommen. Nur muß ich leider diese Gastfreundschaft von vornherein begrenzen. Wenn sie nämlich den Frieden meines Reichs gefährden sollte, dann kann ich sie nicht aufrechterhalten.«

»Ist ein solcher Fall denkbar?« fragte etwas töricht Varro.

»Er liegt sehr im Bereich des Möglichen«, erwiderte ernst Artaban. »Wenn Domitian klug ist, dann bietet er mir anständige Handelsverträge und widersetzt sich nicht einer vernünftigen Regelung der militärischen Verhältnisse im Zwischenstromland. Falls er aber eine solche Regelung davon abhängig machen sollte, daß ich meine Hand von Ihnen und Ihrem Nero abziehe, dann halte ich mich nicht für berechtigt, diese Bedingung abzulehnen. Man kann den Frieden von zweihundert Millionen Menschen nicht an dem persönlichen Wohlbefinden eines einzelnen scheitern lassen. Ein Mann wie Lucius Terentius Varro muß das verstehen.«

Ja, Varro verstand es. Was der Großkönig vorbrachte, war so grad und klar, wie sein Griechisch holperig. Dennoch, fand Varro, mutete dieser gescheite, anständige und humane König seinem Verständnis viel zu. Er wollte ihn nicht nur ausliefern, er verlangte noch, daß Varro selber zu dieser Auslieferung ja sage.

Vor der stillsitzenden Marcia suchte er sich über seine Eindrücke klarzuwerden. »Mir bleibt«, sagte er mit einem trüben, ironischen Lächeln, »nur mehr eine Hoffnung, daß nämlich unser Streckmännchen Dummheiten macht und so den Artaban zwingt, die Sache unseres Nero wieder aufzunehmen. Nur habe ich leider selber sehr viel dazu beigetragen, Streckmännchen zu belehren und ihm die Dummheiten auszutreiben.«

Dann sah er zurück auf den Beginn seines Unternehmens, des »Experiments«, und er tadelte sich, daß er es zu sehr nach westlichen Maßstäben betrieben habe statt nach östlichen. Da habe er immer geglaubt, er sei weitsichtiger als die andern, und habe trotzdem, eng und recht römisch, nie über die Grenzen des Reichs hinausblicken können. Im Grund habe auch er sich als Nationalist erwiesen, voll des hoffärtigen Glaubens, die Welt müsse froh sein, wenn Rom sich ihrer annehme. Jetzt, zu spät, erkenne er, wie groß die Welt sei und wie klein Rom.

Und schon war in dem unverwüstlich lebenswilligen Mann die Freude am Spielerisch-Betrachtsamen wieder wach. »Man lernt nie aus«, schloß er. »Ich habe Streckmännchen erzogen, nun erzieht er mich. Wenn wir in Rom einen Schriftsteller in die Verbannung geschickt haben, den Muson oder den Dio von Prusa, dann war diese Verbannung immer ein leerer Begriff für mich. Jetzt, wo Streckmännchen mich zur Emigration gezwungen hat, fange ich an zu verstehen, daß das Zentrum der Welt nicht da ist, wo man geboren wurde, sondern daß die Welt so viele Mittelpunkte hat wie Bewohner.«

12
DER VERBORGENE

Nero-Terenz unterdes, einer dieser Bewohner und Mittelpunkte, wanderte seinen weiten Weg. Er war noch in der Nacht seiner Begegnung mit Joannes aufgebrochen und tief hinein in die Steppe gelangt. Tagsüber verbarg er sich, die nächste Nacht hindurch wanderte er von neuem, immer nach Südost, und so auch die dritte Nacht. Er war froh, mit sich allein zu sein. Die Einsamkeit der Wüste half ihm, seinen arg beschädigten »Fran« wieder zusammenzuflicken. Am dritten Tag hungerte und dürstete er stark; doch an diesem dritten Tag war auch sein »Fran« ganz wiederhergestellt, so daß er sich wirksam darin einhüllen konnte. Er sagte sich, nur das Leuchten, das von ihm ausstrahle, habe den wilden Joannes gehindert, ihn anzutasten, und das Schicksal werde ihn bestimmt nicht untergehen lassen. Den Tag darauf wurde er denn auch, sehr erschöpft, von Beduinen aufgegriffen.

Es waren mürrische Leute. Als er erklärte, er wolle an den Hof des Großkönigs, fragten sie mißtrauisch, was er denn dort suche, und als er große, dunkle Reden führte, nahmen sie ihn für einen Schwindler, einen entlaufenen Leibeigenen oder dergleichen, und hießen ihn ihre niedrigste und schwierigste Arbeit tun. Er, im Bewußtsein seines »Fran«, würdigte sie keiner Gegenrede, er kehrte sich einfach ab, tat ein paar Schritte und hockte sich nieder. Sie schlugen ihn, er verharrte in seinem schweigenden Widerstand. Doch auf die Dauer machten der Ernst und die Hoheit, mit der er ihre Mißhandlungen und sein Elend trug, Eindruck auf sie. Zwar hatten sie für seine gelegentliche Behauptung, er sei der Kaiser Nero, nur ein kleines, verächtliches Lachen. Aber heimlich verglichen sie sein Gesicht mit dem des Mannes, der auf den Münzen abgebildet war, und es ergriff sie die Angst, sie hätten vielleicht eine große Dummheit gemacht. Sie verkauften ihren unbequemen Gefangenen an einen andern Stamm.

Nero nahm es mit Gleichmut. Gerade sein Unglück sah er als die Bestätigung seines Anspruchs durch die Götter an. Um ganz zu spüren, was Kaisertum ist, um bis ins Letzte Nero zu sein, mußte er auch Neros Sturz erlebt haben, nicht nur seinen Aufstieg und Glanz. Es war ihm also das Böse, das über ihn hereinbrach, nicht weniger willkommen als das Gute, und er duldete ohne inneren Widerstand, daß es ihm bei diesem zweiten Beduinenstamm nicht anders erging als bei dem ersten. Auch auf seine neuen Herren wirkte allmählich sein stiller, stetiger Anspruch, sie begannen ihn eher für einen Narren zu halten als für einen Schwindler, und da ihnen Narren als verächtlich und heilig zugleich galten, verspotteten und verehrten sie ihn in einem. Geheuer war ihnen der seltsam und groß Daherschwatzende nicht, und sie waren froh, als sie ihn bei Gelegenheit verlieren konnten, oder richtiger, sie setzten ihn aus.

Es begann nun die lange, peinvolle Wanderung des Nero durch die Wüste. Mehrmals war er am Rand seiner Kraft, aber gerade diese entsetzliche Irrfahrt vollendete seine Wandlung in den endgültigen Nero. Er kostete die äußerste Erschöpfung und Vernichtung und härtete seinen Glauben, »bis ins Zwerchfell« der vollkommenste Repräsentant des Menschentums zu sein, der Kaiser.

Nach mancherlei elenden und lächerlichen Abenteuern geriet er schließlich halb verdurstet in die unterirdische Wüstenstadt Homa. Dort gab es, als er anlangte, nur Weiber, Greise und Kinder; die Männer waren auf ihrer alljährlichen Raubfahrt. Die Wochen in Homa waren keine schlechte Zeit für Nero. Auch hier wußten die Unmündigen und die Weiber nicht, ob sie ihn für einen Schwindler, einen Narren oder einen ins Unglück geratenen großen Herrn halten sollten. Aber sie mochten ihn gern; es ging von ihm, wenn er schweigend in seiner Höhlenkammer saß, Würde, Sanftheit und Hoheit aus. Kinder, Greise und Weiber sammelten sich um ihn und beschauten ihn lange mit scheuer Neugier. Manchmal auch, wenn man ihn sehr bat, tat er den Mund auf und erzählte. Er erzählte großartig wie nur einer der besten Märchenerzähler. Die Bewohner der Stadt Homa lauschten ihrem merkwürdigen Gast und behielten ihn gerne da, bis die Männer zurückkehren und über sein ferneres Schicksal befinden würden.

Doch noch bevor die Männer zurückkehrten, kamen Abgesandte des Großkönigs. Nachdem einmal Artaban sich entschlossen hatte, den Nero vorläufig wie bisher anzuerkennen, hatte er seine geschultesten Späher und Agenten ausgesandt, den Verschollenen zu suchen, und ihnen war geglückt, was den Leuten des Varro nicht gelungen war, sie hatten den Verborgenen aufgespürt. Da waren sie also, und zum großen Erstaunen der Stadt Homa warfen sie sich vor dem Fremden nieder, die Stirn am Boden, und begrüßten ihn als den Herrn der westlichen Welt.

Nero selber war keineswegs überrascht, als die Sendlinge des Großkönigs ihn im Staub verehrten. Allein und elend war er aus Edessa aufgebrochen. Üppig, kaiserlich geleitet, wird er in Ktesiphon einziehen. So ziemte es sich und war nicht weiter erstaunlich. Es war eine wohlgeordnete Welt, und alles, was ihm zustieß, erwies sich als sinnvoll. Die Götter wollten, daß ein neuer, bisher verborgener Nero ans Licht komme, der vollendete Nero, und darum geschah dies alles. Jetzt hat er den Kreis durchlaufen. Nun ist ihm, wie es dem Kaiser zukommt, die Seele gepanzert gegen die Anfechtungen des Glanzes wie des Elends. Er ist einverstanden mit seinem Schicksal, er hat seinen Sinn begriffen, nichts mehr kann ihn aus seiner Sicherheit werfen.

Gelassen also und in großer Ruhe ließ er es geschehen, daß die Abgesandten des Artaban ihn prächtig einkleideten und ihn in feierlichem Zug nach Ktesiphon brachten. Auf dem ganzen, langen Weg erfuhr er tiefste Verehrung. Alles Volk spürte den Hauch der Majestät, ausgehend von dem Manne, der in sich eingesperrt, blasiert und gleichwohl würdig einherzog. Zahllose stürzten nieder, als er vorüberkam, und schlugen die Stirn zur Erde wie vor dem Großkönig.

Selbst Varro war überrascht, als er seinem Nero jetzt in Ktesiphon begegnete. Dieser Nero war durch die inneren und äußeren Strapazen der letzten Monate schmaler geworden, sein Gesicht war minder fleischig, in seine rotblonden Haare mischten sich die ersten weißen, und oft war um seine Lippen ein mildes, müdes, gotthaft überlegenes Lächeln. Gegen dieses Lächeln war schwer aufzukommen. Ein leichter Wahnsinn wehte um den Mann, gleich einem Panzer aus Luft. Das war nicht mehr das »Geschöpf«, und es war fraglich, wie weit Varro auch bei Aufbietung all seines Willens und seiner List diesen neuen Terenz noch wird zähmen können.

Nero sprach weniger, langsamer, weiser. Kaum je hielt er noch den Smaragd vors Aug. Er war nicht mehr neugierig; er hatte alles gesehen, was ein Mensch sehen konnte, und brauchte nicht mehr genau hinzuschauen, um etwas oder etwen zu erkennen. Sein Stolz war weniger mürrisch, seine Unnahbarkeit eher von einem gewissen Wohlwollen. Ihm, der alle Höhen und Tiefen ausgemessen, vermochte nichts und niemand mehr Eindruck zu machen oder gar etwas anzuhaben.

So hatte er denn auch jetzt alle Scheu verloren vor jener Begegnung mit dem Großkönig, vor der er früher wie vor einer Drohung zurückgewichen war.

Als er im Thronsaal des Artaban stand, begann freilich sein »Fran« ein bißchen zu verdämmern. Der Fries, der rings um den Saal lief, die Taten alter persischer Könige darstellend, war, das mußte Nero insgeheim zugeben, trotz des riesenhaften Ausmaßes von erlesenerem Geschmack und königlicher als irgend etwas, das er bisher erblickt. Und mehr noch imponierte ihm die ungeheure Kuppel, deren Mosaik in gigantischen Maßen den berittenen Mithras zeigte, wie er einen bösen Dämon niederstreckt. Nero schrumpfte ordentlich zusammen unter dieser Kuppel, und mit einem nagenden Gefühl der Kümmerlichkeit erinnerte er sich der Mithras-Statuen, welche die Spezialität der keramischen Fabrik an der Roten Gasse gewesen waren.

Und dann setzte sich jenes umständliche, großartige Zeremoniell in Gang, dazu bestimmt, jedermann das Einmalige, Gotthafte des östlichen Herrschers einzuhämmern. Der Vorhang teilte sich, die Krone schwebte, feierlich in ihren goldenen Bärten standen die Priester, das Feuer des »Fran« leuchtete, zu Boden warfen sich die prunkenden Würdenträger. Es fiel dem Nero nicht leicht, inmitten der niederstürzenden Großen stehen zu bleiben, und fernher in seinem Kopf summte es: »Ein Töpfer, der gehört in die Rote Gasse / Zu seiner Tonmasse / Und nicht zur Herrenklasse.« Aber als Artaban sich herabließ, mit eigenem Mund seinem Freund, dem westlichen Kaiser, zu erwidern, erlosch die ganze blendende Erhabenheit, vor der selbst ein Nero die Augen hatte senken müssen. Nein, ein Mann mit einer so nüchternen, schmelzlosen, dürren Stimme entbehrte der Majestät. Mit tiefer Genugtuung erkannte Nero, daß auf dieser Erde er der einzige war, der den wahren »Fran« besaß.

13
GERECHTIGKEIT, DAS FUNDAMENT DER STAATEN

Cejon strahlte. Terenz und Varro waren geflohen, Philipp und Mallukh zeigten sich »bereit, zu verhandeln«, das hieß, sie boten in verschleierten, blumigen Wendungen ihre Unterwerfung an. Blieb freilich noch der siegreiche Artaban. Aber Cejon hatte sich überwunden und war willens, seine frühere Entscheidung rückgängig zu machen und den Artaban anzuerkennen. Gestützt auf seine schlagbereite Armee, hoffte er, aus dem Großkönig für diese Anerkennung allerlei herauszupressen, unter anderm die Auslieferung des Varro und des Terenz. Es freute ihn, die Burschen aus ihrem letzten Schlupfwinkel herauszuholen. Doch er bezähmte seine Ungeduld, um seine Position nach Möglichkeit zu stärken. Erst dann wird er mit Artaban verhandeln, wenn dieser weiß, daß er von Rom die Ermächtigung hat, notfalls marschieren zu lassen. Mit glücklicher, knabenhafter Ungeduld wartete er auf die Depesche aus Rom.

Sie lautete anders, als Cejon sich vorgestellt hatte. Wohl gab Kaiser Domitian ihm Weisung, die Armee für einen Einfall in Mesopotamien marschbereit zu machen. Aber: »Weitere Aufgaben«, fuhr das Schreiben fort, »haben Wir für Sie nicht vorgesehen. Vielmehr ordnen Wir an, daß Sie, sowie Sie die Armee marschbereit gemacht haben, die Befehlsgewalt, Beile und Ruten, dem neuen Gouverneur übergeben, den Wir bestellen werden, um Unsere Provinz Syrien zu verwalten. Nach Übergabe der Insignien erwarten Wir Sie in Rom.«

Streckmännchen fiel im Wortsinn in sich zusammen. Es war ein hellglänzender Frühjahrstag, doch für ihn erlosch die Welt. War er in den letzten Monaten um fünf Jahre jünger geworden, so alterte er um zehn in dieser Minute. Wahnsinnige Pläne sproßten in ihm auf. Er, der trockene, gewissenhafte Beamte, dachte auf Augenblicke daran, sich selber auf die Seite der Aufrührer zu schlagen, zu Varro und Nero überzugehen. Doch noch während solche Phantasien vor ihm schillerten, wußte er, daß es hohles Geträum war, und eine lange Weile saß er vollkommen ausgeleert. Dreh dich, Kreisel! Ein neuer Herr wird die Armee, die er so prachtvoll gefügt hat, seine Armee, über den Euphrat und im Triumph zurück nach Antiochien führen. Er aber, Cejon, wird in Rom hocken mit seinem verhüllten Schrein, ein alternder Nichtsnutz, und alles, was im Osten von ihm zurückbleibt, wird ein Gelächter sein und sein Spitzname: Streckmännchen.

Cejons Leben hatte seinen Sinn verloren. Doch er war ein gewissenhafter Beamter, er tat weiter seine Pflicht.

Schon nach wenigen Wochen traf der neue Gouverneur ein. Es war Rufus Atil, ein jüngerer Herr, mit einem Gesicht, dem man nichts ablesen konnte, sehr ruhig von Wesen, von tadellosen Formen. Er anerkannte sachlich und kühl die Organisation der Armee und bat den Cejon, sich mit der Übergabe der Insignien, der Faszes, Zeit zu lassen, bis er ihn, den Rufus Atil, in sein Amt gründlich und ohne Hast eingeführt habe.

Es waren peinvolle Wochen. Da saß Cejon in seinem Palais, noch bekleidet mit den Zeichen der Macht. Doch die Weisungen des Kaisers und des Senats gingen an den andern, den Jüngeren, Unscheinbaren, den wahren Machthaber, und alle Welt weiß, daß er abgesetzt ist. Er hat versagt, hat den großen Wirrwarr verursacht, und man hat ihm diesen andern herschicken müssen, daß der wieder einrenke, was er verbogen und verdorben hat. Er aber muß weiter repräsentieren, Empfänge geben, Unterschriften leisten.

Er ersehnte den Tag, an dem er das Schiff besteigen, auf See sein, die höhnischen Gesichter des Ostens los sein wird. Aber er war erzogen in den Lehren der Stoa, preßte die Lippen zusammen und tat seine Pflicht. Gönnerhaft berichtete Rufus Atil nach Rom, er komme mit Streckmännchen gut aus; der sei ein ordentlicher Beamter.

Eines Tages aber verlor dieser ordentliche Beamte plötzlich seine sonst so ängstlich bewahrte korrekte Haltung. Und dies ohne erkennbaren Anlaß. Rufus Atil erkundigte sich lediglich, auf welche Art er am besten, ohne diplomatische Verwicklungen hervorzurufen, dem Varro eine Mitteilung des Senats zustellen könne. Daraufhin rötete sich Cejon und fragte mühsam beherrscht, ob er wissen dürfe, worum es gehe. Gewiß dürfe er das, erwiderte Rufus Atil und berichtete. Der Senat hatte in der Beschwerdesache des Varro wegen jener angeblich zu Unrecht bezahlten Inspektionsteuer das Urteil verkündet. Er entschied, die Beschwerde sei gerechtfertigt, es liege Doppelbesteuerung vor, der Fiskus habe dem Varro die sechstausend zu Unrecht abverlangten Sesterzien zurückzuerstatten. Man lege in Rom Gewicht darauf, berichtete Atil weiter, daß dem Varro genauso wie seine Verurteilung wegen Hochverrats auch dieses Urteil in aller Form zugestellt werde.

Und da geschah das Seltsame. Cejon, der Stoiker, von dem man sagte, er habe manchen Schicksalsschlag mit bemerkenswerter Fassung hingenommen, schluckte mehrmals, strich, tief erregt, mit den Fingerspitzen der einen die Innenfläche der andern Hand, und als Atil, um ihm über seine Bewegung hinwegzuhelfen, irgend etwas Gleichgültiges sagte, stand er plötzlich auf, stieß hervor: »Entschuldigen Sie« und stürzte aus dem Zimmer.

Rufus Atil blieb kopfschüttelnd zurück. Es war also etwas wahr an dem Gerede, daß der Osten zuletzt auch den nüchternsten Beamten aufreibe und um den Verstand bringe.

14
REALPOLITIK

Noch bevor Rufus Atil die Insignien übernahm, ging er daran, mit Artaban zu verhandeln. Die Zweifel an der Legitimität des Artaban, schrieb er, seien durch seinen Sieg als durch göttliche Entscheidung beseitigt, und Rom sei im Prinzip bereit, mit ihm als anerkanntem Beherrscher des Partherreichs den traditionellen Freundschaftsvertrag zu erneuern. Vorher aber müßten die Differenzen liquidiert werden, die in der letzten Zeit zwischen den beiden Reichen entstanden seien. Rom habe durch Anerkennung des Pakor, Artaban durch Anerkennung des Schwindlers Terenz die gegenseitigen guten Beziehungen gestört. Der neue Gouverneur erwarte, daß Artaban diesen Schwindler ebenso energisch abschüttle wie Rom den Prätendenten Pakor. Er ersuche also den Großkönig, dem Betrüger das von diesem mißbräuchlich angerufene Asylrecht zu entziehen und ihn sowie den früheren Senator Varro an das befreundete Rom auszuliefern.

Artaban erwiderte dilatorisch. Er sei willens, die Preisgabe des Mannes, der von vielen für den rechtmäßigen Kaiser angesehen werde, in Erwägung zu ziehen; vorher aber müsse Rom sich verpflichten, die mit ihm, dem Großkönig, verbündeten mesopotamischen Fürsten und Herren, die seinem Beispiel gefolgt seien, ihre Anhänglichkeit an Nero in keiner Weise entgelten zu lassen.

Es begann aber auf Basis dieses Briefwechsels ein langes Feilschen. Rufus Atil erklärte sich bereit, den mesopotamischen Fürsten Straffreiheit zuzusichern, aber er forderte dafür die Ermächtigung, die römischen Garnisonen in ihren Städten zu verstärken. Daraufhin verlangte Artaban Zugeständnisse für seine eigenen strategischen Positionen im Zwischenstromland. Jede Partei wußte, daß die andere die Verhandlungen nicht scheitern lassen werde, jede verstand zu bluffen und fiel auf keinen Bluff herein, jede verstand zu warten. Es dauerte wochenlang, ehe man darangehen konnte, dem Vertrag seine endgültige Form zu geben.

Aber schließlich war auch das getan, und es handelte sich nur mehr darum, den Tag festzusetzen, an dem die Urkunden ausgetauscht werden sollten.

Als man soweit war, bat Artaban den Varro zu sich. Varro wußte – der Großkönig hatte ihn ja von vornherein darauf aufmerksam gemacht –, daß Artaban nicht die Gefahr eines Krieges mit Rom laufen wolle, nur um ihn und Nero zu retten, er wußte natürlich von den Verhandlungen, und daß also ihr Abschluß seine Auslieferung bedeutete. Er war somit auf das Schlimmste vorbereitet und hatte seinen Entschluß gefaßt. Er hing am Leben und gab nicht viel auf »Würde«, dennoch blieb ihm, wenn der Vertrag zustande kam, nichts übrig, als Goldplättchen zu schlucken oder sich die Adern zu öffnen. Er begriff und billigte die Haltung des Großkönigs; trotzdem sah er, als er jetzt vor ihn trat, nichts als den Richter in ihm, den Henker, den Feind, und ein schweres, übles Gefühl stieg dem sonst mutigen Mann den Magen herauf und machte seine Knie schlaff.

Der Großkönig erzählte in seiner sachlichen Art von den Verhandlungen, gab ihm den Entwurf des Vertrags, forderte ihn auf, ihn in Ruhe durchzulesen und ihm dann seine Meinung zu sagen.

Varro also las, und Varro sah. Das Abkommen, das die militärischen, politischen und wirtschaftlichen Beziehungen zwischen den beiden Reichen in allen Einzelheiten regelte, war von zwei Männern entworfen, die beide überzeugt waren, daß Verständigung besser sei als Krieg, und beide bereit, um der

Verständigung willen ein wenig mehr zu geben, als sie zu geben gezwungen werden konnten, und etwas weniger zu nehmen, als sie allenfalls zu erreichen imstande waren. Es war ein kluges und ein faires Abkommen, weitsichtig, nicht zu starr und nicht zu elastisch, und es konnte auf Grund dieses Abkommens der Friede zwischen Rom und dem Partherreich für lange Jahre aufrechterhalten werden. Freilich stand in diesem weisen und anständigen Vertrag auch die Klausel, daß der Großkönig sich verpflichte, die Männer Maximus Terenz und Terentius Varro an die römischen Behörden auszuliefern.

Das Schriftstück war umfänglich und hatte viele Beilagen. Varro las lange daran, der Großkönig saß still daneben und störte ihn nicht. Varro nahm die Blätter, eines nach dem andern, seine braunen, langen Augen unter der mächtigen Stirn und über der starken, gebogenen Nase gingen aufmerksam von links nach rechts und dann schnell wieder zurück von rechts nach links, von Zeile zu Zeile. So saß er, in lässiger Haltung, die Waden übereinandergeschlagen, und las. Er las gut und nahm jede Einzelheit in sich auf. Das wunderte ihn; denn dazwischen dachte er vielerlei. Das also ist mein Todesurteil, dachte er zum Beispiel. Es ist ein sehr vernünftig begründetes Urteil, und es wäre sinnlos, dagegen zu appellieren. Soll ich nun die Goldplättchen schlucken, oder soll ich mir die Adern öffnen? Mein Herz schlägt sehr stark. Ob der König es merkt? Ich muß versuchen, ruhig und gut zu atmen, daß er es nicht hört. Es hat keinen Sinn, ihm zu zeigen, wie erregt ich bin; es schädigte nur meine Sache. Und warum bin ich eigentlich erregt? Ich habe das doch alles vorausgewußt.

So und ähnlich dachte er, aber er hatte gelernt, sich zu beherrschen, und es gelang ihm, sachlich zu erwidern: »Dieser Vertrag ist der gescheiteste, der zwischen Römern und Parthern geschlossen wurde, seitdem die beiden Völker Vereinbarungen miteinander treffen.« – »Ja«, sagte Artaban, »es wäre Wahnsinn und Verbrechen, wenn ich ihn scheitern ließe.« – »Es wäre Wahnsinn und Verbrechen«, erwiderte Varro.

Jetzt aber richtete Artaban seine hervortretenden, schlauen und nachdenklichen Augen auf ihn und meinte: »Sie gefallen mir gut, mein Varro, und Sie haben sich seinerzeit um den Frieden zwischen Parthern und Römern verdient gemacht. Ich möchte Sie ungern ausliefern.«

Was will er? dachte Varro. Will er mir das Todesurteil verzuckern? Er ist nicht der Mann, Redensarten zu machen. Am besten ist, ich sage nichts. Und er begnügte sich, die Achseln zu zucken.

Ein kleines Schweigen war. Dann begann Artaban von neuem, langsam. »Sie haben mir seinerzeit ein Schreiben gezeigt, mein Varro, in dem mein großer Vorgänger Vologäs Ihnen seinen Dank ausspricht für Ihre Bemühungen, den Frieden zwischen Rom und uns Parthern wiederherzustellen. Ich möchte diesen Brief meinem Archiv einverleiben. Ich schlage Ihnen ein Geschäft vor. Sie überlassen mir den Brief, und ich gebe Ihnen die Möglichkeit, bevor ich den Vertrag hier unterzeichne, von meinem Hof zu verschwinden und sich in den Osten meines Reiches zu begeben.«

Varro war ein Mann von rascher Auffassungsgabe. Doch diesmal, obwohl er aufmerksam zuhörte, begriff er nicht oder wagte nicht zu begreifen; so tanzten in ihm Blut, Gedanken, Gefühle. Dann endlich – es mochten zwei Sekunden sein, nachdem der Großkönig zu Ende war, ihm aber schien es eine Ewigkeit – begriff er. Er war so gut wie tot gewesen; jetzt kam einer und sagte zu ihm: Steh auf und lebe, einer, der die Macht hatte, das zu sagen.

Hat er die Macht? Und wird er nicht wankend werden? Und wird er seinen Entschluß nicht zurücknehmen? Zuversicht und Zweifel stiegen in Varro hoch und tauchten nieder wie Bug und Ende eines Schiffes im Sturm.

Diesmal gelang es ihm nicht, die Stimme ganz ruhig zu halten, vielmehr kam sie stockend und unsicher, als er erwiderte: »Verzeihen Sie, Majestät, ich verstehe Sie nicht ganz. Wenn ich Ihren Hof verlasse und mich nach dem Osten begebe, wie Ihre Gnade es mir anbietet, ist dann für mich mehr gewonnen als eine kurze Frist?« Er machte einen schüchternen Versuch, zu scherzen: »Sie überschätzen uns Männer aus dem Westen. Wir sind sehr gründlich, und wir sind sehr rachsüchtig. Ich glaube nicht, daß Rom, wenn Sie dieses Papier einmal unterzeichnet haben, Ihnen und mir Ruhe lassen wird, solange ich noch die Sonne sehe.«

Mit einem ganz kleinen Lächeln, in seinem mühsamen Griechisch, erwiderte der Herr der östlichen Welt: »Doch, mein Varro, ich kenne euch westliche Männer. Aber Sie kennen nicht meinen fernen Osten. Es gibt an meinen Grenzen, da, wo es ins Indische geht, Pilger und Mönche, die ohne Bedürfnisse herumwandeln und sich die Hauslosigkeit erwählt haben. Diese Männer tragen keinen Namen, sie kommen und gehen, sie sind einer wie der andere. Wenn Sie einer von diesen Männern werden, dann kann niemand Sie aufspüren, auch nicht der findigste Agent aus dem Westen.«

In Varro arbeitete es. Er hatte von den Männern gehört, von denen der Großkönig sprach. Sie waren gekleidet in ockergelbe Mäntel, gingen barfuß und trugen Schalen einer großen, fremden Frucht, um zu sammeln, was man ihnen an Lebensmitteln schenkte. Noch war in Varro die Erregung des jähen Umschwungs nicht verebbt, noch zitterte in ihm der Jubel nach: Ich muß nicht sterben, dennoch stieg Widerwille in ihm hoch gegen ein solches Leben der Armut und der Bettelei. Gleichzeitig aber auch regte sich in ihm die Begier, dieses Leben zu kosten. War nicht das der Sinn dieser seiner letzten Wochen gewesen, daß er neue Erkenntnisse ernten, die Welt von einem andern Mittelpunkt aus sehen sollte? Wenn er jetzt noch tiefer nach dem Osten verschlagen wird, dann ist das nur folgerichtig. So lange hat er im Wirbel gelebt, hat »getan«. Wenn ihn nun sein Schicksal auf die andere Seite hinüberwirft, zu den Betrachtenden, dann hat er nicht Grund zur Klage, sondern zur Dankbarkeit. Natürlich denkt er nicht daran, etwa mit dem Leben abzuschließen wie die Ockergelben. Nicht als einer, der jenseits steht von Wünschen und Wollen, wird er sich unter sie mischen, sondern als ein sehr Wünschender und sehr Wollender. Wenn er es so ansieht, dann ist, was da vor ihm liegt, nicht abstoßend, es ist verführerisch. Auf der andern Seite stehen. Nicht diesseits: jenseits. Nicht unten: oben. Es wird ihm guttun, einer derjenigen zu werden, die er nicht kennt, einer aus der Masse, die er bisher nur von oben gesehen hat.

Artaban mittlerweile sprach weiter: »Es gibt unter diesen Männern der Hauslosigkeit nicht etwa nur solche von unten. Vielmehr sind unter ihnen auch solche, die, bevor sie, freiwillig, die Hauslosigkeit wählten, ein sehr solides Dach über sich hatten, ja vielleicht ein goldenes, es gibt unter ihnen solche, die Präfekten waren, Fürsten, Heerführer, und unsere Überlieferung erzählt, daß auch Könige unter ihnen waren.«

In Varro, während Artaban so sprach, regte sich, ohne daß er es deutlich ins Bewußtsein dringen ließ, ein anderes Gefühl. Er ist noch nicht alt, und er hat mancherlei Umschwünge erfahren. Das Leben im Osten, das der Großkönig ihm so anpries, wird nicht seine letzte Phase sein. Sicherlich wird er aus der »Hauslosigkeit« wieder emportauchen, zurückkehren in die Welt der Handelnden und nach seinen Wünschen wirken können, mehr und besser wissend als bisher.

Der König aber, da Varro schwieg, mißdeutete sein Schweigen und fürchtete, Varro könnte finstere Entschlüsse fassen, dazu angetan, sein, des Königs, Gewissen zu belasten. In einem Ton also, der leicht sein sollte, aber dennoch ein bißchen unbehaglich herauskam, fuhr er fort: »Ich habe mir sagen lassen und habe es selbst gesehen, daß römische Männer in Ihrer Lage leicht das Leben hinwerfen und einen Freitod wählen. Es wäre mir leid und eine Enttäuschung, mein Varro, wenn Sie das täten. Ich bin nur vag darüber informiert, was sich ein Römer unter dem Jenseits vorstellt. Doch ich für mein Teil neige zur Skepsis und hege die Befürchtung: es ist das schwarze Nichts.« Und wie ein Mann, der einem andern von einem schlechten Geschäft ab- und ihm ein besseres anrät, mit einem kleinen, unköniglichen, lächelnden Seufzer, redete er auf ihn ein: »Für mich wäre es das bequemste, ich ließe Sie nach den Lehren Ihrer Stoa handeln und sterben. Aber Sie haben sich verdient gemacht, und Sie gefallen mir. Seien Sie vernünftig, mein Varro!«

Varro horchte auf. War das nicht großartig spaßhaft? Nicht nur bot der andere ihm eine Gelegenheit, dem Tod auszuweichen, er bat ihn noch darum, diese Gelegenheit wahrzunehmen. Ja, hatte es sich jetzt nicht, und ohne sein Zutun, so gedreht, als erwiese er, Varro, dem König einen Gefallen, wenn er am Leben bliebe? Die Heiterkeit über diesen geglückten Scherz eines gutgelaunten Schicksals hob ihn und machte ihn leicht. Er hütete sich, den König aufzuklären und ihm zu sagen, wie es wirklich um ihn stand; er wollte die Situation ganz auskosten. Es kam, wie er es wollte. Artaban, nach ganz kleiner Weile, fuhr vertraulich und mit einem fast verschmitzten Lächeln fort: »Es gibt übrigens sehr verschiedene Arten der Hauslosigkeit. Hauslos sein mit dem Wohlwollen des Großkönigs hinter sich, hauslos sein und ein bißchen angestrahlt vom ›Fran‹, das zum Beispiel ist eine verhältnismäßig bequeme Art der Hauslosigkeit.«

Varro mußte an sich halten, um sein ungeheures Wohlbehagen nicht schallend laut werden zu lassen, um nicht zu jauchzen und sich die Schenkel zu schlagen. Da hatte er also erreicht, daß dieser König, der Herr der östlichen Welt, nicht nur ihn drängte, sein Geschenk anzunehmen, sondern ihm überdies antrug, er wolle ihm das notwendige Priestertum der Hauslosigkeit ketzerisch erleichtern. Varro gewann seine alte, übermütige Sicherheit ganz zurück und fragte mit gespieltem Zögern und mit einer Intimität, wie sie sich wahrscheinlich dem Großkönig gegenüber in diesen letzten Jahren kaum einer herausgenommen hatte: »Gibt es Mittel, die Behörden Eurer Majestät im fernen Osten wissen zu machen, daß ich, wie Sie sagen, ein bißchen angestrahlt bin vom ›Fran‹?« Und Artaban, froh, daß der andere endlich zu einer besseren Einsicht zu kommen schien, erwiderte eifrig: »Natürlich werde ich den entscheidenden Männern meiner Grenzprovinz ein Licht aufstecken, daß ein gewisser Bettelmönch aus dem Westen nicht ein beliebiger Bettelmönch ist, sondern der Schützling des Großkönigs.« Und da erst entschloß sich Varro, großmütig anzunehmen, was ihm eine Stunde zuvor als unvorstellbares Glück vorgeschwebt hatte, und sagte bescheiden, dabei aber wie einer, der dem andern eine Bitte gewährt: »Ich wage nicht, mich dem Wunsch Eurer Majestät zu widersetzen.«

Artaban aber, mit jener stillen, beglückenden Höflichkeit, um derentwillen sein Volk ihn liebte, erwiderte herzlich: »Ich danke Ihnen für Ihren Entschluß, und ich werde mich immer freuen, wenn ich den Brief betrachte, den der große Vologäs an Sie gerichtet hat, und den Sie mir freundlich überlassen wollen. Gastfreundschaft ist mir eine liebe Pflicht, doppelt lieb Ihnen gegenüber, und ich hätte sie ungern verletzt. Aber sagen Sie selbst, mein Varro, hätte ich, wenn Sie nicht vernünftig wären, die Gastfreundschaft nicht verletzen müssen, da es um ein so Hohes geht wie die Erhaltung des Friedens?« Und Varro, im Innern strahlend über die glückliche Lösung, bestätigte ihm edelmütig: »Hier kann im Westen und im Osten nur *eine* Meinung sein: es wäre ein Verbrechen, unter solchen Umständen den Gastfreund zu schonen. Ich bewundere die milde Klugheit Eurer Majestät, die einen Ausweg gefunden hat.«

Der König bemühte sich nicht, seine Genugtuung zu verbergen. »Ja«, schloß er fröhlich, »es ist angenehm, daß wir doch noch ein Mittel ausgeknobelt haben, die Gebote der politischen Klugheit mit denen der Gastfreundschaft in Einklang zu bringen.« Er sagte »ausgeknobelt«, das volkstümliche Wort klang merkwürdig in seinem mühseligen Griechisch. Varro aber lachte freundschaftlich und vergnügt heraus, und es fehlte wenig, er hätte dem Großkönig die Schulter geklopft.

15
VARRO VERSCHWINDET IM OSTEN

Am Tag nach dieser Unterredung wurde dem Varro durch einen Sonderkurier das Urteil des Senats über seine Beschwerde wegen Doppelbesteuerung zugestellt. Der Mann überbrachte ihm gleichzeitig in einem versiegelten Sack die sechstausend Sesterzien, sechzig Goldmünzen. Varro las, im tiefsten belustigt, öffnete den Sack, ließ die Münzen durch die Finger gleiten. Dann fragte er den Mann, ob er auf dem Rückweg nach Antiochien einen Brief für Gouverneur Cejon mitnehmen wolle, und gab ihm den Sack mit den Münzen als Trinkgeld.

Er setzte sich hin und schrieb seinen letzten Brief nach dem Westen. »Haben wir uns nicht beide, mein Cejon«, schrieb er, »mit unsern Fünfzig wie dumme Jungen benommen? Das Spiel ist aus. Es war ein törichtes Spiel, wir mußten beide verlieren. Gewonnen haben andere.

Ich verschwinde, und Sie, mein Cejon, werden den Mann für immer los sein, der den Namen Streckmännchen für Sie aufgebracht hat. Ich müßte übrigens lügen, wenn ich sagte, daß ich das bereue; ja, jetzt noch, im Begriff, zu verschwinden, lächle ich, wenn ich an Sie und den Spitznamen denke.

Unser Spiel hat mich viel gekostet. In der Anlage finden Sie eine genaue Aufstellung, wieviel. Sie sehen, es ist so ziemlich alles, was ich hatte. Ich lasse hier nichts zurück als meine Tochter Marcia. Sie ist, so wie ich sie zugerichtet habe, keine angenehme Dame. Aber sie hat den Osten nie geliebt, und ich bitte Sie sehr, mein Cejon, sich ihrer anzunehmen und sie nach Italien zurückzubringen. Es wäre mir ein tröstliches Gefühl, wenn Sie das täten. Schließlich ging unser Spiel um die sechstausend Sesterzien, und formal haben Sie es verloren.

Ich habe Sie nie gehaßt, mein Lucius, und ich glaube, im Grunde hatten auch Sie immer etwas für mich übrig. Nehmen Sie ein letztes Lächeln und ehrliche gute Wünsche Ihres Varro.«

Dem Briefe bei fügte er die Quittung über die sechstausend Sesterzien mit der Gewinn- und Verlustrechnung auf der Rückseite. Als letzten Posten auf der Verlustseite buchte er: »Varro verschwunden.«

Dann rüstete er sich, in die Hauslosigkeit zu ziehen.

Ein letztes Mal, vor Marcia, sprach er sich vor einem westlichen Menschen aus. Er erzählte der weiß und aufrecht Sitzenden, daß sie bei Artaban guten, sicheren Schutz genießen werde. Wenn sie aber wünsche, nach dem Westen, nach Rom, zurückzukehren, dann werde sie auch das können; für Geld sei gesorgt, und man werde wohl kommen und sie fragen und sie holen. Dann gab er ihr den Schrein mit den Dokumenten; dies sei der Inhalt seines Lebens.

»Es sieht aus«, fuhr er fort, »als sei mein Spiel endgültig verloren. Schuld daran ist, daß dieser arme Narr Terenz ein einziges Mal in seinem Leben selbständig handelte, und natürlich falsch. Aber ich trage ihm das nicht nach, und wenn du noch einmal zu ihm sprechen solltest, bevor sie ihn nach Antiochien bringen, dann richte ihm aus, Varro lasse ihn grüßen und wünsche ihm einen leichten Tod.

Wenn dir einer sagt, die Ursache meines Unternehmens sei mein Zwist mit Streckmännchen gewesen, dann erwidere nichts. Aber ich hoffe, du weißt, es ist Unsinn. Ich bin kein purer Idealist, aber ohne die Idee hätte ich nicht gehandelt. Ich war, halb willig, halb unwillig, ein Diener der Idee. Es mußte einer kommen und das Reich des Nero von neuem aufzurichten versuchen. Wenn nicht ich diesen Nero gemacht hätte, hätte ein anderer einen andern Nero gemacht, und wahrscheinlich ein selbstsüchtigerer Königsmacher einen schlechteren Nero.

Ich habe«, schloß der leichtfertige, optimistische Mann, »trotzdem der Ausgang mich nicht zu loben scheint, im Grunde richtig und vernünftig gehandelt. Die Idee vom Ausgleich zwischen West und Ost ist jetzt tiefer und stärker in der Welt, und ich habe dazu beigetragen. Es ist folgerichtig, daß ich nun vollends im Osten aufgehe. Ich beklage es nicht.«

In Marcia gingen während dieses einseitigen Gesprächs Bilder und Gedanken wirr durcheinander. Daß ihr Vater in dem läppisch bunten Meer des Ostens versank, schloß sein törichtes, zuchtloses Leben folgerichtig ab. Und ihre dumme Einsamkeit war ein ebenso logischer Beschluß ihres Lebens. So mußte eine untergehen, der es bestimmt gewesen war, zuerst als Vestalin, später als Gemahlin eines Prätors, Konsuls, Gouverneurs zu leben, und die statt dessen ihre kurzen Jahre unter den Halbtieren des Ostens vertan hatte und die Frau eines impotenten Schwindlers und Leibeigenen geworden war. So weit dachte sie noch verständlich. Von da an wurden ihr Gedanken und Gefühle zu einem wirren Gemisch, zu einem unlöslichen Knäuel aus Vorstellungen von Leben und Tod, Vestalin und Hure, Nero, Terenz und Fronto, und diese Bilder und Gedanken- und Gefühlsfetzen waren durchsetzt von unflätigen Wortschällen, wie Fronto sie in den Minuten der Lust anzuwenden geliebt hatte. Während der letzten Sätze Varros begann sie auf ihre merkwürdig irre Art zu lächeln und vor sich hin zu summen, ganz leise, und als er zu Ende war, summte sie noch; nach der Melodie des Töpferliedes, wie es dem Varro schien, aber mit einem eigenen Text aus unverständlichen Worten. Diese Worte, in dem seltsamen Singsang seiner Tochter, zusammen mit dem Bild der sonderbar Lächelnden, waren das letzte, was Varro in die Hauslosigkeit mitnahm.

Wenige Tage später zog der Großkönig seinen schweren und glänzenden Ornat an, hängte sich den goldenen Bart um, thronte hinter dem Vorhang nieder, ließ die Krone über seinem Haupt schweben und tauschte mit dem Gesandten des römischen Gouverneurs die Vertragsurkunden aus, in denen die Bedingungen des verlängerten Freundschaftsabkommens zwischen seinem Reich und dem der Römer festgelegt waren.

Cejon hatte, schon während er die Bitte des verschwindenden Varro las, beschlossen, sie zu erfüllen. Doch das war leichter beschlossen als getan. Marcia weigerte sich, auf das Schiff nach Rom zu gehen, wenn man sie nicht die Urne mit der Asche des Fronto mitnehmen lasse. Diese Urne aber stand in Edessa, hochgeehrt. König Mallukh trug Bedenken, die Asche des Gastfreunds auszuliefern, der ihn zu Dank verpflichtet hatte. Scharbil mußte ihm wiederholte, eindringliche Vorstellungen machen, wie sehr man sich kompromittierte, wenn man heute noch die Asche des Fronto verteidige, erst dann gab er sie heraus. Und jetzt endlich konnte sich Gouverneur Cejon mit Marcia nach Rom einschiffen. Rufus Atil wollte das sonderbare Paar höflich ans Schiff geleiten; allein Cejon lehnte dankend ab.

Er war kaum in Rom angelangt, als der Kaiser ihn zur Audienz befahl. Es war bei dieser Audienz niemand zugegen, aber man weiß, daß der junge Herrscher es liebte, seinen bösartigen Spott an wehrlosen Partnern auszulassen. Es war vermutlich keine angenehme Stunde für den Gouverneur, der eine so unglückliche Hand gezeigt hatte. Diejenigen, die ihn nach der Audienz, die sehr lange dauerte, aus dem Arbeitskabinett des Kaisers herausgehen sahen, berichteten, er habe geschwankt wie ein Betrunkener.

Vom späteren Leben des Lucius Cejonius, Konsuls und Generalgouverneurs der kaiserlichen Provinz Syrien, und der Marcia Terentia, Gemahlin des Terentius Maximus, der eine Zeitlang Nero Claudius Cäsar Augustus genannt wurde, ist nichts bekannt.

16

DER NEID DER GÖTTER

In seinem ganzen Leben hatte Nero-Terenz keine bessere Zeit gehabt als diesen seinen fünfundvierzigsten Sommer. Der Großkönig hatte ihm zur Residenz das schöne Lustschloß am Euphratkanal angewiesen, eine Stunde von der Stadt Ktesiphon entfernt. Auch einen ansehnlichen Hofstaat hatte er ihm zur Verfügung gestellt, Kämmerer, Mundschenk, Truchseß, Dienstvolk aller Art, und Nero wandte viel Mühe darauf, römisch-griechisches und parthisches Hofzeremoniell zu verschmelzen.

Daß er sein Reich verloren hatte, bedrückte ihn. Doch es war nicht seine, es war Varros und des Artaban Sache, ihm dieses Reich wieder zu verschaffen. Da es ihm zugefallen war, als Artaban noch in schweren Kämpfen mit seinem Rivalen Pakor lag, mußte es doppelt leicht sein, es jetzt wiederzugewinnen, da Artaban gesiegt hatte.

Wohl vermißte er gelegentlich seine früheren Berater, doch er fand sich schnell mit ihrem Verlust ab. Knops hatte versagt in der Nacht, als er Edessa verlassen, und Trebon hatte begonnen, an ihm zu zweifeln; das hatte er wohl gespürt. Mochten sie also bleiben, wo sie wollten. Varro hatte sich in der ersten Zeit seines Aufenthalts in Ktesiphon zuweilen eingestellt; in den letzten Wochen hielt er sich fern. Nero machte sich Gedanken darüber, aber er fragte nicht. In Edessa hatte er der

Dienste eines Staatsmanns wie Varro bedurft, hier in Ktesiphon bediente ihn ein Mächtigerer, der Großkönig selber. Einmal jeden Monat statteten der Herr der östlichen und der der westlichen Welt einander eine Staatsvisite ab.

Alles in allem war es Nero wohl zufrieden, daß ihn jetzt an Stelle seiner früheren Räte nur mehr der Kämmerer Vardan aufsuchte, alle vierzehn Tage etwa, und ihm im Auftrag des Großkönigs in abgeklärten Worten Vortrag über die Lage hielt. Nero war faul, wenn es um reale Dinge ging; es war ihm willkommen, daß man ihn nicht weiter mit politischen Geschäften behelligte.

Im heiteren Frieden dieser Monate reifte ihm ein unerwarteter Erfolg. Immer hatte es an ihm genagt, daß seine Aussprache des griechischen und aramäischen Th unrein war. Seit Jahrzehnten hatte er um die untadelige Aussprache dieses verdammten Th gerungen; oft war es ihm geglückt, aber häufig auch war es ihm mißraten, und nie hatte er es beherrscht wie die andern Laute der beiden Sprachen. Wenn Zweifel an seiner Identität laut werden konnten, dann nur wegen dieses widerspenstigen Th. Jetzt endlich, in diesem Sommer, fügte es sich ihm. Er mußte nur die Zunge an die Zähne legen, und schon war es da, hingelispelt, wie es die Regel verlangte, schwebend zwischen T, S und V. Jetzt durfte er ausruhen auf jenen Worten, die er bisher, wenn immer es anging, vermieden hatte, auf den griechischen Worten etwa für »Meer« und für »Tod«, auf den Worten »Thalatta« und »Thanatos«. »Thalatta, Thalatta«, sprach er vor sich hin, den Klang des Wortes schmeckend, viele Male. Die Zehntausend des Xenophon, als sie nach gefahrvoller Wanderung aus dem Innern Asiens das heimatliche Meer wieder erblickten, konnten es nicht seliger gerufen haben: »Thalatta, Thalatta.«

Der schöne Sommer näherte sich seinem Ende. Da ließ eines Tages der Kämmerer Vardan in seinen Vortrag eine Mitteilung einfließen, geeignet, die Ruhe des Kaisers zu stören. Die Römer, berichtete er, bedrohten den Großkönig mit Krieg, falls der nicht ablasse, ihnen einen Kaiser aufzudrängen, den sie nicht wünschten. Kämmerer Vardan hatte lange nachdenken müssen, bis er diese Formulierung fand, und sie war darauf berechnet, daß Nero ihn um Einzelheiten fragen sollte. Seine Absicht war, ihm in schonenden Worten beizubringen, er möge aus Ktesiphon verschwinden. Artaban wollte nämlich seine Auslieferung hinauszögern und glaubte, die Römer, wenn er verschwinde, längere Zeit hinhalten zu können, ehe sie Ernst machten. Die menschlichen Verhältnisse sind unbeständig. Sie konnten sich in kurzer Frist dergestalt ändern, daß es wieder geraten schien, einen Nero an der Hand zu haben. Aber vertragstreu wollte der Großkönig bleiben. Auf keinen Fall sollte sein Kämmerer, das hatte er ihm eingeschärft, den Nero in klaren Worten zur Flucht auffordern. Vielmehr sollte sich Kämmerer Vardan dunkel und delikat ausdrücken und den Nero von selber auf den Ausweg der Flucht kommen lassen.

Vardan war der rechte Mann für seine Aufgabe. Er wählte sanfte, umwegige, ehrfurchtsvolle Wendungen; wer aber hinter Worten Sinn suchte, mußte das Bedrohliche der Situation heraushören. Nero begriff natürlich, daß der Großkönig Schwierigkeiten mit Rom hatte und ihm die Flucht nahelegte. Aber es gefiel ihm nicht, diese Schwierigkeiten ernst zu nehmen. Mochte Artaban sich den Kopf zerbrechen, wie er sich da herauszog. Er, Nero, hatte seinen »Fran« zu liefern, das andere ging ihn nichts an. Es war eine Zumutung, wenn der Großkönig ihm andeutete, er möge verschwinden. Er dachte gar nicht daran, ihm diesen Gefallen zu tun.

Er schlief sanft ein an diesem Abend. In der Nacht aber besuchte ihn ein Traumgesicht. Von den Wiesen der Unterwelt her kam eine Gestalt; derb, resolut wandelte sie über die schattenhaften, blassen, wehenden Wiesen, und gerührt, gespannt, neugierig und erheitert erkannte Nero seine Caja. Sie sprach zu ihm, wie sie immer gesprochen. »Mach keinen Unsinn, du Idiot«, herrschte sie ihn an mit ihrer zupackenden Stimme. »Sowie man dich einen Augenblick allein läßt, machst du Blödsinn. Aber jetzt ist's genug. Steh auf, Dickkopf, und mach dich fort! Es ist Zeit.« Und: »Marsch, fort«, sagte sie, wie seinerzeit in Rom und später in Edessa. Sie wurde, während sie sprach, immer schattenhafter; es war seltsam, es war aufregend komisch, die derbe, höchst leibhafte Frau so schattenhaft werden zu sehen, es war ein dicker, robuster Schatten, ein umfangreiches Gespenst, und lärmend, saftig kam aus dem dicken Gespenst heraus die zupackende, ordinäre Stimme: »Marsch, fort!« Ganz leise aber und frech und drohend begleiteten Saiteninstrumente und die Handpauke ihre Aufforderung, und eigentlich waren es Verse, die sie sprach, und sie lauteten:

»Und dann ist's zu spät, / Dein Ding ist ausgedreht, / Er hängt dich.«

Den Nero ängstigte das Traumgesicht nicht, eher erheiterte es ihn. Sie war also keine Fledermaus geworden, sondern seine gute, alte Caja geblieben, und es hatte ihr nichts geschadet, daß er sie zu den Untern hinuntergeschickt hatte. Das freute ihn, und er nahm es ihr nicht übel, daß sie ihn nach wie vor für einen kleinen Mann hielt. Gescheiter wurde man also auch in der Unterwelt nicht. Ihre Warnung selber machte ihn nur lachen. Noch so viel, was zu tun die Götter ihn beauftragt hatten, war ungetan; zahllose ungehaltene Reden, ungespielte Rollen, noch nicht gebaute Bauten lagen vor ihm. Unmöglich ließen die Götter es zu, daß ein Mann unterging, den sie mit einer solchen Sendung begnadet hatten. Das »Marsch, fort« seiner Caja war einfach komisch.

Weniger Spaß hatte er an dem Töpferlied, das mit ihr gekommen war. In der letzten Zeit hatte das Insekt Ruhe gegeben; es ärgerte ihn, daß es jetzt wieder da war. Grimmig setzte er sich mit dem Lied auseinander, verhöhnte es. »Und dann ist's zu spät«: was für ein Unsinn! Vor Jahren, als er noch in Rom war, hatten sie ihm auch gepredigt, es sei zu spät, die richtige Aussprache des Th zu lernen; wenn man die nicht als Kind erlernt habe, dann lerne man sie nie mehr. Na und? Hat er sie gelernt oder nicht? Und voll grimmigen Triumphes, laut, rein und schön, in die Nacht hinein sprach er: »Thanatos, Thanatos.«

Diesmal ließ Kämmerer Vardan nicht so lange Zeit verstreichen wie sonst, vielmehr stellte er sich schon am nächsten Morgen wieder ein. Wieder sprach er von dem Krieg, mit dem die Römer seinen Herrn und König bedrohten, wenn der in der Anerkennung Neros beharre. Vardan sprach höflich, ehrerbietig, doch dringlicher als gestern. Nero aber versperrte sein Ohr dem, was er nicht hören wollte.

Wieder einige Tage später erschien ein Bote des Großkönigs und lud ihn feierlich ein, sich zu Artaban zu begeben, der ihm im Beisein seines Hofes gewisse Eröffnungen machen wolle.

Diese Ladung beunruhigte den Nero mehr als die Mitteilungen des Kämmerers Vardan und die Mahnungen der Caja. Mit einemmal wurde ihm klar, was gespielt wurde. Der angeblich drohende Krieg mit Rom, das war nur ein Vorwand. In Wahrheit wollte einfach der Großkönig ihn los sein, weil er fürchtete, sein, des Nero, »Fran« könnte seine eigene kümmerliche parthische Majestät überstrahlen. Wahrscheinlich wird er ihn bitten, nach einer entfernteren Residenz zu übersiedeln, nach Susa oder sonstwohin, oder er wird ihm einen kleineren Hofstaat zuteilen oder ihn gar nach einem seiner fernöstlichen Schlösser abschieben, wo er von farbigem Volk umgeben sein wird statt von zivilisierten Menschen. Wenn ein Herrscher auf den »Fran« eines andern eifersüchtig ist, dann ist ihm alles mögliche zuzutrauen.

Nero überlegte, was er tun könnte, um den Großkönig von seinem unköniglichen Vorhaben abzubringen. Er fand das Mittel. Die Audienz wird in Gegenwart des ganzen Hofes stattfinden. Er wird vor all den prunkenden Würdenträgern eine Rede halten, die den Artaban zwingt, sein niedriges Projekt aufzugeben, er wird den parthischen Herrscher in maßvollen und dennoch unwiderstehlichen Worten auf die Pflichten der Gastfreundschaft hinweisen.

Sogleich machte er sich daran, die Rede auszuarbeiten. Einen übelwollenden König den großen Pflichten der Humanität zurückzugewinnen, das war eine schwere, doch erhebende Aufgabe, wie sie nur Nero lösen konnte. Er arbeitete mit glühendem Eifer. Schrieb, deklamierte, feilte, memorierte, übte. Die »Rede über die Gastfreundschaft« wurde meisterlich. Wenn er, Nero, sich entschlossen hätte, einen andern zu beseitigen, und der hielte ihm eine solche Rede, er zöge ihn gerührt an seine Brust und bäte ihn um Verzeihung und Freundschaft. In der Einsamkeit seines Parks, in seinem leeren Empfangssaal probte er die Rede. Sie wurde immer runder, klingender, bedeutender, rührender, mahnender. Fast war er dem Artaban dankbar, daß er ihm Gelegenheit zu dieser Rede gegeben.

Und dann stand er im Thronsaal von Ktesiphon, festlich erregt, doch immerhin nervöser als sonst. Auf dem Fries, der rings um den Saal lief, werden die alten persischen Könige, auf dem Mosaik der Kuppel wird der berittene Mithras seine meisterliche Rede mit anhören.

Der Vorhang wurde zurückgerafft, die Krone schwebte über dem Haupt des Großkönigs. Artabans Rede war nicht lang. Es seien, führte er aus, Zweifel an der Identität des Mannes wach geworden, der seine Gastfreundschaft angerufen. Schon früher habe sich einiges ereignet, was solche Zweifel erweckt habe. Nicht nur hätten die Götter es zugelassen, daß der Mann, der sich Nero nannte, besiegt wurde, er habe sich auch ruhmlos aus seiner Residenz Edessa entfernt. Diese Argumente seien indes entkräftet worden durch das Zeugnis des Varro, eines Mannes, der sich seinerzeit das Vertrauen und die Freundschaft des großen Vologäs erworben habe. Jetzt aber sei Varro verschwunden, vermutlich aus Kummer darüber, daß er sich in der Person des angeblichen Nero getäuscht, und mit ihm das Vertrauen in dieses Nero Identität. Die westlichen Männer erklärten daraufhin bündig und einmütig, sie würden diesen Nero niemals als ihren Kaiser anerkennen, ja sie kündigten ihm, dem Großkönig, Krieg an, wenn er sich weiter zu seinem Schutzherrn aufwerfe. Aus allen diesen Gründen sehe er sich gezwungen, den Mann, der sich Nero nenne, an seine Grenzen geleiten zu lassen. Das Weitere müsse er den Göttern anheimgeben. Sei der Mann wirklich Nero, dann würden sie wohl Zeugnis für ihn ablegen.

Als Nero die ersten Sätze des Artaban hörte, freute er sich, daß dessen Rede sich so kahl und nüchtern anließ, eine gute Folie für sein eigenes Plädoyer. Im Verlauf aber wurde ihm unbehaglich. Was er selber vorbereitet hatte, war keine Antwort auf die Argumente des Großkönigs; es waren Darlegungen lediglich über Ethik, über Humanität. Es war ja auch in erster Linie eine Frage der Humanität, ob der Großkönig sich seiner, des Schutzflehenden, entledigen durfte oder nicht. Dieser Artaban aber schien dafür keinen Sinn zu haben. Er redete ausschließlich von Politik, von jener läppischen Politik, die er, Nero, immer von seinen Räten hatte besorgen lassen, jener subalternen Disziplin, um die sich ein Kaiser nicht zu kümmern brauchte.

Auf einmal aber, und sein Herz stockte, ging ihm auf, daß seine Auslieferung vielleicht wirklich nur eine Frage der Politik war, und daß Artaban in der Welt der Wirklichkeit wohnen könnte, er selber aber in einer Welt des Traumes. Er wehrte diesen Gedanken sogleich von sich ab. Nein, nein. So konnte es nicht sein, so war es nicht, so konnten sie nicht aneinander vorbeireden. Schließlich war Artaban ein geborener König, der Herr der östlichen Welt, er besaß also »Fran« und mußte ihn verstehen.

Wenn er ihn aber doch nicht verstand? Nein, Nero durfte sich von solchen Erwägungen nicht aus dem Konzept bringen lassen. Er wird sich mit solchen Subtilitäten noch seine Rede verderben. Er wird einfach nicht mehr auf das hören, was Artaban da sagt, auf diese »also« und »folglich« und »da« und »weil«. Das ist lauter Logik, ödes Vernunftgeplätscher, er aber, Nero, will an die Herzen appellieren.

Er bemühte sich, nicht mehr hinzuhören. Doch gegen seinen Willen hörte sein Ohr, und die Worte Artabans drangen ihm ins Hirn. Ein paar sachliche, prosaische Argumente hätte er vielleicht doch in seine Rede einflechten sollen. Dio von Prusa, Quintilian, alle arbeiteten sie auch mit prosaischen Thesen, die sie in rednerischen Schmuck wickelten. Er ärgerte sich, daß er es nicht getan hatte. Insgeheim beschaute er die Gesichter der Würdenträger. Sie hörten hingegeben dem Großkönig zu, sichtlich beeindruckt. Diese Gesichter wird er, Nero, durch seine Rede verwandeln müssen. Wird ihm das glücken?

Plötzlich, blitzhell, erkannte er seine Lage. Diese Höflinge, das waren ja lauter Feinde, und der Großkönig, das war der Erzfeind, und die Worte, die er sprach, lauter Pfeile. Er selber aber, arglos und rein, hat sich ohne Panzer mitten unter seine Feinde begeben, und nun ist er verloren. Er saß da und hörte aufmerksam zu; doch sein Herz klopfte wild, seine Hände waren naß von Schweiß.

Aber da war der Großkönig zu Ende, und nun muß er sprechen. »Ich weiß nicht«, begann das Konzept seiner Rede, »wie ich dich anreden soll, Leuchtender. Soll ich sagen: aus dem Staub heraus erschallt demütig meine Stimme zu dir, Sohn der Götter? Oder darf ich noch sagen: leih mir dein Ohr, mein Bruder?« Das war ein guter Anfang, und er hat die lächelnde Verlegenheit, mit der diese Sätze gebracht werden mußten, gründlich einstudiert. Er kann sich auf ihre Wirkung verlassen, er braucht sich nur zu konzentrieren, und jetzt wird er beginnen.

»Ich weiß nicht«, fing er an. Allein, was ist das? Ist das er, der das gesprochen hat? Ist das sein Hals, aus dem dieses heisere Geflüster kommt, das der große Thronsaal verschlingt, ehe es auch nur die Nächststehenden gehört haben? Er räusperte sich, setzte ein zweites Mal an, erfüllt von Panik. »Ich weiß nicht«, sagte er. Aber es war noch schlimmer als das erstemal, es kam nichts als ein rauhes, tonloses Geschnarr. Artaban saß still auf seinem Thron, lauschend, in höflicher Erwartung. Die Würdenträger schauten sich an, wurden unruhig. Ein drittes

Mal setzte er an: »Ich weiß nicht...« Kein Klang kam, nur mißtönendes Gekrächze.

Er stand da, einer, um den die Welt versinkt. Da hatte er in seinem Herzen und in seinem Hirn diese unvergleichliche Rede. Er wußte, wenn er sie nur halten könnte, dann würden die ernsten, feindlichen Gesichter um ihn aufstrahlen, das Herz dieses starren, politischen Großkönigs, die Herzen aller Parther würden ihm zufliegen, und sie würden die Waffen für ihn ergreifen. In seinen ganzen fünfundvierzig Jahren hatte nur zweimal ein solches Versagen ihn verhindert zu reden, und gerade den heutigen Tag, gerade diese entscheidende Stunde suchten die Götter sich aus, um Heiserkeit über ihn zu verhängen, ihn zu verderben. In einem einzigen Augenblick war er vom römischen Kaiser zum Letzten, Lächerlichsten der Sterblichen herabgesunken.

Er stand da, majestätisch gekleidet. Aber in diesen Kleidern stak ein armer, von den römischen Behörden gehetzter, um sein Leben zitternder Terenz. Und in den Mienen des Mannes auf dem Thron, in den Mienen der Priester und Würdenträger las er, was das Insekt in seinem Kopf summte: »Ein Töpfer, der gehört in die Rote Gasse / Zu seiner Tonmasse / Und nicht zur Herrenklasse.«

17

DER DREIKÖPFIGE HÖLLENHUND

Artaban stattete den Zug, der den Nero in seinem Auftrag an die Grenze geleitete, üppig aus, so daß es eher der Zug eines Fürsten war als der Transport eines Gefangenen. Die Grenze, an der er den römischen Behörden überstellt wurde, lief über eine kleine Erhöhung, und von dieser Höhe aus, dem vorletzten Gipfel seines Daseins, sah Terenz, während die römischen Beamten die Bestätigung seiner Übergabe ausfertigten, hinunter auf den Euphrat, der noch vor kurzem sein Strom gewesen war, und auf eine Stadt, die ihm noch vor kaum einem Jahr zugejubelt hatte.

Gouverneur Rufus Atil war nicht grausam, aber er hielt es für angebracht, den Terenz aufs tiefste zu erniedrigen, damit niemand auf den Gedanken komme, der Mann könnte doch vielleicht der Kaiser Nero sein. Man riß ihm also sogleich vor aller Augen seine prunkvollen Kleider ab, fesselte ihn an Händen und Füßen und führte ihn, in schmutzige Lumpen gehüllt, auf langem Umweg durch die Gassen der Stadt, die ihn verhöhnte, mit Kot bewarf, bespuckte, und stieß ihn schließlich in einen Keller der Zitadelle.

Terenz war noch ziemlich feist an diesem Tag, und zwischen den vielen Flecken der Kotwürfe schimmerte prall seine rosigfahle Haut. Sein breites Gesicht war noch glatt und leidlich gut rasiert, und die Knüffe und das Gezaus hatten seinen sorgfältig und mit wirksamen Mitteln in die Stirn hinein frisierten und fixierten Locken wenig anhaben können. Was ihm geschah, erregte in ihm eher ein betäubendes Staunen als Schrecken. Das Loch, in welches man ihn gestoßen hatte, war feucht, dunkel und von Ratten bevölkert. Trotzdem schlief er nach diesem bewegten Tag, und ohne Frage war die erste Nacht seiner Gefangenschaft besser als jene, die er nach Neros Tod, oder jene, die er im Tempel der Tarate, oder jene, die er im Haus des Joannes verbracht hatte.

Den Morgen darauf wurde ihm ein zweiter Gefangener zugesellt, in Lumpen auch er, ein abgerissener, dünner Mensch, voll von Narben und Striemen, Knops. Mallukh hatte ihn endlich, nach vielem Hin und Her, ausgeliefert, doch sein Weg an die römische Grenze war weniger angenehm gewesen als der des Terenz. Die Begleitmannschaft hatte die Menge böswillig sehr nah an ihn herangelassen, und er war ziemlich ramponiert bei den Römern angelangt. Man hatte ihn knapp gehalten, er litt unter Hunger, und seine Wunden schmerzten ihn; trotzdem war er nicht sehr niedergedrückt. Er hatte noch in Edessa zuverlässig erfahren, daß seine Jalta unversehrt aus der Stadt entkommen war. Mehr freilich hatte er nicht ermitteln können. Ihre Entbindung mußte nun längst vorüber sein, aber er hatte keine Nachricht. Das Wichtigste war, daß das Gesindel seine Jalta nicht erwischt hatte. Nun wird sicherlich sein kleiner Claudius Knops längst in der Welt sein, und schlecht geht es ihm bestimmt nicht. Vater Gorion weiß, wo überall Knops Geld verstreut liegen hat, und er ist der Mann, es herauszuholen. Kahl und nackt wird also sein Söhnchen bestimmt nicht in der Welt stehen, sondern versehen mit einem guten, goldenen Panzer. Sein kleiner Claudius Knops wird ihm nachschlagen, wird hochkommen, höher als auf das Kreuz, das seine eigene letzte Höhe sein wird, und wird neue Knopse zeugen, Menschen seiner Art, schlau, wendig, gewillt und begabt, an der Dummheit der andern emporzuklettern. Knops war kein mutiger Mann, er hatte schlotternde Angst vor dem, was ihm bevorstand. Aber das Bewußtsein, daß alles, was er getan hatte und was er noch zu erleiden haben wird, für seinen kleinen Erben und Sohn geschah, also für einen edlen Zweck, stärkte ihn, erhielt seinen Geist flink und machte ihn nach wie vor aufgelegt zu hurtigen, bösartigen Witzen.

Er erkannte in dem dämmernden Verlies seinen früheren Herrn und Kaiser schneller als dieser ihn. Er schleppte sich in seinen Ketten nah an ihn heran, beschaute ihn, befühlte, so gut das ging, seinen Leib, konstatierte: »Na, Rotbärtchen, bei Ihnen scheint ja noch mancherlei vorhanden. Vom Fleisch gefallen sind Sie vorläufig noch nicht. Aber ich fürchte, lange werden Sie Ihren freundlichen Umriß nicht mehr bewahren können. Es steht Ihnen noch allerhand bevor. Und noch am Ende wird Sie Ihr vieles Fleisch einiges kosten. Ob man Sie ans Kreuz bindet oder nagelt, ein fetter Mann hängt schwerer als ein magerer und hat mehr zu leiden. Freilich hat er auch bessere Nerven.« Er stieß den Terenz mit seinen Ketten vor den Bauch. Er hegte einen tiefen Groll gegen diesen Menschen, der, vom Glück so ungeheuer begünstigt, durch seine blöde Flucht sich selber und seinen Genossen alles verdorben hatte.

Terenz erwiderte nichts. Er litt zwar unter dem Hunger und mehr noch unter dem Mangel eines Bades und eines Friseurs. Doch er war eingehüllt in seinen »Fran«. Er war aus dem ersten Sturz wieder hochgetaucht, er war aus den Höhlen unter der Wüste wieder ans Licht gekommen, er wird auch diesen Sturz überdauern. Die rohe Wirklichkeit seines nahen Endes, wie sie sich jetzt in den scharfen, dünnen Worten des Knops vor ihn hinstellte, verwandelte sich ihm sogleich in eine höhere. Nicht als den gemeinen, ans Kreuz geschlagenen Hochstapler sah er sich, sondern als den Menschen der Tragödie, den Helden, den das Schicksal sich zum Gegner ausgesucht, und die Reden des Knops vermochten ihm nichts anzuhaben.

Wieder den Tag darauf erhielt das Verlies seinen dritten Gast. Doch Hauptmann Trebon kam anders an als Knops, ungefesselt, stattlich, sauber, wohlgenährt und voll unverändert grimmigen Humors. Er hatte die Zitadelle von Edessa bis zuletzt gehalten. Eigentlich hätte er sich nach der Gefangennahme ins Schwert stürzen müssen. Doch Hauptmann Trebon fand, er habe oft genug bewiesen, daß er kein Feigling sei, und ein Offizier müsse ein Held, aber deshalb noch lange kein dummer Stoiker sein. Er dachte gar nicht daran, seinem bösen Genius den Gefallen zu tun, vor der Zeit abzukratzen. Er hatte erstaunliche Umschwünge erlebt, hatte Schlachten mitgemacht, in denen jähe, wunderbare Ereignisse ganz zuletzt noch die Rettung aus unvermeidlich scheinendem Untergang herbeigeführt hatten. Der ist kein rechter Soldat, der nicht an sein Glück glaubt; ohne diesen Glauben wäre kein Soldat in eine Schlacht zu bringen.

Für den Augenblick jedenfalls war er hier im Kerker und vertrieb sich die Zeit, indem er sich schallend über die beiden andern lustig machte. Die lagen da, in Ketten, sehr lädiert, er, der Liebling der Armee, war auch als Gefangener noch populär und wurde dementsprechend behandelt. Mit Recht. Die beiden andern, die Leibeigenen, sind Auswurf und verdienen, ans Kreuz gehängt zu werden. Er aber, der Freigeborene, der beliebte Hauptmann Trebon, hat seinen Schutzgeist, und Volk und Armee werden es einfach nicht dulden, daß man ihm zu Leibe geht.

Die Dämmerung des Verlieses war erfüllt von seiner lärmenden Stimme, seine Fleischlichkeit belebte das gespenstische Halbdunkel, sein starker Atem, seine Ausdünstung vertrieb die Nähe der Unterwelt. Er jagte die Ratten und unterhielt sich durch die Mauern hindurch leutselig, derb humoristisch, mit den Wachen. Dann wieder, laut, unmusikalisch, mit seiner fetten, nackten Stimme sang er das Töpferlied und haute dabei dem Nero im Takt auf Schultern oder Lenden oder stieß ihn vor den Bauch. Wie das ganze Volk war auch er auf diesen Schwindelkaiser hereingefallen, und wie das ganze Volk rächte er sich jetzt für seine Leichtgläubigkeit an dem Entlarvten, Gestürzten.

Auch dem Knops zahlte er es heim, daß er ihn so lange als Gleichgestellten hatte behandeln müssen. Doch dessen Selbstgefühl richtete sich gerade an der Gegenwart seines alten Spießgesellen und Freundes wieder hoch. Trotzdem Trebon besser behandelt wurde und ihn ungestraft auf allerlei Art necken und quälen konnte, fühlte er sich ihm jetzt noch mehr überlegen als früher. Er ist kein vermessener Dummkopf wie Trebon, er sieht die Dinge, wie sie sind. Sie werden untergehen, beide, er und Trebon. Aber mit Trebon wird es, wenn er einmal am Kreuze hängt, aus und gar sein, er aber, Knops, wird in seinem kleinen Söhnchen weiterleben, und folglich ist er dem Trebon überlegen.

Natürlich wäre es klüger, diese Gefühle für sich zu behalten. Aber Trebon ist zu frech, Knops muß ihm aufs Dach steigen. Einmal also, nachdem sich Trebon mit seiner ganzen Arroganz über ihn hergemacht hatte, konnte Knops seine Zunge nicht länger verschlucken. »Mach dir nichts vor, alter Trebon«, stichelte er. »Man wird deinen feldmarschallischen Kadaver genauso auf den Schindanger werfen wie meinen staatssekretärlichen, und die gleichen Hunde werden uns das Fleisch von den Knochen fressen. Aber gerade dann wird sich herausstellen, wer der Gescheitere war, du, der du mir geraten hast, ich solle auf die Senatorentöchter in Rom warten, oder ich, der ich meiner Jalta einen richtigen Sohn gemacht habe. Von dir wird nichts bleiben, Hauptmann Trebon. Aber von mir wird weiter etwas in der Welt sein, ein wohlgeratener Claudius Knops mit den gesunden Knochen der Mutter, dem anstelligen Kopf des Vaters und einem Haufen Geld.«

Trebon saß auf seiner Pritsche, hörte, dachte nach, feixte. Er erinnerte sich genau, man hatte den Knops gefangengesetzt, als seine Jalta noch schwanger war. Trebon kannte die Praxis des Ostens und wußte, daß man dem Gefangenen mit allen Mitteln den Verkehr mit der Außenwelt unmöglich machte. Nach einer Weile also, hinterhältig, bösartig behaglich, fragte er den Knops, ob er gute Nachrichten von seiner Jalta und von seinem Sprößling habe. Knops schwieg, und Trebon wußte, daß er über nichts informiert war. Dreist und breit also zog er ihn auf: »Ja, ja, unser Knops ist ein Köpfchen. Haben die Götter es dir im Traum verraten, was aus dem Bauch deiner Jalta herausgekrochen ist? Oder kannst du es dem Ei ansehen, ob es ein Hahn werden wird oder eine Henne? Haben sie dir nicht gesagt, du trauriges Gewächs, daß deine Jalta ein Mädchen geworfen hat, eine armselige, kleine Ratte von der Statur des Vaters?«

Knops sagte sich, der Hauptmann lüge einfach darauflos. Dennoch traf ihn, was er sagte. Sooft der Gedanke in ihm hochgestiegen war, Jalta könne ihm ein Mädchen geboren haben, hatte er ihn sogleich weit von sich gewiesen. Er bereute, daß er sich hatte gehenlassen, daß er gesprochen hatte. Den Mund halten. Dem gemeinen Hund nicht zeigen, wie er verwundet ist. Aber er konnte es nicht lassen; ängstlich, bittend, kam die Frage aus ihm heraus: »Weißt du was Genaueres, Trebon? Weißt du wirklich was? Bitte, sag es mir, Trebon!« Trebon aber freute sich. Er erzählte den Wachsoldaten von den Hoffnungen und Ängsten des Knops, und Tag und Nacht fortan lagen sie dem Knops in den Ohren mit saftigen Witzen über seinen Nachwuchs.

Den Terenz kümmerte die Anwesenheit der andern wenig. Wenn sie ihn in Ruhe ließen, hockte er, soweit seine Ketten das erlaubten, in seinem Winkel, eingesponnen in sich selber. Einmal, zur Überraschung der andern, sagte er, sehr höflich: »Es wäre mir lieb, wenn ihr weniger Lärm machtet.« Nach wie vor litt er unter Hunger und mehr noch unter dem Schmutz; das gehörte wohl zu der Rolle, die das Schicksal ihm auferlegt. Aber bestimmt nicht zu dieser Rolle gehörte die Sehnsucht nach Caja, die ihn von Tag zu Tag mehr quälte. Oh, wie wünschte er jetzt, daß sie des Nachts zu ihm kommen möge, in seinem Traum, wie wäre er ihr dankbar gewesen für ihre grobschlächtigen Mahnungen und Beschimpfungen. In seinem Innern rief er nach ihr, jammerte er nach ihr, daß sie ihm zu essen gebe, ihn bade.

Mehrere Tage blieben die Gefangenen in ihrem Verlies, ohne daß sich viel änderte. Dann trat im Schein von Fackeln ein Mann in ihre Zelle, der ihre letzten Wochen ganz ausfüllen und ihre Augen und Ohren selbst in ihren Träumen nicht mehr loslassen sollte: der Hauptmann Quadratus. Diesem Quadratus nämlich hatte Gouverneur Atil, da er aus dem Untergang des falschen Nero ein Schauspiel für die Menge machen wollte, die Durchführung der Exekution anvertraut. Denn der Hauptmann war berühmt wegen seiner Derbheit und seines Verständnisses für die Volks- und Soldatenseele, er war beliebt bei der Armee und bei der Bevölkerung, ja er hatte Anwartschaft darauf, die Nachfolge des Trebon anzutreten.

Quadratus war von nicht großer Statur, aber breit und bepackt mit Muskeln. Der Körper war gewaltig behaart, doch der Schädel zeigte eine von schwarzen Büscheln umkränzte Glatze; ein bißchen grotesk saß dieser Kopf mit seiner Entenschnabelnase auf dem kurzen Hals. »Sei gegrüßt, o du sehr guter, sehr großer Kaiser Nero«, führte sich Hauptmann Quadratus bei Terenz ein. Er sprach mit farbloser, phlegmatischer Stimme, schlug aber dabei den Terenz so gewaltig auf den Hintern, daß der mit einem Wehlaut wegzuckte. Die andern beiden begrüßte er ähnlich. Vor seiner gefährlichen, trockenen Jovialität wurden die Scherze des Knops Kinderspäße, und Trebon verlor vor dem gemütlichen Nebenbuhler rasch seine Munterkeit.

Hauptmann Quadratus wollte, wie er sich ausdrückte, zunächst ein Bild von der körperlichen Leistungsfähigkeit seiner »Pensionäre« bekommen und ließ sie zu diesem Zweck exerzieren. Knops leistete flink Gehorsam und machte Sprünge und Kniebeugen, wie Quadratus es befahl. Aber Nero im Gefühl seines »Fran« und Trebon im Gefühl seiner Kraft hörten nicht auf die Kommandos und leisteten zähen, passiven Widerstand. Das freute den phlegmatischen Quadratus. Er hatte Zeit und die Mittel, diesen Widerstand zu brechen. Er brach ihn. Zuerst den des Terenz und dann den des Trebon. Nach sehr kurzer Zeit verlor die Haut des Nero ihre Glätte, sein Gesicht schaute aus einem verfilzten, verfärbten Bart, und die Bezeichnung »Rotbärtchen« wollte keineswegs mehr auf ihn passen. Auch Trebon verlor rasch sein männlich stattliches Aussehen, und die braunen Härchen, die seinen Körper überflaumten, nahmen eine schmutzige, gelblichweiße Farbe an. Bald wogen die drei zusammen nicht mehr als vorher ihrer zwei.

Nachdem Hauptmann Quadratus lange genug seinen Privatspaß an ihnen gehabt hatte, schickte er sich an, der Menge das Schauspiel zu bieten, das der Gouverneur von ihm erwartete. Eines Tages also wurden die drei auf den Hof geführt, und es standen da Männer mit Brettern, Hobeln und Sägen. Und: »Na, Feldmarschall«, sagte Quadratus zu Trebon, »jetzt hast du genug gesprungen.« Und: »Sie, lieber Staatssekretär«, wandte er sich an Knops, »werden jetzt wieder auf Ihre bewährte Art die Begeisterung der Massen anfachen. Und Sie, Majestät«, seine Stimme blieb aufreizend langsam und trocken, als er nun das Wort an Terenz richtete, »werden mir bestimmt Dank wissen. Sie bekommen jetzt eine besonders schöne Gelegenheit, Ihrem Volk Ihre Kunst zu zeigen.« Und es sägten und hobelten die Männer, und sie paßten den dreien einen hölzernen Halskragen an, dergestalt, daß ihre Hinterköpfe beinahe zusammenstießen und ihre Gesichter nach verschiedenen Seiten schauten. Dann wurden die drei auf einen Karren gesetzt, angeschmiedet, der große, hölzerne Halskragen wurde ihnen umgelegt, ihre Leiber aber wurden durch eine Verkleidung aus

Holz und Gips verdeckt, so daß nur der dreigesichtige Kopf aus dem hölzernen Kragen herausschaute. Die Verkleidung aber hatte die Form eines sitzenden Hundeleibes und wurde so lange kunstvoll mit Hundefellen benagelt und beklebt, bis das Ganze zum phantastischen und gleichwohl realen Bild eines riesigen, dreigesichtigen Hundes wurde.

Es hatte aber den Quadratus auf diesen guten Einfall das Wort vom Dreiköpfigen Höllenhund gebracht, mit dem Joannes während des Christenprozesses das Triumvirat Terenz, Trebon und Knops bezeichnet hatte.

Als man die drei in ihrer hölzernen und gipsernen Vermummung zu Gesicht bekam, verstand denn auch jedermann sogleich, was gemeint war. Die Wachmannschaften klatschten sich die Schenkel, die ganze Stadt freute sich lärmend, und Hauptmann Quadratus, der den glorreichen Einfall gehabt hatte, wurde sehr gefeiert.

Der »Dreiköpfige Höllenhund« wurde durchs Land transportiert, der Kaiser, sein Marschall und sein Kanzler, auf ihrem Karren. Hauptmann Quadratus nahm nicht die gerade Straße, er zog mit seiner Fuhre auf langen Umwegen, im Zickzack, von Ost nach West, von Nord nach Süd, durch die ganze Provinz. Seitdem vor zwanzig Jahren der Armenierkönig Tiridat großartig durchs Land gezogen war, begleitet von andern Königen aus dem Morgenland, um dem römischen Kaiser seine Aufwartung zu machen, hatte die Provinz Syrien kein so interessantes Schauspiel gesehen. In riesigen Scharen drängte man hinter dem Karren einher, es war ein ungeheurer Spaß, und es gab manche, die sich nicht begnügten, den Dreiköpfigen einmal zu beschauen, und die ihm noch in den nächsten, ja in den übernächsten Ort folgten.

Überall wurde die Ankunft des Dreiköpfigen zu einem Volksfest. Die Städte boten ihr Stadion, ihren Zirkus, ihren größten Platz für die Schaustellung. Die war aber auch sehenswert. Was Hauptmann Quadratus da zeigte, war ein sehr anderer Dreiköpfiger, als Joannes von Patmos ihn sich vorgestellt, um vieles lustiger und um vieles schauriger. Die drei Gesichter, mit denen dieser Höllenhund in die Menge schaute, waren die alter Männer, schmutzige, verschrumpelte, kümmerliche Gesichter, umrahmt von struppigen Bärten, dabei so gepeinigt, böse und tierisch, daß viele, trotzdem der Dreiköpfige doch gefesselt und gut bewacht war, sich nicht an ihn heranwagten;

Kinder klammerten sich verschreckt an die Kleider ihrer Mütter, Frauen bekamen Schreikrämpfe.

Wer freilich nah heranging, kam auf seine Rechnung. Man durfte nicht nur die Gesichter betasten, sie an den Bärten zerren und sie ohrfeigen. Hauptmann Quadratus hatte für Abwechslung gesorgt. Er hatte Löcher in die Holzverkleidung sägen lassen, und wer wollte, konnte dem Dreiköpfigen befehlen, Pfötchen zu geben. Auch bellen mußte der Dreiköpfige, wenn man es ihm kommandierte. Tat er es nicht, dann stachen die Wachmannschaften mit ihren Lanzen durch die Löcher der Verkleidung. »Wau, wau«, schrie das Volk und: »Bell, Rotbärtchen, bell, Feldmarschall, gib Pfötchen, Wassermann«; Wassermann aber nannten sie den Knops zur Erinnerung an die Überschwemmung Apameas.

Nero selber verhielt sich still, hatte die grauen, entzündeten Augen zumeist geschlossen und machte den Betrachtern wenig Spaß. Am possierlichsten war Hauptmann Trebon. Er tauschte saftige Hohnreden mit seinem Nebenbuhler und Gefangenenwärter Quadratus. Hauptziel seines Spottes war des Hauptmanns Stimme und seine Entenschnabelnase. Wer eine so stroherne, verschlafene Stimme habe, höhnte er, könne nie die rechte Autorität in der Armee kriegen, und er glaube, bei den Weibern auch nicht; denn von der Stimme lasse sich auf gewisses anderes schließen. Waren Kinder in der Nähe, dann forderte Trebon sie auf, sich einmal auf die Entenschnabelnase des Quadratus zu setzen und zu reiten. Besonders angeregt wurde Trebon, wenn man ihm spaßeshalber zu saufen gab. Er rief dann den Frauen gesalzene Obszönitäten zu, forderte sie schallend auf, es mit dem Dreiköpfigen zu treiben, wenn sie Schneid hätten und wohlgestalt seien, und ringsum war Gekreisch und Gelächter.

Knops seinesteils gab sich mehr mit den Kindern ab. Mit seinen raschen Augen beschaute er sie, sehr gründlich, vor allem die Kleinsten, so gierig zärtlich, daß manchmal die Mütter Angst bekamen und die Kinder zurückrissen. Er schien es auch den Kindern nicht zu verübeln, wenn sie ihn neckten, ihn am Bart zausten oder ihn mit ihren kleinen Händen ins Gesicht stießen und zwickten. Einmal indes, als ihm eine Frau ihren zwei- oder dreijährigen Jungen ganz nah vors Gesicht hielt, damit der ihm Kuchen in den Mund stopfe, biß er dem Knaben unversehens in die Finger.

Viele Stunden, beinahe den ganzen Tag, staken die drei in ihrer scheußlich possierlichen Vermummung, aneinandergeschmiedet. Wenn sie die Köpfe nicht sehr aufrecht hielten, dann scheuerte sie die hölzerne Halskrause. Stricke, Ketten und die Gips- und Holzverkleidung zwangen ihre Leiber in eine starre Lage und spannten ihnen Kopf, Hals und Schultern schmerzhaft zurück.

Für die Betrachter war es ein einziger Kopf, der über dem Hundeleib stierte. Doch dieser Kopf hatte drei Gesichter, dachte mit drei Hirnen und saß auf drei Leibern. Die Spießgesellen hatten von dem Augenblick an zusammengehört, da sie einander erblickt, und waren einander von diesem Augenblick an freund und feind zugleich gewesen. Jetzt waren sie enger verbunden als sonstwer auf der Erde, immer in Berührung und so verwachsen, daß jeder peinvoll die körperlichen Funktionen der andern spürte, und sie wurden einander unerträglich.

Es war *eine* Luft, die ihre sechs Nüstern atmeten, ihre sechs Augen sahen *einen* Anblick, ihre sechs Ohren hörten *ein* Geräusch. Ihre Hirne dachten notwendig das gleiche. Wie lange noch? dachten sie und: Wann endlich werden wir in Antiochien sein? und: Diese verfluchten Schweine. Aber daneben dachte jeder seine eigenen Gedanken. Mein Söhnchen, dachte Knops, meine Caja, dachte Terenz, mein Schutzgeist und mein Glück, dachte Trebon.

Sie bellten und sie gaben Pfötchen, sie verwünschten die Welt und sich selber, sie flennten in ohnmächtiger Wut und trösteten sich, jeder haßte und fletschte die andern an und fühlte sich doch keinem Wesen mehr verbunden als diesen andern, mit denen er geeint war durch innere Verwandtschaft, Glück, Aufstieg, Verbrechen, Sturz und künftigen Untergang.

Dies alles aber taten sie nur in den ersten Tagen. Dann verfielen sie in Apathie, und man mußte sie durch Stiche, Knüffe und Hiebe zu Lebenszeichen bewegen. Auch hörten sie auf, einander zu hassen oder zu lieben. Sie warteten nur mehr auf die Nacht, auf daß sie sie aus ihren Ketten befreie.

Mehrere Wochen lang dauerte diese Wanderung durch Syrien. Tag um Tag wurden Nero und seine Gesellen verlacht, bespuckt, mit Kot beworfen. Sie spürten es nicht mehr. Sie sahen nicht mehr die lust- und haßvollen Gesichter der Menge, kaum mehr das des Hauptmanns Quadratus. Sie hörten kaum mehr das Jauchzen und Gekreisch ihrer Betrachter und kaum mehr das Gebell, das sie selber hervorbringen mußten. Das einzige, was sie zuweilen noch in ihr Bewußtsein aufnahmen, war die Melodie des Töpferlieds, jene einfache und doch raffinierte Melodie mit ihren winzigen, schamlosen, lasterhaften Pausen, und es ereignete sich, daß einmal selbst der unmusikalische Hauptmann Trebon, als er bellen sollte, statt dessen mechanisch und heiser grölte: »Und hängt dich.«

18
AUCH ER DIENTE DER VERNUNFT

In Antiochien wurden die drei aufgepflegt, damit sie nicht bei der Exekution zu schlechte Figur machten. Es dauerte zwei Wochen, ehe sie wieder bei Kräften waren.

Am frühen Morgen des Exekutionstages wurden sie zunächst in der Gerichtshalle gegeißelt und, wie dies üblich war, von den Zuschauern verhöhnt. Dem Nero zog man den hochgesohlten kaiserlichen Schuh an, beschmierte sein zerfetztes Gewand an Stelle des Purpurstreifs mit dem Blut seiner Geißelwunden, hängte ihm eine Tafel um den Nacken mit der Inschrift »Claudius Nero Cäsar Augustus«, klemmte ihm an Stelle des Smaragds ein Stück Glas ins Aug, krönte ihn mit einem Nachttopf und setzte ihn so auf einen erhöhten Stuhl. Dem Knops, um dessen Sehnsucht nach seinem Söhnchen alle wußten, drückten die Wachmannschaften eine stroherne Puppe in den Arm, und so setzten sie ihn zu Füßen seines Nero. Dem Trebon aber nähten sie auf die nackte Brust blecherne Nachbildungen seiner Auszeichnungen und setzten ihn dem Nero zu Füßen auf die andere Seite. Dann riefen sie: »Sei gegrüßt, o du sehr guter, sehr großer Kaiser Nero«, und freuten sich.

Die Kreuzigungsstätte Antiochiens lag im Norden der Stadt, ein gutes Stück Weges entfernt; es war ein kahler Hügel, der als Abladeplatz für den Müll diente, genannt der Fuchsberg. Man führte die drei durch die prunkende Hauptstraße mit ihren Säulenhallen. Sie war gesäumt mit Volk; auf allen Dächern und Vorsprüngen standen sie, um den Nero und seine Gesellen zu sehen, wie sie, erschöpft von der Geißelung und der Verhöhnung, blutbeschmiert, die für ihre Kreuze bestimmten Querbalken zum Fuchsberg schleppten.

Es war ein schöner Tag, Anfang Oktober, nicht mehr heiß, aber die drei litten bitter unter Hitze und Durst. Ein rüstiger Fußgänger mochte den Weg in einer guten Stunde zurücklegen; für sie, die ihre Kreuze zu schleppen hatten, dauerte er drei Stunden. Noch innerhalb der eigentlichen Stadt brach Knops zusammen, nicht lange Zeit später Terenz. Sie mußten mit Schlägen und Fußstößen zum Aufstehen genötigt und weitergetrieben werden. Ringsum die Menge johlte, und sie sang das Töpferlied.

Um diese Stunde, da das Geschöpf seinen letzten Weg ging, war Varro unter einem fernen östlichen Himmel. Es war neun Uhr morgens, doch wo er war, stand die Sonne schon im Mittag. Er rastete an einer staubigen Straße, im Schatten eines Baumes, und aß. Sein Mahl war eine Schale Reis und ein wenig zähes Schaffleisch. Er aß mit Appetit. Er war einverstanden mit seinem Leben. Er hatte mancherlei Neues gesehen und wird noch mehr Neues erleben. Es war eine vielbegangene Straße, an der er saß, und er hatte Zeit. Er aß in Ruhe und blieb noch lange sitzen. Die Vorübergehenden redeten in einem schwierigen Dialekt einer fremden Sprache, er erlauschte nur Wortfetzen und verstand weniges davon. Trotzdem bot ihm das Erlauschte Stoff zum Denken. Sein an Methode gewöhnter Sinn ordnete die Worte und reihte sie ein. Er dachte darüber nach, wie mit dem fremden Klang eines Wortes auch sein Begriff sich ändert, und keiner seiner Gedanken kehrte zurück in seine Vergangenheit in dieser Stunde, da man in Antiochien den Schlußstrich unter sein »Experiment« setzte.

Hätte er aber gewußt und bedacht, daß man jetzt seinen Nero ans Kreuz hängte, dann hätte er höchstens mit Befriedigung konstatiert, daß das Schicksal den schlechteren, weniger schuldigen Mann zahlen ließ für den besseren, schuldigeren und also im höheren Sinne gerecht war.

Mit Macht und keineswegs mit spielerischer Ironie erinnerte sich des Nero in dieser Stunde König Philipp in seinem Samosata. Ruhelos wanderte er, unbehaglich, durch die schönen Säle seiner Bibliothek; wirr kreuzten sich ihm Gefühle und Gedanken. Er hätte sich nicht von Varro verführen lassen sollen. Er war nicht geboren zum Aufwiegler. Er wußte nicht, ob, was geschah, gut war oder schlecht; anders geendet, als er beabsichtigt, hatte das Unternehmen auf alle Fälle. Trotz der Bemühungen des Artaban hatte Gouverneur Rufus Atil die Souveränität des Königreichs Commagene noch weiter eingeschränkt. Vielleicht war das für ihn das Rechte; Tun ist gemein, nur Betrachten ist gut. Im Grunde sehnte sich König Philipp nach der Zeit, da das brutale, zum Herrschen geschaffene Rom ihm die Krone ganz abnehmen und er den Kopf frei haben wird für Gedanken und Träume, für seine Bauten und seine Bücher.

Auch König Mallukh dachte in dieser Stunde an Terenz. Ihm hatte es besseren Lohn gebracht, daß er sich auf Seite Neros geschlagen. Erzpriester Scharbil hatte sich in den schwierigen Verhandlungen mit Rom als zäher und geschmeidiger Staatsmann erwiesen, und das Königreich Edessa war, von Artaban wirksam unterstützt, aus der Neuordnung Mesopotamiens stärker und unabhängiger hervorgegangen. Mallukh hörte den Springbrunn plätschern und bedachte, daß nun das Märchen von dem Töpfer, den die Sterngötter eine Zeitlang hatten Kaiser sein lassen, einen schönen, befriedigenden Abschluß fand. Edessa war größer als vorher, und der Mann Terenz verschwand aus der Welt, ohne daß König Mallukh sein Gewissen durch Bruch der Gastfreundschaft belastet hatte.

Nero indes und seine Gesellen gingen weiter ihren mühevollen Weg. Am Ausgang der Stadt, da, wo es zum Fuchsberg anstieg, standen Frauen und reichten ihnen einen schmerzlindernden, betäubenden Trank. Wenn einer einen solchen Trank spendete, mußte er sich zu seiner Tat bekennen und seinen Namen laut verkünden lassen. Es sagten aber die Frauen: »Diesen Trank reichen wir euch im Namen der Marcia, Tochter des Terentius Varro.«

Dann endlich waren sie am Fuchsberg angelangt. Kopf an Kopf stand hier die Menge den Hügel hinauf, vom Fuß bis zum Gipfel. Hauptmann Quadratus hatte lange darüber nachgedacht, ob er die drei ans Kreuz sollte binden oder nageln lassen. Nagelte man sie an, dann war die Qual größer, doch kürzer; denn das Wundfieber beschleunigte den Tod. Wenn aber einer nur ans Kreuz gebunden wurde, dann kam es vor, daß er noch den zweiten, ja den dritten Tag erlebte. Quadratus hatte sich entschlossen, seine »Pensionäre« ans Kreuz binden zu lassen. Die Soldaten rissen ihnen also die Kleider herunter, banden ihre ausgespannten Arme an die Querbalken und befestigten diese auf den Kreuzesstämmen. Gierig reckten die Tausende die Hälse und schauten zu, gekitzelt, und ungeheures Geschrei und Beifallklatschen prasselte los, als endlich Nero, sein

Kanzler und sein Feldmarschall säuberlich hingen, wie es das Töpferlied vorhergesagt. Die Soldaten aber würfelten, dem Brauch zufolge, um die Kleider der Verurteilten, und viele drängten sich an die Gewinner, um Überbleibsel des Nero zu erstehen, aus Sammeleifer, zum Spaß, aus Aberglauben und manchmal wohl auch aus Pietät, weil man nicht wissen konnte, ob der Hängende nicht vielleicht doch der Kaiser Nero war.

Da hingen also die drei. Man hatte vom Fuchsberg aus eine schöne Aussicht. Die Hängenden sahen zu ihren Füßen den Fluß Orontos und seine Insel sowie zahlreiche Paläste, Säulenhallen, Denkmäler, Villen und Gärten der schönen Stadt Antiochien, in welche im Triumph einzuziehen sie vor noch nicht langer Zeit gehofft hatten. Jetzt gedachte nur mehr Trebon dieser Hoffnung, auch am Kreuz noch hielt er sie fest. Während die andern auf die Scherze, welche die Soldaten und die Menge ihnen zuriefen, kaum reagierten, tauschte er vom Kreuz herunter mit Hauptmann Quadratus, seinem Nebenbuhler, gesalzene Hohnreden aus. Er hatte einen gewaltigen Willen zum Leben, er wollte es einfach nicht glauben, daß er sterben sollte. Daß man ihn nicht angenagelt, sondern nur ans Kreuz gebunden hatte, hielt er für ein gutes Zeichen; denn so hatte er noch längere Zeit vor sich. Die Spottinschrift, die sie an seinem Pfahl angebracht hatten, »Feldmarschall Trebon«, verdroß ihn nicht, er wird sie wieder wahrmachen, und die blechernen Auszeichnungen, die sie ihm auf die Brust genäht hatten, juckten und brannten weniger, wenn er daran dachte, daß er sich die »Mauerkrone« eben ein drittes Mal verdienen mußte. Nein, ihn kriegten sie nicht klein. Von seinem Kreuz her reckte er den Kopf und spähte den Fuchsberg hinunter, ob nicht endlich ein Bote komme, um im Auftrag der Armee den beliebten Hauptmann herunterzuholen.

Die Sonne stieg. Der Betäubungstrank hielt nicht vor, und bald nachdem man sie angebunden, verspürten die drei in allen Gliedern jene Starre und jenen Krampf, der ihnen aus der Zeit des dreiköpfigen Hundes wohlvertraut war. Unheimlich schnell wuchs ihre Qual. Zuerst schloß Nero die Augen und ließ den Kopf zur Seite hängen, dann Knops und zuletzt Trebon. So hingen sie mit weißen, trockenen Lippen, herunterklappenden Kiefern, blutbeschmiert, apathisch. Fliegen setzten sich auf die Wehrlosen. Ihre Beine waren bläulich, ihre Haut prickelte peinvoll, Krampf riß an ihren Muskeln und Nerven, ihr Hirn tanzte. Durst machte ihnen Gaumen und Zunge schwellen. Ab und zu verloren sie das Bewußtsein, doch immer nur auf kurze Zeit.

Unter den Zuschauern wettete man, wer von den dreien zuerst verrecken werde und ob sie wohl vor Sonnenuntergang hinseien. Die meisten nahmen an, daß Terenz und Knops den Tag nicht überleben würden, wohl aber der kräftige Trebon. Einige versuchten immer von neuem, sie zum Reden zu bringen. Bei Trebon gelang es zuweilen, die andern aber blieben ärgerlicherweise stumm.

Die Sonne stieg und die Sonne sank, und die drei hingen in ihren Stricken, die Köpfe mit den herabfallenden Unterkiefern zur Seite geneigt, immer regloser. Als aber die Sonne nah am Untergang war, lief neues Zucken und neues Leben über ihre starren Leiber. Der sachverständige Hauptmann Quadratus hatte es erwartet. Um sie noch mehr zu beleben, ließ er ihnen an einer Stange einen mit Wasser und Wein getränkten Schwamm hinaufreichen. Man hielt ihnen den Schwamm an die Lippen, damit sie das Kühlende einsögen, und wischte ihnen die Gesichter ab.

Nero sog an dem Schwamm, zuckte mit dem Kopf. Dieser Kopf war angefüllt mit Feuer. Unter dem Einfluß des belebenden Schwammes erkannte er, was das bedeutete: durch dieses Feuer zu gehen, bei vollem Bewußtsein, das war seine letzte kaiserliche Aufgabe.

Als die Soldaten sahen, wie gierig Terenz an dem Schwamm leckte, zogen sie ihm das Nasse weg, hielten es ihm wieder vor, zogen es ihm abermals weg. Das war unterhaltsam für sie; für Nero war es Sturz aus Entzücken in Qual, neuer Aufschwung, neuer Sturz. Er darf seine Aufgabe nicht vergessen. Er muß durch das Feuer hindurch, muß die Sonne verschlucken. Sie wollen ihn hindern, aber er wird es dennoch schaffen. Schon war die Sonne sehr tief, schon hat er sie zum größten Teil geschluckt, wie es dem Nero zukam. Wenn sie ihm den Schwamm noch einmal geben, dann wird er es können, dann wird er sie ganz schlucken.

Allein sie gaben ihm den Schwamm nicht. Den Schwamm, wollte er sagen, und: Ich bin der Kaiser. Er öffnete die Lippen. Aber währenddes änderten sich ihm die Worte, und er war es zufrieden, daß sie sich änderten; denn die Worte, in die sie sich änderten, liebte er sehr, es waren seine Worte. Er glaubte, seine

Worte sehr laut zu sprechen, aber die unten vernahmen nichts als ein kleines Winseln. Es hätte einer das Ohr sehr nah an Neros Lippen halten müssen, um die Worte noch zu erkennen. Dann aber hätte er gehört, daß es zwei Worte waren, und daß Nero sie sehr schön sprach und mit einer gewissen Verzükkung. Es waren aber die Worte »Thanatos« und »Thalatta«, die griechischen Worte für »Tod« und für »Meer«, und da ihm jetzt Sehnsucht und Erfüllung zu einem geworden waren, schmolzen ihm sicher auch die beiden Worte in einen Begriff zusammen. »Thanatos«, seufzte er und »Thalatta«, und so gut hatte er sein Pensum gelernt, daß ihm selbst in diesen Stunden seines Absterbens das Th nicht mehr mißglückte.

So leise aber Nero war, so laut wurde Hauptmann Trebon, sowie er an dem Schwamm hatte lecken dürfen. Mit voller Kraft, zur Freude aller, begann er von neuem zu fluchen, beschimpfte die Zuschauer, die Soldaten, die Gesellen, die neben ihm an ihren Kreuzen hingen. Die Wachmannschaften fanden, er sei ein Kerl und habe seinen guten Ruf in der Armee wohl verdient. Es war jetzt wirklich so gut wie sicher, daß er am längsten durchhalten, daß er die Nacht noch überleben werde, und wer auf ein anderes gewettet hatte, konnte nach Hause gehen, er hatte verloren.

Am kräftigsten nahm sich Trebon seinen Rivalen Quadratus vor. »Kameraden«, rief er den Wachmannschaften zu, »wenn ihr die Mauer einer belagerten Stadt ersteigen sollt und dieser Quadratus kommandiert euch mit seiner rostigen alten Mühlradstimme, könnt ihr denn dann vor Lachen?« Quadratus aber, die Stimme so trocken und gleichmütig wie je, erwiderte: »Nur zu, alter Trebon, schimpf dir die Galle aus, bevor du abkratzt, damit den Hunden deine Eingeweide weniger bitter schmecken, wenn sie dich auf dem Schindanger auffressen.« Trebon aber raffte sich zusammen. Mit großer Anstrengung sammelte er, was er in seinem ausgedörrten Mund noch an Speichel zusammenkriegen konnte, spitzte die Lippen, und mit Schwung und Treffsicherheit spuckte er dem Quadratus mitten auf die Glatze.

Riesiger Beifall brach los. Selbst die Soldaten lachten, während sich Quadratus die Spucke vom Schädel wischte. Quadratus selber freute sich, daß Trebon das Schauspiel der Exekution belebte, er verstand Spaß, auch wenn er auf seine Kosten ging. Trebon durfte mit seiner Wirkung zufrieden sein.

Inmitten der allgemeinen Freude aber sank unversehens sein großer Kopf vornüber, und er sprach und rührte sich nicht mehr.

Quadratus war enttäuscht. Sollte es wirklich schon aus sein? Er ließ den Trebon mit einer Lanze an der Seite kitzeln, er rührte sich nicht. Er ließ ihm die Beine brechen; es nützte nichts, es war wirklich soweit, Trebon war hin. Der beliebte Hauptmann, der so stark und gewalttätig einhergewandelt war, hatte sich als schwächer erwiesen als der dürre Knops und der schlaffe Nero und diejenigen betrogen, die auf ihn gewettet hatten. Quadratus bedauerte den schnellen Hingang seines Rivalen aus verschiedenen Gründen. Einmal hatte er für ihn trotz allem Kameradschaft und Hochschätzung verspürt, und außerdem hatte er sich vom Sterben seines Nebenbuhlers ausgiebigeren Genuß versprochen.

Es wurde vollends Nacht. Nur ein schmaler Mond war, und der schon im Untergehen. Hauptmann Quadratus ließ Fakkeln anzünden. Er war betrübt, daß Trebon ihn so enttäuscht hatte. Vielleicht kann man wenigstens den Knops noch zu einem seiner berühmten Witze anstacheln. Er ließ ihm nochmals den Schwamm hinaufreichen.

Doch auch Knops versagte und blieb stumm. Freilich dachte er noch allerhand, aber es ist fraglich, ob diese Gedanken den Quadratus und die andern Zuhörer amüsiert hätten, selbst wenn sie laut geworden wären. Jetzt ist es Nacht, dachte nämlich Knops, und ich bin immer noch nicht hinüber. Es ist scheußlich, wieviel Kraft und Zähigkeit in so einem schwachen Leib stecken. Aber es ist auch gut so. Mein kleiner Claudius Knops wird ein kräftiger Mann sein. Wo bist du, mein Söhnchen, und bist du überhaupt? Ach, wenn ich dich sähe, ich könnte gleich sterben, in Frieden. Und plötzlich stieg Haß und Zorn in ihm hoch gegen den Trebon, der ihm seinen sichern Glauben an den Sohn und Erben geraubt hatte. Mit unsäglicher Mühe versuchte er, den mit Fliegen bedeckten Kopf nach der Seite zu drehen, wo Trebon hing, und ihm seine Wut ins Gesicht zu rufen. Aber seine Halsmuskeln waren zu schwach, Zunge, Zähne und Lippen gehorchten ihm nicht, er brachte es nur zu einem kümmerlichen Zucken seines graugrünen, wüst bestoppelten Gesichtes.

Sollte dies sein Ende, sollte sein ohnmächtiger Zorn gegen Trebon seine letzte Regung sein? Mit einemmal kam ein Ruf durch die Nacht, nicht laut, und doch sehr klar und deutlich: »Sei friedlich, Knops! Stirb friedlich! Du hast einen Sohn, der deiner gedenken wird, einen gesunden, lebendigen Sohn.«

Kein zweites Zucken erschien auf dem Gesicht des Knops, und niemand konnte wissen, ob die Stimme ihn noch erreicht hatte; denn als Hauptmann Quadratus ihm jetzt die Beine brechen ließ, erwies sich, daß nun auch er gestorben war. Doch wenn eine Stimme geeignet gewesen war, ihm ganz zuletzt noch in die Ohren und ins Herz zu dringen, dann war es die, welche gerufen hatte, die geübte, eindringliche Stimme des Joannes von Patmos.

Ja, Joannes von Patmos hatte sich aufgemacht aus der Stadt Edessa und war nach Antiochien gegangen, um das Sterben des Terenz und seiner Gesellen mit anzuschauen, und da hockte er nun auf dem Gipfel des Fuchsbergs, auf der Erde, und starrte hinauf zu den drei Kreuzen. Den ganzen Tag war er da gesessen und hatte gesehen und gehört. Manche hatten ihn erkannt und ihn angesprochen, er aber hatte nicht geantwortet. Er hatte geschwiegen, alle die Stunden hindurch; nur dem Knops hatte er die paar lügnerischen, tröstlichen Worte zugerufen.

Jetzt also war es Nacht, und da die Wetten, wer als erster und wer als letzter sterben würde, entschieden waren, verliefen sich die meisten von den Zuschauern. Die Fackeln schwelten, der Mond war hinunter, Quadratus und seine Leute lagerten auf der Erde, soffen, würfelten und schauten stumpf dem Sterben des Terenz zu.

Joannes, wie er den Terenz am Kreuz um seinen Tod kämpfen sah, verspürte gleichzeitig Lust und zerreißendes Mitleid. Es wurde kalt. Joannes fröstelte, aber er hüllte sich tiefer in seinen Mantel, kauerte sich enger zusammen und blieb. Er mußte den Tod dieses armseligen Terenz ganz und mit allen Einzelheiten in sich aufnehmen. Er spürte, daß er sich dadurch näher als jemals vorher heranahnte an die Lösung seiner großen, quälenden Frage: woher kommt das Leid und das Böse, und wozu ist es in der Welt? Wenn er die Offenbarung, die ihm geworden ist, die Heilsbotschaft, die ihm vorschwebt, treulich aufzeichnen will, dann muß er beim Sterben dieses Mannes Terenz dabeigewesen sein.

Denn auch das Sterben dieses Schächers ist ein Teil der großen Passion.

Ist das nicht Gotteslästerung, was er da denkt? Nein, es ist ein Stück Offenbarung. Deutlich sah er sich als einen Menschen des »Zeitalters im fünften Siegel«, verdammt und begnadet, zu leben und gleichzeitig tot zu sein, und das fünfte Siegel, ihm bis jetzt verschlossen, öffnete sich ihm. Auch dieser arme Affe des Nero, lautete die Botschaft, diente der Vernunft, auch sein Aufstieg, seine Höhe und seine Passion brachten das Reich des Guten näher.

Wie der einzelne das Böse ausgekostet haben muß, um in Wahrheit gut sein zu können, so muß auch die Menschheit das Reich des Bösen ausschreiten, ehe das Reich des Guten heraufkommen kann. Ohne Satan, ohne den Antichrist, ist Christus nicht denkbar, ohne das tausendjährige Reich der Sünde und der Sündenbestrafung kann die versprochene Erlösung nicht Ereignis werden. Darum war das Reich des Nero und seines Affen notwendig und sinnvoll.

Es ging dem Joannes die Bedeutung auf jener dunkeln und furchterregenden Botschaft der jüdischen Doktoren: »Du sollst Gott dienen auch mit dem bösen Trieb.« Er erkannte, wie auch der böse Trieb nur dazu da ist, die Vernunft, das Gute zu fördern.

Diejenigen, die hinter diesem traurigen Terenz standen, hatten die beiden Hälften der Welt für ihre gemeinen und niedrigen Zwecke vereinigen wollen. Doch was von ihnen und ihrem kläglichen Werkzeug blieb, war nur die Idee der Vereinigung, nicht das Böse, nur das Messianische. Zuletzt, von oben gesehen, dient jeder Einzelwahn der Vernunft, welche die Zeit ordnet und weitertreibt.

Ohne Finsternis gäbe es nicht den Begriff des Lichtes. Wenn das Licht zum Begriff seiner selbst kommen soll, muß es von seiner Antithese wissen, von der Finsternis.

Es formte sich dem Joannes der Sinn der Heilsbotschaft, die zu verkünden er berufen war, und er fand die Sätze ihres Beginnes: »Im Anfang war das Wort, der Heilige Geist, die Vernunft. Alle Dinge sind durch sie gemacht, und ohne sie ist nichts gemacht, was gemacht ist. In ihr ist das Leben, und das Leben ist das Licht des Menschen, und das Licht scheinet in der Finsternis, aber die Finsternis hat's nicht begriffen.«

Terenz war noch die ganze Nacht hindurch lebendig. Erst als die Dämmerung heraufkam, starb Maximus Terenz, der für mehrere Millionen Menschen mehrere Jahre hindurch Kaiser Nero gewesen war.

Es war erlaubt, die Leichen Hingerichteter gegen eine festgesetzte Gebühr zu erstehen und zu bestatten. Eine spätere Überlieferung will wissen, daß man den römischen Behörden für den Leichnam des Terenz die festgesetzte Summe bezahlt, ihn vom Kreuz abgenommen, gewaschen und verbrannt habe. Die Urne aber habe man nach Rom gesandt.

Sicher ist, daß Claudia Acte auf ihrer Besitzung an der Appischen Straße in Rom außer der Urne des Nero noch eine zweite verwahrte und bis zu ihrem Ende in Ehren hielt, die Asche eines Unbekannten, ohne Inschrift.

Nachrichten über einen falschen Nero und Hinweise finden sich bei Tacitus, Sueton, Dio Cassius, Zonaras und Xiphilin, außerdem in der Apokalypse des Johannes und im Vierten Buch der Sibylle.

ZU DIESEM BAND

Im zweiten Band von Lion Feuchtwangers Josephus-Trilogie, »Die Söhne«, findet sich eine Passage, in der berichtet wird, daß in der kurzen Zeit, da Titus römischer Kaiser war, im Gebiet des Euphrat ein Mann auftauchte, der vorgab, der Kaiser Nero zu sein. Jeder wußte vom Selbstmord Neros im Jahre 68. Der Mann aber behauptete, es sei ihm damals gelungen, den Nachstellungen des Senats zu entkommen, und er rüste sich nun, nach Rom zurückzukehren. Er habe viele Anhänger gefunden, und am Hofe des Partherkönigs erwäge man ernstlich, ihn offiziell anzuerkennen. – Die Existenz mindestens eines Doppelgängers ist historisch verbürgt. Das Lexikon der Antike, Leipzig 1979, berichtet sogar von drei. Die Quellen, aus denen Feuchtwanger über den Hochstapler erfuhr, nennt er am Ende seines Romans.

Als Feuchtwanger im französischen Exil 1935 die Episode niederschrieb, hatte er sich wohl schon entschlossen, den falschen Nero zum Mittelpunkt seines nächsten Buches zu machen. Noch ehe er Brecht am 10. August 1935 mitteilte, daß er gerade mit dem zweiten »Joseph« fertig geworden sei, teilte er Arnold Zweig am 4. August 1935 mit, er gedenke im September mit den Vorarbeiten für seinen neuen Roman zu beginnen, der »Der falsche Nero« heißen solle. Fest stand dabei wohl auch schon, daß die zurückliegenden Ereignisse im fernen Edessa den gegenwärtigen im nahen Deutschland ähneln würden. Nach »Erfolg« (1930) und den »Geschwistern Oppermann« (1933) wollte er sich ein drittes Mal mit Hitler und dem Nationalsozialismus in einem Roman auseinandersetzen. Zweimal hatte ihm das unmittelbare Zeitgeschehen den Stoff geliefert, diesmal nun die Historie. Er motivierte den geschichtlichen Rückgriff im gleichen Jahr auf dem Pariser Schriftstellerkongreß zur Verteidigung der Kultur (21.–25. Juni) in dem Vortrag

»Vom Sinn und Unsinn des historischen Romans«: »... ich habe, wenn ich das Milieu der Gegenwart setze, das Gefühl des mangelnden Abschlusses. Die Dinge sind noch im Fluß, die Annahme, ob eine gegenwärtige Entwicklung vollendet sei und wie weit, bleibt immer willkürlich, jeder gesetzte Schlußpunkt ist zufällig.«

Feuchtwanger wußte genau, wovon er sprach: Die Entwicklung der deutschen Dinge, in denen sich 1935 eine Machtstabilisierung des Nationalsozialismus abzeichnete, ließ – das hatten die Erfahrungen der letzten Jahre immer wieder gezeigt – eine Prognose über den Fort- und Ausgang kaum zu. Im Bildhaften, im Gleichnis hingegen konnten Möglichkeiten durchgespielt, Erscheinungen gedeutet, Tendenzen erwogen werden, deren Abweichen von künftiger Realität die Gültigkeit des literarischen Werkes nicht schmälern würde. Feuchtwanger nannte noch einen zweiten Grund, mit dem er speziell auf seinen zu schreibenden Roman »Der falsche Nero« zielte: Befangenheit gegenüber dem Gegenstand, hervorgerufen durch undistanzierte persönliche Aversion: »Ich hoffe, mir eine relative Ruhe des Urteils bewahrt zu haben; trotzdem, glaube ich, kann ich die Leute, die vor 1870 Jahren einige zentrale Gebäude des Neronischen Rom in Brand gesteckt haben – trotzdem kann ich diese armen, törichten Werkzeuge der Feudalisten und Militaristen ihrer Zeit mit weniger Ekel und also überzeugender darstellen als etwa die Leute, die vor zwei Jahren den Reichstag in Berlin angezündet haben, arme, törichte Werkzeuge der Feudalisten und Militaristen ihrer, unserer Epoche.« (Zitiert nach dem Abdruck in »Centum opuscula«, Rudolstadt 1956.) Wie sehr Feuchtwanger fürchtete, sich von den Eindrücken des Augenblicks, vom Haß hinreißen zu lassen (etwas, was ihm später an seinem Roman »Die Geschwister Oppermann« mißfiel), ergibt sich aus einem Brief an Brecht wenige Monate nach Erscheinen des Buches. »Haben Sie den ›Falschen Nero‹ gelesen?« fragte er am 30. März 1937. »Ich habe mich bemüht, Hitler so leidenschaftslos wie möglich darzustellen; d.h., zu zeigen, wieso ein kleiner Fisch so sehr stinken kann. Das ist kein sympathisches Thema ...«

Über den Fortgang der Arbeit am »Falschen Nero« berichtete Feuchtwanger regelmäßig in seinen Briefen an Arnold Zweig. Er arbeitete nach einem strengen Zeitplan: Bis Mitte April 1936 sollte der Roman so weit gediehen sein, daß Feuchtwanger nach Palästina und nach Rußland reisen konnte (nach Palästina fuhr er nicht, nach Rußland erst im November 1936). Am 3. September 1935 schrieb er an Zweig: »›Der falsche Nero‹, mit dessen Komposition ich, wie Sie treffend sagen, herumspiele, macht mir viel Freude. Sehr gewichtig wird das Buch nicht werden, aber die Gegenwartsstoffe, die mich reizen, haben sich noch nicht so verdichtet, daß ich an einen von ihnen die Arbeit von zwei bis drei Jahren setzen möchte, die ein jeder erfordert. Bitte schließen Sie aber daraus nicht etwa, daß nun ›Der falsche Nero‹ ein Nebenwerk werden soll. Vielleicht wird er es werden, aber jedenfalls ist das nicht meine Absicht.«

Im Januar 1936 rechnete er noch mit einer Arbeitszeit von zehn Monaten. Am 5. März 1936 berichtete er dann von den Schwierigkeiten des Weglassens: »... die Versuchung ist groß, den Palatin zu machen, auf dem ich sozusagen so zu Hause bin wie Sie an der Westfront, und auch die Juden in Babylonien, in Nehardea und so weiter sind eine starke Lockung, ganz abgesehen von dem großartigen Hof des Partherkönigs mit seinen vielen Intrigen und reizvollen Besonderheiten. Aber ich habe mir auf die erste Seite meines Manuskripts geschrieben: ›keine Lückenlosigkeit anstreben‹, und das habe ich mir rot und blau unterstrichen ...« Am 12. Juni teilte er Bredel mit, er sei »scharf in der Arbeit«, und an Zweig schrieb er am 24. Juli, daß er »sehr stark an dem Roman« arbeite. Am 21. Oktober dann war das Manuskript »mit Ausnahme der letzten zehn Seiten absolut druckfertig«, und Brecht erfuhr im Brief vom 24. Oktober 1936: »Mit dem ›Falschen Nero‹ bin ich fertig.«

Verzichtet hatte er auf das ursprüngliche erste Kapitel; es war überschrieben »Neros Tod« und schilderte die letzten Monate der Regentschaft des wirklichen Kaisers, hauptsächlich aber den Tag seines Selbstmordes. Am 27. Oktober 1936 schickte er es zur Veröffentlichung in der Moskauer Exilzeitschrift »Das Wort« an Willi Bredel. Es wurde in Heft 6/1936 mit dem Zusatz publiziert: »Diese Darstellung war ursprünglich als erstes Kapitel von Feuchtwangers neuem Roman ›Der falsche Nero‹ gedacht.« – »Neros Tod« erschien auch 1950 in dem Erzählungsband »Odysseus und die Schweine« und im Band 14 der Gesammelten Werke in Einzelausgaben, 1964, beides Aufbau-Verlag Berlin.

Im Spätherbst 1936 lag das Buch vor. Der Querido Verlag N. V. Amsterdam hatte den Roman als Neunten Band der Gesammelten Werke herausgebracht. Der Schutzumschlag von Eva Herrmann aus gelblich marmoriertem Papier zeigte die Münze mit dem Doppelporträt des Kaisers Nero. Im Klappentext deutete der Verlag die Beziehung zur Gegenwart vorsichtig an: »Ohne daß der Autor die Parallele auch nur im leisesten unterstreicht, ohne daß er die römische Historie im geringsten vergewaltigt, schreibt er die Geschichte unserer Zeit.« Es bedurfte auch gar nicht des genaueren Hinweises: Der Leser entschlüsselte mühelos das Triumvirat Terenz, Knops und Trebon als Hitler, Goebbels, Göring. Und die Mittel antiker Machtkämpfe, die Überschwemmung der Stadt Apamea mit anschließender Christenverfolgung, die Woche der Messer und Dolche und der Prozeß gegen Joannes von Patmos, assoziierten Reichstagsbrand und -prozeß, Röhmputsch und Menschenjagd der Nazis. Übrigens wurde diese von Feuchtwanger beabsichtigte Abbildung des Gegenwärtigen im Historischen später von einigen Kritikern und Freunden als unstimmige Analogie historisch voneinander abweichender Situationen bemängelt.

Kurz nach Erscheinen gingen Feuchtwanger anerkennende Bewertungen zu, z. B. von Arnold Zweig: »Mein Eindruck nach wie vor stark, soll bald geschildert werden« (4. Januar 1937); »sehr gefesselt, als Künstler voll auf die Rechnung kommend, als Leser nicht ohne Bedenken« (18. Januar 1937). Heinrich Mann schrieb ihm am 17. April: »In einer Abendstunde lese ich sooft als möglich den ›Falschen Nero‹, das ist ein großartiges Buch. Mir geht im Kopf eine Betrachtung um, die heißen würde: Feuchtwanger und der Weltruhm.« (Die Bitte Willi Bredels, den Roman in der Zeitschrift »Das Wort« zu rezensieren, erfüllte Heinrich Mann allerdings nicht. Auch Bruno Frank lehnte ab.) Brecht schrieb im August 1937: »Den ›Nero‹ lese ich eben mit großem Vergnügen. (Sie wissen, wie gern ich Sie Satiren schreiben sehe) ...« Und Balder Olden dankte ihm am 14. Juli 1937 » für viele Stunden genußreicher Spannung, die Ihr ›Falscher Nero‹ mir gegeben hat, nicht nur Stunden, sondern ganze Nächte. Es ist eine nicht nur dichterische, sondern ungeheuer präzise Arbeit ...« Olden hat schließlich auch die Rezension für die Zeitschrift »Das Wort« geschrieben: »Ein Roman? In Jahrzehnten vielleicht wird man dies Buch als Roman lesen können. Für uns ist es eine mit aller Kunst des großen Romanciers geschriebene Diagnose. Wie in Röntgenbildern erkennen wir den Herd der Krankheit unserer Zeit, sehen wir ihr Ansteigen zur Krisis, den Ablauf.«

Im allgemeinen nahm die Literaturkritik den Roman als bemerkenswerte Leistung antifaschistischer Auseinandersetzung auf. Eine sehr gründliche Analyse enthielten die Briefe Arnold Zweigs an Feuchtwanger 1937. Schon am 18. Januar stand neben dem Lob die Einschränkung: »als Leser nicht ohne Bedenken«. Am 7. Februar spendete er abermals Lob und Anerkennung (»Künstlerisch, Feuchtwanger, haben Sie kaum etwas Besseres gemacht als den Aufbau dieser Handlung, ihre Ökonomie, die Vertiefung der Charaktere, ihr Sich-Steigern und Sich-Überschlagen ... Sie erzählen mit einem Anflug von Klassizität, mit sehr guten Verkürzungen, plastisch und ohne zu starken Realismus«), kam dann aber zu seinen Einwänden. Das Buch sei zu willkürlich und zu individualistisch angefaßt. Daß Varro ohne innere Not aus einer Ideenspielerei das Unternehmen »Falscher Nero« startet, würde in keiner Weise gestalterisch gerechtfertigt. Die Idee von der Vereinigung von Ost und West sah er als weniger wichtig an, da die Weltgeschichte beweise, »wie abgeschliffen dieser Gegensatz lange vor den Flaviern gewesen ist«. Sein Haupteinwand richtete sich gegen die »Verkoppelung jenes Varro und seines ›Spiels‹ mit den furchtbaren Geschehnissen, die zum Dritten Reich führten und das Dritte Reich darstellen. Keinerlei Notwendigkeit ist in dieser Verkoppelung, Feuchtwanger, denn alle soziologischen Voraussetzungen des Dritten Reiches sind entgegengesetzt denen, die Ihr Varro vorfindet«, und es folgt eine knappe Darstellung der Ereignisse in Deutschland zwischen 1918 und 1933 mit der Schlußfolgerung: »Da aber Ihr Varro mit nichts verglichen werden kann, das zur Heraufkunft des Dritten Reiches führte, fehlt dem Vergleich die Notwendigkeit und erst recht der Gestalt die Symbolkraft...« – Feuchtwanger antwortete darauf am 24. Februar: »Ihre Einwände, Zweig, gegen den ›Falschen Nero‹ treffen mich nicht. Ich sehe mit Dank, wie intensiv Sie sich mit dem Buch beschäftigt haben, aber ich konstatiere lächelnd, daß diese Beschäftigung für Sie nur ein innerer Vorwand war, sich auszudenken, wie Sie das Buch geschrieben hätten. Da ich etwas vollkommen anderes wollte als das, dessen Nichtvorhandensein Sie kritisieren, so kann ich Ihre Einwände natürlich nicht gelten lassen. Ich wollte in möglichst typischer Form die Entwicklung eines Menschen darstellen, der, ohne großes Format, dazu berufen wird, die Schicksale vieler Millionen Menschen zu lenken und zu bestimmen. Ob die politischen Hintergründe des ›Falschen Nero‹ denen des heutigen Deutschland ähnlich waren oder gänzlich konträr, hat mich wenig gekümmert und schiert mich heute nicht. Es hat nichts zu tun mit der Aufgabe, die ich mir gestellt hatte.« Zweig ließ sich damit nicht abspeisen. »Sie sollten meine Einwände nicht so beiseite schieben«, antwortete er am 23. März. »Ich sehe eine meisterhafte Erzählung, aufgebaut auf ungenügenden Pfeilern – auf Pfeilern, die die Analogien der Fabel nicht tragen, weder die gegenwärtigen noch die antiken. Sie sagen daraufhin: ich habe nur zeigen wollen, was für kleine Leute große politische Verwirrungen anrichten können, oder kürzer (und glänzend formuliert): wie kann ein kleiner Fisch so stinken. Wir wissen aber, lieber Feuchtwanger: es ist gar nicht der kleine Fisch, der so stinkt, es stinkt ein großer Gestank, und der kleine Fisch liegt nur in der Gosse, zieht die Fliegen und die Blicke an und stinkt mit. Zu zeigen war aber, und das wollten Sie wohl auch, oder Sie hätten es wollen sollen, was alles in der Gosse verwest, damit der kleine Fisch so stinken müsse ... Aus Ihrem Werk spricht die Intention, das Phänomen des nazistischen Sieges zu durchleuchten. Daher die Analogien, die Reihenfolge der Ereignisse, die drei Köpfe des Höllenhundes, einige Ihrer Personen. Erfunden haben Sie Varro als Ihren Stellvertreter – und jetzt sagen Sie: ›Das alles war nicht meine Absicht!‹ Ich halte das nicht für förderlich ...« Die Antwort Feuchtwangers darauf war eher ausweichend: Es sei besser, sich mündlich darüber zu unterhalten, schrieb er am 15. April, da schriftlich Formuliertes »gleich ins Prinzipielle gehe und schief werde, wenn man es verkürzt darstellen möchte«. Und Zweig, hartnäckig, erwiderte am 16. Juni: »Am ›Nero‹ kaue ich noch immer, die Nachwirkung ist dichterisch ausnehmend gut – die Gestalt des Töpfers, des Varro, der Acte wird immer reiner und erfüllter. Nur die Füße stehen im Ton, der Kopf der Statuen ist im Licht. Über die Fragen der Realitätsbasis denke ich gern nach und kann Ihnen sicher Rede stehen.« – Vollständig nachzulesen ist dieser literarische Meinungsstreit im ersten Band »Lion Feuchtwanger – Arnold Zweig. Briefwechsel 1933–1958«, Aufbau-Verlag Berlin und Weimar, 1984.

Zwei Jahre nach der Erstveröffentlichung in Amsterdam brachte die Verlagsgenossenschaft Ausländischer Arbeiter in der UdSSR, Moskau, den Roman heraus. Im deutschen Sprachraum erschien er dann erstmals 1947 im Aufbau-Verlag Berlin.

Unsere Ausgabe folgt dem Text der Erstveröffentlichung, wobei Druckfehler stillschweigend korrigiert, die Orthographie behutsam modernisiert (betrifft vor allem Groß- und Klein-, Getrennt- und Zusammenschreibung und Verzicht auf einfache Anführung bei gedachter Rede) und Irrtümer berichtigt wurden (auf Seite 37 der Erstausgabe heißt es »Transportsteuer« statt »Inspektionsteuer«; im Inhaltsverzeichnis zum Zweiten Buch lautet die Kapitelüberschrift 16: »Die Flut«, die Überschrift im Text dagegen »Der Sänger der großen Flut«). Verzichtet wurde auch auf die Wiederholung des jeweiligen Zwischentitels zu den vier Büchern auf den Seiten mit den Inhaltsverzeichnissen.

Gisela Lüttig

Feuchtwanger, Ges. Werke in Einzelb. 1–16
ISBN 3-351-01731-6
Bd. 9
ISBN 3-351-02209-3

1. Auflage 1994

Einbandgestaltung Josef Zeisz
Typographie Peter Birmele
Satz Utesch Satztechnik GmbH, Hamburg
Druck und Binden Franz Spiegel Buch GmbH, Ulm
Printed in Germany